노무현의 천국

MBC 라디오 〈격동 50년〉의 작가
김광휘 장편소설

노무현의 천국

발행일 | 2019년 9월 25일

지은이 | 김광휘
발행인 | 전춘호

펴낸곳 | 철학과현실사
주소 | 서울시 종로구 대학로 12길 31
전화 | 02-579-5908
등록번호 | 300-1987-36호
등록 | 1987년 12월 15일

값 15,000원
ISBN 978-89-7775-827-8 03810
지은이와 협의하여 인지를 생략합니다.

Printed in KOREA

노무현의 천국

철학과현실사

제정 러시아의 말기에는 두 개의 정부가 있었다.

첫 번째 정부는 막강한 권력을 가진 황제, 차르가 지배하는 정부였고, 또 하나는 세속적인 권력은 전혀 없었지만 늘 민중 속에서 자신의 땅을 나누어주며 글을 썼던 문호 톨스토이의 정부였다.

지난 2009년 2월 김수환 추기경이 선종하였다. 그는 살아생 전 늘 허허 웃으며 힘없는 사람들, 그리고 갈 곳 없는 젊은이들 을 숨겨주며 명동정부를 지켰다. 사람들은 그분을 '바보'라는 애칭으로 불렀다.

3개월 후인 5월, 노무현 전 대통령이 마을 뒷산 부엉이바위에 올라 몸을 던졌다. 그의 죽음을 놓고 사람들은 의아해 했다.

'꼭 가야만 했나? 그보다 더한 짓을 한 전직 대통령들도 잘만 견디고 있던데, 그는 왜 스스로 갔을까?'

비보를 듣고 김대중 전 대통령이 노구를 이끌고 노무현의 빈소로 달려왔다. 몸의 반쪽이 무너져 내리는 것 같다는 통분을 표하며 호곡하였다. 그러다가 그 DJ 전 대통령도 그해 8월 중순에 세상을 떴다.

김수환 추기경, 노무현 전 대통령, 김대중 전 대통령이 거의 약속이라도 한 듯 3개월의 간격을 유지한 채 세상을 떠났다.

이 세 분이 2009년 한 해, 그것도 3개월 간격으로 승천하였다면 천국의 길목에서 이분들은 만나지 않았을까?

그 길목에서 세 분이 나눌 법한 이야기들을 정리해보고, 그분들의 천로역정을 추적해보았다.

2019년 9월
김광휘

차례
노무현의 천국

1
지상에서

2
천상의 꽃길

3
강가에서

4
천국

1

지상에서

비단 옷으로 고향을 향하다

2008년 2월 25일, 하늘은 맑았다.

하지만 인왕산 줄기를 타고 내려온 늦겨울바람은 청와대를 후려쳤다. 문재인 대통령 비서실장이 노무현 대통령 내외를 모셨다. 노무현 대통령은 씩 웃으며 관저를 둘러보았다. 영부인은 섭섭한 듯 눈가에 물기를 담고 뜰을 바라봤다. 그들은 말없이 관저의 정문인 인수문까지 걸었다. 인수문부터 청와대 정문까지 꽤 긴 거리에 청와대 직원들과 비서진 등 낯익은 얼굴들이 나와서 대통령 내외를 환송했다. 고개를 깊이 숙여 인사하는 사람도 있고, 손을 흔들다가 돌아서서 눈가를 훔치는 이들도 있었다.

강바람이 유난히 찬 여의도 국회의사당 광장은 제17대 이명박 대통령의 취임 열기로 후끈했다. 환호가 일고 새 대통령이 등단하여 열띤 취임사를 시작하였다. 박수와 함께 함성이 터지는 사이, 노무현 대통령 내외는 말없이 앉아 있었다.

식이 끝나고 나자 노무현 대통령 내외는 서울역으로 나갔다.

광장과 역사 주변은 사람들로 꽉 차 있었다. 내외가 웃으며 들어서자 모두 한 소리로 위로해주었다.

"대통령님, 힘내세요. 수고하셨어요!"

그중에서도 연변 억양이 남아 있는 중국 동포들이 제일 큰 소리를 냈다.

"대통령님, 은혜 잊지 않캇시오."

문재인 비서실장이 설명해주었다.

"대통령님께서 지난 2003년이었던가요? 불법체류자들이 여러 가지 어려움을 호소하며 단식 농성을 하고 있을 때 법무부 출입국관리소와 관계 기관들의 반대를 무릅쓰고 저분들의 농성장에 가셨잖아요."

"아, 그랬던가요?"

중국 교포 하나가 비닐에 싼 꽃 한 송이를 전해주었다. 노무현 대통령,

정확히는 퇴임 대통령이 웃으며 그 꽃송이를 받아 들고 KTX에 올랐다. 전 현직 장·차관 몇 사람, 청와대 직원 몇 명, 그리고 비서진들이 열차에 오르는 내외를 향해 박수를 보냈다. 내외는 자리를 잡았고 기차는 움직였다. 노무현 전임 대통령은 재킷을 벗어 걸어 놓고 열차 안을 오가며 인사를 건넸다. 남행열차는 신나게 달렸다.

2시 45분경, 열차는 밀양역에 들어섰다. 엄청난 환영 인파가 모여 있었다. 노란 물결이 일렁였다. 노란 풍선과 노란 옷. 어림잡아 3천 명은 넘었다. 고등학교 밴드가 신세계 교향곡을 연주하고 있었다. 엄용수 밀양시장의 안내로 노 대통령은 밀양역 광장으로 나갔다. 눈에 익은 노사모 멤버들이 환호성을 보냈다. 노 대통령은 감격에 겨운 짧은 연설을 하고 다시 열차에 올랐다. 사람들은 열차를 따라오며 손을 흔들었다.

노 대통령 내외는 김해시 진영읍 본산리 봉하마을로 들어섰다.

누군가가 두 내외의 귀향이 32년 만에 이루어지는 것이라고 귀띔해주었다. 마을은 온통 환영 현수막과 피켓으로 가득 찼다. '고향으로 돌아온 노무현 대통령을 환영합니다' '당신은 우리의 영원한 대통령입니다' 같은 대형 현수막이 펄럭이며 노 대통령을 환영했다. 3천 개의 노란 풍선과 그보다 훨씬 더 많은 수천 개의 노란 수건이 눈부시게 나부꼈다. 옛사람들은 성공해서 고향 마을에 돌아오는 모습을 '금의환향'이라고 했다. 노무현 대통령 내외의 귀향은 바로 그것이었다. 물론 한국 정치사에서도 처음 보는 풍경이었다. 나라를 세운 초대 대통령 이승만은 하와이로 피신하여 요양원에서 파도 소리를 들으며 눈을 감았다. 가장 긴 통치 기간을 자랑하던 박정희 대통령은 가장 가까운 부하의 총탄에 쓰러졌다. 정치 거목 YS와 DJ는 대통령 임기를 마친 후 자식들 문제로 시달리다가 고향으로 돌아가지 못하고 동교동과 상도동에서 쓸쓸하게 말년을 보냈다. 재임 기간 중 온갖 구설수에 시달리며 탄핵까지 당했던 노무현은 그래도 웃으며 고향에 내려온 것이다.

초청장 한 장 보낸 일이 없지만 1만 5천 명이 넘는 인파가 몰려와 그날 봉하마을 식당에서 준비했던 만여 명분의 국밥은 일찌감치 동이 났다. 5천 명 이상의 손님들은 밥을 굶었다. 그래도 그들은 신명이 나서 소리치며 발을 굴렀다. 주최 측에서 준비한 3천 개의 노란 풍선이 하늘로 떠올랐다. 3천 개의 노란 점퍼와 머플러, 그리고 손수건까지 모두 동이 났다. 그 환영 행사를 준비한 사람은 봉화산에 법당을 가지고 있는 선진규 법사였다. 선진규 법사가 단 위로 올라가 "당당히 자랑스럽게 임기를 마치고 금의환향하신 노무현 대통령님을 환영합니다. 탄핵의 극한 상황을 뛰어넘으시고 정경유착의 고리를 끊고 부정부패가 없는 투명한 정권을 성공리에 인수인계하고 우리 곁으로 돌아와 주신 노무현 대통령님을 환영합니다."라고 외쳤을 때, 분위기는 절정에 이르렀다. 노무현 대통령 내외도 단 위에 올라가 소회를 피력하였다. 권양숙 여사는 "어버이 품과 같은 고향에 온 것이 꿈만 같습니다. 지난 5년 동안 대통령 곁에서 나서지도 않고 뒤처지지도 않았으며 성실히 나름대로 내조하였습니다. 앞으로도 여러분들의 이웃으로 행복하게 살고 싶습니다."라고 말했다. 노무현 대통령은 햇볕처럼 밝은 표정으로 뜨거운 답사를 했다.

"이 사람을 환영하기 위해 늦은 오후까지 햇볕 아래에서 기다려주신 여러분들에게 감사합니다. 저는 이곳에서 나서 유년기를 보내고 바로 이곳에서 제 처를 얻었으며 또 저 뱀산에 토굴을 파고 4년여를 노력한 끝에 사법고시에 합격했습니다. 또 저 들판을 거닐다가 제 처 권양숙을 만나서 아들, 딸 낳고 열심히 살았습니다. 그리고 고향 분들과 바로 이 자리까지 와주신 여러분들이 성원해주신 덕분에 외환 보유고 2,600억 달러, 수출 세계 11위, 소득 2만 달러의 탄탄한 부국을 이룩하였습니다. 또 저는 군사분계선을 넘어 북한을 방문했고, 남모르게 노력하여 반기문 UN 사무총장을 세계무대에 세웠습니다. 제가 지난 5년 동안 일 좀 했다고 생각하시는분들은 박수 한 번 보내주세요."

사람들은 발을 구르며 힘찬 박수를 보냈다. 행사장 앞줄에 자리를 잡고 있던 부산상고 53회 동기생들은 '친구야, 수고 많았제? 우리는 네가 자랑스럽다'라고 쓴 현수막을 신명나게 흔들었다. 열성적인 노사모 회원들은 '털어도 먼지 안 났다. 역사상 가장 깨끗한 대통령'이라고 쓴 현수막을 함성과 함께 흔들어댔다. 팡파르가 울리고 봉화산 봉수대에서 오색 연기가 피어올랐다.

대한민국 역사상 퇴임한 대통령을 지지자들과 고향 사람들이 함께 모여 고향 마당에서 이처럼 신나게 놀아본 때가 있었던가. 농악대가 풍물을 치며 신명나게 돌아가기 시작했다.

봉하마을의 사저 설계자는 건축가 정기용(1945~2011) 씨다. 큰 규모의 건축물을 설계하지 않고 사회적으로 의미 있는 건물들을 선별적으로 설계해온 건축가였다. 사람들은 그를 '공간의 시인'이라고 불렀다. 노무현 대통령은 그 집이 마을 공동체의 모델이 되고 농촌 활동의 베이스캠프가 될 수 있도록 소박하게 지어달라고 부탁했었다. 그날 그 건축가 정기용 씨도 자신이 설계한 건물 모퉁이에 서 있다가 막걸리를 마시고 신이 나서 동네 사람들과 함께 어깨를 들썩였다. 특설 무대에 올라갔다 내려온 노무현 대통령은 재킷을 벗어 휘휘 돌리며 큰 소리로 외쳤다.

"야, 기분 좋다!"

문재인 비서실장도 비서진들과 어울려 농주를 들며 크게 외쳤다.

"야, 나도 해방이다! 이제는 자유다!"

밀짚모자

고향에 돌아와 자연인이 된 노 대통령은 넥타이를 풀어 던지고 재킷을 벗은 후 미색 점퍼를 걸쳤다. 수행비서 김경수가 끌고 온 자전거를 함께 손보고 나서 동네 한 바퀴를 돌았다. 그의 머리에는 밀짚모자가 얹혀 있었다.

서재에 들어가 컴퓨터를 켰다. 그리고 주변 사람들과 동네 사람들까지도 참여할 수 있는 토론장 〈민주주의 2.0〉 사이트를 개설했다. 회고록 집필과 연구를 해나가는 데 참고할 'e-지원 시스템' 사본도 점검했다. 그것은 다른 어떤 통신망과도 연결되지 않은 자신만의 기록이었다. 재임 내내 자신이 심혈을 기울여 정리해온 자신만의 기록물 시스템이었다. 물론 청와대에서 관리하던 많은 기록물들은 법에 따라 대통령기록관에 이미 넘겨주었다. 그러나 'e-지원 시스템'은 개인 연구나 기록을 위해 꼭 필요한 것이었다. 그래서 시스템 전체를 복사해 봉하로 가지고 온 것이다. 2008년 3월 정상문 총무비서관이 후임 김백준 총무비서관을 만나 이런 경위를 설명하고 이해를 구했다. 4월에는 문재인 비서실장이 류우익 새 대통령실장과 여러 차례 전화로 협의하고 양해를 구했다.

봉하 사저는 어수선했다. 공사가 다 끝나지 않았고 청소도 돼 있지 않아 노무현 내외는 비서관들과 청소를 해가며 집을 치우기 시작했다. 노무현은 책 정리부터 시작했다. 폴 크루그먼의 〈미래를 말하다〉, 제레미 리프킨의 〈유러피언〉, 로버트 라이시의 〈슈퍼자본주의〉, 장하준의 〈국가의 역할〉, 제프리 삭스의 〈빈곤의 종말〉, 람 이매뉴얼과 브루스 리드의 〈더 플랜〉, 알렉스 스테픈의 〈월드 체인징〉, 요시다 다로의 〈생태도시 아바나의 탄생〉 같은 책들을 제일 먼저 박스에서 꺼내 서가에 꽂았다.[1]

그리고 컴퓨터 앞에 앉아 앞으로 만나서 함께 연구할 학자들과 지인들의 면면을 점검했다. '진보연구모임'이라고 명명한 그 모임에는 참여정부에 적극적으로 참여했던 인사들도 있었고, 참여정부와는 거리를 두고 있던 학자군도 있었다. 참여정부 인사로는 이정우(경북대 교수, 전 청와대 정책기획위원장), 김수현(세종대 교수, 전 청와대 사회정책비서관), 문정인(연세대 교수, 전 대통령자문정책기획위원), 성경륭(한림대 교수, 전 청와대 정책실장), 이종석(세종연구소 수석연구위원, 전 통일부장관), 조기

---

1) 〈노무현 평전〉, 김상웅, 책보세, 400쪽.

숙(이화여대 교수, 전 청와대 홍보수석) 등이 있었고, 참여정부에 비판적이었거나 거리를 두었던 인사로는 김기원(한국방송통신대 교수), 김호기(연세대 교수), 박명림(연세대 교수), 이병천(강원대 교수), 한홍구(성공회대 교수), 홍종학(경원대 교수) 등이 주요 멤버였다.[2]

밀짚모자를 쓴 채 농로를 달리던 노무현은 뒤따라오는 비서관 김경수를 향해 외쳤다.

"김 비서관, 이 둑길이 제일 엉망이야. 이 화포천이 내게 어떤 의미가 있는지 알고 있겠지?"

김경수가 큰 소리로 말했다.

"대통령님, 제가 어찌 그 사실을 모르겠습니까? 이 화포천은 영부인님과 만나 커피 없이 데이트 하시던 그 코스가 아닙니까? 그때는 코스모스가 아름답게 피어 있었다면서요?"

"그럼, 그럼. 그때는 들꽃도 많았고, 습지도 넓었었지. 곳곳마다 둠벙(물이 고여 있는 웅덩이)이 있었고 철새도 많이 왔었어. 그렇게 풍경이 좋았으니까 그 사람과 이 둑길을 거닐며 데이트를 할 수 있었지."

눈치 빠른 김경수가 받았다.

"그럼 내일부터 이 화포천 가꾸기를 시작하시죠. 이 화포천이야말로 봉하 제일의 둘레길 코스가 아니겠습니까?"

"그래. 내일부터 화포천 쓰레기부터 치우고 가꾸기를 시작해보세."

김경수가 건의했다.

"화포천 습지가 복원되고 나면 봉화산 숲 가꾸기도 시작하셔야죠. 봉화산은 우리 마을의 종산(宗山, 으뜸가는 산)이라고 할 수 있는데 등산로도 어수선하고 나무들도 볼품이 없습니다. 이 두 가지가 웬만큼 이루어지고 나면 봉하 들판 생태농업을 본격적으로 추진해나가셔야 하지 않

---

2) 〈노무현 평전〉, 김상웅, 책보세, 399쪽.

겠습니까?"

"언제 그렇게 연구를 해두었나? 다 옳은 생각이야. 한 가지씩 해나가자구!"

노무현은 들판을 바라보며 땀을 닦았다. 그리고 김경수에게 자상하게 말했다.

"자네 염동연 의원을 기억하고 있지?"

"하다마다요. 전라도 보성 분이 아니십니까?"

"그래, 그 양반 고향이 바로 보성인데 우리나라 차 문화의 본고장이지. 그 양반 덕분에 보성 차도 자주 마셨는데 그 보성 차는 중국에서 온 거라 잎이 좀 작지. 그런데 우리 김해에도 장군차라는 차가 있다네. 잎이 넓고 탄닌이 많은 대엽종이지. 이 장군차는 가야 김수로 왕의 왕비 허황옥께서 인도에서 시집올 때 가지고 오신 종자라는 설이 있어. 난 앞으로 이 장군차를 부활시킬 작정일세. 우리 진영에서는 원래 진영단감을 오래전부터 특산물로 자랑해왔지만 요즘에는 수지가 맞지 않아 단감 농사로는 활로를 찾기가 어려울 거야. 아무래도 장군차 농사가 나을 것 같아. '황차'라고도 부르는 이 장군차를 우리 고장의 특산품으로 만들고 싶어."

김경수가 웃으며 말했다.

"대통령님, 언제 그렇게 농사 준비까지 하셨습니까? 농사일에는 경험이 별로 없으시잖아요."

노무현은 웃으며 말했다.

"이 사람아, 내가 농사에 경험이 없다고? 나는 태어날 때부터 농사꾼의 아들이었어. 이 봉하 들판과 논 사이를 걸어서 진영 읍내 학교까지 수십 리씩 걸어 다녔어. 학교 갔다 와서는 꼴을 베고 소를 먹였지. 난 장군차와 함께 봉하 오리쌀을 새 브랜드로 특화시켜나갈 작정일세."

"봉하 오리쌀이라니요?"

"여기에는 옛날부터 낙동강을 찾는 오리 떼가 많았다네. 그 오리 떼가 논을 쑤시고 다니면 공해 없는 순수 오리쌀이 만들어질 수 있다네. 오리가 쑤시고 다니고 우렁이가 자랄 수 있도록 농약은 쓰지 말아야지. 농약 없는 진영쌀, 오리와 우렁이가 신비하게 키워내는 진영쌀을 브랜드화해서 팔아볼 작정이야."

김경수가 말했다.

"농사에는 김정호 비서관이 잘 맞을 겁니다. 그분이 아주 꼼꼼하니까요."

"나도 김정호를 의중에 두고 있어."

이런 꿈은 놀랍게도 단시간 내에 이루어졌다. 노무현이 고향에 내려와 해를 넘기자 봉하 오리쌀과 장군차와 화포천, 둠벙 무논 같은 특산물과 생태계들이 살아나기 시작했다. 환갑 진갑을 갓 넘긴 초로의 노무현, 그는 나이를 잊고 김해 들판을 쏘다녔다. 바람을 가르면서, 햇볕을 맞으면서, 아주 행복하게.

2008년 초에 대통령직을 내려놓고 고향에 돌아온 노무현은 행복했다. 밀짚모자를 비껴쓰고 자전거 뒷자리에 손녀를 태우고 들길을 가로지르면서 휘파람을 불었다. 오랫동안 버려두었던 기타를 꺼내서 딩동댕 쳐보기도 했다. 능숙하지는 않았지만 젊은 시절에 익혔던 색소폰도 틈나는 대로 불었다. 자원봉사자들과 화포천을 치우고, 4월에는 광주 망월동에 달려가 5·18 묘역을 참배하고 방명록에 '강물처럼'이라는 글귀도 남겼다. 5월에는 김해 장군차밭을 방문하여 다문화 행사를 치르고, 봉하마을에 장군차 나무를 심었다. 함평, 진주, 하동, 광양, 평창, 영월, 정선, 영동, 논산, 금산, 서천, 함양 등 살기 좋은 마을이 들어섰다는 곳을 빠짐없이 찾아다니며 체험학습을 했다. 이런 여행길에는 부산에 사는 친구 원창희 내외가 동행했다. 부산상고 동창이었던 그는 다른 동문들을 데리고 오기도 했다. 그런 흉허물 없는 친구들과의 여행이 더없이 즐거웠다. 6월에는 친환경농사를 위해 논에 오리를 푸는 행사를 푸짐하게 열었다. 10월에는 자신이 했던 10·4 남북정상선언 1주년 기념식에 참석해 열정적인 강연도 했다. 2008년 10월 20일에는 자신이 직접 콤바인을 몰고 봉하 오리쌀을 수확했다. 그 오리쌀들은 불티나게 팔려나갔다.

전국에서 수많은 사람들이 몰려왔다. 일일이 나가서 인사하기도 버거웠고, 짧은 인사말을 하기조차 힘들었다. 너무 많은 방문객들 때문에 자신의 시간을 내기가 어려웠다. 2008년 12월 5일, 노무현은 방문객들에게 마지막 인사를 했다.

"참으로 감사합니다. 그러나 앞으로는 여러분 앞에 나서지 않겠습니다. 저도 책 좀 봐야겠고요. 제 시간을 갖고 연구를 하고 싶습니다. 책이 나오면 나눠드리겠습니다. 앞으로 제가 나와서 인사를 드리지 않더라도 나무라지 마십시오. 감사합니다."

그해 겨울

2008년 10월부터 쌓아놓기만 했던 책을 풀기 시작했다. 그동안 구상했던 진보주의에 관한 연구 모임도 시작했다. 처음에는 비공개 연구 카페를 열어 온라인으로 집단협업을 해보려고 했다. 하지만 서로 얼굴을 마주하지 않고 차가운 컴퓨터 앞에서 심도 있는 토의를 진행해나가는 건 무리가 있었다. 그리운 사람들과 만나고도 싶었다. 먼 길이고 어렵겠지만 좀 와달라고 간청을 하였다. 보고 싶은 면면들이 자비를 들여 찾아주었다.

성경륭 국가균형발전위원장, 김병준 정책실장, 이정우 정책실장, 조기숙 홍보수석, 김창호 국정홍보처장, 윤태영 비서관, 양정철 비서관, 신미희 행정관, 노사모 이송평 씨 등이 먼 길을 마다않고 달려왔다.[3]

처음에는 우리나라 진보주의의 뿌리로부터 자료를 찾아보기로 하였다. 일제강점기부터 시작된 사회주의나 아니키즘 운동도 넓은 의미에서 진보

---

3) 〈운명이다〉, 유시민 정리, 돌베개, 324쪽.

주의 사상이기 때문에 그 연혁을 개괄하였다. 그러나 그 부분은 자료가 태부족이었고 북쪽에서 실패한 운동으로 낙인을 찍었기 때문에 자료를 제대로 찾기가 어려웠다. 그 다음에 등장하는 진보주의자는 해방공간에 나타났던 여운형이다. 그에 관한 연구 역시 그의 암살이라는 현실적 어려움 때문에 연구에 한계가 있다는 것을 느꼈다. 국내에 남아 있는 자료를 충분히 섭렵하여 여운형의 진보적 궤적을 찾아가자고 방향을 잡았다.

그 다음에 등장하는 인물은 두말할 것도 없이 조봉암이다. 그런데 그에 관한 연구 역시 그가 북과 내통했다는 혐의를 받고 사형되었다는 사실 때문에 자료 확보가 쉽지 않았다. 그리고 마지막으로 연구해볼 대상은 진보주의자는 아니라 하더라도 우리 현대사 속에서 가장 중립적인 위치에 서 있었던 김구 선생에 관한 내용이었다. 그러나 이 역시 그의 죽음이 이승만 정권과 맞닿아 있기 때문에 완벽한 연구를 하기가 어렵다는 것도 가늠할 수 있었다.

인물 중심의 진보세력 연구는 연구자들이 가지고 있는 파일을 뒤지고 그동안 국내외에서 발표된 학술 논문을 뒤지는 것으로 웬만큼 이뤄낼 수 있을 것이다. 그러나 지난했던 우리 민족사. 일제강점기, 해방공간, 남북분단, 한국전쟁, 4월 혁명, 5·16, 유신독재, 광주항쟁, 6·29선언, 동구권 붕괴, 북한핵개발 시대를 따라가며 진보정당이 생성되고 명멸했던 과정을 추적해나가는 과정이 진짜 품이 드는 일이다. 수많은 진보적 군소정당의 궤적을 찾아가는 일은 머리털이 빠질 만한 일이었다. 해방공간의 인민당, 신민당, 인민공화당, 사회민주당, 독립노동당, 민주독립당, 조소앙의 사회당…. 그 후 한참 만에 나타난 김철의 사회당, 최광은의 사회당을 거쳐 김대중의 평민당으로 흘러왔다가 끝내는 노무현이 몸담았던 꼬마민주당과 노무현이 만들었다가 해체된 열린우리당에 이르기까지, 그 정당사의 면면을 훑어가는 일 역시 재미없고 골이 빠지는 일이었다.

노무현은 찾아온 손님들에게 커피를 대접하고 자신은 담배를 피면서 연구과제의 막막함 때문에 일이 쉽게 진행되지 못할 것이라는 것을 예감하였다.

"멀리 오셨는데, 오셔서 매일 이렇게 재미없는 학문적 내용을 오징어 다리 씹듯 해서야 되겠습니까? 우리 문재인 실장은 이 사람하고 청와대 생활 5년을 보낸 후, 생이빨 10개를 뺐습니다. 오죽했으면 사표를 던지고 히말라야로 도망갔겠습니까. 저 양반이 히말라야 트레킹을 끝내고 호텔에 돌아왔더니 호텔방에 영자신문이 배달됐더랍니다. 그 신문을 펼쳐 드니까 'South Korea President Roh'라는 단어가 큰 활자로 써 있더라는 거죠. 기사를 정신없이 살펴보는데 핵심 단어인 'impeached'라는 것이 눈에 확 들어오더라는 거예요."

노무현은 웃으면서 말했다.

"물론, 유식한 여러분들께서는 잘 아시는 단어겠지만, 솔직히 말하면 당사자인 저는 그 당시 이 단어를 몰랐습니다. 문 실장, 저 양반도 그 단어를 몰랐답니다. 그래서 휴대폰도 안 가져갔기 때문에 당황하다가 앞뒤 문맥을 읽어보고 나서야 그것이 '탄핵'이라는 단어라는 걸 알았다는 거예요."

노무현과 학자들 사이에 앉았던 문재인 실장이 머리를 긁으며 쑥스럽게 웃었다. 누군가가 말했다.

"저도 그 단어 모르는데요? 그거 잘 쓰지 않는 단어예요."

노무현이 문 실장에게 물었다.

"그게 어디였습니까? 내 탄핵을 만났던 그 호텔 말입니다."

"카트만두에 있는 호텔이었습니다."

노무현은 이렇게 딱딱해지는 분위기를 누그러뜨리며 천천히 연구해나가자고 양해를 구했다.

"뭐, 시간은 충분히 있으니까요. 제가 좋아하는 정치인들 사상부터 서서히 준비해나가자고요. 나는 스웨덴의 26대 총리, 요아힘 팔메 같은 분을 좋아합니다. 아, 그분은 멋이 있잖아요. 생긴 것도 영화배우처럼 멋지게 생겼고요, 행동이 얼마나 자유로웠습니까. 스웨덴에서 국왕 다음으로 경호서열이 높은 그분이 부인하고 단둘이서 한밤중에 경호원도 없이 스톡홀름 시내 극장을 갔잖아요. 영화 감상을 끝내고 지하철을 타러 부인의 손을 잡고 가는데 길모퉁이에서 '빵빵'. 결국 숨지셨어요. 이 사람보다 네 살이나 젊은 59세의 나이였습니다. 참 이런 것을 보면 이 사람은 정말 행복한 사람입니다. 환갑 진갑을 다 넘기고 무사히 퇴임을 한 후, 얼굴만 마주해도 기쁜 여러분들과 이렇게 진보주의 연구를 위해 모였으니 얼마나 행복합니까. 자, 앞으로는 독일 통일의 기초를 닦은 아데나워 수상도 연구를 해보자고요. 물론 동방정책을 폈던 빌리 브란트 수상은 필수겠죠. 스캔들은 많았지만 냉전 이후의 새 시대를 연 빌 클린턴 같은 대통령도 심도 있게 연구해보고 싶구요. 이런 기초단계가 정리되면 독일 사민당이나 북구의 사회주의도 살펴봅시다."

이렇게 진보주의 연구에 대한 몸풀기를 하다가 그해 겨울, 2008년 겨울을 다 보냈다. 새해 들어서도 이 연구 모임만은 제대로 해보자고 각오를 다지던 그해 말, 노무현은 멀리 찾아온 옛 동료들과 친구들에게 차비라고 하며 얇은 봉투를 전했다. 딱 한 번이었다.

식욕을 잃다

2008년 7월 말부터 태광실업 박연차 회장의 업체가 세무조사를 받는다는 소식이 들려왔다. 11월 말에는 부산상고 동창 정상화 형제가 체포되었다는 내용을 비서들이 보고하였다. 11월 25일에는 국세청이 탈세혐의로 박연차를 검찰에 고발하였다. 알 수 없는 중압감 때문에 노무현은 꼼짝을 할 수가 없었다. 밖에 나가는 일도 없었다. 집 안을 오락가락하며 줄담배를 피웠다.

올 것이 왔다. 말단 공무원의 박봉으로 집안을 꾸리면서도 노무현이 공부에만 전념하도록 애써준 정 많던 형, 건평 씨가 12월 4일 덜커덩 구속되었다. 노무현은 결혼을 해서도 뱀산 움막에서 고시공부에 매달리며 경제활동을 하지 못하고 있었다. 그런 그의 가족을 거두어주었던 형이었다. 노무현은 문 실장을 불렀다.

"실장은 형님에 관해서 알고는 있었습니까?"

과묵한 그는 한참 만에야 입을 열었다.

"민정 쪽에서 보고를 해왔습니다. 태광실업 쪽과 자주 만나는 것 같던데, 아무래도 마음에 걸려 형님을 조용히 모셔다가 꼼꼼히 물어본 일이 있습니다."

"그랬더니요?"

"형님께서는 펄쩍 뛰셨습니다. 절대로 폐가 되는 일은 하지 않겠다고 잘라 말씀하셨습니다. 아시는 대로 청와대 비서실에는 수사권이 없잖습니까. 그냥 그런 선에서 형님을 믿고 넘어갔습니다. 설마 이렇게 될 줄 알았겠습니까."

노무현은 담배를 꺼내 물며 말했다.

"허기야, 문 실장이나 비서들에게 무슨 죄가 있겠습니까. 대통령의 형인 그분에게 무슨 닦달을 할 수가 있었겠어요. 문 실장에게 미안합니다."

"제가 변호사의 입장으로 챙겨보겠습니다. 무슨 큰일이야 있겠습니까."

해가 바뀌고 나자 일은 더 번졌다. 2009년 3월 21일, 이광철 전 청와대 시민사회수석비서관이 구속 기소되었다. 추부길 전 청와대 홍보기획 비서관도 체포되었다. 다음 날에는 검찰이 이광재 의원을 재소환하고 사전 영장을 청구하였다. 그 다음 날에는 박정규 전 청와대 민정수석이 체포되고, 장인태 전 행정자치부 차관이 체포되었다. 3월 28일에는 서갑원 민주당 의원이 검찰의 소환을 받았다. 4월 6일, 노무현이 서울 종로구에서 처음 국회의원으로 나왔을 때 뜻있는 젊은 정치인을 돕고 싶다고 하면서 아무 조건 없이 후원금을 내놓고 갔던 강금원 창신섬유 회장이 검찰에 소환되었다. 얼마 후에는 정상문 전 청와대 비서관에게 구속 영장이 청구되었다. 그는 대통령 가까이에서 청와대 살림을 관장하던 비서였다.

4월 10일에는 노무현의 조카사위 연철호가 체포되었다. 이때도 문 실장을 불렀다.

"철호는 무슨 일로 잡혀갔습니까?"

"저도 모르겠습니다. 연철호 씨에 대해서는 아는 바가 없습니다."

그 다음 날 4월 11일에는 권양숙 여사가 옷을 갈아입고 집을 나서고 있었다.

'어디를 가시오?'

그냥 눈으로만 물었다. 권 여사는 시선을 돌리고 차가 있는 쪽으로 갔다. 김경수 비서가 조용히 말했다.

"부산지검에 볼 일이 있으실 겁니다."

다음 날에는 아들 건호도 집을 나서고 있었다. 부산지검에 다녀온다는 인사를 하고 나갔다. 그 후에 조카사위 연철호와 아들 건호는 부산지검에 계속 들락거렸다. 4월 18일에 정상문 비서관이 수갑을 차고 끌려갔다. 노무현은 그 뉴스를 들으며 창문을 닫고 큰 소리로 외쳤다.

"다 내가 시켜서 했다고 하거라! 비서인 자네가 무슨 죄가 있겠노!"

4월 22일에는 우편물이 도착했다. 검찰 표시가 된 우편물이었다. 김경수 비서가 책상 위에 그 서류를 올려놓고 뒷걸음으로 나갔다. 검찰이 보낸 A4용지 7쪽짜리의 서면질의서였다. 김경수 비서는 거실에 있는 텔레비전을 켜다가 황급히 껐다. 거실에 서서 먼 산을 바라보며 담배를 피던 노무현이 물었다.

"뭐꼬? 또 뭐야? 어서 켜봐!"

텔레비전에서는 긴급 뉴스라고 하며 태광실업의 박연차 회장이 노무현 대통령 회갑 때 2억 원에 해당하는 피아제 시계 2개를 사서 건넸다는 내용을 호들갑스럽게 전하고 있었다. 검찰 조사를 받고 와서 몸져 누워 있는 권 여사에게 물었다.

"시계라니? 무슨 얘기야? 내가 보지도 못한 물건을 어쨌단 말이야? 당신이 받았어?"

여사는 등만 보인 채 아무 말이 없었다. 노무현은 서재로 들어가 검찰이 보낸 서면질의서를 찬찬히 살펴보면서 꼼꼼히 써내려가기 시작했다. 변호사 출신답게 앞뒤가 맞는 정확한 답변을 써내려갔다. 답변서를 다 쓰고 난 노무현은 커피를 마시며 김경수 비서에게 신문을 갖다 달라고 했다. 김경수 비서는 그동안 구독해온 진보계열의 두 가지 신문을 나란히 책상 위에 갖다놓았다. 그 두 신문에도 노무현의 몰락에 관한 기사가 대문짝 만하게 도배되어 있었다. 두 신문의 사설과 칼럼들을 훑어보았다. 노무현의 손은 떨렸다. 보수 신문들도 따라갈 수 없을 만큼의 매몰참과 독한 야유로 채워져 있었다. 가슴이 뛰어 더 이상 읽을 수가 없었다. 가슴을 후벼 파고 심장을 도려내는 듯한 논조였다. 때리는 시어머니보다 말리는 시누이가 더 야속하다지만, 그 시누이는 말리는 시늉은 고사하고 아예 자신에게 매를 들고 있었다.

다 내 책임이다

얼마 있다가는 뉴스에서 해괴한 내용이 나왔다.

봉하마을의 논두렁에서 박연차 회장이 권 여사에게 준 고가의 시계가 버려져 있었다고 떠들어댔다. 실체가 있는 내용인지 검찰이 기자들에게 흥밋거리로 던져준 내용인지, 아무튼 뉴스에서는 연속극처럼 요란하게 다루고 있었다.

"당신이 내다 버렸어?"

권 여사는 아무 대답이 없었다. 노무현도 더 이상 묻지 않았다. 무엇이 진실이고 무엇이 가짜인지 알 수 없을 만큼 뒤범벅이 되어 머릿속을 휘감았다. 도무지 밥을 먹을 수가 없었다. 잠도 오지 않았다. 비서진들도 모두 입을 다물었다. 봉하마을에는 취재차량들이 길과 공터를 메우고 얼씬거리는 사람들은 모두 사진기를 들거나 노트북 가방을 을러 맨 사람들이었다. 노무현은 창밖을 쳐다보고 싶지도 않았다. 끼니 대신 커피를 마시고 쉼 없이 담배를 폈다. 문재인 실장이 조용히 다가와 말했다.

"건강을 챙기십시오. 어차피 긴 싸움을 하셔야 할 텐데 체력관리를 하셔야지요."

노무현은 한참 만에야 말했다.

"이판에 밥이 넘어가겠습니까? 밥보다는 잠을 좀 자고 싶은데요. 잠도 잘 수가 없네요."

이 무렵 최도술 실장 내외가 봉하마을을 찾았다. 걱정이 되어 찾아왔을 것이다. 최도술은 노무현의 후배다. 부산상고 1년 후배인데 노무현이 변호사 사무실을 부산에서 열었을 때 제일 먼저 찾아왔고 그의 사무실에서 일했다. 사람들은 흔히 최도술을 사무장으로 알고 있지만 그는 발이 넓어 사건을 수임해오는 일에 전념했을 뿐 사무장은 아니었다. 수행비서와 사무장 일을 겸했기 때문에 노무현 변호사는 그를 실장이라고 불렀다. 후일 문재인 변호사가 함께 일하게 됐을 때에도 최도술은 사무실 일을 총괄했다. 그리고 노무현 변호사가 대통령이 되었을 때는 대통령 비서실 총무비서관으로 임명장을 받았다. 눈치 빠른 사람들은 최도술이 청와대의 문고리를 잡고 있는 실세로 파악했다. 그래서 그는 참여정부 초기에 구설수에 휘말렸고 이런저런 일에 얽혀 결국 구속되었다. 2년여의 형을 산 이후로 노무현 대통령 앞에 나타나지 않았다.

참으로 오랜만에 만나는 해후였다. 노무현 대통령 내외는 취재진을 피해 최도술 내외와 함께 김해시로 나갔다. 크지 않은 식당에서 함께 식사를 끝내고 노무현은 담백하게 말했다.

"니를 챙겨주지 못해 미안했다. 이제부터라도 내가 챙겨줄꾸마."

최도술이 뒷머리를 긁으며 말했다.

"다 지가 불민한 탓이었지예. 괘념치 마십시오."

"아이다. 이제는 내가 쓸쓸해서 그런다. 니 우리 집에 들어와 살거라."

최도술은 다시 뒷머리를 쓸며 말했다.

"어디예, 제가 곁에 머물면 대통령님께서 오히려 불편해지실 낍니다. 특히 젊은 비서관들이 거북해할 겁니다. 문재인 실장님도 계시고 하니께…"

노무현 대통령은 변호사 시절하고 크게 다를 바가 없었다. 소탈하고 직설적이었다.

"마, 긴 소리 할 것 없이 짐 싸가지고 들어온나."

영부인이 곁에서 말렸다.

"아, 최 실장도 이제는 손자 볼 나이가 아닙니까. 옛날 최 실장이 아니라예. 너무 밀어붙이지 마이소."

노무현이 다시 한 번 말했다.

"니 정말 봉하로 안 들어올끼고?"

최도술이 머뭇거리자 노무현 대통령은 자리를 박차고 일어났다.

"알겠다. 이만 헤어지자."

그때 노무현은 심정적으로 여유가 없었다. 최도술이 옛날처럼 순순히 봉하로 들어왔다면 아마 두 사람은 그 어려운 시기에 좋은 말동무가 될 수도 있었을 것이다. 함께 기자들을 피해 들녘을 산책할 수도 있었을 것이고, 부엉이바위로 올라가 소주잔을 기울이면서 시름을 달랠 수도 있었을 것이다. 그런데 일이 꼬이느라 최도술은 자격지심이 앞섰고 이미 봉하 저택에 자리를 잡고 있는 경호실 식구들과 비서실 식구들을 의식하지 않을 수 없었다. 그래서 겸손하게 사양을 한 것인데, 노무현 측에서는 '너마저 내가 끈 떨어진 갓 신세가 되고 언론이 떠들어 대니 백안시하는 것이 아니냐'고 생각을 한 것이다. 변호사 시절에도 불같이 화를 자주 냈다. 그러나 그때의 노무현 변호사는 오래가지 않고 화를 잘 풀었다.

"야, 최 실장. 니 저녁 약속 있나? 없으면 함께 저녁이나 하자."

이 말 한마디로 모든 걸 풀었다. 그런데 그날만은 뒷말이 없었다. 뒤도 돌아보지 않고 권 여사를 앞세워 휑하니 나가버렸다. 권 여사가 최도술 내외에게 안타까운 눈인사를 남겼다.

마지막 인터뷰

김경수 비서가 말했다.

"학생 기자들이 찾아왔습니다."

"누구라고?"

"개성고등학교 학생 기자들입니다. 인솔 교사와 학생 기자 5명입니다. 여학생이 3명, 남학생이 2명입니다."

노무현은 주섬주섬 옷을 갖춰 입으며 내키지 않는 표정을 지었다.

"이 판국에 내가 학생들과 인터뷰를 할 수 있겠나?"

김경수가 간곡하게 말했다.

"학생 기자들과 한 달 전에 약속하신 것이 아닙니까? 의연하게 대하시지요."

"그럼 서재에서 하지."

그가 다니던 부산상고는 설립된 지가 100년이 넘었다. 일제강점기부터 경남 일대에서 이름을 떨치던 명문 상고였다. 그런데 2000년대에 들어서 인문계 고등학교로 변했고, 남녀 공학이 되었다. 학교도 노무현이 다니던 시절에는 서면의 시내 한가운데 있었는데 지금 그 학교 부지에는 대형 백화점이 들어섰다. 현재의 교사는 백양산 밑의 널찍한 주택가에 자리를 잡았다. 새 교사는 분위기가 아늑하고 운동장도 꿍장히 넓은 편이다. 노무현이 다니던 그 시절의 학생들은 검정색 교복을 입고 다녔지만 요즘 학생들은 디자인도 산뜻한 교복을 입고 있다. 표정도 밝고 생기 있는 학생들이다. 학생 기자들은 전직 대통령 앞이지만 조금도 주눅 들지 않고 당당했다. 학생들은 자리에 앉으며 손에 들고 온 무엇인가를 노무현에게 전했다.

"이게 뭡니까?"

여학생 기자들이 합창하듯 말했다.

"우리 재학생들이 쓴 편지예요. 대통령님께 올리는 편지입니다. 무려 113통이에요."

"113통이요? 왜 113통이죠?"

"올해가 개교 113년을 맞는 해이거든요. 1, 2학년 재학생들이 대통령님께 그 숫자에 맞춰 정성껏 쓴 편지입니다."

노무현은 옅게 웃으며 편지 뭉치를 어루만졌다.

"하 이것 참, 이걸 다 읽으려면 며칠 밤을 새워야겠는데. 좋아요. 잘 읽겠어요."

안경 낀 여학생이 또릿또릿한 목소리로 말했다.

"대통령님, 그냥 선배님이라고 불러도 되겠죠?"

노무현이 당황하여 얼결에 받았다.

"아, 그럼요. 선배라고 부르세요. 후배 기자님들."

또 다른 여학생이 취재 수첩을 만지며 물었다.

"선배님께서는 이 봉하마을에 오신 지도 어언 한 해를 넘기셨는데요. 하루 일과는 어떻게 보내세요?"

그때 인터뷰 내용을 노트북으로 받아치고 있던 김경수 비서가 끼어들었다.

"기자님들, 차와 과자를 드시면서 천천히, 차근차근 여쭤보세요."

학생들은 기다렸다는 듯 사탕과 과자를 오물거리며 인터뷰를 이어갔다. 노무현이 차를 마시며 대답했다.

"하루 일과라. 난 일찍 일어납니다. 새벽 5시면 일어나고요. 아침 운동으로 요 앞 봉화산을 오릅니다. 정토원이라는 조용한 사찰이 있는데 거기까지 걸어가서 시원한 우물물을 마시고 그 근처에 있는 부엉이바위에 올라 간단한 운동으로 몸을 풀고 내려오면 밥이 꿀맛입니다. 아침밥을 먹고 나서는 책을 읽고 글을 쓰지요. 그런데 요즘에는 찾아오는 손님이 너무 많아서 책도 깊이 읽을 시간이 없고 컴퓨터를 만질 시간도 잘 나지 않네요. 이게 큰 고민입니다."

"어떤 책을 준비하고 계신데요?"

"국정 운영의 경험을 토대로 해서 민주주의 운영에 필요한 시민적 상식, 시민적 소양에 관한 책을 우선 내고 싶습니다."

남학생이 끼어들었다.

"책이 발간되면 저희들도 볼 수가 있을까요?"

"아, 그럼 그럼."

"요즘 몰두하고 계신 또 다른 일은요?"

노무현은 쓴웃음을 지으며 받았다.

"네, 여러 가지 일이 겹치고 있습니다. 책을 본격적으로 쓰고 싶은데 복잡한 일들이 겹쳐 진도가 잘 나가지 않고 있습니다. 기자님들 멀리서 오셨는데, 이쯤에서 끝냅시다. 제가 요즘 과로를 해서 좀 쉬고 싶네요."

김경수 비서도 인솔 교사 쪽에 눈짓을 해보였다. 그런데 안경을 낀 여학생이 집요하게 물었다.

"저희들이 대통령님을 뵈올 기회가 흔하지 않잖아요. 모처럼 만의 기회인데 조금만 더 여쭙겠습니다. 선배님께서는 학교 다니실 때부터 대통령이 되실 꿈을 꾸셨습니까?"

노무현은 담배를 꺼내며 잠시 뜸을 들이다가 입을 열었다.

"글쎄…. 대통령이 될 꿈을 꾸었냐고? 사실 나는 학교 다닐 때 정말 별볼 일이 없었어요. 키는 작아서 큰 아이들에게 늘 눌려 지냈고, 집은 지독하게도 가난해서 몇 푼 안 되는 공납금을 못내 노상 집으로 쫓겨갔지요. 내가 마산상고로 진학한 이유도 사실은 마산상고에서 장학금을 준다고 해서 간 거예요. 3년 동안 장학금을 받아 학비는 해결이 되었지만 여러분들이 오면서 봤겠지만 여기가 마산에서 상당히 떨어져 있잖아요. 그래서 마산에서 하숙을 하거나 자취를 했어야 했는데, 방 얻을 돈도 없었고 자취를 할 돈도 없었어요. 그래서 가정교사를 하든가 아르바이트를 했어야 했는데, 그 시절에 아르바이트는 꿈도 못 꿨죠. 요즘처럼 커피 파는 집이 있는 것도 아니고 편의점이 있는 것도 아니고. 아르바이트라고 해봐야 가정교사 자리였는데, 그것도 찾기가 아주 힘들었어요. 하루하루 보내는 일이 너무 힘들어 공부도 제대로 못했죠. 상고였으니까 부기나 주산은 그럭저럭 했는데 영어를 따라가기가 제일 어려웠고 대학에 간다는 것은 꿈도 꿀 수 없었어요."

여학생이 눈을 동그랗게 뜨고 말했다.

"결국 그래서 대학 진학을 포기하셨군요."

남학생이 물었다.

"대학도 못 가시고 그렇게 어렵게 학교를 다니셨으면 도대체 어떻게 해서 대통령이 되셨습니까? 또 변호사는 어떻게 되셨는지요?"

이 대목에서 노무현은 난처한 표정을 짓다가 속도감 있게 스토리를 정리해주었다.

"자, 후배 기자님들. 잠깐 나하고 거실로 나갑시다."

노무현은 거실 창문 밖을 가리키며 말했다.

"저기 야산 두 개가 보이죠? 조금 큰 산이 뱀산이라고도 불리고 피맥산이라고도 불리는 산인데, 거기서 내가 움막을 치고 고시공부를 했어요. 그 앞에 있는 작은 산은 개구리산이고요. 아무튼 개구리를 잡아먹는 뱀산에서 죽자고 공부를 해서 그랬던지 내가 변호사 시험에 합격을 했답니다."

여학생들이 알 수 없다는 듯이 말했다.

"선배님, 움막은 뭐고, 저런 산에서 어떻게 공부를 해요?"

김경수 비서가 안타까운 듯 끼어들었다.

"여러분들은 잘 이해가 가지 않을 겁니다. 대통령님께서 공부하실 때만 해도 우리나라 소득이 너무 낮았습니다. 너나없이 가난했었죠. 저 산기슭에 그냥 사람이 겨우 들어가고 비만 피할 수 있는 그런 조그만 토담집을 짓고 공부를 하셨습니다."

남학생이 말했다.

"어휴, 그럼 텐트라도 치시지."

노무현이 말했다.

"그 움막 앞에 우리 아버님께서 마옥당(磨玉堂)이라고, 옥을 갈아 보물을 만든다는 뜻의 당호지요, 그 집 이름까지 지어서 붙여주셨어요. 허허, 그래서 내가 고시에 합격했던 것 같아요. 그렇게 저 산기슭에서 4년을 몸부림친 끝에 고시, 그러니까 변호사 시험에 합격을 했죠. 참 호랑이 담배 피던 시절의 이야기지. 요즘에는 그런 기적이 일어날 수가 없을 것 같아요."

맹랑하게 생긴 여학생이 말했다.

"선배님, 그러니까 요즘에는 개천에서 용이 날 수가 없다, 뭐 그런 뜻인가요?"

노무현은 허허 웃으며 마음이 풀어진 듯 편안하게 답했다.

"그래요. 정말 요즘에는 개천에서 용이 나기가 어렵다고 생각해."

그러자 또 다른 여학생이 반론을 제기했다.

"아니에요. 충분히 개천에서 용이 날 수 있어요. 아, 미국에서는 지금 오바마 대통령이 당선되었잖아요. 미국 역사상 최초로 흑인 대통령이 탄생했잖아요. 개천에서도 충분히 용이 날 수 있어요."

노무현 대통령이 유쾌하게 웃으며 받았다.

"아, 그럼요. 그렇고말고요. 요즘도 충분히 개천에서 용이 날 수 있습니다. 여러분의 의견에 동의합니다. 오바마 대통령은 훌륭한 대통령이 될 거예요. 암요."

그날 인터뷰는 그쯤에서 마무리가 되었다. 사실 그 인터뷰는 노무현 전 대통령의 마지막 인터뷰였다. 어찌 보면 의미 있는 인터뷰였다. 자신이 가장 아끼는 후배들과 즐겁게 진행한 인터뷰였으니까.

마지막 여행

보도진들이 봉하마을을 에워쌌다. 정글 숲에 병든 짐승이 쓰러져 헐떡이기 시작하면 제일 먼저 하이에나 떼들이 몰려온다. 피 냄새가 나기를 기다리다가 병든 맹수가 쓰러지면 달려든다.

노무현은 헐떡이기 시작했다. 제때 식사를 못했고 밤잠을 자지 못했다. 눈은 충혈되고 혀 위에 백태가 앉기 시작했다.

"제발 식사 좀 하세요. 담배 좀 그만 피우시고요."

노무현은 거의 담배 힘으로 견디면서 문지방을 넘을 때마다 비틀거렸다. 컴퓨터를 켰다가 책을 폈다가 커피 잔을 손에서 놓지 않았다.

"대통령님, 죽이 마련되어 있습니다. 조금만 드시지요."

박은하 비서가 울 듯이 말했다. 노무현은 희미하게 웃으며 짧게 말했다.

"마 치우거라. 그게 넘어가겠나."

그때 부산에서 원창희 회장이 달려왔다. 노무현이 갑자기 생기 있는 목소리로 반겼다.

"니 어찌 왔노?"

원창희가 따라온 부인을 향해 말했다.

"여보, 그것 좀 챙겨놓고 당신은 나가 있어."

부인이 민첩하게 손에 들고 온 그릇을 풀었다. 일본식 쟁반에 담긴 초밥과 생선회였다. 원창희는 문을 닫으며 단둘이 앉아 말했다.

"대통령, 니 굶어 죽을 것 같아 특별히 맞춰왔다. 거제에서 올라온 싱싱한 해물과 초밥이다. 먹고 죽은 귀신은 때깔도 좋다카더라."

노무현은 빙긋 웃으며 나무젓가락을 들었다. 잠시 호흡을 가다듬더니 회부터 먹기 시작했다. 원창희가 살뜰하게 챙겼다.

"국물부터 마시거라. 대통령 목 막히면 내 책임이 아니가."

어느새 회를 다 먹고 난 노무현은 초밥 절반을 먹고 나서 겨우 한마디 했다.

"원 회장, 니도 몇 점 묵으라."

원창희도 거들었다.

"니 도대체 며칠 만에 먹는 밥이고?"

노무현은 생기를 되찾으며 말했다.

"마 사나흘은 굶었을끼다. 영 넘어가야 말이제."

식사를 마친 노무현은 담배를 다시 피워 물고는 길게 연기를 내뿜었다. 권 여사와 박은하 비서, 그리고 원창희 부인이 들어서며 모두 눈물을 훔쳤다. 권 여사는 원창희에게 허리를 굽히며 말했다.

"저희들이 못하는 일을 해주셔서 감사합니다."

그로부터 일주일이 지난 뒤에 다시 원창희 내외가 차를 몰고 왔다.

"대통령, 바람 좀 쐽시다. 내 앞장설게."

노무현이 흔쾌히 나섰다.

"어디로 가려고?"

"거제로 가야지. 지금 도다리가 한창인데."

"아, 도다리라고?"

노무현이 권 여사를 돌아보았다. 그녀는 아이처럼 기뻐하며 먼저 채비를 시작했다. 노무현은 철 이른 밀짚모자를 쓰며 말했다.

"그래, 거제 도다리 먹으러 갑시다. 박 비서도 함께 가지."

박은하 비서가 깡충깡충 뛰면서 주영훈 경호실장에게 눈짓을 했다. 주영훈 경호실장은 민첩하게 움직이기 시작했다. 제일 앞에 원창희 내외의 차가 앞장을 서고, 뒤에 노무현 내외와 박은하 비서가 타고 그 뒤를 주영훈 경호실장 차가 따랐다. 산뜻한 초봄의 나들이였다. 거가대교를 지나고 거제도 둔덕면에 들어서자 미끈한 해안도로가 시야를 압도했다. 노무현은 이를 드러내며 마음껏 웃었다.

"야, 참말로 좋다. 오랜만에 가슴이 뻥 뚫리네."

권 여사가 노무현의 손을 잡으며 살갑게 말했다.

"여보, 고마워요. 이렇게 나와주셔서."

노무현은 싱겁게 받았다.

"이 사람아, 고맙긴. 내가 너무 오래 당신을 괴롭혔지. 이렇게 나오니까 숨이 트이네."

차는 어느새 남부면 저구리 금포항으로 들어섰다. '은하수횟집' 앞에 주인 내외가 단정한 자세로 서 있었다. 손님들도 전임 대통령 내외를 환영하면서 자리를 비켜주었다. 노무현은 밀짚모자를 벗고 두루두루 인사를 건넸다. 안방에는 이미 회와 해물탕이 마련되어 있었다. 그날은 권 여사와 원창희 부인도 맥주에 소주를 타서 마셨다. 그리고 걸쭉한 해물탕을 마음껏 들었다. 노무현은 도다리와 미나리나물을 맛있게 먹고 시원한 된장 국물을 소리 내어 마셨다. 창문을 타고 들어오는 해풍이 싱그러웠다. 노무현은 큰 트림을 시원하게 쏟으며 이윽고 담배를 피워 물었다.

"내 생전에 먹은 그 어떤 해물 맛보다 오늘 것이 제일이구마. 어, 참 시원타."

담배 연기를 멀리 보내며 생기 있게 말했다.

"원 회장, 그때가 언제던고? 아마 내가 14대 총선에서 낙선하고 나서든가, 부산시장에 나왔다가 미끄러진 후였던가. 93년이던가? 우리가 캐나다 여행을 갔었던 것이?"

권 여사가 기억력을 살려냈다.

"당신이 원고 뭉치를 들고 다니실 때니까 아마 94년쯤일 거예요. 〈여보, 나 좀 도와줘〉를 출간하기 전이었잖아요."

노무현은 원창희를 건너다보며 감회 어린 어조로 말했다.

"아무튼 자네는 나의 구세주일세. 그때 내가 낙선으로 코가 석 자나 빠져 있을 때인데 캐나다로 우리 내외를 끌고 갔잖아. 내가 아메리카 대륙을 밟아본 것이 그때가 처음이야. 해외라고는 요트 교육 받느라고 일본 구경했던 것이 고작이었는데. 그 커다란 비행기를 타고 태평양을 건너고 그 아름다운 캐나다 서부도시 밴쿠버를 거쳐 캐나디안 로키를 구경했잖

아. 반프로 해서 반프 자스퍼 하이웨이를 타고 요호 국립공원도 보고 자스퍼 협곡을 가로질렀지. 아, 참 대단했어. 이 촌놈이 정말 호강했지."

권 여사가 입을 가리고 큰 소리로 말했다.

"원님 덕분에 나팔 분 사람이 여기 있어요. 저는 그때 정말 황홀해서 까무러치는 줄 알았어요. 김해 촌여자가 언제 캐나다 구경을 했겠어요. 그맑고 깨끗한 로키 산맥의 빙하 물에 빠져 죽고 싶었어요. 사모님, 고마웠습니다."

원창희 부인이 겸손하게 대답했다.

"영부인님! 저도 그때 정말 좋았어요."

권 여사가 덧붙였다.

"그러고 보니 원창희 회장님은 저분이 어려우실 때마다 짠하고 나타나시는 구세주 같으세요. 저이가 울산에서 막노동하시다가 크게 다쳐 병원에 입원해 계실 때도 달려오셨죠. 그때 입원 보증을 서주셨잖아요."

"암, 그랬었지. 나는 그때 의지할 데 없는 노가다였는데, 이 친구는 당당한 국세청 직원이었지. 내가 큰 건축 자재를 만지다가 이빨이 두 개나 나가면서 중상을 입고 누워 있었어. 난 그때 이빨 통증보다 입원비가 더 걱정이 되더라고. 턱 주위에 깁스를 하고 누워 있는데 이 친구가 와서 공무원증을 맡기고 입원 보증을 서줬어. 그러고 보니 나는 원 회장을 만나는 순간부터 신세를 졌던 셈이야. 언제나 신세를 졌고 부담만 줬네. 선거 때마다 물심양면으로 괴롭히기만 했구만. 대통령 재임 중에는 겨우 청와대 한 번 구경시켜준 것이 고작이었고."

이렇게 말한 노무현은 일어서서 옆방에 있는 수행원들을 챙겼다. 경호실장에게 맥주를 권하고 박 비서에게도 맥주를 권했다. 실장은 업무 때문인지 잔을 겸손하게 받아 조심스럽게 상 위에 올려놓았고, 박 비서도 마시는 시늉만 했다. 그러나 여하튼 오랜만에 대통령 웃음소리를 들으며 그들도 한없이 마음이 가벼워지는 것 같았다. 대통령이 나오자 그 방에서 까르르까르르 웃는 소리가 쏟아졌다.

점심 후에는 다시 해안도로를 신나게 달려 거제대교 밑 옥림리 '소낭구 펜션'에 자리를 잡았다. 노무현은 저녁 식사 후에 숟가락으로 상 모서리를 치며 '울고 넘는 박달재'와 '비 내리는 호남선'을 메들리로 불렀다. 원창희 회장이 '해운대 엘레지'를 부르고 나자 박은하 비서는 '4월의 노래'를 격조 있게 불렀다.

"목련꽃 그늘 아래서 베르테르의 편질 읽노라 / 구름꽃 피는 언덕에서 피리를 부노라 / 아, 멀리 떠나와 이름 없는 항구에서 배를 타노라 / 돌아온 사월은 생명의 등불을 밝혀든다 / 빛나는 꿈의 계절아 눈물 어린 무지개 계절아."

노무현이 기억을 더듬으며 말했다.

"그게 아마 박목월 시인의 가사지? 작곡은 김순애이고."

박은하 비서가 얌전하게 대답했다.

"그렇습니다, 대통령님."

참으로 행복한 하루였다. 그때가 4월의 훈풍을 기다리는 3월 말쯤이었다.

마지막 면담

문재인 비서실장이 말했다.

"유시민 장관이 찾아왔습니다."

"유 장관이요? 들어오라고 하세요."

"서재로 모시겠습니다."

세 사람은 오랜만에 만난 셈이다. 노무현이 들어서며 유시민의 손을 잡자 유시민은 눈가에 물기를 머금은 채 노무현의 손을 잡고 말했다.

"대통령님, 마음고생이 크시겠습니다. 일이 어쩌다가 이렇게 됐는지요? 대통령님만은 편안한 노후를 보장받으셨다고 생각했는데요."

노무현도 쑥스럽게 웃으면서 나직이 말했다.

"글쎄 말이요. 일이 이렇게 꼬이리라고는 생각지 못했어요. 찾아오는 보도진들과 어수선한 분위기 때문에 책도 손에 잡히지 않고 컴퓨터 작업을 할 수도 없습니다. 담배를 많이 피워 혀에 백태가 두텁게 피어 있습니다. 혓바늘까지 돋구요."

유시민은 안타까운 듯 말했다.

"잠도 주무시지 못하시죠?"

"잠이 뭡니까? 분하기도 하고, 부끄럽기도 해서 도무지 잘 수가 없습니다. 나는 정치하기를 참으로 잘했다 싶었는데, 일이 이렇게 되고 나니까 정치에 발을 들여놓은 것이 후회가 됩니다. 고은 선생이 나는 정치와 어울리지 않는 사람이라고 쓰신 일이 있죠."

"어디에 말입니까?"

유시민이 물었다.

"그분이 〈만인보〉를 쓰셨잖아요. 거기에 나에 대해서도 써 놓은 내용이 있습니다."

문재인은 서가에서 〈만인보〉를 꺼내왔다. 노무현 부분을 유시민에게 건넸다. 유시민은 "아 이거, 봤어요." 하며 시집을 펼쳐 낭송하기 시작했다.

모든 것을 혼자 시작했다
처음에는 공장에 다니다가
중학교
고등학교
대학을 검정고시로 마친 뒤
사법고시도 마친 뒤
그는 항상 수줍어하며 가난한 사람 편이었다
그는 항상 쓸쓸하고 어려운 사람 편이었다

슬픔 있는 곳
아픔 있는 곳에
그가 물속에 잠겨 있다가 솟아나왔다
푸우 물 뿜어대며
그러다가 끝내 유신체제에 맞서
부산항 일대
인권의 등대가 되어
그 등대에는
마치 그가 없는 듯이
무간수 등대가 되었다
힘찬 불빛으로

어디 그뿐이던가
사람들 삐까번쩍 광光내는 데
그는 혼자 물러서서 그늘이 되었다
헛소리마저 판치는
텐트 밑에서
술기운 따위 없는 초승달이었다
아무래도 그는 진실 때문에
정치를 할 수 없으리라
속으로 격렬한
진실 때문에

유시민은 시집을 접으면서 씁쓸하게 말했다.
"저도 공감한 내용입니다만, 사실 대통령님은 너무 정직하고 솔직한 것 때문에 애당초 정치라는 것 하고는 어울리지 않는 분이였는지도 모르겠습니다. 고은 그분이 사람을 보면 직관으로 꿰뚫어 보는 분이 아닙니까."

노무현은 담배를 피워 물며 말했다.

"역시 예지와 직관력이 있는 시인이라 생각합니다. 이제 와 생각하면 내가 왜 정치에 뛰어들었을까, 후회되는 점이 한두 가지가 아닙니다. 문 실장도 내가 대권에 뛰어들었을 때 반대하셨다지요?"

문재인이 당황하며 말했다.

"무슨 말씀이신지?"

노무현이 천천히 말했다.

"우리 변호사 사무실에서 함께 일했던 최도술 실장에게 내가 대권 도전을 선언하고 문 실장 변호사 사무실로 심부름을 보냈었죠. 그때 워낙 돈 쓸 일이 많아서 돈 부탁도 할 겸 최 실장을 문변에게 보낸 일이 있잖아요."

"아, 그때 말입니까? 최 실장이 와서 대권 도전 선언을 하시겠다고 하면서 5천만 원만 해달라고 했습니다. 솔직히 말씀드리면 대단히 난감했고 판단하기 어려웠던 일이었습니다. 부산이라는 변두리에서 민주화운동에 몰두해 있던 선배님께서 대통령 경선에 나가신다는 말씀을 듣고 솔직히 당혹스러웠죠."

노무현이 창밖을 내다보며 말했다.

"갔다 왔던 최 실장이 말했어요. 문변이 놀라면서 첫 번에 한 말이 '대권을요? 정말입니까?' 그러더래요. 그리고 한참 망설이다 3천만 원을 마련해서 최 실장 편에 올려 보냈죠? 현실성이 없는 일에 투자한 셈이죠."

문재인이 솔직히 말했다.

"사실 그때는 선배님께서 대권에 도전하시는 일이 도무지 실감이 나지 않았습니다. 참으로 인생이라는 것이, 정치라는 것이 알다가도 모를 일입니다. 다 운명적인 일, 팔자소관이었던 것 같습니다."

노무현은 유시민을 바라보며 말했다.

"내 생각에도 유시민 장관도 정치와는 거리가 있는 분 같습니다. 하관이 빠르고 눈빛이 형형한 인상은 정치 쪽보다는 예술 쪽으로 가시는 것이 어울린다고 생각해요. 보건복지부 장관보다는 문화부 장관이 어울렸을 텐데.”

노무현이 말끝을 흐리자 유시민도 웃으며 말했다.

“저도 솔직히 문화부 장관을 하고 싶었습니다. 그런데 대통령님께서 보건복지부 쪽을 권하셨기 때문에 따랐을 뿐입니다.”

노무현은 들판 쪽을 바라보며 말했다.

“유시민 장관, 앞으로는 문화 쪽에서 이 사람을 도와주시기 바랍니다. 나도 앞으로는 책이나 읽고, 문화 쪽으로 공부를 하고 싶습니다. 뭐 그렇게 될지는 모르겠습니다만.”

노무현은 식은 커피를 마시면서 또 말했다.

“이 봉하마을도 앞으로 전직 대통령과 관련된 정치적인 곳이 되기보다는 노무현이라는 브랜드가 살아나는 문화적 공간이 됐으면 싶습니다.”

이렇게 유시민이 노무현 전 대통령과 면담을 한 시점은 4월 말쯤이었다. 그와 노무현 전 대통령이 면담을 하고 담소를 나눈 것도 그것이 마지막이었다.

그날

2009년 4월 30일 아침이었다.

노무현은 말없이 버스에 올랐다. 문재인과 수행원들도 따라 올랐다. 비서진들이 모두 밖에 도열하여 몸 둘 바를 몰라 했다. 김경수는 울먹였다. 박은하 비서가 흐느꼈다. 식구들은 집에서 나오지 않았다. 동네 사람들은 먼발치에서 바라보고 있었다.

차가 고속도로를 달리기 시작하자 노무현은 문재인에게 나직이 말했다.

“이거, 기시감이 있는 풍경 아닙니까?”

“기시감이라뇨?”

"아, 지나간 우리 역사에 이와 비슷한 사건이 있었잖아요. 그분은 군인 출신이었는데, 퇴임하고 검찰이 부르니까 고향으로 내려갔잖아요."

"아, 합천으로 내려간 분 말입니까?"

"그렇지요. 합천으로 내려가서 자신의 가신들을 불러들였고, 합천 사람들과 힘을 합쳐 검찰이 보낸 차를 타지 않으려고 했는데, 결국 검찰 수사관이 탄 차에 끼어 압송됐잖아요."

"그랬었죠. 12·12와 5·18이라는 두 번의 쿠데타를 치르고 피를 뿌리면서 집권했던 그 사람도 살아 있는 권력에는 이기지 못하고 치욕스럽게 끌려갔죠."

"그때 보도용 헬기가 떠 있었는데…."

노무현이 이런 얘기를 나누고 있을 때, 버스 위에서 헬기 소리가 들렸다. 문 실장이 말했다.

"완전 복사판이군요. 헬기까지 떴습니다."

노무현이 말했다.

"그때 그 양반은 휴게실에 들러 볼일을 보고 가자고 했는데, 수사관들이 그것도 허락하지 않았죠. 아마? 깡통에 볼일을 봤다는 소문이 있었지요."

문재인이 나직이 말했다.

"오늘은 휴게소를 들르도록 책임자에게 말을 하겠습니다. 만약 그런 일이 생긴다면 지금부터 변호사로 나서는 제가 용납하지 않겠습니다."

노무현이 말했다.

"나도 변호사가 아닙니까? 호송하는 피의자의 생리적인 욕구, 그 최소한의 요구조차 거부한다면 그건 솔제니친의 수용소 군도와 다를 바가 없는 동토국가의 행태가 아니겠어요?"

다행히 그날 호송버스는 휴게소에 들러 서울 대검 청사로 향하였다.

포토라인에 선 노무현은 소년처럼 쑥스러워 하였다. 국민 여러분께 면목이 없다는 소박한 소회만 남기고 조사실로 올라갔다. 이인규 중수부장이 맞았다. 태도는 공손했지만 표정은 거만했다. 세상이 바뀌었다는 것을 물씬 풍기는 모습이었다. 변호사 겸 비서실장으로 문재인이 곁에 붙어 있었다. 문재인이 나직이 노무현에게 말했다.

"허리를 펴십시오. 어깨도 좀 펴세요."

"아, 네."

막상 조사가 시작되자 노무현은 그 옛날 부산 시절의 논리적인 변호사로 돌아갔다. 5공 청문회에 혜성처럼 나타났던 그 젊은 변호사 출신 국회의원의 면모도 나타나기 시작했다. 질문에 성실히 대답하면서도 앞뒤의 논리가 맞지 않는 검사의 질문 요지를 지적하기도 하였다. 조사는 설렁탕한 그릇을 비운 후에도 마라톤 식으로 이어졌다. 노무현은 검사에게 되물었다.

"이 부분은 전혀 증거가 없는 내용이 아닙니까? 일방적 진술뿐이잖습니까? 통화기록도 없고, 정황증거도 없잖습니까?"

검사가 궁색해지자 오후에 뜻밖의 카드를 꺼냈다.

"그럼 박연차 회장과 대질해 드릴까요? 바로 옆방에 와 있습니다."

문재인 비서실장, 아니 변호사가 나섰다.

"꼭 그럴 필요가 있겠습니까? 이건 전직 대통령에 대한 예의도 아니고 피의자로 확정되지 않은 분에게 대하는 태도가 아닙니다. 대질을 사양하겠습니다."

노무현은 차분하게 말했다.

"그분이 와 계십니까? 그럼, 인사라도 해야지요. 만납시다."

박연차 회장이 들어섰다. 고개를 들지 못했다.

"대통령님, 송구스럽게 됐습니다. 예의가 아닙니다."

노무현은 웃으며 말했다.

"아닙니다. 다 이 사람 불찰입니다. 저를 도와주시고 고생하시네요. 제가 신세를 많이 졌습니다. 건강은 어떠세요?"

"아, 좋습니다. 견딜 만합니다."

그날 조사는 그쯤에서 끝났다. 돌아오는 차 안에서는 그 누구도 말을 꺼낼 수가 없었다. 노무현은 줄곧 차창 너머에만 시선을 고정시킨 채 미동도 하지 않았다. 차가 봉하에 거의 닿을 때쯤 문재인이 말했다.

"제게 맡겨주십시오. 아무리 정치재판이고 여론재판이라 하더라도 법은 법입니다. 대통령님이나 저나 법 전문가가 아닙니까."

노무현은 고개만 끄덕였다.

일주일 전

그날도 원창희 내외가 봉하로 달려왔다. 대통령이 좋아하는 거제산 자반을 골고루 챙겨가지고 왔다. 조기, 도미, 민어를 알맞게 간하여 차곡차곡 쌓고 곁에는 싱싱한 도다리 회를 한 묶음 싸왔다. 면세점에서 누가 선물로 사왔다는 양주까지 들고 왔다. 대통령은 또 굶었는지 원창희가 챙겨온 것들을 맛있게 들었다. 원창희가 곁에서 거들었다.

"대통령, 천천히 천천히 드시게. 물도 마시면서."

노무현은 애기처럼 친구가 시키는 대로 쉬어가며 목이 막히지 않도록 속도를 조절하였다. 식사 후에 담배를 물면서 느닷없이 물었다.

"니 회사도 지금쯤 거덜났제? 국세청 놈들이 샅샅이 뒤질 텐데."

원창희는 침착하게 받았다.

"제까짓 놈들이 털어봐야 먼지밖에 더 나겠어? 난 이제까지 탈세하면서 영업하지 않았어. 뭐 더 내라면 더 내지."

노무현은 또 물었다.

"니 이제부터 뭐 해먹고 살 끼고?"

"아, 이가 없으면 잇몸으로 살지 뭐. 설마 산 입에 거미줄 칠까?"

노무현은 마룻바닥을 찬찬히 훑어보며 혼잣말처럼 말했다.

"허기야 산 사람은 살게 마련이지. 원 회장, 니 군세게 맘먹고 살아야 한

데이."

원창희는 노무현에게 술잔을 권하며 말했다.

"아 글쎄, 내 걱정은 말라고. 거제 촌놈이 뭍에 나와서 이만큼 이루고 살면 됐지. 아이들도 다 컸고."

노무현이 나머지 회 접시를 다 비우고 나자 원창희가 말했다.

"웬만큼 조용해지면 우리 동기생들끼리 한 번 오붓하게 모이자. 거제 우리 동네에서 한 시간만 배 타고 나가면 아무도 모르는 무인도가 있어. 거기에다가 천막 치고 한 사흘 놀아보자구. 이달 말쯤이면 바닷바람도 훈훈해지고 모래 밟기도 괜찮을 테니까 바닷가에 솥 걸어 놓고 마음껏 팬티바람으로 뛰어놀자구."

그러자 노무현이 말했다.

"이놈들이 판을 어디까지 벌리려고 하는지 모르겠지만 아무튼 잠잠해지면 우리 동기생들끼리 마음껏 한 번 놀아보세."

원창희가 자상하게 술잔을 채워주며 말했다.

"일이 길게야 가겠나. 모든 건 사법 절차에 맡기고 마음을 비우시게."

노무현은 껄껄 웃었다.

"내가 명색이 변호사이고, 재판정에서 붙었다 하면 승률이 90퍼센트는 되는데 이번에는 내가 피고로 서는 판이라. 허, 참. 변론이라면 자신 있지만 이거야 원 피고인으로 법대 앞에 서다니…."

난감한 표정을 짓던 노무현은 취기가 오르는 듯 벽에 걸린 기타를 내리더니 딩동댕 줄을 골랐다. 그리고 원창희에게 말했다.

"자네 신청곡을 받겠네. 무슨 노래를 불러줄까?"

원창희는 순간 당황하여 곡명이 떠오르지 않았다. 그래서 그는 웃으며 역제의를 했다.

"자네가 나에게 들려주고 싶은 노래가 있다면 들려주시게."

그러자 대통령은 서서히 줄을 고르면서 노래를 부르기 시작했다.

저 들의 푸르른 솔잎을 보라
돌보는 사람도 하나 없는데
비바람 맞고 눈보라쳐도
온 누리 끝까지 맘껏 푸르다
서럽고 쓰리던 지난날들도
다시는 다시는 오지 말라고
땀 흘리리라 깨우치리라
거칠은 들판에 솔잎되리라

우리들 가진 것 비록 적어도
손에 손 맞잡고 눈물 흘리니
우리 나갈 길 멀고 험해도
깨치고 나아가 끝내 이기리라

우리들 가진 것 비록 적어도
손에 손 맞잡고 눈물 흘리니
우리 나갈 길 멀고 험해도
깨치고 나아가 끝내 이기리라
깨치고 나아가 끝내 이기리라

  2009년 5월 16일, 노무현이 봉하 집에서 가장 사랑했던 친구 원창희에
게 불러주고 간 노래였다. 운명의 날로부터 꼭 일주일 전이었다. 봉화산
기슭에 눈부시게 피어 있던 철쭉과 산꽃들이 뚝뚝 떨어지기 시작하던 무
렵이었다.

그 순간

　노무현 전 대통령은 속이 쓰려 새벽 일찍 눈을 떴다.

　밤새 뒤척였다. 거의 잠을 못 잤기 때문에 비몽사몽의 상태였다. 담배부터 찾아 입에 물었다. 벽시계가 새벽 5시 20분을 가리키고 있었다. 부산 법원의 소환 날짜가 오늘이라는 것을 알고 있는지 아내 권양숙도 기상 준비를 하는 눈치였다.

　'저 사람을 만날까? 저 사람과 커피 한잔이라도 나누어야 하는 거 아닐까?'

　그는 아내를 부르기 위해 방문의 손잡이를 잡다가 문득 멈추었다.

　'만나서 뭘 하게? 마음만 약해지겠지. 참으로 안쓰러운 사람인데, 손이라도 한 번 잡아줘야 하지 않을까. 아니야, 그 사람 손을 잡으면 내 마음이 약해지지.'

　끝없이 갈등하는 마음을 다독이며 그는 문에서 돌아섰다. 뚜벅뚜벅 컴퓨터 쪽으로 갔다. 자판을 누르기 시작했다. 손이 떨려 오타가 나자 지우고 다시 시작했다.

　너무 많은 사람들에게 신세를 졌다.

　나로 말미암아 여러 사람이 받은 고통이 너무 크다.

　앞으로 받을 고통도 헤아릴 수가 없다.

　여생도 남에게 짐이 될 일밖에 없다.

　건강이 좋지 않아서 아무것도 할 수가 없다.

　책을 읽을 수도 글을 쓸 수도 없다.

　너무 슬퍼하지 마라.

　삶과 죽음이 모두 자연의 한 조각 아니겠는가?

　미안해하지 마라.

누구도 원망하지 마라.

운명이다.

화장해라.

그리고 집 가까운 곳에 아주 작은 비석 하나만 남겨라.

오래된 생각이다.

'너무 많은 사람들에게 신세를 졌다'는 첫 문장은 사실 처음에는 적지 않은 문장이었다. 다 써놓고 일어나려다가 따로 한 줄을 쳐서 앞에다 붙였다.

자판 누르는 소리에 아내가 올 듯도 하여 그는 서둘러 인터폰으로 경호관을 불렀다. 이날 당직이던 이병춘 경호과장이 서둘러 사저 정문으로 나왔다. 현관문을 나서며 본 벽시계는 5시 50분을 가리키고 있었다.

이 과장과 함께 문을 나섰다. 등산복이 아닌 베이지색 점퍼에 끈 없는 등산화를 신었다. 노무현은 별다른 이야기 없이 휘적휘적 걸어 사저 앞 제1초소를 지나 제3초소 쪽을 향했다.

문득 마을 이장인 이재우 조합장이 보고 싶었다. 초등학교밖에 나오지 않았지만 성실하게 가장의 임무를 다하고 마을일에도 발 벗고 나서서 만년 이장을 도맡고 조합장도 하는 친구였다. 노무현이 사법고시에 합격했을 때 자기 일처럼 기뻐하며 노무현의 합격 소식이 실린 서울신문을 들고 정신없이 달려왔던 사람이었다. 그와 함께 이슬 맺힌 논길을 걷고 싶었다. 그러나 시간이 너무 일렀다. 이 시간에 찾아가면 그가 놀랄 것이다.

노무현은 산 쪽으로 방향을 틀었다. 봉하저수지 옆 등산로를 따라 천천히 걸었다. 15분 만에 부엉이바위를 통과하여 5분쯤 더 올라갔다. 계단을 오르면 선진규 법사가 있는 법당이 나올 것이다. 지금쯤 법사는 예불을 시작할 것이다. 올라가서 함께 예불을 올려볼까. 노무현은 생각을 접었다. 이병춘 과장은 그림자처럼 따라왔다. 그는 이 과장과 함께 봉화산의 정상인 사자바위에 올라 잠시 쉬었다. 이 과장은 바위 밑에서 사방을 살피고 있었다. 그는 어릴 적부터 오르던 그 바위 위에서 사방을 둘러보며 넓은 평야 위에 우뚝 솟아 있는 봉화산이 자신의 모습과 같다고 생각했다. 어떤 산과도 연결이 되어 있지 않은 외톨이, 봉화산. 이 산이야말로 어렸을 적부터 노무현에게 '혼자 살면서 혼자 일어서라'라는 교훈을 준 산이었다. 그 외톨이산 정상에서 그는 생각에 잠겼다.

 낮으면서 높은 산
 야산이면서 심산이다
 높이 140m 정상에 오르면
 하포늪을 뒤로
 낙동강이 굽이굽이 흐르고
 두루 40리 3개 시 12개 읍면이
 한눈에 들어온다

 부산 가덕도에서 봉화하면
 김해 분산성 봉수대를 지나
 봉화산 봉수 밀양 봉수로 전달되는
 중부권 봉화 민중을 깨워
 소리치게 했던 산이다.

 그 옛날 낙동강 지류
 광활한 높은
 상고때는 바다였기에
 산기슭에 패총(貝塚)[4]이 있다.

---

4) 조개 껍질 무덤.

바위 정상엔 고대인의 제사터
학명 'cup mark'
감실(龕室)[5]이 현존하여
정기가 있다고 한다.

산중턱 가락국 태자암 절터
후손들 승승장구 비는
원찰이 있었던 곳이다.

지방문화재 40호 마애불
많은 인재를 탄생케하는
부처님이라 한다

사자바위 정상 백척간두 절벽에
일인용 참선터 무엇을 구했고
무엇을 깨쳤을까

동쪽 도득골
서쪽 자암골은
이름 그대로 이곳이
넓은 수행터였음을 말해준다.[6]

얼마 후 노무현은 자리에서 일어났다. 성큼성큼 걸어 내려오는데 정토원
의 젊은 여자 총무가 절 문을 열고 나서며 노무현을 보자 서둘러 인사를

---

5) 조상의 위패를 모셔놓은 장롱.
6) 이 시는 시인이기도 한 봉화산 정토원 원장 선진규 법사가 쓴 시이다.
  시집 〈봉화산의 소리〉(2018)의 서시 앞부분이다.

하려고 하였다. 그런데 이미 정토원을 지나친 노무현은 뒤돌아보지 않았다. 노무현은 계속 걸어 내려오며 혼잣말을 중얼거렸다.

"참 좋은 분인데!"

이 과장이 물었다.

"어느 분 말씀이신지요?"

노무현이 빙긋 웃으며 답했다.

"선진규 원장님 말이야. 참 좋은 분이셨어."

"아, 네."

그리고 산책로에서 멀지 않은 부엉이바위로 올라갔다. 그 바위에서 그는 편안하게 자리를 잡았다. 그리곤 20여 분쯤 봉하마을을 내려다보았다. 그러다가 그는 뜬금없이 이 과장에게 물었다.

"자네, '고향'이라는 시를 아는가?"

이 과장은 당황한 표정으로 대답을 못했다.

"죄송합니다."

"죄송할 것 없네. 나이 먹은 사람들도 정지용 시인의 '고향'이라는 시는 잘 모를걸세. 내가 부산상고 다닐 때 음악 선생님도 그 시를 잘 모르셨기 때문에 이은상 시인이 쓴 '그리워'라는 시에 채동선 작곡가가 곡을 입힌 '그리워'라는 노래를 가르쳐주셨지. 원래는 그 노래가 채동선 곡, 정지용 작사 '고향'이었는데 말이야."

"아, 네."

"정지용 시인은 아주 독실한 가톨릭 신자이셨네. 그러면서도 아름다운 우리말을 다듬어 주옥같은 시를 남기셨지. 6·25 때 납치되셨다고 하는데 언제 돌아가셨는지도 알려져 있지 않아. 그 시는…."

노무현 대통령이 시를 읊으려고 할 때, 저 아래에서 사람 하나가 올라오고 있었다.

"기자인가?"

이병춘 경호과장은 빠르게 몸을 움직여 사람이 올라오는 쪽으로 갔다.

그 사이 노무현 대통령은 서서히 정지용의 시 〈고향〉을 읊었다.

　　고향에 고향에 돌아와도
　　그리던 고향은 아니러뇨
　　산꿩이 알을 품고
　　뻐꾸기 제철에 울건만
　　마음은 제 고향 지니지 않고
　　머언 항구로 떠도는 구름
　　오늘도 뫼 끝에 홀로 오르니
　　흰점 꽃이 인정스레 웃고
　　어린 시절에 불던 풀피리 소리 아니나고
　　메마른 입술에 쓰디 쓰다
　　고향에 고향에 돌아와도
　　그리던 하늘만이 높푸르구나

아침 해가 솟아오르고 있었다. 그는 몸을 일으켰다. 그리고 훌쩍 뛰었다. 25미터의 허공이었다. 두 번 구르고 난 그를 햇살이 얼른 끌어안았다. 2009년 5월 23일, 아침 6시 45분께였다.[7]

---

7) 최상원, '수사 결과 새로 밝혀진 점', 〈한겨레〉, 2009년 5월 25일을 뼈대로 하고 선진규 원장과의 인터뷰를 기초로 하여 재구성해본 내용이다.

아난이 된 문재인

2009년 5월 23일 아침.

양산에 있던 비서실장 문재인이 달려왔다. 문재인은 노무현 대통령이 세상을 떠나기 전 일주일을 양산에 머물렀다. 대통령이 세상과 단절하고 식음을 전폐하다시피 하며 괴로워하는 모습을 차마 곁에서 지켜보기가 힘들었다. 자신도 순간순간을 견디기가 어려워 가족들이 있는 양산 쪽에 가서 힘들게 보내고 있었다. 바로 그런 순간에 일이 생긴 것이다. 전혀 생각할 수도 없었던 일이었다. 여하튼 문재인은 자신이 노무현 대통령의 마지막 순간, 임종을 놓친 것에 대해 자책했다.

그는 문득 부처의 제자 아난(阿難)을 떠올렸다. 아난은 석가의 사촌이다. 그는 석가를 25년이나 따라다녔다. 마호메트의 조카가 평생 마호메트를 수행하고, 공자의 제자 안자가 평생 공자를 따라다닌 것처럼 사실상 문재인은 노무현을 말년에 이르기까지 수행했었다. 그냥 수행한 것이 아니라 청와대에서 대통령 비서실장으로 마지막까지 노무현을 보필했다. 그런데도 자신은 노무현 대통령의 임종을 보지 못했던 것이다.

석가의 제자 아난은 석가가 세상을 떠날 때 임종을 보지 못했다. 석가도 세상을 떠나면서 가장 가까웠던 제자 아난을 그리워했다. 그래서 석가는 마지막 숨을 고를 때 다른 제자들에게 명했다.

"내 아난을 이토록 그리워하건만 그가 이 자리에 없구나. 내가 세상을 뜨거든 관에 넣되 내 발만은 관 밖으로 내놓도록 해라. 내 발이라도 아난이 와서 만져준다면 나는 죽어서도 한이 없을 것이다."

이윽고 먼 곳에서 달려온 제자 아난이 달려와 석가의 발을 만지며 호곡할 때 이상하게도 석가의 발은 움직이는 듯했고, 아난은 평생 머리에 담고 있던 화두가 풀렸다. 사람들은 아난을 가리켜 구족제자(具足第子)라고 불렀고 아난은 죽은 석가의 발을 보고 나서 비로써 각성했다. 아난은 석가의 가르침을 모두 머릿속에 담게 되었고, 그의 도(道)를 사후에 모두 펼칠 수 있었다.

　그날 문재인은 앞으로 뻗은 노무현의 두 팔과 가위처럼 겹질려 있는 다리를 펴주면서 문득 깨닫게 되었다. 그래서 속으로 뇌었다.

'대통령님, 편히 가십시오. 제가 대통령님의 남은 뜻을 꼭 다 이루어드리겠습니다.'

　문재인은 곁에 서 있는 문용옥 경호관에게 말했다.

"이 모습은 영부인님에게도 보이지 마시오. 시신을 깨끗이 닦은 후에 보여드리시오."

　문재인은 김경수 비서관을 불렀다.

"컴퓨터에 있는 대통령님의 유서를 출력하시오. 첫 번째 출력한 것을 영부인님께 올리시오. 두 번째 것은 내게 주시오."

　김경수 비서관이 민첩하게 움직였다. 영부인은 유서를 받아들고 호곡했다. 문재인은 유서를 접어 지갑 속에 간직했다. 김경수 비서관은 세 번째 유서를 자신이 갖고 나머지를 기자들에게 나눠주었다. 대통령의 시신은 양산에 있는 부산대학교 의과대학 부속병원으로 옮겨졌다.

　문재인 비서실장 부인 김정숙 여사가 울면서 검은 양복과 검은색 넥타이를 챙겨 부산병원으로 달려왔다. 봉하 현지에서 김정호 비서관이 마을 사람들의 도움을 얻어 장례 준비를 끝냈다는 연락을 해왔다. 5월 23일 해가 저물고 있었다. 부산대학병원에 누워 있던 노무현 대통령의 시신은 봉하마을로 향했다. 봉하마을엔 이미 비보를 접한 전국의 시민들이 엄청나게 모여들고 있었다. 동네 이장이며 노무현 대통령의 평생 친구였던 이재우 조합장이 눈물을 닦으며 장례식장의 안팎을 챙겼다. 문재인 비서실장이 상주가 되었다. 다음 날 새벽까지 꼬박 문상객을 받고 총지휘를 했다. 그의 눈은 충혈되었고 입은 꽉 다문 채였다. 그의 독특한 입모양, 꽉 다문 입모습은 '내 결코 이때의 일을 잊지 않겠다'는 결의로 더 굳어졌다.

　문밖에 서 있던 어떤 여인이 울부짖으며 소리쳤다.

"당신들, 비서실장, 수석비서관, 경호관, 비서나부랭이들! 도대체 당신들은 뭐하는 것들이야? 왜 대통령 한 분을 지키지 못했어? 지지리도 못난 것들!"

산발한 그 여인의 외침이 비수처럼 비서진과 경호진들의 가슴에 꽂혔다.

문재인이 그 여인을 바라보며 속으로 다졌다.

'네, 아름다운 복수를 해드리죠.'

통곡의 바다

사람들은 무작정 울었다.

봉하마을 분향소에서도 서울역 분향소에서도 사람들이 울었다. 국민장을 치른 엿새 동안 봉하마을에만 100만 명 넘는 조문객이 왔다. 전국 분향소에서 500만 명 넘는 국민들이 호곡하며 조문했다. 대한문 시민분향소 주변은 현실 공간이 아닌 것 같았다. 그렇게 좁은 곳에서, 그토록 많은 사람들이 똑같은 표정을 지은 채 하염없이 줄을 서서 기다렸다. 구령에 맞추어 똑같이 두 번 절을 올리고, 그리고 저마다 눈물을 훔치며 빠져나갔다. 노제를 치른 서울시청 광장은 탄식과 슬픔이 너울대는 눈물의 바다였다.

모든 사람들이 만장을 들고 싶어 했고, 광화문에서 출발하여 시청 앞에까지 걷는 그 장례의 행렬에 참여하고 싶어 했다. 노무현의 부산상고 동기 원창희는 조문이 적힌 현수막을 들고 광화문에서 시청까지 선두에 서서 걸었다. 광화문과 서울시청 거리가 그렇게 먼 줄은 처음 느꼈다. 노대통령이 운명하던 날 제주도에 있었던 유시민은 허겁지겁 달려와 봉하에서 통곡하고 서울의 장례 행렬 속에서도 울었다. 부산 교외의 황영산을 오르다가 비보를 들었던 최도술 실장은 몇 번이고 구르며 산을 내려와 장례 행렬의 끝에 섞여 끝없이 울었다. 노무현이 대권에 도전했을 때 여의도에서 어렵게 캠프를 총괄했던 전라도 사람 염동연도 장례 행렬 끝에서 목 놓아 울었다.

김대중 전 대통령은 휠체어를 타고 분향소로 달려와 권양숙 여사의 손을 잡고 안면을 씰룩이다 참았던 눈물을 쏟았다. 격렬한 오열을 참으며 말했다.

"이 늙은 몸의 절반이 무너져 내리는 느낌입니다!"

그는 노무현을 떠나보내는 장례식장에서 조사를 하고자 했다. 그러나 이명박 정부는 허락하지 않았다. 그는 준비했던 조사를 그해 7월 3일 출간된 〈노무현, 마지막 인터뷰〉(오마이뉴스 오연호 펴냄)에 실었다.

"노무현 대통령 당신, 죽어서도 죽지 마십시오. 우리는 당신이 필요합니다. 노무현 당신이 우리 마음속에 살아서 민주주의 위기, 경제 위기, 남북 관계 위기, 이 3대 위기를 헤쳐 나가는 데 힘이 되어주십시오.

당신은 저승에서, 나는 이승에서 우리 모두 힘을 합쳐 민주주의를 지켜 냅시다. 그래야 우리가 인생을 살았던 보람이 있지 않겠습니까. 당신같이 유쾌하고 용감하고, 그리고 탁월한 식견을 가진 그런 지도자와 한 시대를 같이했던 것을 나는 아주 큰 보람으로 생각합니다.

저승이 있는지 모르지만 저승이 있다면 거기서도 기어이 만나서 지금까지 하려다 못한 이야기를 나눕시다. 그동안 부디 저승에서라도 끝까지 국민을 지켜주십시오. 위기에 처해 있는 이 나라와 민족을 지켜주십시오.

노무현 전 대통령의 서거 소식을 접하고 우리 국민들은 엄청난 충격을 받았고 조문객이 500만에 이르렀습니다. 나는 그것이 한과 한의 결합이라고 봅니다. 노무현의 한과 국민의 한이 결합한 것입니다.

노무현 전 대통령은 억울한 일을 당해 몸부림치다 저세상으로 갔습니다. 우리 국민들도 억울해하고 있습니다. 나도 억울합니다. 목숨 바쳐온 민주주의가 위기에 처해 있으니 억울하고 분한 것입니다.

우리의 민주주의가 어떻게 만든 민주주의입니까. 1980년 광주에서 얼마나 많은 사람이 죽었습니까. 1987년 6월 항쟁을 전후해서 박종철 학생, 이한열 학생을 포함해 민주화 과정에서 얼마나 많은 사람들이 죽었습니까. 그런데 독재정권, 보수정권 50여 년 끝에 국민의 정부, 참여정부가 10년 동안 이제 좀 민주주의를 해보려고 했는데 어느새 되돌아가고 있습니다. 민주주의가 되돌아가고 경제가 양극화로 되돌아가고, 남북관계가 위기를 맞고 있습니다. 나는 이것이 꿈같습니다, 정말 꿈같습니다.

노 전 대통령은 '각성하는 시민이어야 산다.' '시민이 각성해서 시민이 지도자가 될 정도로 돼야 한다.'고 말했습니다. 이것은 내가 말해온 '행동하는 양심'과 같은 것입니다.

우리 모두 행동하는 양심, 각성하는 시민이 됩시다. 그래야 이깁니다. 그래야 위기에 처한 민주주의를 살려낼 수 있습니다.

국민 여러분,

노무현 대통령은 타고난, 탁월한 정치적 식견과 감각을 가진 우리 헌정사에 보기 드문 지도자였습니다. 노무현 대통령은 어느 대통령보다도 국민을 사랑했고, 가까이했고, 벗이 되고자 했던 대통령입니다.

노무현 대통령은 항상 서민 대중의 삶을 걱정하고 그들이 사람답게 사는 세상을 만드는 것을 유일하게 자신의 소망으로 삼았습니다. 노무현 대통령은 부당한 조사 과정에서 갖은 치욕과 억울함과 거짓과 명예훼손을 당해 결국 국민 앞에 목숨을 던지는 것 외에는 자기의 결백을 밝힐 길이 없다고 해서 돌아가신 것입니다. 우리는 그것을 다 알고 500만이 통곡했습니다."[8]

---

8) 김대중 대통령의 조사 〈우리가 깨어 있으면, 노무현은 죽어서도 죽지 않습니다〉 중 일부는 생략되었다.

노무현 대통령이 서거한 2009년 가을 계간 〈철학과 현실〉에서는 '자살을 어떻게 이해할 것인가?'라는 특집을 펴냈다. 그 특집 중 김기봉 교수는 '노무현 신드롬과 메멘토 모리'라는 글을 실었다.

"인간은 결국 모두 죽어야 할 운명을 가졌다는 것이 역설적이게도 사람을 사람답게 만드는 요소가 된다. 이 같은 맥락에서 메멘토 모리(memento mori: 죽음을 기억하라)라는 말이 나왔다. 인간에게 가장 확실한 것은 죽는다는 것이고, 가장 불확실한 것은 언제 죽느냐이다. 이렇게 불확실한 죽음의 때를 스스로 결정하는 것이 자살이다. 따라서 자살이란 삶을 포기한 것이 아니라 죽음을 선택하는 인간으로서 가장 어려운 결단이다. 그래서 알베르 카뮈는 '인생을 괴로워하며 살 값어치가 있는지를 판단하는 게 철학의 기본적인 질문에 답하는 것이라면, 참으로 위대한 철학의 문제는 자살이라는 단 하나밖에 없다.'고 말했다."

2

천상의 꽃길

천국의 길목

먼 곳에서 작은 음악소리가 울려왔다. 성당에서 듣던 성가 소리와 비슷했지만 그런 세상의 소리는 아니었다. 한 번도 들어본 일이 없는 현묘한 소리였다. 온몸을 나른하게 만들고 공중에 붕 뜨게 만드는 신기한 소리였다. 소리는 점점 더 가까이 들리고 꽃향기보다 더 황홀한 내음이 온몸을 감쌌다. 눈을 서서히 떠보았다. 처음으로 경험하는 신기하고 새로운 풍경이었다. 꽃과 향기가 음악이 되면 저럴까 싶은, 말할 수 없이 아름다운 음악이 어우러지며 온몸이 깃털처럼 가벼워졌다.

그때 두 명의 여성이 다가왔다. 검은 색상의 수녀복을 걸친 두 사람은 바람결처럼 가까워져 오는데 걷는 것인지 나는 것인지 분간할 수 없었다. 그는 눈을 뜨며 말했다.

"여기가 어디입니까?"

두 수녀는 향긋한 미소를 띠며 말했다.

"정신이 드십니까?"

그는 다시 물었다.

"여기가 어디입니까? 천국입니까?"

두 수녀는 말했다.

"천국은 아닙니다. 천국으로 가는 길목입니다. 천국에 가기 위해서는 먼저 해야 할 일이 있습니다. 몇 가지 과정을 거치고 절차를 마친 후에 천국 가는 길을 떠날 수 있습니다."

그는 물었다.

"그렇다면 여기는 연옥입니까? 저는 천주교에서 천국 가는 길에 연옥이 있다고 들었습니다."

수녀가 답했다.

"연옥도 아닙니다. 연옥과 나란히 있는 또 다른 통로입니다."

그는 다시 물었다.

"수녀님들은 어떤 분들입니까?"

그때 안경을 낀 수녀가 대답했다.

"저는 마리 마들렌(Marie Madeleine, 1898~1979)이라는 수녀입니다. 프랑스 남부 마르몽드라는 곳에서 태어났지요. 사범학교를 졸업하고 교사를 하려다가 수녀가 되었습니다. 조선이 일본의 식민지가 되어 있을 때 선교를 위해 조선으로 가는 배를 탔지요. 서울 혜화동에서 머물렀고 그곳에서 선교 활동을 시작했습니다. 그때가 1939년이었습니다."

나이를 가늠하기 어려웠지만 얼굴에서 광채가 나고 귀족적인 풍모를 느끼게 하는 또 하나의 수녀가 말했다.

"저는 마리 앙리에트(Marie Henriette, 1897~1982)입니다. 남프랑스 바욘(Bayonne) 태생입니다. 귀족 가문에서 태어나 평온한 생활을 하다가 수녀복을 입었습니다. 곁에 계신 마들렌 수녀님보다 한 살이 많지요. 하지만 저는 조선으로 출발한 햇수가 마들렌 수녀님보다 한 해 늦기 때문에 마들렌 수녀님을 평생 선배님으로 모셔왔습니다. 1940년에 조선으로 갔지요. 혜화동에서 마들렌 수녀님 뒤를 따라 선교 활동을 했습니다. 우리가 소속된 수녀회는 가르멜 수도원입니다. 가르멜이라고 들어보셨습니까?"

노무현은 애써 기억을 더듬다 힘들게 답했다.

"네, 저는 명색이 천주교 신자였습니다만 교회를 대충대충 다녀 수녀회에 대해 자세히 아는 바가 없습니다. 하지만 가르멜 수도원에 대해서는 들은 듯합니다. 한 번 서원하고 들어가면 평생을 나올 수 없다는 그 봉쇄 수녀원 아닙니까. 천재지변이 아니고서는 세상 사람들과 전혀 접촉할 수 없는 금남, 금인의 집에서 평생 동안 보낸다는 그 철저한 수도원 말이지요?"

두 수녀는 환하게 웃었다.

"감사합니다. 대통령께서도 저희 수도회를 기억하고 계시네요. 대통령님의 세례명이 유스토였지요? 유스토, 자리에서 일어나 편안한 자세로 앉으세요."

노무현은 부스스 일어나 엉거주춤하게 앉았다. 주위는 온통 빛나는 꽃밭이었다. 두 수녀는 다시 웃으며 말했다.

"유스토! 여기는 배고픔도 없고 슬픔도 없고, 어떤 두려움이나 갈등도 없는 곳입니다. 마음을 편히 하고 저희들을 편안한 안내자로 대해주세요."

노무현은 겸손히 두 손을 모으고 말했다.

"두 분은 천사이십니까?"

두 수녀는 햇살 같은 미소로 답해주었다.

"아니에요. 저희들은 천사가 아니랍니다. 지상에서 올라오는 귀한 영혼들을 맞이하고 안내하는 천국의 심부름꾼이랍니다. 저희들은 지상에서도 수녀님들과 사제님, 그리고 형제들을 섬기는 수녀였고 여기에 와서도 천국의 명을 받아 지상의 손님들을 안내하며 인도하는 심부름꾼일 뿐이에요."

노무현은 엉뚱하게 말했다.

"수녀님들, 저 죄송하지만 담배 한 대 피워도 되겠습니까. 이곳에도 담배가 있다면 한 대 피울 수 있게 해주십시오. 그리고 한국산 소주도 있다면 그것을 마시고 싶습니다. 이왕이면 수녀님들과 대작을 하고 싶습니다. 제가 원래 좀 당돌합니다. 허, 허, 허."

수녀들도 손으로 입을 가리면서 함께 웃어주었다.

"대통령님은 재밌으신 분이네요. 좋습니다. 술과 담배를 하십시오. 이 천국 가는 길 위에서 담배와 술을 하시는 분은 아마도 유스토님이 처음일 거예요."

어느새 술과 담배가 마련되었다. 노무현은 눈을 가늘게 뜨고 담배 맛을 보았다. 머리가 핑 돌 만큼 황홀한 느낌이었다. 아편을 해본 일은 없지만 그런 상상이 가는 담배 맛이었다. 온몸이 깃털처럼 가벼워지며 부유하는 느낌이었다. 소주도 한 잔 마셨다. 소주 맛은 더 짜릿했다. 그 짜릿한 쾌감이 전류처럼 온몸을 휘감았다.

"수녀님들도 한 잔 하십시오. 기분이 좋아집니다."

수녀들은 그냥 웃기만 했다. 노무현은 기분이 한없이 좋아지면서 수녀들을 향해 질문을 하기 시작했다.

"왜 하필 수녀님들께서 저를 마중 나오셨는지요?"

마들렌 수녀가 조용히 말하기 시작했다.

"저는 아까 말씀드린 대로 1939년에 조선으로 갔습니다. 그해는 우리 교황 비오 12세께서 제260대 로마 교황으로 취임하시던 때이기도 합니다. 저는 동방의 작은 나라 조선, 천주교인들을 유난히도 박해했던 그 나라에 가르멜 수녀원을 세우기 위해 떠났습니다. 조선말은 한마디도 못했지만 조선 땅에 뼈를 묻을 각오를 하고 떠났지요. 제가 경성의 혜화동에 갔을 때 주교님들과 신부님들이 저를 반겨주셨고 물심양면으로 도와주셨습니다. 조선인 수녀들을 양성하기 시작했습니다."

앙리에트 수녀가 이었다.

"저도 그 다음 해인 1940년에 제2진으로 조선으로 갔지요. 나치 독일이 덴마크, 노르웨이를 침공하며 제2차 세계대전이 본격적으로 시작되던 해였습니다. 조선에서는 일본인들이 조선인들의 성과 이름을 일본식으로 바꾸는 '창씨개명'을 시작한 해였지요. 나치는 프랑스를 점령하여 파리에 비시정권을 막 세우던 시기이기도 했고요. 어수선했지만 저는 용감한 마들렌 수녀님의 소식을 듣고 조선으로 달려갔습니다. 조선 사람들은 참으로 착했고, 양처럼 순한 백성들이었습니다. 혜화동에는 경성제국대학이 세워져 있었고 신부님들을 양성하는 대신학교도 있었습니다. 조선인 청년들은 참으로 씩씩했고 조선인 수녀 지망생들은 아름답고 또 총명했습니다."

마들렌 수녀가 말했다.

"1945년 8월 15일 조선이 해방되고 조선 반도가 기쁨에 들떠 있을 때 하마터면 우리들도 혜화동의 수도원 문을 박차고 나가 조선인들과 함께 만세를 부를 뻔했습니다. 수도원에 있던 조선인 수녀들은 모두 감격의 만세를 불렀고 우리 프랑스 수녀들과 함께 부둥켜안은 채 환희의 눈물을 나누었습니다. 그때 혜화동 가르멜 수녀원에는 다섯 명의 프랑스 출신 수녀가 있었습니다. 원장 마리 메히틸드(1889~1950) 수녀님, 부원장 테레즈(1901~1950) 수녀님, 수련장이 되었던 저 마리 마들렌 수녀 그리고 여기 계신 마리 앙리에트 수녀, 그리고 베르나데트(1905~1997) 수녀였습니다. 모두 조선말은 서툴렀고, 세상 돌아가는 이치에는 밝지 않았습니다. 우리 다섯 프랑스 수녀들은 조선 수녀들 그리고 신부님들, 주교님들, 주한 프랑스 대사관 주원들로부터 과분할 만큼의 위함을 받았고 사랑도 받았습니다. 참으로 행복한 시간이었습니다. 미군정이 시작됐지요. 미군들이 우리 수녀원을 많이 도와주었습니다. 옷가지도 전해주고, 우유와 달걀과 고기도 갖다 주었습니다. 그런 군정 시절이 지나고 1948년 8월 15일에 자랑스러운 대한민국정부가 수립되었지요. 우리 프랑스 수녀들도 대한민국정부 수립을 축하하며 함께 기뻐했습니다. 나중에 총리가 되신 장면 선생(세례명 요한)이 우리를 또 많이 도와주셨어요. 그런데 그때에 이르러서 모든 기쁨과 아름다움은 사라지고 우리 모두는 환란에 빠졌습니다."

"그때라니요?"

앙리에트 수녀가 말을 이었다.

"1950년 한국전쟁이 터지면서부터였어요. 더 정확히는 그해 6월 28일 우리 수도원이 있는 혜화동 로터리에 북한군 탱크가 나타나고 붉은 깃발이 보일 때부터였어요. 바로 하루 전 6월 27일이었지요. 프랑스 대사관 측에서는 우리 프랑스 수녀들에게 빨리 짐을 꾸리라고 했어요. 그리고 즉시 비행장으로 나오라고 했지요. 메히틸드 수도원장님이 물었습니다. '한국인 수녀들도 함께 갈 수 있습니까?' 대사관 측은 차갑게 말했지요. '안 됩니다. 한국 수녀들은 비행기에 탈 수 없습니다. 빨리 서두르세요.' 우리 프랑스 수녀들은 함께 기도한 후 대사관 측에 말했습니다. '우리는 갈 수 없습니다. 한국 수녀들을 남겨두고 우리만 떠나갈 수 없습니다.' 이렇게 해서 우리들은 서울에 남게 됐습니다."

노무현이 물었다.

"그래서 그 후 수녀님들은 어떻게 됐습니까?"

마들렌 수녀가 대답했다.

"사실 그때 나는 앞을 보지 못했어요. 대한민국정부가 수립되던 1948년 부터 갑자기 눈이 나빠지기 시작했어요. 영양실조에 녹내장이 겹쳐 그 무렵 나는 아무것도 볼 수가 없었지요. 이 앙리에트 수녀가 내 손을 이끌어 주지 않으면 아무데도 갈 수가 없었어요. 이런 상황에서 메히틸드 원장님은 나만이라도 한국을 빠져나가라고 권했습니다만 저는 한국을 떠나기 싫었습니다. 죽더라도 한국에서 죽고 싶었어요. 아무튼 이렇게 우리들은 1950년 한국전 때 서울에 남았다가 결국 공산주의자들에게 잡혔지요. 얼마 후에 평양으로 압송되었고 거기에서 감옥살이를 하다가 우리 다섯은 1950년 10월 말 미군 포로 700명과 함께 북쪽으로 향했습니다. 얇은 여름 수도복만 걸치고 여름 샌들을 신은 채 눈이 날리기 시작하는 북쪽으로 행진을 시작했지요. 사람들은 그 행진을 '죽음의 행진'이라고 불렀습니다. 처음에는 발톱이 빠지고 다음에는 손톱이 빠지고 그 다음에는 이가 빠지기 시작했습니다. 미군들도 계속 쓰러졌습니다. 결국 한반도에서 가장 춥다는 중강진에 이르렀을 때 메히틸드 원장님과 테레즈 부원장님이 순교하셨습니다. 그 두 분을 얼음을 헤치고 땅에 묻었습니다. 그 후 우리는 전쟁이 끝나던 1953년 5월에 석방되어 고국 프랑스로 돌아갔습니다. 나 마들렌, 여기 있는 앙리에트 수녀 그리고 베르나데트 수녀가 살아남았습니다. 나와 앙리에트 수녀는 이듬해인 1954년에 다시 한국 땅에 돌아왔지요."

노무현은 소주잔을 내려놓으며 물었다.

"수녀님, 앞도 못 보시면서 그 지옥 같았던 한국으로 왜 돌아오셨습니까?"

마들렌 수녀는 앙리에트 수녀의 손을 꼭 잡으면서 말했다.

"우리 둘은 모두 꿈 많던 20대에 한국 땅에 왔었습니다. 우리 청춘과 사랑을 오롯이 바친 곳은 한국 땅이었고, 우리가 주님 외에 열정을 다 바쳐 사랑한 대상은 한국인이었습니다. 그렇게 사랑하는 사람들과 그리운 산하가 있는 한국을 어찌 떠날 수 있겠습니까? 우리 둘은 전쟁으로 폐허가 되어 있던 서울로 1954년 돌아왔습니다. 다행히 우리 수녀원은 그 전쟁 속에서도 부서지지 않고 남아 있었습니다. 나는 앙리에트 수녀님의 손을 잡고 혜화동 수녀원 문을 넘어설 때 통곡했습니다. 너무 행복했기 때문이었어요."

노무현이 갑자기 외쳤다.

"수녀님들, 두 분은 정말로 천주님을 제대로 믿는 자매님들이시군요. 존경합니다. 저는 지금까지 지상에 있는 믿는 사람들을 반신반의했어요. 정말 저분들은 진짜로 하느님을 믿고 있을까? 저는 언제나 의심했었어요. 그런데 자매님 같은 분들도 계시군요. 먼 이국땅에서 선교 활동하는 것도 힘든 일인데, 포로가 되어 끌려가고 겨우 목숨을 부지해서 3년을 견뎠는데 다시 그 지옥 같은 땅으로 돌아오시다니요. 저는 정말 두 분 수녀님께 손을 들었습니다."

"손을 들다니요?"

"항복한다는 말입니다. 두 수녀님의 그 신앙심에 손들었습니다. 제가 세상에 있을 때 한국 천주교에서 제일 높으셨던, 김수환(1922~2009) 추기경님이 대통령이 된 저에게 물으신 일이 있습니다. '유스토, 노무현 당신은 하느님을 진심으로 믿으십니까?' 그때 저는 당돌하게도 추기경님께 대답했지요. '추기경님, 저는 하느님을 절반쯤만 믿고 절반쯤은 믿지 않습니다, 교회도 절반쯤은 신임하고 절반쯤은 신임하지 못합니다.'"

두 수녀는 눈을 깜빡이며 물었다.

"추기경님께서 뭐라고 하시던가요?"

노무현은 머리를 긁으며 대답했다.

"유스토, 실망했습니다. 믿으십시오. 철저히 믿으십시오. 믿지 않으면 괴롭고 믿지 않으면 스스로 불행해집니다. 이렇게 말씀하셨습니다. 네, 추기경님께서 저를 완곡하게 책망하셨습니다."

두 수녀는 노무현의 두 팔을 하나씩 가볍게 잡아주면서 진지하게 말했다.

"이곳에 와서라도, 지금부터라도 회심하고 믿으셔야 합니다."

노무현이 다시 물었다.

"김수환 추기경님도 이곳에 와 계신 걸로 아는데요, 지금 천국에 계십니까?"

두 수녀는 합창하듯 대답했다.

"물론입니다. 유스토님보다 석 달 앞서서 천국에 오셨지요. 머지않아 뵐 날이 있을 것입니다."

노무현이 말했다.

"꼭 좀 뵙게 해주십시오."

해처럼 밝은 얼굴들

두 수녀가 앞장을 서고 뒤에 사람들이 따라오고 있었다. 젊은 사람 셋과 두루마기를 입은 키 큰 어른이 함께 오고 있었다. 젊은이들은 손에 꽃다발을 들고 있었다. 노무현의 주변에도 꽃이 흐드러지게 피어 있어 따로 꽃은 필요 없다고 생각하고 있는데 자세히 보니까 청년들이 들고 오는 것은 더 빛나고 화사한 꽃이었다. 젊은이 셋은 어디서 본 듯한 얼굴이었고 모두 늠름하고 빛나는 얼굴이었다. 쳐다보기도 아까울 만큼 찬란한 얼굴들이었다. 회색 두루마기를 입은 어른은 노무현이 알아볼 수 있는 문익환 목사였다.

"아이고, 목사님. 늦봄 목사님이 아니십니까?"

키가 큰 어른이 파안대소하며 노무현을 끌어안았다.

"제가 대통령님이 되시는 걸 보지 못하고 이곳에 왔지요. 뒤늦었지만 축하드립니다. 이 젊은이들을 알아보시겠습니까?"

노무현은 찬찬히 젊은이들을 바라보았다. 젊은이들은 허리를 굽혀 인사를 하고 안고 온 꽃다발을 노무현에게 주었다. 노무현은 어리둥절한 채 꽃다발을 받아 정중히 꽃밭 옆에 놓았다. 문익환(1918~1994) 목사는 젊은이들을 소개했다.

"대통령님, 너무 눈이 부시니까 잘 모르시겠죠? 대통령님과 아주 밀접한 관계를 맺어온 열사들입니다. 이쪽 안경을 쓰고 학자처럼 보이는 젊은이가 부산 사나이 박종철입니다."

박종철이 앞으로 나서며 다시 머리를 숙였다. 노무현은 '아이고' 소리를 내며 그를 끌어안았다.

"아이고, 우리 부산 후배 박종철 열사! 여기서 만나보는군요. 영광입니다. 나는 열사의 부산 추모식에서 열사의 영정만 안고 몸부림을 쳤었죠. 우리 부산 후배, 아니 부산의 보배 박종철 열사. 여기서 만나다니요. 이 사람이 영광입니다."

박종철은 물기 어린 눈으로 감격스럽게 말했다.

"대통령님, 아니 선배님. 정말 고마웠습니다. 전 이곳에서 젊은 변호사 시절의 선배님을 생생히 보고 있었습니다. 어디 제 영정만 들어주셨습니까, 저 때문에 구금되시기까지 하셨잖아요. 부산 범일동 대공분실에서 사흘 동안 갇혀 계셨던 것을 제가 생생히 보고 있었습니다."

문익환 목사가 거들었다.

"아 그때 박종철 열사 부산 추도회에서 연설 도중에 잡혀간 사람이 무려 798명이나 되었잖아요. 저도 경찰 기록을 통해 잘 알고 있습니다. 부산 민주화운동의 맏형 김광일 변호사와 뜨겁고 뜨겁던 우리 노무현 변호사. 그리고 말은 없지만 속이 깊은 문재인 변호사가 함께 잡혀갔지요?"

"하 참, 그 시절은…"

그러자 또 다른 젊은이가 나서며 말했다.

"대통령님, 제 꽃도 받아주시죠."

문익환 목사가 싱글거리며 말했다.

"이 젊은이도 위대한 젊은이요. 대통령과 인연이 깊지요. 바로 이한열 열사입니다."

"네? 이한열?"

노무현 대통령은 떨리는 목소리로 말했다.

"난 날짜까지도 다 기억하고 있어요. 박종철 열사의 부산 추모제는 87년 2월 7일이었고, 이한열 열사의 추모제는 7월 9일이었지요. 내가 그 추모제에서 불꽃이 활활 타는 목소리로 부르짖었습니다. '한열이를 살려내라. 우리 잘생긴 한열이를 살려내라.' 외치고 또 외치다가 그때도 끌려갔었죠."

한열이 말했다.

"그뿐이었겠어요? 제 모교 앞에 세워진 기념관에 들르셨잖아요. 제 어머님도 만나주시고 글도 남겨주셨죠?"

노무현은 뒷머리를 긁으며 쑥스러운 듯 말했다.

"그랬던가? 난 뭐 경황이 없어서. 아무튼 연세대가 보이는 그 골목, 백양나무 향기가 전해지는 그런 곳에 열사의 기념관이 세워져서 다행이에요."

문 목사가 우렁우렁한 목소리로 말했다.

"대통령께서 그 기념관 벽에 남기신 글을 제가 낭송해볼까요?"

목을 가다듬고 난 한열이 눈을 감고 암송하기 시작했다.

"두려움과 안일의 유혹을 떨치고 일어선 작은 시민들이 있었다. 그리고 그들의 양심과 용기, 고귀한 희생이 민주주의 역사의 큰 물줄기를 이루었다. 2004년 9월. 대통령 노무현. 참 명문이지요?"

한열의 너스레에 노무현이 웃었다

"목사님, 부끄럽습니다."

나머지 청년이 나서며 쑥스럽게 말했다.

"대통령님, 저도 부산 사나이입니다."

노무현이 고개를 갸우뚱하며 말했다.

"분명히 뵌 분인데!"

젊은이는 꽃다발을 건네며 섭섭한 눈길을 보냈다.

"저도 노무현 변호사와 함께 부산 시위에 앞장섰고요. '종철이 살려내라, 한열이 살려내라.' 미친 듯이 울부짖으며 좌천동 고가도로 위로 올라갔다가 최루탄을 맞고 밑으로 떨어져 대연동 재해병원으로 실려 갔었죠. 결국 뇌수술을 받다가 6월 24일 세상을 떴습니다."

노무현은 젊은이를 끌어안았다.

"아이고 아이고, 내 정신 좀 봐. 그분 재해병원으로 문재인 변호사와 함께 달려갔었고 열사가 순국하신 것을 확인하고 대성통곡했지요. 아이고, 이태춘 열사! 이태춘 열사! 우리 부산 현지에서 산화하신 자랑스러운 부산의 용사! 내가 열사의 영정을 안고 추모식에서 제일 앞장서지 않았습니까?"

이태춘 열사는 노무현을 끌어안았다.

"그래서 저는 외롭지 않았습니다. 그 후 제가 부산 양산 가톨릭 공원묘지에 묻힐 때도 변호사님께서 와주셨습니다. 그 후에 저를 기념하는 공간이 부산 민주공원에 들어설 수 있도록 끝까지 돌봐주신 분이 바로 대통령님이었습니다. 감사합니다."

노무현은 다시 한 번 이태춘 열사를 끌어안았다. 문익환 목사는 껄껄 웃으며 농담처럼 말했다.

"이거 원, 부산 사람 아닌 사람은 서러워서 살겠나. 열사 세 분 중에 두 분이 부산 사나이로구만. 우리 한열이 열사는 전남 화순에서 태어나 광주에서 자랐지요? 난 뭐 아득한 용정 출신이니까. 대통령님은 제 고향 용정을 아세요? 연변에 있는 용정이야요. 제 단짝이 시인 윤동주였고, 민주운동가 장준하였어요. 해란강이 흐르고 일송정이 서 있는 그 용정이지요. 흐흐. 내가 나온 학교는 바로 용정의 명문 광명중학교인데 그 학교 출신 중에는 그 유명한 정일권도 있어요. 동기동창인데 그 사람은 양지 쪽으로만 다녔고 나는 별 볼일 없는 음지 쪽을 골라 다녔지요. 그 사람 일평생이 얼마나 요란했습니까. 육군 대장에 국회의장에 국무총리에, 그야말로 일인지하 만인지상이었지요. 그런데 죽는 날은 공교롭게도 나하고 한 날이었어요. 1994년 1월 18일, 같은 날에 약속이나 한 것처럼 함께 세상을 떠났습니다. 신문, 텔레비전이 시끌벅적했지요. 허 참."

그들은 꽃밭에 누워 꽃다발을 바라보기도 하고 향기를 맡기도 했다. 노무현이 외쳤다.

"목사님, 이런 때 술 한 잔이 없으면 곤란하지요. 목사님께서는 술을 안 하시던가요?"

"우리 성근이가 말을 하지 않던가요? 그 부잡스러운 광대, 성근이가 대통령과 아주 친하지요?"

노무현이 함박꽃을 피우며 크게 말했다.

"아 그 유명한 배우 문성근 때문에 제가 얼마나 덕을 봤다고요. 문성근과 명계남이 우리 노사모를 앞에서 이끌었고요. 그 두 분이 제 선거 운동을 앞장서서 해줬지요. 문성근 배우가 단에 오르면 명계남이 바람을 잡았고, 명계남이 판을 벌리면 문성근이 바람을 일으켰죠. 아주 죽이 잘 맞는 명콤비였습니다."

문 목사가 다시 웃으며 말했다.

"다 사이비 교주 같은 허풍쟁이 광대들이죠. 어찌 보면 멋을 아는 광대들이기도 하고. 허헛!"

그때 마들렌, 앙리에트 두 수녀가 소리 없이 술상을 봐주었다. 세상에 고귀한 수녀들이 술상을 차리는 일이 어디 있단 말인가. 그러나 꽃이 만발한 그 천상의 나라에서는 가능하고도 남는 일이었다. 모든 것을 뛰어넘고 모든 것을 우주의 잣대로 재는 무애(無碍)의 세계이니까. 수녀들도 신이 난 듯 신명나는 몸짓으로 바삐 움직였다. 앙리에트 수녀는 기분 좋게 웃기까지 했다.

"많이들 드세요."

모두는 들뜬 음성으로 '네'라고 말하고 빙 둘러앉았다. 목사가 병을 들고 말했다.

"이거 뭐 늙은 목사가 따르는 것보다는 대통령님이 따라주셔야 술맛이 나지 않을까?"

젊은 열사들은 눈부신 흰 이를 드러내며 말했다.

"그러믄요. 대통령님!"

노무현은 술병을 들면서 말했다.

"아무래도 장유유서니까 나이 드신 목사님부터 받으십시오."

"그럼 받을까?"

문 목사는 천연덕스럽게 잔을 들어 노무현 대통령의 술을 받았다. 열사들도 기쁜 얼굴로 술을 받았다. 그들은 말했다.

"저희들은 지상에서도 대통령님의 신세를 지고, 이 천상에서도 대통령님의 보살핌을 받게 되네요."

노무현은 겸손하게 말했다.

"제가 영광입니다. 빛나는 열사님들과 고명하신 목사님을 모시게 되니 몸 둘 바를 모르겠습니다."

술기운이 거나하게 오를 때쯤 문 목사가 벌떡 일어나더니 말했다.

"사실 나는 선동가입니다. 세상에서도 집회가 있으면 언제나 단 위에 올라가 시 한 수라도 꼭 읊었습니다. 이한열 열사가 쓰러졌을 때는 연세대 집회에서 울부짖었지요. 노천극장에서였던가. 아무튼 이한열 열사를 애도하는 집회였는데. 연세대 총학생회 회장 출신 우상호가 총지휘를 하고 내가 단에 올라가 열사들의 명단을 읊어야겠는데 뭔가가 북받쳐 올라 퍼뜩 생각이 나지 않는거야. 단을 붙잡고 낑낑 대니까 누군가가 쪽지를 올려주더군. 나는 그 쪽지를 보면서 무작정 읊어댔지. '전태일 열사여! 김상진 열사여! 장준하 열사여! 김태훈 열사여! 황정하 열사여! 김의기 열사여! 김세진 열사여! 이재호 열사여! 이동수 열사여! 김경숙 열사여! 진성일 열사여! 강상철 열사여! 송광영 열사여! 박영진 열사여! 광주 2천여 영령이여! 박영두 열사여! 김종태 열사여! 박혜정 열사여! 표정두 열사여! 황보영국 열사여! 박종만 열사여! 홍기일 열사여! 박종철 열사여! 우정원 열사여! 김용권 열사여! 이한열 열사여!' 정말 그때는 이한열 열사를 추모하는 물결이 서울에만 100만, 광주에도 50만…."

노무현이 큰 목소리로 말했다.

"우리 부산에서도 늘 모였다 하면 50만이었습니다. 가톨릭 센터에서 일단 집회를 시작하고 서면을 거쳐 부산시청과 KBS 방송국 쪽으로 가는 길들이 온통 인파로 가득 찼었지요. 부산진역까지 가면 완전히 인산인해였어요. 서면에서부터 부산진역까지는 완전히 우리 시위대의 해방구였습니다. 박종철 열사 집회 때에는 아까 말이 나온 대로 저하고 김광일 변호사, 문재인 변호사가 함께 연행되었는데, 김광일 변호사와 문재인 변호사는 법적 구속 시간인 48시간이 되자 일단 풀어주더군요. 그런데 저만은 안 된다는 거예요. 악질이니까. 전 하루를 더 범일동 대공분실 캄캄한 유치장에 가둬두더라구요. '이놈들아, 목마르다. 물이라도 좀 다오!' 아무리 소리쳐도 대꾸도 안 하는 거예요. 배고픈 건 참겠는데 목마른 건 영 못 참겠더라구요. 아참, 번데기 앞에서 주름 잡는다고 우리 박종철 열사 앞에서는 이런 얘기를 하면 안 되는데. 물을 너무 많이 마신 우리 열사님 앞에서…."

문 목사가 새삼 울화가 치민다는 듯 말했다.

"이렇게 착하고 멋진 청년을 그 지옥 같은 남영동 대공분실에 끌고 가 물고문으로 죽이다니. 아이고, 열사! 얼마나 참기 힘들었소. 이 늙은 목사 같은 사람이야 열 번 죽어도 한이 없는 사람이오만. 그 꽃 같은 세월에 그 악마 같은 놈들에게 잡혀 물통 속에서 허우적거리셨다니. 아 글쎄, 그래 놓고 뭐? 탁 치니까 억 하고 쓰러져? 그놈들이 열사를 고문으로 죽여놓고 그 뒤에는 그 사실을 무작정 은폐했잖아. 엉뚱한 놈들을 영등포

교도소로 보내고 진짜 고문한 경찰들은 숨겨놓고. 그런 사실을 그 용기 있는 한재동이라는 교도관이 이부영이한테 알렸지. 이부영이가 밖에 있는 운동권의 대부 김정남이한테 알렸고, 김정남이가 정의구현사제단에게 알렸지. 아, 구약 성서에 나오잖아. '카인아, 네 아우 아벨은 어디 있느냐.' 에덴동산에서 나온 지 얼마 되지 않은 아담과 이브의 첫 번째 자식 카인이 제 아우를 황야에 데려가 남모르게 죽이고 시치미를 뗐던 거야. 하느님이 재차 물으셨지. '카인아, 네 동생 아벨은 어디 있느냐.' 남영동 고문실에서 그 놈들이 남모르게 우리 종철 열사를 숨지게 했지만 결국 우리 국민들은 찾아냈지. 그 진실을!"

노무현이 말했다.

"그렇습니다. 우리 박종철 열사가 죽은 1987년 1월 14일부터 이한열 열사의 장례가 치러진 7월까지가 바로 대한민국 6월 항쟁의 고비가 아니었습니까. 박종철 열사의 의로운 죽음은 6월 항쟁의 비밀 열쇠였고 이한열 열사의 죽음은 6월 항쟁의 완결편이였습니다."

이태춘 열사가 말했다.

"저는 부산에서 6월 항쟁의 설거지를 했습니다."

노무현이 술잔을 부딪히며 말했다.

"암암, 옳은 말입니다. 저나 김광일 변호사, 문재인 변호사는 부산에서 설거지를 했었지요. 옳으신 말씀입니다."

목사가 말했다.

"나는 어느 기록에서 봤습니다. 박종철 열사가 숨겨줬던 수배자 박종운과 헤어지면서 꼬깃꼬깃 허리춤에 감추어뒀던 만 원짜리 지폐 한 장을 건네주고 그 겨울에 목에 둘렀던 목도리를 풀어줬다지요. 괜찮다고 사양하는데도 한사코 자신의 목도리를 그 친구에게 걸어줬다는 기록을 보며 뭉클했습니다. 그 목도리는 누나 은숙이가 털실로 직접 짜준 것이 아니었습니까? 그렇게 하고 잡혀가서 희생되셨지요."

노무현은 말했다.

"저는 텔레비전에서 봤습니다. 경찰병원에서 열사의 어머니 정차순 여사는 열사의 시신을 붙들고 이렇게 말씀하시더군요. '내 아들이 대체 왜 죽었소? 못돼서 죽었소? 똑똑하면 다 못된 거요?' 아버지 박정기 선생은 열사의 유해를 임진강 지류에 뿌리면서 외쳤지요. '철아, 잘 가그래이…. 아버지는 아무 할 말이 없대이….'"

마들렌과 앙리에트 수녀는 손수건을 꺼내 눈물을 닦았다. 문 목사도, 노무현 대통령도, 열사들도 모두 소리 죽여 울었다. 울고 또 울었다.

그때 젊은이 하나가 멀리서 다가오고 있었다.

"저 좀 끼워주세요. 저도 대통령님을 알아요. 대통령님! 거제도 대우조선의 노동자, 이석규입니다."

노무현이 달려 나가며 외쳤다.

"아이고, 이석규 열사님! 제가 어찌 열사님을 모르겠습니까? 87년 8월 22일이었지요? 거제도 옥포관광호텔 네거리 근방, 맞지요? 최루탄 지옥 속에서 열사님은 가슴에 최루탄을 정통으로 맞고 쓰러지셨죠. 결국 그 뒤로 일어나시지 못했죠? 그때 서울의 인권 변호사 이상수 선생이 저보다 먼저 달려왔는데 기억납니까? 그분은 저보다 훨씬 먼저 인권 변호사로 노동자, 학생들의 시위현장으로 뛰어다니신 분입니다. 참으로 훌륭한 분이지요. 전라도 여수 분인데. 여수공고를 나오고 고려대 법학과를 나와 당당히 고시에 패스한 분이에요. 그 시절엔 절대로 용서할 수 없었던 국가보안법 위반 사범들의 영장을 기각하고 판사직을 그만둔 분이지요. 참 용기 있는 분이었어요. 그리고는 노동상담소를 개설해서 노동자들을 돕는 인권 변호사가 되셨죠. 전 그분을 본받아 노동문제에 눈을 떴어요. 제 선배님이십니다. 나이는 나하고 동갑이었는데 모든 게 저보다는 앞서는 분이었어요. 그분이 거제도로 내려와서 저하고 함께 이석규 열사님의 시체를 부검하는 데 입회했죠. 전 생전 처음 시체 부검하는 데서 입회를 해봤습니다. 그러고 나자 군사정권은 우리 둘을 노동현장에 개입했다고 '제

3자 개입', '장례식 방해'라는 해괴한 죄명으로 잡아넣었어요. 그래서 나하고 이상수 변호사가 잡혀 들어갔는데, 난 부산 변호사들이 달려와 열심히 변호를 해주어 23일 만에 풀려났죠. 그런데 이상수 변호사는 통영에서 무려 2달간이나 구류생활을 했어요. 난 풀려나서 통영으로 달려가 이상수 변호사님을 변호해드리고 싶었지만 그때 변호사 업무정지를 당해 현장에 나갈 수가 없었어요."

이석규 열사가 갑자기 무릎을 꿇고 노무현에게 큰절을 했다.

"저 때문에 23일간이나 구류생활을 하셨고 변호사 업무도 못하셨습니다. 참으로 송구스럽고 몸 둘 바를 모를 일이었습니다. 제 큰절을 받아주십시오."

노무현은 황망히 열사의 손을 잡고 일으켰다.

"열사님은 목숨을 바치셨는데, 그까짓 23일 구류가 무슨 대수겠습니까."

열사는 손을 부비며 계속 뇌었다.

"우리 같은 노동자들이야 평소에도 힘든 일을 했었고 거리에 나와 외치는 일이 대수로운 일도 아니었습니다만, 공부만 하시던 변호사님들이 저희들을 위해 변론하다가 일을 당하시고, 시체 부검하는 데 입회도 하시고 저희 가족들을 위로해주시고 끝까지 변론하시다가 구류까지 사시고 변호사 업무정지까지 당하셨으니 얼마나 고마운 일입니까. 저는 이곳 하늘나라에 올라와서도 변호사님, 아니 대통령님의 은혜를 잊지 않았습니다. 이상수 변호사님께도 은혜를 갚아야 할 텐데…."

노무현이 빙긋 웃으며 말했다.

"열사님, 그 문제는 제가 조금 갚아드렸습니다. 제가 대통령이 된 후에 이상수 변호사님을 노동부 장관으로 모셨어요."

이석규 열사는 환하게 웃으며 기뻐했다.

"아이고, 그러셨나요. 그렇다면 제가 한 번 더 큰절을 올려야겠군요."

이석규 열사는 다시 넙죽 엎드렸다. 노무현은 그를 잡아 일으키며 크게 말했다.

"자, 우리 이렇게 천상에서 함께 모였으니 우리가 그 시절에 모였다 하면 불렀던 그 노래를 함께 불러보죠."

모두 손을 잡았다. 오른손을 불끈 들어올리며 뜨겁게 뜨겁게 노래를 부르기 시작했다.

사람 사는 세상이 돌아와
너와 나의 어깨동무 자유로울 때
우리의 다리 저절로 덩실
해방의 거리로 달려가누나
아아 우리의 승리
죽어간 동지의 뜨거운 눈물
아아 이글거리는 눈빛으로
두려움 없이 싸워 나가리
어머니 해맑은 웃음의 그날 위해

제일 반가운 손님

꽃잎이 바람에 휘날리고 날씨는 화창하였다. 한국의 아름다운 봄날 같은 날씨였다. 노무현은 앙리에트 수녀에게 물었다.

"여기에도 계절이 있습니까?"

"봄, 여름, 가을, 겨울. 아름다운 한국의 사계절을 말하는 건가요?"

"네, 그렇습니다. 전 사계절 중에서 봄과 가을이 제일 좋습니다. 아무튼 이 천상의 나라에도 계절이 있습니까?"

수녀는 생긋 웃으며 말했다.

"여기에는 빛의 계절만 있어요. 빛과 향기의 계절이죠. 혹독한 추위, 찌는 듯한 여름은 없어요. 언제나 따뜻하고 언제나 향기로운 바람이 일렁이는 그런 계절이 있을 뿐이에요. 쉽게 말하면 마음과 계절이 맞아떨어져 빚는 그런 계절인 셈이죠. 마음이 화창하면 봄이 되고, 마음이 서정적으로 바뀌면 멋진 가을이 된답니다. 그러나 마음이 여름을 원하면 시원한 해풍과 함께 바다가 일렁이는 멋진 여름도 맞을 수 있어요. 그뿐이겠어요? 마음이 전나무가 푸르게 서 있고 징글벨이 울리는 겨울을 원하면 춥지는 않지만 펄펄 흰 눈이 낭만적으로 내리는 겨울도 있답니다. 모든 계절은 마음이 만들어내는 거지요. 이곳 천국의 대합실, 실제 찬란한 계절은 아니지만, 여기도 멋지지 않아요? 유스토님, 진득하게 기다려보세요. 천국의 비밀이 한 가지씩 나타날 거예요."

노무현은 또 수녀에게 투정하듯 말했다.

"아, 그런데 오늘은 왜 이렇게 마음이 달뜨도록 계절마저 멋지단 말입니까. 오늘 무슨 좋은 일이 있습니까?"

앙리에트 수녀는 마들렌 수녀를 살짝 바라보며 눈짓을 보냈다. 과묵한 마들렌 수녀가 웃으며 말했다.

"대통령님, 너무 놀라시지 마세요. 오늘은 제일 보고 싶었던 분들을 만나게 될 거예요. 준비 잘 하세요."

그때 공중에 은하수 같은 강물이 펼쳐졌다. 그리고 아득한 그 강물 위에서 몇 사람이 움직이고 있었다. 그들은 물 위를 사뿐사뿐 걷는 것 같았다. 이 빛의 나라에서는 중력이 없지만 또 무작정 붕붕 떠다니는 부유현상만 있는 게 아니다. 우주 질서와 마음이 만나서 시공을 초월하는 초자연적인 현상을 빚게 되니까. 천국의 대기실에서 앉아 있는 천국 초짜로서는 쉽게 이해할 수 없는 일이었다. 시골 할아버지, 할머니들이 예로부터 알 수 없는 일이 벌어질 때 '참, 조홧속이로다!'라고 탄복했던 그런 상황이 바로 천국의 현상이라고 가늠하면 될 것이었다. 일단 노무현은 천국의 초짜였다. 천국의 대기실에서 다음 현상을 기다리는 초년생일 뿐이었다. 마치 노무현이 1960년대 말 머리를 깎고 낯선 훈련소에서 훈련을 받고 말씨

조차 귀에 설던 원주를 거쳐, '인제 가면 언제 오나, 원통해서 못 살겠네.' 훈련병들이 부르며 인제 원통 쪽으로 실려 가던 때의 느낌과 비슷했다. 물론 그때처럼 배가 고프거나 무슨 부대로 떨어질까 초조하던 그런 기분은 아니다. 천국의 대기실이니까 지상보다 월등히 좋을 수밖에 없다. 황홀하다. 그러나 지금 현재는 천상의 비밀을 단박에 알아낼 수 없다. 안내를 맡은 마들렌과 앙리에트 수녀는 한없이 친절하지만 함부로 말하지는 않는다. 마치 '천국 세계에는 비밀이 있어요. 조금 인내심을 가지고 기다려보세요.'라는 듯 두 수녀는 절도 있게 행동하고 조용히 안내를 할 뿐 천상의 질서와 내부 문제에 관해서는 함구하고 있었다. 노무현이 성급하게 이것저것을 묻고 다음 프로그램은 무엇입니까 하고 다그칠 분위기가 아니었다.

이윽고 은하수 강물을 건넌 일행은 노무현 가까이에 다가오고 있었다. 제일 앞에서 허우적허우적 걷고 있는 분은 연노란 저고리에 분홍색 갑사 치마를 받쳐 입고 있었다. 뒤에 따라오는 분은 점잖은 두루마기에 자색 중절모를 비스듬히 쓰고 있었다. 그리고 그 뒤에 따라오는 젊은이는 말끔한 신사복 차림이었다. 그 셋은 바람을 가르면서 나는 듯 다가왔다. 지체할 여지가 없었다. 노무현이 소리쳐 불렀다.

"어무이! 어무이! 우리 어무이!"

어머니는 넘어지듯 고꾸라지듯 정신없이 달려왔다. 아버지는 두루마기 자락을 휘날리며 중절모를 아예 손에 들고 달려왔다. 젊은이는 노무현의 형, 영현이었다. 영현은 두 분을 뒤에서 밀 듯 정신없이 다가왔다. 네 사람은 어떻게 얽혔는지 알 수 없게 서로서로를 끌어안고 꽃밭에 나뒹굴었다.

"아이고, 내 새끼야. 이 먼 곳을 오다니. 아이고, 내 새끼야."

그 어머니 몸에서는 그 옛날 소년 노무현이 맡던 된장 냄새, 찝찔한 밑반찬 냄새, 김치 냄새 같은 것이 더 이상 맡아지지 않았다. 오직 향긋한 천국의 향기가 아련히 전해졌다. 노무현은 갑자기 어머니의 젖가슴을 더듬었다.

"와 이라노. 와 이라노. 니 아직도 그 버릇을 못 고쳤나."

노무현은 쭈글쭈글한 어머니 젖꼭지를 만지며 말했다.

"어무이요, 지는 아직도 그 버릇을 못 고쳤습니데이. 지는 결혼을 해서도 기쁠 때는 어무이 젖가슴부터 더듬지 않았습니꺼. 지가 고등고시에 합격하고 판사가 되었을 때도 어무이 무릎을 베고 젖가슴을 더듬었지예. 어무이, 천국에서도 어무이 젖은 쪼글쪼글하네요."

아버지 노판석이 말했다.

"이봐라, 대통령아. 아부지다. 나도 좀 끼자. 내 새끼가 대통령이 됐다는 소식은 이 천국에서도 파다했구마. 어이, 대통령 한 번 끌어안아보자."

"아부지, 대통령이 된 막내아들입니더. 사십이 넘어 얻으신 자식인데 늘 불효만 했던 그런 아들 놈입니더. 불효막심했던 아들 놈입니더. 용서하시소."

"아니 아니, 용서라니? 이 애비가 용서를 빌어야제. 평생에 막내 자식에게 책 한 권을 변변히 사주지 못한 이 못난 아부지가 아니었더냐. 용서하그래이. 내 새끼야."

그때 노무현의 형, 영현이 나섰다.

"대통령 아우야, 이 형은 니가 참말로 위대해 보이구마. 아이고, 대통령! 대통령 아우님! 어디 한 번 안아보세. 이 못난 형에게 우찌 이리 잘난 아우가 있었을꼬. 난 대학까지 나오고도 이루지 못한 꿈을 대학도 못 나온 아우님이 백 배 천 배로 이루었구마."

"형님, 무슨 말입니까. 내게는 하늘같은 형님입니다. 형님이 늘 법률책을 안고 집 안팎으로 다니시며 공부하셨고, 집에 대학생 친구들을 불러들여 밤새워 토론을 하셨지예. 그래서 지는 공연히 으쓱대며 법률책을 만지기 시작했습니더. 형님이 장유암에 들어가셔서 공부를 하셨기 때문에 저도 그 절에 들어가 잠깐씩 잠깐씩 절공부를 했구예. 아부지께서 지어주신 뱀산의 마옥당에서 결판을 냈습니더. 그래서 끝내 고시를 패스했지예. 형님이 교통사고로 세상을 뜨시고 나서 2년 후에 제17회 사법고시에 합격했습니더."

"대학 못 나온 상고 출신으로는 니 혼자였제?"

"하모요! 지 혼자였습니더."

어머니가 나섰다.

"그때는 참말로 이 에미가 천하를 다 얻은 듯했제. 니가 그 과거에 합격하고 났을 때 나는 할 일도 없는데 매일 진영 읍내로 나가 큰길로 시장통으로 다니면서 으스댔니라. '나 고시에 합격한 노무현의 에미요! 이 촌 여자 막내아들이 고시에 합격했소!' 마 그때 시장 번영회 회장도 나와서 굽실하고 진영 읍장이 내 팔을 끌고 가서 국밥도 사주고 차 한 잔까지 대접하더라. 그때 국회의원이 누구였더라? 그 배불뚝이 국회의원도 찾아와서 꾸뻑 큰절을 올렸느니라. 이 에미는 그때 원도 한도 없이 진영 바닥을 헤매고 다녔는데 그 후에 니는 판사도 되고 국회의원도 됐었지. 허기사, 떨어지기도 많이 떨어졌다만. 국회의원도 떨어지고, 부산 시장에 나와서도 떨어지고…. 마, 내 생각으로는 니가 변호사로 있으면서 돈이나 많이 벌었으면 싶더라. 암, 니 색시도 그리 생각했을끼다. 참, 봉하에 있는 니 색시, 내 손주새끼 건호, 정연이도 잘 있느냐? 내 손주들과 에미를 두고 어찌니 혼자 천상으로 올라왔노?"

영현이 어머니를 말렸다.

"어무이요, 깊은 얘기는 묻지 마이소. 필시 깊은 곡절이 있어 올라왔을 낍니다."

그제서야 어머니는 고개를 끄덕였다.

"하모 하모!"

어머니, 아버지, 영현, 노무현은 꽃밭에 둘러앉았다. 한 발짝 떨어져 그 진풍경을 구경하고 있던 두 수녀는 그제서야 다가왔다. 명랑한 앙리에트 수녀가 말했다.

"대통령님, 이럴 때는 세상에서 먹던 음식이 생각나시죠? 어머님께서 훈련소에 싸들고 오셨던 음식, 전방 부대에까지 싸들고 오셨던 그 음식들을 잡숫고 싶지 않으세요?"

노무현은 큰 소리로 말했다.

"그럼요 그럼요. 먹고 싶지요. 통닭도 먹고 싶고요. 어머님이 싸오셨던 불고기도 먹고 싶습니다. 강원도 인제 부대에까지 싸오셨던 인절미, 호박전, 파전도 먹고 싶습니다."

영현이 말했다.

"니 막걸리도 먹고 싶제? 안 그렇나? 아부지 모시고 우리 한 잔 마셔보제이."

어머니가 다가앉으며 말했다.

"나도 마실란다. 나도 오늘은 대통령 모시고 막걸리 좀 마실란다."

"어무이, 우리 원도 한도 없이 먹고 마셔보십시더!"

눈치 빠른 두 수녀가 이미 그것들을 준비해두었다. 천상의 회식은 준비하고 자시고가 없다. 짠하면 나타나게 되어 있으니까. 참 신나는 천국 대합실이다. 어머니가 두 수녀를 바라보며 말했다.

"수녀님들, 참말로 고생이 많습니데이. 함께 하입시더."

마들렌 수녀가 점잖게 말했다.

"저희들은 먹지 않아도 배가 부릅니다. 가족들끼리 오붓하게 드세요."

노무현이 말했다.

"아닙니다. 오늘은 제가 안 되겠습니다. 그동안은 수녀님들께서 말씀하시는 대로 따랐습니다만, 오늘은 수녀님들께서도 함께 하셔야겠습니다. 옆에 오셔서 앉아주십시오."

두 수녀가 시선을 맞추었다. 그리고 고개를 끄덕이었다. 수녀복을 단정하게 여미고 조심스럽게 앉았다. 노무현이 막걸리를 권하자 수녀들은 또 눈길을 나눈 후, 농주 잔을 내밀었다. 노무현은 두 수녀의 잔을 가득 채워주었다. 영현이 큰 소리로 외쳤다.

"우리 노무현 대통령님의 천국 대합실 입소를 환영합니다!"

마들렌 수녀도 복창했다.

"환영합니다!"

모두 농주 잔을 들며 환영이라고 외쳤다. 노무현이 또 말했다.

"이런 때는 노래가 빠져서는 안 됩니다. 지는 마, 기쁘면 무조건 쇼를 하는 성격입니다. 팡파레 없나?"

그때 기다렸다는 듯 팡파르가 울렸다. 악단은 염려할 것도 없었다. 어깨가 으쓱으쓱해지는 반주음이 흘러나왔다. 갑자기 노무현은 허리띠를 풀었다.

"형님, 지는요. 세상에 있을 때 흥이 나면 이 짓을 했습니다. 이 천국 주변에 뱀이 있는지는 모르겠습니다만 일단 지는 뱀쇼를 했습니다."

그는 익숙한 솜씨로 혁대를 좌우로 흔들면서 사설을 읊기 시작했다.

"자아~ 날이면 날마다 오는 게 아냐! 그렇다고 달이면 달마다 오는 것도 아니야! 기회는 딱 한 번. 아주머니, 아저씨, 시집 못 간 처녀, 아가씨라고 부끄러워 할 것 없어. 다들 이리 가까이 와 봐! 저기 눈이 말똥말똥한 아가들은 이것을 보면 꿈에 나타나. 그래서 애들은 가라~ 애들은 집에 가라. 저기 저 뚱뚱한 아지매, 다리 아프면 애기 깔고 앉아도 좋아! 자아 ~ 이제부터 본론이야! 잘 들어서 남 주는 것 아니야. 심심산골 산삼 먹고 열 받아 몸이 하얗게 변한 백사, 모가지 따고 입 벌려도 독물이 자동으로 발사되는 살모사! 몸이 화사해서 남자 뱀을 단숨에 홀리는 꽃뱀, 시꺼먼 점 일곱 개가 박힌 칠점사, 까치랑 사돈에 팔촌인지 몰라도 물리면 단박에 황천 가는 까치독사, 시골 마루 밑에 은근슬쩍 능글능글 누워 있는 능구렁이. 하여간 비암 종류도 부지기수여. 휴게실 남자 화장실에서 오줌 누는 아저씨, 에헤이! 저 아저씨 바짓가랑이 다 젖네. 어허이! 신발까지도 젖네. 이럴 때 이거 서너 마리만 가져다가 푹 고아 삶아 잡숴. 화장실 변기 금가도 나 책임 못 져, 열댓 마리만 잡숴봐. 자갈이 터져나가도 튕겨져나가도 난 책임 못 져. 전봇대가 넘어가고 아주머니 숨넘어가도 난 책임 못 져. 자자, 폐경 된 저 아줌마도 한번 잡숴봐, 생리대 사러 약국 들락거

릴 필요 없어, 갱년기 사라지고 청춘의 물이 콸콸 쏟아지네. 어허 참, 남사
스럽다!"

수녀들도 흥미로운 표정으로 사설을 듣고, 아버지는 허허 웃었다. 형이
말했다.

"봐라 봐라, 대통령, 니 고시공부 하고 국회의원 될라고 팔도를 쏘다니
고 대통령 되려고 그 엄청난 공력 들이면서 언제 그런 비암 공부까지 했
노? 참말로 용하다이."

갑자기 어머니가 말했다.

"봐라 대통령아. 이 늙은 에미도 그 뱀탕을 먹으면 이 쭈글쭈글한 젖가
슴이 다시 살아나겠나? 우리 대통령 막내아들에게 어무이 젖을 멕일 수
있겠나?"

두 수녀가 말했다.

"어머님, 이곳에는 뱀탕이 없습니다. 죄송합니다."

"그럼 우얍니까? 우리 대통령에게 에미 젖 한번 묵일라카면 무슨 정성
을 들여야 하겠습니꺼?"

앙리에트 수녀가 받았다.

"어머님, 대통령은 어머니 젖 먹을 나이가 지났습니다. 어서 막걸리를 드
시죠."

노무현은 수녀들을 졸랐다.

"여기 밴드는 없습니까? 악사 없이 음악만 나오니까 흥이 안 납니다. 제
가 부산 바닥을 누빌 때는요. 아, 그때가 변호사 시절이었는데요. 광복동
이었던지, 서면이었던지…. 크라운 나이트라는 단골집이 있었습니다. 그
집 밴드가 죽여줬는데요. 여기서는 어떻게 해야 흥이 나겠습니까?"

수녀들이 얼른 노무현에게 기타를 건네주었다.

"그렇죠 그렇죠. 이게 있어야 합니다. 형님, 제가 반주를 넣을 테니까요.
형님께서 한 곡 뽑으십시오."

형은 일어나며 말했다.

"이거 뭐, 노래를 하려면 마이크가 있어야 제 맛 아닌가."

마들렌 수녀가 얼른 마이크를 건네주었다.

"하 참, 이게 얼마만이고. 마이크를 다 잡아보고. 봐라, 대통령 아우야. 그 노래 제목이 뭐고? 연분홍 봄바람에 하는 거 있지 않나?"

노무현은 고개를 끄덕이며 전주를 넣기 시작했다.

"형님, 백설희가 부른 '봄날은 간다'가 아닙니까?"

노무현은 능숙하게 전주를 깔아주었다. 형은 감회에 젖은 목소리로 곡을 뽑았다.

연분홍 치마가 봄바람에 휘날리더라
오늘도 옷고름 씹어가며
산제비 넘나드는 성황당 길에
꽃이 피면 같이 웃고, 꽃이 지면 같이 울던
알뜰한 그 맹서에 봄날은 간다

어머니가 일어섰다. 정말로 봄바람에 취하신 듯 연분홍 갑사치마를 휘날리시며 춤을 추었다. 사뿐사뿐 덩실덩실. 그렇게 황홀하게 춤을 추시자 아버지도 일어났다. 중절모자를 손에 들고 가락도 멋지게 어깨와 허리를 흔들며 춤사위를 만들어갔다. 젊은 시절 만주와 일본을 넘나들며 사업깨나 했다는 그분의 가락이 살아나고 있었다. 어절씨구 저절씨구…. 이승과 저승을 넘나드는 멋진 춤사위였다. 수녀들도 손뼉을 치면서 함께 흥에 동참하였다. 참으로 유쾌한 날이었다. 천상의 세계에서 날이라는 말은 있을 수 없는 낱말이지만 아무튼 황홀한 순간이었다. 이승에서 지고 온 온갖 시름의 그늘을 날리며 저승의 빛살 속에서 노무현의 가족은 춤을 추고 있었다.

또 다른 열사

그날은 천국의 대합실에서 좀처럼 들을 수 없는 애조 띤 가락이 흘러나왔다. 성당에서 이따금 듣는 레퀴엠 같은 곡조에 다음과 같은 노랫말이 흐르고 있었다.

"그날은 당신이 모든 것을 잃은 날이지만 / 천지보다 더 소중한 아드님을 잃은 날이지만 / 한 아들의 착하고 어진 어머니에게 / 천만 노동자의 어머니로 된 날이다 / 우리들 모두의 어머니가 된 날이다 / 포근히 끌어안는 큰 가슴이 된 날이다 / 빛줄기가 되고 외침이 되어서 엎어지고 / 쓰러진 천만 노동자를 일으켜 세우고 다시 / 보듬어 안는 우리들의 큰 어머니가 된 날이다." [9]

그날 노무현 대통령을 찾아온 손님은 키가 크지 않고 초라한 차림을 한 젊은이 하나와 또 다른 중년이었다. 그 중년의 사나이는 지적인 풍모를 풍기며 약간은 지쳐 보였다. 그 뒤에 한복 입은 할머니 한 분이 휘이휘이 따라오고 있었다. 젊은 청년이 그 할머니를 얼싸안고 그 중년의 사나이는 곁에서 부축하고 있었다. 그 중년 사나이가 가까이 왔을 때 노무현은 그를 충분히 알아볼 수 있었다. 그리고 그 할머니도 어떤 분인지 알 수 있었다. 노동자의 어머니, 이소선 여사(1929~2011)였다. 노무현은 벌떡 일어나 마주 달려갔다. 가까이 가서 보니 그 젊은이도 익히 알 수 있는 인물이었다. 세 사람은 큰 소리로 외쳤다.
"대통령님, 반갑습니다! 천국의 길에 들어서신 것을 환영합니다."
두 수녀는 멀찍이 떨어져 있었다. 노무현이 젊은이의 손을 잡고 물었다.

---

9) 시인 신경림이 이소선 어머니(1929~2011)의 회갑을 기념하는 문집에 쓴 송시의 마지막 부분.

"전태일 열사시죠?"

전태일 열사는 수줍게 말했다.

"제가 열사는 무슨 열사겠습니까? 그저 청계천에서 일하던 전태일이라고만 불러주십시오. 저보다 여기 계신 조영래(1947~1990) 변호사님이 더 귀하신 분이지요. 저 같은 시다(미싱사나 재단사를 돕는 막일꾼) 출신, 미싱쟁이를 알아주시고, 황송하게도 이 보잘것없는 노동자의 평전을 써주신 분이 아닙니까? 저는 살아생전, 청계천 평화시장에서 실밥을 뜯고 미싱을 밟고 어린 시다들과 먼지 속에서 일만 했습니다만, 이 어른은 명문고등학교를 나와 서울 법대에 수석으로 합격하신 수재이십니다. 장기표 선생님과 함께 제가 세상을 떠난 후 도봉구 쌍문동 208번지에 있던 저희 집을 수시로 들러주셨습니다. 두 분은 그때 수배 중이었습니다. 그럼에도 불구하고 밤늦은 시간이나 이른 새벽에 형사들의 눈을 피해 저희 집을 찾아주시고 비탄에 잠겼던 저희 어머니를 위로해주셨습니다. 그리고 제 얘기를 틈틈이 쓰고 다듬어서 마침내 책을 내주셨습니다. 저는 생전에 대학생 친구 하나를 갖는 것이 소원이었습니다. 그런데 그 소원은 제가 1970년 11월 13일 오후 1시 30분경 제 몸에 불을 붙이고 세상을 떠난 후에야 이루어졌습니다. 대학생, 그것도 서울 법대를 우수한 성적으로 나오신 장기표 선생과 조영래 변호사님을 친구로 삼게 되었습니다."

노무현이 조영래 변호사의 손을 잡고 기쁨에 찬 목소리로 말했다.

"조 변호사님, 변호사님께서는 저와 부산에서 만난 일이 있죠? 저와 함께 일하던 문재인 변호사와 사법연수원 동기셨죠? 그리고 저와 문재인 변호사가 부산에서 민주화운동을 할 때 내려오셔서 격려도 해주시고 강연도 해주시고 뒤풀이를 몇 번 하셨죠?"

"그럼요. 제가 찾아갈 때마다 저에게 부산 회를 푸짐하게 사주셨잖아요. 그때 먹던 회와 소주 맛은 잊을 수가 없습니다."

노무현이 다시 말했다.

"저는 그때 조 변호사께서 담배를 열심히 피시던 것을 기억하고 있습니다. 왼손에 소주잔을 들고서도 담배를 피셨고, 심지어는 회를 드시면서도 사이사이 담배를 피시는 걸 봤습니다. 담배를 절반쯤 피시다가 그 담배를 상 모퉁이에 두고 회를 드시며 소주를 마시다가 얼른 나머지 담배를 태우시던 모습이 눈에 선합니다."

조영래 변호사가 멋쩍은 듯이 말했다.

"대통령님, 그래서 저는 43세의 나이로 마석의 모란공원에 묻혔습니다. 다행히 전태일 열사 가까운 곳에 자리를 잡았습니다만. 아무튼 사인은 폐암이었습니다. 과도한 흡연이 원인이었죠."

이소선 여사가 껴들었다.

"에이그, 너무하셨어요. 그 담배를 못 이기시다니요? 그 명석한 두뇌와 고귀한 가슴으로 많은 일을 하실 수도 있는데 이 늙은이한테 모든 짐을 맡기고. 제가 배우기를 했겠어요, 사회생활을 해봤겠어요? 이 태일이가 세상을 떠나고 나자 제가 할 수 있는 일은 '민주열사들이 시위하다 숨졌다, 노동자들이 투쟁하다 잡혀 들어갔다, 어느 사람이 어떻게 억울하게 당했다'는 현장을 찾아다닌 것뿐입니다. 그 현장을 쫓아다니다 보니까 저절로 공부가 됩니다. 그 바람에 겨우 눈을 뜨게 됐어요."

그때 노무현이 말했다.

"어머님이 계셔서 죄송하긴 합니다만, 담배 좋아하는 조영래 변호사가 오셨으니 담배 좋아하는 노무현도 담배가 피고 싶군요. 수녀님들, 담배 좀 갖다 주시구요. 술도 좀 주세요. 참, 저희들이 부산에서 즐기던 도다리탕도 주시고요. 아나고 회에 전복 회 좀 차려주세요. 어머님, 어머님께서는 무얼 드시겠습니까?"

이소선 여사는 인절미가 먹고 싶다고 했다. 수녀들이 즉시 노무현이 요구한 것들을 마련해주었다. 모두 둘러앉아 먹고 마시며 기탄없는 대화의 장을 만들었다. 이소선 여사도 소주를 홀짝이며 말했다.

"나는 우리 태일이가 근로기준법 책을 찾을 때, 속이 철렁했어요. 배우지 못한 에미라도 자식에게 해로운 것은 금방 알 수 있어요. 나는 애가 끼고 살던 근로기준법이라는 책을 생각만 하면 가슴이 벌렁거리는 거예요. 그래서 그걸 솥단지 속에 숨겨 뒀었는데. 그날 아침, 말끔한 작업복으로 갈아입은 애가 그 책을 찾는데 더 이상 숨길 수가 없어 떨리는 손으로 내줬어요. 그랬더니 태일이가 그걸 가슴에 품고 나가면서 씩 웃어 보이는 거예요. 그때가 1970년 11월 12일이었지요. '어머니, 내일 오후 1시에 국민은행 앞으로 나와 보세요. 오셔서 제가 하는 것을 꼭 보세요.' 마치 제가 무슨 연극을 하는 것처럼 보러 오라는 거예요. 전 그 말이 무슨 뜻인지도 몰랐고 일이 바빠서 가지 못했어요. 뭐, 그랬기 망정이지, 제가 그곳에 갔었다면 그 끔찍한 일을 봤을 거 아니에요? 세상에 제 몸에 불을 붙이다니요. 나는 지금도 제 몸을 불살라 주의 주장을 하는 것은 반대입니다. 어떻게든 살아야죠. 제 몸에 불을 붙일 만큼 간절한 소원이 있다면 그걸 이루기 위해 죽기 살기로 매달려야지요. 왜 죽습니까? 그것도 제 몸에 기름을 끼얹고 불을 붙이다니요."

그때 조영래 변호사가 갑자기 일어나 시를 읊기 시작했다. 한 소년은 술잔을 들고 또 한 소년은 담배를 끼고 서서히 일어나 눈을 감고 외기 시작했다.

노동자의 불꽃, 아아 전태일
저
처절한 불길을 보라
저기서 노동자의
아픔이 탄다
저기서 노동자의 오랜
억압과 죽음이 탄다
아아, 노예의 호적은 불살라지고
끝없는 망설임도 마침내 끊겨버린
저기서

노동자의 의지가
노동자의 저항이
노동자의 자유가 불타오른다.[10]

　그리고 조영래 변호사는 눈을 감은 채 단숨에 자신이 쓴 〈전태일 평전〉의 서문 부분을 외기 시작하였다.
　"평화시장에서 일하던 재단사라는 이름의 청년 노동자, 1948년 8월 26일, 대구에서 태어나 1970년 11월 13일 서울 평화시장 앞 길거리에서 스물둘의 젊음으로 몸을 불사라 죽었다. 그의 죽음을 사람들은 '인간선언'이라 부른다.
　인간선언, 가난과 질병과 무교육의 굴레 속에 묶인 버림받은 목숨들에게도, 저임금으로 혹사당하고 있는 노동자들에게도, 먼지 구덩이 속에서 햇빛 한 번 못 보고 하루 열여섯 시간을 노동해야 하는 어린 여공들에게도, '인간으로서의 최소한의 요구'가 있다는 것을 밝히기 위하여 그는 죽었다."
　노무현은 조영래의 손을 잡고 말했다.
　"조영래 변호사님, 변호사님은 수배를 받은 상황 속에서 그렇게 어렵게 자료를 모으고 노력하신 끝에 전태일 열사의 평전을 쓰셨습니다. 그 평전을 바탕으로 해서 그 후에 일본에서도 〈불꽃이여, 나를 태워라-어느 한국 청년노동자의 삶과 죽음〉라는 책이 번역되어서 나왔죠? 또 그 책을 바탕으로 〈어머니〉라는 영화도 제작되었다는 소식을 들었습니다."
　이소선 여사가 말했다.
　"우리나라에서도 1995년에 박광수 감독님이 〈아름다운 청년, 전태일〉이라는 영화를 만들었죠."
　노무현이 말했다.

---

10) 조영래 변호사가 쓴 〈노동자의 불꽃, 아아 전태일〉 전문.

"아아, 그 영화! 저도 봤습니다. 자, 열사님을 위해 모두 노력들을 하셨는데 이 사람은 아무것도 한 것이 없네요. 이 일을 어쩌죠?"

이소선 여사가 말했다.

"대통령님 재임 시에 우리 전태일 열사의 동상을 청계천 6가에 세워주셨잖아요. 청계천 6가에 있는 버들다리를 전태일다리라고 이름 지어주시구요."

노무현이 뒷머리를 긁으며 말했다.

"그건 제가 한 게 아니구요. 시민 단체에서 한 걸로 아는데요?"

이소선 여사는 열심히 말했다.

"대통령님께서 애정을 가지고 보살펴주셨으니까, 해주신 거나 마찬가지예요."

노무현은 조영래 쪽을 바라보며 말했다.

"조영래 변호사님께서는 5공 시절에 권인숙 양 성고문 사건을 맡기도 하셨지요?"

조영래가 겸손하게 받았다.

"실무는 저와 박원순 변호사가 맡았고요, 이돈명, 조준희, 홍성우, 황인철 같은 선배들이 외연을 맡아주셨어요."

이소선 여사가 차분하게 말했다.

"나도 그 일을 소상하게 알고 있어요. 1985년 7월 서울대 의류학과 4학년에 재학 중이던 권인숙 양이 시위를 하다가 제적을 당했지요? 그래서 권양은 그 이듬해인 86년 5월에 다른 사람의 주민등록증으로 부천 공단에 위장 취업을 했었죠. 그러다가 부천경찰서에 끌려갔는데 5·3 사태로 수배당한 사람들의 행방을 대라고 닦달을 당했지요. 권양이 모른다고 하니까 문귀동이라고 하는 경찰이 한밤중에 그 처녀를 취조실로 불러내 뒤로 수갑을 채우고 못된 짓을 했죠. 그 순결한 처녀 아이에게."

노무현이 기억을 더듬으며 말했다.

"저는 변호사님이 쓰신 문귀동에 관한 고발장 앞부분을 생생히 기억하고 있습니다. '우리는 이 입에 담기에도 더러운 천인공노할 만행이 다른 곳도 아닌 경찰서 안에서, 다른 사람도 아닌 경찰관에 의해 저질러졌다는 사실에 대하여 실로 경악과 전율을 금치 못한다.'"

"부끄럽습니다. 아무튼 그 사건이 폭로되어 문귀동이 처벌됨으로써 5공의 치부가 만천하에 드러난 셈이죠. 권양 사건은 전두환 정권이 보인 말기 증상의 하나였습니다. 권양은 6월 항쟁 이후에 석방되었고, 1988년 3월에는 대법원이 문귀동의 불기소처분에 대한 원심 결정을 파기하는 재정신청을 받아들여, 문귀동은 4월 9일에 구속되었습니다. 그리고 그해 7월, 징역 5년을 선고받았습니다."

노무현은 이소선 여사의 손을 잡고 위로해주었다.

"어머니, 전태일 열사가 1970년 11월에 세상을 떠난 후, 일어난 또 하나의 기적은 바로 노동자의 어머니, 이소선 어머님이 탄생한 일입니다. 전태일 열사가 몸에 불을 붙이고 그렇게 세상을 떠나지 않았다면 어머니께서는 평범한 어머니로 일생을 마치셨겠죠? 그런데 어머니는 결국 대한민국 모든 불행한 노동자들의 어머니가 되셨습니다. 전국 어디에서나 부당한 대우를 받는 노동자가 있다면 달려가셨고, 불행하게 숨진 젊은이가 있으면 멀고 가까운 곳을 가리지 않고 달려가셨습니다. 그들을 부둥켜안고 울며 달래주셨기 때문에 대한민국의 노동자들은 어머니를 자신들의 어머니로 모셨고 대한민국의 불행한 젊은이들은 이소선 어머니를 자신의 어머니로 모실 수 있었습니다. 참으로 놀라운 기적입니다."

이소선 여사가 말했다.

"어디 이 일이 저 혼자의 힘으로 이루어졌겠습니까. 조영래 변호사님 같은 분이 불타 죽은 노동자를 위해 평전을 써주시고 영화를 만들 이야기를 엮어주셨기 때문에 가능했던 일입니다. 그리고 부산과 경남 지역에서 노무현이라는 젊은 변호사가 자기가 타던 요트를 던져버리고 노동자 편에 서시고, 그들을 위해 돈 안 되는 변론을 해주시고 시위에 앞장서주시고 희생된 열사들의 영정을 들어주시고, 부산 시청까지 행진을 해주셨기 때문에 우리 전태일 같은 불쌍한 영혼들이 다시 살아날 수 있지 않았겠습니까?"

조영래 변호사도 맞장구를 쳤다.

"그럼요! 대통령 같은 분이 자신의 모든 것을 던져 앞장서주셨기 때문에 가능한 일입니다."

그때 이소선 여사가 일어났다. 그리고 흰 한복 자락을 여미면서 말했다.

"대통령님, 제 큰절을 받아주십시오. 평생 약하고 병들고 갇히고 죽어가는 사람들을 편들어주신 대통령님께 이 늙은 할매가 큰절을 올리겠습니다."

노무현이 벌떡 일어났다.

"아이고, 안 됩니다! 이러시면 안 됩니다. 제가 어머니의 큰절을 받다니요! 당치도 않은 일입니다. 어머님 어서 일어나세요."

노무현이 이소선 여사를 일으켜 세우자 여사는 노무현의 가슴에 쓰러지며 외쳤다.

"대통령님, 대통령님, 약자를 위해 용감하게 나서주신 우리의 대통령님!"

전태일도 울고, 조영래 변호사도 눈물지었다.

기라성 같은 분들

어디선가 낯익은 노랫가락 소리가 들렸다.

"물어 물어 찾아왔네, 그 님이 계시는 곳. 차가운 밤바람만 몰아치는데, 그 님은 간 곳이 없네. 저 달 보고 물어본다, 임 계신 곳을. 울며불며 찾아가도, 그 님은 간 곳이 없네."

어깨를 들썩들썩 허리를 낭실낭실 아주 흥겹게 앞장서서 오는 사람은 안경을 끼고 있었다. 낯익은 얼굴이다. 목소리도 우렁차고 장난기가 뚝뚝 떨어지는 얼굴이었다. 그렇다. 이돈명(1922~2011) 변호사였다. 1980년대 노무현이 부산에서 민주화운동을 하며 먼발치로 우러르던 분이다. 부산을 찾아오셨던가? 아무튼, 법조계에서는 전설 같은 인물이었다. 그 뒤를 따라오는 사람은 호랑이상이었다. 울뚝불뚝 범상으로 생겼지만 다시 바라보면 시골 농부처럼 유순해 보이는 얼굴이다. 저 양반이 누구더라. 노무현은 눈을 크게 떴다. 그렇다. 그분은 무등산 호랑이, 홍남순(1912~2006) 변호사였다. 호남에 가서 홍남순을 모른다고 하면 그건 간첩이다. 1960년대에 시작하여 70년대와 80년대를 관통하는 광주의 수호신이다. 고은은 일찍이 그를 가리켜 이렇게 읊었다.

"장성 갈재 굴을 나가면 / 틀림없이 거기 계시는 / 우리 무등이여 / 진정코 무등과 형제이신 / 우리 취영 홍남순옹이여 고향이여"

그 뒤를 따르는 이는 노무현이 금방 알아볼 수 있는 황인철(1940~1993) 변호사였다. 세례명 세바스티아노, 명문 대전고등학교를 나와 서울 법대를 졸업했는데 그는 졸업도 하기 전인 1961년 제13회 사법고시에 합격했다. 노무현이 제17회 사법고시 합격생이니 4년 선배가 되는 셈이다. 그는 1988년 민주사회를 위한 변호사 모임(민변)을 창립했다. 글도 잘 써서 고등학교 동창인 김병익과 함께 그 유명한 계간지 〈문학과 지성〉을 창간하기도 했다. 그러던 그는 1990년 지병을 얻어 한창 일할 나이인 50대 고개에서 선종하였다. 노무현은 고시공부를 할 때부터 그의 이름을 들어 알기 때문에 먼발치에서 흠모하였다.

마지막으로 따라 나오는 사람은 어디서 본 듯도 하고 낯선 것 같기도 한 얼굴이었다. 눈빛이 날카롭고 형형하지만 풍겨지는 분위기는 온화했다. 이병린(1911~1986) 변호사다. 11살 아래인 이돈명 변호사가 부축하며 깍듯이 모셨다.

"형님, 상석에 앉으십시오."

이병린 변호사는 노무현을 바라보며 말했다.

"아, 그래도 대통령이 계신데. 대통령을 상석에 모셔야지. 우리나라 역대 대통령 중에서 변호사 출신은 우리 노무현 대통령이 처음이 아니신가. 참으로 장한 일이지. 그것도 독학으로 말이야."

노무현은 잰걸음으로 나가며 말했다.

"아이고 아이고, 무슨 말씀을 그리 하십니까. 제가 말석에 앉겠습니다. 이 천상의 나라에서 대한민국 민권 변호사 효시, 대부님들을 모시게 되어 참으로 영광입니다."

홍남순 변호사가 끼어들었다.

"아, 우리야말로 영광이지라우. 지가 전라남도 광주시 궁동 15번지 제 사무실에서 선배님들과 대통령님을 모시게 됐다면 지가 뽀다구 나게 대접을 할 수도 있겠는디요. 여기는 천국 가는 길이께 안내하시는 수녀님들께 신세를 져야지요. 아 수녀님들, 손님들이 왔는디 술상이 없당가요?"

"왜 없겠어요? 가만히 보니까 술깨나 드실 분들만 모였는데. 저희들이 알아서 해야겠죠. 소주, 막걸리, 맥주, 전부 한국산으로 준비했습니다. 전라도 말씨를 쓰시는 홍남순 변호사님이 오셨으니 안주로 세발낙지도 마련했고요. 홍탁도 준비되어 있어요."

"어어, 좋다!"

흥이 좋은 이돈명 변호사가 술잔을 돌리면서 신나게 말했다.

"이 천국은 말입니다. 다 좋은데 산이 없다는 게 흠이에요. 나는 세상에 내려간다면 옛날처럼 친구들하고 산을 오를 겁니다. 참 산 타는 게 얼마나 좋습니까. 변형윤, 리영희, 송건호, 이호철, 박현채, 전무배, 박중기, 백낙청, 김달수, 이경의, 김병오, 조태일, 박석무, 정해렴, 권광식, 정수일, 이정룡, 고광헌, 이도윤, 여치헌, 도재영 등이 우리 산행 멤버였는데…."

이병린 변호사가 말했다.

"그 산악회 이름이 '거시기 산우회' 였던가?"

"그럼요. 참 엄혹했던 그 시절 그래도 산에만 오르면 온갖 시름이 사라지는 거라. 서울 근교의 산 중에서 인왕산 등반 코스가 제일이죠. 일요

일 아침 세검정 3거리에서 만나 구기동, 대남문을 거쳐 태고사에서 아침 겸 점심을 먹고 위문, 백운산장, 인수산장을 거쳐 도선사로 내려오면 대략 11시가 되지요. 거기서 내려와 마시는 맥주 맛이 또 일품이지요. 알싸하게 내려가는 그 감촉이 죽여줍니다. 대동문에서 진달래 능선을 타고 4·19탑 쪽으로 내려오는 코스도 완만하고 좋지요. 보현봉 아래 대밭에서 점심을 먹고 막걸리 판을 벌이기엔 더없이 좋고요. 상명여대에서 탕춘대 능선을 거쳐 비봉샘에서 점심을 먹고 기운 좋은 사람은 더 올라가고, 바쁜 사람은 하산하는 것이 우리의 규칙이었어요. 우리 집 앞에는 성원정육점이라고 청와대에 고기를 납품하는 집이 있었는데 그 집 고기가 일품이었지요. 그때만 해도 산에 버너나 가스통을 가져갈 수가 있었는데 계곡에다 버너 불을 붙이고 제비추리나 토시살 같은 것을 살살 구워가며 매실주나 송실주를 들이키는 그 맛이 죽여줬습니다. 참, 좋은 시절이었는데."

묵묵히 듣고 있던 황인철 변호사가 말했다.

"선배님, 그렇게 산행에다 술을 좋아하시면서 언제 변론을 하셨습니까?"

"아아, 변론이야 우리 본업이고 죽기 살기로 하는 것이지만 이 산행이야 숨통을 틔기 위해 하는 게 아니겠소. 우리 '거시기 산우회'는 광주에도 자주 갔는데, 작고한 조태일 시인은 하나마나한 소리를 자주 하더라고."

"뭐라고 했는데요?"

"숨만 안 차고, 발만 안 아프면 얼마든지 갈 수 있겠는데. 아이고, 숨 차, 아이고, 다리 아파…. 그러면서 슬그머니 옆으로 빠져 술을 찾는 거야."

홍남순 변호사가 끼어들었다.

"아이고, 조태일이는 출판사 한다고 몸부림치면서 술 담배 해서 몸 다 버렸지. 아까운 사람이었어. 지리산을 타려면 의신에서 세석평전을 거쳐 칠선계곡으로 내려오는 코스가 제일 좋지."

이돈명 변호사는 신이 났다.

"암암, 서울에서는 안병직, 이효재, 윤정옥이 날 따라왔고, 광주에서는 송기숙, 이방기 교수가 합류해서 그 코스를 다녀왔지. 광주사태를 추모한다는 명분으로 술을 잔뜩 들고 갔어. 세석 못 미처 음양샘에서 야영을 했는데 밤새 술을 마셔 세석산장에 있던 소주 한 상자가 몽땅 동이 난 적도 있었지. 그러고도 이튿날 우리는 천왕봉을 거쳐, 지리산에서 제일 험하다는 칠선계곡으로 내려왔다니까. 5·18 광주 울분을 그 산행으로 풀어냈던 거야."

길게 얘기하던 이돈명 변호사가 미안했던지 노무현에게 말했다.

"노 대통령, 대통령께서도 산행을 좋아하시오?"

노무현은 쑥스럽게 웃으며 말했다.

"제가 자라던 고향은 낙동강 하류의 벌판이라서 산이 별로 없었습니다. 뒷산이라고 해야 옛날 봉화를 올리던 해발 200미터 정도의 야산이 있었을 뿐이었습니다. 청와대에 있을 때, 바로 뒷산인 북한산을 타보고 싶었지만 공무 때문에 그럴 수도 없었습니다. 전 부산에 있을 때 대신 바다를 탔습니다. 2인용 보트에다 돛을 높이 달고 해풍을 갈랐습니다. 제가 그 작은 배를 좋아했더니 호사가들은 요트를 탄다고 빈정대더군요. 가난했던 노무현이 변호사가 되더니 요트까지 탄다고 말입니다. 사실은 그 요트, 200만 원짜리였습니다."

이돈명 변호사가 웃으면서 말했다.

"대통령님, 누가 물어봤습니까? 요트 값이 200만 원이라는 말씀은 왜 그렇게 강조하세요?"

노무현이 대답했다.

"조선일보에서 시비를 걸어왔습니다. 노동자 변호해서 번 돈으로 요트를 탔다고 말이지요. 그래서 저는 소송을 했어요. 승소했습니다."

"뭐, 그런 걸 가지고 열을 올리셨어요. 전 중앙정보부에 끌려갔는데 중년의 수사관이 그냥 딱딱거리는 거예요. 가만히 보니까 그 사람 머리에 새치가 솔찮게 보입디다. 그래서 제가 슬그머니 말했지요. '수사관님, 그

머리 염색한 거 아니에요?' 그랬더니 그 친구가 피식 웃으면서 '에이, 오늘 조사는 여기쯤에서 끝냅시다. 들어가 쉬세요.' 그러더라구요. 그리고 그 후에는 쉽게 일이 풀렸어요. 그저 웃어넘기는 것이 제일 편한 방법이에요."

이병린 변호사가 천천히 입을 열었다.

"나는 평생 변호사로 일생을 마치고 싶었어요. 태평양 전쟁도 시작되기 전, 1940년에 조선변호사 시험에 합격해서 이 일을 시작했는데, 해방을 맞고는 좌우익 싸움에서 억울한 사람 편에 서서 변론을 했지요. 99살까지는 이 짓을 해야겠다 각오를 했는데, 어쩌다 보니까 서울변호사회 회장도 하게 되고 대한변호사협회 회장까지도 하게 되더라구요 그야말로 세월에 떠밀려 변호사 모임의 좌장자리를 꿰어 차고 앉게 되었더라 이 말이죠. 그런데 군사정권이 들어서고 박정희 대통령이 1964년 대일 굴욕 외교를 시작하는 거예요. 난 반대했지. 그리고 3선 개헌을 시도하자 내가 또 반대 성명을 냈거든. 한 사람이 장기 집권을 하는 것은 안 된다 하는 것이 나의 소신이었으니까. 이렇게 되니까 미운털이 박히더라고. 그런데도 난 눈치 없이 박정희 대통령이 집회금지를 하고 언론출판물을 사전에 검열하겠다는 계엄포고령 제1호를 발표하자 그걸 또 반대하고 나선 거야. 그러자 나를 잡아가더군. 내 사무장 김동주와 함께 서대문 경찰서로 끌려갔다 서대문 감옥으로 넘어갔는데 32일 만에 계엄이 해제되면서 풀려나왔어. 변호사협회장이 한 달이 넘게 감옥살이를 하는 세월이었으니 그놈의 세월이 얼마나 엄혹했냐 이거야. 그때부터 나는 재야인사로 분류가 되었고 나도 한판 붙어보자 하는 심정으로 70년대부터는 천관우, 양호민, 조향록, 이병용, 강기철, 남정현, 김정례와 함께 민주수호국민협의회를 결성했지. 그리고 4·27 대통령 선거가 무효다 하는 운동을 펼쳤어. 참 겁도 없이 독재정권에 덤빈 거야. 그러자 박정희가 비상사태를 선언하더군. 그때가 1972년 4월이었지. 그때 그 단체를 이끈 분들이 김재준, 천관우, 함석헌, 그리고 나였고, 운영위원으로는 장준하, 조향록, 한철하, 김

춘추, 김승경, 법정, 황인철, 이호철, 윤현, 김정례, 계훈제 같은 분들이었어. 참 쟁쟁한 분들이었는데."

이병린 변호사는 맥주를 벌컥벌컥 물처럼 마셨다. 곁에 서 있던 수녀가 걱정되는 듯 말했다.

"천천히 말씀하세요. 이 천상의 나라에서도 무리하시면 안 되는 거 아시잖아요."

이병린 변호사는 허허 웃으며 말을 이었다.

"그때는 참말로 숨 막히던 시절이었어. 아니, 뜨겁던 시절이었지. 1974년 7월 9일이었던가? 민청학련 사건 피고인들에 대한 결심공판이 있었지. 이철, 유인태, 김병곤, 나병식, 여정남, 김지하, 이현배 등 7명이 사형을 구형받았고, 무기징역이 7명, 징역 20년이 12명, 징역 15년이 6명이나 되었지. 그들을 변론한 것이 홍성우와, 강신옥 변호사였어. '데모 주동 학생들이 횡적인 연결을 가졌다고 해서 반국가 단체 구성과 내란이란 누명을 씌우고, 우국학생들에게 사형까지 구형하는 것이 말이 되는가. 학생조직을 인혁당과 연결시킨 것은 조작이 아닌가!' 홍성우 변호사가 울부짖자 강신욱 변호사는 자리에서 벌떡 일어나 소리쳤지. '이 사건을 맡게 된 뒤, 법은 정치나 권력의 시녀라고 단정하게 되었다. 검찰이 애국학생들을 내란죄, 긴급조치 위반 등으로 몰아 사형에서 무기징역을 구형하는 것은 사법살인 행위이다. 과거 나치스 독일의 한 장교가 상부의 부도덕한 지시를 양심에 따라 거부하고 중형을 받았다. 그런데 훗날 나치스가 멸망하고 난 뒤 그 장교는 죄인이 아니라 의인이 되었다. 이 법정의 피고인들도 유신체제라는 악한 제도를 양심에 따라 거부했을 뿐이다. 유신헌법은 비민주적인 악법이다. 나 자신도 직업상 변호인석에 있으나, 그렇지 않다면 차라리 피고인들과 뜻을 같이하여 피고인석에 앉아 있겠다.' 참으로 대담한 변론이었어. 젊은 변호사들이었으니까. 그분들은 아직 지상에 살아 계시지요?"

노무현이 받았다.

"네, 고령이시긴 해도 아직도 패기 있게 활동하고 계십니다."

이병린 변호사는 계속했다.

"그날 밤, 그 두 분 변호사는 남산으로 끌려갔죠. 강신옥 변호사는 지하실로 끌려가 호되게 곤욕을 치렀습니다. 일제시대 조선변호사로 애국지사들을 변호했던 허헌 변호사나 이인 변호사도 그렇게 끌려가지는 않았는데, 이 두 분은 곤욕을 치렀습니다. 2박 3일 동안 조사를 받고 초죽음이 되어 나왔지요. 그런데 강신옥 변호사는 그 후 7월 15일에 다시 연행되어 구속되었습니다. 죄명은 긴급조치 위반과 법정 모독죄였습니다. 한마디로 괘씸죄였죠. 정권에 정면으로 도전하고 덤빈 것이 죄가 된 것이죠. 강신옥이 구속되자 우리 나이 든 변호사들도 합심해서 무려 99명의 변호사들이 변호인단을 구성하여 변론에 들어갔습니다. 재판은 일사천리로 진행되어 그해 9월 20일 강신옥은 징역 10년에, 자격정지 10년을 선고받았지요. 항소는 기각되었고 변호사 125명이 선임계와 함께 대법원에 상고했는데 변호사 강신옥은 그 어두웠던 시절 청년들의 우상이 되었고 별이 되었습니다. 강신옥이라는 이름 석 자가 정권에게 오히려 부담이 되자 박정희는 1975년 2월 15일 구속집행정지라는 특별조치를 내렸지요. 그의 변호사 자격은 1979년에야 회복됐죠. 강신옥은 우리 사법사상 빛나는 별이 될 것입니다."

이병린은 긴 변론 같은 말을 끝내면서 노무현 쪽을 보며 슬쩍 물었다.

"내가 천국에서 듣기로는 대통령님도 부산에서 학생들을 위해 변론하고 노동자를 위해 애쓰시다가 구류도 당하고 구금도 되고 변호사 자격까지도 정지되었다는 소식을 들었는데요."

노무현은 손사래를 치며 말했다.

"조족지혈입니다. 부끄럽습니다. 아주 짧은 기간이었습니다. 선배님들에 비하면 내놓을 수도 없는 이력입니다."

이병린은 잠시 숙연해지더니 소주 한 잔을 들이켜고 나서 천천히 말했다.

"우리 이돈명 아우는 잘 아시는 내용이지만, 이 사람에게도 씻을 수 없는 흠이 있습니다. 오래 산 탓인지, 교만했던 탓인지, 실족을 했었지요. 원숭이도 나무에서 떨어진다고. 내가 잘 가던 밥집이 있었어요. 내가 그때 환갑이 막 넘었을 때였는데 40을 갓 넘긴 주인 마담이 있었어요. 밥집을 하는 여자치고는 정갈한 느낌을 주는 여인이었지요. 배울 만큼 배우고 말이 잘 통했어요. 내가 폭음을 하면 술잔을 빼앗고 조용히 말했어요. '오라버니, 몸을 아끼세요. 백 사람, 천 사람이 우러르는 그런 분이 아니세요. 언제나 앞장서는 어른이시잖아요. 제발 몸 조심하셔야죠.' 그 마담의 곡진한 말들이 가슴에 와 닿았어요. 참 고마운 여인이구나. 곱고 아름답다. 그러다가 그녀와 정이 들었지. 물론 남편이 있다는 것도 알고 있었어요. 그러나 스무 살이 넘는 나이 터울에도 불구하고 마음이 가기 시작했어요. 처음에는 큰 오라버니와 막냇동생처럼 그렇게 다정히 지내다가 통금시간이 되면 그녀가 펴주는 자리에 눕고 말았지. 결국 그렇게 해서 우리는 남의 시선을 피해 따로 만나는 사이가 되고 말았어요. 나를 미행하는 정보부원이 있다는 것도 까마득하게 잊은 채 사랑에 빠지고 말았지. 결국 그 마담의 남편이 간통죄라는 죄목으로 우리를 옭아맸고 정보부원은 나를 다방에 불러내 협박을 시작했지. '모든 민주화운동에서 손을 떼라. 그렇지 않으면 집어넣겠다.' 결국 그래서 나는 민주화의 대열에서 낙오하게 된 거예요. 모든 민주화 직함을 내려놓고 서울을 떠났습니다. 상주와 안동에서 1년 반씩 변호사 생활을 하다가 김천으로 옮겼는데 병마가 덮쳤어요. 위 수술을 받고 자리에 누웠죠."

이돈명이 이었다.

"제가 그때 찾아가 뵈었죠. 거동이 불편하셔서 방 안에 요강을 두고 누워 계시더군요. 저희들이 들어섰을 때 저희 손을 일일이 다 잡아주셨어요. 저희들이 일어나려고 하자 형님께서는 요 밑에서 포개포개 넣어두었던 돈을 꺼내 주시면서 사무장에게 이러셨어요. '저 어른들 여관 좀 잡아드리고 오게.' 네, 저희들은 그 골목을 나오며 울었습니다."

이때 말없이 앉아 있던 황인철 변호사가 말했다.

"저는 이병린 선배님께서 서울을 떠나시며 남기셨던 〈떠나면서〉라는 시를 잊지 않고 있습니다. 제가 한 번 읊어보겠습니다."

황인철 변호사는 눈을 지그시 감고 시조 한 수를 읊었다.

고우(故友)여 태안(泰安)하라 북악(北岳)도 잘 있거라
남행천리(南行千里) 가는 길에 북풍한설(北風寒雪) 몰아쳐서
눈물도 얼을 싸하여 손수건에 담노라

노무현은 색소폰을 들고 일어섰다. 선배 인권변호사들을 위해 진심 어린 연주를 시작하였다. 이돈명 변호사의 애창곡, 나훈아의 '님 그리워'였다. 이돈명 변호사는 기꺼이 일어나 노래를 불렀다. 즐거운 순간이었다.[11]

광주 얘기

기라성 같은 1970, 80년대의 인권변호사들이 자리를 뜰 때, 노무현은 홍남순 변호사를 따로 붙잡았다.

"왜요? 나하고 따로 볼일이 있어요?"

노무현이 말했다.

"네, 선배님. 지금 제가 떠나온 세상에서는 광주 5·18에 대한 얘기가 새삼스럽게 떠오르고 있습니다. 광주 얘기가 눈덩이처럼 커져서 여러 가지로 표현되고 있어요. 80년 5월에 광주에 없었던 저로서는 아주 난감했습니다. 선배님께서는 그때 광주에 계셨죠?"

"물론이죠. 80년 5월이 끝날 때에 이 사람은 광주의 수괴가 되어 있었습

---

11) 본 장 '기라성 같은 분들'은 김정남 지음, 〈이 사람을 보라〉 1권에 나온 이병린, 이돈명, 황인철, 부분을 재구성하여 풀어놓은 것이다.

니다. 계엄군들한테 얻어맞기도 했지요. 아주 심하게. 내가 하도 억울해서 나중에 얘기를 했더니 김정남이라는 사람이 정리를 했더군요. 대통령님은 김정남 씨를 아십니까?"

"아다마다요. 저도 명색이 천주교인인데, 평화신문 편집국장을 하고, 김수환 추기경과 김영삼 대통령의 글을 도맡아 썼던 그분을 모르겠습니까? 대전 분이죠? 언젠가 그분 아버님의 장례식 때 대전까지 내려갔다 온 일도 있습니다."

"아, 그랬군요. 그렇다면 그분이 쓴 이 사람 홍남순에 관한 글 〈무등(無等)의 대인〉 편을 읽어보시면 됩니다."

그때 앙리에트 수녀가 김정남이 쓴 〈이 사람을 보라〉라는 책을 갖다 주었다. 홍남순이 말했다.

"정말 그 사람은 대단한 사람입니다. 대한민국 70, 80년대 민주화운동의 산 증인이지요. 박종철 열사의 죽음도 그 양반이 밝혀내지 않았습니까? 그래서 고은 시인은 자신의 만인보에 그분을 쓰기도 했습니다. 긴 내용이라 제가 요약해보면 이렇습니다. '해위 윤보선의 뒤에 있었다 / 김영삼의 뒤에 있었다 / 이돈명 홍성우의 뒤에 있었다 / 아님 함세웅의 뒤에 있었다 // 모두 다 앞으로 앞으로 나아가는데 / 그는 뒤로 뒤로 가 찾을 수 없다 / 그럼에도 그가 있어야 할 때 / 그가 있어야 할 곳 // 꼭 그가 있다 / 아무런 메아리도 없이' 한국 민주화운동의 증인이며 기록자입니다."

노무현은 김정남이 쓴 홍남순 편을 읽기 시작했다.

광주민주화운동의 한가운데서

1980년 5월 16일 오후 2시, 서울이 소강상태를 보이는 것과는 달리 전남도청 앞에서는 뜨거운 열기 속에 민주화대성회가 열렸다. 분수대를 중심으로 대학생들과 시민들이 모이기 시작하더니 나중에는 3만여 명 이상의 군중들이 도청 앞과 노동청 앞, 금남로 1가에서 3가까지 꽉 메웠다.

전남대 학생회장 박관현은 감동적인 사자후를 토해냈고, 성회는 식순에 따라 진행되었다. 그리고 횃불행진이 시작되었다. 밤 9시 30분, 박관현은 다시 도청 앞 분수대에 올라 생전의 마지막 연설을 했다.

"최규하 대통령이 귀국하면 정부는 정치일정을 소상하게 밝히고 우리의 민주회복운동에 부응하는 반응을 즉각 보여주리라 믿습니다. 이에 희망을 걸고 굳게 기다려봅시다. 그러나 만약의 경우 납득이 안 가는 결과가 생길 것을 대비하여 대학생 여러분은 19일(월요일) 일단 여기 도청 앞 광장으로 나와주실 것을 바라마지 않습니다."

그러나 그즈음 재야 민주인사들에 대한 예비검속이 있으리라는 불길한 소식들이 들려오고 있었다. 5월 17일 오후, 광주시 대의동 YWCA에서는 각계 인사들이 참석한 가운데 긴급회의가 열렸다. 모임의 결론은 일단 사태의 추이를 지켜보자는 것이었다. 회의를 끝내고 집에 돌아온 홍남순에게 들려오는 다급한 목소리는 빨리 피하라는 재촉이었다. 내가 왜? 그리고 피할 데도 없었다. 그렇게 5월 18일이 왔고, 라디오는 0시를 기해 전국적으로 계엄이 확대되었다는 소식을 알렸다.

5월 18일 새벽 1시경, 특전사 제6여단 제33대 대원들이 전남대를 접수하고 등교하는 학생들을 개 패듯 팼다. 그 소식이 알려지자, 18일 오후 7시 광주는 분노했다. 학생들과 시민들의 분노가 들불처럼 타오르기 시작했다. 그리고 광주 지역 민주인사들 역시 하나둘씩 어디론가 잡혀가고 있었다. 이른바 광주민주항쟁이 벌어진 것이다.

5월 19일 아침, 홍남순 변호사 내외는 예비검속의 예봉을 잠시라도 피하자는 심산으로 일단 광주를 떠나기로 결심하고 순천을 거쳐 저녁 무렵에 서울 고속버스터미널에 도착했다. 두 아들이 마중 나와 있었다. 그러나 광주를 떠나온 것이 마음에 걸려, 잠을 한숨도 자지 못했다. 20일 홍남순은 가족회의를 소집한 뒤, "아무래도 광주로 내려가야 할 것 같다.

이렇게 살아남는다 해서 그것이 어찌 홍남순의 삶이라고 말할 수 있겠느냐. 죽더라도 광주에 가서 죽고, 살더라도 광주에 가서 살겠다."는 뜻을 밝히고 소지품을 챙겨 집을 나섰다.

광주로 가던 고속버스는 정읍 휴게소에서 멈춰 섰다. 그곳에서 택시로 장성까지 와서 광주 소식을 단편적으로 들었다. 5월 21일 아침, 홍남순 내외는 광주로 진입하는 택시 한 대를 얻어 타고 외곽까지 올 수 있었고, 거기서부터 4킬로미터 넘게 걸어서 자택에 도착했다. 5월 22일, 남동성당에서 김성용 신부, 조아라 YWCA 회장, 이애신 YWCA 총무, 이성학 장로, 이기홍 변호사, 송기숙 전남대 교수 등을 만나 수습위원회 구성 문제를 논의했다. 한편 도청에서는 수습대책위원회 구성이 논의되고 있어서 5월 23일 현재 자생적으로 발생한 수습대책위원회는 모두 3개가 있었다. 도청 부지사가 주관하는 수습대책위, 중앙교회의 정기호 목사를 중심으로 하는 수습대책위, 그리고 남동성당 김성용 신부가 발의한 수습대책위 등이 그것이었다. 이들 3개 대책위에서 나온 사람들이 앞으로의 수습 문제를 논의하기 시작했다. 이들이 결정하여 발표한 수습안은 이런 내용을 담고 있었다.

1. 국가 최고 원수인 대통령이 광주사태가 정부의 과잉진압 때문임을 인정할 것
2. 정부는 사죄하고 광주시민들에게 용서를 청할 것
3. 모든 책임은 국가가 보상책임을 질 것
4. 정치적 보복은 절대로 있을 수 없다는 것을 국민 앞에 명확히 밝힐 것

홍남순이 가까스로 광주로 들어올 무렵인 21일 정오, 금남로에 집결해 있던 10만 명 이상의 시민들을 비롯해 광주 전역에서 약 40만 명의 시민들이 항쟁에 돌입했다. 하지만 11공수 부대원들과 직접 충돌해 가장 많

은 희생자가 났다. 오후 1시 도청 쪽에서 집단 발포가 시작되어 금남로에서만 적어도 54명이 숨지고 총상을 입은 사람도 족히 500여 명에 이르렀다.

이날 오후 3시 15분경, 금남로에 칼빈과 M1 소총으로 무장한 이른바 광주시민군이 등장했다. 오후 5시 50분, 계엄군은 광주 밖으로 물러났고, 광주는 말 그대로 '해방광주'가 되었다. 화순 지역 시민들은 화순광업소에 들어가 엄청난 양의 다이너마이트를 실어 왔다. 25일 오후, 다이너마이트를 지키기 위해 성직자들이 청년들을 모아 왔다. 그러나 25일 밤 9시 무렵, 도청 지하실에서는 계엄사에서 파견한 탄약처리반이 은밀히 진입해, 무기들을 분해하기 시작했다.

26일 새벽, 탱크를 앞세운 계엄군이 화정동 통합병원 앞에서 농촌진흥청까지 진입한 상태에서, 계엄군의 시내 진격이 초읽기에 들어갔다. 홍남순을 비롯한 수습대책위 대표 17명은 도청 상황실을 나와 '죽음의 행진'에 나섰다. 이들은 탱크와 바리케이드를 넘어 상무대 계엄사령부로 들어갔다. 회의는 오전 10시부터 오후 2시 30분까지 계속되었다. 계엄군은 수습대책위의 요구는 외면한 채, 무기를 회수하여 계엄군에게 반납하라는 말만 되풀이했다. 얻은 것도 없이 수습대책위는 계엄사를 나와야 했고, 김성용 신부는 광주의 급박한 상황을 알리기 위해 광주를 빠져나갔다. 홍남순도 이 급박한 상황을 서울에 알리기 위해 송정리역으로 나갔지만, 검문에 걸려 잡히고 말았다. 군인은 이렇게 무전을 쳤다. "독수리, 독수리, 독수리 잡았다. 오버."

광주민주항쟁의 수괴로 몰려

수사는 시나리오에 따라 진행되었다. 홍남순 변호사는 수괴로 몰리고 있었다. 이들 수습대책위원회들은 거의 예외 없이 수습을 위해 노력한 것이 아니라, 내란죄를 범한 국사범으로 둔갑되어갔다. 수괴는 사형 또는 무기징역에 처하도록 되어 있었다. 그 진행과정은 따로 쓰지 않아도 충분히 짐작되고도 남을 것이다.

송기숙 교수가 전하는 검찰 심문 과정에서의 이야기가 있다. 이들은 물론, 검찰에서 한 진술이 어떤 결과를 가져올 것인지를 잘 알고 있었다. 그러나 검찰 수사관은 여기서 부인하면 또 저쪽(수사기관)에 끌려가 매 맞고 고생만 더할 것이니 그냥 이 자리에서 도장 찍으라고 협박 아닌 사정을 했다. 조비오 신부와 송기숙 교수는 수사관이 눈물까지 보이며 애원하다시피 하는 데 결국 무너지고 말았다. 그 수사관의 진정성과 성실성에 차라리 내가 찍고 말지 하는 심정이었다. 그렇게 시인하고 돌아온 송기숙 교수에게 홍남순 변호사는 처음에는 야단을 쳤다. "안 찍어주는 것인디." 하는 말로 유감을 표시하고는 뒷이야기를 이어갔다.

어색하고 긴장된 순간이 지나고 홍 변호사가 벙그렇게 웃으면서 송 교수더러 오라는 손짓을 했다. 홍 변호사는 "그건 그렇고 이 중에서 이쁜 놈 하나 골라 봐! 이쁘기는 다 이쁜디 그중 하나만 잘 골라보셔!" 하며 펴 보이는 것은 잡지에 실린 여자 아나운서 24명의 천연색 사진이었다. 이 판에 여자 사진이라니! 그러나 자신은 이미 골라놨다고 말하는 홍 변호사의 얼굴은 이만저만 만족과 희열에 차 있는 표정이 아니었다. 그 살벌하고 목숨이 경각에 달린 마당에서도 홍 변호사는 이런 여유와 낭만이 있었다. 재판에 대한 일화도 있다.

"제1피고인 홍남순은 반정부 인사들의 무료변론을 하는 등 반정부 활동을 해오다가 대학생들로 하여금 반정부 시위를 하도록 유발, 이를 제지하는 군경과 유혈충돌을 일으켜 국가의 통치기능을 마비시킨 다음 학생과 폭도들을 불순세력과 합세 폭도화하여 공공건물을 방화·파괴, 전남 일대에서 통치기능이 마비되는 사태가 발발하자 동년 동월 21일 광주로 잠입하는 등…."

검찰의 공소장 낭독이 이 대목에 이르자 느닷없이 호령이 터졌다. "뭣이 잠입? 잠입이 뭣이여, 잠입이. 잠입이라니, 내가 빨갱이처럼 잠입을 했단 말이여?" 이렇게 홍남순 변호사는 법정을 한 번 불끈 들었다가 놓았다. 홍남순 변호사의 호령이 한바탕 쓸고 지나가자 검찰관은 주눅이 들어 목소리가 작아졌다.

홍남순 변호사 등에 대한 재판은 1980년 8월 22일에 기소되어 제1차 공판이 10월 16일 오전 9시에 개정되었다. 그러나 홍남순은 변호인 면담 한 번 갖지 못한 상태에서 재판이 개정되었으므로 변호인 면담을 위해 공판 기일을 연기해줄 것을 주장했다. 그리하여 재판이 이틀 뒤로 연기되면서 변호인을 만나볼 수 있었다.

홍남순 변호사가 구속되었을 때 이기홍 변호사도 피고인이 되어 있었기에, 광주에는 이 사건을 맡을 변호사가 없었다. 결국 서울에서 유현석 변호사가 급히 내려왔다. 유현석 변호사가 군검찰 측 조서 내용을 검토한 바, 홍남순에 대한 조서가 변조된 것임을 밝혀냈다. 애초 원본은 만년필로 작성되었는데, 제출된 조서는 타자기로 다시 작성된 것이었다. 거기에다 교묘하게 간인과 피고인의 무인까지 찍혀 있었다. 군법 회의 당국의 탈법성을 지적했지만, 재판부는 마이동풍으로 그냥 넘어갔다. 유현석 변호사는 재판과정을 이렇게 말했다.

"5·18 광주사태에 대한 재판은 재판이 아니라 차라리 개판이라고 부르는 것이 더 정확할 것이다. 그런 재판을 할 바에야 차라리 혁명적 상황이라고 까놓고 얘기하면서 재판이라는 요식행위를 거치지 않았어야 했다. 그 재판에 본의 아니게 관여한 재판관들이 그 후 두고두고 느끼는 양심의 가책은 영원히 벗을 수 없는 짐이 되고 말았다. 나 역시 법조인의 한 사람으로 분노를 넘어 한동안 심한 자괴감에 빠진 적이 있다."

1980년 12월 17일, 항소심 재판에서 홍남순 변호사가 이렇게 최후 진술을 해서 법정을 울음바다로 만들었다.

"나는 살 만치 살았으니 그렇다 치고, 여성운동과 사회운동으로 불의에 항거하며 올바르게 산 저기 있는 두 여자분들(이애신, 조아라)은 무슨 죄가 있는가! 또 청년들이 무슨 죄가 있나. 모두 석방해야 한다. 나는 나이 먹어가면서 법조인으로서 할 일을 했을 뿐 수습위원 활동을 불법한 일이었다고 생각하지 않는다."

이 재판에서 홍남순은 무기징역을 선고받았다. 그러자 이 재판을 지켜보던 셋째 아들 기섭이 냅다 "이 개자식들아, 이게 재판이야?" 하고 재판장을 향해 의자를 집어던졌다. 홍남순은 1981년 12월 형 집행정지로 석방되기까지 1년 7개월 동안 감옥에서 더없는 고난의 세월을 보냈다. 1982년 3월에 이어 12월에 광주민주화운동과 관련하여 구속되었던 인사들이 대부분 석방되었다. 이들은 얼마 뒤 광주 5·18 구속자협의회를 결성했다. 홍남순은 사양했지만, 송기숙, 박석무 등의 삼고와 사고초려 끝에 회장직을 맡았다. 그리고 1985년 5월 10일에는 5·18 광주민주혁명희생자 위령탑 건립 및 기념사업 범국민 추진위원회(5·18 추위) 결성을 위한 준비위원회가 결성되면서 홍남순은 그 위원장이 된다. 그러나 명칭과 관련한 안기부의 방해공작과 고질적인 내부 분열로 홍남순은 적지 않은 고역을 치러야 했다.[12]

---

12) 위의 글 중에서 '광주민주화운동의 한가운데서'와 '광주민주항쟁의 수괴로 몰려'는 저자 김정남의 허락을 받아 〈이 사람을 보라 2〉에서 원문을 그대로 옮겨 실은 것이다.

여덟 명의 사람들

일개 분대쯤이 될까? 한 무리의 사나이들이 다가오고 있었다. 앞에 오는 두 사람이 현수막을 받쳐 들고 있었다. 그 현수막에는 이렇게 씌어 있었다.

'우리를 사면해주신 노무현 대통령님을 환영합니다.'

노무현은 어리둥절하였다. 그들은 모두 다리를 절고 차림도 이상하였다. 쓰러질 듯 쓰러질 듯 절룩거리면서 다가왔다. 노무현은 부스스 일어났다.

"어떤 분들이신지?"

가까이 다가온 그들의 모습은 처참하였다. 옷은 갈기갈기 찢겨 있었고 옷자락은 온통 핏자국으로 얼룩져 있었다. 이마와 얼굴에는 얻어맞은 상처가 남아 있고 팔꿈치와 발꿈치에는 피가 엉켜 있었다. 연장자로 보이는 사람이 더듬거리며 말했다.

"대통령님, 놀라시지 마십시오. 저희들은 지금 빛의 나라에서 잘 쉬고 있습니다. 다만 오늘은 대통령님을 뵙기 위해 저희들이 지상에서 마지막으로 걸치고 있던 옷과 아픈 몸을 숨기지 않고 왔을 뿐입니다. 현재 저희들은 빛의 나라에서 편히 쉬고 있습니다. 놀라지 마십시오."

비교적 젊은 사람이 앞으로 나서며 말했다.

"대통령님, 저희들은 대통령님께서 풀어주신 인혁당 사건, 더 자세히는 1975년 4월 9일에 사형이 집행된 '인혁당 재건위' 멤버들입니다. 그때 사형당했던 여덟 사람입니다. 저는 1937년생 당시 나이 38세의 일본어 교사 이수병입니다. 부산 사람입니다."

이수병보다 나이가 더 어린 남자가 앞으로 나섰다.

"저는 그때 처형되었던 1944년생 당시 나이 31세 경북대학교 총학생회장 출신 여정남입니다."

두 사람이 자기소개를 마치고 나자 나머지 여섯 사람이 나이순으로 나섰다.

"저는 1923년생 당시 나이 52세, 대구매일신문 기자 출신 서도원입니다."

"저는 1924년생 당시 나이 50세, 삼화토건 회장 도예종입니다. 저는 처형되기 10여 년 전에도 체포되어 고생을 했던 제1차 인혁당 사건의 주모자이기도 합니다."

"저는 1928년생 당시 나이 46세, 양봉업자 송상진입니다."

"저는 1930년생 당시 나이 45세, 한국골든스탬프사 상무 우홍선입니다."

"저는 1932년생 당시 나이 43세, 건축업자 하재완입니다."

"저는 1935년생 당시 나이 39세, 경기여자고등학교 교사 김용원입니다."

이수병이 다시 나섰다.

"대통령님께서는 지난 2007년 1월 23일 저희 인혁당 재건위로 사형당한 여덟 명에 대해서 무죄를 선고해주셨습니다."

노무현이 겸손하게 말했다.

"아이고, 선생님들. 그건 제가 한 일이 아닙니다. 서울중앙지법에서 법에 의해 판결을 내린 것이 아니겠습니까."

여덟 명 모두는 그 자리에 엎드려 큰절을 했다. 노무현은 몸 둘 바를 모르며 맞절로 인사하고 나서 말했다.

"얼마나 신고(辛苦)가 크셨습니까. 우리 사법 역사상 가장 큰 곤욕을 치르셨고 가장 억울한 죽음을 당하셨습니다. 유족들도 견딜 수 없는 상황에 처했다는 말씀을 듣고 제가 정치에 뛰어든 후, 이 일만은 제 손으로 매듭을 짓고 싶었습니다. 다행히 제 앞에 대통령직에 오르셨던 김대중 대통령님께서 2002년 9월에 '의문사진상규명위원회'를 만들어주셨고, 인혁당 사건 재조사를 명하셨기 때문에 일이 쉽게 풀렸습니다."

나이 제일 어린 여정남이 말했다.

"그래도 저희들은 사형을 당한 후, 32년 만에 죄를 벗었습니다. 지상에 남아 있는 저희 가족들이 질고를 벗어나는 데 한 세대가 지났습니다. 대통령님 덕분입니다."

이수병이 말했다.

"유신정권은 시신으로 변한 우리 8인의 주검마저도 가족들이 보는 것을 원하지 않았습니다. 입었던 옷이 모두 피로 얼룩졌고, 시신의 마디마디에 고문의 흔적이 남아 있었기 때문에 그자들은 시신을 보여주는 게 두려웠겠지요. 저와 우홍선 씨의 시신만은 겨우 가족에게 인계가 되었지만 나머지 사람들은 집이 서울이 아니라는 핑계를 대면서 내주지 않았습니다. 천주교 사제들이 송상진 씨의 시신만이라도 응암동 성당으로 옮기려 했으나 경찰들은 크레인까지 동원해서 시신을 강탈해 갔습니다. 그리고 시신들을 벽제 화장터에서 화장해버렸습니다."

여정남이 말했다.

"다행히 우리 여덟 구의 시신은 지금 경상북도 칠곡군에 있는 현대공원에 안장되어 있습니다."

노무현이 말했다.

"네, 그 뒷수습은 제가 들어서 알고 있습니다. 참으로 면목 없는 우리 사법부의 법에 의한 사형 집행이었습니다. 우리 사법 사상 가장 비참했던 일이지요. 당시 정보부를 지휘했던 사람은 신직수였죠? 그분은 박정희 대통령이 군에서 5사단 사단장으로 있을 때, 사단 법무참모를 한 사람이었지요. 고시 출신은 아니구요, 군 법무관 시험을 봐서 법무장교가 됐고, 박정희 대통령이 정권을 잡자 출세하기 시작한 인물입니다. 1차 인혁당 사건 때에는 검찰총장을 했고, 그 사건을 맡았던 젊은 검사들이 '이 것은 고문에 의한 허위 자백이므로 공소유지를 하기 어렵다'면서 사표를 던지고 항명을 하자 망신을 당한 일이 있었습니다. 그 후 10년이 지나 그가 다시 정보부장이 되자 그는 10년 전에 망신당했던 그 일을 잊지 않고 '인혁당 재건위 사건'이라고 해서 기어이 일을 들쑤셨지요. 잘 먹고 잘 살다가 국립 대전 현충원에 안장되었지만 아마 여러분들 앞에 나설 수는 없을 겁니다. 또 그때 법무부 장관을 지낸 분이 그 유명한 황산덕 장관이었죠? 한 시대를 풍미했던 지식인이었습니다. 제 기억으로 그분은 일제강점기에 명문 평양고보를 나오고 1941년에 경성제국대학 법문학부 법학과를 나왔습니다. 강점기 말기인 1943년에 고등문관시험 행정과와 사법과를 합격하여 천재로 소문이 났던 분입니다. 1952년에 서울대 법대 교수를 할 당시 소설가 정비석 씨가 유명한 소설 〈자유부인〉을 썼었지요. 그 소설에서 대학교수의 부인 오선영 여사가 대학생과 춤바람이 나서 탈선을 한다는 내용을 들고 나와 정비석 씨와 신문지상에서 격렬한 논쟁을 벌인 일도 있습니다. '어떻게 근엄한 대학교수 부인을 그렇게 천박하게 묘사할 수 있느냐. 당신이야말로 싸구려 작가이기 때문에 그렇게밖에 묘사할 수 없겠지. 천박한 글쟁이 같으니라고.' 이렇게 말했어요. 그러자 소설가 정비석 씨도 지지 않았죠. '나는 바로 당신 같은 위선자 근엄한 탈을 쓰고 있는 교수 나부랭이를 성토하기 위해 이 글을 쓰고 있는 거야.'라고 맞받아쳤습니다. 아무튼 두 사람은 그 후 화해하였고 술친구가 되었다는 얘기를 들었습니다. 어쨌거나 황산덕은 독실한 불교도로 불교 경전에도 깊은 지식을 갖고 있었고 서울대학교에서는 법철학 강의로 명성을 날렸습니다. 1960년에는 서울대학교에서 대한민국 최초의 법학박사 학위를 받기도 했었죠."

여덟 사람은 꽃밭에 주저앉아 노무현의 강의를 경청하고 있었다. 두 수녀는 눈치 빠르게 술상을 차려 내왔다. 모두는 소주에 맥주를 타서 마시며 노무현의 강의를 경청하였다.

"아무튼 이렇게 학생들의 선망과 찬탄을 한 몸에 받고 있던 황산덕을 유신정부가 점찍었습니다. 그 무렵 황산덕은 성균관대학교 총장직에 있었는데 박정희가 사람을 보내서 은밀히 법무부 장관직을 제안했습니다. 처음에는 고사했지만 학생들의 저항이 극렬한 때였으니 만큼 학생들이 존경하는 스승이 나서야 시국이 조용해질 수 있다는 감언이설에 속아 장관직을 받아들였죠. 어쩌면 입신양명하고 싶은 마음이 발동했을지도 모릅니다. 일제강점기 고시 양과 합격이라는 기록을 세웠으니 법무장관쯤은 한 번 해야겠다는 야심이 발동했을지도 모르죠. 아무튼 그는 법무부 장관이 되었고 결국 고문으로 만들어진 여러분의 사건, 즉 인혁당 재건위 사건 판결의 최종 책임자가 되고 말았습니다. 당시 황산덕 법무부 장관이 고문으로 조작된 인혁당 재건위 사건의 진상을 몰랐을까요. 아마도 고문 잘하는 정보부의 솜씨는 누구보다 잘 알고 있었을 것입니다. 그래서 인혁당 관계자들의 공소장이 피로 얼룩진 엉터리라는 것쯤은 눈치 채고 있었을 것입니다. 그러나 그는 죄 없는 예수를 십자가에 매달라는 이스라엘 기득권층의 청원을 접한 빌라도의 심정을 헤아리고 있었을 것입니다.

'나는 이 일과 관계가 없다.' 물을 담은 대야를 갖다 놓고 손을 씻는 것처럼 그는 올라온 사형 결재 서류에 고개를 돌리며 서명을 했을 것입니다. 다 아픈 우리 역사의 결과지요. 황산덕 장관의 곁에는 실권을 쥐고 있던 정보부의 신직수 부장이 있었고, 신직수 부장 밑에는 이 사건을 총지휘했던 정보부 6국장 이용택이 있었지요"

노무현은 대통령직에 있으면서 제1차 인혁당 사건과 여덟 명이 희생된 제2차 인혁당 사건, 이른바 '인혁당 재건위 사건'에 관한 서류만은 꼼꼼히 챙겨보았다. 대한민국 사법 사상 가장 잔인하게 무고한 사람들을 사법 살인 한 그 사건의 공소장도 꼼꼼하게 챙겨서 읽어보았다. 그래서 이 사건만은 제대로 밝혀야겠다는 사명감을 갖고 재심을 진행시켰던 것이다. 이 사건에 처음으로 인권변호사로 참여했던 함정호 변호사는 이런 기록을 남겼다.

'증인 채택도 기각시키고, 증거물도 압수해 가버린 이런 재판정에서 내가 무슨 말을 할 것인가. 변호사로서 이 자리에 서게 된 것이 피고인 보기에 부끄러울 따름이다.'

노무현이 가장 분노했던 대목은 이런 것이었다. 당시 경기여자고등학교 교사였던 김용원의 부인이 그 무서운 남산 정보부에 찾아가 남편의 무고함을 호소하였다. 단정한 투피스 차림의 30대 부인이 수사관들에게 눈물로 남편의 무고함을 호소하자, 수사관들은 빙글거리며 웃기만 하였다. 그러면서 그들은 커피를 내놨다. 그중 한 놈이 말했다.

"부인, 날씨도 쌀쌀한데 커피나 드시죠."

부인은 떨면서 커피 잔을 들었다. 놈들은 빙글거리며 부인을 주시하였다. 부인은 커피를 절반쯤 마셨을 때 참으로 기이한 증상이 몸속에서 꿈틀거리는 것을 감지하였다. 정신이 몽롱해지며 온몸의 신경이 면도날처럼 곤두서면서 견딜 수 없는 성욕을 느꼈다. 부인은 옷을 벗어던지며 절규하였다.

"제발 해주세요, 참을 수 없어요. 어서 저에게 해주십시오."

놈들은 깔깔거리며 웃었다.

"뭐? 해달라고? 무엇을? 점잖은 교사 사모님이 왜 이러실까?"

부인은 의식을 잃고 쓰러졌다. 이 해괴한 사건은 나중에 천주교정의구현사제단에게 보고되었고 부인에게서 직접적인 고백을 들은 함석헌 옹은 명동성당 미사가 끝나고 나서 참석자들에게 비장한 목소리로 진상을 알렸다.

"아 글쎄 정보부 놈들이 말입니다, 용의자들을 지하실에 가두고 고문하는 것은 다 알려진 일입니다만 이번에는 찾아간 가족들에게 못된 짓을 했습니다. 세상물정 모르는 여자고등학교 선생님의 부인, 그 부인에게 최음제를 타 먹였답니다. 그 부인이 그놈들 앞에서 옷을 벗으며 어찌해달라고 사정을 했다는 것입니다. 세상에 이런 일이 있을 수 있습니까? 현재 대한민국 남산에서는 이런 일까지 일어나고 있습니다. 형제 자매님들, 이것이 지금 우리가 살고 있는 1970년대의 대한민국 현실입니다."

백발의 함석헌 옹은 떨며 말했다. 미사에 참석했던 모든 사람들은 흐느꼈다.

노무현은 찾아온 손님들을 향해 말했다.

"사실 저는 여러분들께서 남산 정보부에 끌려가고 수난을 받은 70년대 중반에는 고시준비에 매달려 마을 앞에 있는 뱀산에 들어가 정신없이 공부를 할 때였고 75년 3월 26일에는 제17회 사법고시에 합격하여 온 천하를 얻은 것처럼 우리 마을과 진영 읍내를 나대고 있었습니다. 고시생들의 바이블이라고 불리는 〈고시계〉에서 합격자를 위한 좌담회를 연다고 하여 양복을 맞춰 입고 서울 나들이를 하고, 〈고시계〉 편집자가 합격자 60명 중에 제가 유일한 고등학교 졸업자라고 하여 글을 써달라고 졸라대는 바람에 우쭐해서 합격 소감을 쓰는 일에 몰두하고 있었죠. 여러분들이 지하실에 끌려가 그 엄청난 수난을 당하고 여러분들의 가족이 남산을 드나들며 수모를 당하는 것도 까마득하게 모르고 있었습니다. 그 후 변호사 생활을 하면서, 부산에서 죄 없는 청년들이 끌려가 경찰서 대공과, 그리고 중앙정보부 분실에서 고문을 받는다는 것을 알고 나서야 눈을 떴습니다. 그리고 80년대에 들어서서 제가 '부림사건' 변론을 맡고 '부산 미문화원 방화사건'의 공동 변론을 맡으면서 혐의를 받는 젊은이들은 무조건 끌려가 고문부터 받는다는 것을 알게 되었습니다. 고문은 죄악입니다. 문명국가에서 발을 붙여서는 안 될 악행입니다. 그래서 저는 우리 현대사의 가장 어두웠던 여러분들의 사건을 다시 판결하도록 사법부에 부탁했습니다."

이수병이 술잔을 기울이며 조용히 말하기 시작하였다.

"사실 제 고향은 노무현 대통령님의 고향과 아주 가까운 경상남도 의령입니다."

장면 부통령과 김대중 대통령

이수병이 자기 고향 의령을 막 소개하려고 할 때, 화려하고 당당한 음악 소리가 울려 퍼지기 시작했다. 그 음악 소리는 노무현도 알 만한 곡이었다. 행진곡 같기도 하고 교향악곡 같기도 한 엘가의 '위풍당당 행진곡'이었다. 모두 일어서서 행진곡이 울려 퍼지는 쪽을 쳐다보았다. 단정한 양복에 안경을 낀 노신사를 수녀와 좀 젊은 다른 신사가 부축하며 다가오고 있었다. 세 사람이 가까이 오자 모두는 엄숙하게 옷을 여미며 탄성을 지었다. 노무현이 앞뒤 체면 가리지 않고 큰 소리로 두 손을 벌리며 달려갔다.

"아이고, 대통령님! 대통령님! 저를 찾아오시다니요?"

나머지 여덟 사람과 두 수녀도 숙연한 자세로 서 있었다. 잘 생긴 김대중 대통령이 환하게 웃으며 말했다.

"무슨 재미난 얘기가 펼쳐지고 있던디. 경남 의령 얘기가 아니었소? 노무현 대통령님."

노무현은 김대중 대통령을 와락 끌어안았다.

"대통령님, 언제 오셨습니까?"

김대중 대통령은 싱글싱글 웃으며 말했다.

"금년은 참 이상한 해입니다. 그랑께, 지난 2월 16일에는 김수환 추기경님께서 세상을 떠나 여기로 오셨고, 지난 5월 23일에 노무현 대통령이 이 사람보다 먼저 여기에 오셨고, 이제는 이 사람이 왔습니다. 8월 18일이니까 참말로 이상한 일입니다. 김수환 추기경님과 노무현 대통령이 3개월 어간에 세상을 하직했고 이 사람 역시 3개월 후에 세상을 떠났습니다 그려. 우리 세 사람이 3개월 간격을 두고 세상을 하직한 2009년은 참말로 요상한 해입니다, 안 그렇습니까!"

뒤따라오던 품위 있는 노신사가 조용히 말했다.

"그것은 다 우주의 뜻이 있어 그렇게 부르신 겁니다. 빛의 나라 주인께서 이제는 그만 세상에서 고생을 접고 안식하라는 결단을 내리신 결과이지요."

김대중 대통령이 큰 소리로 말했다.

"여러분, 대한민국의 큰 어른 운석 장면 박사이십니다. 우리는 청년 때부터 이 어른을 그냥 '장면 박사'로만 불렀습니다. 요한 장면 박사, 대한민국 시작 때부터 초대 주미 대사를 지내셨고 국무총리, 부통령을 지내셨던 어른이십니다. 부족한 이 사람, 김대중을 가톨릭에 입문시켜주셨고 대부가 되어주셨던 큰 어른이십니다. 대한민국의 큰 어른이지요."

"여러분들을 천국 가는 길에서 만나게 되어 반갑습니다."

조용히 미소를 띠고 있던 장면 박사는 짤막하게 환영사를 하며 옆에 조용히 서 있는 수녀를 소개하였다.

"세상 인연으로 말하면 제 둘째 여동생이 되는 장정온 수녀입니다. 1906년생이지요. 세례명은 앙네다입니다. 조선왕조가 외교권을 잃고 이토 히로부미가 초대 통감으로 경성에 들어왔던 그해에 태어난 착한 자매입니다. 그해에 우리나라에서는 최익현이 전라도 순창에서 의병을 일으키고, 신돌석이 경상도 평해에서 의병을 일으킨 해였습니다. 그 격동의 해에 태어났던 소녀라서 그런지 자진해서 수녀가 되었고 6·25 때에는 여기 계신 마들렌, 앙리에트 수녀님들과 함께 납치되어 그해 10월 평양을 출발한 죽음의 행진을 이기지 못해 압록강 근처에서 눈발을 이고 승천했지요. 그렇게 해서 이 오라버니와 이곳에서 만났습니다. 이렇게 따뜻한 누이의 손을 잡고 있으니까 너무 행복합니다."

장 앙네다 수녀가 앞으로 나섰다. 김대중 대통령이 무릎을 꿇고 빛나는 수녀복을 쓰다듬으며 말했다.

"앙네다 수녀님, 여기 있는 모든 사람을 위해 축복을 해주십시오."

앙네다 수녀는 수줍게 망설이다가 성호를 그으며 축복했다.

"천국에 오신 두 대통령님을 환영합니다. 빛나는 나라에서 영원히 그리고 편안히 쉬시기를 축원합니다. 저 세상에서 몹쓸 짓을 당하셨던 여기

여덟 분 머리에도 하느님의 축복이 하염없이 내려지시기를 빕니다."

앙네다 수녀의 축복이 끝나자 하늘에서 오색 빛이 내려왔다. 그리고 '위풍당당 행진곡'보다 더 황홀한 곡이 다시 울려 퍼졌다. 노무현이 환하게 웃으며 말했다.

"DJ 대통령님, 그러고 보니 여기에 신앙의 족보로 치자면 할아버지와 아버지, 그리고 손자가 나란히 서 있는 셈입니다. 대통령님의 대부이신 장면 부통령님이 오셨고, 저는 DJ 대통령님께서 대부를 서주시고 가톨릭에 입문시켜주셨으니 삼부자가 모인 셈이 아닙니까?"

장면 부통령, DJ 대통령, 노무현 대통령이 나란히 서자 하늘에서 꽃가루가 내려오고 음악은 정점을 향해 치솟았다. 여덟 사람의 수난자들은 걸치고 왔던 피 묻은 남루를 꽃밭 너머로 던져버리고 수녀님들이 건네주는 희고 정갈한 옷으로 갈아입었다.

장면 부통령과 DJ, 노무현 그리고 여덟 사람이 자리를 잡자 두 수녀들은 다시 술상을 차리고 향긋한 음식을 준비하였다. 음악은 잔잔한 곡으로 바뀌었다. 앙네다 수녀가 일어나서 도우려 하자 마들렌, 앙리에트 수녀가 한사코 말렸다.

"수녀님은 부통령님 곁에 앉아 남매간의 정을 나누세요. 봉사는 저희들이 하겠습니다. 저희들은 이 일이 즐겁고 기쁘기만 합니다."

모두 편안한 자세로 둘러앉자, 장면 부통령이 건배사를 했다.

"참으로 기쁜 날입니다. 우리 모두는 역사의 파고를 헤치고 이 빛나는 나라에 당도하였습니다. 세상의 모든 시름은 잊고 이제 빛나는 나라에서 영원한 안식을 맞읍시다. 빛나는 나라를 위하여!"

모두는 잔을 들고 외쳤다.

"빛나는 나라를 위하여!"

"우리 영혼의 안식을 위하여!"

"두고 온 조국을 위하여!"

노무현이 다시 잔을 들며 외쳤다.

"할아버지 요한, 아버지 토마스 모어, 그리고 이 신앙의 손자 유스토를 위해 축복해주세요."

모두는 다시 소리를 모아 회답했다.

"요한! 토마스 모어! 유스토를 위하여!"

"신앙의 삼대를 위하여!"

DJ가 웃으며 말했다.

"요한 박사님, 저는 우리 대한민국의 정치사를 읽으며 연구하며 박사님에 대해 항상 궁금증을 가지고 있었습니다."

"뭡니까?"

DJ는 묘한 웃음을 지으며 운을 떼었다.

"사실 박사님께서는 1952년 임시수도 부산에서 이승만 대통령이 영구 집권을 위해 야당 위원들을 강제로 연행해서 감금하고 말도 안 되는 탄압을 자행할 때, 그때 군부에서 쿠데타를 시도했습니다. 이종찬 참모총장, 이용문 장군이 장면 총리를 옹립하려고 하지 않았습니까? 그 쿠데타의 실무자는 박정희 대령이었고 총리님의 비서실장은 선우종원 검사였습니다. 이용문 장군과 박정희 대령이 찾아와 선우종원 비서실장에게 졸랐습니다. '미군 측에서도 오케이 했으니 총리님의 재가만 받아주십시오. 미군 측에서는 장면 총리라면 환영한다고 했습니다.' 그런데 왜 총리께서는 허락하지 않으셨습니까? 박사님께서 그때 대통령이 되었더라면 대한민국의 운명은 훨씬 달라졌을 것입니다. 적어도 민주주의를 실현하는 시점이 훨씬 앞당겨졌을 것입니다. 그렇게 되었다면 여기 있는 민주투사들처럼 애꿎은 누명을 쓰고 지옥의 고문을 받은 민주열사들도 생기지 않았을 것이 아니겠습니까."

장면은 술잔을 들고 한참을 침묵하다가 천천히 입을 열었다.

"저도 오랫동안 천착한 문제입니다만, 역사는 이상하게도 희생과 피를 요구합니다. 어린 양의 번제(燔祭) 같은 제물을 요구합니다. 참 오랫동안 묵상해본 화두의 결과입니다. 그리고 역사는 아주 완곡하게 진행됩니다.

제가 그때 대통령이 되었다면 민주주의는 빨리 정착했을지 모르지만 한 국전의 양상은 달라졌을 것입니다. 반공포로 석방도 없었을 것이고 한미 상호방위조약도 없었을 것입니다. 저한테는 그런 일을 할 만한 배짱이 없 습니다. 저는 무서움을 잘 타는 선비일 뿐입니다. 그 단적인 증좌가 있지 않습니까? 1961년 5·16이 일어났을 때, 그때에도 저는 총리였습니다. 대 통령의 권한을 함께 가지고 있던 실세 총리였습니다. 그런데도 박정희 일 당의 쿠데타 군이 한강을 넘었다는 보고를 받고 총성이 울려오자 제 머 릿속은 하얗게 되었습니다. 반란군에 대한 강경 진압의 명령을 내리기보 다는 내 곁에서 떨고 있는 내자의 안위가 더 걱정됐습니다. 나는 숙소로 쓰고 있던 반도호텔을 나와 길 건너에 있는 미국 대사관으로 달려갔습니 다. 미 CIA 책임자인 드 실버를 찾으러 간 거였죠. 허둥대다가 안경을 떨 어뜨려 밟으면서 더 정신이 없었습니다. 차를 타고 초라한 몰골로 한국 일보 앞에 있는 미 대사관 관저로 달려가 드 실버를 찾았습니다. 그 관저 에 들어갈 수 있었다면, 실버가 마중 나와 우리 내외를 관저 안으로 데리 고만 들어갔다면, 역사의 물줄기는 바뀔 수도 있었겠지요. CIA 실버 국 장은 정보가 정확했을 것이고, 서울에 들어온 혁명군의 규모가 겨우 3천 명 정도라는 것, 그 사람들은 점심에 먹을 빵 3천 개가 전부였다는 것, 그 것도 종로에 있는 어느 빵집에서 정신없이 만들어서 조달한 것이라는 것 을 알았다면, 우리 내외를 받아줬을 것입니다. 어쨌든 그때 드 실버는 총 성이 울리자 자기 저택에서 나와 반도호텔 건너편 미 대사관 쪽으로 나 온 후였습니다. 우리 내외하고 길이 엇갈린 것이지요. 그때 관저의 수위들 은 행색이 초라한 우리 내외를 못 들어오게 했습니다. 그래서 우리 내외 는 할 수 없이 혜화동 수녀원으로 달려갔습니다. 수녀원으로 달려가 저 기에 서 계신 자매들에게 숨겨달라고 했습니다. 그리고 사흘간 기도만 했 습니다. 그 사흘 동안 대한민국 역사는 바뀌고 말았습니다. 그때 주한미 군 사령관 메구르더 장군은 서울에 들어온 반란군들을 포위해서 격멸할 까 말까를 대한민국 실세 총리였던 나에게 물으려고 했습니다. 그러나 나는 혜화동 수녀원 골방에 꽁꽁 숨어 기도만 하고 있었습니다. 메구르더 장군은 기다리다 못해 반란군들을 용인하고 말았습니다. 나는 원래 사제가 되었어야 할 그런 사람인지 모르겠습니다. 6·25 피란지 부산에서 이종찬, 이용문 장군이 쿠데타 계획을 완수하고 나에게 대통령 취임을 요구했습니다. 저를 가장 따랐던 비서실장 선우용원 검사도 오케이 사인만 하라고 권했습니다. 그러나 저는 그때도 마음이 약했습니다. 감히 이승만 대통령을 꺾고 피를 흘려가며 대권을 거머쥘 생각은 할 수가 없었습니다. 저는 선우용원 비서실장에게 고개를 흔들었습니다. 그 후 선우용원 비서실장은 느닷없이 국제공산당 사건에 휘말렸어요. 방첩대 김창룡 부하들이 뒤를 쫓자 경각에 달린 목숨을 살리기 위해 밀항선을 타고 일본으로 망명을 했었죠."

장면 박사가 목을 축일 때, DJ가 보충 해설을 했다.

"선우용원 검사, 정말 그분은 엄청난 분이었죠. 해방 공간에서 오제도 검사와 함께 진짜 공산당들을 정확하게 잡아낸 사람입니다. 그분은 죄 없는 사람들을 공산당으로 몰지 않고 정확한 수사를 했습니다. 대한민국 건국기에 제대로 사상검사의 영역을 지킨 분입니다. 그분 역시 일제강점기에 경성제대에서 제대로 법률 공부를 하고 약관 25세에 3,500명의 수재들이 응시한 시험에서 161명의 합격선에 든 수재였습니다. 그분의 합격석차가 61위였다는 얘기를 들었습니다. 명문 평양고보를 졸업하고 경성제대를 나온 진짜 수재였죠."

장면 박사가 받았다.

"그럼요. 정말로 청렴결백하고 그 전시 중에서도 미군들로부터 버터 한 통, 양주 한 병을 받지 않은 진짜 검사였습니다. 피란 때 전라도를 거쳐 진해 어디에 숨어 있었는데 유석 조병욱 박사가 그분을 찾아내서 제 비서실장에 앉혀주었습니다. 아무튼 제가 미군들이 마련해준 대통령직을 마다하고 사표를 냈는데, 그분은 김창룡에게 미움을 사서 조국에 남아 있지를 못하고 일본에 밀항하여 무려 8년간을 낭인으로 지냈습니다. 참으로 안타까운 조국의 현실이었죠. 그러나 그는 결국 조국에 돌아와서 다시 국가에 봉사하고 지난 1975년에는 여의도에 국회의사당을 완성하고 국회사무총장으로 훈장을 받기도 했습니다."

얘기가 여기까지 이르렀을 때, DJ가 인혁당 희생자들을 향해 말했다.

"아까 어느 분이 경상도 의령분이라고 얘기를 꺼냈었는데?"

이수병이 손을 들고 대답했다.

"대통령님, 제 고향이 경상남도 의령입니다. 이수병이라고 합니다."

의령 사람들

DJ 대통령은 신이 나서 역사 강의를 시작하였다. 장면 박사도 앙네다 수녀도 환하게 웃으며 강의를 경청하였다. 노무현 대통령도 얌전한 생도가 되어 DJ의 명강의에 귀를 기울였다.

마산에서 남해 고속도로를 따라 서쪽으로 30분쯤 달리다 보면 함안군으로 빠지는 샛길이 나온다. 거기에서 다시 15분쯤만 서북쪽으로 거슬러 올라가면 함안군과 의령군의 경계인 남강과 마주치게 된다. 그 맑은 남강만 건너면 경상남도의 오지, 의령군이다. 남강 한가운데 의령군의 랜드마크라고 할 수 있는 '솟대바위'가 있다. 의령 사람들은 그 솟대바위를 의령의 경계석으로 삼고 있다.

의령 사람들이 가장 자랑으로 삼고 있는 인물은 임진왜란 때 의병장으로 나라를 구한 홍의장군 곽재우다. 그 다음으로 의령 사람들이 자랑으로 삼고 있는 인물은 일제에 맞서 독립운동과 상업 활동으로 구국 활동을 했던 백산 안희제(安熙濟, 1885~1943) 선생이다. 안희제는 의령군 부림면 입산리에서 태어났다. 선생은 1905년 을사늑약으로 조선 왕조가 나라를 잃게 되자 "나라가 망하는데 선비가 어디에 쓰일 것입니까."라는 탄식을 남기고 나라 찾기에 나섰다. 서울로 올라가 양정의숙에서 신학문을 공부하고 1908년부터 영남 지방의 유지들과 힘을 합쳐 '교남교육회'를 조직하여 잡지를 발행하며 민중 계몽운동을 전개하였다. 그리고 부지런히 장사를 하여 1907년에는 부산 근처 동래에 구명학교를 세우고 의령에 의신학교를 세웠다. 자신의 고향에 창남학교를 세우기도 하였다. 1910년 한일합방으로 나라가 완전히 망하자 그는 영남 지방의 서상일, 김동삼 같은 유지들과 함께 17세부터 30세 미만의 청년들로 대동청년당을 조직하였다. 그 대동청년단은 해방이 되던 1945년까지 비밀조직으로 조선 반도의 청년애국단체의 소임을 다하였다. 이 대동청년단은 안창호, 양기탁, 김구 등이 조직한 서북지역의 신민회와 함께 조선의 가장 큰 청년애국 조직으로 활동하였다. 선생은 가산을 정리하여 1914년 말경 부산 중앙동에 백산상회(白山商會)를 세웠다. 조선에서는 최초의 무역업체를 개설하고 유통 산업을 시작한 것이다. 일제강점기 때 조선 반도에서 가장 컸던 무역상회와 유통회사가 바로 이 백산상회였다. 이 백산상회는 대구에도 지점을 두었고 서울에도 지점을 두었다. 뿐만 아니라 신의주 건너 국경선 너머에도 연락사무소를 두었다. 그곳이 바로 만주 봉천의 해천상회였다. 이 백산상회는 그냥 돈을 번 것이 아니라 그 번 돈을 몰래 상해임시정부에 전하고 만주와 중국 일대에 독립 거점을 마련하였다.

1920년대 동아일보가 세워질 때, 안희제 선생은 창립 발기인으로 참여했을 뿐만 아니라 자신은 동아일보 부산지국장으로 활약하였다. 그 뒤 선생은 육당 최남선이 창간한 〈시대일보〉를 1926년 동지들과 함께 인수하여 〈중외일보〉로 개칭하고 1931년까지 발간하였다. 1931년 10월 선생은 단군을 신봉하는 민족종교인 대종교(大倧敎)에 입교하였다. 그리고 만주 영안현 동경성 일대의 광활한 토지를 구입하여 수로를 개설하고 농토를 개척하여 대종교인을 중심으로 한 농민 300가구를 이주시켜 개척 사업을 시작하였다. 바로 그곳에 '발해보통학교'를 설립하고 선생은 교장을 맡아 젊은이들을 가르치기 시작하였다. 그리고 선생은 외쳤다.

"이 만주 땅은 원래 우리 조상 발해의 땅이었다. 조선 반도에서 잃은 땅을 이곳에서 다시 찾아 일구자!"

선생에 조금 앞서 임시정부의 안창호 선생과 손정도 목사도 이 만주 땅에 와서 조선인을 위한 이상촌을 건설하기 위한 개척사업에 나선 일이 있다. 그런데 만주 길림에 근거를 두고 이상촌 운동을 펴던 손정도 목사가 1931년에 과로로 숨지게 되자 안창호 선생은 눈물을 흘리며 그 땅을 떠났고 바로 그 유지를 받들어 안희제 선생이 발해 재건을 꿈꾸게 된 것이다. 그러나 1941년 일제는 태평양전쟁을 일으키고 이듬해인 1942년 11월에 대종교의 교주 윤세복을 비롯하여 국내외의 대종교 지도자들을 일제히 검거하여 대대적인 탄압을 시작하였다. 대종교에서는 이 사건을 '임오교변'이라고 부른다. 이때 선생도 체포되었다. 과로로 쓰러져 고향 의령군 부림면 입산리에 와서 누워 있었지만 일제는 중병에 걸려 있던 그를 강제로 끌고 갔다. 결국 선생은 1943년 8월 3일 고문 후유증으로 순국하였다. 백산 안희제 선생의 흉상이 부산광역시 광복동에 남아 있다.

예로부터 의령군에서는 남강 한가운데에 의연히 버티고 서 있는 솟대바위 30리 안에서 조선 최고의 부자와 인물이 난다는 소문이 돌고 있었다. 그 소문 때문이었을까. 조선 왕조 600년 역사상 가장 어려웠던 임진왜란 때에 의병장 홍의장군 곽재우가 의령 땅에서 나타나 나라를 구하였고, 그 엄혹했던 일제시대에는 백산 안희제가 나타나 우리 민족에게 만주 땅을 가리키며 '저 광활한 땅에 발해의 꿈을 실현하자!'는 손짓을 하였다. 일제 통치기간 중에 가장 효율적이고 현실성 있었던 애국운동을 펼쳤다. 그런데 기이하게도 해방이 되고 국토가 양분되고 다시 6·25가 터져 우리 민족이 세계 최빈국으로 떨어져 허덕일 때, 남쪽의 외진 곳 의령군 정곡면 중교리에서 다시 한 번 호암 이병철이라는 청년이 일어나 사업을 일으킨다.

대한제국이 멸망하던 1910년에 의령 땅을 딛고 한반도에 태어난 사람이다. 그는 일본에 건너가 와세다대학에서 공부하였고 돌아와 마산 땅에서 고향친구와 함께 정미소를 운영하기 시작했다. 그러다가 1938년 대구 수동에서 〈삼성상회〉라는 간판을 내걸고 사업을 시작하였다. 일제 말엽, 조선양조를 인수하여 대구 지역에서 기업가로서 커오던 중 해방을 맞아 서울로 근거를 옮겨 무역업도 겸하게 된다. 6·25가 터지자 부산으로 내려와 부산에서 다시 〈삼성물산〉을 재건하고 제조업에도 손을 대기 시작하였다. 그는 대한민국이 세워진 후 가장 큰 기업을 일으키고, 그 기업은 이제 세계적인 기업이 되었다.

DJ 대통령은 이쯤에서 강의를 멈추며 물을 마셨다. 이수병이 손을 들고 물었다.

"대통령님, 의령군 인물 강의는 여기에서 끝입니까?"

DJ 대통령은 빙긋 웃으며 말했다.

"여러분들이 찬성하시면 강의를 계속하겠습니다."

모두 큰 소리로 답했다.

"찬성합니다!"

DJ 대통령은 다시 강의를 시작하였다.

"우리 고난의 근대사에서 의령의 인물들이 더 등장합니다. 아주 중요한 인물들입니다."

노무현 대통령이 그 흐름을 자르며 물었다.

"대통령님, 언제 그렇게 인물 공부를 하셨습니까? 저는 가까운 김해에서 살면서도 의령 지역의 인물사를 까맣게 모르고 있었습니다."

DJ 대통령은 환하게 웃으면서 말했다.

"감옥 생활을 오래 하면 저절로 박사가 된답니다. 저는 감옥 생활을 하면서 어림잡아 2천 권 이상은 독파했을 겁니다. 감옥은 대학이라고 부르지 않습니까?"

노무현은 쑥스럽게 웃으며 말했다.

"2천 권씩이나 독파하셨습니까? 저는 운동권 학생들을 변호한다고 나름대로 책을 읽었습니다만 200권이 채 못 될 것 같습니다. 제가 처음 운동권 책을 접한 것들은 리영희 교수의 〈베트남 전쟁〉, 〈전환시대의 논리〉, 〈우상과 이성〉, 박현채의 〈민족경제론〉, 그리고 에드가 스노의 〈중국의 붉은 별〉 등이었죠."

DJ는 웃으며 말했다.

"좋은 책들입니다. 저도 그 책들을 읽고 크게 각성했죠. 마치 산문으로 들어가려면 일주문을 거쳐 들어가듯이 의식화의 단계는 바로 그런 책으로부터 시작됩니다. 박현채 교수는 70년대 초 내가 야당 대통령으로 출마할 때 〈김대중의 경제 100문 100답〉라는 책을 써주기도 했는데, 참으로 아까운 분입니다. 그분이 일찍 돌아가셔서 어쩔 수 없었습니다만 만약 그분이 살아 계셨다면 내가 집권한 후에는 경제장관을 맡겼을 겁니다. 그분의 지론이 매판 자본을 벗어나 민족 자본을 일으켜야 한다는 논리였으니까 나는 아마 그분을 경제장관으로 발탁했겠죠."

노무현이 말했다.

"저는 부산 보수동 헌책방거리에 나가 전석담의 〈조선경제사〉, 가와카미 하지메의 〈가난 이야기〉, 〈자본론 입문〉을 구해다가 읽은 일이 있습니다. 그리고 창작과 비평사에서 펴낸 와다 하루키 교수의 〈김일성과 만주 항일전쟁〉을 읽었는데 만주 일대의 공산당 조직도가 하도 어려워 읽기가 어려웠습니다."

DJ가 말했다.

"책을 잘 골라서 읽어야 합니다. 처음에는 사람이 책을 읽지만 책에 중독되면 결국 책이 사람을 집어삼킬 수가 있습니다. 국적 불명의 책, 북에서 내려 보내는 위험한 책을 읽으면 헤어 나오지 못하는 수도 생기지요. 자칫하면 붉은 물이 들어버릴 수도 있다는 겁니다. 우리처럼 일제강점기를 겪은 사람들은 일본어로 된 〈마르크스 엥겔스전집〉, 〈레닌전집〉, 〈스탈린전집〉을 읽게 되면 공산주의의 기초는 꿰는 셈이 됩니다. 그러나 이런 책들은 정신 차리고 읽으면 사회과학 서적이지 그 이상이나 그 이하도 아니에요. 충분히 선택할 수가 있습니다. 그런데 여기에서 한 발 더 나아가 〈자본론〉, 〈변증론〉, 〈제국주의론〉, 〈무엇을 할 것인가〉 이런 책을 읽으면 머리가 띵해지다가 〈사적유물론〉, 〈철학사전〉 같은 책을 읽으면 내가 대학을 나온 게 아닌가 하는 자부심을 갖게 됩니다. 그리고 자꾸 남에게 사회주의를 가르치려고 하는 병에 사로잡히게 됩니다. 이렇게 스스로 공부를 해서 사회주의자가 되었을 때, 북에서 내려오는 〈제야의 종소리〉, 〈청춘의 노래〉라는 소설을 읽게 되면 공산주의 수렁에 빠지고 맙니다. 공산주의 소설도 아주 위험하지만 공산주의식 다큐멘터리도 위험합니다. 진짜와 가짜를 구분할 수 없거든요. 일본인이 쓴 〈북의 시인〉이라는 책은 북으로 간 임화가 어떻게 남쪽 스파이가 됐는지를 그럴듯하게 그리고 있습니다. 시인 임화가 병을 얻게 되자 미군정의 한 고위 장교로부터 약과 생활보조를 받기 시작합니다. 그리고 그의 친구 설정식과 끝내는 미군정의 앞잡이가 되고 남로당의 비밀조직을 넘겨주게 되는데 나중에는 이승엽과 박헌영까지도 스파이 조직에 합류하게 된다는 교묘한 스토리입니다. 그러나 이 다큐멘터리는 북으로 넘어간 임화가 간첩 혐의로 체포되어 북의 법정에 섰을 때 북의 검사가 제시한 공소장의 내용입니다. 고문을 통해 남로당원들을 간첩으로 조작한 내용일 겁니다. 결국 이 책은 남로당과 박헌영이 6·25 전쟁 때 패배할 수밖에 없도록 원인 제공을 했다는 김일성의 논리를 논픽션 형식으로 쓴 책입니다. 무엇이 진짜이고 무엇이 가짜인지를 구분하기가 어렵게 되어 있습니다. 과거 '청맥'이나 '학사주점' 사건을 일으켰던 김종태나 김길락 등이 읽었던 책들이죠."

노무현은 난감한 표정으로 말했다.

"우리 부산 지역의 대학생들은 그런 책까지는 읽은 것 같지 않습니다."

DJ가 말했다.

"그럼요. 순수한 대학생들이 읽을 수 있는 책은 아니죠."

노무현이 물었다.

"대통령님, 와다 하루키의 〈김일성과 만주항일전쟁〉 같은 책은 지난 1992년 창작과 비평사에서 펴냈는데요, 만주 지역의 독립운동사가 의외로 복잡하더군요."

DJ가 말했다.

"그럼요. 우리 분단사를 알려면 러시아 혁명과정과 중국 혁명과정을 알아야 합니다. 북한 공산주의가 어디에서 왔는가, 특히 김일성이 어떤 성장사를 밟고 혁명가가 되었는가를 알아야 합니다. 우리는 독립운동사라고 하면 상해임시정부만 거론을 하는데요, 상해임시정부보다 규모가 컸던 것이 연해주 지역의 독립운동기구였고요, 1920년대부터는 만주 지역의 독립투쟁사가 주축이 되어야 할 겁니다. 사실 상해임시정부와 그 후 중경으로 이어지는 임시정부의 행보는 정통성 면에서는 어떨지 모르겠습니다만 현재의 분단사와는 거리가 있습니다. 만주에서 있었던 민족종교 대종교(大倧敎)를 이해해야 만주의 독립운동을 알 수 있어요. 그 대종교가 바탕이 되는 민족주의자들과 공산주의자들이 만주라는 광막한 지역에서 정의부, 신민부, 참의부라는 세 개의 만주독립정부의 통합을 이뤄내며 피나는 주도권 싸움을 해나가는 과정을 공부해야 합니다. 그 만주 중에서도 길림을 중심으로 한 정의부 지역이 중요합니다. 바로 그 지역에서 소년 김일성이 공산주의 운동을 시작했고, 그곳 길림에서 개척교회를 시작했던 손정도 목사와의 만남이 엄청난 역사의 비밀을 갖고 있습니다. 이 문제는 나중에 풀어봅시다. 우리가 어디 얘기를 하다가 이 만주 쪽으로 빠졌지요?"

노무현이 허허 웃으며 DJ를 바라보았다.

"대통령님, 경남 의령군 인물 얘기를 하다가 이야기가 옆으로 갔습니다."

"아, 백산 안희제 선생을 얘기하다가 이야기 줄거리를 놓쳤군요. 어쨌거나 백산 안희제 선생도 바로 대종교의 선구자였습니다. 지금은 거의 흔적을 찾기 어려운 대종교가 우리 독립운동사의 머리 부분에 있습니다. 그걸 잊어서는 안 됩니다. 이 백산 안희제 선생의 뒤를 잇는 분이 의령군에서 또 나오는데요, 춘원 이광수가 평북 정주 땅에서 한 해 빠른 1892년에 태어났는데 그분은 1893년, 춘원과 몇 달 사이로 조선 반도 남쪽 의령군 지정면 두곡리에서 고고의 성을 지르며 태어난 물불 이극로(1893~1978) 선생입니다. 평생 물불을 가리지 않고 살았다고 아예 아호를 '물불'이라고 지으셨던 분입니다. 이분의 한평생은 다이아몬드나 백금처럼 순수했던 분입니다. 낙동강과 남강이 지척에 보이는 듬실(두곡리의 옛 이름)에서 8남매의 막내로 태어났어요. 집은 아주 가난했는데 그래도 막내니까 형과 누나들이 끔찍하게 키웠다고 해요. 누구한테 얻어맞고 돌아오면 이극로 소년은 누나를 붙잡고 졸랐다고 합니다."

"누부야, 성냥 좀 다고."
"성냥은 와?"
"내가 큰 놈한테 힘이 부쳐 마, 얻어맞았다 아이가. 내 이놈의 자슥을 팍 싸질러 뿐질고 올란다."
평소에는 양처럼 순했지만 성질이 나면 불같은 심성을 가누지 못했다. 그 소년은 철이 들면서 마산에 있는 예수교 계통의 학교, 창신학교(시인 이은상 선생의 아버님이 세운 학교)에 가서 2년을 수학했다. 그리고 스무 살이 되던 해, 서울을 거쳐 만주로 갔다. 만주 환인현에서 동창학교 교원 생활을 하였다. 그 기간에 만주 집안현에 있는 광개토대왕릉을 답사했다. 22세 되던 해에 군사학을 배우기 위해 러시아 페트로그라드(현 상트페테르부르크)로 향하였다. 순전히 걸어서 시베리아 치타 지역에 도착했다. 다리도 아프고 배도 고파서 그곳에서 7개월간 머물며 러시아인의 농장에서 머슴살이를 하였다. 그때 마침 치타에 왔던 춘원 이광수로부터 코트를 얻어 입었다. 그때 춘원은 그 부근에 있던 독립지사 이갑에게 여비를 얻어 미국 샌프란시스코를 가려고 했다. 그런데 그곳에서 1차 세계대전이 발발하였다는 소식을 듣고 고향 오산으로 돌아갔다. 이극로는 춘원이 준 코트를 입고 순전히 발로 걸어 만주로 돌아왔다. 그곳에서 신채호 선생을 만난다. 1914년, 22세 때의 얘기다. 그곳 만주에서 교원생활을 하며 이따금씩 백두산에 올라가 호랑이 사냥을 하였다. 짐승 껍질을 팔아 여비를 마련했는데 그 돈 쓰기가 아까워 그는 순전히 두 발로 걸어서 상해까지 간다. 수천 리가 되는 거리였다. 1916년, 24세 때 상해에서 독일인이 세운 동제대학에 입학한다. 거기에서 독일어를 배운다. 국제도시 상해에서 그는 민족지도자들을 만난다.

치타에서 자신에게 코트 한 벌을 주고 떠났던 춘원 이광수도 다시 만나고, 독립군 수령 김동삼, 김두봉 선생, 김원봉, 이범석 두 장군을 만난다. 그때 그는 한글에 조예가 깊었던 김두봉 선생으로부터 한글의 중요성을 깨우치기 시작한다. 나라의 주권은 잠시 빼앗길 수도 있고 영토도 빼앗길 수 있지만 민족의 말과 글을 빼앗기고 나면 다시는 일어설 수 없다는 사실을 깨닫게 된다. 그러나 조선어를 깊이 알리려고 해도 그 당시에는 조선어로 된 책도 없었고, 한글 사전이 없었기 때문에 조선어 자체를 깊이 연구할 수가 없었다. 그는 이광수가 발행하는 〈독립신문〉을 읽으면서 한글과 한자를 익히기 시작했다. 1921년, 29세 때 모스크바에서 열리는 '극동피압박민족회의'에 참석하는 이동휘의 통역이 되어 배를 타고 인도양을 건너 9월에 모스크바에 도착했다. 그곳에서 3개월간 머물며 모스크바 공산대학과 크렘린 궁전, 기계공장 등을 구경하고 10월 러시아혁명기념식장에서 불같은 모습으로 열변을 토하는 트로츠키의 연설을 황홀하게 들었다.

1922년, 의령의 이극로는 30세의 장년으로 뜻을 세워 독일 유학을 결행하였다. 혼자서 이름도 생소한 라트비아, 리투아니아를 거치고 폴란드를 가로질러 베를린으로 들어갔다. 빈민가에 방을 하나 얻고 독일 명문대학 프리드리히-빌헬름대학(현 훔볼트대학) 철학과에 등록을 한다. 지도교수 좀바르트의 가르침대로 그는 고대로부터 세상에서 가장 유명했던 중국의 '비단(silk)' 산업을 집중적으로 연구하게 된다. 결국 그는 5년 후에 〈중국의 생사공업〉이라는 논문으로 박사학위를 취득했다. 그러면서 베를린에 유학 와 있던 이미륵, 김법린, 황우일, 허헌 등과 함께 벨기에 브

뤼셀에서 열린 '세계약소민족대회'에 조선대표단원으로 참석한다. 뿐만 아니라 그는 자신이 공부하고 있던 대학에 조선어과를 창설하고 독일학생 40명에게 조선어를 가르쳤다. 교재도 없고 사전도 없고 그 어떤 조선에 대한 교본도 없던 시절에 그는 자신이 들고 간 춘원 이광수의 소설 〈허생전〉을 교본으로 하여 독일인 학생들에게 한글을 가르쳤다.

"여러분들이 지금 배우고 있는 이 조선어는 아시아에서 가장 아름답고 과학적인 언어입니다. 조선 민족은 아시아에서 중국, 일본과 함께 가장 뛰어난 문명을 자랑하는 문명국입니다."

그는 이렇게 외쳤다. 이극로가 베를린에서 대학을 졸업할 그 시기에 귀한 손님이 찾아왔다. 고향 의령의 이웃마을에서 함께 자라던 두 살 위의 친구, 신성모(1891~1960)였다. 그리고 나이가 열 살이나 아래인 동네 후배 안호상도 찾아왔다. 안호상은 이극로와 똑같이 상해에서 독일인이 세운 동제대학에서 독일어를 배우고 독일로 건너왔다. 세 사람은 1927년 5월 25일 이극로가 프리드리히-빌헬름대학에서 박사학위를 받고 졸업식을 할 때 기쁘게 달려와 기념 촬영을 하였다. 그 아득한 세월에 식민지가 된 동방의 작은 나라 조선, 그것도 의령군에서 어렵게 자란 세 사람이 유럽 명문 대학에 모이고 기념 촬영을 한 사실은 기적 같은 일이었다.

신성모 역시 보통 인물이 아니다. 일찍이 의령을 떠나 보성전문학교 법학과를 졸업하고 한일합방이 되던 1910년 그는 나라 잃은 설움을 달래면서 극동임시정부가 있던 블라디보스토크로 가 그곳에서 단재 신채호와 고향 선배인 안희제를 만나 독립운동을 배웠다. 그러다가 1913년에는 상해로 가서 오송상선학교 항해과에 들어간다. 거기서 1년을 배운 뒤 학교장의 추천으로 남경해군사관학교에 편입학하였다. 남경해군사관학교를 수료한 후 그는 중국군 해군 소위에 임명되어 중국해군본부에서 해군 원수 살진빙(薩鎭氷) 사령관의 전속부관장교로 근무하였다. 그 후 군에서 나와 무선전신국에서 활동하며, 신한청년단에 가담하였다. 1919년, 북경에서 김복희와 결혼하고 대한민국임시정부 군사위원회에서 일했다.

1921년 비밀리에 조선으로 들어와 고향 선배 안희제의 백산상회에서 독립자금을 관리하다가 일본 경찰에 잡혀 감옥 생활을 하였다. 1925년 석방이 되자 영국으로 건너가 런던항해대학을 졸업하고 1등 항해사 자격을 얻었다.

이렇게 나이에 비해 파란만장한 과정을 거친 바다의 사나이 신성모는 바람처럼 베를린으로 건너와 박사학위를 받은 고향 친구 이극로를 치하하고, 두 사람은 젊음을 밑천 삼아 독일의 라인 지방과 프랑스 국경지대에 있는 1차 세계대전 격전지 베르덩 요새를 견학하고 파리 루브르 박물관을 관람한 후 영국 런던으로 건너간다. 신성모는 항해대학 기숙사에서 거처하며 배를 타기 시작했고, 이극로는 다시 베를린으로 돌아와 음성학을 연구했다.

그 후, 이극로는 귀국을 하게 되는데 귀국길에 미국을 횡단하고 일본을 거치면서 1929년 그의 나이 서른일곱에 부산항에 발을 디뎠다. 40이 되지 않은 그의 피는 아직도 젊었기 때문에 고국에 돌아와서도 편안히 쉬지 않고 조선 13도와 북간도 일대를 둘러보며 우리 동포들이 사는 모습을 꼼꼼히 살폈다. 보성전문학교, 연희전문학교 같은 교육기관에서 강의를 맡아달라는 청을 해왔지만 그는 가르치는 일보다 더 급한 일이 있다고 생각하였다.

그것은 베를린 유학 시절부터 생각해오던 일이자 고국에 돌아가면 본격적으로 매달려보고 싶은 일이었다. 바로 민족정신의 뿌리가 되는 언어, 조선어를 갈고 닦아 보급하는 일이었다. 이극로는 영국에 있을 때 아일랜드를 여행한 일이 있었다. 그때 그는 커다란 충격을 받았다. 유구한 역사를 가지고 있던 아일랜드는 영국의 통치를 받기 전까지만 해도 자기 민족들만 쓰는 민족어 '게일어'가 있었다. 언어학적으로 뛰어나고 음성학적으로도 높이 평가되는 아일랜드어였다. 그런데 영국인들은 아일랜드를 통치하기 시작하면서 제일 먼저 게일어 사용을 금지하였다. 그리고 그들의 종교를 영국성공회로 바꾸기 시작하였다. 바로 그런 영국의 교활한 문화

사업 때문에 아일랜드는 독립의 의지를 잃고 영국의 식민지로 전락할 수밖에 없었다는 사실을 알게 되었다. 당시 조선의 지식인들은 조선이 바로 동양의 아일랜드라는 것을 알고 있었다. 이극로는 이런 의미에서 비록 국권은 빼앗겼을지라도 조선인의 혼이 담긴 조선어를 지킨다면 그 언젠가 독립할 수 있다는 신념을 갖게 되었다.

고국에 돌아온 그는 1931년 39세가 되던 해부터 그해 '조선어연구회'에서 '조선어학회'로 명칭이 바뀐 조선 유일의 조선어학술단체의 상무간사를 맡았다. 교원봉급보다 훨씬 적고 생계를 유지하기조차 힘든 보수였지만 독일 유학생이자 박사학위를 가진 그는 기꺼이 감내하면서 그 일을 맡았다. 그는 한 번도 뜻을 바꾸지 않고 한글 연구와 보급에 매달렸다. 당시 한글문화를 실질적으로 보급한 사람으로는 신문에 한글로 소설을 써서 날마다 게재한 춘원 이광수와 조선어학회에 매달려 조선어 연구에 몸과 마음을 바친 이극로를 들 수 있을 것이다. 물론 당시 조선어 보급에 앞장선 선구자들은 이극로뿐이 아니었다. 조선어운동의 선구자는 주시경 (1876~1914) 선생이다. 황해도 태생의 선생은 늦은 나이에 신학문을 접하고 가장 시급한 독립운동의 첩경이 한글을 찾는 데 있다는 사실에 맨 처음 눈뜬 분이다. 그래서 조선어 연구에 매진했고 '한글'이라는 어휘 자체를 만들어냈다. 이분의 문하에서 식민지시대의 조선어학자들이 태어나게 된다. 그 첫 후계자가 외솔 최현배(1894~1970) 선생이다. 울산 출신으로 경성고등보통학교(현 경기고등학교)를 졸업한 후 주시경 선생의 '조선어강습원'에 들어가 한글에 눈을 떴다. 선생은 명문 히로시마고등사범학교를 졸업하고 일본 경도제국대학까지 마쳤지만 출세의 길을 접고 고국에 돌아와 한글 가르치는 일에 전념하였다. 외솔 최현배는 한글의 문법체계를 완결하여 〈우리말본〉, 〈한글갈〉 같은 한글 교육의 성서를 펴내 후학들이 한글 연구의 길을 걸어갈 수 있도록 길을 열어준 선각자이다. 일제 후반부에는 경성제국대학에 조선어학부가 생겨 이희승 선생 같은 분은 보다 높은 차원에서 조선어를 전공할 수 있었다. 비록 일본인 학자지만 조선어의 높은 학문적 경지에 매료되어 평생을 바친 이도 있다. 일본 센다이 출신인 오구라 신페이(小倉進平, 1882~1944)는 도쿄제국대학 출신으로 원래 언어학에 심취해 있었으나 아름다운 조선어에 매료되어 경성제국대학이 설립되자 조선에 들어와 조선어 강의에 열중하였다. 그는 특히 조선어 방언 연구에 일가견이 있어 조선어 연구의 지평을 넓힌 고마운 일본 학자이다.

캄캄한 식민지 시절 조선총독부는 조선인의 얼인 조선어를 말살하기 위하여 학교에서 조선어를 쓰는 학생들을 체벌하고 일본어 사용을 강요했지만 조선어연구운동은 또 하나의 독립운동이 되어 들불처럼 퍼져 나갔다. 그 조선어운동의 중심에 이극로가 있었다. 이극로는 낮은 급료로 견디며 한복 한 벌로 사철을 나고 점심을 거르면서도 한글학회 직원들을 독려하였다. 태평양전쟁이 일어나고 일제가 마지막 패망기로 들어서자 그들은 숨어서 한글사전을 펴내기 위해 밤낮을 잊고 있었다. 1942년 4월, 조선어학회에서 조선어사전 1권을 인쇄하기 시작했다. 그러나 그 배고픔 속에서도 눈물겹게 만들어낸 사전을 일경은 전격 압수하고 작업중지를 명령했다. 그리고 그 사전 편찬 작업에 가담했던 학자들을 잡아들이기 시작했다. 사실 그 일은 아주 작은 사건에서 시작되었다. 기차를 타고 통학하던 함흥여고의 학생 박영옥이 공공장소에서는 조선말을 할 수 없다는 금기를 깨고 기차 속에서 또래들끼리 조선말로 떠드는 것을 기차를 순찰하던 조선순사 야스다(우리 이름, 안정묵)가 적발하였다. 야스다는 박영옥을 끌고 가서 누가 너희들에게 조선어를 가르쳤냐고 닦달하였다. 여학생은 울면서 대답하였다.

"지난여름 서울에서 오셨던 조선어학회 정태진 선생께서 저희들에게 우리말과 글을 가르쳐줬습니다."

이렇게 해서 이 사건은 함경도 홍원경찰서에서 맡게 되었고, 그들은 전국의 한글 학자들을 치안유지법 위반, '내란죄'로 몰아가며 잡아들이기 시작하였다. 이 사건은 함흥지방재판소에서 다루게 되었고 수많은 학자들이 악형을 당했다. 100여 명 이상이 전국 각지에서 잡혀 함경도 함흥까지 압송되었고 가혹한 심문을 받았다. 고문은 기본이었다. 이 조선어학회 사건은 식민지 초기에 발생하였던 105인 사건과 쌍벽을 이루는 가혹 사건이었다.

이쯤에서 DJ 대통령은 역사 강의를 잠시 멈췄다. 그리고 심각한 이야기를 펼쳐놓았다.

"우리 민족은 식민지 시절 이후, 해방공간, 그리고 6·25, 군사통치 시절을 아울러서 엄청난 고난을 당했습니다. 그 고난의 핵심은 고문입니다. 인간이 인간을 잡아다가 인간으로서는 차마 할 수 없는 인간 이하의 행위를 하는 것이 고문이라는 것입니다. 언젠가 노장사상을 강의하시던 함석헌 선생은 '불인지심(不忍之心)'이라는 고전의 글귀를 '차마 어쩌지 못하는 마음'이라고 해석을 했습니다. 그런데 인간들은 자주 불인지심의 경계선을 넘어가 짐승도 못하는 일을 합니다. 그것이 바로 고문이라는 악행입니다. 물론 고문은 인류역사가 있은 이후 존속해온 가혹행위이죠. 사극에 나오는 주리 트는 행위, 불로 지지는 행위, 눈알을 뽑아내는 형벌, 사마천이 받은 궁형, 하체를 도려내는 형벌, 온몸을 찢는 능지처참. 그 가짓수와 방법을 어찌 헤아릴 수가 있겠습니까. 그런데 제가 감옥에서 우리나라 기독교 순교사를 읽다가 그 가혹 행위의 당사자 하나를 찾아냈습니다. 우리 식민지 시절의 수난사 중에서 제일 처음에 나오는 사건이 데라우치 총독을 살해하려 했다는 105인 사건인데 그 사건의 피의자들이 가장 가혹한 고문을 당했습니다. 그런데 그 처참한 고문 기술을 직접 수입해왔던 장본인이 있었습니다. 그자는 바로 강점 초기에 우리나라의 헌병통치를 확립했던 조선주차헌병사령관(朝鮮駐箚憲兵司令官) 겸 경무총감(警務總監)이었던 아카시 겐지로(明石元二郎)였습니다. 그자는 모스크바에 파견된 주러시아 일본 대사관 무관이었습니다. 무관으로 러시아 근무를 하면서 좋은 것은 배우지 않고 실로 엉뚱한 것만을 세밀히 배웠던 것입니다. 러시아 사상경찰들이 반정부인사들을 어떻게 고문하는가, 폴란드 지역 같은 식민지 출신의 독립운동가들을 잡아다가 어떻게 고문하는가 하는 고문 기술을 전문으로 익혔습니다. 그가 파악한 러시아 고문 기술자들의 고문 기법은 자그마치 72종에 달했습니다.

105인 사건 때, 아카시 겐지로의 기술을 전수한 일본 사상경찰들이 우리 애국지사들에게 행했던 고문 내용을 기록한 내용이 남아 있습니다. 그 기록 중에서 가장 가혹한 고문은 어처구니없게도 굶기는 고문이라고 합니다. 기절을 몇 번씩이나 하는 고문을 당하고도 밥만 먹고 나면 이상하게 고문을 견딜 수 있는 힘이 생기더라는 눈물의 역설이 있습니다. 아무튼 그놈들은 무려 35일간을 하루도 거르지 않고 고문을 진행했는데 고문을 끝내고 나면 놈들은 고통과 허기로 쓰러져 있는 애국지사들 앞에서 숯불을 피워놓고 고기를 구워 먹으며 소주를 마셨다는 것입니다. 정신이 가물가물하면서도 애국지사들은 저놈들의 목에 넘어가는 밥 한 술만 내 목에 넘길 수 있었으면 하는 욕망을 누를 수 없었다고 합니다. 천정에 매달고 팔을 비틀고 주리를 틀고 허벅지에 인두를 대고 코로 물을 집어넣고 물 먹은 배를 발로 밟아 물이 거꾸로 튀어나오고, 전기고문을 받아도 배고픈 고통만큼은 못하더라는 것이었습니다. 그 동물적 허기야말로 가장 견딜 수 없는 고문이었다는 고백이었습니다. 그리고 105인 사건에서 악형을 당한 분들의 말 중에 배변에 관한 이야기가 기억납니다. 배변의 느낌이 있어 쭈그려 앉아 힘을 써보면 나올 듯 나올 듯하면서도 배설물이 나오지 않더라는 것입니다. 그런데 수감자들이 공통적으로 경험한 것은 딱 15일이 되던 날 토끼똥 같은 두 개의 덩어리가 기적적으로 나오더라는 겁니다. 까만 콩처럼 생긴 두 개의 덩어리. 그 덩어리를 보며 '아, 내가 살아있구나' 하는 실감을 했다고 하더군요.

아무튼 일제강점기 말엽 가장 가혹했던 고문을 받았던 조선어학회 사건의 주인공들도 105인 사건의 선배들이 겪은 그 고난을 그대로 반복해서 겪었습니다. 그러나 반복하는 과정에서 몸이 약했던 이윤재 선생은 끝나 옥사하셨고, 한징 선생도 순국했습니다. 최종적으로 재판에 회부된 12명 중에서 형기가 가장 길었던 분은 6년을 선고받은 이극로 선생이었고, 그 다음은 최현배 선생이 4년, 그리고 정태진 선생 2년, 정인승 선생이 2년 등이었습니다. 조선 사람이 조선말을 익히고 펴냈다는 죄 한 가지로 한반도에서 추위로 가장 이름이 높은 함경도의 함흥감옥에서 해방이 되도록 갇혀 있었습니다."

DJ 대통령이 이런 내용을 강의할 때 장면 박사는 눈을 감고 있었고, 앙네다 수녀는 두 손을 모은 채 눈물을 흘렸다. 그리고 여덟 사람의 인혁당 재건위 사건 희생자들은 고개를 숙이고 흐느꼈다. 노무현도 눈물을 닦았다. DJ는 자신의 이야기가 너무 길었다는 것을 알았는지 목을 축이고 나서 말했다.

"얘기를 밝은 쪽으로 바꾸겠습니다. 장면 박사님, 송구스럽습니다. 고통스러운 말씀을 드려서…"

장 박사는 눈을 뜨면서 죄스러운 표정으로 말했다.

"대통령님, 괜찮습니다. 저도 공부를 하고 있습니다. 사실 저는 부유한 집안 덕분에 일찍 미국 유학을 했지요. 그 어려웠던 식민지 시절에도 저는 미국에서 편안히 공부를 했습니다. 그리고 고국에 돌아와서는 가톨릭 선교사업에 몰두하였고 평양교구에서 평신도 생활을 했습니다. 그러면서 메리놀 천주교 선교사들에게 조선말과 글을 가르치기도 했죠. 그런데 제가 익히고 가르친 조선어가 그렇게 힘들고 모진 내력을 간직하고 있는지 잘 몰랐습니다. 일제 말엽의 조선어학회 사건도 신문을 통해서 대충 보았지 그처럼 처절한 사연이 있는 줄을 몰랐습니다."

앙네다 수녀도 DJ 대통령에게 공손히 말했다.

"저도 어려서부터 교회생활만 했고 스무 살 전에 수도원으로 들어왔기 때문에 세상공부를 많이 하지 못했습니다. 우리말로 된 성경책과 성가집을 들고 다니면서도 우리말에 대한 고마움을 깊이 느끼지 못했습니다. 우리말과 글을 지키기 위해 그 많은 학자님들이 그렇게 고생하시고 목숨까지 바치신 것을 몰랐습니다. 부끄럽고 죄송스럽습니다. 참회합니다."

면구스러워진 DJ 대통령이 말했다.

"저는 평생 정치투쟁을 하며 토론하고 웅변하며 살아서 그런지 한번 말을 시작하면 잘 절제가 되지 않습니다. 용서하십시오."

그때 장면 박사가 미소 지으며 말했다.

"저는 말솜씨가 없어서 정치가로서는 실패한 사람입니다. DJ께서 정치에 입문하셨을 때가 1950년대 중반쯤이 되죠? 목포 출신의 여류 소설가가 DJ 선생을 우리 민주당 쪽에 소개한 걸로 알고 있는데요? 그 소설 쓰시던 여자 분이 어떤 분이시더라."

"네, 제가 누님으로 모시고 존경하던 여류 소설가 박화성(1903~1988) 여사입니다. 제 고향 목표 출신으로 숙명여학교를 나와 일본여자대학 영문과를 수료하신 분입니다. 1930년대에 데뷔해서 장편 〈백화〉(1932), 〈북국의 여명〉(1933) 등을 발표해서 김말봉(1901~1961) 여사와 함께 쌍벽을 이루던 여류 소설가였습니다. 일제의 탄압이 심해지자 절필하고 고향 목포에 내려와 은거할 때 제가 그분을 찾아다니며 사사했습니다. 참 통이 크고 글도 시원시원하게 쓰셨던 여걸이었습니다. 해방 후에 본격적으로 신문소설을 쓰셨는데 〈고개를 넘으면〉(1955), 〈벼랑에 피는 꽃〉(1957), 〈내일의 태양〉(1958) 등으로 낙양의 지가를 올리던 분이었죠. 바로 그분이 제가 정치를 하고 싶다고 하니까 이 촌놈을 데리고 서울로 올라오셔서 박순천 여사, 조재천 선배님들에게 저를 소개해주시고 민주당에 입당시켜주셨습니다. 그 무렵에 제가 장면 박사님을 찾아뵈었죠. 그때가 1955년이었습니다."

"그래요, 환도 후에 서울이 어수선했을 때니까. 그때 우리 민주당사에 나타난 목포 청년 김대중은 참으로 인물이 좋고 언변이 뛰어났던 청년이었습니다. 우리 당에 입당하자마자 당의 입노릇을 하셨죠?"

"네, 부끄럽게도 입당하자마자 당대변인 노릇을 했습니다. 참 무모하고 당돌했던 촌놈이었지요."

앙네다 수녀가 웃으며 끼어들었다.

"DJ 대통령님, 경상남도 의령 편, 역사 강의는 끝난 건가요?"

"한 사람이 더 남아 있습니다. 신성모와 이극로가 고향 의령을 떠난 직후, 좁디좁은 의령 땅에서는 신성모와 이극로라는 두 젊은이가 나라를 살리기 위해 만주로, 시베리아로, 상해로 떠돌아다닌다는 소문이 파다했습니다. 그 좁은 동네에 이런 소문이 퍼졌으니 얼마나 자긍심을 느꼈겠습니까. 이 소문에 자극을 받고 신성모나 이극로보다 열 살쯤 나이가 어렸던 소년 안호상(1902~1999)이 짐을 꾸리기 시작했습니다. 머리가 유난히 총명했고 건강했던 소년이었습니다. 18세가 되던 1920년에 동네 선배였던 안희제, 신성모, 이극로처럼 18세가 된 청년 안호상은 대종교에 입교합니다. 그리고 일본으로 건너가 도쿄 세이소쿠영어학교에 들어가 일단 영어를 습득합니다. 단기 영어학교인 세이소쿠를 졸업한 후 그는 배를 타고 중국 상해로 건너갑니다. 그곳에 고향 선배 신성모와 이극로가 있다는 소문을 들었기 때문이었지요. 1922년 만 20세에 상해 중덕학교(中德學校, 현 국립퉁지대학)에 입학하고 1924년 그 학교를 졸업했습니다. 안호상이 상해에 달려갔을 때, 신성모는 독립자금을 구하기 위해 상해를 떠나 부산에 있는 백산상회로 안희제를 만나러 간 뒤였고, 이극로는 상해 생활을 청산하고 베를린으로 유학을 떠난 후였습니다. 그래서 안호상은 가진 돈도 없이 맨몸으로 독일 유학을 떠났다는 이극로의 발자국을 따라 배를 타고 독일로 떠났습니다. 그는 집이 부유했기 때문에 큰 고생하지 않고 1925년부터 독일의 명문 예나대학교에서 철학과 법학을 공부하기 시작했습니다. 유명한 부르노 바우흐, 에버하르트 그리제바흐, 오토 쾰로이터, 루돌프 휘브너, 유스투스 벨헬름 헤데만 등 당대의 석학들로부터 엄청난 강의를 들으며 마음껏 공부했습니다. 그래서 결국 그는 조선 최초의 헤겔 전문가가 되었고 1929년 독일 예나대학교에서 철학박사 학위를 받았습니다. 그는 공부에 관한한 욕심이 많았기 때문에 박사학위를 받고도 영국 옥스퍼드대학에 연구생으로 건너갔지요. 1930년에는 일본 교토제국대학교와 독일 베를린대학교의 연구생이 되었어요. 여객기도 없던 그 시절 배를 타고 세계를 누비며 공부했습니다. 엄청나게 공부한 결과 그는 특히 헤겔 전공자로서 조선 최고의 권위자라는 인정을 받았습니다. 그래서 1933년에 귀국을 하자 보성전문학교에서는 그를 정중하게 교수로 맞이하였습니다. 그는 조선에 '철학연구회'를 개설하고 초대회장이 되기도 했습니다. 당시 언론과 학계가 그를 조선 최고의 철학자로 공인했습니다. 그 무렵 춘원 이광수가 그를 동아일보와 조선일보에 소개하는 글을 실었고, 이광수 자신을 줄기차게 따라다니던 여류 시인 모윤숙(1910~1990)을 그에게 소개하여 결혼하게 하였습니다. 당대 최고의 철학자와 가장 유명했던 여류 시인이 결혼한 일이 당대의 큰 사건으로 인구에 회자되기도 했습니다. 참으로 대단한 화젯거리였죠."

여기쯤에서 DJ는 목을 다시 축이고 해방 후의 상황으로 넘어갔다.

"해방을 겪어본 사람은 다 아실 것입니다. 일찍이 북에서 내려왔던 민중 사상가 함석헌은 조선의 해방이 '도둑같이 왔다'고 표현했습니다. 그렇습니다. 우리의 해방은 솔직히 말해서 우리 힘으로 쟁취한 것은 아니었습니다. 중경에 있던 김구 주석의 임시정부는 장준하, 김준엽 같은 독립군들을 미군의 첩보부대 OSS(CIA의 전신)에 의탁하여 훈련 중에 있었고, 그 특수부대가 서울로 침투하기 직전 해방을 맞고 말았습니다. 임시정부의 대통령이었던 이승만은 미국 워싱턴에서 태평양전쟁 발발 직후인 1942년 1월 2일에 창설된 '미국의 소리(VOA: Voice Of America)' 방송에서 단파방송으로 외치고 있었습니다. '나는 이승만입니다. 미국 워싱턴에서 해내 해외에 산재한 우리 2,300만 동포에게 말합니다. 왜적이 저의 멸망을 재촉하느라고 미국의 준비 없는 것을 이용해 하와이와 필리핀을 일시에 침략하야 여러 천 명의 인명을 살해한 것을 미국 정부와 백성이 잊지 아니하고 보복할 결심입니다. 일황 히로히토의 멸망이 멀지 아니한 것을 세상이 다 아는 것입니다.' 그 특유의 떨리는 목소리로 외치고 또 외쳤습니다. 그런 상황에서 일본의 히로시마(1945. 8. 6)와 나가사키(1945.

8. 9)의 하늘에 이상한 빛이 터지고 한꺼번에 수십만이 죽는 불가사의한 일이 벌어집니다. 인류역사상 최초로 경험하는 이변이었습니다. 그런 날 벼락 같은 사건을 통해 2차 세계대전은 끝이 나고 조선에 해방이 온 것입니다. 아주 솔직히 표현한다면 조선은 앉아서 해방이라는 선물을 받았던 셈입니다. 그 시점에서 조선의 해방을 단 며칠 전이라도 먼저 눈치 챌 수 있었던 인물은 여운형(1886~1947)과 일본의 고등 첩보 요원 박석윤(1898~1950)이었을 것입니다."

DJ는 다시 한 번 시원한 물로 목을 축이고 강의를 계속하였다.

"해방 후에 한반도 상황이 어땠는가 하는 것은 여기 계신 장면 박사님이나 저 같은 사람은 직접 체험해서 압니다. 그때는 해방의 기쁨과 함께 38선이 생기면서 분단 문제와 연계된 좌우익의 문제가 불거졌습니다. 이 좁은 한반도에 원산으로 상륙한 소련군이 평양을 점령하고 인천으로 상륙한 미군들이 서울을 점령하여 정작 주인인 한국인들은 곁으로 비켜선 형편이었습니다. 그리고 우리 민족은 좌와 우로 나뉘어 싸우기 시작했습니다. 이런 상황 속에서 의령 사람 이극로는 고향 친구 신성모를 애타게 찾았습니다. 그때 신성모는 어떤 상태였느냐, 일제 말엽까지 그는 바다 사나이였습니다. 어쩌면 가장 신세가 편한 마도로스였겠지요. 입에 파이프를 물고 머리에 금테 두른 선장 모자를 얹은 채 해방이 될 때까지 영국 런던에서 인도를 왕래하는 정기 여객선의 당당한 선장으로 대양을 누비고 있었습니다. 1930년부터 1940년까지 그는 런던과 인도 봄베이(현 뭄바이)를 오가는 영국 국적선 선박의 선장이었으니까요. 당시 조선인으로서 일등항해사의 자격을 갖고 선장, 즉 캡틴이 되었던 사람은 신성모가 유일합니다. 이 소식은 상해의 독립운동가들에게도 알려져 임시정부는 그를 임정의 군사위원으로 임명했습니다. 2차 세계대전이 끝날 무렵, 그는 인도상선회사의 고문이 되어 인도 봄베이에 머물고 있었습니다. 이런 내용을 알지 못하고 있던 이극로는 해방이 되자 '해상대왕 신성모 선장을 찾습니다.' 라는 장문의 기사를 경향신문에 싣기도 하고 동아일보에 올리기도 했습니다.

　신성모는 1948년 11월에야 환국을 합니다. 그런데 정작 바다의 사나이 신성모를 애타게 찾던 친구 이극로는 국내에서 한글운동과 정당 활동을 하다가 이념이 비슷한 벽초 홍명희와 1948년 4월 평양으로 넘어가 남북 협상을 하던 중 결국 평양에 남게 됩니다. 이렇게 해서 의령 사람 네 사람 중에서 제일 어른인 안희제 선생은 일제의 탄압으로 해방을 보지 못하고 1943년에 타계하였고, 나머지 세 사람 중에서 가장 학문적으로 순수하고 민족적 양심을 지키던 한글학자 이극로는 북으로 가고 맙니다. 당시만 해도 김일성의 일당독재가 확립되지 않았던 평양은 오염되지 않은 민족정신의 보존지라고 판단했기 때문이었습니다. 남쪽에 남은 신성모는 영어를 잘했고 오대양을 누비는 국제상선의 선장이었다는 명성과 임시정부가 인정한 군사위원이었다는 경력을 인정받아 이승만 대통령에 의해 내무장관이 되었다가 곧바로 국방장관에 임명됩니다. 그리고 안호상은 그의 엄청난 학력과 우익적 이념 때문에 이승만 대통령의 눈에 들어 초대 문교부 장관(현 교육부 장관)이 되었고, 대한민국 교육의 기틀을 짜는 장본인이 되었던 것입니다. 그 후 그는 국가주의자, 파쇼주의자가 되어 있다가 1995년에는 북한에서 단군릉을 개건하고 어천절 행사를 열자 93세의 노구를 이끌고 북한을 몰래 다녀오기도 했습니다. 문민정부에서는 허락을 받지 않고 밀입국 형식으로 북한을 다녀온 그를 노령과 대종교 14대 교주라는 자격을 감안하여 문제 삼지 않았습니다. 좀 장황했지만 이상으로 경상남도 의령군 출신의 근대 영웅들을 개괄하였습니다. 경청해 주셔서 감사합니다."

　모두는 뜨거운 박수로 김대중 대통령의 근대사 강의에 경의를 표하였다.

해명과 토론

DJ 대통령의 길고 긴 연설 때문에 장면 박사와 수녀들, 그리고 노무현 대통령은 방청객이 된 셈이었고, 흰 옷을 입은 여덟 사람도 얌전한 생도들처럼 앉아만 있었다. 노무현 대통령이 앞으로 나서며 말했다.

"DJ 대통령님은 잠시 쉬시고요, 의령이 고향인 이수병 선생께서 인혁당 재건위 사건의 전말을 설명해주셨으면 합니다. 유신시대에 겪었던 가장 참혹한 사건인데 이제 이 빛의 나라에서 분명히 밝혀보십시다. 전 중앙정보부장 김형욱의 회고록에서 읽은 기억이 납니다. '인혁당 재건위 사건은 박정희와 이후락의 지령을 받은 정보부장 신직수 그리고 그의 심복 이용택이 10년 전에 문제를 삼았다가 증거가 없어서 석방한 사람들을 다시 정부전복 음모 혐의로 잡아넣었다.' 맞습니까?"

노무현은 5공 청문회에 나섰던 그 패기 많은 초선의원처럼 논리적인 어조로 여덟 사람을 향해 물었다.

이수병이 받았다.

"총론 상으로는 맞습니다. 그러나 이 사건을 말하자면 사연이 깁니다. 제 신상 이야기로부터 시작하는 것이 순서일 것 같습니다."

이수병이 앞으로 나와서 자신의 성장사로부터 이야기를 풀어나갔다.

이수병의 고향은 의령군 부림면 손오리이다. 임진왜란 때 곽재우 장군이 의병들을 모으고 훈련시킬 때 커다란 북을 매달았다는 고목이 버티고 있는 동네였다. 백산 안희제 선생의 생가도 가까운 곳에 있었다. 그래서 백산의 아들 안상록과 죽마고우로 지냈다. 가까운 초등학교를 6·25가 나던 1950년에 졸업하고 어수선한 전쟁 통에 가까운 신반중학교에 들어갔다. 부림면에 있는 사립중학교였다. 전쟁이 터져 가족과 함께 부산으로 피란을 갔다가 돌아와 중학교를 마치고 1953년 휴전이 되던 해 4월에 부산사범학교에 입학하였다. 정부와 국회는 서울로 환도하였고 자리를 잡아가는 듯 보이는 부산 거리에는 아직 전쟁의 그림자가 그대로 남아 있었다. 광복동과 남포동에는 걸인들이 넘쳐났고 서울로 올라가지 못한 피난민들이 용두산이나 40계단 언저리, 그리고 영도다리 근처에 여전히 남아 있었다. 영도다리 난간에는 헤어진 가족을 찾는 전단이 다닥다닥 붙어 있었고 영도다리 밑에는 점치는 집들이 많았다. 어디로 가야 헤어진 가족을 만날 수 있을까 점괘라도 믿어보려는 이들로 점집들은 문전성시를 이루었다. 서면의 하야리아 부대 앞에는 엄청난 수의 양색시들이 남아 있었고 미군들도 그대로 있었다.

　이수병이 입학한 부산사범은 우등생들이 들어가는 학교였다. 남녀공학이었는데 학교 분위기는 조용하고 서정적이었다. 오르간 소리가 들리고 여학생들이 깔깔거렸다. 그때는 유명한 음악가로 알려지지 않았지만 그 부산사범에서 음악선생으로 근무했던 윤이상 선생과 국어교사 이수자가 나란히 근무하다 서로 사랑을 하게 되어 전쟁이 나던 1950년 1월에 결혼을 했다는 낭만적인 소문이 희미하게 남아 있었다. 이수병은 신문배달을 하고 하야리아 부대에서 나오는 미군 물자들을 국제시장에 내다파는 일로 학비를 충당하였다. 돈이 생기면 보수동 헌책방거리에 나가 방인근의 소설도 사다 보고 거울을 보며 얼굴에 돋아나는 여드름을 짜기도 하였다. 하지만 방인근류의 연애소설보다는 전석담의 〈조선경제사〉, 가와카미 하지메의 〈가난 이야기〉에 경도되었다. 교지에서 원고를 모집한다는 기사를 본 그는 자취방에서 엎드려 끙끙대며 글을 썼는데 용케도 그 원고가 교지에 실렸다. 그때 광복동 끝에서는 젊은이들이 피를 사고파는 피장사들이 있었다. 고학생들과 피난민들이 피를 팔아 살아가는 풍경도 그리 낯설지 않았다. 그런 내용을 〈고학생의 피〉라는 글로 썼고, 하야리아 부대 앞에서 몸을 파는 양색시들을 소재로 하여 〈지속산업〉이라는 글도 교지에 올렸다. 친구들이 찾아와 공감한다는 격려를 해주었다. 조숙한 친구들끼리 모여 담배를 피우기도 했고 밤새워 토론도 하였다. 2학년 때부터 '노작회(勞作會)'라는 학내 서클에 들어갔다. 끼리끼리 모여서 책을 돌려보는 독서모임이었는데 이수병이 들어가서 심도 있는 토론으로 밤을 새우는 일이 많아졌다. 왜 피난민 중에서도 굶어죽는 사람들이 있고, 전쟁 통에도 군수물자로 돈을 버는 사람이 있는 걸까. 피난 온 처녀들을 첩으로 삼는 악덕 상인들까지 생겨나는 건 왜일까. 토론 내용이 점점 사회과학적, 사회주의 쪽으로 경도되었다. 사범학교 친구들과 부산고등학교의 친구들이 모여들었다. 부산공고 선배도 슬그머니 끼어들었다. 서클 이름을 '암장(岩漿)'이라는 어려운 한자어로 지었다. 바위 밑에서 펄펄 끓는 용암이라는 뜻이다. 아마도 사회변혁을 의미하는 단어일 것이다. 그런데 이 서클의 사람들이 이수병과 평생을 함께하게 된다.

부산사범을 졸업하고 부산대학교 교육학과에 들어갔다. 수병은 중등학교 교사를 꿈꾸었다. 부산대학에 들어갔더니 정치학과의 이종률(1905~1989) 교수가 유명하였다. 일제강점기에 독립운동을 하였고 해방 후에는 단독정부 설립에 반대하였으며 한국전쟁 뒤에는 평화통일운동에 앞장섰기 때문에 진보적 성향의 학생들에게 추앙을 받았다. 또 부산대학에는 소설가 요산 김정한(1908~1996)이 있었다. 1936년 단편 〈사하촌(寺下村)〉으로 문단에 등단한 선생은 부산 지역의 문인대표였다. 부산일보 지면에 늘 신선한 작품을 발표하고 정론을 실었다. 부산대학교의 두 선생과 부산수산대학교의 이주홍(1906~1987) 교수가 뭉쳐 1954년에 부산에서 '민족문화협회'가 창립되었다. 이주홍 교수도 작가 출신이었기 때문에 광복동 일대에서 이 세 분의 교수를 모시고 문학의 밤도 개최하고, 시국토론도 하였다. 그러다가 서울에 신흥대학교(현 경희대학교)가 문을 열며 장학생을 모집하자 신흥대학교로 옮겨갔다. 그 무렵 부산에는 진보당 부위원장을 지낸 박기출(1909~1977) 씨가 김배영, 김한덕 등과 함께 '성민학회(醒民學會)'라는 청년조직을 이끌고 있었다. 박기출은 동경의학전문학교를 거쳐 구주제국대학에서 의학박사학위를 받은 전형적인 의사였다. 부산에서 개업하여 이름을 얻었던 후덕한 의사였다. 그런데 해방 후에 경남 지역의 의료행정을 책임지는 일을 맡은 후부터 정치에 눈을 뜨고 1956년 조봉암(1898~1959)과 진보당을 만들어 부위원장을 맡은 일이 있었다. 그 후 한번 국회의원이 되었고 1970년대 초에는 대통령 후보로 나섰으나 4만 4천여 표의 득표를 하고 낙선한 이력을 가진 사람이다. 이 박기출 씨의 진보당 모임에도 이수병은 부지런히 다녔다.

이수병이 여기까지 얘기하고 났을 때, DJ 대통령이 반가운 표정으로 끼어들었다.

"그 박기출 선생은 제가 잘 압니다. 참 공부를 많이 하셨고 부산 지역에서 의사로 인정을 받으셨기 때문에 일제강점기 때부터 돈을 많이 버신 분입니다. 해방이 되어 부산·경남 일대의 보건 책임자가 되었을 때, '의사도 아픈 사람을 돌보고 없는 사람을 위해 봉사할 수 있는 직업이지만 정치도 더 적극적으로 가난한 사람들을 도울 수 있는 분야구나.' 하는 것을 알게 되셨죠. 그래서 조봉암 선생을 만나고 진보당 부당수가 되었죠. 그런데 군사정권이 들어서자 일본으로 피신해서 일제강점기 때 도움을 받은 일본 부인의 보살핌을 받았다는 얘기를 들었습니다. 아주 인격적으로 훌륭한 분이었습니다."

노무현 대통령도 대화에 끼어들었다.

"저희 형님도 부산대학교 법대를 다닌 분입니다. 이수병 선생께서 말씀하신 부산대학교 정치학과 이종률 교수님의 영향을 많이 받으셨을 것입니다."

이수병이 물었다.

"형님 존함이 어떻게 되십니까?"

"노영현이라고, 저보다는 10년 이상이나 위인 분입니다. 부산법대에 다닐 때 명성이 있던 분이었습니다."

이수병이 반색하였다.

"네, 제가 아는 분입니다. 인물이 훤칠하시고 명석하셨던 분이지요. 그러고 보니 노대통령님과도 인연이 닿네요."

노무현 대통령은 열없게 말했다.

"거 뭐, 부산 바닥은 좁으니까요. 이수병 선생께서 얘기하신 요산 선생은 저도 사사한 분입니다. 학생들을 변호할 때 요산 선생을 모시고 그분 말씀도 많이 들었고요, 그분의 〈수라도〉나 〈인간단지〉는 저도 열심히 읽었습니다. 초기 작품 〈사하촌〉은 그 어른이 젊었을 적에 다니셨던 양산 통도사가 배경이었을 거고요, 그분 작품에 많이 나오는 한센병 환자들 얘기는 낙동강 하구에 있는 을숙도에서 취재를 하셨을 겁니다. 제가 어렸을 적만 해도 갈대가 우거진 김해 쪽 을숙도에는 나환자들이 숨어사는 한센인촌이 있었습니다. 아마 요산 선생은 그곳에도 찾아가셔서 관찰하셨을 것입니다."

이수병이 말했다.

"대통령님, 저도 요산 선생님의 소설을 읽고 많이 울었습니다."

DJ가 끼어들었다.

"나도 요산 선생을 존경하고 그분 작품은 읽은 일이 있어요. 〈인간단지〉에서였던가? 주인공이 일본 유학을 다녀와서 보니까 꽃 같은 부인이 한센병을 앓던 시아버지, 그러니까 주인공의 아버지를 공양하다가 한센병을 옮겨 받아 소록도 같은 데로 가게 되지요? 주인공이 너무나 그립고 가슴이 아파 부인이 있는 섬으로 가는데 철조망이 쳐진 그 수용소 가에서 차마 눈으로 볼 수 없을 정도로 일그러진 부인과 만나게 됩니다. 부인은 한사코 만나지 않으려고 하지만 자신의 아버지 때문에 환자가 된 부인에게 다가가며 가슴을 치는 장면이 나오죠."

노무현이 말했다.

"대통령님도 그런 소설을 읽으셨어요? 그러고 보니 대통령께서는 책도 많이 쓰셨죠?"

DJ가 말했다.

"전 정치를 하지 않았으면 틀림없이 작가가 됐을 것입니다. 아, 제 얘기만 써도 소설 몇 권이 나오지 않겠습니까? 그래서 제 재임 중에 제 호를 붙인

'후광문학상(後廣文學賞)'을 만들고 열심히 시상도 했습니다. 시인 중에 이가림 시인이 상을 받기도 했고, 소설가 중에서는 김근태 의원의 형님 김국태 작가가 수상을 하기도 했죠. 한화갑 의원이 운영을 맡았었죠."

노무현이 머리를 긁으며 말했다.

"대통령님, 소액이지만 저도 후광문학상 기금을 낸 기억이 납니다. 아마 대통령님께서 글을 쓰셨다면 노벨평화상 대신 문학상을 받으셨을지도 모릅니다. 사실 저 같은 사람이 살아온 이야기는 소설거리가 되지 않겠지만, 대통령님의 생애는 소설 자체가 아니었습니까?"

DJ가 쑥스럽게 답하였다.

"뭐 살아온 생애가 파란만장하다고 해서 꼭 장편 소설가가 되는 건 아니지 않습니까? 글은 글이고 생애는 생애니까."

그 얘기는 그쯤에서 끝났다.

이수병이 진보적인 이념을 가지고 청년기를 맞을 때, 서울 이문동의 자취방에는 부산에서 올라온 옛 친구들, 특히 이념 서클 '암장' 친구들이 그득하게 모였다. 그들은 1950년대 중반부터 시작된 베트남의 민족해방운동, 알제리와 쿠바 지역의 민중혁명에 대해서 밤새워 토론하였다. 그들은 쿠바의 해방영웅 카스트로와 체 게바라를 숭배하기 시작하였다.

이때 4·19가 터졌다. 길고 긴 이승만 통치와 자유당 정권이 붕괴되었다. 학생들이 거리로 뛰어나갔다. 그 무렵 부산에서 제일 먼저 진보적 청년들이 '민족민주청년동맹(민민청)'이라는 서클을 결성하였다. 그들은 오래전부터 이종률 교수와 김정한 교수의 영향을 받은 청년들이었다. 서울에서는 '통일민주청년동맹(통민청)'이라는 이념 서클이 생겼다. 대구에서도 진보적인 학생들이 모이기 시작하였고, 광주에서도 진보청년의 모임이 자연발생적으로 생겼다. 이런 학생과 청년들이 결국 '민민청'과 '통민청' 아래 결속되었다. 이 두 서클이 1960년대 이후 남한 변혁운동의 핵심으로 자리 잡았다. 이 두 조직은 그 후 '민족자주통일협의회(민자통)'로 합류되었다. 이때 이수병은 경희대에서 '민족통일연구회'를 결성한다. 대구·경북 지역에서는 도예종이 앞장을 서서 1960년대 말 민민청 경북지부를 만든다. 결국 이런 학생들과 청년들과 진보적인 재야세력이 전국적으로 뭉치게 되어 1960년대 후반에는 단순한 협의체에서 범국민적인 '통일운동전선체'로 발전하게 된다.

마침내 이들은 1961년 2월 25일, 천도교 대강당에서 전국에서 모인 1천여 명의 대의원이 참석한 가운데 결성대회를 갖는다. 민족해방운동과 사회변혁 성격이 뚜렷한 전국적인 모임이 출범하게 된 것이다. 그날, 강당 앞에 걸린 표어는 이런 것이었다.

'뭉치차, 민족주체세력, 배척하자 외세의존세력'

이때부터 이수병은 학생운동의 전면에 서게 된다. 1961년 5월 13일, 서울운동장(현 동대문운동장)에서 학생들과 시민들이 대대적인 궐기대회를 열었다. 그날의 주제도 통일이었다. 이수병이 단상에 올라 구호를 선창하였다.

"가자 북으로! 오라 남으로! 만나자 판문점에서!

이 땅이 뉘 땅인데 오도 가도 못하느냐?

배고파서 못 살겠다 통일만이 살길이다."

여기쯤에서 그동안 잠자코 듣고만 있던 장면 박사가 입을 열었다.

"아이고, 4·19 직후에 학생과 젊은이들이 학원으로 돌아가고 우리 정치인들에게 제대로 정치를 할 수 있는 시간을 줬으면 군사 쿠데타도 일어나지 않았을 거 아닙니까? 눈만 뜨면 시위 행렬이 거리로 나오고 시위하는 사람들의 구호도 '가자 북으로, 오라 남으로'까지 나오니까 군인들에게 빌미를 줬잖아요. 알고 봤더니 선생들께서 결국 그 문제의 당사자들이군요."

여덟 사람이 고개를 숙였다.

"그때 저희들이 너무 성급했던 점이 있었습니다."

"실제로 판문점 쪽으로 시위꾼들을 몰고 달려갔던 것은 너무 과했습니다."

장면 총리가 혼잣말처럼 중얼거렸다.

"하기야 뭐, 통일하자는 것이 무슨 죄가 되겠습니까? 문제는 현실이죠. 북에는 공산주의를 하는 사람이 있고, 남쪽에는 자본주의를 하는 사람들이 있었으니까. 김대중 대통령님, 노무현 대통령님, 통일 문제는 아직도 어렵지요?"

두 대통령은 장면 박사에게 고개를 숙였다.

"저희들 힘이 부족했습니다."

1961년 5월 16일, 일이 터졌다. 선글라스를 끼고 별 둘을 단 키 작은 군인이 공수단원과 쿠데타군을 이끌고 한강을 넘어왔다. 박정희의 군사 쿠데타였다. 이수병과 운동권에 선 학생들, 그리고 전국의 진보세력이 흩어졌다. 이수병은 장기피신을 준비했다. 고향집에 들러 아버지를 뵈러 갔다가 고향 의령군 다릿재 고개에서 경찰에 잡혔다. 수갑을 찬 채 혁명재판소에 넘겨졌다. 이수병은 서울대학교의 유근일과 함께 학생운동 지도자로는 최고형인 15년형을 선고받는다. 이듬해인 1962년, 4·19 2주년 기념 특사로 학생들은 대부분 석방되었지만 두 사람은 감옥에 남았다. 그 후 두 사람은 7년을 더 감옥에서 보내게 된다.

그때 감옥에서는 저녁 시간에 수인들 중에서 유명한 사람이 강사로 나와 강의도 하고, 나머지 수인들은 강의를 들으면서 여러 가지 공부를 할 수 있는 여건이 마련되어 있었다. 일제강점기 때 고등문관시험 행정과와 사법과에 합격하여 천재 소리를 듣던 윤길중은 일제 말엽 전라남도 강진과 무안군수를 하다가 총독부에서 근무하였다. 그는 해방이 되자 6·25가 날 때까지 국민대학 교수를 했고, 전쟁 후에는 국회의원이 되었다. 그런데 그 천재는 어찌된 일인지 1956년부터 조봉암이 이끄는 진보당에 들어가 핵심간부가 되었다. '진보당 사건'이 생기면서 그는 체포되었고 감옥에 들어갔는데 법적 투쟁을 벌여 무죄를 받아냈다. 1960년에는 '사회대중당'을 번개처럼 만든 후 제5대 국회에 들어왔다. 그러다가 다시 1961년 5·16 군사 쿠데타가 일어나 혁신계 인사들을 잡아들이자 그는 맨 먼저 잡혀 들어왔다. 이수병, 유근일 같은 학생대표들과 함께 투옥된 것이다. 감옥 속에서도 그는 기죽지 않고 늘 수인들에게 농담을 던지면서 아버지처럼, 형님처럼 넉넉한 위치를 점하고 있었다. 이수병과 유근일은 윤길중을 스승처럼 모셨다. 그는 실제로 수감자들에게 서예와 한시를 가르쳤다. 모두 그의 명 강의에 넋을 잃었고 그가 가르치는 대로 열심히 엎드려 서예에 몰두하였다.

안중근 의사의 조카인 안민생은 4·19가 일어나자 좋은 세상이 온 것으로 생각하고 통일을 염원하며 앞장섰다가 5·16이 일어나는 바람에 잡혀 들어와 수인들에게 중국어를 가르쳤다. 이수병은 우리말과 글쓰기를 가르쳤다. 이수병은 감옥에서 기세충 씨에게 바둑을 배웠다. 기세충 씨도 통일론자였는데 4·19의 훈풍 속에서 광주 지역에서 운영하던 인쇄소를 팽개치고 통일운동에 앞장서다 잡혀 들어와 고생을 하고 있었다. 바둑 실력이 국수 급이라 그로부터 바둑을 배워 이수병은 1급 실력을 인정받았다. 무기수 이창문 씨에게선 묵화를 배웠다. 이수병은 감옥에서 배운 솜씨로 멋지게 난을 쳐서 누이동생에게 보내자 누이동생이 그 그림을 표구하여 안방에 걸어두었다고 알려왔다. 이수병은 감옥 속에서 500권에 이르는 역사책과 소설을 읽었고 나중에는 스스로 소설을 쓰기까지 하였다.

감옥 생활이 마냥 나쁜 것만은 아닌 듯싶었다. 이수병이 7년 감옥살이를 하는 동안 밖에서는 더 험한 일이 생기기도 하였다. 1964년 6월, 이른바 '6·3 사태'가 일어나며 대학생들이 대일 굴욕외교를 성토하고 대대적인 시위를 벌이자 그해 8월, 중앙정보부는 혁신계 인사와 언론인, 교수, 학생 등 41명을 검거하고 대한민국을 전복하기 위해 북한의 노선을 따르면서 반국가단체를 만들었다는 충격적인 발표를 하였다. 그것이 유명한 '제1차 인민혁명당(인혁당) 사건'이었다. 그때 체포된 사람들은 중앙정보부에 끌려가 말할 수 없는 곤욕을 치렀다. 당시에는 지금 의류상가가 있는 동대문운동장 앞에 공터가 있었는데 그곳에 미군들이 남겨놓은 퀀셋 건물이 있었고 그 을씨년스러운 자리에 바로 정보부가 자리 잡고 있었다. 잡혀온 사람들은 모두 그 가건물 속에서 밤도 낮도 없이 고문을 받았다. 그런 무리한 수사과정을 거쳐 총 13명이 재판에 회부되었는데 1심에서 대부분 무죄선고를 받았다. 담당 검사들이 그때만 해도 의기가 있었고 법률적 양심을 지켰기 때문에 '고문에 의한 사건 조작과 기소는 무효'라고 하면서 사표를 던졌다. 다음 해 5월 열린 2심 재판에서 대구의 도예종과 양춘우, 그리고 박현채가 유죄선고를 받았다.

이수병은 감옥에 있었기 때문에 이 엄청난 1차 인혁당 사건을 비켜나갈 수 있었고 고문도 피할 수 있었다. 그는 7년의 형기를 마치고 1968년 4월에 출소하였다. 서울 녹번동 시장에 작은 지물포를 내고 의령의 특산물인 한지를 팔았다. 그러면서 결혼도 하였다. 두 아들이 태어났다. 그리고 1973년에는 귀여운 딸도 태어났다. 그런데 다시 부산 친구들이 찾아왔다. 경희대 친구들도 찾아왔다. 대구의 친구들도 찾아왔다. 그들은 지물포 안에서 손님이 없을 때는 소주를 받아놓고 기염을 토하였다.

"우리나라에도 베트남 같은 정글이 있었으면 좋겠어. 정글이 있어야 들어가서 숨지. 정글이 있어야 우리들도 베트공이 될 수 있을 텐데…."

"그러니까 우리들은 사람 정글을 만들어야 한다고. 저렇게 많은 사람들이 맹그로브 숲 같잖아. 사람 속에 숨으면 못 찾을 거야. 사람들을 정글로 삼아 투쟁하자고!"

그들은 무허가 한의가 되어 '경락연구소'를 차리고 경락치료를 해준다고 하며 사람을 모았다. 또 '지압시술소'도 열었다. 무료치료를 해주면서 동지들과 만났다. 이수병은 일어학원 강사로 나갔다. 일어학원, 경락연구소, 지압시술소에 전국의 친구들이 모이기 시작했다. 서도원과 하재완도 올라왔고, 경북대학교 학생회장 출신 여정남도 올라왔다. 서울 시내 교사들도 들락거렸다. 이렇게 하다가 1차 인혁당 사건이 터지고 난 지 딱 10년이 되는 1974년 4월에 '민청학련 사건'이 터지자 중앙정보부는 배후 세력을 찾기 시작했다. 바로 이런 상황에서 이들이 걸려든 것이었다.

첫째, 이 사람들은 저명한 교수거나 성직자거나 이름이 나 있는 인사들이 아니었다. 둘째, 전국팔도에서 모여든 수상한 행적의 인물들이었다. 셋째, 특별히 하는 일 없이 모여서 조직적으로 무엇인가를 도모하는 자들이었다. 가장 결정적인 것은 이 사람들이 오랫동안 서클 활동을 했고, 민중 활동에서 출발하여 4·19 이후에는 통일운동에 앞장섰던 수상한 행적의 인물들이었다. 중앙정보부는 이들을 먹잇감으로 삼기로 했다. 그래서 번개처럼 이들을 일망타진하였다. 그들을 남산의 지하실로 끌고 갔다. 그곳은 남자를 여자로 바꾸는 재주만 빼놓고는 모든 것이 이루어질 수 있는 곳이었다. 그곳은 오랫동안 '매에는 장사가 없다'는 통설만이 굳어 있는 곳이었다. 그 누구도 예외 없이 자신의 신조를 굽히고 '네네, 그렇습니다. 네네, 어떻게 쓸까요?'라는 말과 함께 수사관이 내놓는 종이에 손도장을 찍고 나오는 곳이었다.

DJ 대통령이 말했다.

"나도 그곳을 압니다. 그곳은 인간이 육체를 가지고 있다는 것에 대해 한없는 자괴감을 느끼는 곳이고, 신이 있는가, 양심과 구원을 얘기하는 종교가 존재할 수 있는가를 회의할 수밖에 없는 곳입니다. 여러분이 그곳에서 당한 일과 써놓고 온 조서를 볼 필요도 없습니다. 그곳에서 일어나는 일의 진실은 오직 하늘에 계신 분만이 알 수 있는 것입니다."

노무현이 말했다.

"도예종 선생은 1차 인혁당 사건 때에도 잡혀가셨고, 2차 때에도 잡혀가셨네요. 결국 지옥을 두 번씩이나 다녀오고 이곳으로 오신 것이 아닙니까?"

도예종이 고개를 숙이면서 대답했다.

"제가 특별히 전생에 지은 죄가 많았던 것 같습니다."

"여정남 씨는 31세였죠? 그 젊음이 아깝지 않으세요?"

여정남은 씩씩하게 말했다.

"이 빛의 나라에 와보니 지상에서 시간이 길었다 짧았다 하는 것, 젊음이 있었다 없었다 하는 것들은 별 의미가 없잖습니까. 영겁의 세월 속에서, 이 광막한 우주 공간에서 본다면, 그 모래알 같은 세월이나 온갖 일들이 무슨 큰 의미가 있겠습니까? 다 무상하고 덧없는 것이지요."

남자 하나가 걸어오고 있었다. 환갑을 갓 넘긴 듯한 중늙은이였다. 뒤뚱뒤뚱 오리걸음으로 걸어왔다. 양다리가 안짱다리로 휘어 있었건만 씩씩하게 걸어왔다. 흰 옷 입은 여덟 사람 중에서 도예종이 제일 먼저 일어나 그 사람을 알아보았다.

"박현채 교수, 박현채 교수!"

두 사람은 얼싸안고 여덟 사람이 달려가 덮쳤다. DJ도 그를 알아보았다. 혈색이 불콰한 그는 DJ 앞에 허리를 굽혀 인사하였다.

"대통령님, 여기서 뵙습니다."

"반갑소, 박현채 동지."

DJ는 그를 장면 박사에게 소개하였다.

"박사님, 전라도가 낳은 대한민국 최고의 경제학자, 박현채 교수입니다."

장면 박사는 환하게 웃으며 박현채의 손을 잡아주었다. 노무현도 다가가 그의 손을 잡았다. 박현채가 말했다.

"제가 지난 1995년에 세상을 떠나 왔으니까요. 저는 대통령님을 5공 청문회 때 텔레비전에서 뵈었는데, 그 후에 우리들이 만난 일이 있던가요?"

노무현도 쑥스럽게 말했다.

"아마 먼발치에서 스치듯 뵙지 않았을까 싶네요."

도예종이 박현채를 다시 소개하였다.

"1차 인혁당 사건이 터졌을 때, 저하고 서대문에서 2년쯤 고생을 했지요. 검찰 조사를 받을 때, 이 사람 덕분에 우리는 담배를 원 없이 폈습니다."

DJ가 웃으면서 물었다.

"그 담배 얘기는 어떤 겁니까?"

박현채가 설명을 해주었다.

"1964년 1차 인혁당 사건 때 정보부에 잡혀간 도예종, 김금수, 김병태, 정도영, 그리고 제가 주모자로 몰려 죽을 고생을 했지요. 그 후 검찰에 넘겨졌는데 모두 녹초가 되었지만 저는 그때 체력이 좀 남아 있었던 것 같습니다. 검사들 앞에서 조사를 받을 때 담배가 너무 생각나 검사에게 솔직하게 말했습니다. 전라도식으로 '아, 담배도 음식인디, 피의자들에게 음식을 굶겨서는 안 되지라우, 아무리 피의자지만 담배 쪼까 피웁시다. 우리한티도 담배 배급 좀 해주시오.' 제 말을 들은 검사는 피식 웃으면서 '담배도 음식이라고요? 피의자들에게 담배 배급을 해달라고요? 허 참, 그 말도 일리가 있네요. 네, 담배 넣어 드리죠. 그 대신 대답은 솔직하게 해주세요.' 이렇게 해서 그때 우리 피의자들은 담배를 원 없이 피웠습니다."

노무현이 말했다.

"참, 그때는 검사들이 제대로 됐었군요. 피의자의 말을 제대로 알아듣고 존중해줄 줄도 알았으니까요."

도예종이 신이 나서 말했다.

"그래도 그때 검사들은 멋졌습니다. 우리들이 고문에 의해서 허위자백했다는 것을 알고 기소 자체가 될 수 없다고 아예 사표를 던지기도 했습니다. 참 패기 있는 검사들이었습니다."

DJ가 모두에게 박현채에 관한 얘기를 들려주기 시작했다.

"이 박현채 동지는 우리 전라도 화순군 출신입니다. 무슨 연유에서 그리 됐는지는 제가 자세히 물어보지 않았습니다만, 국민학교 다닐 때부터

〈자본론〉을 읽었다는 사람입니다. 집안 내력이 있던가요?"

"네, 제 부친께서 동경 유학을 하시면서 좌익 운동을 하셨습니다."

"아무튼 광주의 명문 서중학교를 다니다가 6·25를 맞았다고 했죠? 구제중학교 4학년 때였으니까 요즘으로 말하자면 고등학교 1학년 때 전쟁을 만난 거죠?"

"그렇습니다. 제 나이 만 16살 때 6·25가 터졌죠."

DJ는 자기 일처럼 신이 나서 말했다.

"아, 글쎄 그 16살짜리가 말입니다. 입산을 해서 빨치산 노릇을 했답니다. 박현채 동지, 여기 계신 장면 박사님은 그때 총리로 계셨을 텐데, 빨치산 얘기 좀 해드리세요."

장면 박사는 좀 어이없어 하며 말을 받았다.

"1950년, 51년 그쯤이면 나는 부산에서 총리로 있을 때지요. 화가이면서 서울대학교 미술대학 학장을 했던 제 아우 장발(1901~2001) 교수는 서울에 남아 있다가 겨우 탈출해서 경기도 광주에서 피난을 하다가 부산으로 내려왔고, 여기 앉아 있는 여동생 앙네다 수녀는 그때 북으로 잡혀 갔죠. 그런데 중학교를 다니던 16세 소년이 빨치산이 되었다는 얘기는 처음 듣는 얘기입니다. 참으로 놀라운 얘긴데, 좀 들려주세요."

"총리 어르신께서 허락해주시면 제 사적인 경험을 말씀 올리겠습니다."

6·25 때 전라도 방면에는 인민군 제6사단 방호산 부대가 진격해 내려왔다. 그때 국군이나 유엔군은 금강과 대전 방어선에 주력부대를 배치하였다. 대전을 방어하던 미 24사단이 무너지고 사단장 윌리엄 딘 소장이 포로로 잡히고 전라도 지방은 텅 비어 있었다. 방호산 부대는 전라도 일대에서 거의 저항을 받지 않고 경상도 진해까지 진격할 수 있었다. 그런 인민군 부대가 맥아더의 인천상륙작전에 의해 일시에 무너지고 1950년 9월 28일에는 서울을 내주고 패주하였다. 그때 전라도를 돌아 남쪽으로 내려갔던 인민군 부대는 후퇴할 길을 잃고 대부분 지리산과 태백산으로 들

어가 게릴라전을 벌이게 된다. 광주 서중학교에 다니던 박현채는 이런 상황에서 산으로 올라가는 인민군을 따라 고향 뒷산이라고 할 수 있는 전라남도 화순의 백아산(810미터)으로 들어갔다. 충남 계룡산과 비슷한 정도의 산이었다. 지역 빨치산 대장은 소년 박현채에게 하산을 권했다. 너무 어린 소년이 따라다니면 작전에 지장을 줄 수도 있기 때문이었다. 그러나 소년은 당차게 말했다.

"할 수 있어라우, 대장동무! 남게 해주시요잉!"

대장동무는 어이가 없다는 듯 고개를 끄덕이고 말았다. 그런데 눈치가 빠르고 아는 것이 많은 소년은 대장에게 쓸모가 있었다. 얼마 후 대장은 명령하였다.

"박현채 동무, 동무는 나이에 비해 우수하다. 따라서 우리 빨치산 부대의 모든 문화행정을 총괄하는 문화부 중대장에 임명한다. 해낼 수 있겠나?"

소년은 고개를 힘차게 끄덕였다.

"해낼 수 있어라우, 얼마든지!"

문화부 중대라고 해봤자 총 8명이었다. 그래도 그는 백아산 줄기의 빨치산 문화행정을 총괄하는 중대장이었다. 산속에서 발간하는 쪽지 신문을 총괄하고, 투항하라고 경비행기에서 뿌리는 삐라를 처리하고, 밤에 숲속에 쓰러져 녹초가 되어 있는 빨치산 형님들에게 문화와 사상교육을 시키는 일을 너끈히 해냈다. 또 중대원들을 이끌고 마을에 내려가 먹을 것을 챙겨오고 정보를 취합해서 가지고 오는 중대한 일도 민첩하게 해냈다. 그렇게 정신없이 뛰어다니다가 추격해오는 군경들의 총알에 맞아 골짜기에 굴러떨어진 적도 있었다. 중대원들이 달려와 일으켜 세웠다.

"어, 어떻게 해서 총 맞은 내가 살아났지? 분명히 내가 총알을 맞았는데."

중대원들도 몸을 쓸어내리며 의아해 했다.

"글쎄요, 저희들이 볼 때도 중대장님은 분명히 아까 총을 맞았는데요."

박현채는 온몸을 뒤적이며 확인하다가 총알이 바짓단을 스치고 지나갔다는 것을 알아냈다. 총알이 스친 곳은 바지 주머니 언저리였다. 그 주머니 속에는 그가 산으로 올라올 때 어머니가 정신없이 넣어주시던 비상금 뭉치가 들어 있었다. 총알은 그 돈뭉치를 뚫다가 마지막 장을 관통하지 못하고 비켜간 것이었다. 어머니의 눈물 젖은 돈뭉치가 총알을 막아준 셈이었다.

첫눈이 내리고 있었다. 1950년의 겨울이었다. 너무 배가 고팠다. 군경의 포위막이 견고해서 보급 투쟁이 원활하지 못했다. 소년 중대장은 앞장을 섰다. 중대원이 따라나섰다. 굶어 죽을 바에는 내려가서 밥 한 끼라도 먹어보고 죽자는 것이 그때의 상황이었다. 마을은 텅 비어 있었다. 빈 집 곳간을 아무리 뒤져보아도 쌀 한 톨, 보리쌀 한 톨을 구경할 수 없었다. 그때 어느 농가의 헛간에 송아지 한 마리가 기둥에 매어 있었다. 누가 먼저랄 것도 없이 그 송아지의 멱을 땄다. 아주 순식간에 일어난 일이었다. 불을 피울 수도 없었고, 피워서도 안 되는 상황이었다. 껍질을 벗기고 여덟 명이 달라붙어 순식간에 송아지의 살점을 모두 발라 먹었다. 정신을 차렸을 때는 모두의 입 언저리에 피떡을 붙이고 있는 것을 확인할 수 있었다. 일단 살아났기 때문에 여덟 명은 능선을 타고 아지트로 돌아왔다. 골짜기에 쓰러져 있던 부대원들은 부스스 일어나며 코를 벌렁거렸다.

"이 무슨 냄새가? 이 무슨 피비린내인가? 너희들, 무슨 짓을 한 거야?"

빨치산 대장이 칼날같이 물었다. 중대원들이 실토하였다.

"너무 배가 고파 송아지를 삼키고 왔어라우."

회의가 열렸다. 빨치산 지휘부의 결론은 간단했다.

'허락도 받지 않고 하산하였다. 양민의 집에 들어가 재산을 탈취하였다. 농가의 주요 재산인 송아지를 날것으로 먹고 돌아왔다. 아무리 나이가 어려도 경거망동한 중대장은 사형에 처해야 한다. 박현채 출당, 그리고 사형!'

사형을 집행할 간부가 소년을 끌고 바위 위로 올라갔다.

"최후 진술은?"

소년 박현채는 왕눈을 굴리다가 빠른 목소리로 말했다.

"지는 당규를 어겼구만이라우. 어떤 처분도 달게 받겠서라. 허지만 한 말씀만 드려도 되겠는게라우?"

집행자는 방아쇠에 손가락을 걸고 되물었다.

"뭔데?"

"우리 당규에는 가르치지 않고는 처벌하지 않는다는 조항이 있는디, 일찍이 맹자님도 가르치지 않고 벌하는 것은 세 가지 악행 중에 하나라고 했서라우. 그동안 어느 간부가 지들에게 송아지 잡아먹으면 안 된다는 걸 가르쳐주신 일이 있당가요?"

바위 뒤에서 소년의 마지막 말을 듣고 있던 대장동무가 달려왔다.

"중지, 사형 중지! 네 말이 맞다. 우리가 너에게 그런 걸 가르친 일은 없다. 그냥 싸우라고만 했지. 네 자리로 돌아가라."

눈이 왕방울 같던 박현채 소년은 백아산 골짜기에 2년을 숨어 있다가 그의 비트(은신처)에서 토벌군에게 잡혔다. 토벌군 지휘관은 소년의 구레나룻에 솜털이 보숭보숭 숨겨져 있는 것을 보고 가족의 품으로 돌려보냈다. 고향에서 공부하는 것이 눈치 보여 그는 전주로 나가 전주고등학교를 졸업하고 서울상대 경제학과에 입학했다. 서중학교 이후, 산속을 헤매며 공부 한 자 한 일이 없음에도 그때에도 들어가기가 가장 힘들었던 서울상대에 거뜬히 합격하여 들어갔다.

상대를 졸업하고 나와서는 경제 관련 칼럼을 부지런히 써서 신문에 올렸다. 그리고 잡지에 기고했다. 그의 지론은 일관된 것이었다. 경제 후진국일수록 매판자본의 유혹을 뿌리치고 민족 경제를 살려 자립해야 한다는 자강논리였다. 특히 농촌 경제를 바탕으로 해서 민족적 자산을 비축해 나가야지 매판자본에 의지하는 것은 아편을 맞는 것과 같다고 주장했다. 강사 신분으로 여러 대학 강단에서 젊은이들을 만났다. 젊은이들은 주관이 뚜렷한 그의 논리에 매료되었다. 그는 젊은 명사가 되었고 신문사에서 마음 놓고 칼럼을 맡길 수 있는 경제전문가가 되었다. 잡지사에서도 경제 코너만은 언제든 그에게 맡겼다. 민주진영과 재야인사들이 그를 주목하였다. 1934년생 개띠 동갑내기들이 이심전심으로 모이기 시작하였다. 유명한 언론인 김중배, 문병란 시인, 이해동 목사, 조화순 목사, 한승헌 변호사 등이었다. 그들은 자주 모여 토론도 하고 산행을 하였다. 그리고 산행 뒤에는 개띠파티라고 해서 '개파티'를 열었다.

그런데 묘하게도 10대 때에 빨치산이 되어 산속에서 살았던 그는 개띠들의 산행 길에서는 언제나 뒤로 처졌다. 지리산 같은 산을 오를 때는 좀 천천히 가자고 눈을 부라리며 산행의 속도를 줄였다. 빨치산 출신치고는 얼뜨기 등반가였다. 그는 산행을 끝내고 나면 소주파티에서 꼭 노래를 불렀다.

그는 만년에 조선대학교 교수로 가게 되었다. 1989년에 이돈명 변호사가 조선대학교 총장이 된 덕분에 교수로 초빙이 된 것이다. 그 대학에서 생애 최초의 정식 봉급을 받기도 하였다. 자신의 이름이 찍힌 보험증서도 받을 수 있었다. 그는 그 증서를 들고 다니며 광주에 복직을 한 문병란 시인, 조태일 시인 등을 만나면 자랑을 했다.

"야, 나도 이제 의료보험증을 가졌어야!"

뿐만 아니라, 여권도 받아서 중국도 다녀올 수 있었다. 그런데 그 행복은 오래가지 않았다. 고문 후유증과 과음 탓으로 고혈압이 오고 결국 뇌출혈로 쓰러졌다. 박현채가 쓰러졌을 때, 이돈명 변호사가 달려가 말했다.

"이 사람아, 나보다 젊은 자네가 먼저 쓰러지면 어쩌나! 내가 죽고 나면 자네가 호상을 해줘야지, 참말로 이러면 안 되는 건디!"

결국 박현채는 1995년에 세상을 떴다.

그들은 천국에서 만났다. 그 지긋지긋한 인혁당 사건의 1차, 2차 주모자들이 천상에서 만난 것이다. 그들은 소주파티를 벌였다. 두 수녀들이 소주를 날라주고 모두 흥겹게 술을 마셨다. 박현채가 주문을 했다.

"수녀님들, 인심 쓰시는 김에 제가 좋아하는 모닥불 좀 피워주시요잉."

두 프랑스 수녀들이 한국말을 알아듣고 생긋 웃었다. 전라도 사투리로 받았다.

"뺑 둘러앉는 모닥불 말인가요잉?"

"그렇땅케요. 둘러앉아 쬐는 모닥불 말이지라우."

수녀들은 뚝딱 모닥불을 만들어주었다. 점잖은 장면 박사도 모닥불을 쬐며 말했다.

"정말 오랜만에 쬐어보는 모닥불입니다. 저도 젊었을 때는 이런 불을 쬐어봤죠. 앙네다 수녀, 이리 오시게."

앙네다 수녀도 환히 웃으시며 다가와 불을 쬐었다. DJ 대통령도, 노무현 대통령도 여덟 사람과 박현채와 함께 모닥불을 쬐며 소주잔을 돌렸다. DJ가 말했다.

"나는 좀처럼 술잔을 드는 사람이 아닌디."

노무현이 모두에게 술을 권하며 박현채에게 말했다.

"박 교수님, 뒤풀이에서 꼭 노래를 부르셨다면서요? 한 곡조 하시죠."

박현채는 벌떡 일어나 노래를 부르기 시작했다. 모두 손뼉을 치며 따라 불렀다.

모닥불 피워놓고 마주 앉아서
우리들의 이야기는 끝이 없어라
인생은 연기 속에 재를 남기고
말없이 사라지는 모닥불 같은 것
타다가 꺼지는 그 순간까지
우리들의 이야기는 끝이 없어라
타다가 꺼지는 그 순간까지
우리들의 이야기는 끝이 없어라

박현채는 생김과는 달리 서정적이며 자분자분한 노래를 흥겹게 불렀다. 수녀들도 고개를 끄덕이며 따라 불렀다. 신이 난 박현채는 높은 테너 톤으로 '보리밭'을 뽑기 시작하였다.

보리밭 사이 길로 걸어가면
뉘 부르는 소리 있어 나를 멈춘다
옛 생각이 외로워 휘파람 불면
고운 노래 귓가에 들려온다
돌아보면 아무도 보이지 않고
저녁놀 빈 하늘만 눈에 차누나

그는 눈을 지그시 감고 고음의 영역을 거침없이 올라가고 아주 서정적으로 노래를 완창하였다. 수녀들은 눈물을 닦기까지 하였다. 앙네다 수녀가 물었다.

"제가 살아서는 들어보지 못한 노래인데요? 세상에 그렇게 고운 노래가 있었어요? 제가 들어본 세상의 노래 중에서 제일 슬프고 아름다운 노래입니다."

박현채가 설명을 해주었다.

"이 노래는 6·25 전쟁 중이던 부산에서 피난 갔던 박화목이라는 시인이 가사를 쓰고, 윤용하라는 작곡가가 곡을 붙인 것입니다. 박화목 시인은 개신교 신자이고, 윤용하 작곡가는 만주에서부터 가톨릭을 잘 믿던 가톨릭 신자였습니다. 두 사람은 절친한 친구였지요. 피난생활 중에 부산 근처의 시골길을 걷던 두 사람은 배가 몹시 고팠답니다. 돌아봐도 먹을 것은 없고 그때 막 자라기 시작한 보리들만 무성하더랍니다. 그 길로 돌아와 시를 쓰고 곡을 붙였대요. 전쟁이 끝날 무렵 서울로 돌아온 윤용하는 서울 남산 밑으로 환도한 명동성당 근처로 나가 친구들에게 술을 얻어 마셨지요. 친구들은 술은 사줘도 밥은 잘 사주지 않았나 봐요. 그는 결국 남산 밑 셋방에서 굶어 죽었다고 합니다. 굶어 죽은 작곡가의 노래라서 그런지 곡이 그렇게 슬픕니다. 그는 세상을 뜨면서 아마도 잘 익은 보리밭이 그리웠을 것입니다."

그때 갑자기 노무현이 일어났다. 그는 특유의 걸걸한 목소리로 말했다.

"아 참, 분위기가 너무 거시기합니다. 우리 분위기 좀 바꿉시다! 전 세상에서 기분이 좋아지면 품바 춤을 추었습니다. 수녀님들, 바가지랑 소품 좀 준비해주세요."

수녀님들은 노무현의 속을 이미 알아채고 이마에 질끈 동일 머리띠와 허리에 집어넣을 바가지를 빠르게 준비해주었다. 그는 재빠르게 등에 바가지를 넣고 머리에 띠를 두르고 두 콧구멍에는 담배를 꽂고 허리를 굽히더니,

"얼씨구나 잘한다 / 품바나 잘한다 / 작년에 왔던 각설이 / 죽지도 않고 또 왔네 / 어허 이놈이 이래도 정승판서 자제로 / 팔도감사 마다고 / 돈 한푼에 팔려서 / 각설이로구만 나섰네 / 저리시구 저리시구 잘한다 / 품바하고 잘한다"

노무현이 선창을 하자 여덟 사람과 박현채가 날래게 받았다.

"시전서전을 읽었는지 유식하게도 잘한다 / 논어맹자를 읽었는지 대문대문 잘한다 / 냉수동이나 먹었는지 시연시연 잘한다 / 뜨물통이나 먹었는지 걸직걸직 잘한다 / 기름통이나 먹었는지 미끈미끈 잘한다"

묘하게도 DJ는 이 대목에서 어깨를 들썩이며 일어나 함께 춤을 추었다. 결국 그 점잖던 장면 박사도 일어나 어깨춤을 추었다. 앙네다 수녀도 일어나 함께 춤을 추었다. 피부가 하얗고 눈이 파란 마들렌, 앙리에트 수녀도 얼싸덜싸 함께 춤을 추기 시작하였다. 노무현은 손에 든 꽹과리를 깨갱깨갱 치기 시작하였다.

DJ가 갑자기 수녀에게 말했다.

"수녀님, 상모와 장구 좀 갖다주시쇼."

두 수녀는 상모와 장구를 갖다주었다. 장면 박사가 장구를 치기 시작했

다. DJ는 익숙하게 상모를 돌리기 시작했다. 모두 덩실덩실 능실능실 감실감실 춤을 추었다. 어떤 이는 어깨를 흔들고, 어떤 이는 허리를 꼬고, 어떤 이는 엉덩이를 마구 들썩이며 모두모두 돌아갔다. 석양이 펼쳐졌다. 그 석양 아래에서 마구마구 뒤엉키며 모두모두 행복했다.

산 자여, 말하리

1972년 10월 17일, 박정희 대통령은 이른바 '10월 유신'을 선포하였다. 그동안의 억압 통치로도 부족하여 아예 국회를 해산하고 전국에 비상계엄령을 선포하였다. 헌법까지도 유신헌법으로 고쳤다. 박정희는 또 하나의 쿠데타를 한 셈이다. 그래서 역사학자들은 이 시기를 아예 '제4공화국'으로 부른다. 바로 이런 시기에 가장 참혹하게 일어난 사건이 '제2차 인혁당 사건'이었다. 희생된 사람은 여덟 명이었지만 그 여덟 사람은 정보부에 의해 갖은 악행을 받고 목숨을 잃었다. 유족들조차 시신을 볼 수 없었다. 이 참혹한 사건에 대해서 외국인들도 나섰다. 개신교 선교사 오글 목사가 전면에 나서 항의하였다. 천주교의 시노트 신부, 즈베버 신부도 나서서 항의하고, 전 세계에 이 반인권적 사건을 알렸다. 천주교정의구현 전국사제단 신부들이 모두 나서 이 사건을 시대의 아픔으로 국내외에 각인시켰다.

이런 사건의 피해자들이 DJ 대통령과 노무현 대통령을 천상에서 만났다. 그들은 두 전직 대통령에게 자신들의 한을 풀어주고 신원(伸冤)해준 은혜에 감사하였다. 장면 박사와 그 여동생 앙네다 수녀는 자리를 떴다. 여덟 사람도 원 없이 뛰고 놀다가 떠났다. 천상의 나라에 온 후로 노무현은 가장 편안하게 깊은 잠에 들었다. 참으로 오랜만에 쇄락(灑落)함에 젖어 개운한 잠을 잤다. DJ도 꽃밭 속에서 가는 코까지 골며 숙면에 들었다.

다음 날 아침에 두 사람은 세상에서 하듯이 산뜻한 모닝커피에 아메리칸 스타일로 조식을 끝낸 후, 백사장 같은 모래 위를 걸었다. 그때 DJ는 이런 말을 했다.

"어느 미국 시인이 지은 시라고 하는데요. 작자는 잘 모르겠어요. 아무튼 내용은 이런 겁니다.

'바닷가 모래밭을 나는 주님과 함께 걸었네 / 그 깨끗한 백사장에 나와 주님의 발자국이 나란히 찍히기 시작했네 / 그런데 갑자기 위험과 고난의 시기가 다가왔네 / 나는 무서워 주님을 찾았지만 주님의 발자국은 사라지고 없었네 / 고난이 끝나고 났을 때 홀연히 나타난 주님을 향해 나는 원망했네 / 주님, 주님께서는 제가 가장 어려움에 처했을 때 도대체 어디에 계셨습니까? / 발자국조차 남기시지 않으셨습니다 / 주님은 조용히 말씀하셨네 / 나는 그때 너를 업고 안고 고난을 헤치며 달렸느니라 / 하나 남았던 그 발자국은 네 발자국이 아니라 고난 속으로 열심히 달렸던 나의 발자국이었느니라'"

노무현이 말했다.

"도대체 600만이나 되는 유태인들이 가스실 속에서 죽어갈 때, 주님은 어디에 계셨을까요? 어제 만난 그 여덟 명들이 지하실 속에서 울부짖을 때, 주님은 도대체 어디서 무엇을 하고 계셨단 말입니까?"

DJ는 빙긋 웃으며 말했다.

"바로 그 장소에도, 그 비참했던 처소에서도 주님은 희생자들을 감싸 안으시고 그 아픔을 함께하셨으며 결국 그 희생자들이 세상을 떠날 때 영혼을 안고 떠나셨다는 얘기가 아니겠습니까? 순교자들이 희광이들의 칼을 맞을 때 그 떨어진 목을 싸 안고 하늘로 올라가시는 분이 바로 주님이십니다."

"왜 주님께서는 악인들의 손을 멈추지 못하게 하십니까? 왜 절대자께서는 악을 원천적으로 봉쇄하지 못하십니까?"

"참으로 오래된 신학적 과제입니다. 이원론적 해석이 있지 않습니까? 낮이 있으면 밤이 있고, 광명이 있으면 어둠이 있다. 결국 선이 있기 때문에 악도 존재할 수 있다는 우주의 법칙이라고 할 수 있을 것입니다. 그러나 종국에 가서는 주님은 악의 세력을 이기고 마지막 심판을 집행하신다고 하지 않았습니까. 우리가 함께 가봅시다. 가서 주님을 만나게 된다면 그때 여쭤보십시다."

노무현은 씩씩거리며 말했다.

"그렇게 할 겁니다. 왜 주님께서는 그때그때 심판하시지 않고 기다리시는지 저는 꼭 물어보겠습니다."

그때 한 사나이가 다가오고 있었다. 키는 노무현과 거의 비슷했다. 크지 않은 키였다. 대신 몸집이 약간 뚱뚱한 편이었다. 그래서 걷는 모습이 뒤뚱뒤뚱해 보였다. 풍기는 분위기는 아주 점잖고 지적이었다. 그는 다가와 정중하게 허리를 굽혔다.

"저는 서울대학교 법과대학 교수였던 최종길(1931~1973)입니다. 1973년 10월 13일, 안기부에 끌려가 사흘 뒤에 세상을 떠났습니다. 제 나이 42살, 한창 일할 때였습니다."

DJ가 말했다.

"아, 그 최종길 교수십니까? 제가 알지요. 제 임기 말인 2002년 5월 대통령 소속 의문사진상규명위원회를 발족시켰어요. 바로 최 교수님 아드님 최광준 외 347명의 진정으로 교수님의 사인을 규명하도록 했습니다. 교수님께서 안기부에 가셨던 73년 10월은 내가 정말 정신이 없었던 때였습니다. 바로 그해 8월에 저도 일본 도쿄에서 안기부원에게 납치되어 하마터면 현해탄의 물고기 밥이 될 뻔했습니다. 다행히 미국의 도움으로 살아났고요. 나는 그즈음 동교동 집에 몰래 와 연금되어 있었습니다. 교수님이 안기부에 끌려간 것도 까마득하게 모르고 있었습니다."

노무현이 말했다.

"최 교수님, 저는 그때 사법고시에 막 합격을 하여 사법연수원에 들어가 있을 때인 것 같습니다. 교수님이 그런 수난을 당하시는 줄도 까마득하게 모르고 있었습니다. 죄송합니다."

최종길 교수는 손사래를 치며 겸손히 말했다.

"두 대통령님께서 제 억울함을 풀어주시고 제 가족들을 간첩 가족이라는 굴레에서 벗어나게 해주시고 제 아들이 교수가 될 수 있도록 신원해주셨습니다. 그뿐 아니라 노무현 대통령님 재임기간인 2006년 2월에 서울고등법원에서 유족에게 배상판결까지 나오도록 해주셨습니다. 제 아들은 제가 유학한 대학에서 저와 똑같이 공부를 하였고 교수가 되어 학생들을 가르치고 있습니다. 제 처도 명예로운 노후를 보내고 있습니다. 모두 두 대통령님의 덕분입니다. 은혜가 바다와 같습니다."

최종길 교수는 큰절을 하였다. 두 전임 대통령도 맞절을 하였다.

최종길 교수는 충남 공주군 반포면에서 1931년에 태어났다. 형제들과 함께 일찍이 인천으로 이사해 제물포고등학교의 전신인 6년제의 인천중학교를 졸업하고 학도병으로 군 복무를 마쳤다. 1951년 서울대학교 법과대학에 입학해서 1955년 3월에 졸업하고, 1957년에는 석사과정을 수료했다. 그해 6월부터 2학기 동안 스위스 취리히대학에서 박사과정을 마치고 1958년 4월부터 독일 쾰른대학 박사과정을 밟는데 이때 민법과 국제사법의 대가인 게르하르트 케겔 교수의 지도를 받았다. 1961년, 약관 29세의 나이로 〈한국 민법 및 국제사법에 있어서의 이혼〉이라는 논문으로 법학박사학위를 받았다. 한국 법학계에서 독일 박사학위를 받은 것은 최종길 교수가 최초였다. 박사학위를 받고도 그는 쾰른대학의 국제사법 및 외국사법연구소에서 연구를 계속하다가 1962년 귀국하여 모교의 강단에 서게 되었다.

1963년 의사인 백경자 여사와 한 결혼은 인천 시내의 화제가 되었고, 제물포고등학교의 전설로 남아 있다. 1964년에 전임강사가 되었고, 1967년부터는 학생과장직을 맡아, 당시 학생운동이 치열했던 한 시절, 학생

170

들과 애환을 같이했다. 그의 열정적인 학생지도는 1969년 9월 5일, 〈한국일보〉가 '스승도 울고 학생도 울었다'고 보도한 기사로 남아 있다. 학생들의 단식투쟁을 만류하면서 최종길 교수가 흘린 눈물과 절규가 학생들의 눈시울을 뜨겁게 했기 때문이다. 1970년 3월에 미국으로 건너가 하버드대학교 옌칭연구소에서 교환교수로 연구에 몰두하다가 귀국, 1972년 8월 모교의 정교수가 되었다.

최종길 교수에게는 막냇동생 최종선이 있었다. 총명하고 애국심이 투철했던 젊은이였다. 1972년, 그러니까 형님 사건이 일어나기 한 해 전에 그는 중앙정보부에서 실시하는 요원모집에 수석으로 합격하였다. 중앙정보부 정규과정 제9기의 수석합격자였다. 그래서 그는 중앙정보부의 정보부라고 불리는 감찰실에 근무하고 있었다.

그런 동생이 1973년 10월에 형 최종길 교수에게 말했다.

"형님, 제가 부내에서 무슨 소리를 들었습니다."

"무슨 소리?"

"형님 친구 중에 이재원이라고 있어요? 인천중학교를 함께 다니고 유럽 유학을 한 분이라고 하던데."

"아, 있지. 독일 유학 때 가끔 만났지. 총명하고 예의 바른 친구야."

"최근 5국(수사국)에서 그 사람을 수사하다가 형님 이름이 나온 모양이에요. 그곳에 들어가면 친한 사람부터 불게 돼 있으니까. 아마 형님 이름을 댄 것 같아요."

"그래? 내 이름이 나왔어? 친구였으니까 나올 수 있지. 하지만 난 그 친구를 깊이 몰라. 그런데 그 친구가 간첩이래?"

"그 사람은 스스로 자신이 간첩이라고 분 모양이에요."

"내가 그 사람과 그런 일로 관련이 있을 수가 있나?"

"하지만 수사하는 사람들이야 일단 형님의 진술도 듣고 싶어 하겠지요."

최종길 교수가 아우 최종선을 바라보며 물었다.

"그럼 내가 어떻게 하면 좋겠나?"

"수사국에서 통보를 받고 들어가시는 것보다는 날짜를 잡아 제가 형님을 안내해서, 가서서 협조를 해주시는 게 좋지 않겠습니까?"

"그래, 강의가 없는 날 함께 가보자."

그렇게 해서 1973년 10월 16일 오후 1시 45분, 최종길 교수와 동생 최종선은 남산 정보부가 가까이에 있는 충무로 아스토리아 호텔 커피숍에서 만났다. 커피 한 잔씩을 마시고 형제는 마실을 가듯 천천히 걸어 정보부 문으로 들어갔다. 정문 위병소에다 최종길 교수는 주민등록증을 맡겼다. 최종선이 말했다.

"형님, 여기가 제가 근무하는 곳입니다. 세상 사람들이 으스스하다고 하는 바로 그곳입니다."

최종길 교수는 웃으며 말했다.

"네 덕에 나도 이런 데를 구경하게 되는구나. 허허, 말로만 듣던 남산에 와보다니, 일 끝나고 만나자."

최종선은 수사국에 전화를 해서 형님이 왔다는 것을 알렸다. 직원이 나와 형님을 안내해 들어갔다. 바로 그것이 형제가 이승에서 마지막으로 헤어지는 순간이었다.

그날 최종선은 하루 종일 마음이 뒤숭숭했다. 그는 만약을 위해 직속상관인 감찰실장에게 부탁까지 했다.

"실장님, 제 형님은 공부밖에 한 일이 없는 사람입니다. 혹시 수사에 필요하다 하더라도 절대로 제 형님의 몸에 손을 대는 일은 없도록 해주십시오. 5국에 연락을 해주십시오."

감찰실장은 웃으며 받았다.

"설마 우리 국의 엘리트 요원인 자네 형님을 가혹하게 대하겠나? 내가 이미 부탁해두었어. 걱정하지 마. 더구나 그분은 교수님이신데…."

저녁 시간 퇴근을 하며 최종선은 위병소에 들렀다. 형님이 조사를 마치고 나가셨다면 주민등록증이 없을 것이다. 그런데 그 위병소에는 형님의 주민등록증이 남아 있었다.

'조사가 길어지는 모양이구나.'

이렇게 해서 그 다음 날 퇴근길에도 최종선은 위병소에 찾아갔는데 역시 형님의 주민등록증은 덩그러니 남아 있었다. 마음이 불안하였다. 그런데 형님이 남산에 들어간 지 사흘째가 되는 1973년 10월 19일 새벽 5시, 전화가 울렸다. 당직실 직원이었다.

"오전 7시까지 당직실로 나와 대기해주세요."

그는 허둥지둥 옷을 걸쳐 입고 남산으로 달려갔다. 7시 25분, 감찰실장이 최종선을 불렀다. 그의 표정은 어둡고 침통하였다. 불길한 생각이 번개처럼 뇌리를 쳤다.

"단도직입적으로 말하지, 최 교수께서 오늘 새벽 1시 30분, 자신의 반역 행위를 자백하고 양심의 가책을 못 이겨 7층에서 투신자살을 하셨네. 조사 중 자살하는 사람의 변사체는 검사 입회하에, 시체해부를 하도록 되어 있네. 가족의 입회 없이도 할 수는 있으나 우리 입장에서는 자네가 우리 부원이니 입회해주었으면 하네."

그는 귓가에서 윙윙대는 소리 때문에 정신을 못 차리다가 단호하게 말했다.

"그렇게는 못하겠습니다. 제가 입회를 하려면 우리 측 변호인단과 의사들을 선임해서 같이 입회하겠습니다."

감찰실장이 화를 냈다.

"뭐? 변호인단과 자네 측 의사를 입회시키겠다고? 안 돼, 그건 안 돼."

최종선이 끝까지 버티자 그는 최종선을 데리고 수사단장실로 갔다. 수사단장 장송록은 담배를 피며 말했다.

"처음 이틀 동안은 지하 조사실에서 완강하게 부인을 하셨지. 절대 그런 일이 없다고 했어. 그런데 어제부터 심경의 변화를 일으켰는지 형님은 순순히 자백을 하셨네. '내가 그 친구와 접촉하며 간첩행위를 했다.'고 말일세. 그래서 우리는 편안한 분위기에서 조서를 정리하기 위해 7층 호텔 방으로 형님을 모셨네. 그런데 조서를 쓰던 형님이 용변을 보겠다고 하기에 화장실로 안내를 했지. 감시원이 잠시 한눈을 파는 사이에 형님은 변기를 밟고 창문턱에 올라서 있더라는 거야. 그래서 수사관이 '교수님! 가족도 있고 하신 분이 그러시면 되겠습니까?'라고 말리며 다른 수사관이 뒤로 돌아가 다리를 잡는 순간 형님은 창문 밖으로 몸을 던지신 거야. 나는 집에 있었는데 밤중에 빨리 들어오라는 전화가 와서 아마 지하실에서 물을 먹이다가 일어난 사고로 생각하고 달려왔더니, 아 투신자살을 하신 거야. 참말로 유감이네. 자, 일은 벌어졌고 수습을 해야 하니 검시에 입회나 해주게."

그러나 최종선은 응할 수 없었다. 자신이 믿을 수 있는 의사와 변호사 입회하에 검시를 하겠다고 버텼다.

"그럼 할 수 없지, 우리 식대로 하겠네."

얼마 후, 검시에 입회했다고 하는 검사 이창우와 법의학과장 김상현이 나타나 말했다.

"유감입니다만, 투신자살이 확실합니다."

그래도 최종선이 주장을 굽히지 않자 수사단장이 말했다.

"자네 뜻이 그렇다면 우리 식대로 하겠네. 최 교수 집을 샅샅이 수색하여 증거를 찾아내겠네. 최 교수의 친구들과 가족들을 더 조사해서 이 사건을 끝까지 밝혀보겠네. 어디 한번 해보겠나? 자네가 들고 있는 계란으로 바위를 쳐보겠나?"

최종선은 중앙정보부라는 조직의 실체를 알고 있었다. 그 바위가 얼마나 견고하고 단단한지를 누구보다도 잘 알고 있었다. 그는 결국 그들이 요구하는 서류에 서명을 할 수밖에 없었다. 그런데 서류라는 것은 전혀 엉뚱한 것이었다. 선처를 부탁하는 굴욕적인 탄원서였다.

'존경하는 중앙정보부장님! 우리는 나라를 배신한 천인공노할 간첩, 최종길의 가족으로서 그가 간첩이었음을 잘 알고 있었습니다. 비록 조국을 배반하고 양심의 가책을 못 이겨 자기의 생명을 스스로 끊은 최종길이 한없이 밉고 원망스러우나 살아 있는 가족은 무슨 죄가 있겠습니까. 부디 살아남은 우리 가족을 불쌍히 여겨서 부장님께서 저희를 용서해주시고 보호해주시며, 최종길의 죄상을 신문 등에 보도하지 않고, 호적에 기재하지 않는 등 사상적 제한을 가하지 않음으로써 형제 자손들이 밝게 살아갈 수 있도록 해주십시오.'

최종길은 다니던 중앙정보부를 그만두지 않았다. 어떻게 하든 남아서 형이 결백했다는 것을 밝혀야 했기 때문이었다. 그는 동료들의 눈을 피해 형이 떨어졌다는 그곳을 살펴보았다. 형이 정말로 7층에서 투신했다면 시멘트 바닥에 혈흔이 남아 있을 것이다. 그러나 그런 흔적은 없었다. 만약 그들이 박박 물로 청소를 했다면 청소한 흔적이라도 남아 있을 것이다. 그러나 그곳에서는 청소한 흔적도 찾을 수 없었다. 그냥 멀쩡한 시멘트 바닥이었다. 그는 형을 고문했던 수사관들에 대해서 어떤 행정적 처벌이 있는가 하는 점도 주의 깊게 살폈다. 얼마 후에 발표된 부내 회보를 볼 수 있었다. 1973년 11월 28일자 중앙정보부 회보(42호)를 입수하였다. 거기에는 최종길 교수 죽음에 관련된 인사내용이 실려 있었다.

1. 처벌
5국3을 차철권, 직무위반 및 직무태만, 견책
5국4갑 김상원, 직무위반 및 직무태만, 감봉 1월
*비위내용
상기명 직원은 간첩용의자 최 모에 대한 수사의 주무수사관 및 부조수사관으로서 부여된 임무를 수행함에 있어서 제반수칙을 이행치 아니하고 용의자의 신변관리에 소홀하여 물의를 야기시킴으로써 직무상의 의무를 위반하고, 맡은 바 직무수행에 태만한 사실이 있는 자로서 각각 처벌을 받았음(끝).

정말 최종길 교수가 투신자살을 했다면, 그런 중요한 사건의 용의자를 제대로 관리하지 못한 담당자가 어떻게 견책, 감봉 1개월 같은 가벼운 처벌을 받는단 말인가. 이것은 감찰실에 근무했던 내부직원으로서도 도저히 이해할 수 없는 처벌수위였다. 그 서슬 퍼런 중앙정보부 수사국의 과오를 적당한 선에서 얼버무리려고 하는 요식행위에 지나지 않았다. 아무리 요식행위라고 해도 한 가정의 가장이며 국립대학의 저명한 교수를 희생시킨 자들의 뒤처리 치고는 참으로 파렴치한 처사가 아닐 수 없었다. 최종선은 형님을 잃고 나서 남산 정보부의 문을 드나드는 것이 너무나 괴로워 세브란스 병원 정신과에 입원했다. 그 병원에 친한 친구가 있었기 때문이었다. 그리고 정보부의 눈을 피해 수기를 쓰기 시작했다. 사람의 기억에는 한계가 있기 때문에 잊기 전에 자신이 겪고 보았던 사실들을 그 정신과 입원실에 누워 꼼꼼히 적어두었다. 그는 그 기록을 1988년 민주화의 기운이 움트기 시작할 때, 천주교 계통의 〈평화신문〉을 만드는 편집장 김정남 씨에게 넘겼다. 그 피 맺히는 사연이 〈평화신문〉에 발표되고 천주교정의구현사제단에서는 성명서를 냈다. 사제단의 글은 이렇게 시작된다.

"감춘 것은 드러나기 마련이고 비밀은 알려지기 마련이다. 내가 어두운 데서 말하는 것을 너희는 밝은 데서 말하고 귀에 대고 속삭이는 말을 지붕 위에서 외쳐라."(마태 10:26~27)

사제단은 최종길 교수를 고문치사케 하는 데 책임이 있거나 최종길 교수의 사인을 은폐조작하고, 죽은 최종길 교수에게 간첩의 누명을 씌워 명예를 훼손하는 데 직간접적으로 관여한 사람들의 명단과 당시 직책을 공개했다. 여기에는 주무 및 보조 수사관은 물론, 정보부장 이후락, 차장 김치열, 차장보 조일제, 수사국장 안경상, 수사단장 장송록, 국립과학수사연구소 소장 오수창, 법의학과장 김상현, 서울지검 공안부 검사 이창우 등 22명이 포함되어 있다.

사제단은 또 10월 18일, 최종길 교수 연미사를 봉헌했다. 함세웅 신부는 미사강론에서 이렇게 말했다.

"인간의 양심에는 공소시효가 없습니다. 하느님의 정의에는 공소시효가 없습니다. 진실에는 공소시효가 없습니다. 우리는 이 사건과 관련된 사람들의 양심에 찬 증언을 호소합니다. 15년 동안 감추느라고 겪은 양심의 괴로움으로부터 해방되자고 호소합니다. 만약 고문치사케 한 장본인들이 양심의 고백을 한다면 우리 사제단은 그의 잘못을 질타하거나 꾸짖기보다는 그의 회심(悔心)에 같이 눈물 흘릴 것이며, 그동안의 양심의 고통에 위로를 전할 것입니다. 또한 그 사람의 안전을 지키는 데, 최선을 다할 것입니다."

그 무렵, 서울대생 박종철도 1987년 1월 14일 치안본부 남영동 대공분실에 끌려가 조사를 받던 중 고문 및 폭행으로 사망했다. 폭행의 당사자들은 뻔뻔스럽게 말했다.

"책상을 탁하고 치니, 억하고 쓰러졌습니다."

그 시절 젊은 학생들과 교수를 잡아갔던 사람들은 이렇게 태연하고 뻔뻔한 얼굴을 가지고 있었다. 참으로 가혹한 세월이었다.

최종길 교수 동생 최종선은 그 후 7년 반 동안이나 중앙정보부에 근무하며 형의 죽음에 얽힌 매듭을 풀기 위해 피눈물 나는 노력을 하였다. 그러나 아무도 양심의 고백을 하고 나오는 사람은 없었다. 서울대생 박종철의 경우에는 그나마 고문을 했던 경찰관은 감추고 곁에 있던 경찰관들을 교도소에 위장하여 보냈는데, 그 일이 양심적인 교도관의 제보로 세상에 드러나게 되었다. 범인은 따로 있다는 쪽지가 이부영에 의해 평화신문의 김정남에게 알려지고, 김정남이 사제단에 제보하여 박종철의 억울한 죽음은 만천하에 드러났다. 바로 그 일로 제5공화국은 무너지고 민주화 시대가 열렸다고 봐야 할 것이다.

그런데 최종길 교수의 억울한 사연만은 밝혀지지 않았다. 살아 있는 사람들, 바로 그 사람들이 입을 열지 않았기 때문이다. 그렇게 끈질기게 형의 무고함을 밝히기 위해 정보부에 남아 있던 동생 최종선은 형의 억울한 죽음을 호소한 〈산 자여 말하라〉라는 책을 펴내고, 미국으로 훌쩍 떠났다. 삼촌이 떠나고 난 후, 최종길 교수의 아들 최광준은 독일로 건너가 아버지의 뒤를 이어 같은 쾰른대학에서, 아버지를 가르쳤던 케겔 교수를 스승으로 같은 법학 박사가 되고, 같은 법학 교수가 되어 국내로 돌아와 학생들을 가르치고 있다.

1998년 '최종길 교수를 추모하는 모임'이 결성되었다. 최종길 교수 25주기를 맞아 서울법대 동료교수였던 배재식, 이수성 교수 등이 중심이 되어 서울대학교 근대법학교육 100주년기념관에서 추모식을 거행했다. 1999년 5월에는 '최종길 교수 고문치사 진상규명 및 명예회복 추진위원회'가 결성되었다. 이 위원회는 김대중정부의 출범을 맞아 의문사 진상규명을 위한 특별법의 제정과 그 시행을 촉구했다. 마침내 이듬해인 2000년 대통령 소속의 '의문사진상규명위원회'가 발족되었다. 이후 최종길 교수의 명예를 회복하기 위한 일들이 진행되고 학술심포지엄도 열렸다. 그 무렵 〈최종길 교수 고문치사 관련 자료집〉도 나왔다.

마침내, 노무현이 대통령이 되었던 2003년 10월 18일에는 서울대학교 근대법학교육 100주년기념관 내에 최종길 교수 기념홀(소강당)이 만들어졌다. 입구에 최종길 교수의 얼굴 부조와 함께 기념의 글이 새겨졌다. 그 글은 그동안 이 일을 위해 애써왔던 김정남 씨가 쓴 것이었다.

"최종길 교수(1931~1973)는 이 대학에서 법과 정의를 가르쳤다. 그는 학문으로써 나라를 일으켜 세우고자 했던 학자요 선지자였으며, 내 몸을 던져 제자를 사랑했던 참 스승이었다. 달을 보고 해라고 말해야 했던 시대, 그는 진실을 말하고 정의를 외치다가 불의한 권력에 의해 희생되었다. 그는 진실 없이는 정의 없고, 정의 없이는 자유가 없다는 것을 그의 온 생애를 들어 증거하였다.

이 방에 들어오는 이는 누구나 이런 질문을 받고 있다.
'오늘 당신은 이 땅의 인권과 정의를 위해 무엇을 하고 있는가?'"

3

강가에서

천국 입구의 강

마들렌과 앙리에트 수녀가 다가왔다. 두 수녀는 두 전직 대통령에게 말했다.

"그동안 아름다운 꽃밭에서 충분히 쉬셨으니까 이제는 짧은 여행을 해볼까요?"

노무현이 용수철처럼 튀어 오르며 말했다.

"정말입니까? 그거 잘됐습니다. 이 아름다운 꽃밭, 향기에 취해 있는 것도 좋습니다만, 그래도 움직여야죠. 아무리 맛있는 산해진미라도 오래 먹으면 질리는 법인데 꽃밭에만 묻혀 있는 일도 마냥 좋은 건 아니지 않습니까?"

DJ는 다소 뚱한 목소리로 말했다.

"난 그래도 여기가 좋은데…. 수녀님들 여기보다 더 좋은 데가 있습니까?"

명랑한 앙리에트가 말했다.

"강물을 보고 싶지 않으세요? 천국 가는 길목의 강은 멋지답니다. 강구경을 가시지요."

DJ와 노무현은 합창하듯 말했다.

"강이라면 좋습니다! 즉시 떠나십시다!"

우주 유영은 신나는 일이다. 인류가 우주 속에서 실제로 걸어본 것, 그일을 실행한 주인공들은 미국 우주선 아폴로 11호의 우주인들이다. 미국 시간 1969년 7월 20일 오후 10시 56분 20초, 아폴로 11호의 달착륙선인 이글호는 달의 '고요의 바다' 위에 사뿐히 안착하였다. 6시간 반 정도가 지나 착륙선의 문이 열리고 선장 닐 암스트롱과 우주인 올드린이 우주복을 입고 달 표면에 발을 디뎠다. 암스트롱 선장은 말했다.

"이것은 한 사람에게는 작은 한 걸음에 지나지 않지만, 인류에게 있어서는 위대한 도약이다.(That's one small step for a man, one giant leap for mankind.)"

그들은 흰색 우주복을 입고 둥실둥실 우주 걸음을 걸었다. 지구에서의 걸음걸이와는 사뭇 다른 두둥실 뜨는 우주 걸음걸이였다. 후일 가수 마이클 잭슨은 이 사람들의 몸짓을 흉내 내며 그 유명한 '문 워크'를 선보였다. 정확하게 일치하는 걸음걸이는 아니지만, 아무튼 지상에서 인간들이 답답하게 걷는 걸음걸이를 훌쩍 뛰어넘는 상상의 동작이다.

그러나 그날, 두 사람이 수녀들의 시범을 따라 우주 유영을 시도한 것은 차원이 다른 것이었다. 달 위를 헤매는 우주인들처럼 둔하게 걷지도 않고, 마이클 잭슨처럼 뒤로 미끄러지는 걸음걸이도 아니었다. 한마디로 말해 '깃털처럼 가볍게 부유해서 빛살처럼 순식간에 날아가는 것'이었다.

가볍게 떠서 빛살처럼 날기 시작하자 DJ는 어린애처럼 웃으며 말했다.

"참말로 요상하네요잉. 노 대통령, 얼마나 신나요? 나 참, 미치겠소! 오줌이 나올라 한당께."

노무현이 받았다.

"대통령님, 이곳에는 화장실이 없습니다. 옷에 실례하시지는 마십시오."

DJ는 수녀들을 향해 외쳤다.

"아, 좀 찬찬히 가시더라고요잉. 좀 찬찬히! 아, 자매님들, 함께 가자고요."

수녀들은 놀리듯 깔깔거리며 앞서 달렸다. 모두 함께 어린아이들처럼 해맑게 우주 유영을 즐겼다.

이윽고 그들이 도착한 곳은 거대한 강줄기가 흐르는 곳이었다. 강물은 은하수처럼 빛나고 물빛은 수정처럼 투명하였다. 강바람은 나비처럼 살랑거리고 어디에선가 꽃가루 같은 향기가 묻어왔다. 황홀한 강이었다. 강가에 자리를 잡고 나자 수녀님들은 마실 것을 건네주었다.

"이건 뭡니까?"

노무현이 묻자 마들렌 수녀가 답했다.

"자신을 돌아보고 마음을 씻어내는 명약입니다."

DJ가 물었다.

"그럼 여기가 지상에서의 모든 행위를 망각해버리는 레테의 강입니까?"

"지상의 신화에 나오는 그런 강이 아니죠. 망각의 여신이 지배하는 그런 강은 아닙니다. 망각과 반성은 다른 것이지요. 충분히 반성하고 씻어내는 정화와 재생의 강입니다. 지상의 먼지를 모두 털어내고 씻어낸 후, 거듭난 상태로 새 출발을 하는 스타트 라인입니다."

마들렌 수녀가 학생들에게 설명하듯 또박또박 이어서 말했다.

"지상의 학교에서도 가끔 반성문을 쓰지요? 두 분은 세상에서 대통령을 지내고 오신 분들이지만, 인간적으로나 지도자로서나 분명 반성할 일들도 있었을 거예요. 두 분은 다 육신을 쓰고 있었던 분들이니까요. 육신이라는 허울을 뒤집어쓰고 있는 인간은 허물도 함께 뒤집어쓰고 있다는 뜻이 아니겠어요?"

노무현이 나섰다.

"그럼요, 있다마다요. 저는 허물투성이의 인간입니다. 온통 시행착오와 오점투성이였습니다."

DJ도 심각하게 말했다.

"허물이라고요? 허물 없는 인간이 어디 있습니까? 인간은 육신을 쓰고 지상에 떨어질 때부터 허물이라는 원죄를 안고 나오는 존잰데. 이 강가에서 반성을 시작하라는 뜻이군요."

앙리에트 수녀가 상냥하게 말했다.

"초등학생들처럼 반성문 용지를 앞에 놓고 고민하시지 말고요, 충분히 쉬시면서 한 가지씩 천천히 생각해보세요. 사실 이 빛의 나라, 천상의 나라에 지상의 교회나 사찰에서 가르치는 천당, 지옥, 연옥 같은 특정한 장소는 없답니다."

"아니, 그럼 천당, 지옥이 따로 없단 말입니까?"

DJ와 노무현이 동시에 물은 질문이었다.

"그럼 설명을 해주세요. 천당도 없고 지옥도 없다면, 이 천상의 구성은 어떻게 돼 있는 것입니까?"

마들렌 수녀가 선생님처럼 근엄하게 말했다.

"두 분은 이 빛의 나라에 와서 빛의 나라 첫 공간이라고 할 수 있는 꽃밭에서 충분히 쉬셨습니다. 천국의 첫 번째 문턱을 넘으신 셈이죠. 좋든 싫든 천상의 나라에 와서 식구가 되셨으니 이제는 천상의 비밀을 서서히 아셔야죠. 지상에서 순교를 하신 분들, 자신을 희생하여 정의를 세우신 분들, 진리를 위해 기꺼이 자기 자신을 헌신한 분들은 바로 빛의 나라 식구가 되고, 빛나는 옷을 입을 수 있습니다. 빛나는 나라의 가장 중심부에 계신 절대자의 보좌 곁에 근접할 수가 있습니다. 쉽게 말해 빛은 빛대로, 선한 것은 선한 것대로 서로가 잡아당기는 인력이 있어 아주 자연스럽게 빛은 빛 쪽으로, 선은 선끼리 뭉칠 수가 있는 것입니다. 이런 이치를 교회나 절에서는 '천당 간다', '극락에 오른다'고 표현했을 것입니다. 지극히 간단한 논리입니다. 금은 금끼리, 은은 은끼리, 질량의 법칙에 의해 서로 잡아당기고, 하나로 뭉쳐지는 이치입니다."

노무현이 물었다.

"그럼 지상에서 사람을 죽이고 괴롭히고 도저히 말로 표현할 수 없는 죄를 지은 사람들은 어찌 되는 겁니까? 지옥은 없습니까?"

수녀님은 말했다.

"유황불이 피어나고 물이 쩔쩔 끓고, 끝없는 고통이 이어지는 그런 식의 지옥은 없습니다. 앞에서 말씀드린 대로 금은 금대로 모이고, 은은 은대로 뭉치는 것처럼 악인은 악인대로, 따로 뭉칠 수밖에 없습니다. 죄를 짓고 온갖 흉악한 짓을 한 사람들이 의인들이 모여 사는 빛의 나라에서는 견딜 수가 없습니다. 눈이 부시고 질량 자체가 빛의 나라와는 맞지 않기 때문에 그들은 일단 빛을 싫어합니다. 아니, 두려워하게 되는 것이지요. 빛의 나라에 서게 되면 마치 대낮에 옷을 벗고 서 있는 것처럼 부끄러움 때문에 스스로 견딜 수가 없습니다. 그들은 일단 어둠을 선택합니다.

부끄러움과 떨림 때문에 빛 가운데 설 수 없기 때문입니다. 악인들에게는 빛이 짐이 됩니다. 견딜 수 없는 죄의 무게가 스스로의 어깨를 누릅니다. 자, 죄 없는 유태인을 600만이나 희생시킨 히틀러 같은 사람은 어찌 되겠습니까? 그 형벌은 어떤 것일까요?"

DJ도 물었다.

"그 형벌이 궁금합니다. 그 죗값을 어떻게 치르는 것입니까?"

수녀님은 천천히 대답했다.

"천사가 히틀러와 그의 애인 에바 브라운을 끌고 갑니다. 그리고 보여줍니다. 열세 살의 귀여운 소녀, 안네 프랑크가 호기심 많은 소녀의 가슴으로 일기를 쓰고 있습니다. 그러다가 나치스의 군화 소리에 놀라 가족들과 함께 암스테르담의 운하 옆으로 숨습니다. 그 꿈 많은 소녀가 비밀 가옥에서 가족들과 가슴 졸이며 숨어 지내는 모습을 보여줍니다. 아름다운 소녀와 소년 페터가 2층을 오르는 계단에 앉아 떨리는 가슴으로 첫 키스를 하는 장면도 보여줍니다. 그렇게 순결하고 아름다운 소녀가 결국은 들이닥치는 나치스의 군화 발길에 채이며 끌려가고 아우슈비츠 수용소에 갇힙니다. 소녀는 하루에 감자 하나를 얻지 못해 굶주림에 시달립니다. 머리칼이 빠지고 발톱이 빠지며 울부짖는 그 장면도 봅니다. 그 굶주림 속에서도 남자친구 페터를 그리워하고 그러면서도 강제노역을 당하고 끝내는 쓰러지는 장면을 생생히 보여줍니다. 또 죄 없는 유태인들이 게토로부터 끌려오고 가진 재산을 다 빼앗기고 이 사이에 끼었던 금니까지도 빼앗기면서 고통당하는 모습을 보여줍니다. 부모와 자식이 헤어지고 얻어맞고 굶주리면서 강제 노역장에 끌려가고 끝내는 목욕을 시켜주겠다고 하며 가스실로 집어넣는 장면을 보여줍니다. 그 가스실, 물 대신 가스가 터져 나오는 그 가스실의 공포와 고통의 절정까지도 보며, 체험하게 됩니다. 그런 관찰과 고통에의 동참이 한두 사람에 그치는 것이 아니고 600만의 사람에 이르기까지 그들의 고통과 아픔, 슬픔에 동참하게 됩니다. '여기가 지옥이다.' 라는 표지는 어느 곳에도 없습니다. 그냥 자기가 지상에서 했던 그 일을 보여주고 체험하게 하는 것이 이 천상의 심판입니다. 너무너무 견딜 수 없을 때는 이 관찰자, 악인들도 좀 쉽게 해달라고 천사를 향해 애원합니다. 자신들은 빛이 무섭다고 하면서 그늘이 있는 곳, 어둠이 있는 곳에 누워 있게 해달라고 합니다. 그들이 잠시 누워 있는 곳, 어둠이 지배하는 곳이 연옥일 수 있습니다. 불교에서 말하는 지옥일 수도 있습니다."

노무현이 물었다.

"히틀러는 지금 어디 있습니까?"

마들렌 수녀는 말했다.

"그는 지금도 보고 있습니다. 천사의 인도대로 따라다니며 지금도 보고 고통의 현장을 참관하고 있습니다. 자기 나라와 폴란드 땅에 설치했던 그 수많은 수용소와 강제 노역이 있던 군수 공장과 죄 없는 병사들이 끌려가서 죽었던 전쟁터를 헤매고 있습니다. 그 일이 1년, 2년에 끝나겠습니까? 그는 2차 대전이 끝나는 그 무렵, 에바 브라운과 자결했던 그 벙커에서 떠난 시점부터 지금까지 천사의 인도에 따라 잡혀온 사람들이 당하는 굶주림, 강제 노역, 어두운 지하실, 그 무서운 게슈타포의 심문실에서 울려 퍼지는 그 단말마의 비명 소리를 들으며 기절하고 또 기절하고 그러다가 마침내 잡혀온 사람들이 거품을 물고 쓰러지는 장면, 기절해서 늘어지는 장면까지를 곁에서 지켜보며 있는 것입니다."

마들렌 수녀가 두 사람에게 물었다.

"지옥이 무엇이라는 것을 아시겠습니까?"

두 사람은 떨며 대답했다.

"알 만합니다. 참으로 무섭습니다."

노무현이 덧붙였다.

"자신이 당하고 마는 편이 낫겠습니다."

수녀들이 엄숙히 말했다.

"그래서 가해자들은 이 빛의 나라에서 탄식하며 후회합니다. 차라리 내가 피해자가 될걸 하고 말입니다."

스승과 제자

　강바람이 시원하였다.

　물빛은 수정처럼 투명하고 치자 빛보다 고왔다. 갈대와 들꽃이 시(詩)처럼 흔들거렸다. 두 사람은 무연히 강바람을 쐬며 강물을 바라보며 갈대의 흔들림을 감상하였다. 문득 DJ 대통령이 먼저 말문을 열었다.

　"노 대통령은 어찌해서 잘나가던 부산 지역의 변호사에서 민주화운동에 발을 들여놓게 됐습니까?"

　노무현이 겸손하게 말했다.

　"민주화운동이라면 제가 대통령님의 발가락에라도 미치겠습니까? 부끄러운 말씀입니다."

　"아니에요. 나 같은 사람은 시대를 잘못 타고나서 고난과 역경의 수렁에 빠지고 민주화의 거센 물결을 맞게 됐지만, 노 대통령은 나보다는 나은 세대에 태어나 변호사, 판사를 하시면서 편한 길로도 가실 수가 있었을 텐데, 어떻게 해서 민주화의 길로 들어서게 되셨죠?"

　노무현은 다소 쑥스러운 표정으로 시작하였다.

　"사실 저는 70년대 중반에 사법고시에 합격하고, 허겁지겁 사법연수원을 다니고 대전지방법원에서 잠시 판사를 하다가, 고향 부산으로 내려와 세무 업무를 다루고 경제 사건을 수임하던 평범한 변호사였습니다. 술도 부지런히 마셨고요. 틈이 나면 바닷가에 나가 개인용 배를 젓기도 했지요. 이름이 좋아 요트였지 당시 친한 친구들끼리 돈을 모아 구입했던 200만 원짜리 요트였습니다. 파도를 타다 지치면 백사장에 불을 지피고, 소주를 마시고 노래를 부르던 세속적 변호사였습니다."

　"그런데요?"

"그때가 1981년 10월이었습니다. 신군부가 들어서고 군인들의 서슬이 시퍼럴 때였는데… 참 그러고 보니 대통령님께서는 그때 엄청난 수난을 겪고 계셨죠? 광주사태가 터지고 그때 '김대중'이라는 이름 석 자는 입에 올리기도 어려웠던 존재였습니다. 내란 음모니, 빨갱이니, 반란의 두목이니 그런 어마어마한 어휘와 금기의 틀 속에 유폐당하셨죠? 그 무렵 저는 그런 시국사건이나 민주인사들에 대해서는 눈길조차 주지 않은 채 그저 돈이 되는 사건의 수임에만 열을 올리고, 수임료를 챙기기 위해 부지런히 법원을 드나들던 때였습니다. 그런데 부산에서 '부림사건'이라는 것이 터졌습니다."

"부림사건? 들어보지도 못한 사건인데? 허기야, 난 그때 남산의 지옥 같은 지하 조사실에 갇혀 있다 육군 교도소를 거쳐 청주 교도소로 가 있을 때였습니다. 그래서요?"

"말이 좋아 사건이지, 달리 사건이라 말할 것도 아니었죠. 당시 부산에서는 이흥록이라는 변호사가 젊은 학생들을 모아 강연도 해주고, 돌아가며 인문과학서적을 읽고 토론하는 모임을 이끌고 있었습니다. 아주 젊고 패기 있는 변호사였죠. 김광일 변호사와 함께 부산에서는 존경받던 변호사였습니다. 아무튼 이흥록 변호사가 이끄는 '부산양서조합' 멤버들이 부산 지역 경찰, 보안사, 정보부의 표적이 된 거죠. 모여서 책을 읽던 젊은이들이 몽땅 잡혀갔습니다. 그때 잡혀간 젊은이들 이름은 제가 지금도 생생히 기억합니다. 이호철, 장상훈, 송병곤, 김재규, 노재열, 이상록, 고호석, 송세경, 설동일… 뭐 그런 친구들이었습니다. 문제는 이 젊은 친구들이 잡혀갔는데 도무지 행방이 묘연했다 이겁니다. 그때는 의식 있는 젊은이들이 학교나 집에서 사라졌다 하면 가족들이 무작정 찾아 헤매는 때가 아니었습니까?"

"그렇죠, 그때야 영장도 없이 아무나 잡아가고 '잠깐 가실까요?' 이 말 한마디면 속절없이 끌려가던 때였으니까요."

"학생들이 이렇게 하루아침에 사라지고 문제가 심각하게 되니까 부산의 인권변호사 김광일이 사건을 수임하러 경찰서와 구치소로 다녔는데…
정보부 사람들이 '당신은 빠져, 당신이 나서면 당신까지 집어넣겠어.' 이렇
게 나왔던 거예요. 그러자 김광일 변호사가 찾아와 저에게 부탁을 하더
라고요. '노무현 변호사, 당신은 젊고 용기도 있으니까 이 사건을 맡아주
시오. 부탁합니다.' 그래서 저는 생전 처음 시국 사건이라는 것을 맡게 되
었습니다."

"그래서요? 구치소 접견은 했겠네요?"

"그럼요, 가서 대학생들을 만나봤더니 아이고 정말 눈 뜨고 보기가 어
렵더라고요. 모두 어찌나 얻어맞고 고문을 당했던지 제 발로 걸어나오는
사람이 없는 거예요. 엉금엉금 기다시피 해서 나오고, 어떤 대학생은 손
가락 끝이 까맣게 타 있더라고요."

"알 만합니다."

"눈이 확 뒤집히더라고요. 아니, 젊은 학생들을 잡아다가 이 지경으로
만들어? 법이 있는 나라에서, 공산주의 국가도 아닌 나라에서. 그때 송
병곤 학생의 어머니가 반쯤 넋이 나간 상태로 저를 찾아왔더라고요. '우
리 아이가 살아 있습니까? 아이고, 살아는 있습니까? 이 에미는 그 아이
를 찾아 영도다리 아래, 저 까마득한 태종대 절벽 아래, 서면 억새풀 속
을 샅샅이 뒤져봤습니다. 두 달도 넘게 하루 한 끼도 못 먹고 내 새끼를
찾아 헤맸습니다.' 저는 그 어머니의 눈물을 보며 그 학생의 새카맣게 탄
발가락 끝을 생각하며 아, 이 문제를 가만히 두어서는 안 되겠다, 이 창
창한 젊은이들을 잡아다가 이 지경으로 만드는 이 일을 챙겨보지 않고는
변호사라고 할 수도 없겠구나, 이런 자각이 들었지요. 이렇게 해서 저는
이른바 인권변호사의 길로 들어서게 됐습니다."

DJ 대통령은 말했다.

"아, 그랬었군요. 그 부림사건이 모티브가 되어 아스팔트의 변호사가 됐
군요. 노 변호사를 말할 때, 부산 사람들은 언제나 학생들 앞에 서고 시
위대의 맨 앞에 서고 아스팔트 위에서 외치고 드러눕고 몸부림치는 변호

사라고 말하더군요."

노무현이 말했다.

"제가 겨우 아스팔트에 드러눕고 최루탄을 담배연기처럼 들이마시고 있을 때, 대통령님은 수많은 죽음의 계곡을 넘어 길고 긴 감옥 생활을 하셨습니다. 제가 민주화의 길에서 유치원을 다니고 있을 때 대통령님께서는 박사학위를 받으셨고 입신의 경지에 들어가 계셨습니다. 아무튼 저에게는 김대중이라는 이름 석 자가 하나의 신화였고, 엄청난 종교였습니다. 오늘 이 천상의 강가에서 그동안 가장 궁금했던 내용 하나를 여쭙겠습니다."

"뭡니까?"

"대통령님은 박정희 대통령 때도 잡혀 감옥 생활을 하셨고, 신군부시절에도 감옥행을 하셨는데, 그 수형기간이 어느 정도였습니까?"

DJ는 어깨를 가볍게 떨며 말했다.

"참 그 긴 세월 동안 먼 진주교도소, 청주교도소. 팔도유람을 한 셈인데, 기간은 대략 6년 정도였어요. 감옥 생활은 그럭저럭 견딜 만했는데 그것보다는 수십 년에 걸친 해외망명 생활과 가택연금 생활이 더 괴로웠죠."

"직접적인 생명의 위해 시도는 몇 번이나 겪으셨는지요?"

"과학적인 입증이나 검증을 할 방법은 없었고, 당국의 수사도 없었기 때문에 나와 우리 가족만 확신하고 있는 살해의 고비는 꼭 다섯 번이었습니다."

노무현은 고개를 숙이며 말했다.

"저는 부산에서 학생, 노동자들과 민주화운동을 하면서 거제도 조선소 노동자 장례식 운동에 뛰어들었다고 해서 잡혀가 23일간 갇혀 있었던 것이 고작이었습니다. 참 부끄럽습니다. 대통령님. 더 솔직히 말씀드리면 저는 운동권 학생들이나 대통령님 같은 민주투사들에게는 일종의 부채의식과 함께 열등의식까지 느끼고 있습니다."

DJ가 말했다.

"아니, 열등의식이라니요? 당치도 않아요. 민주운동 경력이 무슨 훈장이 될 수 있는 것도 아니고, 억지로 만들어 붙이는 경력 쌓기가 아니잖아요. 각자 있는 자리에서 상황에 따라 최선을 다하는 것뿐이죠."

노무현은 더 겸손하게 말했다.

"이 천상에 와서 대통령님을 뵈어도 제가 한참 부족했다는 것은 지울 수 없는 사실입니다. 저는 지금부터 대통령님을 스승님으로 모시겠습니다. 스승님, 제가 스승님이라고 불러도 되겠지요?"

DJ는 노무현의 손을 잡아주며 다정하게 말했다.

"편하실 대로 하세요. 하지만 내 눈으로 볼 때, 노 대통령도 대단한 분이예요. 제 편에서 보자면 노 대통령은 신세대 대통령이에요. 저는 독서에는 능하지만 컴퓨터는 만지지 못합니다. SNS 세대가 아니잖아요. 하지만 참 대단합니다. 노 대통령은 컴퓨터에 능하고, SNS로 젊은 세대와 소통하면서 그들과 교감합니다. 얼마나 광활한 세계와 접촉하는 겁니까? 선거운동을 할 때 보니까 SNS로 메시지를 보내고, 기타를 치면서 그들과 교감하고 노란 풍선을 띄우면서 함께 기뻐하고, 그들이 전해주는 돼지저금통 속의 정치헌금을 받으면서 기뻐하더군요. 우리들은 정보원들 몰래 숨겨서 전해주는 정치헌금을 받았습니다. 우리 구세대 정치인들은 남산에, 한강 백사장에, 여의도에 수백만의 인파를 전국에서 동원하여 유세를 했습니다. 엄청난 인파 앞에서 사자후를 토해야 정치하는 맛을 느꼈던 세대입니다. 그러나 노대통령은 노무현을 사랑하는 사람들의 모임, 노사모라고 했던가요? 뭐 그런 사람들하고 번개팅을 하듯, 여기저기서 만나 얘기하고 축제처럼 놀고, 컴퓨터로 사연을 주고받고… 스타일이 달라요. 정치하는 행태가 근본적으로 다르더라구요."

그래도 노무현은 겸손하게 말했다.

"스승님, 스승님 세대에는 신화가 있었습니다. 특히 스승님은 오랫동안 차별받아온 전라도 사람들의 한을 타고 오른 녹두장군 전봉준 같은 신

화가 있었고요. 지하실에 끌려가 신음을 토했던 수많은 피해자들이 갈
망하고 원했던 구세주, 네, 구세주의 카리스마와 신화가 겹쳐 있었던 것
입니다. 저는 스승님의 신화 중에서도 그 무서운 현해탄의 수장을 이겨내
시고 부활하셨던 그 스토리, 그 신화를 가장 듣고 싶습니다."

노무현의 이야기를 듣고 DJ는 고개를 끄덕였다.

"네. 그것은 제가 생각해도 기적이었습니다. 저는 그때 예수님을 보았습
니다."

임계점에 이르다

1968년은 한반도가 흔들흔들하던 해였다.

새해가 열리던 1월 21일, 눈 쌓인 휴전선과 북한산 줄기를 타고 북한의
특수부대가 침투하였다. 6·25 때는 한여름에 T34 소련제 탱크를 앞세우
고 38선을 돌파하여 사흘 만인 6월 28일에 서울 중앙청 꼭대기에 공화
국 깃발을 꽂았다. 그런데 그해에는 김신조라는 침투원을 포함하여 31명
의 간첩이 한겨울의 추위 속에서 휴전선 북방한계선을 돌파한 지 만 나
흘 만에 청와대 문턱을 흔들었다.

"박정희 목을 따러 왔습네다."

포로 김신조의 외마디 소리는 서울 시민은 물론 전 국민의 심장을 얼어
붙게 하였다. 그런 일이 벌어진 지 사흘 만인 원산 앞바다에서는 북한을
정찰하던 미국 정보함 푸에블로호가 북한공군 미그기의 위협과 전투함
의 기습 작전으로 어이없이 나포되었다. 한반도의 안과 밖에서 격랑이 일
었다. 그해 봄에 부랴부랴 향토예비군이 창설되었다. 전선포병은 모두 북
방을 향해 포문을 열고, 공군 전투기들도 출격준비를 끝내고 있었다. 한
반도에서 전쟁이 터지느냐 마느냐하는 것은 시간문제였다. 베트남 전선
에 맹호, 백마, 청룡의 3개 사단의 병력이 파견된 상태에서 전쟁 분위기가

팽팽하게 부풀어 올랐다.

그해 여름을 온 국민이 서늘하게 보내고 안절부절하고 있을 때, 중앙정보부에서는 '통일혁명당'이라는 지하 간첩단 사건을 발표하였다. 1960년대 말에 일어난 가장 큰 학원가의 사건이었다. 이 사건은 실제로 일어났던 학원가의 간첩단 사건이었고, 관련 인물들도 예상을 뒤엎는 엘리트들이었다.

당시 서울의 명동에는 '학사주점'이라는 것이 있었다. 겉으로 보기에는 평범한 젊은이들의 술집이었다. 막걸리도 팔고, 소주도 팔고, 때로는 양주도 파는 술집이었는데 벽에는 낙서판이 있었다. 술 취한 젊은이들은 심심풀이로 그 낙서판에 낙서를 하기 시작하였다. 그런데 그 낙서는 점점 현실을 비판하는 비판적 논조를 넘어 '독재타도', '민족통일' 같은 정치적 구호로 변하기 시작하였다. 그 젊은이들의 해방구, 학사주점과 쌍벽을 이루는 출판사가 있었다. 〈청맥〉이라는 종합교양지였다. 처음에는 부드럽게 사회풍조를 비판하면서 학문적 방법으로 대안제시를 하더니, 그 논조는 서서히 파고를 높이면서 '체제에 대한 비판', 그리고 종국에는 '독재타도'와 '새로운 체제로의 지향'을 주장하기 시작하였다. 그 당시에는 기성세대들이 〈사상계〉를 필독서로 인정하듯, 젊은이들은 〈청맥〉을 필독서로 삼기 시작하였다. 그런데 1968년에 적발된 학사주점과 〈청맥〉의 핵심멤버들이 간첩으로 밝혀졌다. 북한에서 내려와 아지트를 틀고 활동한 남파간첩이 아니라, 남쪽에서 자생하여 북쪽을 찾아갔다 온 특이한 형태의 공안사범들이었다. 그 조직의 맨 우두머리는 경북 영천군 태생의 김종태라는 인물이었다. 김종태는 사회주의 서적을 읽다가 끝내 공산주의에 경도되었고, 놀랍게도 평양에 넘어가 교육을 받고 내려와 자신의 조카인 김질락을 포섭하였다. 김질락은 서울대 문리대를 나온 엘리트였다. 그도 결국 삼촌의 주장에 경도되어 북에서 보낸 첩보선을 타고 목포에서 출발하여 산동반도를 거쳐 평양으로 들어갔다. 친구 이문규와 동행하였다. 그들은 대동강변에 있는 주암산 공작원 훈련소에서 교육을 받고 다시 내려왔다. 북에서 받은 자금으로 학사주점과 잡지 〈청맥〉을 운영하며 젊은 이들을 포섭하였다. 김질락과 이문규가 끌어들인 젊은이 중에는 놀랍게 도 신영복이라는 청년이 있었다. 신영복은 우리 근대사에서 놀라운 업적 을 남긴 인재들의 고장, 경남 의령에서 태어나 밀양에서 자랐다. 그리고 부산으로 나와 부산상고를 졸업하였다. 부산상고 졸업생으로서는 드물 게 그는 수재들이 다니는 서울상대를 다니며 경제학을 전공하였다. 그래 서 숙명여대 강사를 지냈고, 현역 장교가 되어 육군사관학교 교관이 되었 다. 이런 젊은이가 학사주점에 들락거리고, 잡지 〈청맥〉에 논설문을 싣 다가 결국 잡히게 된다. 이 사건이 1960년대 후반을 흔들었던 통일혁명 당 사건이었다. 주범 김종태는 제일 먼저 사형되었고, 삼촌을 따라 이념의 늪에 빠졌던 김질락은 감옥 속에서 자신의 행적과 사상의 고뇌를 고백한 저서 〈주암산〉(개정판은 〈어느 지식인의 죽음〉)을 남기고, 1972년 처형되 었다. 현역 장교였던 신영복은 죽음을 면하고 무기징역에 처해졌다가 감 형되어 무려 20년이 넘는 긴 수감시간을 마치고 교수가 되었고, 자신의 수형 생활을 바탕으로 한 높은 수준의 수기와 명상록을 남겨 지식인 사 회에 파란을 일으켰다.

5·16 쿠데타 후, 10년을 넘기지 않은 1960년대 말은 흔들리는 배처럼 한국사회가 멀미를 하고 있었다. 1968년 가을부터는 고등학교에서 군사 훈련이 실시되었다. 그해 겨울에는 울진·삼척 지역에 무장공비 100여 명 이 나타났다. 전투사단과 새로 생긴 향토예비군이 달려가 싸웠다. 거의 전시나 다름없는 긴장 속에서 국민들은 하루하루를 보냈다.

이런 상황 속에서 박정희 대통령은 전시 지휘관처럼 자신의 리더십을 공 고히 하였다. 나라 전체가 병영처럼 운영되었고 박정희는 국민을 총지휘 하는 사령관이요, 지휘관이 되었다. 사실상 야당은 정치적인 소리를 낼 수 없었고, 박정희의 카리스마에 이의를 달 수 없었다.

그 다음 해인 1969년에는 서독에서 특별 사절단이 찾아왔다. 1967년에 일어났던 '동베를린 사건', 그러니까 당시 서독에 유학 갔던 학자들과 예술인들이 동베를린 주재 북한대사관을 통해 평양을 다녀온 사건이 있었다. 세계적인 음악인 윤이상과 파리에 있던 화가 이응로도 이때 북한을 다녀왔다. 그때까지만 해도 북이 남쪽보다 경제적으로 나은 형편이었고, 지식인들은 단군릉이 있고, 낭랑고분군이 있고, 고구려의 혼이 살아 있는 평양을 동경하는 경향이 있었다. 이런 맥락에서 일어났던 유럽 지식인들과 유학생들의 밀입국 사건을 반공법으로 다스리기 위해 서울의 정보부원들이 대담하게 서독으로 날아갔다. 그리고 국경과 그곳의 주권, 국제법을 무시한 채 용의자들을 납치해왔다. 바로 그 일을 항의하기 위해 서독 특별 사절단이 청와대를 찾아온 것이다. 박정희는 그 특별 사절단의 항의에 고개를 끄덕이고, 서둘러 관련자들을 석방하고 그 사건은 그쯤에서 마무리되었다.

그런 어수선한 시국 상황 속에서 낭보가 들려왔다. 서울 명동성당을 지키며 추격과 수색에 쫓기던 대학생들이나 시국 사범들을 남몰래 숨겨주고 품어주었던 김수환 대주교가 추기경에 임명된 것이다. 한국에서는 처음으로 맞는 종교적 경사였다. 김수환 추기경의 말 없는 힘, 그것은 그전부터 서서히 쌓여왔지만 그가 추기경으로 임명됨으로써 명동에 커다란 봉우리가 생겼다. 조선조 말에는 종현성당이라고 불리며 그 성당을 세울 때만 해도 언덕 위에 서 있는 그 뾰족탑의 높이가 종로5가의 종묘, 그러니까 조선왕실의 신위를 모신 그곳의 높이보다 높다고 해서 높이를 조절하여 세웠었다. 성당의 권위는 사실상 왕실에 비교될 만큼 천주교인들에게는 정신적인 성지이자 또 하나의 왕실이었다. 김수환 추기경의 임명으로 이제 성당의 지위가 그만큼 높아진 셈이었다.

제정 말기 러시아에는 '황제, 즉 차르가 지배하는 정부가 있고, 사상가이자 문필가인 톨스토이가 지배하는 또 하나의 정부가 있다.'는 민중들의 속삭임과 믿음이 있었다. 그처럼 한국에서는 김수환 추기경의 탄생으로 인해 1970년대부터는 명동성당이 또 하나의 정부, 즉 갈 곳 없는 사람들,

쫓기는 사람들, 권력에 당하고 눈물 흘리며 호소하는 사람들의 영토가 되고 있었다.

1970년을 맞아, 격랑의 1970년대가 열렸다. 1970년대는 한국의 현대사에서 정치적 파고가 가장 높았던 시기였다. 3월 중순, 쌀쌀한 한강 바람 속에서 미모의 여인 하나가 쓰러졌다. 분명히 총성이 울리고 그 여인은 숨졌는데, 범인은 그 여인의 차를 몰고 다니던 오빠라고 했다. 오빠는 터무니없는 소리라고 항변하며 끌려갔다. 그 여인의 이름은 정인숙이었다. 사람들은 수군댔다. '박통의 여인이다. 아니야, 정일권의 애첩이지. 아들도 있다는데?' 그 소리는 그냥 속삭임으로 잦아들었다. 4월에는 난데없이 한강변 언덕바지에 세워졌던 서민아파트가 와르르 무너졌다. 죄 없는 입주민 33명이 떼죽음을 당하였다. 와우아파트 붕괴 사고였다. 무언가 불길한 예감을 전해주는 사건들이었다. 시민들은 나직이 속삭였다.

'무슨 일이 터지고 말 거야.'

이 무렵에 박정희 대통령은 '새마을운동'이라는 기치를 내걸고, 전국적으로 확대하며 추진해나가기 시작하였다.

1970년 7월 7일에는 경부고속도로가 뚫렸다. 단군 이래 한국 사람들이 만들었던 길 중에서 가장 크고 넓은 길이었다. 당시에는 본 적도 없고, 체험한 일도 없는 넓고 광대한 길이었다. 그 길을 뚫기 위해 무려 77명의 근로자가 희생되기도 하였다. 배고팠던 그 시절에 별로 쓸모도 없을 법한 그 길이 서울에서 부산까지 뻥 뚫리고 나자 어느 야당 의원은 이런 표현을 하였다.

"경부고속도로가 누워 있으니 망정이지 서 있었다면 벌써 와우아파트처럼 무너졌을 것이다."

1971년에는 지저분한 서울 청계천 변의 판자촌을 정리하기 시작하였다. 구 도심지의 여기저기에 난립해 있던 판잣집들도 철거했다. 6·25 환도 이후부터 어수선하게 서울의 중심지를 차지하고 있던 그 판자촌들을 정리하기 시작한 것이다. 거기에서 쫓겨난 사람들은 광주대단지로 이주하였다. 을지로6가에서는 그곳으로 출퇴근하는 버스 정류장이 생기고 그곳으로 오가는 사람들이 길고 긴 줄을 만들며 서 있었다. 이런 시대의 아픔을 바라보며 약자의 처지를 그린 소설이 조세희의 〈난장이가 쏘아올린 작은 공〉이었으며, 윤흥길이 쓴 〈아홉 켤레의 구두로 남은 사나이〉였다.

여당과 야당이 임계점을 향해 치닫고 있었다. 여당은 3선 개헌안을 국민투표로 통과시켰다. 야당인 신민당은 3선 개헌안 통과에 항의하여 국회 출석을 거부하고 원내 활동을 중단하였다. 이 무렵 시인 김지하는 〈오적(五賊)〉이라는 300여 행의 담시(譚詩, 주제를 자유롭게 서술한 장시)를 사상계에 발표하였다. 시인은 재벌, 국회의원, 고급공무원, 장성, 장차관을 나라를 팔아먹은 을사오적에 비유하며 국민들의 피를 빠는 도둑들이라고 질타하였다. 독자들은 공감하였다. 그 시는 지식인들의 암호가 되었다. 시인은 끌려갔다. 청계천에서는 평화시장에 근무하던 근로자 전태일이 "근로자들도 사람이다."라고 외치면서 온몸에 불을 붙이고 산화하였다. 김대중은 전태일의 어머니, 이소선 여사를 남몰래 찾아가 위로하고 그 가족을 위해 동대문 근처에 자그마한 집을 마련해주었다.

이렇게 격동하는 시대상을 바라보며 야당인 신민당에서도 이대로는 안 되겠다고 각성했다. 패기에 찬 김영삼과 김대중이 40대 기수론을 내세우며 대통령 후보를 놓고 맞대결을 벌였다. 자웅을 겨루듯 두 사람은 엎치락뒤치락하다가 김대중이 판세를 뒤엎고 야당의 대통령 후보가 되었다.

1971년 4월, 제7대 대통령 선거전이 시작되었다. 젊고 패기만만한 김대중의 연설을 듣기 위해 사람들은 모여들었고, 그의 인기는 하늘을 찌르는 듯하였다. 4월 18일, 서울 유세가 장충단공원에서 열렸다. 사람들은 오후 4시에 시작하는 김대중의 유세를 듣기 위해 아침 9시부터 모여들기 시작했다. 동대문에서부터 인파가 몰리고, 장충단 일대는 사람의 바다가 되었다. 도무지 사람의 숫자를 셀 수가 없었다. 그냥 사람들은 100만이 넘었다고 외쳤다. 그 인산인해 속에서 김대중은 외쳤다.

"여러분, 이번에 박정희 씨가 또 정권을 잡으면 그는 총통이 될 것입니다. 다음 대통령 선거는 없게 될 것입니다. 이번에 갈아치워야 합니다. 마지막 기회입니다."

사람들은 환호하며 열광하였다. '김대중, 김대중!'과 '정권교체!'라는 함성이 남산을 움직이는 듯하였다. 그날 유세를 끝낸 김대중은 부인 이희호와 함께 무개차를 타고 종로와 을지로 쪽으로 나갔다. 인파가 파도처럼 뒤를 따랐다. 박정희 후보는 보고를 받고 경악하였다. 그는 그 다음 유세부터 이렇게 청중을 향해 외쳤다.

"제가 여러분을 향해 표를 달라고 외치는 것은 아마 이번이 마지막이 될 것입니다. 저는 여러분에게 다시는 표를 달라고 애원하지 않겠습니다!"

현해탄의 납치

투표의 뚜껑이 열렸다.

박정희 634만 2,828표, 김대중 539만 5,900표.

훗날 김대중은 가슴을 치며 말했다.

"나는 선거에서 이기고, 투개표에서 졌다."

선거 전문가들도 공정하게 선거를 치렀으면 김대중이 100만 표쯤은 앞섰을 것이라고 했다. 하지만 중앙정보부의 선거부정 공작과 지역감정 조장에 결과가 그렇게 된 것이다. 해가 바뀌었다. 가까스로 땀을 닦고 대통령직에 오른 박정희는 자신이 공언한 대로 '다시는 국민들에게 표를 달라고 손을 내미는 그런 일'을 하지 않을 방법을 골똘히 생각하기 시작하였다.

1972년 10월 17일, 그는 비장한 목소리로 그의 혁명적 구상을 발표하였다.

"국회는 해산한다. 전국에는 비상계엄령을 선포한다. 모든 대학은 문을 닫겠다. 기존의 헌법은 정지한다. 언론·출판을 사전 검열하겠다."

이른바, '10월 유신'이 선포되었다.

그 무렵, 김대중은 아픈 다리를 치료하기 위해 도쿄에 머물고 있었다. 도쿄의 호텔에서 그 날벼락 같은 뉴스를 접했다. 도쿄에 있던 학자이자 언론인인 최서면이 제일 먼저 말했다.

"이것은 또 하나의 쿠데타이외다. 김 동지, 몸조심하시오."

주치의 게이오대학 유이치로 교수도 말했다.

"선생님, 심상치 않습니다. 당분간 고국에 돌아가실 생각은 하지 마십시오."

도쿄의 조력자 김종충이 침통하게 말했다.

"선생님, 몸을 피하십시오. 이 도쿄도 안전하지 못합니다."

김대중은 서울 동교동 집으로 전화를 해봤다. 신호가 갔다. 부인 이희호 여사가 받았다. 그녀는 감시를 받고 있는 듯, 아주 조심스러운 말투로 말했다.

"심상치 않아요. 서울에 오시지 않는 것이 좋겠어요."

그는 짐을 쌌다. 얼마 후 미국으로 떠났다. 처남 이성호가 달려오고, 이근팔, 임병규, 임창영, 유기홍 같은 지인들이 달려왔다. 한결같이 충고했다.

"충분히 관망하면서 긴 호흡으로 대처하십시오."

저명한 교수이며 하버드대학 일본연구소 소장인 에드윈 라이샤워가 달려왔다. 민주당 원내총무 마이크 맨스필드도 반갑게 맞아주었다. 공화당 원내총무 휴 스콧도 잘 왔다고 환영해주었다. 든든한 에드워드 케네디 상원의원이 어깨를 쳐주며 말했다.

"무슨 일이 생기면 즉시 연락하세요. 제가 힘껏 도와드리겠습니다."

일본 TBS 미요시 기자와 미국 CBS 한영도 기자가 도착 소감을 언론에 전해주고, 서울을 다녀온 한영도 기자는 부인 이희호 여사의 비밀 편지를 전해주었다. 그 편지에는 이렇게 쓰여 있었다.

"군 수사관들이 우리 집을 덮쳐 운전기사, 비서들을 모두 잡아갔고 당신을 지지하는 김상현, 조윤형, 이종남, 김녹영, 조연하, 김경인, 박종률, 강근호, 이세규, 김한수, 나석호 의원 등을 모두 잡아갔어요. 그들은 군 부대로 끌려가 엄청난 고문을 당하고 있습니다. 끌려갔다온 기사 아저씨는 자기 집에 누워 있다고 합니다. 우리 집은 봉쇄되었고 그 누구도 접근할 수 없게 됐어요. 몸조심하세요. 지금 대한민국은 겨울공화국이에요."

그는 미국에서 오래 있지 못하고 1973년 여름에 일본으로 돌아왔다. 그동안 망명 생활을 하면서도 꾸준히 썼던 〈독재와 나의 투쟁〉이라는 칼럼을 일본어로 펴냈다. 제국호텔에 수많은 외신기자가 몰려와 인터뷰를 했고 주일한국대사관들은 선글라스를 끼고 뒤에 서서 묵묵히 관찰하였다. 정보원인 듯한 인물들이 침착하게 사진을 찍고 있었다. 도쿄에는 그를 따르는 동지들이 늘어나기 시작했다. 김종충, 김군부, 김강수 같은 젊은이들이 경호원 겸 비서로 자원하고 나섰다. 조활준이 도쿄의 일을 총괄하기 시작했다. 그동안 치료를 멈췄던 다리 치료도 다시 시작하였다.

그 무렵 고국에서 정치 선배로 모시던 양일동 민주통일당 총재와 김경인 의원이 도쿄에 왔다. 양일동 총재는 김대중이 형님으로 모시던 정치계의 선배였다. 그들은 쌓인 회포를 풀기 위해 아카사카로 가 저녁 겸 반주를 시키고 이야기 보따리를 풀었다.

"형님, 어찌 오셨소?"

양일동 총재가 대답했다.

"서울은 지금 정치 부재 상태야. 그래서 난 당뇨 치료를 하기 위해 겨우 빠져나왔네."

"김경인 의원은?"

먼 친척이 되는 그도 풀이 죽어 말했다.

"정치를 할 수 없으니 공부라도 해야지요. 일본어 원서를 사기 위해 어렵

201

게 여권을 내서 왔어요."

"어디 묵으시오?"

"그랜드팔레스호텔이에요."

"자 그럼 오늘은 좀 쉬시고, 내일 내가 다시 찾아가리다. 쌓였던 고국 얘기나 나눕시다."

김대중은 고국 소식이 너무 궁금해서 밤잠을 설치며 그 밤을 보냈다.

1973년 8월 8일, 아침부터 끈끈한 바람이 불며 기온이 올라갔다. 김대중은 숙소인 힐튼호텔을 나와 양일동, 김경인 의원이 묵는 그랜드팔레스호텔로 향하였다. 김대중은 비서 겸 경호원으로 따라온 김경수에게 로비에서 기다리라고 하고 22층, 양일동 총재의 방으로 향하였다. 함께 온 김군부 비서가 근심스럽게 물었다.

"선생님, 괜찮으시겠습니까? 제가 따라갈까요?"

"아니야. 김경수 비서하고 차나 마시고 있어. 우리 얘기가 길어지면 점심식사들도 하고."

양일동 총재는 반갑게 맞아주었다.

"김대중 선생, 언제까지 외국에서 낭인 생활을 할 거요? 10월 유신도 자리를 잡는 것 같소. 손볼 만한 정치인들은 때릴 만큼 때려서 내보내고, 이제는 좀 숨을 쉴 만하오."

김대중이 결론 삼아 말했다.

"전 못 돌아갑니다. 어용야당은 할 수 없잖습니까. 결국 박정희 대통령이 노리는 인물은 자신의 라이벌인 이 김대중인데 이 김대중이를 살려주겠어요?"

"허기야 박정희가 유신을 선포한 것도 김대중 후보 때문이지. 다시 선거를 하면 자신이 이길 자신이 없으니까 아예 헌법을 뜯어고쳐 체육관에서 어용대의원들이 대통령을 뽑는 유신헌법이라는 걸 만들었잖소. 들어와봐야 김대중 후보가 대통령이 될 확률은 0퍼센트지. 허허."

김대중은 힘없이 말했다.

"형님, 국제 미아가 된 이 사람을 위해 자금이나 좀 도와주십시오."

양일동은 창밖을 보며 허허 웃었다.

"망명 자금이라… 그래, 마련해봅시다."

그때 외출했던 김경인 의원이 가슴 가득 책을 안고 들어서고 있었다.

"일본에서 유학을 한 우리 세대는 일본책을 읽어야 맛이 나지. 한국어로 된 책을 읽으면 영 맛이 안 난단 말이야."

세 사람은 룸서비스로 간단한 점심을 시켰다. 고국 이야기와 일본 이야기를 뒤섞어 젊은 시절과 정치 얘기를 나누며 정겨운 식사를 마쳤다. 김대중은 시계를 보며 일어섰다.

"아카사카에서 자민당 기무라 토시오 의원을 만나기로 돼 있어요. 밀린 얘기는 또 만나서 나누자고요. 형님은 일어나지 마십시오."

양일동은 방에 앉았고, 김경인 의원만 따라 나왔다. 엘리베이터 쪽으로 걸어가는데 건장한 청년 대여섯 명이 시비를 걸 듯 덮치면서 한 놈이 김대중의 멱살을 움켜잡았다. 김대중과 김경인이 소리쳤다.

"무슨 짓이야? 너희들은 누구냐?"

사내들은 황급히 김대중의 입을 틀어막았다. 순식간에 옆방으로 끌려 들어갔다. 그들은 그 방을 미리 잡아놓은 듯했다. 김대중의 무릎을 걷어 차 순식간에 쓰러지게 하는데 그 솜씨가 완벽한 프로의 솜씨였다. 어찌 해볼 수 없는 번개 같은 솜씨였다. 건장한 청년 두 놈이 김대중을 침대에 쓰러뜨리고 약품이 묻은 손수건으로 코를 막았다. 정신이 가물가물해졌다.

"조용히 해. 꼼짝 마. 움직이면 넌 죽는다."

김대중이 정신을 잃고 늘어지자 사내들은 번개처럼 그를 끼고 엘리베이터로 들어갔다. 엘리베이터가 움직이며 김대중은 희미하게 의식이 돌아왔다. 18층쯤에서 엘리베이터 문이 열리며 호텔 손님 두 명이 들어섰다. 김대중은 힘껏 일본말로 소리쳤다.

"살인자들이다. 살려주시오! 이자들은 살인마들이오!"

두 남자는 7층에서 엘리베이터 문이 열리자 황급히 도망쳤다. 납치범들은 김대중의 팔을 옥죄면서 다시 무릎과 정강이를 걷어찼다.

"이거 마취가 안 됐구만. 빨리 처리해야겠는데?"

지하 주차장으로 내려가자 엔진을 컨 승용차가 다가왔다. 김대중을 뒷자석에 밀어 넣으며 납치범들은 양쪽에서 옴짝달싹 못하게 팔짱을 끼고 고개를 숙이도록 했다. 한 놈이 양복을 벗더니 그것으로 김대중 머리를 감쌌다. 차가 교외로 빠지자 납치범이 고속도로 수금원에게 방향을 물었다. 수금원은 짧게 말했다.

"이쪽은 오사카, 저쪽은 교토."

차는 다시 방향을 잡고 맹렬히 달렸다. 어떤 건물로 들어가더니 다시 엘리베이터를 타고 다다미가 깔린 방으로 들어갔다. 놈들은 번개같이 입에 물린 헝겊을 빼내고 양복을 뒤져 현금과 신분증, 명함 같은 것을 압수했다. 허름한 옷으로 갈아입혔다. 신발도 운동화로 바꾸어 신겼다. 손과 발을 꽁꽁 묶고 온몸을 포장용 강력 테이프로 빙빙 둘렀다. 코와 입만 남겨놓은 상태였다. 차가 30분쯤 달렸을 때 파도 소리가 들렸다. 놈들은 김대중의 머리에 보자기 같은 것을 씌운 채 배로 옮겨 실었다. 모터보트는 1시간쯤 달렸다. 먼 바다로 나오자 보트는 멈췄다. 김대중을 짐짝처럼 좌우에서 들고 큰 배로 또 옮겼다. 김대중은 깜깜한 어둠 속에서도 가늠할 수가 있었다. 그는 목포 시절부터 배 사업을 했던 해운업자였다. 배에 관한 한 전문가였다. 배의 엔진 소리로 가늠할 때 500톤급 정도의 배였고 엔진은 1천 마력 이상의 고성능 배라는 것을 충분히 알 수 있었다. 배가 외항으로 빠져나가자 김대중을 더 단단히 묶기 시작했다. 입에는 나뭇조각을 물게 하고 붕대를 둘렀다. 몸을 칠성판 같은 판자 위에 눕히더니 상체 쪽으로 다리를 접어 꽁꽁 묶었다. 두 손목에는 30~40킬로그램 정도의 쇠뭉치를 걸었다. 놈들이 속삭였다.

"이 정도면 충분히 상어 밥이 될 수 있겠지?"

"새끼, 끈질기게 굴더니 결국 현해탄의 물고기 밥이 되는군."

또 한 놈이 말했다.

"솜이불을 싸서 던지면 틀림이 없다던데."

"왜?"

"아, 솜이 물을 먹으니까 팅팅 불어서 틀림없이 바다 밑으로 가라앉고 절대로 떠오르지 않는다는 거야."

배는 더 속도를 냈다. 큰 바다로 나왔는지 배는 요동치지 않았다. 김대중은 온 힘을 다해 손과 발을 움직여봤다. 소용없었다. 그는 종부성사를 기다리는 시신이 될 수는 없었다. 진실로 살고 싶었다. 위기 때마다 묘안을 내는 아내 이희호가 곁에 있다면 상의하고 싶었다.

'여보, 나 어찌했으면 좋겠소. 이대로 고기밥이 되는 거요?'

그때 몸이 붕 뜬 듯하며 눈앞에 빛이 보였다. 선실 문이 열리며 밝은 빛이 쏟아져 들어오더니 흰옷을 입고 긴 머리를 늘어뜨리신 분이 선실 계단을 내려오고 있었다. 김대중이 입술을 움직였다.

'아, 주님이십니까? 예수님이십니까?"

그분은 희미하게 웃었다. 그분이 손을 내미는 순간이었다. 선실 밖이 요란해졌다. 누군가가 소리쳤다.

"비행기다! 비행기야!"

순간 엔진이 풀가동하며 선체가 좌우로 흔들렸다. 배는 최고속도로 달리기 시작했다. 김대중은 다시 어둠 속에 잠겼다. 저공비행을 하는 비행기의 엔진 소리와 상어처럼 몸부림치며 달리는 배의 엔진 소리가 엄청난 이중주처럼 울려 퍼졌다.

그렇게 정신없이 40분쯤 달리고 났을 때 배는 탈진한 듯 서서히 속도를 줄이기 시작했다. 비행기 소리도 멀리 비켜갔다. 경상도 사투리의 사나이가 그의 귓전에 대고 속삭이듯 말했다.

"김대중 선생님! 전 지난 선거 때 부산에서 선생님을 찍었습니다. 선생님, 이제 사셨습니다."

그러면서 사내는 입에 물린 재갈을 꺼내고 얼굴 테이프도 풀어주었다. 그리고 손발도 풀어주었다. 김대중은 선실 벽에 기대 앉을 수 있었다.

"나 담배 한 대 피고 싶소."

사내는 공손하게 담배를 물려주고, 불을 붙여주었다. 김대중은 담배를 깊이 빨아들여 연기를 멀리 내뿜었다.

"주님, 감사합니다."

"선생님, 고국의 해안에 닿았습니다. 이제 사셨습니다. 안심하세요!"

집에 오다

김대중이 도쿄에서 납치당한 것은 1973년 8월 8일 오후였다.

하지만 그는 사선을 넘어 살아남았다. 김대중은 스스로를 인동초(忍冬草)로 불렀다. 겨울을 이겨내고 살아난 풀이라는 뜻이다. 그러나 그는 사실상 죽음을 이겨낸 불사조라고 할 수 있다. 그는 늘 다섯 번이나 죽음의 계곡을 벗어났다고 얘기한다. 어쨌든 김대중이 죽음과 싸운 사투 중에서 가장 극적인 대목은 도쿄에서 납치되어 현해탄을 건너고 끝내는 살아남은 대목이다. 일제강점기에 유명했던 가수 윤심덕은 그가 사랑했던 남자, 김우진을 껴안고 그 캄캄한 바다 현해탄에 뛰어들었다. 그러나 김대중은 해방된 조국에서 민주화운동을 하다가 박정희가 보낸 중앙정보부 요원들로 구성된 암살조에 의해 바로 그 윤심덕의 바다, 현해탄으로 끌려갔다. 그리고 그곳에서 수장될 뻔했다. 그런데 그는 그 바다 위에서 비몽사몽간에 예수님을 보고, 예수님을 보는 순간 비행기 소리가 들리고, 그 저공비행하는 비행기 덕분에 살아남았다. 김대중의 증언에 의하면 그때 나타났던 비행기는 일본 국적기였다고 한다. 아마도 유명한 일본 정보기관 공안조사청의 소속이었거나 내각조사처 소속의 비행기였을 것이다. 아무튼 김대중이 납치되던 그날, NHK를 비롯한 일본의 언론기관은 일제히 김대중 납치 사건을 보도하였다. 일본 땅에서 일본의 주권을 무시한 채 한국의 정보기관이 야당 지도자를 백주에 납치해갔다는 사실은 콧대 높은 일본인들을 자극하였다.

사태가 이렇게 번지자 박정희도 김대중을 수장시킬 수 없었다. 할 수 없이 그를 풀어줄 수밖에 없었다. 그는 살아서 돌아왔다. 1973년 8월 13일 밤, '김대중·이희호'라는 문패가 달린 동교동 그의 집으로 살아서 들어섰다. 6일 만에 생환한 것이다. 그는 살아 돌아왔지만 그의 생환 사실은 언론에 보도되지 않았다. 외신에 의해서만 해외에서 그 사실이 보도되었고, 국내에서는 흉흉한 소문으로만 퍼져 나갔다. 김대중이 나중에 발표한 회고록에 보면 그가 살아남은 내막은 다음과 같다.

"내가 극적으로 생환한 것은 미국의 개입이 있었기 때문이다. 주한 미국 대사관은 내가 납치당한 8월 8일 오후 3시에 정보를 입수했다. 미국 CIA가 맨 먼저 하비브(Philip Habib) 대사에게 알렸다. 하비브 대사는 한국 내의 모든 정보팀을 소집했다. 대사관 정치참사관, 무관, 문화공보원장이 달려왔다. 거기에는 한국에 부임한 지 한 달 남짓 되는 도널드 그레그(Donald Gregg) CIA 한국 책임자도 포함되어 있었다. 하비브 대사가 긴박하게 지시했다.

'김대중 씨가 납치되었다. 한국 중앙정보부가 개입한 것 같으니 빨리 정보를 수집하라. 그를 살려야 한다.'

하비브는 취합한 정보를 분석하고 곧바로 한국 정부 고위층에 납치 사실을 알렸다. 아울러 미국의 우려를 강력하게 전달했다. 훗날 도널드 그레그의 증언을 보면 하비브 대사는 이런 사태를 이미 예견하고 있었다고 한다. 대사는 미국과 일본에서 일어난 일련의 내 연설회 방해 공작을 소상하게 파악하고 있었다. 정작 납치 사건이 발생했을 때도 크게 동요하지 않고 단호하고도 신속하게 대처한 것은 이런 정보를 바탕으로 충분한 증거를 확보하고 있었기 때문에 가능했을 것이다. 하비브 대사가 나를 죽음의 문턱에서 끌어내주었다. 그가 나를 살렸다.

당시 절체절명의 순간에 나타난 비행기는 일본 국적기로 추정된다. 미국은 일본에게 납치 사실을 신속하게 통보하고 후속 조치를 요청했다. '김대중 살해 계획'이 들통나자 다급해진 한국 정부도 일본 측에 공작선의 위치를 알려주고 해상 출동을 요청했을 것이다.

제롬 코언(Jerome A. Cohen) 교수도 마침 일본에 머무르던 임창영 씨의 연락을 받고 곧바로 키신저 미 국무장관에게 알렸다. 유엔 총회에 참석 중이던 키신저 장관은 모든 조직을 동원하여 진상을 파악토록 지시했다. 재일 한국인 민주화운동가들도 나의 구명에 큰 역할을 하였다. 배동호, 김재화, 정재준, 김종충, 곽동의, 조활준 등은 8월 8일 납치 사건이 발생한 직후 기자회견을 열어 한국의 중앙정보부가 이 사건을 일으킨 범죄 세력이라고 단정해서 발표했다. 이는 납치 사건 직후 초기 여론 형성에 결정적인 기여를 했다. 그래서 나를 납치하여 살해하려고 했던 박정희 정권을 궁지에 몰아넣었다.

'김대중 납치 사건'은 여러 증언과 문건을 통해서 이후락 중앙정보부장의 지휘 아래 총 46명이 9개 조로 나뉘어 조직적으로 저지른 범행임이 드러났다. 치밀한 사전 계획에 따라 수개월간의 준비를 거쳐 공작에 착수했다.

1998년 6월 10일 미국의 비밀 문건이 공개되었다. 이 문건에도 이후락 중앙정보부장의 지시에 의한 정보부원들의 소행이며 박정희 대통령이 명시적 또는 묵시적으로 승인했을 가능성이 있는 것으로 보았다. 하지만 박 대통령이 지시한 확실한 증거가 있다.

당시 납치를 총지휘했던 이후락 중앙정보부장은 1980년 '서울의 봄'이 왔을 때 주목할 만한 증언을 했다. 그는 동향 친구인 최근영 의원에게 납치 사건은 박 대통령의 지시였다고 털어놓았다. 박 대통령이 어느 날 부르더니 '김대중을 없애라'고 했다는 것이다. 그 소리를 듣고 너무도 놀라서 치일피일 미루자 한 달쯤 지난 뒤에 다시 불러 호통을 쳤다고 한다.

'당신, 시킨 것을 왜 안 하냐. 총리와도 다 상의했다. 빨리 해라.'

이후락은 결국 자신의 부하들이 모두 반대하는데도 대통령의 명령을 따를 수밖에 없었다고 털어놓았다. 자신은 결코 하고 싶지 않았다는 말도 덧붙였다. 나는 그의 말을 믿는다. 세상이 바뀌었다는 생각에 이후락은 고해성사를 했을 것이다. 저들은 박정희의 지시로 나를 죽이려 했다. 그래서 '납치 사건'은 정확한 명칭이 아니다. '김대중 살해 미수 사건'이라야 맞다." [13]

앞서 말한 바와 같이 김대중은 납치되어 돌아오자마자 동교동 자택에 연금되었고, 외부와 모든 연락이 차단되었다. 국내 언론에는 일체의 보도가 차단되었다. 그런 속에서 1973년 9월 7일, 조선일보의 선우휘 주필은 이 사실을 사설에서 용기 있게 다루었다. 사설의 제목은 '당국에 바라는 우리의 충정, 결단은 빠를수록 좋다'였다.

"요즘 우리의 심정은 알고 싶은 것이 있는데 알 수가 없고 말하고 싶은데 말할 수 없는 상태에서 무척 우울하고 답답하다. 무엇이 그토록 알고 싶고 무엇이 그토록 말하고 싶은가 하고 물으면 그것은 한마디로 김대중 사건이라 하겠는데, 지금은 사건을 수사 중이니 수사 결과가 밝혀질 때까지 기다릴 수밖에 없지 않느냐 하면 더 이상 다그칠 수도 없으니 더욱 답답하다. 그렇게 볼 때 이 사건을 철저하게 파헤쳐야 한다는 것은 우방 미국의 일본의 대한(對韓) 감정이나 대한(對韓) 조치를 배려해서라기보다는 우리 한국 국민 자신의 인간적 권위의 회복과 도덕적 긍지의 고양을 위하여 무엇보다 귀중한 작업임을 깨닫게 되는 것이다.

그러므로 중대한 이 시점에서 간절히 바라고 싶은 것은 위정 당국(爲政當國) 고위층의 차원 높은 단호한 결단이다. 지금 선조들이 물려주신 산

---

13) 〈김대중 자서전〉 1권, 삼인, 2011, 304~306쪽.

하는 녹음이 우거지고, 오곡이 무르익고 있다. 하늘 드높이 새들은 노래하고, 들에는 송아지 울음소리가 유연히 공간을 가른다. 차를 달려 산야를 누비면 예와는 달리 길은 시원스레 트이고 마을은 활기에 넘쳐 있다. 이제 햇곡으로 떡을 빚어 조상의 영전에 바쳐야 하는 이 국민의 가슴에 젖어드는 불안은 무슨 까닭이며, 왜 죄 없는 착한 국민은 이다지도 가슴을 죄어야 하는가.

신이여, 이 국민에게 용서와 축복을!"

그런데 이 엄청난 납치 사건은 얼마 후에는 잦아들기 시작한다. 자국의 주권이 침해당했다고 그렇게 펄펄 뛰던 일본도 입을 다물기 시작했다. 이 사건을 처음부터 기획하고 실행에 옮겼던 이후락 중앙정보부장은 경질되었다. 그러나 국무총리 김종필은 유임되었다. 그리고 그는 이 문제를 가지고 일본을 조용히 방문하였다. 이런 일련의 사태에 대해 김대중은 그의 회고록에 다음과 같이 적고 있다.

"정치 결탁 뒤에 한국 정부가 3억 엔을 다나카 수상 측에 전달한 듯하다고 레너드 미 국무부 한국과장이 미국의회에서 증언했다. 또한 재미 언론인 문명자 씨의 보도와 다나카 총리의 비서였던 기무라 히로야스의 고백 등으로 미루어 박 대통령은 다나카 수상에게 거액을 제공한 것이 분명해 보인다. 한국 독재 정권과 일본의 금권(金權)정치가 결탁한 매수 외교의 극치였다." 14

김대중은 자신이 대통령이 되었을 때, 이 납치 사건의 진짜 모습을 파헤쳐보기 위해 국정원의 자료를 검토해보기로 결심했었다. 그런데 막상 국정원의 자료를 찾아보려고 하자 국정원의 직원들은 정권이 바뀌면 자신

---

14) 〈김대중 자서전〉 1권, 삼인, 2011, 311쪽.

이 취급하던 과거의 자료들을 철저하게 파기한다는 것을 뒤늦게 알게 되었다. 그래서 김대중 대통령의 과거사 진실규명은 실패하고 말았다. 또 자신이 한국 대통령으로서 일본에 방문을 했을 때, 속으로 은근히 기대도 했었다고 한다. 일본 정보관계자들이 다나카 수상의 재직 시절 일어났던 김대중 납치 사건의 진짜 팩트들을 공개해줄까, 은근히 기대를 해봤는데 역시 일본인들도 입을 꼭 다물고 과거사에 관한 한 단 한마디도 하지 않았다고 한다.

그런 과거사가 노무현이 대통령직을 거의 끝내갈 때쯤인 2006년 2월에 일부 공개되었다. 33년 전에 있었던 김대중 납치 사건에 관하여 당시 박정희 대통령이 다카나 수상에게 보낸 친서와 다나카 수상이 박정희 대통령에게 보낸 답신이 공개되었던 것이다. 일본 정부문건의 공개시기가 되어 법적으로 공개되었던 두 개의 전문은 다음과 같다.

박 대통령이 다나카 수상에게 보낸 친서

한일 양국이 가장 가까운 인방(隣邦)으로서 과거의 모든 불행한 역사를 청산하고 새롭게 꾸준한 노력으로 양국 국민 사이의 우의가 돈독해지고 양국 정부 간에 정치·경제·사회 및 문화의 모든 분야에서 상호 유익한 협력 관계가 날로 증진되고 있음은 기쁜 일입니다. 최근 이외에도 김대중 사건이 야기되어 일시적이나마 양국 사이에 물의가 생긴 것은 대단히 불행한 일이며 본인은 각하와 귀국민에게 유감의 뜻을 표하는 바입니다. 이 사건으로 양 국민의 기본적이고도 전통적인 선린 우호 관계에 어떠한 균열도 초래되어서는 안 될 것입니다. 양국 간에 다시는 유사한 사태가 일어나지 않도록 최대의 노력을 경주함으로써 상호 신뢰와 우호를 증진하는 데 더욱 기여하고자 합니다.

이에 다나카 수상이 화답한 답신은 다음과 같다.

김대중 씨 사건으로 인한 양국 우호 관계에 한때 분규가 발생된 것은 실로 유감스러운 일이었습니다. 일본 정부는 이 사건이 이치에 맞고 내외의 납득을 받을 수 있는 해결을 희구하여왔으며 이번에 김종필 총리를 아국으로 파견해 대통령 스스로 유감의 뜻을 친서로 전하고 우호 관계 증진에의 기대를 해준 데 대해 고맙게 생각합니다. 이로써 김대중 사건은 외교적인 결착을 짓고 일한 관계에 공정하고도 순조로운 발전이라는 양 국민 공통의 염원이 달성되는 것을 기원합니다.

노무현이 DJ 대통령을 향해 정중히 말했다.

"대통령님, 저도 제 임기가 끝나기 전 한 맺힌 대통령님의 납치 사건, 그 전말을 명쾌하게 밝히고 싶었습니다. 그래서 임기 말에 '국정원 과거사건 진실 규명을 통한 발전위원회'(국정원 과거사위)를 발족시키고 최선을 다해 그 사건을 파헤쳐봤습니다. 그래서 2007년 10월 24일 그 조사에 대한 발표가 있었기 때문에 저도 청와대에 앉아 그 조사 결과를 지켜봤습니다. '과연 납치를 누가 시켰느냐', '납치한 목적은 무엇이냐' 이 두 가지가 핵심이었는데요. 거기에 대한 위원회의 발표 결과는 두루뭉술한 것이었습니다.

'박 전 대통령의 직접 지시 가능성을 배제할 수 없으며, 최소한의 묵시적 승인은 있었다고 판단된다. 박 전 대통령이 정말로 이 사건과 무관했다면 사건 발생 뒤 이후락 중앙정보부장을 처벌하는 게 당연한데 그렇지 않았고 사건 은폐를 지시한 점 등은 박 전 대통령이 사건의 공범 또는 주범임을 보여준다.' 가 발표의 전부였습니다.

대통령님, 진심으로 죄송합니다. 국가의 모든 정보를 쥐고 있다는 대통령도 안 되는 것이 있더군요."

"그렇습니다. 저도 대통령이 돼봤고, 사건의 당사자였는데 결국 그 사건의 진상을 밝히지 못하지 않았습니까? 역사 속에는 영원히 미궁으로 빠지는 것도 있습니다. 이것은 앞으로 우리가 가야 할 빛의 나라 중심부에 가서야 알 수 있고, 최후의 심판을 통해서만이 가능한 일이 아니겠습니까?"

예수님을 보셨습니까

천상의 강가에서 김대중의 길고 긴 회상이 끝났을 때, 노무현은 문득 물었다.

"대통령님, 납치당해오던 그 배, 용금호라는 정보부 소속 배였던가요? 그 배에서 죽음이 임박하셨을 적에 정말 예수님을 보셨습니까? 선실에 흰옷을 입고 긴 머리카락을 늘어뜨린 채 성큼성큼 내려오시던 그분을 정말 보셨습니까?"

김대중은 침착하게 말했다.

"글쎄요. 나는 분명히 보았습니다. 그것은 환상이라고 할 수도 있을 것이고, 어찌 보면 죽음과 맞닥뜨리는 순간에 인간 스스로가 만들어내는 자기 환상일 수도 있을지 모르겠습니다. 아무튼 나는 그때 예수님을 뵈었고, 그분의 말씀도 들은 듯합니다. '대중아, 두려워 말라.' 뭐 이런 말씀이었을 것입니다. 흔히 불가에서도 그런 현상을 얘기하지요. 부처님을 뵈었다든지, 불성을 문득 깨달았다, 그런 현상을 '견성한다'고 말합니다. 박 대통령을 시해한 김재규 정보부장도 사형선고를 받고 죽음을 앞두고 있을 때, 육군 교도소인가요? 아무튼 그 감옥의 문고리를 간수가 잡고 들어오는 순간, 견성을 했다고 하더군요. 〈육조단경〉에 나오는 말이라고 하는데요, '불성'이라고도 하고, '견성성불'이라고도 하는데요, 아무튼 '순간적으로 부처가 되는 현상'을 견성한다고 합니다. 사형수 김재규 씨가 죽음을 앞두고 육군 교도소에서 견성을 한 것이나, 이 김대중이 깜깜한 용금호의 선실 바닥에서 문득 예수님을 만나 뵌 그 현상은 같다고 봅니다."

DJ의 설명을 들으면서 노무현은 낭패감을 느꼈다.

"대통령님, 저는 대통령님을 뵈면 이상하게도 열패감을 느낍니다. 대통령님에게는 아무도 범접할 수 없는 위대한 면이 있습니다. 대학에서 어려운 학문을 많이 공부한 학자들도 이상하게도 DJ 대통령님을 만나면 자기 자신의 학문이 아무것도 아니라는 낭패감에 빠진다는 것입니다. 또 엄청난 파란곡절을 겪은 대단한 경세가들도 대통령님을 만나면 자신의 경험이나 경륜이 별거 아니라는 열패감에 빠진다는 거지요. 그런 현상은 어디에서 오는 걸까요? 사실 저도 다른 사람들 앞에서는 잘난 체도 하고요, 때로는 아는 체도 합니다만 대통령님 앞에서만은 오금을 펼 수가 없습니다. 도대체 왜 그런 현상이 생기는 걸까요?"

DJ는 허허 웃으며 말했다.

"과찬의 말씀입니다. 어쩌면 저는 모택동 같은 인물 앞에 서고 그와 대화를 해본다면 똑같은 열패감을 느낄 것입니다. 아마 세계 정치 지도자들 중에서 독서량이 가장 많고 정치적 풍상을 가장 많이 겪은 분이 모택동 주석이 아닐까 싶습니다. 널리 알려진 대로 그분은 사범학교를 나온 것이 최종 학력이었으니까, 아마 우리로 말하자면 고등학교 졸업 정도가 아닐까 싶습니다. 그러나 그분은 젊었을 때 수백만 권의 서적이 쌓여 있는 북경대학의 사서를 했다는 이력을 가지고 있습니다. 특히 그분은 중국 고전에 깊은 경륜을 가지고 계십니다. 그분이 가장 애독했던 책은 굴원(屈原, 기원전 3세기경)이 쓴 〈초사(楚辭)〉라고 합니다. 그가 가장 어려웠던 시절, 대장정을 겪으면서도 그 책을 손에서 놓지 않았고 1972년 닉슨이 북경을 방문했을 때, 그분에게 준 선물이 바로 초사 16권짜리 한 질이었다고 합니다. 70년대 중반 나와 악연이 있었던 일본의 수상 다나카도 모 주석을 방문한 일이 있었는데 그에게도 초사 한 질을 줬다는 일화는 유명합니다."

노무현이 물었다.

"대통령님, 저에게는 무슨 책을 권하시겠습니까?"

DJ가 말했다.

"저는 아널드 토인비의 〈역사의 연구〉를 권하고 싶습니다. 저는 감옥에서 12권으로 되어 있는 그 책을 세 번 통독하였습니다. 그 책은 우리 인류에게 특별한 영감을 주는 책이고, 미래에 대한 확신을 전해주는 책입니다."

노무현은 겸손하게 말했다.

"저도 그 책을 읽으려고 손을 대봤습니다만, 전권을 통독하지는 못했고 띄엄띄엄 읽었습니다."

DJ가 되물었다.

"그럼 노 대통령은 생전에 무슨 책을 가장 감명 깊게 읽었습니까?"

노무현은 머리를 긁으며 말했다.

"저는 대통령님처럼 본격적인 독서가가 되지 못했습니다. 제가 가장 감명 깊게 읽은 책은 어렸을 적에 읽은 링컨 전기였고, 그 다음에 성인이 되어 읽은 책 중에서 제 마음을 움직였던 책은 신영복이 쓴 〈감옥으로부터의 사색〉이었습니다."

DJ가 고개를 끄덕이며 말했다.

"나도 신영복 선생의 그 책은 감명 깊게 읽었습니다. 감옥에 있으면서 부모님, 형수님 같은 가족들에게 보낸 짧은 편지들을 모은 것인데 글이 아니라 보석을 엮은 것처럼 아름다운 글이더군요. 나도 6년 이상의 감옥 생활을 하면서 휴지 위에 깨알같이 편지를 써서 밖으로 내보내고, 그 글이 나중에 서간문으로 발행이 됐습니다만 그 책처럼 사람들을 감동시키지 못했습니다. 아마도 나의 내공이 그분 것만 같지 못했기 때문이었겠죠."

"대통령님께서도 신영복 선생을 만나보신 일이 있으시죠?"

"그럼요. 한 분의 사상가로 사사하는 마음으로 만난 일이 있습니다. 인품도 훌륭하더군요. 그분이 노 대통령과도 인연이 있는 분이죠?"

"네, 제 고향과 멀지 않은 의령군 출신이구요. 공교롭게도 제 부산상고 7년 선배입니다. 전 그분이 천재라고 생각합니다."

DJ는 의미 있는 웃음을 지으며 말했다.

"사실 감옥처럼 사람을 깊이 단련시켜주는 곳은 없습니다. 감옥 생활을 잘못하면 그곳에서도 허튼 생각만 하다가 나오게 마련입니다만, 감옥 생활을 제대로만 한다면, 그곳에서 석사, 박사 학위도 받고 나올 수 있고, 아인슈타인 같은 위대한 원리도 깨닫고 나올 수 있을 것입니다. 넬슨 만델라는 27년의 지하 감옥을 제대로 이겨냈기 때문에 그 유명한 자서전 〈자유를 향한 머나먼 여정〉을 펴낼 수 있었고, 흑백을 아우르는 위대한 남아프리카공화국을 탄생시키지 않았겠습니까? 신영복 선생도 넬슨 만델라에 버금가는 20년 20일이라는 감옥 생활을 이겨냈기 때문에 그런 명저를 펴낼 수 있었고 사상가가 될 수 있었을 것입니다. 아무튼 노 대통령은 신영복 선생에게 무슨 가르침을 받았습니까?"

노무현이 쑥스럽게 말했다.

"대통령님도 알고 계시겠습니다만, 제가 정치 낭인이 되어 서울 강남에서 '하로동선(夏爐冬扇)'이라는 음식점을 열었던 적도 있었고, 그 후에는 제 비서였던 이광재, 서갑원과 함께 종로구 청진동에 '소꿉동무와 불알친구들'이라는 카페를 낸 일이 있습니다. 한 세기 전, 시인 이상이 종로 근처에 '69'라는 희한한 이름의 카페를 냈다가 일본 경찰들에게 혼이 난 일이 있었던 것처럼 저는 공연히 젊은 비서진들과 어울려 일을 벌여보고 싶었습니다. 그때 그분이 몇 번 찾아와주셨고, 제가 부산으로 내려가 있으면 그분이 찾아와주셨죠. 부산 영도에는 미룡사라는 절이 있습니다. 그 절 요사체에서 문을 열면 절벽 아래로 푸른 바다가 펼쳐지고, 오륙도까지 가물거리는 절경이 펼쳐집니다. 바로 거기에서 그분을 모시고 한담을 나누었죠. 그때 문재인 변호사도 함께 자리를 하고 주지스님 정각스님도 자리를 같이해서 그분의 명강의를 들었습니다."

DJ가 물었다.

"그분은 어떻게 해서 나이는 저보다도 한 세대가 아래인 것 같은데 그런 한학을 익히고 독특한 서체를 개발해냈을까요?"

노무현이 답했다.

"사상범들은 대개 대전교도소에 수용이 된다고 하는데요, 바로 그 대전교도소 측에서 초빙했던 만당 성주표 선생과 정향 조병호 선생 같은 분으로부터 붓글씨를 익혔다고 합니다. 그리고 같은 방에서 수용 생활을 했던 분이 대단한 분이었다고 하네요."

"어떤 분이었나요?"

"사상범이자 한학자인 노촌(老村) 이구영(李九榮, 1920~2006) 옹이라고 합니다. 아시겠습니까?"

DJ는 고개를 갸우뚱하였다.

"잘 모르겠네요."

이쯤에서 노무현이 이구영에 대한 이야기를 펼쳤다.

이구영은 충청북도 제천 출신의 인물이었다. 어려서부터 한학을 공부하고 가세가 넉넉하여 서울에 올라와 신학문을 접하였다. 연희전문 문과에 진학하여 다니다가, 한의학에 경도되어 황한의학원이라는 의학전문학원을 마쳤다. 그러면서 거기에서 사회주의에 경도되었다. 서울 영등포 지역에서 일제 말엽까지 노동운동을 펼치고 노동자들에게 독서활동을 지도하다가 일본 경찰에 잡혀 고초를 당하였다. 일본 사상경찰에게 가혹한 심문과 함께 견디기 어려운 고문을 받았다. 해방 후에는 다시 영등포 지역에서 노동운동을 시작하고, 6·25 직전에는 유명한 간첩 성시백 사건에 연루되어 옥고를 치르기도 하였다. 6·25 때는 서울에 남아 토지조사위원회 위원으로 활동하였고, 9·28 수복이 되자 공산군과 함께 북한으로 넘어갔다. 한때는 김일성에게 연암 박지원에 관한 내용과 실학사상을 강의하기도 하였다. 그러다가 남파간첩이 되어 남으로 내려왔는데 곧장 체포되었고, 결국은 신영복과 함께 대전교도소에 수감되고, 공교롭게도 신영복과 한 방을 쓰게 되었다. 이런 사연 때문에 신영복은 노촌 이구영으로부터 한학과 의술, 그리고 내용이 어렵다는 주역까지도 통달하게 되었다.

어느 날 밤인가 교도소 창살에 달빛이 걸릴 때, 신영복이 물었다.

"노촌 선생은 왜 쉽게 전향서를 쓰시지 못하십니까?"

그는 한참 창살에 걸린 달빛 끝을 쳐다보다가 말했다.

"나는 나를 잡아들인 친일경찰이 싫어서 사회주의 사상을 버리지 못하는 셈이지."

"무슨 말씀이신지…."

그는 한참을 뒤척이다가 말했다.

"내가 간첩으로 잡혀 대공과의 경찰에게 고문을 받는데, 그 경황 중에도 그놈의 말투, 눈꼬리, 그 징그러운 웃음들 사이에서 자꾸 비슷한 경험을 했다는 생각이 들었어."

"비슷하다니요?"

"그놈이 바로 일제 때 내가 독서운동으로 잡혀 종로경찰서에서 물고문을 받을 때 나를 다그치던 그 조선인 형사였어. 그놈이 해방된 남쪽 정부의 대공경찰이 되어 나를 똑같은 방법으로 물고문을 하고 있더라 이거야. 내가 실신했다가 깨어나면서 물었지. '당신, 종로경찰서의 바로 그 나카무라 형사지?' 그는 한참 만에 너털웃음을 웃으며 말하더군. '그놈 참, 기억력 하나는 끝내준다. 그러니까 공산주의를 하지.' 하고 시인하더군."

아무튼 그 후 신영복은 노무현에게 식사 대접을 받거나 부산 지역에 초빙이 되어 강연을 한 후에는 꼭 한지에 쓴 자신의 붓글씨를 전해주었다. 노무현이 간직하고 있는 그의 선물 중에는 그가 전해준 고전의 글귀나 귀한 분들의 교훈이 있었다. 그중 기억나는 것이 이것들이다.

간디 선생이 그의 저서에서 요약한 7가지의 사회악

원칙 없는 정치	Politics without principle
노동 없는 부	Wealth without work
양심 없는 쾌락	Pleasure without conscience
인격 없는 교육	Knowledge without character

도덕 없는 경제　　Commerce without morality
인간성 없는 과학　Science without humanity
희생 없는 신앙　　Worship without sacrifice

한비자(韓非子)가 열거한 망국론 10가지

첫째, 법을 소홀히 하고 음모와 계략에만 힘쓰며, 국내 정치는 어지럽게 두면서 나라 밖 외세만을 의지한다면 그 나라는 망할 것이다.

둘째, 신하들은 쓸모없는 학문만을 배우려 하고, 귀족의 자제들은 논쟁만 즐기며, 상인들은 재물을 나라 밖에 쌓아두고, 백성들은 개인적인 이권만을 취한다면 그 나라는 망할 것이다.

셋째, 군주가 누각이나 연못을 좋아하며, 수레나 옷 등에 관심을 기울여 국고를 탕진하면 그 나라는 망할 것이다.

넷째, 군주가 간언하는 자의 벼슬 높고 낮은 것에 근거해서 의견을 듣고, 여러 사람 말을 견주어 판단하지 않으며, 어느 특정한 사람만 의견을 받아들이는 창구로 삼으면 그 나라는 망할 것이다.

다섯째, 군주가 고집이 세서 화합할 줄 모르고, 간언을 듣지 않고 승부에 집착하며, 사직은 돌보지 않고 제멋대로 자신만을 위하면 그 나라는 망할 것이다.

여섯째, 다른 나라와의 동맹이나 원조를 믿고 이웃 나라를 가볍게 보며, 강대한 나라의 도움만 믿고 가까운 이웃 나라를 핍박하면 그 나라는 망할 것이다.

일곱째, 나라 안의 인재는 쓰지 않고 나라 밖에서 사람을 구하며, 공적에 따라 임용을 결정하는 것이 아니라 평판에 근거해서 뽑고, 나라 밖의 국적을 가진 이를 높은 벼슬자리에 등용해 오랫동안 낮은 벼슬을 참고 봉사한 사람보다 위에 세우면 그 나라는 망할 것이다.

여덟째, 군주가 대범하나 뉘우침이 없고, 나라가 혼란해도 자신은 재능이 많다고 여기며, 나라 안 상황에 어둡고 이웃 적국을 경계하지 않으면 그 나라는 망할 것이다.

아홉째, 세도가의 천거를 받은 사람은 등용되면서 나라에 공을 세운 장수의 후손은 내쫓기고, 시골에서의 선행은 발탁되면서 벼슬자리에서의 공적은 무시되며, 개인적인 행동은 중시되면서 국가에 대한 공헌이 무시된다면 그 나라는 망할 것이다.

열째, 나라의 창고는 텅 비어 있는데 대신들의 창고는 가득 차 있고, 나라 안의 백성들은 가난한데 나라 밖에서 들어온 이주자들은 부유하며, 농민과 병사들은 곤궁한데 상공업에 종사하는 사람들은 이득을 얻으면 그 나라는 망할 것이다.[15]

강물 위의 스크린

수녀들이 두 사람에게 말했다.

"조금 있으면 천상의 영화를 보실 수 있을 거예요. 두 분 아직 천상의 영화를 보신 일이 없죠?"

노무현이 급히 말했다.

"천상에도 영화관이 있습니까?"

명랑한 앙리에트 수녀가 대답했다.

"물론 있죠. 아주 입체감도 있고, 영화와 현실을 구분할 수 없을 만큼 완벽하게 현실감이 있는 5차원의 영화관도 있어요. 냄새도 나고, 직접 맛도 볼 수 있는 완벽한 영화관이죠. 하지만 오늘은 두 분을 위해 세상에서 보셨던 대형 스크린을 준비했어요."

강 건너 거대한 공간에 스크린이 펼쳐지며 엄청난 음향이 울려 퍼지기 시작했다. DJ가 다급한 목소리로 말했다.

---

15) 〈담론〉, 신영복, 돌베개, 191~192쪽 재인용.

"아! 저기는 전라도 광주인데? 어? 도청도 있고, 충장로도 있고, 전일빌딩도 보이네? 그렇지. 저기는 전주 MBC이고, 저쪽은 전남일보사이지. 암암, 난 저기를 눈 감고도 찾아갈 수 있어요."

화면이 바뀌면서 전남대학교 교정이 보이기 시작했다. 철모에 흰 띠를 두른 계엄군들이 대학을 에워쌌다. 학생들은 불룩하게 무엇인가 잔뜩 들어 있는 가방을 추스르면서 교문 쪽으로 향하고 있었다. 지휘관인 젊은 군인이 나서며 말했다.

"학생 여러분, 오늘은 휴교라는 사실도 모르고 있는가? 수업 없어. 어서들 돌아가."

학생들이 가방에서 돌을 꺼내 던지기 시작했다.

"아, 이놈들 봐라! 공수부대 맛을 봐야 알겠나?"

공수부대원들은 학생들을 사정없이 제압하기 시작하였다. 화면이 바뀌었다. 충장로에 사람들이 모여들고 확성기에서는 젊은 여성의 날카로운 목소리가 울려 퍼지기 시작했다.

"시민 여러분, 서울에서는 김대중 선생이 체포되었습니다. 김대중 선생과 민주인사들이 아무 죄도 없이 군부에 체포되어 갔습니다."

시민들이 외치기 시작하였다.

"김대중을 석방하라! 김대중을 석방하라!"

공수부대원들이 군중들을 무자비하게 해산시키기 시작했다. 시외버스 터미널 근처에서도 시민들이 계엄군들과 투석전을 벌였다.

DJ는 얼굴을 가리며 말했다.

"아이고메, 80년 5월 그 장면이구만. 난 저걸 볼 수 없었는디. 난 그때 서울 남산 정보부 지하실 속에 갇혀 있었어."

DJ는 그 영화 장면을 견디기 어려운 듯 얼굴을 무릎에 파묻고 흐느끼기 시작했다. 그리고 수녀를 향해 외쳤다.

"저 영화 좀 꺼주시오. 수녀님들, 난 저 영화를 볼 수 없어요. 어서 영화를 꺼주시오!"

영화는 중단되었다. DJ는 노무현 쪽으로 돌아앉으며 말했다.

"참말로 천상의 나라에 와서도 난 저런 영화는 볼 수가 없어요. 저기서 쓰러져 죽은 광주 시민들, 저 젊은 학생들과 여학생들이 도대체 무슨 죄가 있단 말이오? 같은 전라도 사람이라는 것, 김대중을 알고 있다는 것, 그것 하나로 트집을 잡아서 군인들은 저 사건을 벌였습니다. 사실 나는 79년에 10·26 사건이 일어나고 박 대통령이 세상을 떠나고 나자 '아, 이제는 새 세상이 오겠구나.' 제일 먼저 생각난 사람은 상도동에 있는 YS였습니다. '나와 YS가 상의해서 새 세상을 만들면 되겠구나.' 아 그러고 있는데 전두환이라는 별 둘을 단 군인, 대머리가 벗겨지고 인상이 고약한 그 장군이 나서더니 나와 동교동 식구들을 모두 남산으로 끌고 가고, 재야 인사들을 모두 가둔 뒤에 전국에 비상계엄을 내렸어요."

노무현이 말했다.

"박정희 대통령의 독재시대가 끝났으니까 민주화의 광명천지가 열릴 것이라는 기대를 한 것은 너무나도 당연한 이치가 아니겠습니까. 그런데 전두환 장군은 왜 시베리아보다도 더 차가운 인권의 동토시대를 열고 암흑천지를 다시 재현했을까요?"

DJ가 받았다.

"신군부라고 일컫는 그 전두환 일당은 사실상 박정희 대통령이 키웠던 '유신의 적자들'이었습니다. 세상 사람들 그 누구도 눈치채지 못했던 숨은 실력자들이었죠. 나라에서 돈을 들여 4년간 미국 웨스트포인트에 버금가는 교육을 시키고 나라를 잘 지켜달라고 군의 요직을 맡겼는데 바로 그 사람들이 '하나회'라는 군의 비밀조직을 만들고 이른바 엘리트 요원들만 똘똘 뭉쳐 때를 기다리고 있었죠. 처음에는 정규 육사 출신 엘리트 군인들끼리 서로서로 끌어주면서 군의 요직을 나눠 갖는 수준이었지만 막상 박정희라는 군의 통수권자가 사라지고 나니까 나라를 통치할 힘 자체가 사라지고 진공상태가 되면서 자신들이 아니면 이 나라를 지킬 주인공이 없겠구나 하는 착각을 한 겁니다. 국무총리로 있다가 얼떨결에 대통령이 된 최규하라는 분은 외교관 출신이었고, 권력에 대한 의지가 전혀 없었던 무색투명한 분이었습니다. 신현확이라는 경상도 출신의 총리가 있었지만 그분 역시 권력에는 욕심이 없는 담백한 분이었습니다. 박정희 대통령 시절, 대통령을 대신해서 호가호위(狐假虎威)하던 경호실장 차지철은 대통령과 함께 비밀 연회장에서 숨졌고, 경호실장과 함께 권력의 축을 형성하고 있던 중앙정보부장 김재규는 바로 대통령을 살해한 범인이 되어 체포된 상태였습니다. 이런 상태에서 가장 힘을 쓸 수 있었던 군의 실력자는 육군참모총장이자 계엄사령관인 정승화 대장이었습니다. 그런데 그 정승화 대장은 박 대통령의 살해범 김재규가 일을 벌인 궁정동 안가, 그러니까 박 대통령이 살해당한 바로 그 장소에 와 있었습니다. 왜냐하면 살해범 김재규가 대통령을 살해한 후, 계엄을 선포하고 군을 장악하기 위해 그분을 그 안가에 불러들였던 것입니다. 그 4성 장군 정승화 육군참모총장 역시 정치적인 술수는 전혀 모르는 담백한 군인이었습니다. 중앙정보부장 김재규가 10·26 당일 저녁이나 함께하자고 해서 그곳에 갔었던 순수한 군인이었습니다. 그런데 그는 김재규가 박 대통령을 살해하고 피 묻은 와이셔츠를 입은 채 허둥대며 구두도 신지 못한 채 살해현장에서 뛰어나와 차를 탈 때 함께 그 차에 탔습니다. 그리고 육군본부 지하벙커로 달려갔습니다. 달려가는 동안 그는 김재규를 다그치지 못했습니다. '중앙정보부장님, 지금 무슨 일이 일어났습니까? 왜 당신은 지금 피 묻은 와이셔츠를 걸치고 있으며 허둥대고 있습니까?' 군의 최고 책임자답게 김재규를 다그쳐야 했지요. 그때 김재규가 차 속에서 엄지손가락을 밑으로 꺾으며 더듬더듬 말했습니다. '각하가 세상을 떠났습니다.' 그는 6·25를 겪은 역전의 용사이자 지휘관 출신이었습니다. 김재규를 다그쳐 '각하가 어떤 상태에서 누구에 의해 시해당했습니까? 그럼 이후에 군의 책임자인 나는 어떻게 해야 되겠습니까? 계엄을 선포하고 어떤 대처를 해야겠습니까?' 정확히 따져 묻지 않았습니다. 범인 김재규와 함께 육군본부로 갔고, 자신의 지휘권이 충분히 발휘될 수 있는 그 육군본부에서도 정승화

대장은 살인범 김재규의 눈치를 살피며 같이 허둥댔습니다. 바로 그 상황을 정확하게 꿰뚫은 보안사령관 전두환 소장이 기민하게 움직이기 시작한 겁니다."

DJ는 목이 마른 듯 곁의 수녀에게 물을 청해 마셨다. 그리고 특유의 장광설을 이어나갔다.

"위기는 언제나 더 큰 기회를 제공하기 마련입니다. 박정희라는 18년 철권통치의 중심이 무너지고 나자, 기회는 엉뚱하게도 별 2개를 어깨에 단 보안사령관 전두환에게 간 것입니다. 그는 제일 먼저 박정희를 죽인 김재규를 잡아들이고 얼마 후에는 놀랍게도 자신의 상관이며 평소 같으면 얼굴조차 똑바로 볼 수 없었을 정승화 대장을 심복들을 보내 잡아들인 것입니다. 정승화 대장은 육군참모총장 공관에 있다가 잡혀왔지요. 바로 그 사건이 12·12 사태였던 것입니다. 아들이 아버지를 잡아들이듯 보안사령관이라는 별 2개의 소장이 자신의 상관인 정승화 대장을 잡아 자신이 운영하던 서빙고에 있는 보안사 분실로 끌고 갔습니다. 그 지하실에서 정승화 대장의 어깨에 붙은 별 4개를 떼어내고 엄청난 고문을 가하며 심문했습니다. '당신은 왜 살인범 김재규 옆에서 우물쭈물하고 있었는가?' '난 그날 저녁 김재규 정보부장이 저녁이나 먹자고 해서 청와대 앞에 있는 안가에 가 저녁을 먹고 마냥 기다리고 있었다.' '그게 말이 되나? 불과 2~3분이면 걸어갈 거리의 만찬장에서 총성이 일고 각하와 차지철이 쓰러지고, 바로 그 건물 안에서 경호실 요원들이 중앙정보부 직원들이 쏜 M16 소총의 총탄에 맞아 모두 쓰러졌다. 6·25 때 그 수많은 전투를 겪은 당신이 콩 볶듯 하는 총성을 못 들었단 말인가?' '글쎄, 나도 총성을 들은 것 같기도 해. 하지만 자하문 쪽에서 들리는 것 같기만 했어. 경호부대에서 사격연습을 하는 건가 하는 생각을 했었지.' '그러면 당신은 왜 육군본부에 가서도 김재규를 향해 저놈이 살인범이다, 각하를 쏜 살인범이다라고 말하지 않았는가.' '난 그때 전쟁이 나는 줄로 알았다. 나는 전방 상황을 살피느라 육군본부 지하벙커 속에서 정신이 없었다.' 수사관들은 웃으면서 말했을 것입니다. '당신은 군인답지 않은 기회주의자야. 살인범 김재규가 대권을 잡으면 당신은 국방장관이나 그 이상의 직책을 얻기 위해 기회를 보고 있지 않았는가?' 이런 긴 심문 과정을 거쳐 정승화 장군도 제거되고 대한민국의 모든 힘과 국운의 열쇠가 전두환에게 넘어가고 만 것입니다."

노무현이 말했다.

"저도 거기까지는 그동안의 제4공화국, 제5공화국 같은 드라마를 통해 알게 되었고 책을 통해서도 숙지하였습니다. 그런데 왜 전두환과 하나회는 80년 초에 광주를 쳤을까요?"

DJ가 떨며 말했다.

"노 대통령, 그걸 몰라서 묻습니까? 박정희 18년 통치 속에서 목에 가시처럼 걸려 있던 것이 무엇이었습니까? 호남 사람 김대중이 아니었습니까? 그 김대중을 잡아 죽이기 위해 여러 번 시도를 하였고, 심지어는 일본에까지 정보부원들을 보내 현해탄 속에 수장을 시키려 했지만 기어이 살아남은 야당 정치인이 누구입니까? 자신들이 포스트 박정희의 공간에서 권력을 움켜잡을 때, '그건 아니야!'라고 외치며 나올 유일한 인물이 누구겠습니까? 바로 남산 지하실에 집어넣고 있던 김대중이 아니겠습니까?"

"그래서요?"

DJ는 목의 울대를 꿈틀대며 말했다.

"사실 1980년 초, 민주화의 서광이 잠시 비칠 때를 사람들은 흔히 '80년의 봄' 또는 '서울의 봄'이라고 불렀는데, 그때는 민주화의 시대가 올 것 같은 착시현상도 생길 만했습니다. 그때 신군부는 박정희 시대에 정치활동이 금지됐던 재야인사 678명에 대한 복권조치를 내렸습니다. 나도 모든 정치적 제약이 풀려 도쿄에서 납치되어 온 후 처음으로 명동 쪽으로 나갔습니다. 시민들을 만나고, 명동성당 언덕에서 연설도 했습니다. 나는 밀려오는 시민들을 향해 환하게 웃으며 외쳤습니다. '이 김대중이 돌

아왔습니다. 여러분, 김대중이를 살려줘서 감사합니다.' 시민들은 박수
치고 환호했습니다."

노무현이 말했다.

"저도 대통령님의 그런 모습을 흑백 텔레비전을 통해 똑똑히 본 일이 있
습니다. 그때가 정확히 어느 때쯤이었죠?"

"그때가 80년 3월이었죠. 복권조치가 내려진 날이 80년 2월 29일이었으
니까요. 그런데 그 무렵 나는 전두환 장군이 만나자는 전갈을 받았습니
다. 안국동 뒷골목에 있는 2층집이었습니다. 합동수사본부 안가라고 하
더군요. 찾아갔더니 전두환 장군은 없고 권정달과 이학봉 두 군인이 나
왔습니다. 사복을 입고 나왔기 때문에 그 사람들의 계급은 알 수가 없었
습니다. 사람들은 그냥 권정달 장군, 이학봉 대령이라고 말하더군요. 그
런데 내 눈에는 이학봉 대령이 더 큰 실권을 가진 걸로 보였습니다. 아무
튼 그날, 이학봉은 내 앞에 백지 한 장을 내놓고 각서를 쓰라고 했습니다.
내가 물었지요. '각서라니? 무슨 각서입니까?' 이학봉은 무뚝뚝하게 말
했습니다. '부르는 대로 받아쓰시고 서명 날인하십시오.' 소름이 끼치도
록 무표정한 얼굴이었습니다."

"각서 내용이 어떤 거였습니까?"

"첫째, 해외에 나가지 않겠다. 둘째, 정치적으로 자중하겠다. 셋째, 정부
에 협조하겠다."

"그래서 어떻게 하셨습니까?"

"나는 종이를 밀치고 돌아서서 나왔습니다. 내가 나올 때 그 군인은 뒤
에서 말했습니다. '선생님, 후회하실 겁니다. 오늘의 이 거절이 뼈아프게
다가올 것입니다. 후회하지 마십시오.'"

그 군인과의 대면이 있은 후, 김대중은 민주진영의 인사들과 만나고 곧
있을 자유선거의 열기를 체감하며 정신없이 뛰어다녔다. 민주시대가 열
릴 것이다. 민주화에 앞장섰던 동지들과 꿈같은 세월을 만들 수 있겠구
나. 전남대학에서 복학생들이 찾아왔다. 격려를 해주고 약간의 여비를

들려 보내기도 하였다. 결국 그 일이 몇 달 뒤에는 죽음보다도 더 무서운 사약이 되어 돌아왔다.

신군부는 1961년 5월 16일, 박정희가 일으킨 쿠데타의 기념일을 계승이라도 하듯이 1980년 5월 17일에 또 하나의 쿠데타를 일으켰다. 전국에 계엄을 선포하고 김대중과 그를 따르는 사람들을 일망타진하여 남산 지하실에 가두었다. 그리고 밤도 낮도 없이 고문을 가하였다. 그때 김대중은 60일 동안 그 지하실에 갇혀 있으면서 하루에 20번도 넘게 심문을 당하였다. 그 심문의 요지는 너무나 의도적이었다.

"전남대 복학생들에게 돈을 준 일이 있는가? 데모를 선동하고, 광주를 중심으로 해방구를 만들라고 했는가? 자금 얼마를 주었는가?"

그리고 끝에 가서는 '정동년'이라는 복학생 대표 이름을 물었다.

"전남대 복학생 정동년을 아시오?"

동교동 집에 40명이 넘는 군인들이 몰려왔다. 착검을 한 M16 총을 휘둘렀다. 한화갑, 김옥두 비서, 박성철 경호실장, 함윤식·이세웅 경호원, 동생 대현, 큰아들 홍일이가 끌려갔다. 계엄사령부는 김대중 체포를 공식 발표했다. 김대중은 남산 지하실에 갇혀 있으면서도 누가 옆방에서 비명을 지르는지 알 수 없었다. 나중에 밝혀진 수난자들의 명단은 다음과 같다.

문익환, 이문영, 예춘호, 고은(고은태), 김상현, 서남동, 김종완, 한승헌, 이해동, 김윤식, 한상완, 유인호, 송건호, 이호철, 이택돈, 김녹영, 조성우, 이해찬, 이신범, 이석표, 설훈.

원래 스님이었으며 시인이었던 고은은 너무 고문이 심하자 입고 있던 군복 쪼가리를 찢어 목을 매려 하였다. 비몽사몽간에 쓰러져 있을 때 어머니가 현몽하며 따스하게 말했다. 김대중이 용금호 바닥에서 예수님을 만나는 장면과 비슷했다.

"은태야, 죽지 마라. 이 고비만 넘기면 된다. 이 고비만 잘 넘겨라."

그는 그 고비를 넘기고 훗날 큰 시인이 되었다. 이 무렵 김대중을 담당했던 수사관이 말했다.

"광주에서 커다란 사건이 터진 것을 아시오? 광주 시내가 피바다가 되었소."

김대중이 화들짝 놀라 물었다.

"왜 광주입니까?"

"당신은 군대를 갔다 오지 않아 작전이라는 것을 잘 모를 것이오. 군 작전에는 언제나 주공과 조공이 있소. 김대중이라는 주공격목표를 탈환하기 위해서는 광주라는 그의 본거지를 제압해야 하는 것이오. 김대중은 주요 목표, 주공이고, 광주는 제2의 목표, 아니 김대중의 본거지인 조공이자 주공인 셈이오."

김대중은 정신을 잃었다. 김대중이 깨어났을 때, 대령 계급장을 단 이학봉이 나타났다. 그는 짧게 말했다.

"우리에게 협조하시오. 협조한다면, 대통령직만 빼놓고는 다 줄 수가 있소. 협조하시오."

그러나 김대중은 고개를 가로젓고 다시 정신을 잃었다. 얼마 후, 김대중은 그의 동지들과 함께 '김대중 내란 음모 사건'이라는 어마어마한 죄목으로 법정에 섰다. 그리고 그는 선고를 받았다.

"김대중, 사형!"

수녀들은 얼마 후, 또 다른 영화를 틀어주기 시작했다. 한라산이 나오고 흰옷 입은 사람들이 산등성이를 넘어 골짜기로 도망갔다. 그 뒤를 군인과 경찰들이 쫓고 있었다. 중산간 마을들은 온통 불길 속에서 타고 있었다. 군인과 경찰들이 주민들을 초등학교 교정에 모이게 하였다. 모두 떨며 웅크리고 있었다. 지휘관인 듯한 군인이 외쳤다.

"군인 가족들은 나오시오. 경찰 가족도 나오시오. 공무원 가족도 나오시오. 민족청년단 가족들도 나오시오. 나중에 거짓말로 들통이 나면 다 죽을 줄 알아!"

사람들은 쭈뼛쭈뼛 손을 들고 나가기 시작했다. 누군가가 소리쳤다.

"예배당에 나가는 사람도 나가면 안 될까요? 우리 딸은 국민학교 선생인데 나가면 안 될까요?"

그 군인은 눈을 부라리고 말했다.

"나와. 그런 사람도 나와."

나오지 못한 사람들은 운동장 한가운데에서 울먹이기 시작하였다. 그들은 소리쳤다.

"우리는 농사짓고, 한라산에서 약초 캔 죄밖에는 없는데요?"

군인들은 더 이상 듣지 않으려고 하였다. 최후의 한마디가 떨어졌다.

"모두 일어나 콩밭 쪽으로 가도록!"

그때 어느 여인이 말했다.

"우리 아이들만이라도 나가게 해주세요. 아이들은 아무것도 모르잖아요."

군인들은 개머리판으로 사정없이 그 여인을 밀어붙였다. 모두 콩밭 쪽으로 가서 엎드렸다. 이윽고 총소리가 나기 시작했다. 콩 볶듯 하는 소리였다. 사람들은 모두 콩밭 사이에서 죽어 넘어지기 시작했다.

노무현이 말했다.

"이건 제주도 4·3 사건 얘기인데? 이 영화는 나도 보기 싫습니다. 수녀님들, 영화를 꺼주세요."

수녀들은 얼른 영화 상영을 멈추었다. DJ가 노무현에게 말했다.

"노 대통령, 대통령께서는 제주 4·3 사태에 대한 소설과 자료들을 어느 정도로 보셨습니까?"

노무현이 머뭇거리며 말했다.

"현기영의 〈순이삼촌〉은 봤고요. 재일교포 김석범 작가가 쓴 〈화산도〉는 분량이 많아서 보다가 말았습니다. 재민일보사에서 펴낸 〈4·3은 말한다〉도 띄엄띄엄 읽었고요."

DJ가 말했다.

"제주 4·3 사태를 균형감 있게 이해하려면 피해를 입은 민중 편에서 본 〈순이삼촌〉은 반드시 읽어야 하고요, 같은 제주도 출신의 작가 현길언의 소설 〈한라산〉 3부작도 읽어야 합니다. 특히 현길언 작가는 자신이 열 살이 조금 안 되었을 때 직접 4·3 사태를 경험했기 때문에 그때의 상황을 잘 알고 있는 분입니다. 이분은 피해를 본 군경의 입장도 충분히 고려해서 작품을 쓴 분입니다. 재일교포인 김석범 씨가 쓴 〈화산도〉는 4·3 사태에 대한 깊은 성찰에서 쓴 작품입니다. 제주도 사람들이 일본으로 도망갈 수밖에 없었던 상황, 왜 제주도 사람들이 남로당에 대해 우호적일 수밖에 없었던가 하는 그 배경도 자세히 기술되어 있습니다. 그리고 제주도 출신 화가 강용배의 그림들을 봐야합니다."

노무현이 말했다.

"저도 강 화백의 '동백꽃 지다' 같은 4·3 역사화는 본 일이 있습니다."

DJ가 환하게 웃으며 말했다.

"어쨌든, 노무현 대통령은 우리나라 대통령으로서는 최초로 제주 4·3 기념식에 참석하셨죠?"

노무현이 머리를 긁으며 대답했다.

"네, 꼭 참석해야 할 것 같아 2003년과 2006년, 제주4·3 평화공원에서 열린 4·3 위령제에 참석했습니다. 4·3 위령제에 대통령으로서 참석한 것은 제가 처음이었는데요, 당시만 해도 대통령이 그 위령제에 참석하는 것이 옳은 것이냐를 놓고 갑론을박이 있었습니다. 하지만 저는 이 나라의 대통령으로 피해자들을 위무해주어야 할 것 같아 반대를 무릅쓰고 갔었습니다."

DJ가 말했다.

"솔직히 말하면 노무현 대통령은 나에 비해서 리스크가 적은 편이었죠."

"리스크라니요?"

DJ가 허허 웃으며 받았다.

"이 사람은 평생 '김대중은 빨갱이'라는 딱지를 달고 살았습니다. 그래서 집권 후에도 운신의 폭이 좁았습니다. 저도 과감히 제주도 4·3 위령제에 참석하고 싶었지만 차마 용기가 나지 않았습니다. 대신 5·18에 대한 신원에는 앞장을 섰지요."

DJ는 찬찬히 기억을 더듬으며 말을 계속했다.

"대통령에 취임한 후, 2000년 1월에 '광주민주화운동 관련자 보상 등에 관한 법률'을 개정했고요. 이어서 '의문사진상규명에 관한 특별법', '민주화운동 관련자 명예회복 및 보상법'을 만들었고요. 그에 이어서 '제주 4·3 사건 진상규명법'을 만들었습니다. 사람들은 이것을 '3대 민주 개혁법'이라고 했는데요. 아무튼 나는 거기까지는 했습니다."

노무현이 받았다.

"네, 대통령님께서 그때 제주 4·3 사건 진상규명법을 만들어주셨기 때문에 제가 그 후에 운신하기가 쉬웠습니다."

DJ가 마무리를 지었다.

"제가 임기를 끝내기에 앞서 광주 망월동 5·18 묘지를 국립묘지로 승격시키는 데까지는 책임을 졌습니다. 많이 부족하지요. 저는 빚쟁이입니다."

노무현이 말했다.

"저도 빚쟁이입니다, 여러 가지 면에서…."

두 분의 스님

강둑 위로 수녀들과 두 분의 승려가 걸어오고 있었다.

DJ와 노무현은 엉거주춤 일어나 일행을 지켜보았다. 두 분 수녀들이야 아는 분들이지만 그 뒤에 따라오는 두 분 승려는 알 길이 없었다. 앞장을 선 두 수녀가 승려들을 안내하였다. DJ가 앞으로 나서며 뒤에 따라오는 승려의 손목을 움켜잡았다.

"아니, 법정스님이 아니세요!"

스님이 합장을 하며 인사했다.

"소승 문안드립니다. 저도 대통령님께서 세상을 떠나신 후 그 이듬해, 2010년 3월 11일에 부랴부랴 대통령님의 뒤를 따라왔습니다."

노무현도 법정을 반갑게 맞았다. 법정이 고개를 숙이며 말했다.

"두 분 대통령님들께서 세상을 떠나신 소식은 신문과 텔레비전으로 알고 있었습니다. 그러나 저는 그때 암 투병을 하고 있었기 때문에 경황이 없어서 두 분 장례식에 찾아뵙지 못했습니다."

법정은 거기까지 얘기하고 뒤에 서 있는 스님을 소개했다. 굵은 테의 안경을 낀 승려를 가리키며 말했다.

"유명하신 일엽스님이십니다."

일엽스님이 엷은 미소를 띠며 합장했다. DJ는 그제서야 화들짝 놀라며 스님 앞으로 다가갔다.

"아이고, 몰라 뵈어 죄송합니다. 스님 생전에 뵈온 듯도 합니다. 스님께서 〈청춘을 불사르고〉라는 수필집으로 베스트셀러를 만들어 낙양의 지가를 올리실 때가 60년대 초반이었죠?"

일엽스님은 수줍게 미소 지었다.

"1962년 무렵이었을 겁니다. 만공스님께서 글을 쓰면 안 된다고 엄명을 하셨지만 글쓰기가 너무 그리워 몰래몰래 써둔 글을 그때 펴냈죠. 그 책이 잘 나가 제가 있던 예산 수덕사의 불사에 도움이 됐습니다."

DJ가 노무현을 둘러보며 소개했다.

"이 어른은 우리 근대문학의 개척자이십니다. 내가 젊었을 때 이 스님의 글을 참 많이 읽었습니다. 제가 젊었을 때부터 책깨나 읽었습니다만 춘원 이광수의 소설과 김일엽 스님, 아니 김원주 선생의 글을 모르면 우리 근대문학을 알 수가 없었죠."

일엽스님이 말했다.

"과찬이시구요. 저는 구시대의 인물입니다. 1896년생이니까 춘원 이광수 선생보다 4년 아래이긴 합니다만, 아무튼 19세기 사람으로서 신문학을 한다며 이화여전을 거쳐, 동경 유학물도 먹었고요. 그림을 하는 나혜석과 어울리고, 여성으로서 최초의 소설을 발표했던 김명순과 쏘다니며 춘원 선생의 지도를 받았습니다."

법정이 한마디를 거들었다.

"일엽스님은 우리나라 여성으로서는 최초로 여성잡지 〈신여자(新女子)〉를 펴내신 선구자시고, 나혜석, 김명순 선생님들과 함께 자유연애를 부르짖고 페미니즘을 개척하신 선구자이십니다."

일엽스님이 손사래를 쳤다.

"다 세상에 있을 때 부나비처럼 날뛰며 젊음을 탕진하던 시절의 이야기입니다. 자, 저는 세상에서 문필 활동으로 이름을 떨치신 법정스님이 오신다고 해서 마중을 나갔다가 수녀님들의 안내를 받아 두 분 대통령님을 뵙게 됐는데요. 호호, 오늘은 19세기와 20세기, 그리고 21세기 분들이 모이는 잔치판이 됐네요. 환영회는 없나요?"

DJ가 수녀들을 쳐다보며 말했다.

"수녀님들, 귀하신 스님들을 안내해주셔서 감사합니다. 이왕이면 환영회를 할 수 있도록 준비를 좀 해주시죠."

앙리에트 수녀가 나서며 말했다.

"무얼로 준비해드릴까요?"

DJ가 머뭇거리다가 말했다.

"제가 전라도에서 즐겨 마시던 술과 안주로 대접을 해도 되겠습니까? 두 분은 스님들이신데?"

일엽스님이 말했다.

"여기는 세속적인 것들이 다 소용이 없는 곳입니다. 음식이 어떠니, 술이 어떠니, 남자가 어떠니, 여자가 어떠니, 하는 세속적 잣대는 아무 소용이 없습니다. 모두 훨훨 날아다니는 판인데, 세속적인 잣대가 어디에 쓸모가 있겠어요. 김대중 대통령님 하시고 싶은 대로 해보세요."

DJ가 웃으며 말했다.

"제가 전라도 보성 지역에 유세를 나가면 꼭 그 지역 술을 마십니다. 보성포구의 뱃사람들도 이 술을 마시지 않으면 출항을 하지 않고, 여수, 순천, 고흥 사람들도 이 술을 마시지 않으면 출항을 하지 않는다는 명주가 있습니다."

노무현이 물었다.

"그렇게 유명한 토속주가 있습니까? 어떤 술입니까?"

"우리 전라도 사람들 중에 보성 일대의 사람들이 신세를 진 보천소주가 있지요. 아 노무현 대통령도 잘 아는 분이예요. 염동연 총장의 춘부장님께서 만드시는 명주, 보천소주입니다."

노무현이 반가운 목소리로 말했다.

"아, 염동연 총장의 아버님께서 술도가를 하신다는 말을 들었습니다. 그리고 보니 저도 그 술을 얻어 마신 기억이 납니다."

DJ가 수녀님들께 청했다.

"한국 전라도 보천소주에 홍어 안주를 준비해주실 수 있겠습니까?"

마들렌 수녀가 익살맞게 받았다.

"네네, 알아듣겠습니다. 어느 분의 명령이신데, 어길 수 있나요? 즉시 천국 창고에 들어가 찾아오겠습니다. 그리고 홍어는 전라도 흑산도나 홍도에서 잡힌 거라야 되겠죠?"

DJ가 웃으며 받았다.

"물론입니다. 칠레산으로 헷갈리시면 큰일납니다. 진짜 흑산도 홍어는 날개가 쫄깃쫄깃하고요, 콧부리를 휘어보면 절대로 부러지지 않아요. 칠레산은 콧부리를 꺾으면 딱 하고 단박에 부러지지요. 그리고 고기가 푸석푸석하고 색깔이 칙칙합니다. 제가 영국 가 있을 때, 김옥두 의원이 나 줄라고 목포 어시장에 가서 홍어를 고르는데 어느 아주머니가 아주 커다란 홍어를 내놓으며 자랑을 하더래요. 그래서 김옥두가 '이거 영국에 계신 우리 선생님 드릴 건데 진짜 흑산도 꺼 맞지라우?' 그러니까 그 아주머니가 '김대중 총재님께 드릴 거예요? 아이고, 내 정신 좀 봐. 칠레산을 드렸네! 이리 내슈!' 그러고는 얼른 진짜 홍어를 내주더랍니다. 돈도 안 받고, 허허!"

마들렌 수녀가 흥겹게 받았다.

"네네, 김 대통령님이 좋아하시는 싱싱한 홍어로 대령하겠어라우!"

소주가 한 순배 돌고 싱싱한 홍어와 목포 낙지가 꿈틀거리자 분위기는 금방 왁자하게 되었다. 노무현은 담배를 피워 물고, DJ도 오랜만에 담배를 물었다. 담배를 한 손에 들고, 홍어를 고춧가루 섞은 소금에 푹푹 찍어 먹는 맛이 별미였다. 김일엽 스님도 마다하지 않고 그 아득한 젊은 날, 한가락 하셨던 기분을 내주셨다. 법정스님도 세상에 있을 때의 근엄한 모습을 던져버리고 홀가분하게 마셨다. DJ가 기분 좋게 말했다.

"아, 이거 그 유명하신 개화기 때의 대선배 일엽스님과 한국의 베스트셀러 작가 법정스님, 그리고 후배 노 대통령님과 이렇게 한자리를 하니 정말로 뿌듯합니다. 세상에 부러울 것이 없네요. 예산 수덕사는 저도 몇 번 들렀습니다만, 일엽스님이 계시던 곳을 사람들은 '환희대'라고 부르더군요. 비구니 스님들이 계신 곳을 견성암이라고 부르고. 제 기억이 맞습니까, 스님?"

일엽스님이 환하게 웃으며 받았다.

"정확하십니다. 대통령님이 가셨을 때 안내를 해준 스님을 기억하십니까?"

"네, 키가 크고 아주 멋지게 생긴 분이시더군요. 세상에 머물러 계셨다면 박순천 여사 같은 거물급 의원도 되셨을 것 같던데, 이태영 여사 같은 지성미도 있고… 그 스님 법명이 뭐라더라."

"월송입니다. 제 상좌로 제 글을 꼼꼼하게 다듬어주었던 문인이기도 합니다. 아주 훌륭한 비구니죠. 지금쯤 환희대의 주지가 돼 있을 겁니다."

노무현이 법정에게 물었다.

"스님은 길상사를 시주받으시고 떨리시지 않으셨습니까? 세상 사람들은 그 길상사 터가 시가 천억이 넘는 요정 대원각 자리로 알고 있는데, 맞습니까?"

"그럼요. 저는 그 대원각이 너무 오래된 요정이고, 청와대 바로 뒷산에 위치해 있기 때문에 시주를 받기 위해 70년대부터 그곳에 들렀습니다. 처음에는 그 요정의 주인이 누군지도 모르고 문간 근처에서 시주만 받아갔는데 어느 날 그 요정 주인이 저를 찾더군요. 내실로 들어가서 처음 인사를 하고, 그분의 존함이 김영한(1916~1999)이라는 것도 알았습니다. 1985년이 되자 그분이 자신의 재산을 전부 저에게 시주하겠다는 뜻을 밝혔습니다. 저는 금액이 너무 엄청나서 믿기도 어려웠고, 사실이라면 오히려 시주받기가 어렵다고 생각했습니다. 당시 가격으로 따져도 수백억이 넘는 그 거액을 시주받기가 버거웠습니다. 종단 쪽에서도 그런 거액은 받기가 쉽지 않을 거라는 얘기를 하더군요. 그래서 저는 점잖게 거절을 했습니다. 그런데 그분은 10년이 넘도록 저를 졸랐습니다. 자신의 대원각을 소리소문 없이 저에게 시주하겠다고 간곡하게 말씀하셨습니다. 어느 눈 오는 밤에는 자신이 시인 백석과 함경도에서 처음 만났던 얘기도 하고 눈물을 흘렸습니다. 저는 그 눈물을 바라보며 그분의 뜻을 받아들이기로 했죠. 물론 시인 백석에 대해서 나름대로 공부를 했고, 그분의 시가 김소월의 시맥을 잇는 놀라운 작품이라는 것도 뒤늦게 알았습니다. 저는 그분에게 맑고 깨끗한 영혼이라는 법명 '길상화'를 전해드렸고요. 그분은 그 법명을 받으면서 자신의 재산을 헌납했습니다. 제가 시주액으로는 너무 벅차다는 말을 하자 일찍이 시인 백석으로부터 자야(子夜)라는 애칭을 받았던 그분은 울면서 백석의 시를 암송했습니다. 물론 자야를 주제로 한 시였죠."

법정은 소주를 단숨에 들이켜고 호흡을 가다듬은 후 시 '나와 나타샤와 흰 당나귀'를 조용히 읊기 시작하였다. 법정이 원문의 시를 읊기 시작하자 천상의 강가에도 눈이 내리기 시작하였다.

나와 나타샤와 힌당나귀

가난한 내가
아름다운 나타샤를 사랑해서
오늘밤은 푹푹 눈이나린다.

나타샤를 사랑은하고
눈은 푹푹 날리고
나는 혼자 쓸쓸히 앉어 燒酒를 마신다
나타샤와 나는
눈이 푹푹 쌓이는밤 힌당나귀타고
산골로가쟈 출출이 우는 깊은산골로가 마거리에살쟈

눈은 푹푹 나리고
나는 나타샤를 생각하고
나타샤가 아니올리 없다
언제벌써 내속에 고조곤히와 이야기한다
산골로 가는것은 세상한테 지는것이아니다
세상같은건 더러워 버리는것이다

눈은 푹푹 나리고
아름다운 나타샤는 나를 사랑하고
어데서 힌당나귀도 오늘밤이 좋아서 응앙응앙 울을것이다.[16]

법정이 시를 다 읊고 나자 일엽스님이 손수건으로 눈물을 훔치고 있었

---

16) 〈女性〉 3권 3호, 1938. 3. 원문대로 실음.

다. 그리고 탄식하듯 말했다.

"사랑에 관한 시를 감상하고, 자야와 백석의 시공을 떠난 사랑을 체감하게 되니까 눈물이 납니다. 제가 세상에 살면서 온갖 번뇌를 불사르기 위해 책 제목마저 '청춘을 불사르고'라고 했는데, 아직도 불사르지 못한 것은 사랑인 것 같습니다. 일찍이 춘원 선생도 사랑에 관해서는 이렇게 말했지요. '사랑, 그것 참 위대한 것이야!'"

법정이 말했다.

"제가 천억이 넘는 그 재산의 헌납식을 끝내고 길상화 보살에게 물었습니다. '아깝지 않으십니까? 그 재물이…' 그러자 보살은 소승에게 말했습니다. '이 천억 대의 재산은 백석 시인의 시 한 줄에도 미치지 못합니다. 저는 그분의 시를 사랑합니다.' 라고 말하더군요. 참으로 우문에 현답이었습니다."

DJ가 허허 웃으면서 말했다.

"고승께서 보살님에게 한 방을 얻어 맞으셨군요."

법정은 말했다.

"제가 알기로는 우리 불가에 이렇게 천억 대에 이르는 재산을 소리소문 없이 내놓은 보살과 처사들이 숨어 있습니다. 기독교계에도 그런 분이 있다고 들었습니다. 경기도 용인에는 순교자를 기념하는 '한국기독교순교자기념관'이 있는 데요. 그 순교자기념관이 들어서 있는 부지 11만 평도 만만찮은 재산입니다. 현 시가로 치면 수천억 원이 될 것입니다. 그 부지를 교회에 헌납한 분은 영락교회 성도 정이숙 권사라는 분이라고 들었습니다. 제가 한경직 목사님 살아생전에 들은 이야기로는 그 정이숙 권사님은 협객 이성순의 부인이었습니다. 이성순 선생은 신의주 태생으로 서북청년단 감찰부장이었고, 6·25 때는 캘로부대원으로 북한에 침투했던 용사였다고 합니다. 세상에서는 그분을 '시라소니'로 기억하고 그분을 모델로 한 드라마나 만화도 나와 있는 걸로 알고 있습니다. 아무튼 그 시라소니의 헌금이 순교자기념관의 터가 됐다는 것은 돌고 도는 업과 인연의 이치를 알려주는 예가 될 것입니다. 세상과 우주의 기본 이치는 바로 이 큰 업과 인연의 순환 고리가 서로 물리고 물며 돌고 도는 것일 겁니다."

노무현이 말했다.

"아이고, 이 천상의 강가에서 고승님의 큰 말씀을 들을 줄은 몰랐네요. 참으로 유익한 말씀이었습니다."

법정은 겸손하게 말했다.

"대통령님, 저는 결코 고승이 아닙니다. 평범한 땡중에 지나지 않습니다. 제가 정말 고승이었다면 마지막 세상을 떠나온 모습이 그러지는 않았을 것입니다."

"무슨 말씀이신지?"

"저는 마지막 암 투병을 하면서 서울 사람들 중에서도 가장 부자들이 입원한다는 강남의 유명 병원 특실에서 봉양을 받다가 세상을 떴습니다. 평생 무소유를 설파하며 그렇게 표표한 것을 자랑으로 삼았던 제가 그런 모습으로 마지막을 장식한 것은 수치스럽기까지 합니다. 원래 불가의 고승들은 마지막 세상을 떠날 때는 상좌승에게 물 한 병과 송화가루 한 줌을 싸달라고 해서 산등성이를 넘어갑니다. 아무에게도 알리지 않고 상좌승의 인사만 뒤로 하고, 혼자 산길을 가다가 낙엽이 많이 쌓인 곳에 편안히 누워 계를 읊다가 송화가루가 떨어지고 마지막으로 물 한 방울이 다 떨어지고 나면 편안히 눈을 감아 낙엽과 하나가 되는 것이 이른바 '천화(遷化)'인 것입니다. 또 하나의 방법은 마지막까지 법당을 오르내리다가 법당의 마루에서나 계단에서 해받이를 하다가 문득 잠드는 '좌탈입망(坐脫入亡)'이지요. '스님스님, 일어나십시오! 여기 계시면 감기 드십니다.' 이렇게 상좌승이 걱정할 때 편안히 상좌승의 가슴에 안긴다면 얼마나 행복하겠습니까? 그러나 저는 천화도 못했고, 좌탈입망도 못했습니다. 고급 병실에서 몸부림치다 겨우겨우 길상사로 옮겨져 운명했으니, 얼마나 초라한 최후입니까. 저는 이 천상에 와서도 그 점이 부끄럽게 느껴집니다. 그래서 세상을 뜰 때에 저는 그동안 무소유에 대해 그렇게 떠들고 떠들었던 책들을 다시는 발간하지 못하도록 엄명을 하고 눈을 감았습니다. 부끄러운 걸승의 최후였습니다. 나무관세음보살!"

전라도 사내, 염동연

법정스님과 일엽스님은 자리를 떴다.

일엽스님이 살포시 웃으시며 말했다.

"이 천상의 나라에도 일주문과 대웅전이 있는 사찰이 있답니다. 여기에서는 모두 자신이 믿던 종교로 일단 천상의 나라에 온 사실을 신고하고 자신이 믿던 종교의 틀 안에서 천상의 나라 신고식도 하게 돼 있거든요. 그래서 지금 제가 법정스님을 그곳으로 안내하여 천상의 나라 입국 신고를 할 것입니다. 두 분은 여기에서 더 편안히 말씀도 나누시고 약주도 하십시오. 우리 같은 종교인들은 세상에서 했던 일이 단순하니까 어서 가서 신고하고 법정스님은 두 분께 돌려드리겠습니다. 두 분은 가톨릭신자들이시니까 거기에 계시다가 수녀님들의 안내를 받아 가시면 될 겁니다. 자, 그럼 저희들은 떠나겠습니다."

두 승려가 떠나고 나자 DJ는 노무현에게 남은 술을 권하면서 끊겼던 대화를 이어가기로 하였다.

"우리가 무슨 얘기를 하다가 두 분 스님을 영접하게 되었죠?"

"네. 전라도 남자, 보성 사람, 염동연 총장에 대해 이야기를 시작하다가 스님들을 뵙게 됐습니다."

"그렇죠. 염동연 총장. 그 사람은 우리 동교동 캠프에서 사실상 차세대의 리더가 될 수 있는 인물이었습니다. 김옥두 의원과 함께 내가 제일 아끼던 청년조직 연청의 사무총장으로 애쓴 사람이었습니다. 여의도백화점 건물이었던가요? 그쪽에 사무실을 두고 사실상 그분이 전국의 청년들, DJ를 사랑하는 젊은이들을 관리했던 조직의 명수였습니다."

노무현이 쑥스럽게 말했다.

"사실은 제가 YS께서 노태우, 김종필 등과 함께 3당 합당을 하게 되자 그것을 거부하고 대통령님께 갔을 때, 제일 먼저 찾아간 곳이 여의도 연청 사무실이었습니다. 정식명칭이 민주연합청년동지회였죠? 아무튼 제가 그곳에 찾아가 염동연 사무총장에게 단독직입적으로 물었어요. '염 총장님, 저도 이 조직에 들어오고 싶은데, 입회할 수 있습니까?' 그러자 염 총장이 우회적으로 거절을 하더군요. '아, 이곳은 의원 배지를 달지 못한 젊은 DJ맨들이 대기하는 곳입니다. 의원님처럼 이미 국회의원 배지를 달고 계신 분이 왜 우리 연청 조직에 들어오려고 하십니까? 의원님께서는 과거 5공 청문회에서 이름을 날리셨던 스타가 아니십니까? 그런 분이 우리 조직에 들어오시면 공연히 저희들에게 주눅만 들게 하십니다. 정중히 사양하겠습니다.' 아, 이렇게 해서 저는 연청에 들어가지 못했습니다. 딱지를 맞은 셈이죠."

DJ가 허허 웃으며 말했다.

"그 사람은 아주 머리 회전이 빠른 사람입니다. 자기 조직에 노 통 같은 거물이 들어오면 조직 운영에 걸림돌이 된다는 얘기를 그처럼 멋지게 윤색해서 할 줄도 아는 사람이죠. 어쨌든 내가 그 사람을 좀 더 일찍이 눈여겨봐서 공천도 주고 의원을 시켜줬어야 했는데. 그 보성 지역구에는 유준상 의원 같은 거물이 버티고 있어서 우물우물하다가 그 사람에게 공천을 못 줬지요. 그 사람은 아주 처세술도 싹싹해서 동교동을 찾아올 때는 빈손으로 올 때가 없었습니다. 나보고 서재에서 마시라고 자기 아버지가 빚은 보천청주(맑게 증류한 고급술)를 꼭 챙겨 가지고 왔죠. 아주 서글서글하고 사람 마음을 단숨에 끌어당기는 사람이에요."

노무현이 동의하였다.

"그래서 저하고도 쉽게 친해졌습니다. 나이도 동갑이고요. 염동연 씨 집이 고속도로 근처여서 제가 지방을 다녀오고 할 때마다 무시로 그분 집에 들렀어요. 그래서 안사람들끼리, 그리고 나중에는 아이들끼리도 친하게 지냈습니다."

DJ가 물었다.

"그런데 두 분은 어떻게 해서 정치판에서 그렇게 둘이 죽고 못 사는 사이로 발전하게 됐습니까? 그 얘기 좀 들어봅시다."

노무현이 말했다.

"대통령님께서 영국 생활을 접고 돌아오셔서 정계복귀를 선언하시고, 1997년 5월 새정치국민회의 정당대회에서 제15대 대통령 후보로 선출된 후였습니다. 저도 그때 새정치국민회의에 입당하여 부총재가 되고, 대통령님을 위해 전국을 누비며 유세를 할 때였는데요."

DJ도 그때 일을 생각하며 감동이 됐는지 얼굴을 청년처럼 붉히면서 말했다.

"그래요. 그때 노무현 부총재는 젊은 표가 많이 모여 있는 수도권을 공략하기 위해 '파랑새유세단'이라는 조직의 책임자가 되어 이 사람을 위해 뜨겁게 성원해주셨죠. 영남 지역인 울산 지역도 책임져주셨고."

"그럼요. 비행기를 타고 그곳까지 달려가 김대중 후보를 위해 심혈을 기울여 목청껏 외쳤습니다. '민주투사 김대중을 살립시다! 이번 기회에 호남에 진 빚을 갚읍시다!'라고 외치고 또 외쳤습니다. 그때 염동연 씨도 울산에 와 있었죠."

노무현은 12월 초 어느 날 지원 유세를 갔던 때를 이야기했다.

그날 저녁 서울에 눈이 많이 와 상경하는 마지막 비행기를 타지 못했다. 하는 수 없이 일정을 바꿔 염동연과 함께 호남 출신 기업인이 운영하는 울산의 한 공장을 방문했고, 공장 직원들과 일일이 악수를 나눴다. 자리를 옮겨 저녁 식사를 하면서 염동연은 이렇게 말을 꺼냈다.

"노 부총재님! 부산·경남에서 가장 미움 받는 정치인이 누굽니까?"

"네? PK 지역에서 가장 미움 받는 정치인이요? 글쎄 누굴까? 나는 아닌 것 같은데요."

"물론 노 부총재님은 아니죠!"

"아! 김대중 총재님 아닙니까?"

"아. 허, 허허. 맞아요, 맞아! 그놈의 지역주의가! 그런데, 노 부총재님은 부산·경남에서 인기 없는 DJ 깃발을 들고 계속 출마해 매번 떨어졌지만 항상 30% 이상의 표를 받지 않았습니까? 제가 이곳 지역주민들 얘길 들어보니, DJ 깃발만 들지 않으면, 시장도 국회의원도 따놓은 당상이라고 하던데요."

노무현은 식사하며 묵묵히 듣고만 있었다.

"이번 대선에는 DJ가 당선될 것 같습니다. 그런데 DJ가 설혹 당선이 안 되더라도 다시 못 나오실 겁니다. 80 고령에 다시 나오기는 어렵죠! 이제 노 부총재께서 다음을 준비하세요!"

노무현은 놀란 표정으로 식사하다 말고 염동연을 바라보았다.

"당내 경선만 통과하면 그리 무리가 없다고 봅니다."

당내 변변한 조직 기반도 없는 노무현에게 염동연이 다만 개인적으로 친하다고 해서 그런 얘기를 할 사람이 아니라는 것을 노무현도 잘 알고 있었을 것이다.

"대통령 후보 경선에 나오시면 미력하지만 이 염동연이 힘껏 돕겠습니다!"

노무현은 물끄러미 염동연을 한참 바라보았다. 그러더니 "아니, 될 얘기를 해야죠." 하고 웃어넘기고 식사를 계속했다.

"천하의 DJ가 4수하는 이유가 뭡니까? IMF 환란, JP와의 연대, 이회창 후보 아들 병역비리 의혹, 특히 이인제 의원 출마로 인한 여권분열 등, 우리에게 호재가 많은데도 겨우 박빙의 게임을 벌이고 있는 상황입니다."

얘기를 듣고 있던 염동연이 힘줘 말했다.

"다음엔 호남 후보가 아니라 영남 후보가 돼야 합니다."

염동연이 평소 생각해온 '영남 후보론'이었다. 노무현은 그때까지도 그저 담담한 표정으로 듣기만 했다.

"노 부총재님은 3당 합당 거부와 청문회 스타 등 이미지가 좋은 데다, 노동자, 농민 등 서민을 위한 인권변호사 출신으로 국민적 사랑을 받고 있고, DJ 깃발 아래 영남에서 어려운 줄 알면서도 줄곧 도전하는 등 소신 있는 정치에 많은 국민들이 박수를 보내고 있습니다. 민주당의 영남 후보! 부정할 수 없는 선거환경에 딱 맞지 않습니까? 지역주의 장벽 속에서 DJ 깃발을 들고도 30% 얻었는데 설마 내 동네에서 내 깃발 들고 나오는데 30% 못 얻겠어요? 그러면 승리입니다."

당시 노무현은 아무 말도 할 수 없었다.[17]

그 후, 노무현과 염동연의 1차 꿈은 이루어졌다.

다시는 정치를 하지 않겠다고 눈물을 흘리며 영국으로 떠났던 DJ는 그 대통령병을 고치지 못하고 돌아와 식언을 하고, 정직하게 말하면 국민들을 속인 채 엉뚱하게도 구군부의 원흉인 김종필, JP와 손을 잡고 대통령이 되었다. 역사의 신, 하늘은 김대중의 간절한 소원을 들어주었다. 그의 말마따나 다섯 번씩이나 죽음의 구렁텅이를 벗어난 그의 신세를 가련하게 봐주었던지 하늘은 그에게 대권을 안겨준 것이다.

그동안 노무현은 제15대 국회의원 재보궐선거에 나가 서울 종로에서 당당히 당선되었다. 재선의원이 된 것이다. 그 다음 2000년 4월이 되어 다시 제16대 국회의원 선거를 할 때는 그냥 종로에서 출마했으면 무난히 당선됐을 텐데, 그는 한사코 지역 구도를 깬다고 하면서 김대중 당의 간판을 달고 부산 북구에 나가 보기 좋게 떨어지고 말았다. 사람들은 이때부터 노무현을 '바보'라고 부르기 시작했다. 섶을 지고 불로 들어간다는 말이 있지만, 그야말로 그는 맨땅에 헤딩을 하는 사람이었고, 돈키호테처럼 풍차를 향해 돌진하는 무모한 사내였다. 부산 사람들까지 고개를 절레절레 흔들었다. 그의 부산상고 선후배들이나 동네 사람들도 혀를 끌끌 찼다. 그런데 이상하게도 이때부터 젊은 사람들은 맨땅에 헤딩을 하

---

17) 잡지 〈전라도 人〉 창간호, 이성오 정리.

며 섶을 지고 불길 속으로 뛰어드는 그 사나이에게 매력을 느끼기 시작하였다. 전국에서 그의 팬클럽이 생겼다. 그가 불쌍하다고 노란 저금통에 동전과 꼬깃꼬깃한 지폐를 넣어 그에게 부쳐주기 시작하였다. 노무현을 사랑하는 사람들의 모임, 이른바 '노사모'라는 광팬들이 모이기 시작하였다. 대전에 노사모의 본부가 차려지기도 했다. 역사의 아이러니다.

이 무렵에 김대중 대통령이 그를 불렀다.

"노 의원, 국무위원이 된다면 무슨 분야를 맡아보겠소?"

그는 머리를 긁적이며 말했다.

"저는 부산 바다를 보며 살아온 사람이 아니겠습니까? 바다로 훨훨 달려가는 해양수산부 장관이라면 한번 해보겠습니다. 장보고처럼 바다를 휘젓고 다니며 해양을 관리해보고 싶습니다."

대통령은 고개를 끄덕였다.

2000년 8월 7일, 그는 김대중 정부 2기 내각에서 해양수산부 장관에 취임하였다. 해양수산부 장관이 되어서는 직원들끼리 서로 다면평가를 하는 시스템을 만들어 신망 있는 인재를 선출하고 승진시키는 제도를 만들었다. 젊은 직원들이 환호하였다. 그들은 노무현을 이렇게 평가했다.

"역시 젊은이들의 마음을 알아주는 신세대 장관이야."

그 무렵 그는 자치경영연구원이라는 조직을 만들어 젊은 인재들과 아이디어를 주고받기 시작하였다. 컴퓨터를 날렵하게 다루면서 날마다 자판을 두들겨 〈노무현이 만난 링컨〉이라는 책도 뚝딱 써서 출판하였다. 사람들은 그 책을 사서 읽으며 빙긋 웃었다.

"그래, 당신도 김해 촌놈이니까, 그리고 대학도 못 나왔으니까. 한국의 링컨 맞네! 한번 꿈을 꿔보시지?"

둘이서 세상을 바꿔봅시다

이 무렵 노무현은 문득 전라도 사내 염동연을 떠올렸다. 동갑내기 개띠 사내, 코가 복스럽게 생기고 유난히 배포가 큰 그 사내를 보고 싶었다. 연락을 했더니 금방 달려왔다.

염동연은 곧바로 해수부 청사로 갔다.

비서실을 통해 장관실에 들어서는데 노 장관이 문 바로 앞까지 빠른 걸음으로 나오면서 염동연의 손을 두 손으로 꽉 잡으며 말했다.

"둘이서 세상을 바꿔봅시다!"

"예?"

갑작스런 말에 깜짝 놀란 염동연의 눈을 천천히 응시하며 노무현은 나지막이 그리고 단호하게 말했다.

"울산에서 한 얘기 잊었어요?"

"무슨 말씀이세요?"

그때까지도 염동연은 얼떨결에 사태를 제대로 파악하지 못했다.

"울산이라니요?"

그렇다. 노무현은 염동연이 3년 전 겨울밤에 했던 제안에 답을 한 것이다.

"나 보고 다음에 해보라면서요?"

김대중 대통령이 당선된 이후 노무현은 줄곧 염동연의 제안을 혼자서 곱씹어봤다는 얘기다. 그렇지만 염동연에겐 여지껏 그런 고민을 감추고 있었다. 염동연은 웃으면서 노무현에게 말했다.

"이렇게 서서요? 앉아서 차나 한 잔 주시면서 이야기하시죠!"

소파에 마주 앉아 비서가 내온 차를 받으니 그 기억이 새삼 또렷해졌다. 그때 노무현이 말했다.

"결심했습니다."

차 한 모금을 채 넘기기도 전이었다.

"염 총장님이 하라니까 해야죠. 캠프를 만듭시다."

노무현의 말에는 힘이 실려 있었다. 염동연은 잠시 생각해보았다. 그리고 웃으면서 말했다.

"그래요! 그럼 그렇게 합시다!"

노무현은 기다렸다는 듯이 염동연에게 말했다.

"캠프 책임을 염 총장님이 맡아줘야겠습니다."

"대통령선거 캠프 만들자는 것 아닙니까?"

"당연하지요!"

"에이, 대통령선거 캠프는 3~4선 국회의원 정도가 좌장이 돼야 되는 것 아닙니까! 나는 그 밑에서 내 역할을 충실히 하면 되는 거구요! 국회의원 한 번도 안 한 제가 되겠습니까?"

"3~4선은커녕 초선의원 한 사람도 해줄 사람 없어요. 염 총장님이 맡아줘야겠습니다. 그리고 염 총장님은 내게 있어서 능력도 출중하고, 상징성도 있지요!"

그저 추기는 말만은 아니었다. 특히, '상징성'이라는 말은 염동연이 참여함으로 인해 노 장관 본인이 동교동에서 인정받지 못한 사람이 아니라는 점을 노무현이 에둘러 한 표현이었다.

당시 동교동 입장에서 보면 노무현은 고마우면서도 미운 사람이었기 때문에 동교동계인 염동연이 필요한 측면도 있었다. 노무현은 민주당에게 선명 야당의 위상을 공고히 해준 천군만마 같은 사람이지만 당 운영이 조금이라도 원칙에서 벗어나면 "이게 DJ의 사당(私黨)이냐?"며 따지곤 했다.

염동연은 노무현의 진의를 다시 한 번 확인했다.

"제가 사람(캠프 책임자)이 생길 때까지 당분간 하겠습니다. 그런데 몇 가지 물어볼 게 있습니다. DJ를 어떻게 생각하십니까?"

머리 회전이 빠른 노무현이 답했다.

"지난 대선 때에 이회창 후보 측에서 YS 인형 머리를 매질하고 불로 태우던 것을 연상하시는 모양인데, DJ는 나의 정치적 은사입니다. 그리고 내가 잘되면 남북관계와 외교 문제는 늘 그분의 의견을 참고해서 국정을 펴나가겠습니다."

염동연이 다시 물었다.

"돈은 있습니까?"

그러자 노무현은 느긋한 표정으로 답했다.

"내가 돈은 대한민국에서 제일 많은 사람이지요!"

"글쎄. 장관님이 빚이 많다는 얘기는 들었어도 돈이 많다는 얘기는 금시초문입니다. 다른 사람은 몰라도 내겐 진실을 말씀하셔야 합니다. 그냥 넘길 얘기가 아닙니다."

"대한민국 국민 앞에서 '내가 투명하게 할 테니 우선 좀 지원해주시오!' 하면 많이 해줄 겁니다."

노무현은 막힘이 없었다. 그동안 혼자서 이것저것 고심해온 흔적이 느껴졌다. 나중에 대선을 치르며 알게 됐지만 '희망돼지저금통'도 노무현은 이때 이미 생각해둔 것 같았다.

"복안이 있으시다니 돈 걱정 안 해도 되겠네요?"

염동연은 동교동 청년조직을 끌어오면서 어찌나 고생했던지 '돈'이라면 넌더리가 날 지경이어서 되묻지 않을 수 없었다.

"50여 개 벤처기업 사장들이 지원할 겁니다. 희정이와 광재가 관리하고 있고요!"

염동연은 속으로 '그럼, 그렇지!'하고 안도했다.

"마지막으로 제가 드릴 말씀은 이겁니다. 저는 장관님이 앞으로 잘하든 못하든 듣기 좋은 얘기는 못 합니다. 쓴소리만 할 겁니다."

"총장님! 꼭 그렇게 해주세요."

노무현은 자신이 잘못 가고 있으면 언제든 채찍질을 해달라고 염동연에게 신신당부했다. 그로부터 보름이 지난 10월 1일, 여의도 당사 인근 금강빌딩에 선거캠프를 차렸다. 첫 캠프 실무진은 당시 겨우 30대 초중반인 안희정, 이광재, 서갑원 등 대여섯 명에 불과했다.

시련은 각오했다. 각종 여론조사에서 야당 대선후보 지지도가 30%가 넘는 이인제 예비후보 등을 감안할 때 겨우 지지도 1% 수준인 노무현 예비후보로서는 아직 골리앗 앞에 선 다윗 같았지만 일단 출발하기로 하였다.[18]

바람 찬 여의도에서

여당인 민주당 경선준비가 시작되었다.

예비후보 중에서 제일 대중적 인기가 높고, 경쟁력 있는 후보는 한나라당에서 나와 대통령까지 출마했던 이인제였다. 결과적으로 그는 보수층의 표를 분산시켜 DJ가 대통령이 되는 일에 크게 공헌한 공으로 그는 민주당에 들어와 차기를 노리고 있었다.

사실 그는 만만한 사람이 아니었다. 노무현보다 두 살이 아래였지만 실로 입지전적인 인물이었다. 충청도 논산의 빈농의 아들로 태어나 학비가 없어 쩔쩔매던 소년이었다. 그러나 머리가 명석하여 논산중학교를 우등으로 졸업한 후에는 서울 경복고등학교를 거쳐 수재들만이 들어가는 서울법대에 합격하였다. 뿐만 아니라 노무현보다는 4년 뒤의 일이지만 32세의 나이로 1979년 제21회 사법고시에 합격하여 대전지법의 판사를 지내고 변호사를 하다가 김영삼, YS에 의해 정치권에 입문하게 되었다. 노무현과 똑같은 정치입문 과정이었다. 젊은 나이에 노동부 장관이 되어 고용보험제도를 만들어낼 만큼 능력을 발휘했던 인물이었다. 학생 때도 그냥 공부만 한 것이 아니라 유신반대에 앞장을 서기도 했고, 민주화운동을 맹렬히 한 덕에 YS의 눈에 띄어 스카우트된 정치인이었다. 살아온 길

---

18) 잡지 〈전라도 人〉 창간호, 이성오 정리.

이 노무현과 흡사하였고, 대통령직에 일찌감치 도전했다는 면에서는 노무현을 압도하는 인물이었다. 그래서 그때 김대중 대통령은 동교동 캠프의 심복들을 불러놓고 '다음에는 누구를 밀어야 우리가 정권을 재창출할 수 있을까?' 하는 문제를 심도 있게 논의하였다. 권노갑을 필두로 한 동교동 캠프의 핵심 멤버들은 '이인제가 적임'이라고 입을 모았다.

그런 낌새를 챈 동교동 1세대이며 김옥두와 함께 평생 김대중을 지켜왔던 리틀 DJ라고 불리던 한화갑이 펄쩍 뛰었다. '무슨 말씀이세요? 이인제 같은 보수인사를 우리 호남 정권에서 밀다니요? 이인제는 학생 시절에는 민주화운동을 했고, 노동부 장관을 하던 시절까지는 그런 대로 없는 사람들의 심정을 헤아렸지만, YS 밑에서 총애를 받은 그는 경기도지사를 거치면서 완전히 기득권 세력이 되어 없는 사람들과 호남 사람들을 홀대하는 그런 인물이에요.' 라며 길길이 뛰었다. 그리고 한화갑은 경선 출마의사를 밝혔다. '저도 경선에 나가겠습니다. 호남 사람들에게 이 리틀 DJ가 뒤를 잇는 것이 옳은 일인가 그른 일인가를 직접 물어보겠습니다.' 라고 힘줘 말했다.

"총장님!"

2001년 설을 앞둔 어느 날, 노무현 해양수산부 장관의 고성규 수행비서가 캠프를 찾아왔다.

"희정이 형에게 얘기했는데, 형이 말씀드리기 어렵다며 직접 총장님께 말씀드리랍니다."

"무슨 일인데요?"

"저기, 총장님 카드 좀 빌려 써야겠습니다."

노 장관이 이곳저곳 방문처가 늘어난 데다 사람들을 많이 만나다 보니 장관 개인 카드는 물론이고 자신의 카드도 대금을 내지 못해 정지되고 말았다는 것이다. 캠프 사정도 마찬가지였다. 건물 임대료를 수개월째 내지 못했고, 심부름하던 여직원들 봉급조차 주지 못했다. 안희정, 이광재 카드도 정지됐다. 염동연의 카드 2장도 매월 결제를 하고 나면 곧바로 한도 금액까지 바닥이 났고, 3천만 원짜리 마이너스 통장도 바닥나 있었다. 안희정, 이광재가 관리해 온 벤처기업들이 어느 정도 힘이 돼줄 것이라고 기대했다. 그 벤처기업 사장들을 1월 말쯤 종로구 통의동 삼계탕집에 초청해 식사를 함께하며 도움을 요청했다. 물론 노무현도 함께했다. 캠프 사정을 설명하며 간곡히 부탁했지만 그로부터 한 달이 넘도록 들어온 돈은 고작 500만 원이 전부였다. 돈 걱정 말라는 노 장관의 말은 지우기로 했다.

대선후보 당내 경선은 사실상 세 불리기 경쟁이었다. 이인제 후보에게 많은 의원들이 지지 의사를 밝히고 줄을 섰지만, 노무현 후보에게는 아무도 오지 않았다. 1년 6개월 뒤 지방순회 국민경선이 시작되기 일주일 전에서야 천정배 의원이 합류한 게 전부였다. 각 캠프에 누가 합류하는가를 보면, 돈과 조직이 몰리는 곳과 궁한 곳을 한눈에 알 수 있었다. 더구나 이인제는 동교동의 전폭적인 지지를 받고 있었다. 당내 경선 후보가 지출해야 할 정치자금은 꽤 많았지만 그때만 해도 제도적인 뒷받침이 거의 없었다.

전국에 걸쳐 지방조직을 구축하는 일만 해도 만만치 않았다. 광역 조직책과 시군구 조직책들을 정하고, 이들과 한 달에 2회 이상 서울에서 회합을 갖고 토론과 교육을 통해 조직을 확산해나가야 했다. 그런데 본부요원들은 그렇다 하더라도 지방조직 활동비는 어떻게 해야 한단 말인가? 결국 염동연의 몫이었다. 이제 겨우 30대 중반인 캠프 요원들은 정치자금을 마련할 능력이 없었고, 노무현의 인맥도 그런 곳엔 통하지 않았다. 급한 대로 염동연은 통장을 털어 막으면서 한편으로 지인들을 만나 노무현 후보 후원을 요청했다. 그렇지만 지인들의 반응은 한마디로 싸늘했다. '정신 차려라', '이제 막장으로 가는 거냐', '일찌감치 때려치우는 게 좋겠다.' 그런 와중에도 염동연의 말을 들어주는 친지가 더러 있어 만나면 이렇게 말하며 봉투를 내밀었다.

"이건 캠프 후원이 아니고, 염 총장 당신에게 주는 거요."

캠프 후원이라고 하기엔 민망한 소액인 데다, 그동안 정분을 쌓아온 염동연을 외면할 수 없어 성의만 표시한다는 얘기였다. 염동연은 자존심이 상해 그 자리에서 돈을 돌려주고 싶을 때가 한두 번이 아니었다. 하지만 캠프 사정을 생각하면 그마저도 찬밥 더운밥 가릴 계제가 아니었다. 다행히도 안희정, 이광재, 서갑원 등 젊은 참모들은 1인 3역, 4역을 해주었다. 대선캠프 요원치고는 너무 소수였지만 캠프는 열기에 가득 찼다. 염동연 역시 모든 것을 바친다는 각오로 뛰었다.

2002년 3월 16일, 민주당 대선후보 광주 국민경선 3일 전이었다. 광주 경선 준비 상황을 점검하고 서울로 올라온 염동연은 길에서 우연히 유인태 전 의원을 만났다.

"염 총장님! 울산에서 1등 했더구만! 그런데 지금은 선두를 달리지만 광주에선 힘들 거야! 이인제와 한화갑이 1, 2등을 다툴 게고, 그럼 표차가 얼마나 날까?"

유인태는 광주 경선에서는 노무현이 아무래도 질 거라며 나름의 판세 예측을 했다.

"광주에서 1등이요! 유 의원!"

"뭐? 노무현이 1등이라고? 나도 광주 얘기 들어 다 알고 있는데, 허풍 치지 마시오!"

유인태는 믿지 않았다. 그때 염동연은 잘라 말했다.

"만약에 노무현이 1등 못하면 내 손에 장을 지질 거요!"

"정말? 손에 장을 지진다고!"

유 전 의원은 화들짝 놀라며, 결코 미덥지는 않지만 이렇듯 단호하게 말하는 저의가 궁금하다는 듯이 한동안 염동연을 보았다. 허풍이나 객기가 아니었다. 광주 경선판이 염동연이 미리 준비한 시나리오대로 착착 진행되고 있었기 때문이다.

민주당 지방순회 국민경선에 임하는 전략은 이랬다.

'맨 처음 경선지 제주는 선거인단 수가 적으나 향후 경선 구도를 가늠할 바로미터인 만큼 기선을 제압한다. 다음은 울산인데 노무현이 기필코 1등을 해야 한다. 영남에서의 득표율을 저울질하는 경선이기 때문이다. 민주당의 텃밭이자 상징적 의미가 큰 광주 경선은 꼭 완승해야 한다. 모든 후보가 광주 경선의 중요성을 알고 있기에 한 치도 양보할 수 없는 일전이다. 이인제 독주 분위기를 민주당의 상징적 도시인 광주에서 뒤흔들어놓아야 한다. 이어지는 충청권과 강원, 인천에서는 이인제 후보가 앞서겠지만 호남, 영남 등에서 노무현 후보가 추격할 테니, 결국 수도권에서 건곤일척(乾坤一擲) 승부를 걸면 된다.'

염동연은 '광주 경선에서 1등을 하지 않으면 노무현 후보가 대통령 후보가 될 수 없다.'고 외치며 조직을 독려하는 한편, 일찌감치 여론전을 전개했다. 지식인들, 오피니언 리더들이 노무현 후보 지지선언을 잇따라 발표하게 한다는 전술이었다. 그들을 설득한 논리는 이랬다.

1. 이인제는 비록 한나라당 당내 경선이었지만 이회창 후보에게 패배하고도 승복하지 않았다. 민주주의의 기본 원칙도 승복하지 않은 사람에게 국민들이 표를 몰아주겠는가? 민주주의 성지 광주에서 이인제를 선택하는 것은 언어도단이다.

2. "3당 합당은 호남을 고립시키는 더러운 정치적 야합이다."라며 YS와 결별한 의로운 사나이 노무현, 부산에서 인기 없는 민주당의 깃발을 들고 끊임없이 도전하면서 낙선했던 정치인 노무현! 심지어 천신만고 끝에 얻은 종로를 버리고 부산으로 내려간 노무현! 광주가 노무현에게 보상해야 한다.

3. 노무현은 부산에서 인기 없는 민주당 간판으로도 시장, 국회의원에 출마해 매번 30% 이상의 득표율을 얻어냈다. 하물며 본인이 자기 동네에서 대선후보로 나서는데 30% 이상을 득표하지 못하겠는가? 결국 영남

에서의 한 표는 우리에게 두 표가 되는 것 아닌가?

염동연은 만나는 사람마다 이렇게 설파했다. 광주 경선일 1개월 전부터 교수, 변호사 등 전문가 집단의 노무현 후보 지지선언이 줄을 이었다. 광주는 이미 술렁이고 있었다. 광주 지역 캠프 책임자인 양길승 등 캠프 요원들이 죽을힘을 다해 뛰고 있었다. 염동연은 과거에 몸담았던 JC와 연청 회원 등을 최대한 끌어들였다. 그중 가장 공을 들인 사람은 고재유 광주시장의 아들 고명균이었다. 당시 그는 서울에서 명문대학을 나와 광주에서 사업을 하며 아버지 조직을 관리하고 있었다. 염동연은 고명균 사장을 서울과 광주에서 수차례 만나 설득했다. 결국 그도 염동연을 돕기로 하였다.

2002년 3월 16일, 광주 염주체육관에서 실시된 새천년민주당의 대통령 경선에서는 이변이 일어났다. 1위 이인제, 2위 한화갑, 그리고 3위 정도에 오를 줄 알았던 노무현이 예상을 뒤엎고 1위를 한 것이다. 광주가 발칵 뒤집히고 한국 정계가 요동쳤다. 집권여당의 대통령 후보로 변방 정치인 노무현이 당선된 것이다.

다급해진 이인제는 노무현 장인이 6·25 때 부역한 전력을 제기했다. 인민위원회 위원장으로 사람을 많이 죽였다고 했다. 노무현은 그때 이렇게 말했다.

"장인은 맹인이셨다. 인민군에 부역하면서 얼마나 큰 죄를 졌는지 모르지만, 그럼 대통령 하기 위해 마누라를 버리라는 말이냐."

이인제의 색깔론 공세는 부메랑처럼 고스란히 그에게 독배로 돌아갔다. 2002년 4월 27일, 노무현은 민주당 대선후보가 됐다.

다윗이 골리앗을 이긴 기적이 일어난 것이었다. [19]

---

19) 잡지 〈전라도 人〉 창간호, 이성오 정리.

변방 정치인의 승리

　막상 민주당 대통령 후보가 되었지만 노무현은 아웃사이더에 지나지 않았다. 그에게는 3김시대의 거인들이 가지고 있던 카리스마가 없었다. 지역기반도 없었다. YS에게는 경상도라는 막강한 지역적 배경이 있었다. 대통령 선거 때, 전라도에서 유세를 펼치며 돌팔매가 날아오면 섬진강을 넘어 부산으로 도망갔다. 부산 일식집에서 저녁을 먹으며 "나 이번에 전라도 갔다가 맞아 죽을 뻔했어요."라고 하소연을 하니까 부산의 유지들은 그를 위로하면서 "우리가 남이가"라고 하며 똘똘 뭉쳐주었다. DJ에게는 호남이라는 지역기반이 있었다. 길고 긴 유신통치기간, 일본에서 끌려오고 현해탄에서 빠져 죽을 운명에 처했지만 미국이 살려주고 전라도 사람들이 성원해주었다. JP는 충청도 사람이다. 그도 대권을 꿈꿨지만 워낙 박정희의 그늘이 짙었고, 그늘 속에서 챙긴 것이 많았기 때문에 그는 신군부에게 재산 일부를 내어놓고 목숨을 구하였다. 그리고 DJ와 연합정권을 형성하여 끝까지 실리를 챙겼다.

　노무현에게는 사실상 지역구도가 없었다. 고향 부산에 나가 국회의원과 시장이 되어보려고 했지만 모두 실패하였다. 김대중의 간판으로 나갔기 때문에 지역감정의 문턱을 넘지 못했다. 그러던 그가 호남 사람들의 성원을 받아 광주에서 근근이 집권여당의 후보가 된 희한한 이력을 갖게 된 것이다. 학력도 없었다. 자금도 없었다. 가진 것이라고는 변호사 이력과 5공 청문회 때 자료를 꼼꼼히 준비해서 청문회 스타로 부상했던 그 정치적 밑천밖에는 없었다. 이런 변방의 '시대의 아웃사이더' 노무현에 대해 시사평론가 진중권은 잡지 〈아웃사이더〉에 이렇게 썼다.

　"사실 나는 노무현에게 늘 빚을 지고 있다고 느껴왔다. 아마도 5공 청문회 때부터일 것이다. 그때 나는 민주화투쟁의 어설픈 동지로만 여겨왔던 야당 의원들의 수준이 그야말로 형편없다는 것을 충격적으로 깨달았다. 증인을 앉혀놓고 사실적인 심문을 하지 못하고 소리만 바락바락 질러가며 도덕적 훈계나 하는 '닭짓'들을 보면서, '저 당에는 참으로 인재도 없다'는 생각을 했다. '기억이 안 난다'며 요리조리 빠져나가는 장세동보다 더 열통 터지게 만든 것이 바로 이 게으르고 무능한 야당의 국회의원들이었다. 그때 단 한 사람, 충실히 준비해와서 증인들을 논리적으로 코너에 몰아넣었던 사람이 있었다. 그때까지만 해도 전혀 이름이 알려지지 않은 노무현이었다. 나는 아직도 그가 심문을 마치고 그 많은 자료들을 보자기에 싸는 장면을 머릿속에 간직하고 있다. 또 증인이 말도 안 되는 변명을 늘어놓자 명패를 집어 던지던 그의 파토스도 기억하고 있다. 이때 그는 우리 국민의 논리적 수준과 정서적 분노를 정확히 대변했다. 바로 이 때문에 나는 그에게 뭔가 빚을 지고 있다고 느껴왔고, 어느 라디오 프로그램에서 그를 게스트로 만났을 때 비록 내가 속한 당의 정치인은 아니지만 진심에서 우러나오는 목소리로 '꼭 성공하십시오'라고 말했다."[20]

진중권이 느낀 '빚진 느낌'과 '성공하십시오'라는 두 개의 코드가 국민들에게 퍼지기 시작했다. 특히 젊은이들에게 폭넓게 퍼져 나갔다. 그러나 정작 그를 대통령 후보로 뽑아놓은 민주당 내에서 그는 찬밥 신세가 되기 시작했다. 경선에서 떨어진 한화갑이 당대표가 되었다. 한화갑은 싱글싱글 웃으며 노무현을 훑어보았다. '영 시원찮다, 믿음이 안 간다'는 감정을 감추지 않은 시선이었다. 본선에서 버티고 있는 이회창이라는 상대와는 대적이 될 수가 없었기 때문이었다. 노무현의 인기는 바닥을 기고 있었다.
　더구나 그때, 노무현 후보는 지방선거를 앞두고 영남 지방에서 도지사 하나라도 건지지 못하면 후보 사퇴를 고려하겠다고 배수진을 쳤는데 지방선거에서 민주당은 참패하였다. 민주당 내에서 후보 교체론이 고개를 들기 시작했다.

---

20) 〈노무현 평전〉, 김삼웅, 책으로보는세상, 239~240쪽 재인용.

"약속대로 영남권에서 참패했으니 후보 사퇴하세요."

참으로 난감했다. 그러나 붉은악마와 노사모들이 들고 일어났다.

"사퇴하지 마세요. 우리들이 돕겠어요. 한국 축구도 4강까지 올라갔는데 왜 노무현이라고 안 됩니까? 노무현, 힘내세요!"

그런데 그때 월드컵 4강을 이뤄낸 정몽준 의원이 '국민통합 21'이라는 정당을 만들고 대통령에 출마하였다. 민주당에서 이런저런 인물들이 정몽준의 캠프로 넘어갔다. 일대 위기였다. 일찍이 이인제가 불붙였던 색깔론이 다시 불거졌다. 한때 좌익운동을 했던 장인 문제가 고개를 들기 시작하였다. 조·중·동, 보수 언론들이 노무현을 껌딱지처럼 씹고 또 씹었다. 참모들은 여기저기에서 그를 설득하였다.

"여당의 후보로서 미국을 한 번 다녀오세요. 미국 가서 미국 지도자들과 사진이라도 찍고 옵시다."

노무현은 화를 내며 반박하였다.

"안 갑니다. 사진 찍기 위해서 미국 가지 않겠습니다. 까짓것 반미면 어떻습니까?"

그가 아무렇게나 내지른 말 "까짓것 반미면 어떻습니까?"라는 말이 그의 발목을 두고두고 잡았다. 그런데 이변이 일어나기 시작하였다. 수많은 시민들이 노무현 후보의 홈페이지에 접속해서 10만 원 내외의 후원금을 보내기 시작했다. 여의도 캠프도 조금씩 숨을 쉴 수가 있었다. 이 무렵 또 하나의 호재가 겹쳤다.

"마침내 노무현에게 행운의 여신이 찾아왔다. 7월 하순부터 노사모와 민주당 국민경선 당시 자원 봉사자들이 '국민후보 지키기 서명운동'에 이어 독자적으로 인터넷 정당 '개혁국민정당'을 만들었다. 이들 중에는 시사평론가로 유명세를 타던 유시민이 절필 선언을 하고 노무현 지지활동의 선봉에 서고, 영화배우로서 〈그것이 알고 싶다〉 등 텔레비전 명해설가로 이름을 날린 문성근 등 소장 명사들이 참여했다. '개혁국민정당'은 10월 20일 여의도 63빌딩 국제회의장에서 인터넷 당원 투표를 통해 노무현

을 지지하기로 결의했다." 21

노무현은 개혁국민정당 발기인대회에서 즉석연설을 한 문성근의 축사를 들으며 눈물을 흘렸다. 이 장면은 참모들의 카메라에 잡혔고, 그 장면을 기초로 해서 '노무현의 눈물'이라는 TV 광고가 제작되었다. 비틀즈의 〈이매진(Imagine)〉 노래를 배경으로 어린이들이 천진난만한 표정을 짓는 그 스틸 사진 속에서 노무현은 한 줄기 눈물을 흘린다.

"날 몽상가라고 불러도 돼. 하지만 난 혼자가 아닌걸. 언젠가 당신도 함께해주겠지. 그리고 세상이 하나로 살게 될 거야."

존 레논의 노래가 사람들의 마음을 움직였다. 그러나 그 행사에서 걷힌 돈은 4천만 원 정도가 고작이었고, 나머지 2억은 약정금액이었다. 들어오지 않은 돈이었다. 그 무렵 한나라당 측에서는 돈이 넘쳐나서 야단이었다. 이회창 후보의 최측근인 서정우 변호사는 기업체들이 보내준 돈들을 차떼기로 받아 캠프에 전달했다. 나중에 밝혀졌지만 그 돈의 액수는 500억 원에 이르렀다.22

노무현 측에서는 선거자금을 공개하였다. 국민들이 자발적으로 참여하여 모금해준 액수는 60억 원 이상이었다. 선거사상 최초로 있었던 국민모금 형식이었다. 이회창의 '차떼기 트럭'과 노무현의 '희망돼지저금통'은 묘한 대조를 이뤘다. 이런 상황 속에서도 노무현은 또 다른 위기를 맞았다. 민주당에서 후보 단일화를 요구하는 의원 11명이 무더기로 민주당을 탈당하여 한나라당으로 옮겨 갔다. 이런 악재 속에서 또 다른 악재가 터졌다. 어차피 지지도 40%를 상회하는 이회창을 누르기 위해서는 정몽준과 노무현이 후보 단일화를 이뤄야 한다는 여론이 일어났다. 노무현도 그 여론에 따라갈 수밖에 없었다. 정몽준 쪽에서는 자신에게 유리한 '여론조사를 통한 단일화 방안'을 제시했다. 노무현은 불리한 줄 알면서도

---

21) 〈노무현 평전〉, 김삼웅, 책으로보는세상, 260쪽.
22) 홍덕률, '돈과 선거', 〈내일을 여는 역사〉, 2007년 겨울호, 49~50쪽 발췌.

동의하였다.

"정몽준 후보와의 단일화 여론조사를 발표하기로 한 25일이 됐다.

당사에 나가 보니 한마디로 초상집 분위기였다. 이재정 의원은 모두 함께 기도하자며 '노무현 후보에게 힘을 주십시오.' 하고 울먹였다. 김원기 의원 역시 침울한 표정으로 기자회견을 했다. 당사 전체가 패배 분위기였고 지친 모습이었다. 그도 그럴 것이 당일 아침 〈동아일보〉에는 이번 설문조사 결과는 정몽준 후보가 이길 것이라는 추측 보도가 실렸다. 그러나 염동연은 내심 걱정을 하면서도 염동연이 앞서 조사했던 단골 여론조사기관의 조사결과를 믿고 있었다.

'이 기관이 단 한 번도 틀려본 적이 없었다. 그저께 조사에서 불과 1%포인트 앞섰지만 분명히 역전 추세였다. 이틀 사이에 더 벌어졌을 수 있다. 이것은 국민의 감동이다. 민주 정권 재창출을 위해 기득권을 내버린 노무현을 다시 국민들은 선택할 것이다.'

8시에 결과를 발표하기로 했으니 초조하게 기다리는 것 외에는 아무것도 할 일이 없었다. 운명의 8시, 결과가 나왔다. 그들의 기도가 하늘에 통했을까? 노 후보가 이겼다. 당사는 완전히 흥분의 도가니였다. 염동연도 옆에 누군가하고 껴안고 덩실덩실 춤을 췄다.

정몽준은 결과에 승복하겠다고 밝혔다. 다음 날이 제16대 대통령선거 후보등록 마감일이었다. 그 여세를 몰아 선거에서 한나라당 이회창 후보를 누르고 승리했다. 막판에 정몽준의 약속 파기 선언으로 어려움을 겪긴 했지만 큰 변수가 되지는 못했다." [23]

공식 집계 결과 노무현이 1,201만 4,277표, 48.91%를 얻었다. 이회창 후보는 1,144만 3,927표, 46.59%의 표를 얻었다. 노무현이 57만여 표 차

---

23) 잡지 〈전라도 人〉 창간호, 이성오 정리.

로 여유 있게 이회창을 누르고 승리하였다.

제16대 대한민국 대통령, 묘하게도 미국 제16대 대통령 링컨과 16이라는 숫자를 맞춘 노무현 대통령이 탄생하게 된 것이다.

승리가 확정되던 날 새벽, 여의도 캠프의 좌장 염동연이 행방불명되었다. 승리자가 된 노무현이 백방으로 염동연을 찾았다. 그의 집에 전화를 걸었으나 부인의 대답은 이런 것이었다.

"당선자님, 축하드립니다. 그러나 저도 제 남편의 행방을 모릅니다."

새 시대 열리다

염동연은 사흘이 지난 후, 당선자 곁에 나타났다.

노무현 당선자가 놀라 물었다.

"도대체 어디에 계셨어요? 난 큰일이 난 줄 알았어요."

노무현 당선자가 염동연을 뜨겁게 끌어안았다. 염동연은 그 열기 속에서 말했다.

"몸살이 나서 아산병원에 누워 있었습니다. 제 처한테도 행방을 알리지 않았습니다."

"당선자님, 제일 급한 문제가 뭡니까?"

당선자가 말했다.

"국내외 분위기가 문제입니다. 특히 미국 쪽 언론이 아주 부정적입니다. 내가 무슨 북과 내통하는 좌경분자라도 되는 줄 아는 모양입니다. 미국 언론을 바꿔줄 인선이 시급합니다."

염동연은 메모한 것을 꺼내면서 침착하게 말했다.

"고려대학교에 재직 중인 한승주 교수를 빨리 찾으십시오. 그 양반은 지난 93년 YS 때 북핵 위기를 진정시킨 외무장관 출신입니다. 미국에 제일 넓은 인맥을 가지고 있을 겁니다. 빨리 만나보시고 주미대사로 발령을 내십시오."

그날 저녁, 노무현 당선자는 남산에 있는 호텔에서 한승주 교수를 만나 나라를 위해 한 번 더 수고해달라고 간곡히 청하였다. 한승주 교수는 선선히 응해 미국으로 떠났다. 그 다음은 초대 대통령 비서실장이 문제였다. 염동연은 문희상을 추천하였다. '앞으면 부처'라는 별명을 가진 그는 행동은 굼뜨지만 생각이 깊고 처신이 신중한 인물이었다. 국사의 중심을 잡는 비서실장으로는 적격이었다. 당선자가 연락을 하자 비대한 그는 날렵하게 바람을 가르며 나타나 중책을 맡았다.

당시 당내에는 김태랑 최고의원을 위원장으로 하는 인사위원회가 만들어졌다. 이상수, 이미경 같은 고참 의원들이 새로 출범하는 노무현 정부의 요직에 대한 밑그림을 그려나갔다. 그 모임에도 염동연이 주요 멤버로 참석하였다. 국회의원도 아닌 염동연을 김태랑 최고의원이 앞장서서 영입하였다. 눈치라면 번개보다 빠른 정치계 사람들이 새 정부 출범과 염동연의 관계를 놓칠 리가 없었다. 그러나 염동연은 생각이 달랐다. 당에서 내각 인선이나 검찰총장, 경찰총장, 국세청장 이른바 빅3의 인사 같은 것을 손대게 되면 서로 자기 쪽 사람을 심으려고 할 것이고, 무엇보다 보안이 안 되기 때문에 염동연은 당 쪽에서는 새 정부 산하 국영기업체의 책임자를 널리 모집하게 하였다. 그리고 정작 중요한 일은 보안이 되는 곳에서 해나가기로 했다.

소공동 롯데호텔은 드나들기가 쉽고, 사람이 많기 때문에 오히려 보안이 쉬울 수가 있었다. 그곳에 있는 작은 회의실을 아무도 모르게 얻었다. 그리고 그곳에 출입하는 인원을 당선자와 둘이서 정했다. 당선자와 염동연, 당선자가 의원 시절부터 정치적 스승으로 모셨던 김원기 의원을 좌장으로 삼고, 새 정부의 첫 비서실장이 될 문희상 의원, 현재 당선자 비서실장으로 있는 신계륜, 후보 시절 비서실장을 맡아 고생을 했던 정동채, 이렇게 6명 정도면 보안도 충분히 될 것이고 결정시간도 빨라질 것이기 때문에 일은 빨리 진행되었다. 주로 심야 시간에 모였고, 밤을 꼬박 새우며 새벽잠으로 때웠다.

그렇게 세 번째 모였을 때, 당선자가 새로운 인물을 데리고 들어왔다. 아주 쑥스러운 얼굴로 운을 떼었다.

"문재인 변호사입니다. 저하고 80년대 초에 만나 변호사 사무실을 함께 운영했고, 부산에서 민주화운동도 함께한 분입니다."

염동연이 문재인을 만난 것은 그때가 처음이었다. 물론 그의 얼굴을 본 것도 그 순간이 처음이었다. 대통령 당선자에게는 20년 지기이며 부산 생활에 얽힌 깊은 내막이 있겠지만, 염동연에게는 생소한 인물이었다. 분위기가 싸해지자 당선자가 다소 황망하게 말했다.

"이분은 부산 지역 선대위원장을 맡아 보이지 않게 많은 고생을 해오셨습니다. 앞으로 이 모임의 정규멤버로 참석하게 될 겁니다."

그것은 통보였다. 다른 사람은 딱히 할 말이 없는 듯 모두 염동연 쪽을 바라보았다. 염동연은 생각을 달리하였다. 낯선 인물이 들어서고 결정이 늦어지면 문제가 생길 것 같아 당선자를 향해 말했다.

"당선자님, 이 모임 더 계속하면 언론에 노출될 것 같습니다. 가뜩이나 비선 라인이 있네 없네 하는 판에, 판이 커지면 큰일이 나겠습니다. 전 일어서겠습니다."

이렇게 해서 소공동 롯데호텔 모임은 그날로 끝이 나고 말았다.

화불단행(禍不單行)이었을까? 검찰에서 갑자기 염동연과 안희정을 찾았다. 검찰은 앞뒤가 잘 맞지 않는 피의사실을 들고 나왔다. 염동연과 안희정이 퇴출 위기에 몰린 나라종금에서 로비자금을 받았다는 혐의였다. 그 담당 검사는 염동연을 바라보며 말했다.

"대통령을 만드신 분이라면서요? 그런데 이걸 어쩌죠? 한참 국사에 전념하실 분이 검찰 조사실을 당분간은 드나드셔야겠네요. 하 참, 로또에 당첨은 되셨는데, 당첨번호가 찍힌 그 복권을 바지에 넣은 채 세탁기를 돌려버린 셈이네요. 참으로 아깝습니다."

이렇게 해서 염동연은 당선자에게 전후 사정을 말하고 사실상 내정을 받았던 청와대 정무수석 자리를 가까운 유인태에게 넘겨주었다. 그리고 자신은 겨울 추위가 남아 있는 구치소로 들어가 꼬박 100일을 견디다 나왔다.

구치소를 나온 날, 청와대에서 들어와달라고 전갈이 왔다. 아산병원에 가서 간단한 검진을 하고 청와대로 들어갔다. 영부인이 된 권양숙 여사가 따뜻하게 위로해주었다.

"아이고, 새 대통령님을 모시고 국사에 전념하셔야 할 분이 애꿎은 고생을 하다 나오셨네요. 새 정부에는 총장님과 안희정 씨는 반드시 있어야 할 분들인데, 앞으로 어쩌죠?"

염동연이 술을 마시며 편안하게 말했다.

"저는 정치꾼이니까 당으로 돌아가 정치를 해야지요. 제가 대통령님 곁에 있으면 또 언론들이 대통령님을 귀찮게 할 것입니다."

운명

진실이 어디에 있든, 정치적 운명은 예상하지 못한 방향으로 전개되는 경우가 많다.

사실 문재인 변호사 측에서 따진다면, 자신은 처음부터 정치적인 욕심을 부린 일이 없었다. 자신은 한창 보람을 느끼며 일할 수 있는 부산법무법인을 지키고 싶었다. 부산에서는 열심히 일만 하면 돈도 벌 수 있고, 하는 일 자체가 보람 있는 일들이었다. 억울한 사람들 편에 서서 변론을 해주고 그들의 어려움을 해결해주는 것보다 더 보람된 일이 어디 있겠는가.

그러나 당선자는 한사코 서울로 올라오라고 했다. 아예 부인까지 모시고 오라고 했다. 아마 그 시점은 염동연과 안희정이 당연히 청와대에 들어올 수 있으리라고 믿고 염동연에게는 정무수석을 맡기고 꼼꼼한 안희정에게는 민정비서관 자리를 권하리라고 생각했던 때였을 것이다. 그런데 갑자기 염동연과 안희정이 검찰에 불려다니고 청와대로 들어올 수 없다는 것을 알게 된 시점이었다. 당선인은 부랴부랴 부산 쪽에 있는 문재인과 이호철을 찾았다.

"당선된 후 노 당선인에게 연락이 왔다. 연말을 앞두고 있을 때였다. 저녁을 사겠다며 서울로 오라고 했다. 아내와 함께 모처럼의 서울 나들이를 했다. 당선인과 권 여사님, 나와 아내 넷이 만났다. 높은 층의 호텔 음식점이었는데, 창밖으로 북악산과 청와대가 바라보이는 방이었다. 일부러 청와대가 잘 보이는 방을 예약했다면서, 우리 부부에게 창밖 전망이 잘 보이는 자리를 내줬다. 청와대를 그렇게 바라보기는 처음이었다. 근사한 식사를 하면서 축하를 드리고, 고맙다는 인사를 들었다.

선거과정에 있었던 이런저런 얘기들을 아무 부담 없이 추억 삼아 나눌 수 있으니 정말 좋았다. 인수위나 정치 이야기는 하지 않았다. 취임 전에 아이들을 모두 결혼시키려 한다는 말을 듣고, 역시 그분답다고 생각했다.

2003년 1월 13일, 이호철과 함께 당선인을 다시 만났다. 그 모임을 어찌 알았는지 지방신문이 보도를 하기도 했다. 사직동 근처의 어느 한정식 집이었다. 당선인은 무거운 얘기를 꺼냈다. 나에게 청와대 민정수석비서관을 맡아달라고 했다. 달리 맡길 만할 사람이 없다는 말씀이었다. 이호철에게도 무슨 일이든지 맡아서 도와달라고 했다.

즉답을 할 수 없었다. 며칠 시간을 달라고 부탁드렸다. 이호철도 마찬가지였다. 우리 반응이 떨떠름하고 미지근하게 보였던지, 당선인은 '당신들이 나를 정치로 나가게 했고, 대통령을 만들었으니 책임져야 할 것 아니냐.'는 말씀까지 했다. 내려와서 일주일 정도 고민했다. 나는 인권변호사란 말을 들으면서 권력을 비판하는 역할만 해왔을 뿐, 국정운영 경험이나 행정 경험이 전혀 없었다. 법률가로서 법을 알 뿐 국정에 관해서는 백면서 생이나 진배없었다. 정치세계도 알지 못했고, 관여해본 일도 없었다. 부산선대본부장을 했지만, 민주당에 입당하지 않고 했다." [24]

참으로 이상한 일이었다. 정치 분야에서 열정을 가지고 허리띠를 졸라 매며 고생을 했던 염동연과 안희정은 노무현이라는 주군이 막상 권력을 획득했을 때, 그 권력 가까이 갈 수가 없었다. 정치자금을 다룬 일 때문에 검찰의 소환을 받고 포토라인에 서게 될 때, 정치와는 먼 거리에 있으면서 전혀 준비가 되어 있지 않던 문재인과 부산의 이호철은 청와대 중에서도 핵심보직이라고 할 수 있는 민정수석과 민정비서관을 맡게 된다. 운명의 아이러니라고 할 수밖에 없는 일이다.

일단 청와대에 들어가고 뜨거운 정치판에 발을 들여놓은 문재인은 가장 중요한 민정수석을 맡아, 당선인과 아침저녁으로 만나면서 과로할 수밖에 없었다.

"평생 변호사를 하면서 늦게까지 일하다, 늦게 자고 늦게 일어나며, 출근도 다른 직장인에 비해 늦게 하는 생활리듬을 갖고 살았다. 그런데 새벽에 일어나 걸핏하면 조찬회의를 하는 식으로 확 앞당겨진 생활리듬에 맞추는 것도 힘들었다. 일찍 일어나면서도 여전히 늦게 자니 늘 잠이 부족했다. 회의에서도 담당분야를 벗어난 논의를 지켜보노라면 졸음이 밀려오기 일쑤였다. 임기 첫해, 문희상 비서실장과 유인태 정무수석이 회의 때 자주 졸기로 유명했다. 문희상 실장은 당시 알레르기 약을 먹고 있어서 자주 졸았다. 유인태 수석은 옆에서 보기엔 분명히 졸았던 것 같은데, 본인은 눈만 감고 있었을 뿐이라고 늘 우겼다. 그러면서도 회의에서 논의

24) 〈문재인의 운명〉, 문재인, (주)북팔, 2011, 197~198쪽.

된 내용을 정확하게 꿰고 있는 걸 보면 놀라웠다." 25

정치나 관료생활을 전혀 해보지 않은 문재인도 청와대에 들어오기 전에는 청와대 생활이 버겁고 어렵게만 느껴졌지만 막상 일이 닥치고 보니까 역시 그 일도 사람의 일이었다. 부산 시절에 노무현 변호사와 한 사무실에서 변호사 일을 볼 때처럼 서로 상의할 수밖에 없었다. 특히 사람을 고르고 쓰는 민정이라는 자리가 그랬다. 그는 훗날 자신의 자서전 〈문재인의 운명〉을 통해 그때 사정을 소상하게 밝히고 있다. 노무현 정부가 출범할 때, 어떻게 국사를 꾸려갈 중요인물들을 발탁했는가 하는 내막까지 적었다.

"첫 조각은 파격 그 자체였다. 특히 사회분야 쪽은 거의 다 파격이었다. 문민정부와 국민의 정부 때 개혁적 인사들이 한두 명씩 내각이나 청와대에 발탁됐다가 견디지 못하고 물러나오는 모습을 봤다. 그래서 나는 개혁적 인사들이 일거에 내각과 청와대의 대세를 장악해야 한다고 생각했다. 당선인의 생각도 같았다."

"최대 파격은 강금실 법무부 장관이었다. 당시 판사를 거쳐 민변 부회장을 하고 있던 강금실 변호사를 추천한 건 나였다. 여성 법조인 중 발탁할 만한 인물을 찾던 당선인 뜻에 따른 것이었다. 당선인은 민변 활동을 통해 그녀를 알 뿐 깊이 알지는 못했다.
내 추천은 그녀를 법무부 장관으로 염두에 둔 건 아니었다. 그동안 여성 장관을 발탁해온 방식대로 환경부 장관이나 보건복지부 장관으로 발탁할 수 있으리라 생각했다. 그런데 당선인은 그녀에 대해 자세히 묻더니, 그렇다면 법무부 장관으로 하자고 했다. 내가 깜짝 놀랐다. 법무부 장관

---

25) 〈문재인의 운명〉, 문재인, (주)북팔, 2011, 223쪽.

후보로 먼저 점검했던 최병모 변호사가 일신상 사정 때문에 불가능해진 상황이기는 했다. 그래도 너무 부담이 컸다. 강금실 변호사도 당찬다. 그 전까지는 입각권유를 수락하지 않더니, 법무부 장관을 말하자 해보겠다고 했다. 당선인도 걱정이 되긴 했는지 강 변호사를 직접 만났다. 내가 배석했다. 내가 관여한 분야에서 당선인이 장관 후보자를 직접 만난 것은 그게 유일했다."

"문화관광부 장관으로 발탁된 이창동 감독 카드도 신선한 파격이었다. 2002년 대선 때 당선인은 문화예술계에서 압도적 지지를 받았다. 그들은 문화예술계 내부의 지지에 그치지 않고, 그 지지가 일반 국민에게까지 확산되도록 성원을 아끼지 않았다. 당선의 일등공신이 문화예술인들이라고 할 만했다. 우리는 프랑스 예술부장관으로 전 세계에 신선한 모습을 보여준 앙드레 말로처럼, 우리도 문화예술인 가운데 그런 장관을 발탁했으면 좋겠다고 생각했다. 당선인 생각도 같았다. 문화예술계에 추천을 부탁했다. 그들은 논의 끝에 본인 의사와 무관하게 이창동 감독과 황지우 시인을 추천해왔다. 의사를 타진했는데, 황지우 시인은 자신보다 이창동 감독이 더 적임이라며 고사했다. 이창동 감독도 현장 예술 활동에 대한 의욕 때문에 고사했다. 여러 사람이 거듭 설득해 수락을 받았다."

"언론에 충격적으로 받아들여진 김두관 행정자치부 장관 발탁은 전적으로 당선인 아이디어였다. 이장과 군수 등 기초 지방행정에서 성공한 그를 중앙행정과 지방행정을 총괄하는 수장으로 임명해, 행정의 중앙집권적 틀을 근본적으로 바꾸고 과감한 지방화와 지방분권으로 나아가려는 의지였다. 당선인의 대담한 발상이었다. 김두관 장관 재임기간 행자부는 부처의 업무수행평가와 혁신평가에서 1위를 할 정도로, 그는 장관직을 잘 수행했다. 그러나 한나라당은 '이장 출신 군수'라며 끊임없이 비아냥거리고 멸시하더니, 끝내 학생시위를 이유로 국회에서 해임권고 결의를 했다. 나는 워낙 부당한 결의인 데다 구속력이 없는 정치적 결의여서 계속 버텨나가기를 바랐다. 그러나 자신 때문에 정국 경색이 장기화하는 것을 피하기 위해 김 장관이 스스로 사직을 청해왔다. 결국 대통령이 사직을 수리했지만, 우리 사회 기득권자들의 횡포가 그와 같았다."

"청와대 수석·보좌관 가운데엔 정찬용 인사보좌관의 발탁이 특별했다. 당시 당선인은 이미 인사의 독점을 막고 견제와 균형기조를 유지하기 위해, 추천과 검증을 분리해가는 원칙을 세워놓고 있었다. 인사 검증을 담당할 내가 영남이므로 인사 추천을 담당할 보좌관은 호남이 좋겠다고 판단했다. 호남 지역 인사들은 한결같이 이학영 순천 YMCA 사무총장과 정찬용 광주 YMCA 사무총장을 추천했다. 이학영 총장은 적임이었지만 과거 민주화운동 과정에서 있었던 일로 수구언론의 공격을 심하게 받게 될 소지가 있어, 정찬용 총장으로 가닥을 잡았다."

"이용섭 전 관세청장을 초대 국세청장에 발탁한 것은 내 아이디어였다. 그는 우리와 전혀 인연이 없었고, 나하고도 알지 못하는 사람이었다. 당시 국세청장 자리를 놓고 국세청 내부에서 경합하던 유력후보 두 사람이 무리한 경쟁 끝에 모두 배제되었다. 그러는 사이에 4대 권력기관장 후보들을 내정해가다 보니 지역 안배상 국세청장은 호남 출신이 바람직한 구도가 됐다. 마침 호남 출신인 이용섭 관세청장의 개인 업무평가와 부서 혁신평가가 대단히 좋았다. 비국세청 출신을 통해 국세청의 고질적 문제를 개혁해보자는 취지도 있었다. 인사회의에서 그렇게 추천했는데 모두 찬성했고, 당선인도 좋아했다. 그는 나중에 우리 쪽과 인연과 연줄이 전혀 없는데도 발탁된 게 신기했고, 그때 참여정부의 인사 철학을 높이 평가하게 됐다는 심정을 밝히기도 했다."[26]

---

26) 〈문재인의 운명〉, 문재인, (주)북팔, 2011, '참여정부 조각 뒷얘기'에서 발췌.

문재인 변호사가 맡은 일은 민정수석이었다. 대통령의 가족을 지키고, 청와대 내의 안정을 도모하고, 대통령의 심기를 제일 가까운 자리에서 지켜주는 역할이었다. 아무튼 부산출신 문재인 변호사가 민정수석을 맡고, 참여정부에 들어서면서부터 일이 터지기 시작했다. 바로 경선기간 내내 노무현 후보와 함께 고생을 했던 핵심 참모들이 관련된 나라종금 사건과 대선자금 수사였다. 이 부분에 대해서도 문재인 수석은 꼼꼼하게 기록을 남겨놓았다.

　"내부적으로 가장 아팠던 사건은 나라종금 사건과 대선자금 수사였다. 안희정 씨 등 대통령 측근들은 물론, 대통령 선거를 함께 치렀던 집권의 일등공신들이 줄줄이 십자가를 져야 했다. 대통령은 공개적으로 그 부분을 조사받겠다고 했다. 우리 힘으론 어쩔 수 없었던 한 시대의 선거관행을 우리 시대에 끊고자 했다. 말이 그렇지 스스로의 살을 도려내는 일이었다. 하지만 대통령은 그렇게 했다. 검찰엔 '개의치 말고 조사하라'고 공개적으로 천명도 했다. 어차피 수사가 이뤄졌겠지만, 그 바람에 수사가 더 앞당겨진 면도 있었을 것이다. 피할 수 있는 잔이 아니었다.
　당시 검찰의 소환 과정은 정말 문제였다. 안희정 씨의 경우 처음에는 구속영장이 기각됐다. 나중에 영장이 발부돼 수감될 때까지 거의 한 달 가까이를 공개적으로 망신을 줬다. 망신 정도가 아니고 마녀사냥을 하듯 했다. 지켜보는 우리도 참담한 심정인데 본인은 어땠을까. 가족들은 가슴이 찢어졌을 것이다. 나는 지금도 안희정 씨가 검찰에 출두하던 모습을 잊지 못한다. 희대의 파렴치범이 드디어 검찰청사에 등장이라도 한 듯, 당사자를 한가운데 두고 수많은 기자들이 밀어 당기고 붙잡으며 그를 누추하고 끔찍한 지경의 처지로 만들었다. 국민들 눈에 엄청난 범죄를 저지른 것처럼 그는 만신창이가 됐다. 그런 식의 인격적 모욕이 몇 차례나 이어졌다. 인격은커녕 인권도 없었다. 그 일을 계기로 주요 피의자가 검찰에 소환될 때 인권보호를 위한 최소한의 절차가 갖춰졌다. 청사 안에서는 일체 취재할 수 없게 하고, 청사 밖에서만 포토라인을 설정해 취재하도록 했다.

지금도 그 방식이 계속되고 있다. 그러나 그것도 근본적 해결이 아니다. 수사 중인 피의자는 아직 무죄이다. 따라서 그 기간에 언론에 노출되면서 언론에 의해 인권유린을 당할 이유가 없다. 국민들의 알 권리나 언론의 취재활동 자유라는 말로 인권유린을 정당화할 수 없다. 적어도 검사가 기소하기 전까지는 언론의 취재로부터 보호받아야 마땅하다고 생각한다.

사법처리된 분들의 처지는 모두 딱하고 억울했다. 특히 안희정 씨는 더욱 그렇다. 어쨌든 대선 과정에서 본인이 자금을 책임졌던 데다 나라종금건도 있고 해서 언젠가는 타깃이 될 가능성이 높았다. 대통령에게 부담을 드리지 않기 위해 아예 청와대에 안 들어왔다. 누구는 그에게 당분간 외국에 나가는 게 어떠냐는 제안도 했다. 그러나 본인은, 청와대엔 안 들어가지만 닥쳐올 상황과 정면으로 부딪치겠다고 했다. 그러곤 정면으로 부딪쳤다가 정말로 가혹하게 당했다. 심지어는 본인 책임이 아닌 일까지도 본인이 안아버렸다. 가족들이 겪은 고통을 보면서, 민정수석으로서 그저 지켜볼 수밖에 없는 내 처지가 원망스러웠다. 안희정 씨뿐 아니라 강금원, 염동연, 정대철, 이상수, 이재정 등 고초를 겪은 분들을 생각하면 미안하기 짝이 없다." [27]

참여정부는 출발부터 요란했다. 내각의 인선은 파격에 파격을 더해 사람들은 어리둥절하였다. 건국 이래 가장 파격적인 인사의 연속이었다. 드라마를 보는 것처럼 신기하기도 했고, 저렇게 나가다가 괜찮을까 하는 걱정도 적지 않았다. 그러는 가운데 악재가 터지기 시작했다.

청와대 첫 부속실장을 지냈던 양길승 씨 사건이 터졌다. 권위주의 시대

27) 〈문재인의 운명〉, 문재인, (주)북팔, 2011, 272~275쪽.

에 대통령 전용 휴식공간으로 사용되던 충청도의 청남대를 노무현 대통령은 국민들에게 과감히 돌려주었다. 누구든 둘러보고 참관할 수 있도록 개방하였다. 바로 그 행사에 양길승 씨가 참가했었는데 행사가 끝난 후, 그 지역 지인들의 술자리에 초대를 받았다. 그런데 누군가가 그걸 몰래 카메라로 찍어 언론사에 제보했다. 언론들이 춤을 추었다. 청와대의 문고리를 쥐고 있는 부속실장 양길승 씨가 지역 유지들로부터 향응을 받고, 얼마 안 남은 총선을 대비해서 '사조직을 점검했다'라는 취지로 대서특필되었다. 술 몇 잔 얻어 마신 양길승 씨는 얼마 후 옷을 벗었다.

그 일이 있은 지 얼마 되지 않아 노무현 대통령은 인도네시아를 방문하였다. 그해 10월 6일부터 9일까지 열리는 '아세안+3' 정상회담에 참가하기 위해서였다. 아름다운 이국에서 모처럼 만에 휴식을 즐기려고 했던 노무현 대통령은 뜻하지 않은 고국 소식을 듣게 된다. 총선 출마를 위해 옷을 벗은 최도술 전 총무비서관이 SK로부터 비자금을 받았다는 사건이 터진 것이다. 최도술은 대통령의 부산상고 1년 후배로 대통령이 부산에서 변호사 사무실을 할 때, 그 변호사 사무실 살림까지도 챙겨주었던 후배였다. 솔직하고 꾸밈이 없는 사람이었다. 그런데 언론이 일제히 '대통령의 문고리를 잡고 있던 최도술 전 총무비서관이 SK로부터 큰 돈을 먹었다.'라고 대서특필하였다.

"대통령은 인도네시아 발리에서 국내 언론보도를 보면서 그 문제를 내내 고심하셨던 모양이다. 대통령은 해외순방에서 돌아오면 환영 나갔던 수석·보좌관들과 늘 관저에서 티타임을 갖곤 했다. 가볍게 환담도 나누고, 그동안 있었던 국내 상황 중 필요한 일을 보고하는 기회도 됐다. 인도네시아에서 귀국한 10월 9일 밤에도 관저에 참모들이 모였다. 사안이 사안인 만큼 최 전 비서관 사건에 관한 간단한 보고가 있었다. 대통령은 아무래도 당신이 직접 입장표명을 하는 것이 좋겠다고 했다. 입장표명의 내용과 방법을 두고선 따로 말씀이 없었다. 대국민사과를 하면서 대선자금

271

문제 전반에 대해 다시 한 번 강하게 입장을 밝히려는 정도로 다들 받아들였다. 참모들은 '검찰수사가 진행 중인 상태에서 대통령이 먼저 입장을 밝히는 것은 적절치 않다'고 만류했다. 대통령은 '내가 알아서 하겠다'며 이야기를 매듭짓고 자리를 파했다.

관저에서 나오려는데 대통령이 나를 붙잡았다. '별 일 없으면 얘기를 좀 더 합시다.' 이미 밤늦은 시간이었다. 다들 대통령이 최 전 비서관 건에 대해 민정수석으로부터 더 자세한 보고를 듣고자 하는 줄 알았을 것이다. 모두 떠나고 조용해지자 대통령은 '국민들에게 재신임 국민투표를 제안하는 것에 대해 어떻게 생각하느냐'고 물었다. 깜짝 놀랐다. 그야말로 충격적인 말씀이었다. 최 전 비서관 일을 바로 당신의 책임으로 여기는 대통령의 심정은 이해할 수 있었지만, 아무리 그래도 지나친 대응이라고 생각했다. 자칫하면 나라가 극심한 혼란 속으로 빠져들 수도 있었다. 나는 내 생각을 말했다. 대통령은 고개를 끄덕이면서 '인도네시아에 있는 동안 내내 생각한 건데, 다른 방법이 없는 것 같다'고 했다. 이쯤 되면 내 의견을 묻는 게 아니었다. 이미 결심을 굳힌 것이다. 그럴 땐 바로 반대해봤자 소용이 없었다.

사람들은 노 대통령이 고집이 매우 셀 것으로 생각하지만, 꼭 그런 건 아니었다. 시간을 두고 여러 번 거듭 반대의견을 말하면 생각을 바꾸는 경우가 많았다. 그래서 때로는 시간을 갖는 것이 필요했다. 나는 '재신임을 묻자면 국민투표밖에 없는데, 헌법에 국민투표를 할 수 있는 경우가 정해져 있어서 논란이 있을 것 같다. 재신임을 묻는 국민투표를 할 수 있는지 검토해봐야 한다. 그리고 재신임을 묻더라도 지금은 검찰이 수사 중이므로 때가 이르고, 적어도 기소가 될 때까지는 지켜봐야 할 것 같다.'고 말씀드렸다. 대통령도 수긍하는 것 같았다. 나는 시간을 벌었다고 생각했다.

다음 날 오전 10시가 좀 지났을 때 부속실에서 황급히 전화가 왔다. 대통령이 지금 바로 춘추관으로 가서 재신임을 묻겠다는 기자회견을 하려

한다는 것이다. 무조건 막아야 된다고 했다. 당장 갈 테니 대통령 바짓가랑이라도 잡고, 내가 도착할 때까지 막고 있으라고 했다. 그때까지 민정수석실은 청와대 안에 있지 않고 임시로 외교통상부 청사에 있었다. 곧바로 춘추관으로 달려갔으나 대통령은 이미 기자회견을 시작하고 있었다.

대통령의 예고 없는 기자회견은 원고조차 준비되지 않은 것이었다. 그러나 대통령의 말은 폐부를 찔렀다. '최도술은 약 20년 가까이 저를 보좌해왔고, 최근까지 저를 보좌했습니다. 수사 결과 사실이 다 밝혀지겠지만 그 혐의에 대해 제가 모른다고 할 수 없습니다. 그에게 잘못이 있으면 제가 책임을 지겠습니다. 국민 여러분들께 사죄합니다. 아울러 책임을 지려 합니다. 수사가 끝나면 그 결과가 무엇이든 간에 이 문제를 포함해 그동안 축적된 국민들의 불신에 대해 재신임을 묻겠습니다. 저는 모든 권력적 수단을 포기했습니다. 도덕적 신뢰 하나만이 국정을 이끌어갈 수 있는 밑천일 뿐입니다. 그 문제에 적신호가 왔기 때문에 이제 국민들에게 겸허히 심판받는 것이 필요하다고 생각합니다. 그리고 제 스스로 이 상태로 국정을 운영해가기는 어렵습니다. 언론 환경도 나쁘고, 국회 환경도 나쁘고, 지역적 민심 환경도 안 좋습니다. 이 많은 것들을 극복해나가기 위해서 필요한 것은 권력에 대한 단순한 욕심이 아니라 내가 하는 일에 대한 도덕적 자부심입니다. 지금 최도술 전 비서관 사건으로 해서 빚어진 문제는 제가 그런 자신감을 가지고 국정을 힘차게 추진해나가기에 상당히 어려운 상황이라고 생각합니다.'" [28]

천신만고 끝에 대통령직에 오른 노무현 정부, '참여정부'의 초기 모습은 롤링과 피칭이 계속되는 고달픈 항해였다.

28) 〈문재인의 운명〉, 문재인, (주)북팔, 2011, 278~280쪽.

DJ의 충언

노무현이 경선기간 내내 헌신해주었고, 자신이 대통령이 되기까지 정도전이나 무학대사처럼 공을 들여온 전라도 사내, 염동연에 대해 길고 긴 이야기를 끝내고, 또 6살 아래인 부산 친구 문재인 변호사가 예정에 없이 상경하여 청와대의 민정수석이라는 중책을 맡아준 얘기를 다 듣고 난 DJ는 알 만하다는 듯 표정으로 고개를 끄덕끄덕하였다. 그리고 천천히 입을 열었다.

"그게 권력이라는 것입니다. 권력은 얻을 때도 힘이 들지만, 나눠줄 때도 만만치가 않습니다. 이쪽을 살펴주면 저쪽에서 섭섭하다고 하고, 저쪽을 다독이고 나면 이쪽이 토라지고 하는 겁니다. 무학대사는 태조 이성계와 함께 한양에 도읍을 정하고, 이씨 조선 600년을 여는 중책을 끝내고는 함경도로 재빨리 도망가 스님이라는 본업에 충실했기 때문에 천수를 다 할 수 있었습니다. 하지만 의욕이 넘쳤던 정도전은 태조의 대업을 다 완성하고도 이방원 같은 야심만만한 왕자들과 어울리며 계속 권력에 대한 미련을 버리지 못하다가 결국 이방원에게 희생되지 않습니까? 권력의 세계는 그런 겁니다. 소련 건국 과정도 그렇잖아요. 레닌이 문을 열고, 트로츠키가 열정을 가지고 혁명을 완수했지만 정작 권력을 누린 사람은 스탈린이었어요. 트로츠키는 망명을 떠났고 먼 남미에서 암살당했죠."

DJ는 계속하였다.

"자, 염동연 말을 들으면 염동연 말이 맞고, 문재인 말을 들으면 문재인 말이 맞죠? 그런데 어째서 우리 전라도 사람 염동연과는 임기 중반 이후부터는 소원해지고, 그 뒤로는 노 대통령이 문재인 수석에게 전적으로 의지하게 됐을까요? 더 이상은 청와대 생활을 못하겠다고 하며 히말라야로 도망간 문재인을 다시 불러 쓸 수밖에 없었던 역사의 아이러니는 어떤 것입니까?"

노무현은 곰곰이 생각하다가 대답하였다.

"사실 저는 염동연 씨하고 처음부터 약속을 했습니다. 대통령이 되고 나서도 아무리 듣기 싫은 얘기를 해도 들어주겠다고. 듣기에 거북한 내용이라도 끝까지 듣고 참고하겠다고 약속을 했었습니다. 그런데 막상 실천을 하려고 하니 그게 어렵더군요. 듣기 좋은 노래도 한두 번이지 그 사람은 청와대에만 들어오면 밖에서 들었던 온갖 얘기를 쏟아놓습니다. '어째 대통령님은 비서들과 참모회의를 하실 때, 혼자서 55분을 연설하시고, 나머지 5분 동안만 회의를 하고는 뚝딱 끝내십니까?' 아 뭐, 이런 얘기를 하지 않나 '청와대 인사에서 부산 사람들만 다 갖다 쓰고 우리 전라도 사람들은 왜 쓰지 않습니까? 벌써 전라도를 잊으셨습니까?' 이렇게 닦달을 해대니까 견디기가 어려웠습니다. 이런 염동연 씨에 비해 우리 문 변호사는 참 참을성이 많습니다. 묵묵히 듣고 메모하고 한참 후에 조용히 얘기합니다. 사람을 아주 편하게 해줍니다. 아, 그러니 제가 문 수석을 자꾸 찾지 않겠습니까?"

DJ가 물었다.

"염동연은 그 후 광주로 나가서 국회의원이 됐죠?"

"그럼요. 전라도 사람들이 싫어하는 열린우리당 간판을 들고 가서 당당히 국회의원이 됐고, 나중에는 열린우리당 사무총장까지 됐습니다."

DJ가 껄껄 웃었다.

"우리 염동연이는 평생 총장이구만. 그 사람 우리 홍일이하고는 죽고 못 살았어요. 아주 죽이 잘 맞았죠. 아주 정치적인 감각이 뛰어난 사람이었는데."

노무현이 말했다.

"당에 대한 애착과 애정도 컸습니다. 2004년 4월 총선을 앞두고 그 양반이 열린우리당 '정무조정위원장'이라는 직책을 가지고 있었는데, 아주 저승사자 같았어요. 청와대에 앉아 있는 문재인 민정수석, 전라도 출신 정찬용 인사수석, 이창동 문화부 장관, 강금실 법무부 장관을 향해 마구 권하는 거예요. '당신들, 그만큼 청와대와 내각에서 해먹었으면 이제는 출마를 해야지! 지금 지명도가 있는 후보가 한 사람이라도 더 필요한 때인데, 당신들 같은 지명도 있는 사람들이 총선 후보로 나서야지!' 아주 대놓고 소리를 치더라고요. 어디서 들었는지 '가빈사양처 국난사명상(家貧思良妻 國亂思名相, 집안이 어려우면 어진 아내가 생각나고 나라가 혼란하면 훌륭한 재상을 그리게 된다)' 아주 멋진 고전의 문자까지 써가며 사람을 다그치는데 정신을 못 차리겠더라고요. 그 사람 등쌀에 문재인 수석은 몸이 아프다고 하면서 그만뒀고, 나머지 분들도 모두 짐을 싸서 도망갔습니다. 참 대단한 사람이면서 골치 아픈 분이었어요."

DJ가 또 웃었다.

"허허헛, 그 사람 그러고도 남을 사람이죠. 어쨌든 당하는 사람들은 그 사람에게 원망을 많이 했을 겁니다."

"아무튼 그 경황 속에서도 염동연 씨는 광주에 내려가 거뜬히 의원 배지를 따냈고요. 그것을 발판으로 당 사무총장까지 했습니다. 그런데 얼마 후 제가 탄핵 파동에 휘말렸잖습니까? 정신을 차릴 수가 없더군요. 녹내장에 고혈압에, 이가 10개나 흔들거린다는 문재인 수석을 다시 불러 들였잖습니까?"

DJ가 물었다.

"문 수석의 후임은 누가 맡았었나요?"

"네, 저와 함께 고향 장유암에서 고시공부를 함께 했던 박정규 변호사였습니다. 검사 생활을 하고 김앤장에서 변호사 생활을 잘하고 있던 그분을 문재인 수석이 잘 말해서 제 곁에 붙여놓고 청와대를 나갔습니다. 그리고 히말라야 트레킹을 갔죠. 얼마나 시달렸으면 그런 산행을 했겠습니까. 어쨌거나 부산 사람 박정규 민정수석과 다시 돌아온 문재인 수석 덕분에 탄핵의 파고를 넘었습니다. 인연의 고리와 운명이라는 것은 참으로 불가사의합니다."

DJ가 킬킬거리며 말했다.

"그렇게 민정수석 자리를 부산 사람들끼리 주고받는 모습을 보면서 우리 염동연이는 또 얼마나 열불이 났겠어요. 결국 그 사람 열린우리당을 뛰쳐나갔지요?"

노무현이 말했다.

"사실 염동연 씨는 열린우리당 속에 있으면서도 DJ 사람들이 남아 있는 민주당과 계속 합치자고 노래를 불렀습니다. 저는 대통령님 앞에서 대단히 죄송한 말씀입니다만, 도로 호남당으로 회귀하는 것만은 막고 싶었습니다. 그랬더니 염동연 씨는 결국 탈당을 하고 말았습니다. 그 일로 결국은 우리 인연이 소원해지고 말았죠."

DJ는 묵묵히 듣고만 있었다. 노무현이 조용히 말했다.

"대통령님, 어떤 의미에서는 제가 죽음을 자초했는지도 모르겠습니다."

"그게 무슨?"

노무현은 담배를 피우며 천천히 말했다.

"정상문이라는 충직한 비서관이 있었죠. 이 사람도 앞에 말씀드린 민정비서관 박정규와 함께 제가 고시공부를 하던 시절, 장유암에서 함께 공부했던 사람입니다. 참 정직하고 담백한 사람이었습니다. 고시에 실패하고 서울시 공무원이 되어 잘 있었는데요. 제가 청와대에 들어오면서 그 사람을 총무비서로 발탁했습니다. 임기 처음부터 끝까지 저를 보좌한 사람입니다. 제 임기가 끝나기 1년 전, 그러니까 2006년 가을에 정상문 총무비서관이 염동연 총장을 만났다고 합니다. 청와대 근처에 있는 한식집인데 저도 몇 번 가본 곳입니다. 그곳에서 둘이 식사를 하게 되자, 염 총장이 묻더랍니다."

"정 비서관, 대통령님께 보고 드리고 나온 겁니까?"

"아닙니다. 그냥 염 총장님이 뵙고 싶어서 나왔습니다."

"무슨 일로?"

"사실 원래는 오늘 이 자리에 제가 대통령님과 가장 가까우셨던 몇 분을 함께 모시고 싶었습니다. 박연차 회장님, 강금원 회장님도 모시고 싶었습니다."

"뭣 때문에?"

정상문 비서관은 사뭇 뜸을 들이다가 입을 열었다.

"대통령님 임기가 끝나가지 않습니까? 그런데 대책이 별로 없습니다. 사실 그 일을 말씀드릴 분은 세 분밖에는 안 계시리라고 생각합니다."

염동연은 퉁명스럽게 받았다.

"무슨 말이에요? 청와대에는 엄연히 비서실장, 문재인 실장님이 계시지 않습니까? 대통령님의 퇴임 후의 문제라면 어차피 그분이 책임질 일이 아닙니까?"

정 비서관은 울상이 되어 말했다.

"잘 아시지 않습니까? 문 실장님은 그런 문제를 가지고 말씀드릴 수 없다는 것을. 워낙 원칙주의자라…."

염동연은 계속 퉁명스럽게 받았다.

"진짜 비서실장은 궂은일도 상의할 수 있어야 하고 어떤 상황도 알고 있어야 하는 거 아닙니까? 폼 나는 일, 생색나는 일만 상의하고 정작 어려운 일은 비켜가는 것이 비서실장입니까?"

염동연은 열부터 올렸다. 정 비서관이 말을 못하자 염동연이 목소리를 낮추면서 차분하게 말했다.

"아, 대통령 퇴임 후에 뭐가 문제입니까? 지난 4년 동안 연봉 꼬박꼬박 저축하셨겠죠? 대통령님 돈 쓸 일이 어디 있습니까? 또 퇴직하면 법에 의해 퇴직금이 됐든, 연금이 됐든 돈이 나올 게 아니겠요? 그러면 시골집 수리하고 그곳에 책 쌓아놓고, 밀짚모자 쓰시고 다니시다가 여기저기에서 강연 요청을 해오면 그 강연료만 받아도 노후자금은 충분할 텐데요? 생각해보세요. 지금까지 우리나라 대통령이 퇴임해서 고향에 돌아와 조용히 책 읽고 계신 분이 몇이나 되십니까? YS나 DJ 정도가 상도동과 동교동에서 노후를 보내십니다만, 노 대통령님은 시골에서 밀짚모자 쓰시고 자전거 타시면서 손녀와 어울리시면 가장 훌륭한 대통령이 되시는 겁니다. 오히려 수리한 시골집이 초라해서 허리를 구부리고 들어가는 처지라면 국민들이 박수를 칠 겁니다. 그런 퇴임 대통령의 거처라면 관광명소가 될 겁니다. 이런 상황에서 왜 또다시 박연차 회장과 강금원 회장, 그리고 이 염동연이 필요합니까?"

그날, 정상문 비서관은 염동연 총장의 긴 훈시를 받아 적었다. 그리고 일어나면서 짤막하게 말했다.

"총장님께 심려를 끼쳐드려 대단히 죄송합니다."

그러나 안타깝게도 정상문 비서관은 그 후, 박연차 회장과 강금원 회장을 만났고 영부인과 다리를 놓아주며 자신의 손으로 돈을 만지기도 하였다. 결국 그 뒤끝은 비극이 되고 말았다.

노무현이 참으로 멋쩍게 DJ에게 말했다.

"제가 뒤늦게 정상문 비서관을 통해 염동연 총장의 충언을 듣고 오랫동안 부끄러웠습니다."

DJ는 말했다.

"그런 의미에서는 이 사람도 할 말이 없는 사람이에요. 이 사람 임기 말에 얼마나 말이 많았습니까? 나는 내 자식들이 끌려가는 모습까지 봤습니다. 돈, 그건 권력만큼이나 무서운 겁니다."

장유암에 얽힌 기억

DJ가 말했다.

"노 대통령의 어릴 적 별명이 '노천재'였다면서요?"

노무현이 씩 웃었다.

"아니에요. 전 어려서 키가 작고, 달달 굴러다니는 콩알 같다고 해서 친구들은 그냥 저를 '돌콩'이라고 불렀어요. 대신 제가 초등학교, 중학교에 다닐 때에는 쭉 반장을 했고, 공부도 수석을 했으니까 집안 어른들이 '아이고, 우리 노천재, 제발 공부 많이 해서 집안 좀 일으켜주소!' 뭐 이러면서 노천재라는 말을 썼죠."

"아무튼 미국은 변호사 되는 길이 우리나라보다는 엄격하지 않아서 초등학교도 못 나온 링컨 같은 사람이 변호사가 됐겠지만 우리나라처럼 학벌사회가 엄격한 나라에서 상고를 나온 사람이 사법고시에 합격한 것은 정말 기적 같은 일입니다. 참 대단한 사건입니다."

노무현은 쑥스러운 듯 말했다.

"허기야 고시에 되려면 서울법대를 나오고도 절밥깨나 먹어야 되는데 저는 동네에 있는 뱀산이라는 야산에서 헛간을 짓고 공부를 했고, 어쩌다 여유가 생기면 장유암이라는 암자에 들어가 공부를 했습니다. 그 장유암에서 공부를 했던 때가 고시합격에 큰 도움이 됐을 것입니다."

"장유암은 어디에 있는 절입니까? 암이라는 이름이 붙은 걸 보니까 암자인 것 같은데."

"네, 저희 동네에서 멀지 않은 김해시 대청동 불모산에 있는 장유사의 암자입니다. 장유사는 범어사의 말사이죠."

DJ가 말했다.

"나도 절을 좋아해서 절이라면 웬만한 곳은 다 가본 듯한데, 그 절은 사뭇 생소합니다."

"네, 유명한 절은 아닙니다. 규모도 크지 않고요. 그래도 역사는 오래돼서 기원 후 48년에 문을 연 절입니다. 가락국 김수로왕이 전설에 의하면 인도 아유타국의 공주 허황옥을 왕후로 맞으셨는데요. 그때 아유타국의 태자이자 허황옥의 오라버니가 되는 승려 장유화상이 함께 와 개창한 절이라고 합니다. 선찰(禪刹)로 이름이 나 많은 고승들이 찾고, 학자들이 머물렀다고 하는데 임진왜란 때 크게 소실되어 그 후에는 장유화상의 사리탑만 남고 절은 한산하게 되었습니다. 바로 그런 절이기 때문에 그 절에 따른 암자도 한적해서 공부하기에는 더없이 좋은 곳이었습니다. 저도 동네 야산에서 공부하다가 그 암자에 들어가면 정말 살이 뽀득뽀득 찌는 것 같았고, 공부도 새록새록 잘되는 것 같았습니다."

DJ가 느긋하게 웃으며 말했다.

"노 통은 그 암자에 얽힌 사연이 유난히 깊은 것 같은데, 솔직히 털어놔 보시죠? 고시공부한다는 것이 얼핏 생각하면 삭막한 것 같지만 그 삭막함 속에는 우정도 있고, 사랑도 숨겨져 있는 것이 아니겠소? 사실 나도 긴 감옥 생활을 하면서 멀고 아득한 진주교도소에까지 쫓겨갔을 때가 있었는데 그곳에까지 김수환 추기경이 찾아와 주시고, 동교동 비서들이 찾아와 주었을 때가 가장 반가웠어요. 그리고 누구보다도 동지 같은 아내 이희호가 특식을 전해주면 그저 애가 됐지요. 그녀가 부쳐 온 녹두전과 생선전을 먹으면서 어린애처럼 좋아하면 그녀는 면회실에 서서 찬송가를 불러주었어요. 명창은 아니라 하더라도 그 사람이 불러주던 그 찬송 소리를 지금도 잊을 수가 없어요."

노무현은 감회에 젖은 듯 술잔을 기울이면서 말했다.

"절밥이라는 게 한정이 돼 있어서 언제나 허천난 사람처럼 배가 고프고 무언가가 자꾸 당기게 돼 있는데요, 그때 집사람이 꼭 찾아왔어요. 참 이상했습니다. 그 사람이 앞산 고개를 넘지도 않았는데 저는 그 사람이 오는 걸 알 수 있었어요. 그리고 그 사람이 그날 싸오는 반찬의 냄새를 맡을 수가 있었다니까요. '아, 오늘은 묵은 김치에 돼지비계를 숭덩숭덩 잘라 걸쭉한 찌개를 만들어 오겠구나. 두부전도 해오겠지. 그리고 두고두고 먹으라고 찹쌀 인절미도 싸올 거야.' 뭐, 그러면 그날은 틀림없이 그런 반찬을 해왔어요. 그리고 해물파전이 먹고 싶다, 닭튀김이 먹고 싶다, 뭐 이렇게 멋대로 누워서 상상을 하고 입맛을 다시고 나면 참 기가 막히게도 그날은 그런 반찬을 챙겨가지고 오는 거예요. 사실 이 점은 지금도 불가사의로 남아 있습니다. 어떻게 그 사람이 제 속을 꿰뚫어보고 그런 음식 보따리를 챙겨가지고 올 수 있었을까."

"그게 부부간의 텔레파시가 아니겠습니까? 저도 비슷한 경험을 했습니다. 천리 밖 진주교도소에 누워 음식 공상을 하고 나면 틀림없이 그런 특식이 우리 집사람의 손에 들려 들어오는 거예요. 그런 면에서 인간은 영험한 동물이라고 할 수 있습니다."

갑자기 노무현의 목이 잠기면서 힘들게 말했다.

"고난을 많이 당하신 선배 대통령님 앞에서 이런 말씀을 드리면 예가 아니겠습니다만, 저는 저대로 제 처에 대한 애틋한 기억이 남아 있습니다. 제가 그 사람을 처음 여자로 본 것은 울산에서 날품팔이를 하다가 고향으로 돌아왔을 때였습니다. 가을이었죠. 잡풀에 가까운 마을 개울가의 수초와 코스모스가 함께 섞여 흔들리듯 처녀 하나가 읍내 나들이를 나갔다가 돌아오고 있었습니다. 물방울무늬의 원피스를 입고, 가슴에는 책을 안고 있었습니다. 저는 옷도 제대로 챙겨 입지 못하고 부지불식간에 일어나 달려나갔습니다. 머리조차 부스스한 상태였죠. 물론 한동네에 사니까 권 씨네 집 딸이라는 것만은 알고 있었습니다만 제대로 대화를 해보진 못했습니다. 동네에서 그나마 고등학교를 나온 것은 우리 두 사람뿐이었습니다. 대학을 나온 큰형님과 간신히 고등학교를 나온 제 둘째 형님을 제하고는 말입니다. 공교롭게도 저는 상고를 나왔고, 그 사람도 부산에서 여상을 나왔습니다. 저도 뜨내기 대처 생활을 했고, 그 사람도 부산에서 직장 생활을 하다가 집에 돌아와 쉬고 있을 때였습니다. 코스모스가 건들거리는 개천가에서 즉흥적으로 물었습니다."

"어디 갔다 오십니까?"
"읍내 나갔다 와요."
"뭘 사셨습니까?"
"〈여원〉 잡지하고 소설 한 권을 사봤어요."
"무슨 소설입니까?"
"고 1때 읽었던 〈테스〉예요. 그때는 괜히 쑥스러워 몰래몰래 읽어 스토리가 잘 연결이 안 됐어요. 이제는 성인이 됐으니까 마음 놓고 읽어봐야

282

죠. 그 불쌍한 테스가 왜 그렇게 불행하게 돼야 하는 건지. 이번엔 좀 분석적으로 읽어보려고요."

"아, 〈테스〉! 좋은 소설이죠. 저도 대충 읽었습니다. 저는 최근에 폴란드 작가가 쓴 〈제8요일〉이라는 소설을 읽는데요, 조금 더 절박한 얘기가 있더군요. 전후 폴란드 청년들은 데이트할 곳이 없어 벽면이 세 개만 있는 방이라도 있으면 좋겠다, 우리 몸만 가려줄 장소가 있었으면 좋겠다… 이런 대목에서 제 몸이 떨렸습니다."

그때 권양숙 처녀는 말했다.

"여기는 뭐 물레방앗간도 없고, 시골 청춘들이 앉아 있을 벤치 하나가 없잖아요. 우리들이라고 전후 서양 젊은이들하고 뭐가 다를 게 있나요? 불행하기로는 다 비슷비슷하죠."

이렇게 해서 말문이 터졌고, 두 사람은 화포천 둑길을 무작정 걸으면서 젊음의 사연을 엮어나가기 시작했다. 두 사람이 처음 청춘을 불사른 곳은 어디였을까? 동네 사람들이 수군거렸다. "저 두 남녀, 기어이 일을 내는군! 요즘에는 뱀산에서 공부하는 무현이에게 양숙이가 몰래몰래 밥을 싸다주는 것 같아." "아냐아냐, 나는 양숙이가 무현이한테 이불을 싸다가 갖다주는 것까지 봤어. 아이고, 저러다가 일을 내지, 일을 내." 그들은 서로 소설을 빌려주며 카추샤, 안나 카레니나, 테스를 넘어 영화배우 잉그리드 버그만, 바람과 함께 사라지다에서 멜라니 역을 했던 올리비아 드 하빌랜드의 청순미에 대해 토론했다. 그때 한참 화제가 됐던 프랑스 신예 작가 프랑수아즈 사강까지를 논하면서 마구마구 자신들의 청춘을 윤색해나갔다. 권양숙의 불러오는 배를 바라보며 친정집에서 서두르고, 노무현 집에서 받아들여 얼렁뚱땅 구식으로 집 마당에서 결혼식을 올렸다. 그리고 건강한 건호가 세상에 나왔다. 건호는 들판에서 태어난 셈이다. 고시준비생 노무현은 작은형 건평 씨의 보살핌을 받으며 마냥 쑥스러울 수밖에 없었다. 사람 좋은 건평 씨가 말했다.

"무현아, 이 모든 상황을 종식시키려면 죽든 살든 고시에 패스해야 한다. 자네는 할 수 있을 거야! 군대를 끝내고 나와 그 어려운 3급(현재의 5급) 공무원 1차 시험에도 거뜬히 합격했었잖나! 그리고 사법시험 1차도 뚫었고, 이제 남은 것은 2차 본 시험이야. 결판을 내보자고!"

그는 죽기 살기로 고시에 매달리며 장유암에 들어갔다. 그곳에는 부산 청년 정상문이 들어와 있었다. 나이는 노무현과 비슷했지만 그 사람도 집안 형편이 어려워 정규학교를 일찌감치 때려치우고 고시에 매달리는 청년이었다. 낭떠러지에서 외줄 칡넝쿨을 움켜쥐고, 사력을 다하는 듯한 사나이였다. 말수가 적고 착했다. 노무현이 긴 사설을 늘어놓으면 묵묵히 듣는 과묵한 사람이었다.

그 무렵 합류한 청년 중에는 김해 출신 박정규가 있었다. 노무현보다 2년 나이가 어렸지만 부산고등학교를 졸업하고 고려대 법대를 나온 수재였다. 말수가 적고 얼굴이 깨끗하며, 귀공자 같은 풍모를 전해주는 젊은이였다. 그의 집은 장유사와 깊은 관계가 있어서 스님들도 그에게는 깍듯하였다. 박씨 가문은 자손이 귀했다. 3대에 걸쳐 독자가 나오자 장유사로 달려와 불공을 드리기 시작했다. 그 불공에 효험이 있었던지 자손이 번창했다. 김해에서 운영하는 정미소도 잘됐다. 바로 그런 집안에서 태어난 사람이 박정규였다. 아버지는 대통령 박정희를 열렬히 지지하는 사람이었고, 아들이 검사가 되어 지역의 유지가 되는 것이 소원이었다. 온힘을 다해 장유사에 불공을 올리며 아들을 암자에 올려 보내 공부를 시키고 있었다. 노무현이나 정상문은 박정규가 싸오는 밥을 자주 얻어먹었고, 박정규의 어머니가 싸오는 풍성한 별미를 슬쩍하였다. 물론 사하촌에 내려가 술을 사 먹을 때, 술값을 내는 측은 언제나 박정규 쪽이었다. 그는 아까운 티를 내지 않고 선선히 술값과 밥값을 내는 여유 있는 청년이었다. 노무현은 그런 박정규가 좋았다. 정상문은 끈질기지만 구질구질하지 않았고, 고시를 향한 일념 외에는 잡기를 모르는 깨끗한 청년이었다. 그래서 정상문은 부담이 없어 친구하기가 좋았고, 박정규는 여유가 있고 생각이 깊어 깊은 이야기를 나누는 사이가 되었다.

권양숙이 찾아오는 날에는 노무현 쪽에서 성의껏 두 사람을 대접하였다. 권양숙은 손님들이 묵는 객사의 별실에서 조용히 묵으며 남편이 하루속히 고시에 합격하기를 빌고 또 빌었다. 세 사람의 고시생은 권양숙이 받아온 소주와 닭다리, 그 시절의 소맥을 스님이나 절 사람들 몰래 즐기며 그동안 정리했던 공부의 요점을 주고받았다. 그리고 두 사람이 코를 골면 노무현은 소리 없이 빠져나가 객사의 별실 쪽으로 향하였다. 꼭 밤이슬을 맞으며 담장을 넘는 밤손님 같은 솜씨였다. 정상문과 박정규가 새벽에 부스스 눈을 뜨면 어깨에 새벽이슬을 잔뜩 얹은 노무현이 바람결처럼 들어섰다. 박정규가 반쯤 뜬 눈으로 "형, 이 시간에 어디를 갔다 와?"라고 물으면 그는 싱겁게 웃으며 "애들은 몰라도 돼."라고 대답하였다.

1975년 3월, 노무현이 제일 먼저 사법고시에 합격하였다. 한마을에 사는 초등학교 동창 이재우가 합격자 명단 60명이 실린 서울신문을 들고 달려왔다. 숨이 막히도록 달려와 합격자 노무현의 명단을 건네주었을 때, 노무현의 우주와 권양숙의 우주가 빙그르르 바뀌었다. 그날따라 몸이 고달팠던지 배가 부른 권양숙은 아침부터 투덜댔다. 그리고 노무현의 얼굴을 쳐다보지도 않고 모로 누워 있었다. "합격이다! 합격이야!"라는 소리를 들으며 벌떡 일어난 아내는 노무현의 무릎에 엎드려 격렬하게 흐느꼈다. 쌓이고 쌓였던 서러움과 한이 한꺼번에 터졌던 것이다. 3살짜리 건호가 마당에서 아장거리며 달려오고, 권양숙은 대성통곡을 하였다. 건호의 우유와 옷 살 돈도 없어 시숙 건평의 눈치를 보던 그녀는 눈이 팅팅 붓도록 실컷 울고 난 다음에 남편에게 말했다.

"여보, 고생했어요."

노무현은 아내를 힘껏 끌어안으며 말했다.

"고생은 무슨 고생, 당신이 산길로 들길로 무거운 몸을 끌고 다니느라 고생을 했지."

그런 기쁨 속에서 딸 정연이가 으앙하고 태어났다. 산딸기 같은 목소리였다. 그 딸은 장유암의 정기를 받고, 산이슬을 받으며 태어나서 그런지 유난히 목소리가 아름답고 산딸기처럼 귀여웠다. 다 부처님의 가피(加被)였다.

장유암 그 후

1975년 3월, 노무현이 고시에 합격하였다.

고시생이 고시에 합격하는 것은 '벌레가 사람이 되는 것'만큼이나 엄청난 일이었다. 옛날로 말하자면 임금님 앞에서 어전시를 보고 장원급제하여 머리에 어사화를 꽂고 고향에 돌아오는 것만큼 놀라운 일이었다. 한 사람의 인생과 그 주변의 신세가 단박에 변할 수 있는 대단한 일인 것이다. 봉하마을에서는 일주일 동안 풍물이 돌고, 막걸리 판이 벌어지고, 동네 사람들이 흥분하였다. 아이들은 전 따위를 들고 마을 주변을 뛰어다니고, 어른들은 마냥 취하여 떠들어댔다.

"암, 장원급제지. 어사화를 꽂지만 않았다 뿐이지 엄청난 일이지!"

"합격하면 뭐가 되는 건디?"

"말하나마나지, 판사님이나 검사님이 되는 거지. 군수나 시장도 그 앞에서는 쩔쩔맨대. 나 참, 이제 노씨네는 신세가 확 펴져뿌린기야!"

물론 그 잔치판에는 장유암에서 내려온 정상문과 박정규가 앉아 있었다. 절에서는 고기를 구워 먹지 못하기 때문에 그들은 고기 먹는 일에 열중하고 있었다. 노건평 씨가 어깨에 힘을 주고 마당을 거닐고 있었다. 두 사람을 보고 환히 웃으며 말했다.

"마, 자네들도 미구에 합격하지 않겠는가? 체력이 제일이데이. 고기를 팍팍 챙겨 묵그라."

권양숙이 다가왔다. 불판을 바꿔주며 격려해주었다.

286

"그동안 두 분이 곁에서 도와주신 덕분이에요. 정규 씨 집에서 보내주신 반찬을 얼마나 축냈겠어요. 많이 드세요. 두 분도 머리가 명석하시니까 머지않아 합격하실 거예요. 힘내세요."

두 사람은 산에 올라와 죽기 살기로 고시에 매달렸다. 그러나 정상문은 번번이 떨어졌다. 체력만 떨어질 뿐 아니라 절에서 버틸 자금도 바닥이 났다. 더 이상 절에서 버티지 못하고 하산하였다. 그는 결국 공무원 시험 3급을 거쳐 서울시 공무원이 되었다. 고시에 관한 그 엄청난 열정을 접고 현실을 위해 착실히 견뎌나갔다. 모범공무원으로 칭찬이 자자하였다. 박정규는 집안 살림이 탄탄하기 때문에 꾸준히 공부하며 장유암을 지켰다. 그의 아버지는 가끔 암자에 들러 어깨를 쳐주며 말했다.

"대기만성이다. 큰 사나이는 늦게 빛을 보는 것이야. 너무 서두르지 말거라. 무엇보다도 몸 간수 잘 하그래이."

노무현보다 5년 늦게 1980년에 고시에 합격하였다. 2년간 사법연수원 공부를 하며 같은 부산 출신이자 경남고등학교를 나온 문재인과 친해졌다. 발령을 받기 전 시보(법률보조) 생활을 하기 위해 부산에서 제일 잘 나가는 변호사 사무실을 찾았다. 노무현 사무실이었다. 그동안 노무현은 대전법원에서 판사 생활을 하다가 고향에 내려왔다. 노무와 회계 분야에서 두각을 나타내며 돈 잘 버는 변호사로 소문이 나 있었다. 노무현 변호사는 아주 화끈하게 말했다.

"박정규 시보, 우리 사무실에 나하고 함께 근무하면 어떻겠소? 나하고 함께 일한다면 나는 이윤을 똑같이 나눌 용의가 있소. 다른 사람들처럼 6 대 4니, 7 대 3이니 하는 차등지급을 하지 않겠소. 우리 N분의 1로 버는 대로 똑같이 나눕시다."

박정규는 마음이 흔들렸다. 판사나 검사의 봉급보다 훨씬 많은 돈을 벌수 있는 기회가 왔기 때문이었다. 그런데 고향에서 아버지가 올라왔다. 아버지는 두말없이 박정규를 끌고 가며 말했다.

"니 시방 무슨 생각을 하고 있노? 돈? 그거 차라리 내가 대주꾸마. 이 애비, 돈 많이 있다. 니는 무조건 검사를 해야 하는 기라. 남자는 돈보다도 권력이 있어야 하는 기다. 권력이 있으면 돈은 저절로 따라오게 돼 있다. 잔말 말고 검사 발령을 받그라."

그렇게 해서 결국 박정규는 검사의 길로 들어섰다. 아무튼 그때 노무현이 펄쩍 뛰며 말했다.

"하, 이거 낭팬데, 난 자네하고 콤비를 이뤄 부산 변호사계를 확 휘어잡아버리고 싶었는데, 자네가 떠난다니 난 우야노? 에이씨, 그럼 좋은 사람 하나 소개하고 가소!"

박정규가 조용히 말했다.

"선배, 진짜로 좋은 사람 하나 소개할까요? 지하고 사법연수원에서 함께 공부를 한 친군데, 부산의 수재입니다. 경남고등학교를 수석으로 들어가 문과에서 늘 톱을 달리던 친구입니다. 경남고등학교에서는 '문과에 문재인, 이과에 승효상(후에 유명한 건축가가 된다)'이라는 말이 돌 정도였습니더."

"서울법대 출신이가?"

"아닙니다. 그 친구 경고에는 수석으로 들어갔지만 졸업반 때에는 술과 담배도 하고 데모를 하면서 공부를 하지 않았습니다. 서울법대 문턱에서는 걸려 넘어졌지만 재수를 한 후에 종로학원에서 수석을 했기 때문에 수업료도 면제됐습니다. 경희대학교 총장이 4년 전액 장학금을 제시했기 때문에 경희대학교 법대로 간 친구입니다. 경희대학교에서는 학생회장 강삼재(후에 YS에 스카웃되어 거물 정치인이 된 인물) 밑에서 총학생회 총무부장을 지내며 데모를 주도했지예. 하지만 고시에 거뜬히 합격했습니더. 서대문구치소에서 합격 소식을 들은 기막힌 인물입니더."

"그런데?"

"그 친구도 판사가 되는 것이 소원이었는데, 데모 경력에 걸려 판사로 임용이 되지 못했습니더. 지금 엉거주춤한 상태로 있는데 제가 말을 해볼

까예?"

"그 정도의 실력자라면 대형 로펌에서도 입질을 할 텐데, 삼성 같은 데에서도 임원급으로 스카우트하려고 할 거고…."

"아마 그럴 깁니다. 하지만 부산이 고향이니까 선배와 N분의 1로 나누는 조건이라면 용꼬리보다는 닭머리가 된다는 생각으로 올 수도 있지 않겠습니까?"

이렇게 해서 장유암의 친구 박정규는 검사의 길로 들어섰고, 생면부지의 문재인이 노무현 변호사의 사무실에 들어오게 되었다. 노무현은 문재인과 의기투합하였다. 다소 시끄럽고 장광설을 좋아하는 노무현과 조용하면서도 논리적이고 차분한 문재인은 죽이 맞았다. 노무현과 문재인은 서둘러 부산법원 후문 쪽에 있는 법률사무소에 〈법무법인 부산〉이라는 간판을 달았다. 그 크지 않은 〈법무법인 부산〉에서는 놀랍게도 훗날 대한민국 대통령 두 명을 배출하게 된다. 실로 엄청난 사건이었다. 그러나 그런 엄청난 사건과 역사도 현실 속에서는 언제나 조용히, 그리고 은밀히 진행된다. 세상 사람들이 전혀 눈치도 못 채는 상황 속에서. 노무현과 문재인이 부산에서 도킹을 하고 새 역사를 창출하기 위해 부산 바닷바람을 쐬며 뛰어다닐 때, 착실한 공무원이 된 정상문은 서울시청을 부지런히 드나들었다.

세상 사람들은 흔히 열정적이며 리더십이 강한 노무현이 말이 없고 사변적이며 행동력이 없는 문재인을 변화시키고 후일의 정치인으로 만들어낸 것이 아닌가 하는 생각을 하고 있다. 그러나 그것은 오해에 속한다. 결론부터 말한다면 야생마처럼 앞을 향해 달리기만 하던 노무현을 순치시키고 이론적으로 무장시키며 방향을 잡아가게 한 사람은 조용한 사나이, 문재인이었다. 운동권에서 활동을 해봤다든지, 사회주의 색채가 강한 단체에서 활동을 해본 사람은 알 것이다. 그런 사회나 조직에서 앞에 나서는 사람은 바지사장에 해당하는 사람이다. 진짜 실권자는 언제나

부(副)자를 달고 있는 사람들이다. 부위원장, 부사장, 부회장, 부실장…
이런 사람들이 진짜 실권자인 것이다.

　문재인은 노무현이 큰 회사의 이해가 걸린 사건을 수임하고, 노동조합
과 충돌을 하며 골치를 썩이고 있을 때, 사용자 편에 서서 일을 하고 해결
수임료를 받아오는 생활을 서서히 고쳐주기 시작하였다. 사용자보다는
노동자 측에 서서 문제해결을 시도하도록 위치를 조정해주었다. 시국 사
건에 쫓겨 얻어맞고 도망 다니고 수배받고 체포되어 고문받는 학생들의
편에 서고, 그 가족들을 위해 노력하다 보면 보람도 느끼게 되고 결코 적
지 않은 수입이 생긴다는 역설도 서서히 알려주기 시작하였다. 함석헌의
씨알 사상을 공부하게 하고, 김대중의 대중경제를 공부하게 하고, 리영희
의 세계관을 공부하게 하였다. 노동자 전태일과 대학생 장기표가 어떻게
친구가 되고, 수재 변호사 조영래가 전태일 평전을 쓰게 되는가를 옆에서
차분하게 알려주었다. 부산상고의 선배이며 수재였던 신영복이 어떻게
서울 문리대생 김질락과 어울리게 되었고, 그의 사회주의 사상을 받아들
이다가 무기수가 되어 20년이 넘도록 감옥에서 고생을 하게 되었는가 하
는 것까지 차분히 알려주었다. 물론 그 사람들의 평전적 사건과 사고 내
용을 책을 통해 알 수 있도록 책까지 구입하여 그의 책상 위에 슬쩍 놔주
었다.

　노무현은 언변이 좋았다. 그리고 핵심을 빨리 파악하는 전광석화와 같
은 머리를 가지고 있었다. 또 그는 친화력을 가지고 있었다. 그는 대중 앞
에 나서면 태양처럼 빛나는 카리스마를 가지고 있었다. 사범학교밖에 나
오지 않은 모택동은 대중을 휘어잡는 힘을 가지고 있었다. 프랑스 유학
을 하고 돌아온 주은래에게는 그런 힘이 없었다. 그는 조용하고 사변적이
며 조직적이었다. 그래서 그는 모택동을 만들 수 있었다. 거의 비슷한 이
치라고 봐야 할 것이다. 부산 젊은이들이 1980년대 초부터 민주화의 열
기로 쩔쩔 끓고 있을 때, 그 젊은이들의 선두에 설 수 있는 인물은 단연
노무현이었다. 그가 입에 마스크를 하고 박종철 열사의 영정사진을 들면

부산 청년들이 삽시간에 수만 명씩 모였다. 이한열 열사의 영정을 들어도 젊은이들은 열광하며 모여들었다. 송기인 신부 같은 부산 지역의 원로는 조용히 뒤에서 고개만 끄덕이면 민주화의 불길이 들불처럼 번졌다. 그런 노무현의 곁을 지킨 1급 참모는 문재인이었다. 노무현보다 나이가 여섯 살이나 아래이고, 고시 기수로는 5년의 후배인 문재인이지만 노무현은 한 번도 문재인을 후배 취급을 하지 않았다. 그는 언제나 문재인 변호사에게 조용히 물었다.

"문 변, 다음에는 어떻게 해야 되는 거요? 다음에는 우리가 어떤 쪽으로 달려가야 합니까?"

문재인은 아주 조용히 겸손하게 말했다.

"조금 왼쪽으로 가시죠. 네, 됐습니다. 힘껏 달리십시오!"

그들은 후에 YS 측에서 부산 지역의 인기 있는 변호사 3명을 정치인으로 스카우트하려는 현실과 부딪히게 된다. YS 측에서는 세 사람의 변호사를 거명하였다. 김광일, 노무현, 문재인 변호사였다. 이때, 김광일과 노무현 변호사는 기꺼이 부산 출신의 거물 야당 당수 YS의 지명에 호응하면서 정치계로 합류하게 되었다. 그런데 묘하게도 문재인 변호사는 고사하였다.

성질 급한 노무현 변호사가 문재인을 향해 말했다.

"왜 이러세요? 기회가 왔잖아요. 우리 함께 정치판에 뛰어들어봅시다. 운명을 함께하자고요."

문재인은 조용히 답하였다.

"제 안사람이 허락하지를 않습니다. 저도 당분간은 변호사 업무에 전념하겠습니다. 바람 많이 부는 정치판은 사양하겠습니다."

운명이라는 것은 묘한 것이다. 그때 그들은 그쯤에서 서로 헤어진 줄 알았는데 운명의 줄은 그 두 사람을 놓아주지 않고 있었다. 성질이 급하고 리더십이 강한 노무현을 정치판으로 나가게 한 사람은 조용한 문재인 쪽이었다. 그래서 정치판으로 나간 노무현은 기적처럼 대통령이 되었다. 그러자 대통령이 된 노무현이 이번에는 부산에서 나오려고 하지 않는 문재인을 불렀다. 문재인은 더 이상 버틸 수가 없었다. 그래서 서울로 올라와 정치열차를 탔다. 그 정치열차는 엄청난 속도로 달리고 문재인은 내릴 수가 없었다.

4

천국

나비효과

법정스님이 돌아왔다.

이상하게도 용모가 50대 장년처럼 변해 있었다. DJ가 놀라며 물었다.

"스님, 그곳에 가셔서 불로초를 들고 오셨습니까? 10년 이상 젊어 보이십니다."

법정이 환하게 웃으며 말했다.

"대통령님도 강 건너 빛의 나라로 건너가시면 20년은 젊어지실 겁니다. 그곳은 사람을 젊게 하는 기운이 있는 나라입니다. 그곳에 있는 절에 가면 부처님은 바로 뵙지 못하지만, 향기도 많고 빛도 많고 진리의 바람이 불어 사람을 젊게 해주는 기운이 있습니다."

이렇게 얘기를 하고 있는데 수녀들이 다가왔다. 앙리에트 수녀가 말했다.

"법정스님도 돌아오셨으니까 이번에는 세상 영화 하나 보여드릴까요?"

"무슨 영화입니까? 수녀님."

DJ가 묻자 수녀는 생글거리며 말했다.

"대통령님이 좋아하실 영화예요. 자, 보세요."

강 건너에 대형 스크린이 펼쳐지면서 엄청난 소떼들이 덜거덕거리며 달리는 모습이 보였다. 그 소떼 사이에 노인 하나가 서서 신나게 소리를 질렀다.

"어서 어서들 실어. 야 이놈들아, 너희들 오늘 신나는 구경하게 생겼다! 이 할아버지하고 고향에 돌아가자! 이 할아버지 고향에 가자, 어허 기분 좋다!"

소떼들은 알아듣는 듯 고개를 주억거리고 소떼들 앞에 질서정연하게 서 있는 흰색 트럭에 올라타기 시작하였다. 트럭은 흰색의 현대차였다. 자그마치 50대였다. 바바리코트에 중절모를 쓰고 목에는 스카프를 두른 멋쟁이 노신사가 소떼를 몰고 판문점을 넘고 있었다. DJ가 흥분하여 말했다.

"사실 저분이 정말 멋쟁이예요. 저분이 물꼬를 터서 남북문제가 터진 것 아닙니까. 정주영 회장, 저 양반이야말로 노벨상을 타셨어야 하는데. 제가 가로채서 미안하게 됐죠."

노무현이 입바른 말을 하였다.

"사실 대통령님은 노벨상을 타시기 위해 오래전부터 준비하시지 않았습니까? 한화갑 의원이 자신이 젊었을 때부터 서독과 유럽을 돌며 우리 선생님 노벨상 타기 위한 작전을 해왔다고 고백하던데요. 제 귀로 들었어요."

DJ는 머쓱하게 대답하였다.

"그 점은 사실이라고 말할 수 있죠. 저는 젊었을 때부터 가난한 인도 시인 타고르가 아시아인 최초로 노벨문학상을 타고, 일본까지 와서 우리나라를 '동방의 등불'이라고 표현했던 그 일을 잊지 못하고 있었어요. 우리나라에서도 반드시 노벨상 타는 사람이 나와야 한다고 생각했습니다. 어쨌든 정주영 회장은 위대한 분입니다. 북한 땅에서 소 한 마리 판 돈을 가지고 가출하여 위대한 현대왕국을 이룩한 분이 아닙니까. 젊은 시절 소 한 마리 판 돈을 가지고 나왔다고 해서 천 마리의 소를 끌고 고향을 찾아가는 그 모습, 영화로 찍고도 남을 일이지요. 저 양반이 대통령 선거에 나와서 '내가 대통령이 되면 아파트 반값으로 내리고 병목현상을 일으키는 도로를 모두 2층으로 고치겠다'고 하셨는데, 정말 저 양반이 대통령이 되셨으면 우리나라 복잡한 도로는 모두 2층 도로가 됐을 것이고, 서민들은 현 시가의 절반으로 자기 아파트를 가지고 있을 것입니다. 그런데 정치라는 것은 묘해서 저런 양반은 대통령이 안 되고, 나나 노무현처럼 빈털터리 사나이들이 대통령이 됐습니다. 안 그렇습니까, 노 통?"

노무현도 껄껄 웃으며 동감의 박수를 쳤다. DJ가 말했다.

"저 양반이 98년 6월과 10월, 두 차례에 걸쳐 1,001마리 소떼를 북에다 건넸는데 그 소들은 잘 크는지 모르겠어요."

노무현이 쑥스러운 표정으로 말했다.

"제가 대통령님보다 뒤에 평양을 갔으니까 정주영 회장님의 소들이 잘 크는지 물어봤어야 하는데, 그때 경황이 없어서 그 소들의 안부는 묻지도 못했습니다."

"아무튼 정주영 회장이 멋지게 물꼬를 터서 금강산 사업도 시작이 되었고, 개성공단도 터를 잡게 됐는데, 원님 덕분에 나팔 분다고 우리들은 남쪽 대통령으로는 처음으로 북에 올라가고 노벨상도 타고, 노 통도 북에 올라가서 환영을 많이 받았죠?"

노무현은 회상조로 말했다.

"대통령님께서는 그때 서해로 해서 비행기로 가셨죠? 그런데 저는 군사분계선을 넘어갔습니다. 제 의전비서관실 오승록 행정관이 아이디어를 내서 판문점 군사분계선에 노란 선을 긋고 우리 내외가 그 선 위에 서서 기념사진을 찍고, '저는 이번에 대통령으로서 이 금단의 선을 넘어갑니다. 제가 다녀오면 또 더 많은 사람들이 다녀오게 될 것입니다. 그러면 마침내 이 금단의 선도 점차 지워질 것입니다.'라는 짤막한 성명을 발표하고 넘어갔습니다. 그 이벤트는 아주 훌륭했죠."

두 전직 대통령의 감회 어린 이야기를 쭉 듣고만 있던 법정스님이 다소 차가운 말투로 말했다.

"하지만 결과는 안타까운 것이었잖아요. 노벨평화상을 받으신 김 대통령의 뜻에도 어긋나게 그 후 북한은 핵개발이라는 엉뚱한 카드를 내놨습니다. 노 대통령님의 방북도 허사가 됐고요. 노벨상이라는 것도 마냥 믿을 만한 것은 못 됩니다. 월남전을 종식시켰다고 지난 1973년 노벨평화상을 주겠다고 하자 미국 측의 헨리 키신저는 기분 좋게 받았지만, 월맹 측의 레득토는 수상을 거부했습니다. '거 참, 이상하다.' 세상 사람들이 고개를 갸우뚱했는데, 2년 뒤 수상을 거부했던 월맹 측은 기어이 남쪽 월남을 무력으로 침공해서 무력통일을 하고 말았습니다. 김대중 대통령께서 노벨평화상을 받으시고 싱글벙글하셨지만, 북한 측은 결국 핵무기

개발이라는 비장의 카드를 버리지 않았잖아요."

노무현이 풀 죽은 목소리로 말했다.

"김 대통령님은 분단 이후 최초로 남측 대통령으로서 평양을 방문하셨고, 2000년 6월 15일 평양에서 그 유명한 6·15 남북 공동 선언문도 채택하셨습니다. 내용도 파격적이었습니다."

1항. 남과 북은 나라의 통일문제를 그 주인인 우리 민족끼리 서로 힘을 합쳐 자주적으로 해결한다.

2항. 남과 북은 남측의 연합제안과 북측의 낮은 단계의 연방제안이 서로 공통성이 있다고 인정한다.

3항. 남과 북은 2000년 8월 15일에 즈음하여 헤어진 가족, 친척 방문단을 교환하며 비전향 장기수 문제를 해결하는 등 인도적 문제를 조속히 풀어나가기로 합의한다.

4항. 남과 북은 경제협력을 통하여 민족경제를 균형적으로 발전시키고 사회, 문화, 체육, 보건, 환경 등 제반 분야의 협력과 교류를 활성화하여 서로 신뢰를 도모한다.

5항. 위 네 개 항의 합의 사항을 구체적으로 이행하기 위해 남과 북의 당국이 빠른 시일 안에 관련 부서들의 후속 대화를 규정하여 합의 내용의 조속한 이행을 약속한다.

법정스님은 쓸쓸한 표정으로 두 대통령을 바라보다가 말을 건넸다.

"노무현 대통령께서는 2002년 정권을 인수하자마자 '고약한 선물'을 받으셨죠? 그 선물 처리 때문에 의욕적으로 시작했던 참여정부의 시작부터가 엉망이 되지 않았습니까?"

두 대통령은 얼굴이 굳어졌다.

"취임식 바로 다음 날 여의도에서 '고약한 선물'이 왔다. 국회를 지배하고 있던 한나라당이 '대북송금특검법안'을 단독 처리해 정부로 보낸 것이다. 2000년 6월 김대중 대통령이 제1차 남북정상회담을 했을 때 현대그룹이 4억 달러를 몰래 북으로 보낸 것이 문제였다. 박지원 청와대 비서실장이 산업은행을 통해 그 돈을 송금할 수 있도록 여러 가지 편의를 제공했다. 청와대 참모들과 국무의원들이 거부권 행사를 건의했지만 노무현은 특검법안을 수용했다.

김대중 대통령이 청와대를 방문해 서운한 마음을 토로했다. 김대중 대통령을 지지하는 정치인과 시민들도 노무현을 매섭게 비판했다. 역사상 최초의 남북정상회담을 성사시켜 위대한 업적을 이루게 했던 박지원 비서실장을 비롯해 송금 관련 실무자들이 여럿 구속되었다. 많은 이들이 그때 왜 거부권을 행사하지 않았는지 물었다. 노무현은 나름대로 대답을 했지만, 모든 사연을 다 밝힐 수는 없었다.

"이제 그 이유를 분명하게 말할 때가 된 것 같습니다."

노무현은 소신 있게 말했다. 요약하면 이런 내용이다.

김대중 대통령은 퇴임 직전 불법송금에 대해 국민에게 사과했다. 그러나 이 문제가 사법적 심사의 대상이 되어서는 안 된다는 입장을 피력했다. 나는 김대중 대통령의 대북정책을 계승하겠다는 입장을 재확인하면서 모든 것을 공개적으로 국민의 합의를 모아서 해나가겠다고 여러 차례 밝힌 바 있었다. 대북송금이 사법적 심사의 대상이 되어서는 안 된다는 김대중 대통령의 견해에 나는 전적으로 공감했다. 하지만 그렇다고 해서 무작정 수사를 막을 수는 없었다. 4억 달러를 제공하고 다른 방식으로 무엇인가를 더 받기로 했던 현대 쪽에서 그 일이 잘 풀리지 않게 되자 자꾸 말이 흘러나왔다. 야당과 보수언론이 주고받기를 하면서 의혹을 눈덩이처럼 부풀렸다. 도저히 수습할 수 없는 상황이 벌어진 것이다.

거부권을 행사하면 특검은 막을 수 있었다. 그러나 검찰 수사까지 막기는 어려웠다. 검찰 수사를 막을 수 있는 유일한 논거는 '통치행위론'이었다. 나는 법률가로서 이 이론을 인정하지 않았지만, 그래도 옳다고 우기면서 검찰이 수사를 하지 못하도록 지시하고 정면으로 부딪칠 수는 있었다. 그런데 그렇게 하려면 김대중 대통령께서 나서주셔야 했다. '남북관계를 열기 위해 내가 특단의 조처를 취한 것이다. 실정법 위반이 혹시 있었다고 해도 역사 앞에 부끄러움이 없다. 법 위반은 작은 것이고 남북관계는 큰 것 아니냐.' 이렇게 말하면 나도 '통치행위론'을 내세워 검찰 수사를 막았을 것이다. 김대중 대통령께 매우 신뢰할 만한 사람을 보내 이런 뜻을 말씀드렸다. 그런데 내 노력이 부족했는지 소통이 잘못되었는지 모르겠지만, 김대중 대통령은 마지막 기자회견에서 4억 달러 문제를 사전에 보고받지 않아 몰랐다고 하셨다. 대통령이 한 일이 아니라고 했으니 '통치행위론'을 내세우는 데 필요한 논리적 근거가 사라져버렸다. 참모가 대통령 모르게 한 일까지 '통치행위론'으로 덮을 수는 없는 일이었다.

나는 내심 박지원 비서실장이라도 나서주기를 바랐다. '그렇다. 내가 했다. 김대중 대통령은 모르셨다. 보고 드리지 않았다. 현대 쪽이 나중에 사업을 더 받기로 하고 그 돈을 보냈다. 합법적으로 송금할 방법이 없었다. 그래서 내가 산업은행을 움직여 편의를 봐줬다. 불법이라는 것은 알고 있었다. 국가의 미래를 위해 불법인 줄 알면서 그렇게 했다. 법 위반 책임을 묻겠다면 책임을 지겠다. 영광으로 알고 기쁜 마음으로 감옥에 가겠다. 실무자들은 아무 죄가 없다. 똑같은 상황이 또 온다 해도 나는 똑같이 할 것이다.' 이렇게 했으면 굳이 특검을 할 이유가 없었다. 검찰 수사도 송금의 절차적 위법성에만 국한해서 하도록 수사 지휘를 할 수 있었을 것이다. 그런데 그렇게 되지 않았다.

어차피 수사를 막을 수 없는 것이라면 검찰보다는 특검이 낫겠다고 판단했다. 누가 수사하든 대북송금 절차의 위법성을 밝히는 데 그쳐야지 남북관계의 근간을 해치는 데로 확대되어서는 안 된다고 생각했다. 그런데 방대한 조직과 인력을 가진 검찰에 맡기면 수사가 다른 곳으로 갈 가능성이 컸다. 4억 달러와 관련하여 현대와 북한 정부 사이에서 오고간 협상의 내용이라든가, 송금에 관련된 북한 계좌 내역이라든가, 이런 것을 뒤지면 남북 간의 신뢰가 깨질 위험이 있었다. 그 돈의 출처에 손을 대면 자칫 기업의 분식회계나 비자금 문제가 터질 수 있었다. 게다가 박지원 실장과 주변 인물들의 비리를 밝히겠다고 검찰이 광범위한 계좌 추적과 수사를 할 경우, 만에 하나라도 정치자금 문제로 불똥이 튈 위험을 배제하기 어려웠다. 그래서 인력과 활동 범위가 법으로 제한된 특검에 맡기는 편이 차라리 낫겠다는 판단을 한 것이다.

송두환 특검은 송금의 절차적 위법성 문제만 정확하게 수사했다. 다른 것은 손대지 않아 남북관계에도 큰 타격은 없었다. 박지원 실장을 비롯해서 유죄선고를 받은 모든 관련자들은 형이 확정되자마자 사면했다. 나는 이것이 최선의 선택이었고 결과도 가장 바람직했다고 생각한다. 나중에 김대중 대통령과 박지원 실장에게도 전후 사정을 다 설명해드렸다. 김대통령도 처음에는 서운해 하셨지만 나중에는 이해를 하셨다고 생각한다. 그런데도 어떤 정치인들은 이런 사정을 잘 알면서도 나를 정치적으로 공격하고 국민의 정부와 참여정부를 이간시키려고 했다. 슬프고 가슴이 아팠다." [29]

소르본대학에서 문학박사를 획득하고 동양어학교에서 일본어를 전공한 후, 〈르 피가로〉, 〈렉스프레스〉, 〈월 스트리트 저널〉, 〈아사히〉 등 세계적인 언론의 칼럼리스트로 활동하던 기 소르망이 "이 장엄한 모습이야말로 20세기 최후의 전위예술"이라고 극찬을 했던 정주영 회장의 소떼 방북 영화도 끝났다.

영화가 끝나고 나자 수녀들은 세 사람의 남자를 안내하며 강둑을 걸어왔다. 회색 바바리를 입고 자주색 중절모를 쓴 맨 앞의 노신사는 큰 소리로 외쳤다.

---

29) 〈운명이다〉, 유시민 정리, 돌베개, 2010, 230~233쪽.

"나, 정주영이요! 이 천상의 나라에 와서 좋은 물 마시고 신선한 바람 쏘이고 깨끗한 햇볕으로 씻었더니, 얼굴에 붙어 있던 검버섯도 말끔히 씻겼소이다. 나 좀 젊어 보이죠?"

두 대통령은 일어나 정주영 회장을 정중히 맞았다. DJ 대통령은 정 회장의 손을 덥석 잡았고, 노무현도 기쁘게 맞았다.

"회장님께서는 60대 초반으로 보이십니다. 천상의 나라가 정말 좋은 듯합니다. 한창 일하시는 장년 같습니다. 회장님께서는 언제 세상을 떠나오셨죠?"

"내가 2001년 3월에 떠나왔지요. 1915년생이니까 만 86세, 뭐 살 만큼 살고 왔습니다. 그러나 이 사람, 내 아들 정몽헌은 이곳에 와 있을 사람이 아니오. 2003년, 그놈의 지긋지긋한 대북송금 특검인가 뭔가에 시달리다가 55세, 한창 일할 나이에 사랑하는 처자식 다 버리고 자신이 집무하던 계동 자기 방에서 떨어져 죽었소이다. 얼마나 답답하고 괴로웠으면 그 높은 빌딩에서 떨어져 죽었겠어요. 아니, 기업하는 사람이 금강산 개발하고 개성공단 해보겠다고 덤벼드는 일이야 당연한 일 아닙니까? 당신네들, 두 대통령들이 북한과 잘해보겠다고 하니까 끼어든 거 아닙니까? 그런데 느닷없이 그 어마어마한 돈을 현대에서 대라고 하니 멀쩡한 회사 돈으로 내놓을 수밖에 더 있었겠습니까. 북한에서 영수증을 써줍니까? 그때까지 북한과 정상적으로 거래를 했습니까? 4억 달러가 넘는 그 어마어마한 돈의 회계처리를 어떻게 합니까? 그러니까 결국 분식회계하고, 회계사 데려다가 간신히 간신히 때려 막았는데, 검찰에서 달려들어 장부 다 뺏어가고, 분식회계가 어쩌니 비자금이 어쩌니, 여기에서 어디까지가 북한으로 넘어간 돈이냐, 어디까지가 당신들 비자금이냐, 그리고 이 정체불명의 차액은 누가 가져간 것이냐, 이렇게 따지니 이 사람이 견딜 수 있겠어요? 사업하는 사람에게 장부 내놓으라고 하면 사실 그건 죽으라는 소리와 같지 않겠어요?"

DJ와 노무현은 그 키 크고 잘생긴 정몽헌 앞으로 가서 고개를 숙였다.

정몽헌은 안경 낀 모습이 대학교수처럼 점잖고 준수했다. 작은 목소리로 말했다.

"저도 웬만하면 견뎌보려고 했습니다. 그러나 북한과 사업을 하려면 웃돈이 필요하다고 해서 준비해놓은 비자금까지 꼬치꼬치 따지기 시작하자 '아, 북한 사업은 접어야겠다.' 하는 마음과 함께 너무 비애스럽고, 분단된 나라의 사업가라는 사실이 너무 한심스러워지며 그만 울컥하는 마음이 생겼습니다."

노무현이 손을 잡으며 말했다.

"일을 서툴게 처리한 제 잘못이 큽니다. 김 대통령님께서는 그 돈이 꼭 필요했기 때문에 요구하셨던 것이고, 사실상 그 돈은 통일을 위한 자금이었기 때문에 통치 자금에 해당되는 금액이었을 것입니다. 제가 좀 더 국가경영의 노하우를 쌓았더라면 슬기롭게 처리를 했을 텐데요. 그때는 임기 초라 국사를 운영하는 방법 자체를 잘 모를 때였습니다. 진심으로 죄송하게 생각하며 그 후 방북 사업을 위해 애쓰시는 현정은 회장님과 자제분들께 사죄하는 마음과 송구한 마음을 가지고 있었습니다. 현 회장님을 더 적극적으로 돕지 못한 것을 가슴 아프게 생각합니다."

그때까지 아무 말 없이 뒤쪽에 서 있던 남자는 도무지 알 수 없는 인물이었다. DJ도 모른다는 표정이었다. 점잖고 품위가 있어 보이는 사람이었다. 노무현과 비슷한 나이 또래였다. 사내가 말했다.

"저는 기억 못하시겠죠?"

"......"

사내가 어렵게 운을 떼었다.

"저는 대우건설 사장을 했던 남상국입니다."

그제서야 노무현이 그 사나이의 어깨를 움켜잡았다.

"아이고, 이 경박한 사람을 용서해주십시오. 용서? 용서라니요. 아니, 용서하지 마시고 벌을 주십시오. 그때, 저는 아시다시피 탄핵에 걸려 정신이 없을 때였습니다. 그 일 때문에 정신없을 때, 기자들이 몰려와 건평 형님과 사장님 사이에 있던 일들을 질문했습니다. 저는 그때 제가 사장님 실명을 거론하지 않았다고 생각하면서 그냥 일반론으로 점잖고 많이 배우신 대기업의 책임자가 시골에 계신 제 형님 같은 분에게 연임문제를 부탁하며 사례를 했다는 사실에 대해…."

사나이는 말했다.

"국사에 전념하시는 대통령님께 그런 일로 누를 끼쳐 죄송합니다. 저는 다만 그 많은 기자들 앞에서 제 실명이 거론됐다, 남상국이라는 이름이 전국에 매스컴을 타고 퍼졌다는 사실에 견딜 수가 없었습니다."

노무현이 다시 한 번 남상국의 손을 잡고 말했다.

"제가 경박한 사람입니다. 전 정말 사장님의 존함을 거론하지 않은 걸로 알았습니다. 그래서 문재인 수석에게 녹취록을 가져오라고 해서 함께 검토까지 해봤습니다. 그랬더니 제가 정말로 사장님의 실명을 거론했더라고요. 하지만 왜 그런 극단적인 결정을 하셨습니까? 차라리 청와대로 찾아오셔서 저를 꾸짖으시면 제가 사과 말씀을 드리고 일처리를 했을 텐데요."

법정스님이 나섰다.

"다 지나간 일입니다. 그렇기 때문에 우리 불가에서 업을 쌓지 말라, 죄를 짓지 말라 하지 않습니까? 업보는 반드시 결과를 부릅니다. 지리산을 올라 다니는 산행자들은 다 알고 있는 상식이 있습니다. 예로부터 전해오는 전설 같은 얘기입니다. '지리산 천왕봉에 번개와 벼락이 떨어지면 그 번개의 에너지가 법계사 앞에 있는 바위 언덕인 문창대로 흘러간다. 그리고 문창대로 내려온 번개 기운은 다시 법계사로 반사된다.' 한마디로, 에너지는 돌고 도는데 돌 때마다 그 에너지의 총량이 커진다는 얘깁니다. 서양 사람들이 말하는 '나비효과'와 같은 이치입니다. 브라질에서 한 마리의 나비가 날갯짓을 하면, 그 날갯짓의 에너지가 텍사스에 이르면 토네이도가 된다는 기상학자 에드워드 노턴 노렌즈의 이론과 같습니다."

멀찍이 서 있던 앙리에트 수녀가 달려와 목을 축일 찻물을 건네주었다.

법정스님은 목을 축이면서 계속했다.

"노무현 대통령께서는 2009년 5월에 검찰의 부름에 치욕을 느끼시며 많은 생각을 하셨을 것입니다. 나는 양심껏 살아왔는데, 특히 돈에 관해서는 대통령직에 있으면서 생각도 하지 않았는데, 왜 합천으로 쫓겨갔던 전두환 전 대통령처럼 압송되어 가고, 타고 가는 그 버스 위에 헬리콥터까지 따라올까. 도무지 이해가 되지 않았을 것이며, 분하고 부끄러운 마음뿐이었을 것입니다. 그러나 불가의 식대로 풀어본다면, 그때 이미 노 대통령님에 앞서 높은 계동의 사옥과 한강 둑에서 몸을 던진 여기 두 분의 업이 작동했다고 봐야 할 것입니다. 억울함과 분함을 안고 고층빌딩과 한강에서 떨어졌던 두 분의 나비효과가 작동을 한 것입니다. 그래서 견딜 수 없는 마음으로 부엉이바위에 올라가게 되셨고, 자기도 모르게 떨어지신 겁니다. '떨어졌다' 하는 그 묘한 공통점까지 같지 않습니까? 이 천상의 나라에 와서 보니 지상에서는 보이지 않던 그 업보의 법칙과 나비효과가 너무나도 극명하게 보이지 않습니까?"

DJ가 나서며 울먹이는 목소리로 말했다.

"다 이 사람의 잘못입니다. 이 사람은 그 대통령 병을 접지 못해 영국으로 떠날 때는 '절대로 정치는 다시 하지 않겠다'고 국민 앞에 맹세를 했어요. 그런데 얼마 후에 돌아와 정치를 다시 시작하고 기어이 4수 끝에 대통령이 됐습니다. 대통령이 된 후에는 남북통일을 해보겠다고 평양으로 갔습니다. 보수 쪽 대통령들이 통일에 관심이 없으니까 저는 기어이 통일문제를 다루고 싶었습니다. 그래서 평양에 갔더니 김정일 국방위원장이 돈 얘기를 꺼냈습니다. 그 돈을 주지 않고는 남북관계가 이루어질 수 없는 분위기였습니다."

법정스님은 가지고 있던 바랑에서 무엇인가를 꺼냈다. 꼭지가 조붓한 술병이었다. 술병을 꺼내자 수녀님들이 재빨리 술잔을 나누어 주었다. 술잔을 앞에 놓고 법정이 설법을 하듯 엄숙한 표정으로 얘기를 하기 시작했다.

"김대중 대통령님, 살아생전에 제가 찾아뵈면서 저도 목포상고 출신이라는 것을 말씀드린 일이 있습니다."

"아, 법정에 대해서는 제가 잘 알죠. 해남군 출신이고, 내가 다니던 목포상고를 졸업했죠. 세수로 따지면 스님이 나보다 8살쯤 아래시죠? 학교도 그쯤 후배가 되고요. 고향도 같은 전라도에 학교까지 같고, 저도 한때는 작가를 꿈꿀 만큼 글을 좋아해서 스님의 글은 거의 다 읽었습니다."

"아무튼 제가 목포상고 다닐 때, 재미가 있어서 거의 외우다시피 했던 영어 단편이 있습니다. 문학적으로 크게 성공한 작가는 아니지만 문장을 편하게 쓰면서도 민중들에게 울림을 주었던 워싱턴 어빙이라는 작가의 작품입니다. 〈립 밴 윙클(Rip Van Winkle)〉이라는 작품인데요, 립 밴 윙클은 뉴욕 근처 허드슨강 상류에 있는 카츠킬 산맥 아래 살던 시골 사람이었습니다. 게으르고, 하는 일 없이 바쁘기만 하고, 부인에게 매일 잔소리를 듣는 사람이었습니다. 그는 아내의 잔소리가 너무 싫어 허드슨강을 따라 슬슬 걷다 카츠킬 산맥 속으로 들어갑니다. 그 깊은 산속에서 낯선 사람들을 만나고 그 산속 사람들이 건네주는 신묘한 술을 마셨더니 20년 동안 꼬박 잠이 들었습니다. 립 밴 윙클이 마을에 돌아오자 독립전쟁은 이미 끝났고, 혈기왕성하여 자신을 들들 볶던 아내는 할머니가 되어 마을 앞에서 해바라기를 하고 있고, 자신은 늙지 않은 채 천지개벽이 된 마을을 구경한다는 내용입니다. 자, 제가 오늘 그 술을 가지고 왔습니다."

DJ가 눈을 크게 뜨며 법정에게 물었다.

"그런 불로초 같은 술을 누구한테서 얻었습니까? 정말 그 술을 마시면 10년, 20년이 젊어질 수 있습니까?"

법정이 표정을 가다듬고 말했다.

"대통령님, 저는 허튼 말을 하지 않습니다. 얼마 전에 제가 일엽스님을 따라 강 건너 빛의 나라에 갔다 온 일이 있지 않습니까. 제가 거기서 어떤 분을 만나고 온 줄 아십니까?"

"누구를 만나셨습니까?"

법정은 고개를 숙이고 뜸을 들이다가 천천히 말했다.

"놀라지 마십시오. 고려 태조가 국사로 모셨던 도선(道詵, 827~898) 국사님을 뵙고 왔습니다."

DJ가 화들짝 놀랐다.

"아니, 도선 국사라면 풍수에 능하고, 백제 왕손이라고 전해지던 그 스님 아닙니까? 도선 국사님의 영정이 전남 영암군 도갑사에 모셔져 있지요. 나는 그 어른을 오래전부터 존경해왔습니다. 왕건이 고려를 세울 때, 전남 영암 출신의 그분을 왕사로 모셔가지 않았습니까?"

"그렇습니다. 개성 출신 왕건이 대세를 장악하자 후백제의 견훤(甄萱, 867~936)은 왕건과 일전을 겨루려고 했지만 왕자들이 그를 금산사에 가두자 결국 절을 탈출하여 개성에 있던 왕건에게 투항하였죠. 그런 모습을 본 신라의 마지막 왕, 경순왕은 오금이 저려 아예 백관을 거느리고 송도로 달려가 투항을 했습니다. 그런 상황에서 백제 출신 스님 도선이 왕건의 왕사가 되어 고려 창건에 결정적인 도움을 주게 됩니다."

DJ가 법정에게 말했다.

"스님, 다른 건 몰라도 영암 사람 도선 국사에 대한 얘기만은 이 사람이 더 잘 알고 있을 겁니다. 그분은 일찍이 중국 장안으로 건너가 장안 근처의 명산, 종남산(終南山)에서 일행(一行)스님으로부터 밀교(密敎)의 비밀을 터득해온 분입니다. 그분을 말할 때 흔히 풍수의 대가라고 합니다마는, 도선스님을 말할 때는 비보(裨補)에 대해서 알지 못하면 안 됩니다. 그분의 밀교사상(密敎思想)과 도참사상(圖讖思想)이 구체적으로 나타난 것이 비보입니다."

노무현이 물었다.

"대통령님, 비보라는 것이 무엇입니까?"

DJ가 대답했다.

"풍수라는 것은 어느 자리가 못자리로 좋다, 뭐 이래서 조상의 묘를 명당으로 쓴다든지 하는 것이고, 비보라는 것은 이곳은 명당이 되기에는 무엇이 부족하니 여기에는 탑 하나를 세우세요, 여기는 다 좋은데 가운데가 꺼졌으니 가운데 땅을 돋우고 거기에 사찰을 세우세요, 뭐 이런 식으로 지형이나 국토의 부족한 부분을 메우고 새로 세우는 것을 비보라고 합니다. 내가 읽은 도선 국사에 관한 책을 보면 도선 국사는 고려를 세울 때, 대략 3천 곳의 취약한 지점을 찾아 그곳에 절을 세우거나 탑을 세우고 또 새로운 길을 냈다는 내용이 있습니다. 요즘 식으로 말하면 합리적인 SOC 사업을 통해 미래 지향적인 국토 개량 사업을 한 것이라고 할 것입니다."

노무현은 알아들었다는 듯이 고개를 끄덕이고, 법정스님은 DJ의 강의에 밀려 다른 말을 하지 않고 술을 따르기 시작하였다. 그리고 말했다.

"자, 이 술을 마시면 과거의 억울한 일이나 슬펐던 일을 잊을 수 있습니다. 그리고 너그럽고 태평한 마음이 되어 미래를 향할 수 있게 될 것입니다."

정주영 회장이 말했다.

"이 술을 마시고 나면 내가 김대중 대통령님이나 노무현 대통령님께 가지고 있던 섭섭한 마음도 사라진다 이겁니까?"

정몽헌 회장이 조용히 말했다.

"아버님, 이제 와서 과거의 일을 생각하면 무엇 하겠습니까? 스님께서 가져오신 술을 드시고 지난 일은 잊으시죠."

노무현이 남상국 씨를 향해 말했다.

"남 사장님께서도 이제는 이 사람에 대한 섭섭한 마음을 거두어주십시오."

정주영 회장이 큰 소리로 DJ를 향해 말했다.

"김 대통령께서 건배사를 해주세요. 특별히 정몽헌이를 생각하시고요!"

DJ가 일어나서 정몽헌 회장 쪽을 향해 말했다.

"자, 우리가 지상에서 했던 모든 일은 남북통일을 위한 것이었습니다.

거기에 얽혔던 모든 일들을 잊으십시다. 그리고 조국통일이 앞당겨지도록 축언합시다. 조국통일을 위하여!"

"조국통일을 위하여!"

두 스승

마들렌 수녀가 일행을 깨우기 시작했다.

"일어들 나세요. 손님들이 오셨어요."

"아니, 누가 왔다고요? 손님들이라고요?"

노무현이 일어나며 하품을 했다.

"왜 잘 자는 사람을 깨우고 야단이야? 잠이 햇솜처럼 부드럽고 달콤하고만!"

정주영 회장은 일어나며 짜증을 냈다.

손님들은 어쩔 줄 모르며 수녀님께 말했다.

"깨우시지 마세요, 수녀님. 저희들은 기다릴 수 있어요."

수녀가 웃으며 말했다.

"이분들은 깨워야 합니다. 충분히 주무셨습니다."

말소리에 DJ도 깨어나고, 정몽헌도 깨어나고, 남상국 사장도 깨어났다. 법정스님은 어느새 단정히 앉아 목탁을 찾아 두드리며 염불을 하고 있었다. 스님의 염불이 끝나고 나자, 남상국 사장이 자신의 머리를 만지다가 소스라치게 놀라며 말했다.

"아니, 내 머리가 분명히 민둥산이었는데, 언제 머리털이 자라서 이렇게 덥수룩해졌나?"

노무현이 남상국을 바라보며 허허 웃었다.

"남 사장님, 천상의 나라에 오셔서 수지맞으셨습니다. 대머리였던 그 머리에 남산 위의 저 소나무가 무성하게 자랐습니다. 40대처럼 보이십니다.

참 멋지십니다."

마들렌 수녀가 생글생글 웃으며 말했다.

"아, 그럼 5년 이상이나 잠을 잤는데 머리털이 날 만도 하지. 어서들 일어나세요! 세월이 5년이나 지났어요."

서 있던 손님들 중에 연장자인 듯한 사람이 먼저 입을 열었다.

"김대중 대통령님, 노무현 대통령님, 법정스님, 저희들을 알아보시겠습니까? 저는 리영희(1929~2010)이고, 이분은 신영복(1941~2016) 선생입니다."

그제서야 또 한 사람이 앞으로 나서며 인사했다.

"저 신영복입니다. 단잠을 깨워드려 죄송합니다. 사실 저는 최근에 지구를 떠나왔는데요. 두 분 대통령님이 오셨다고 해서 저보다 먼저 와 계신 리영희 선생님을 찾아가 모시고 왔습니다."

DJ와 노무현이 일어나 반갑게 두 사람을 맞았다. 눈치 빠른 정주영 회장이 말했다.

"하이고, 두 사상가 선생이 오셨구만. 솔직히 말해서 난 사상가들을 별로 좋아하지 않아요. 나는 자본주의 중에서도 악질 자본가에 속하니까, 그대들이 보기에 영 마음에 안 드실 거야. 자, 몽헌 회장, 우리는 떠나세. 남 사장님, 남 사장님도 큰 건축회사의 사장이니까 자본가예요. 우리는 떠납시다. 여기 있어 봤자 서로 말 섞을 일이 별로 없을 거예요."

노무현이 정 회장을 말렸다.

"아이고, 왜 이러십니까? 함께 말씀을 나누시면 다 뜻이 통할 분들입니다."

정주영 회장은 직선적으로 말했다.

"사실 나는 노무현 대통령하고는 애당초 번짓수가 다른 사람이에요. 우리는 89년 5공 청문회 때부터 악연이었잖아요. 그때 젊고 팔팔하던 노무현 의원은 5공 청문회 스타가 되었고, 나는 그 청문회에 재벌을 대표하는 증인으로 나가서 노무현 의원한테 닦달을 당했잖아요. 그때 의원님께서는 이 늙은 재벌 회장이 대답을 시원찮게 한다고 그냥 퉁을 주더만! 그때부터 우리는 악연이었다고! 자, 뜻 맞는 사상가들끼리 잘들 해보슈."

정주영, 정몽헌 부자, 그리고 남상국 사장은 마들렌 수녀의 안내를 받아 자리를 떠났다. 법정스님, 김대중, 노무현, 리영희, 신영복. 다섯 사람만 남게 되었다. 앙리에트 수녀가 술상을 봐주었다. DJ가 기분 좋은 표정으로 술잔을 들고 말했다.

"하, 이거 우리가 천상에서 만나다니, 지상에서도 좀 자주 만나고, 이렇게 오붓한 자리를 가졌어야 하는데 그놈의 세상살이라는 게 왜 그렇게 번잡했던지. 그런데 리영희 선생께서는 언제 세상을 떠나셨지요?"

리영희가 조용한 미소를 띠며 말했다.

"저는 2010년 12월, 이명박 대통령의 임기 한중간에 세상을 떠나왔습니다. 이명박이 대통령이 돼서 우리 노무현 대통령을 사법처리하려고 요란을 떨며 밀어붙일 때 저는 기회가 있을 때마다 '이명박은 파쇼'라고 외쳤습니다. 사실 이명박은 미국에 찰싹 달라붙어 아양을 떨던 친미주의자에 파시즘 초기 증상을 보이던 그런 인물이었지요. 그런데 그 무렵부터 몸이 약해져서 큰아들 집에 가 있다가 결국 간암으로 세상을 떠나왔습니다. 82세로 세상살이를 끝냈습니다."

DJ가 말했다.

"여기 리영희 선생은 이 사람과 노무현 대통령의 스승이셨습니다. 두 진보 대통령을 가르치셨던 이념의 스승이십니다."

노무현도 보탰다.

"그건 확실합니다. 저도 리영희 선생님의 책을 보고 이념에 눈을 떴습니다. 부산에서 젊은이들과 민주화운동을 하던 내내 선생님의 지도를 받았습니다."

DJ는 감회 어린 표정으로 말했다.

"선생님께서는 평생을 이념문제로 고생을 하셨죠? 이 김대중이 평생 '빨갱이'라는 딱지를 달고 살았던 것처럼 선생님께서는 '이념주의자', 좋게 말해서 '진보주의자'로 사셨고, 보수진영으로부터는 '의식화의 원흉'으로 지목되셨죠. 그래서 박정희가 지배하던 70년대부터 고난을 받기 시작했죠?"

리영희는 술로 목을 축이면서 회상하였다.

"제가 1977년에 〈우상과 이성〉을 한길사에서 펴내고, 〈8억 인과의 대화〉를 창작과 비평사에서 펴냈는데, 난데없이 74년에 펴낸 〈전환시대의 논리〉와 그때 펴낸 책들이 반공법 위반이라고 하면서 잡아들였습니다. 서대문형무소를 거쳐 광주교도소에서 2년 넘게 옥살이를 하였습니다. 광주교도소에 있을 때, 박정희가 총에 맞았다는 소식을 들었고 출감을 하였죠. 그때까지 저는 아홉 번 연행이 되었고, 다섯 번 구치소에 들어갔고, 세 번 재판을 받았습니다. 감옥살이를 한 날 수는 총 1,012일이었습니다. 신문사에서 두 번 쫓겨났고, 교수직에서도 두 번 해직을 당했습니다. 참 기구한 인생살이였습니다."

법정이 눈을 감고 조용히 뇌었다.

"나무관세음보살. 나무아미타불…. 고생 많으셨습니다."

DJ는 면구스러운 표정으로 말했다.

"교수님, 그렇게 당하시고도 저 때문에 또 80년에는 고생을 하셨지요?"

"79년에 광주교도소에서 나와 원주에 있는 지학순 주교님의 호의로 원주에 있는 병원에 가서 치료를 받았습니다. 보름 동안 영양주사도 맞으면서 참 호강을 한 셈이었죠. 그리고 4년 만에 대학 강단에 서서 학생들에게 강의를 할 수가 있었습니다. 그런 저의 모습은 일본 〈아사히신문〉에서 특집으로 내주기도 했죠. 감옥살이가 아주 나쁜 것만은 아니었습니다. 저는 평소에 과음과 담배 때문에 만성위장병을 앓았는데요. 감옥살이 2년 만에 신기하게도 그 만성위장병이 말끔히 낫기도 했습니다. 아마도 감옥에서 술, 담배를 안 하고 규칙생활을 한 덕분인 것 같습니다. 그리고 얼마 안 있어 1980년이 왔는데요, 사람들은 박정희가 죽었으니 이제는 자유의 시대가 열린다고 흥분을 했습니다. 그해 5월 17일 밤 11시 반이었죠. 막 잠자리에 들려고 하는데 괴한들이 들이닥쳐 집 식구들을 꼼짝 못하게 하고, 저를 끌고 갔습니다. 끌려간 곳은 남산이었습니다. 바위를 파서 만들었다는 지하실로 엘리베이터를 타고 내려가서 맨 아래층 3층 1호실에 집어넣더군요. 그 후 계속 김대중과의 관계를 추궁했지요."

DJ가 말했다.

"교수님, 저는 바로 그때 그 지하실 암굴 감방의 2층에 있었습니다."

리영희가 말했다.

"그때 뭐 누가 어디에 있다는 것도 전혀 알 수가 없었고, 바로 옆방에서 고문을 받는 소리만 들렸습니다. 비명을 지르는 주인공은 유명한 연세대학교의 해방신학자 서남동 교수였습니다. 나중에 알고 봤더니 그 지하실에 김대중, 문익환, 예춘호, 시인 고은, 서남동 교수, 언론인 송건우, 소설가 정을병, 김동길 교수 등 유명인사만 25명 이상이 있었습니다. 그 명단을 나를 취조하던 수사관이 슬쩍 흘려주더군요."

"다행히 교수님은 저하고 관련이 없다는 것이 나중에 밝혀졌죠?"

"네, 40일쯤 그 지하 감옥에 있다가 겨우 풀려났습니다."

그동안 곁에서 쭉 듣기만 하고 있던 노무현이 물었다.

"선생님, 70년대 감옥에 계실 때, 그때부터 폭넓은 독서를 하셨다는 얘기를 들었는데요."

그는 환하게 웃는 얼굴로 대답했다.

"70년대는 고은 시인이 차입해준 국역 〈팔만대장경〉을 읽기 시작했고, 〈금강경〉 같은 불교 서적을 읽었습니다. 이때 불교의 깊은 사상을 체득한 셈이죠. 간디의 자서전도 그때 읽었는데 아주 내용이 좋았고요. 네루가 옥중에서 집필한 〈아버지가 딸에게 보내는 편지〉, 몽테뉴의 〈수상록〉, 파스칼의 〈팡세〉, 루소의 〈고백록〉, 빅토르 위고의 〈레미제라블〉, 플라톤의 〈소크라테스와의 대화〉, 〈괴테와의 대화〉, 〈베토벤의 전기〉, 〈존 스튜워트 밀의 자서전〉, 〈찰리 채플린의 자서전〉 등을 이때 읽었는데, 〈레미제라블〉은 불어사전을 찾아가며 1천 쪽이 넘는 그 책을 독파하고 프랑스어를 거의 완벽하게 통달할 수 있었습니다. 저는 감옥에서 프랑스어를 마스터한 셈입니다."

법정스님이 말했다.

"팔만대장경을 독파하신 것은 정말 잘하신 일입니다. 우리 불가의 사람들도 그것을 완독한 사람은 별로 없을 것입니다."

신영복이 말했다.

"리영희 선생님, 동양 고전은 어떤 것을 읽으셨는지요?"

"〈논어〉, 〈맹자〉, 〈채근담〉, 〈명심보감〉 등을 읽었는데 이런 것보다는 당시를 모은 〈당시선〉이 아주 좋았습니다."

그러면서 리영희 선생은 신영복에게 물었다.

"선생은 저보다도 감옥 생활이 훨씬 길었는데… 아니, 긴 정도가 아니라 제 2년 조금 넘는 감옥 생활보다 10배나 되는 20년이라고 하셨죠?"

DJ가 말했다.

"제 감옥 생활이 전부 합쳐 6년 정도 되는데 감옥 생활로 치자면 리영희 선생이 학사, 이 사람이 석사, 그리고 신영복 선생이 박사인 셈이네요. 사실상 어학 능력이나 독서의 폭으로 말하자면 리영희 선생이 앞섭니다만 독서의 깊이로 치자면 신영복 선생이 제일일 것 같습니다. 안 그렇습니까, 스님?"

법정이 고개를 끄덕였다. 리영희도 동의했다.

"그렇습니다. 저는 영어나 프랑스어를 공부한 덕에 그쪽 책을 좀 읽었고, 러시아어도 독학을 해서 좀 해독을 합니다만 동양 고전 면에서는 신영복 선생을 따라갈 수가 없습니다. 특히, 주역을 풀어 미래를 내다보는 면에서는 저는 신영복 선생을 따라갈 수 없습니다. 지금 세상에서는 이명박 대통령의 시대가 끝나고, 박근혜 시대가 열렸는데…."

DJ가 화들짝 놀라며 말했다.

"아니, 우리가 옛날얘기를 하다가 놓쳤는데… 그 박정희의 딸, 박근혜가 또 대통령이 됐단 말이오? 그러면 박정희 18년에, 박근혜 5년을 더하면 23년이라는 세월인데, 23년이라는 세월을 우리 민족이 박씨 일가에게 통치를 받게 됐다는 말입니까?"

노무현이 신영복에게 물었다.

"선배님은 언제 세상을 떠나셨죠?"

"박근혜 대통령이 취임하고 3년이 된 시점입니다."

노무현이 진지하게 물었다.

"그분, 정치 잘 해나가시던가요?"

신영복은 눈을 내리깔며 말했다.

"저는 정치에 대해서는 잘 모릅니다. 그런데 한 가지 이상한 점이 있습니다. 처음 취임할 때는 열화 같은 인기를 안고 출발했는데요. 시간이 가면서 통치 스타일이 이상해졌습니다. 비서실장에 아버지뻘의 늙은 노인을 모셔놓고, 비서실 기능을 쳐다도 보지 않는 것 같습니다."

"그럼 통치를 어떻게 해나갑니까?"

"비서들과의 모임도 갖지 않고, 각료들과도 자주 만나지 않습니다. 언제나 구중궁궐 같은 자신의 거처에 앉아서 서류로 결재를 하고, 비선들하고만 쑥덕거린다고 소문이 자자합니다. 따라서 집권당에서도 패가 갈리고, 박근혜 대통령을 무조건 따르는 사람들과 그렇지 못한 사람들은 물과 기름처럼 분리되고 있습니다. 뭔가 일이 크게 잘못될 것 같습니다."

노무현이 신영복에게 바싹 다가앉으며 나직이 말했다.

"선생님, 선생님께서는 주역을 푸실 줄 알잖아요. 박근혜 대통령의 앞날에 대해 풀어보신 일이 있습니까?"

신영복이 잠자코 있다가 말했다.

"주역을 배우는 사람들은 공부 첫머리에 먼저 배우는 게 있습니다. 그것은 개인이나 집단에 대한 미래에 대해 함부로 예단하지 않는다는 것입니다. 그냥 공부 삼아 풀어보는 것은 있을 수 있는 일이지만 '당신의 앞날은 이럴 것이다' 하고, 풀이를 해주는 것은 저급한 장사꾼이나 사주나 관상 보는 사람들이 하는 일입니다."

DJ도 가세하였다.

"신영복 선생, 박근혜 대통령의 괘는 어떻습니까?"

과묵한 리영희 선생이 거들었다.

"두 대통령님께서 물으시니 한 번 말씀해주시죠. 더구나 여기는 천상의 세계가 아닙니까? 어디로 비밀이 흘러갈 것도 아니고."

법정이 일어서며 말했다.

"나는 그 번잡스러운 세상 이야기는 듣지 않겠습니다. 소승은 강가나 산책할 테니 세상 얘기들을 나누세요."

스님이 자리를 뜨고 나자 신영복이 천천히 입을 열었다.

"화수미제(火水未濟) 괘입니다. 효사(爻辭)는 이렇습니다. '끝나지 않았다. 어린 여우가 강물을 거의 다 건넜는데 그만 꼬리를 적시고 말았다.' 유기미(濡基尾), 꼬리를 적셨다는 것은 실패가 있겠다는 뜻입니다. 결국 불속종야(不續終也)라! 끝을 맺지 못한다는 뜻입니다. 여자 대통령이 무슨 연유에서인지는 모르겠습니다만, 임기를 다 마치지 못한다는 괘입니다."

모두 입을 다물었다. 그리고 서로 쳐다보았다. 말이 없었다.

바람 같은 사나이

앙리에트 수녀가 중년의 사내를 데리고 나타났다.

넓적한 얼굴이 바람에 검게 탄, 환갑을 막 넘어 보이는 장년의 사내였다. 노무현이 제일 먼저 그를 알아봤다.

"아니, 이게 누구요? 노회찬 의원 아니요?"

DJ도 자리에서 일어나 그의 손을 잡아주었다.

"이제 환갑을 갓 지내셨던가? 한참 일할 나이인데 어쩌다 세상을 떠나오셨소?"

노회찬은 연신 허리를 굽실거리며 머리를 조아렸다.

"하, 이거 두 대통령님, 제가 제일 존경했던 진보 대통령님들! 여기서 뵙게 되어 송구스럽기 그지없습니다."

DJ가 계속 말했다.

"암암, 뭐가 잘못돼도 한참 잘못됐구만! 지금쯤 국회의사당에서 책상을 탕탕 치며 그 유명한 판갈이 이론을 발전시켜나가야 할 게 아닙니까? '50년 동안 한 판에서 계속 삼겹살을 구워 먹어서 판이 새까맣게 됐습니다. 이제 삼겹살 판을 갈아야 합니다.' 아, 이렇게 해학이 넘치면서도 핵심을 찌르는 명언을 계속해나가야 할 게 아닙니까?"

노무현이 진지하게 물었다.

"노 의원, 뭐가 잘못돼서 이곳에 이렇게 서둘러 왔습니까? 한때 혼자서 지지율 1%였던 정의당을 지지율 10%까지 끌어올렸잖아요? 요즘도 선거철만 되면 의식 있는 대학생들, 젊은 샐러리맨들은 거대 정당은 다 싫다, 독일의 녹색당 같은 정의당에다 표를 몰아주자, 이러면서 정의당을 지지하는데, 무슨 사정이 있었습니까?"

눈치 빠른 앙리에트 수녀가 술상을 차려왔다. DJ가 옆에서 거들었다.

"노회찬 의원도 부산 분이시죠? 부산에서 서울에 올라와 경기고등학교를 다녔으면 수재에 속하는데. 그 수재가 기득권에 들어가 편히 안주하지 않고 노동판에 들어가 용접공 노릇을 하고, 국가보안법에 걸려 감옥살이를 하고, 거대 야당에 들어와 대안세력으로 자리를 잡지도 않고, 심상정 의원과 둘이서 손잡고 정의당을 이끌어왔는데… 허, 참!"

술로 목을 축인 노회찬은 마음을 가다듬으면서 이야기보따리를 풀었다.

"그동안 두 대통령님께서 떠나신 후, 대한민국 정치의 지평은 엄청난 변화를 겪었습니다. 노무현 대통령께 수모를 안기면서 뭔가 큰판을 벌일 듯하던 이명박 대통령은 사실상 실체도 없는 미국산 쇠고기의 광우병 파동을 겪고, 밤마다 세종로를 뒤덮는 촛불에 놀라서 자원외교니 뭐니 하며 해외순방을 열심히 다녔고, 4대강을 관통하여 운하를 만들려고 하다 뜻대로 되지 않자 어마어마한 토목공사를 벌여 전 국토의 강을 뒤집어 놓은 채 임기를 마쳤습니다. 'MB노믹스'라고도 하고, '줄푸세 타고 747로'라고, '세금은 줄이고, 간섭과 규제는 풀고, 법치주의를 확립하여 7% 성장, 4만 달러 소득, 세계 7위 경제를 이룩하자'는 꿈을 내세웠는데 그것도 모두 헛구호가 되고 말았습니다."

노무현이 침을 꼴깍 삼키며 말했다.

"이명박 정권이 끝나고 박근혜 대통령은 누구와 겨루다가 대권을 쥐게 됐습니까?"

노회찬이 웃으며 답했다.

"바로 문재인 변호사였습니다. 부산에 있으면서 변방의 변호사로 숨어 있던 그분이 대통령 재임기간 동안 비서실장까지 역임하고, 노 대통령께서 부엉이바위에서 뛰어내리셨을 때 얌전한 그분이 상주가 되어 노 대통령 뒷마무리를 다하고, 결국 정치열차를 탔던 것입니다. 바위에서 뛰어내려 형편없이 일그러진 노 대통령님의 상처투성이 시신을 닦아내면서 결심을 했을 겁니다. '노무현 대통령님, 제가 꼭 이 원수는 갚아드릴게요.' 어디에선가는 '아름다운 복수'를 하겠다는 표현도 남겼던데, 복수에 아름다운 복수가 있겠습니까? 정직하게 말해서 복수의 시작이었지요."

법정이 조용히 끼어들었다.

"나무관세음보살…. 결국 노무현의 나비효과가 작동을 시작했군! 참으로 업보에는 공짜가 없습니다. 참으로 두려운 업보의 순환이군요."

노무현이 물었다.

"그 후 박근혜 대통령은 어찌됐습니까?"

노회찬 의원이 흰 이를 드러내며 웃었다.

"노무현 대통령님께서 얻어맞으실 뻔한 '탄핵'을 그 박근혜 대통령이 결국 얻어맞았죠. 한때 노 대통령님을 탄생시키기도 했던 민주당이 한나라당과 손을 잡고 탄핵을 했던 것처럼, 이번에는 새누리당 일부 의원들과 더불어민주당 의원들이 앞장을 서서 기어코 해낸 거죠. 우리 헌정사상 최초로 현역 대통령이 탄핵에 인용되어 직위를 잃고 만 것입니다."

DJ가 말했다.

"난 대통령 탄핵이라는 거, 말이 안 된다고 생각해요. 자신들이 뽑아놓고 임기 중에 퇴임시킨다? 아 그럼 누가 목숨 걸고 나라를 지키겠어요? 대통령을 탄핵하다니! 미국같이 그렇게 언론이 열려 있고 특검 수사가 무서운 나라에서도 백악관에 인턴으로 들어온 딸 같은 처녀 르윈스키를 건드린 빌 클린턴을 탄핵에서 덮어두고 말았잖아요. 국민 전체가 뽑은 대통령을 탄핵하는 일만은 대담한 미국인들도 실행에 옮기지 못했습니다."

노무현도 심각한 표정으로 말했다.

"제가 탄핵당했을 때, 민정수석을 그만두고 히말라야 트레킹을 갔던 문재인 수석이 돌아와서 탄핵 뒷수습 책임을 맡았습니다. 그리고 그 탄핵 사태를 가까스로 벗어나고 나서 그때 상황을 나하고 심도 있게 토론한 일이 있습니다. 탄핵을 집행하는 헌법재판관에게는 정말 그런 권한이 있는 것일까? 그 부분에 대해 우리 두 사람이 공감한 내용이 있습니다."

"탄핵재판에 대해 꼭 생각해봤으면 하는 부분이 있다. 노 대통령에 대한 탄핵 소추는 다행히 기각됐다. 하지만 만약 탄핵을 지지했다면 어떻게 됐을까? 실제로 헌법재판관 중 3명은 지지한다는 의견이었다. 같은 의견을 가진 재판관이 다수였다면 대통령은 탄핵되는 것이다. 그런데 누가 그들에게 그런 권한을 줬을까? 국민이 선출한 대통령을 탄핵할 수 있는 권한의 정당성이 어디에 있을까? 국민이 그들을 헌법재판관으로 선출한 것도 아니다. 그들은 대한민국 최고의 재판관인가. 꼭 그런 것도 아니다. 헌법재판관 9명 중 세 사람은 국회에서 선출하고, 세 사람은 대통령이 지명하므로, 적어도 그 6명은 정치적으로 임명된다.

지금은 많이 좋아졌지만, 과거에는 정당에 기여를 많이 한 사람을 임명하거나 심지어 공천 탈락자에 대한 배려 차원에서 헌법재판관으로 임명한 사례도 있었다. 탄핵제도는 헌법과 민주주의를 수호하기 위해 마련된 고도의 헌법적 장치인데, 정작 헌법재판을 담당할 재판관들은 대단히 허술하게 정치적으로 임명될 수도 있다. 그리고 그들의 정치적 판단과 결정으로 국민들이 선출한 대통령을 축출할 수도 있다. 헌법과 민주주의를 파괴하는 장치로 작동될 수 있는 것이다. 탄핵제도는 필요한 제도이다. 그러나 지금과 같은 헌법재판관 임명제도는 정말 위험하다고 생각한다." [30]

그러나 역사라는 것은 돌고 도는 것이다.

탄핵이라는 보검을 휘두르는 헌법재판관이 위험한 판단을 할 수도 있다고 생각한 문재인은 바로 그 헌법재판관들이 내린 박근혜 대통령 탄핵에 힘입어 결국 대한민국 제19대 대통령이 되었다. 역사의 아이러니다.

노무현이 물었다.

"노회찬 의원, 무엇이 잘못돼서 세상을 떠나왔습니까?"

노회찬은 술잔을 내려놓으며 말했다.

"문재인 대통령이 들어서고, 새로운 의욕을 가지고 의정활동을 하며 여야 5당 원내대표들과 함께 미국 출장 중에 있었습니다. 미 의회와 정부를 돌며 주요 인사들을 만났고, 저명한 씽크탱크도 들렀고 자동차 업계도 둘러본 후, 돌아오는 코스였는데 미국으로 떠날 때부터 특검에서 수사를 받던 드루킹 쪽에서 나에게 돈을 줬다는 발언이 나왔습니다. 미국 출장 길 내내 그 문제에 천착하였습니다. '돈 받은 사실이 있었나?' 내 양심이 대답을 했습니다. '받은 일이 있다. 조건 없는 돈이라고 해서 받았다. 어떤 청탁도 없었고 대가를 약속한 바도 없었다.' '그러면 돈 받은 사실에 대해 정확하게 회계처리를 했는가?' 그 부분에서 나는 막히고 말았습니다."

---

30) 〈문재인의 운명〉, 문재인, (주)북팔, 2011, 302쪽.

노무현이 말했다.

"허허 참, 나하고 판박이로군. 호의를 믿고 나나 내 주변 사람이 받았는데 회계처리가 제대로 되지 않았다. 나도 바로 그런 갑갑함과 한심함에 싸여 부엉이바위 위로 올라간 거요. 누구한테 얘기하는 것 자체가 부끄럽고 창피했습니다."

노회찬이 말했다.

"저도 부끄럽고 숨고 싶었습니다. 그래서 미국에서 돌아온 후, 어머님을 뵙고 나오다가 그 아파트 창밖으로 몸을 던졌죠. 그 순간이었던가요? 저는 문득 노 대통령님을 생각했습니다. 아주 짧게!"

법정이 말했다.

"다 업보입니다. 칼 좋아하는 사람은 칼로 망하고 법 좋아하는 사람은 법으로 망하듯이, 논리 좋아하고 양심 좋아하는 사람들은 결국 그 논리와 양심의 덫에 걸려 죽게 돼 있습니다. 젊은 초선의 노무현 의원은 5공 청문회에서 누구도 따라오지 못할 법적 논리와 양심으로 전두환 대통령, 그를 따르던 장세동 안기부장, 그리고 재벌 총수들을 압도했습니다. 또 3당 합당을 하면서 부당하게 노태우, 김종필과 야합하는 YS의 모습을 보며 분노하고 따라가지 않았습니다. 그리고 5년 내내 재벌의 돈을 받지 않고 가장 청렴하게 국정을 수행했다는 그 자부심이 봉하마을에 돌아와 깨졌을 때 노무현은 견딜 수 없었을 것입니다. 노회찬도 비슷한 경우입니다. 언론에서 삼성 X-파일을 터트리고 검찰들이 돈을 받았다고 말했을 때, 초선의원이었던 노회찬은 의기에 차서 익명 뒤로 숨은 돈 받은 검사들의 실명을 밝혔습니다. 바로 그 일로 의원직을 잃었지요? 그리고 그 뒤, 다시 국회에 들어와 의로운 투사로 거듭났습니다. 그런데 바로 그런 '불판을 바꿔야 한다'고 외치던 세례요한 같은 노회찬이 결국 자기 자신의 문제로 자책감을 견디지 못해 뛰어내린 것입니다. 이 덕 없는 소승의 소견으로는 노회찬 의원에게도 노무현의 나비효과가 미쳤다고 생각합니다. 나무아미타불!"

그때 멀리서 소리가 들려오고 있었다.

"아버님, 아버님!"

"아니, 이게 누구 소리야? 우리 홍일이, 홍일 의원 소리 아니야?"

"맞습니다. 아버님! 불효자식 김홍일이 아버님을 뵈러 왔습니다."

DJ는 장년같이 씩씩한 발걸음으로 달려갔다. 김홍일(1948~2019)은 마주 달려오며 아버지 DJ를 끌어안았다.

"어디 보자, 어디 보자! 홍일아, 너 다리 절지 않니?"

김홍일은 밝게 웃으며 대답했다.

"보십시오, 아버님. 저 이렇게 잘 걷고 있습니다. 목포로 다니며 유세하던 그 시절로 돌아갔습니다."

"그럼 하루에 50가지도 넘게 먹던 진정제, 치료제, 진통제, 무슨무슨 약들, 안 싸가지고 왔니?"

김홍일은 웃었다.

"아버님, 저 세상을 떠나올 때 다 놓고 왔습니다. 병도 함께 놓고 왔습니다. 저 이제 겨우 70을 넘겼는데요, 이 천상에서는 유치원생이잖아요?"

"암암, 그렇지! 여기서는 백 살을 먹어도 어린애야."

김홍일도 아버지를 안고 말했다.

"아버님도 고관절 다 나으셨어요? 이젠 절지 않으시죠?"

"그럼 그럼!"

DJ와 그 큰아들 김홍일 의원이 손을 잡고 걸을 때, 모두 손뼉을 쳐주었다. 그때 저 멀리서 여인의 소리가 들려왔다.

"여~보~, 여보~ 저예요. 저 왔어요."

모두가 그쪽을 바라보았다. 마들렌과 앙리에트 두 수녀가 달려가 그 할머니를 모시고 왔다. 모두 일어서서 마라톤을 완주한 승자를 맞듯 그렇게 정중히 맞았다.

"여보, 이 먼 길을 혼자서 왔소?"

이희호 여사는 안경을 추스르며 밝게 웃었다.

"아 글쎄, 홍일 의원이 이 늙은 에미를 남겨두고 두어 달 먼저 떠났잖아요. 도저히 혼자서 그 큰 집, 동교동에 남아 있을 수 없었어요. 뭐 재단이다 연구소다, 도와주는 사람도 많았지만 당신 없는 세상에서 더 견딜 수가 없었어요."

그때 강 쪽에서 두 남녀가 손을 잡고 달려오고 있었다. 남자는 은발에 흰 두루마기를 휘날리고, 여자는 단단한 몸매에 검은 두루마기를 받쳐 입은 채 씩씩하게 달려오고 있었다. 단거리 선수들처럼 씩씩하고 힘차게 달려왔다. DJ와 이희호 여사가 금방 두 사람을 알아보았다.

"아이고, 늦봄 문익환(1918~1994) 목사님 아니세요? 사모님도 함께 오셨네요? 어서 오세요, 박용길(1919~2011) 장로님."

씩씩한 여장부 박용길 장로가 힘찬 목소리로 말했다.

"뵙고 싶었던 영부인께서 오셨다는 소식을 듣고 달려왔습니다."

시키지도 않았는데 문익환 목사는 큰 소리로 찬송가를 뽑기 시작하였다. 박용길 장로가 가볍게 눈을 흘기며 말했다.

"아이고, 주책이야! 여기까지 와서!"

문익환 목사는 목청을 높였다.

"우리 다시 만날 때까지 하나님이 함께 계셔 / 훈계로써 인도하며 도와주시기를 바라네 / 다시 만날 때 다시 만날 때 예수 앞에 만날 때 / 다시 만날 때 다시 만날 때 그때까지 계심 바라네."

이희호 여사가 말했다.

"이거 우리가 70년대 서대문형무소 앞산에 올라가 민주투사들 들으라고 새벽마다 부르던 찬송 아니에요?"

박용길 장로가 고개를 끄덕이며 합창하였다. 이희호 여사도 눈물로 그 찬송을 불렀다.

"우리 다시 만날 때까지 하나님이 함께 계셔 / 간 데마다 보호하며 양식 주시기를 바라네 / 다시 만날 때 다시 만날 때 예수 앞에 만날 때 / 다시 만날 때 다시 만날 때 그때까지 계심 바라네."

강을 건너다

마들렌과 앙리에트 수녀는 일행에게 말했다.

"오늘은 강을 건너는 날입니다. 모두 강 건널 준비를 하세요."

노무현이 물었다.

"강을 건넌다면 옷을 벗어야 합니까? 신발은 어떻게 하고요?"

마들렌 수녀가 웃으며 말했다.

"그냥 현재의 차림대로 건너시기만 하면 됩니다. 옷이나 신발은 물에 젖지 않을 것입니다."

제일 앞에 문익환 목사 내외가 섰다. 그 뒤에 법정이 가사 차림에 목탁을 들고 따랐다. 그 뒤에 김대중, 노무현 대통령이 서고, 그 뒤에 이희호 여사를 김홍일 의원이 부축하고 따랐다. 그 뒤에 리영희, 신영복, 노회찬이 나란히 서서 대오를 지키며 따랐다. 물은 차지도 않고 덥지도 않았다. 체온과 비슷하게 잔잔하기만 했다. 일행이 물에 들어섰는데도 물은 옷을 적시거나 신발을 적시지도 않았다. 마치 바람결처럼 그들을 따스하게 맞아주었다. 한 가지 특이한 점은 일행을 인도하는 마들렌과 앙리에트 수녀만이 물 위에 두둥실 떠 있으면서 물 위를 사뿐사뿐 걸었다. 두 수녀를 바라보며 문익환 목사는 부인 박용길 장로를 향해 말했다.

"여보, 박 장로. 예수님께서 갈릴리 호수를 걸으셨던 모습이 바로 저런 모습이 아니었을까?"

박용길 장로가 받았다.

"글쎄 말이에요. 예수님도 저렇게 사뿐사뿐 물 위를 걸으셨을 거예요."

DJ가 껄껄 웃으며 이희호 여사와 김홍일을 돌아보며 말했다.

"천국은 참으로 여러 가지 면에서 편리하구만. 물에 빠져도 젖지 않고 빠져 죽을 염려도 없고, 물은 물대로 시원하고 느낌은 느낌대로 좋고!"

이희호 여사가 환히 웃으며 말했다.

"그래서 지상에서 어려울 때에는 늘 천국에서 만나자고 했잖아요."

김홍일이 말했다.

"아버님, 천국은 무엇보다도 몸이 아프지 않아서 좋습니다. 저는 지상에서 약 먹는 일이 제일 지겨웠고, 약을 먹고 나도 밤에는 잠이 안 와서 제일 힘들었는데요, 여기에서는 잠 올 때 자고, 먹고 싶을 때 먹고, 마시고 싶을 때 마시고, 이렇게 물에 빠져도 옷도 적셔지지 않으니 얼마나 좋습니까? 아버님, 이렇게 좋은 데 와 있으니 제 처가 보고 싶습니다."

DJ가 말했다.

"아이고, 나도 에미 혜라가 보고 싶구나. 고놈들 지영이, 정화, 화영이도 보고 싶고, 쾌활하고 총명한 혜라가 여기 와 있으면 얼마나 좋아할까?"

그때 수녀님들이 말했다.

"이 강에서는 각자 마음속에 숨겨놓은 부끄러움과 세상에서 지은 죄를 내려놓으십시오. 모두 강물에 씻겨 나갈 것입니다."

노무현이 큰 소리로 말했다.

"지은 죄가 있으면 말로 고백해야 합니까? 어떻게 해야 합니까?"

마들렌 수녀가 말했다.

"그냥 마음속에 떠올리시고, 솔직하게 고백하시면서 용서를 구하십시오. 이 강은 세상에서 지고 온 죄와 번뇌를 씻어내는 곳이니까요."

제일 앞서 가던 문익환 목사가 박용길 장로를 바라보며 고백하였다.

"여보, 나 당신에게 죄 많이 지었어. 목사인 주제에 목회나 열심히 했으면 좋으련만, 오지랖이 넓어 당신을 너무 고생시켰어. 민주화운동 한다고 감옥을 내 집처럼 드나들고, 통일운동 한다고 38선을 넘나들고, 그 일 때문에 또 감옥살이를 하고, 그래서 당신은 가난한 살림에 옥바라지하느라고 정신이 없었고, 한마디로 말해 너무 부잡스러웠어."

DJ가 끼어들었다.

"목사님, 목사님께서는 한꺼번에 길게는 아니었지만 자주 수감 생활을 하셨는데, 감옥 생활이 총 몇 년이나 되셨는지요?"

박용길 장로가 나섰다.

"이분은 뭐, 들락거리기만 했지 계산도 해보지 않았을 거예요. 그 점은 제가 꼼꼼히 적어놓았죠. 총 11년이 넘었습니다."

DJ가 놀랐다.

"11년이나요? 그럼 제 옥중 생활의 거의 배에 가까운 시간이었네요. 저는 6년 정도였는데, 존경합니다, 목사님."

문익환이 허허 웃었다.

"그렇게 되나요? 하긴 뭐, 나는 감옥 생활도 힘들게 하지 않았어요. 운동시간이 되면 젊은 시국사범들과 토론을 했고, 저녁시간이 되면 책을 읽고 독서토론을 했고, 또 젊은 사람들의 연애담을 들으면서 즐기기까지 했어요. 우리 아들 호근이는 무대기획을 하고, 막내 성근이는 배우로 활약하고 있지만, 사실 나는 영화감독이 되고 싶었어요. 신학 공부를 했으니 목사가 됐지, 만약 내가 자유롭게 공부를 했다면, 영화 공부를 해서 데이비드 린(1908~1991) 감독 같은 위대한 감독이 되고 싶었어요. 〈위대한 유산〉, 〈콰이강의 다리〉, 〈아라비아의 로렌스〉, 〈닥더 지바고〉, 〈라이언의 딸〉, 〈인도로 가는 길〉… 얼마나 대단한 작품들이야."

박용길 장로가 말했다.

"난 〈닥터 지바고〉하고, 〈라이언의 딸〉이 제일 좋았어요."

DJ가 말했다.

"난 〈아라비아의 로렌스〉와 〈인도로 가는 길〉을 감명 깊게 봤는데."

노무현이 말했다.

"나는 〈콰이강의 다리〉가 제일 스릴 있었어요. 그 주제곡도 인상 깊었구요."

박용길 장로가 또 말했다.

"그런데 당신은 죽는 날까지도 화제였어요. 당신은 용정 광명중학교 동창인 정일권 총리와 똑같은 날에 세상을 떠났잖아요. 그분 장례식장에는 우리나라 최고의 정치인들과 경제인들이 다 모였는데 당신 노제에는 돈 없고, 빽 없는 사람들만 모여들었잖아요."

문익환이 또 껄껄 웃으며 말했다.

"정일권은 무슨 팔자를 타고났는지 평생 머리에 별을 달고 살았고, 곁에는 항상 절세미인들이 따라다녔지. 박정희의 비위를 거스르지 않으면서 국회의장, 국무총리, 일인지하 만인지상의 영화를 누렸지. 그런데 나는 평생 11년 이상이나 교도소를 드나들며 마누라 고생만 시켰으니, 여보, 박 장로! 실로 미안하오!"

박용길 장로가 말했다.

"하지만 난 당신이 자랑스러워요. 정일권 그 사람, 정인숙인가 뭔가 하는 여인을 죽게 했고, 그 여인의 아들까지 낳았잖아요. 세상의 온갖 영화를 누렸지만 정일권을 진심으로 존경하는 사람이 있어요? 하지만 우리 젊은이들은 당신을 통일운동가로, 행동하는 양심으로 존경하잖아요."

DJ가 말했다.

"물론입니다. 문 목사님은 행동하는 양심이었죠."

노무현도 말했다.

"저도 문 목사님을 존경합니다. 김일성 주석을 만나 통일을 역설하고 DMZ를 당당하게 넘어오셔서 의연히 감옥행을 하시던 그 모습이 멋졌습니다. 참 목사님께서는 윤동주 시인님하고도 중학교 동창이셨죠?"

"그렇습니다. 광명중학교에서 단짝이었죠. 나는 그 친구의 수명보다는 4배 정도는 오래 산 셈이니까 주님께 감사하고 있습니다. 아, 감사하고 말고요!"

문익환 목사의 스토리가 영화처럼 길어지자 뒤에 따라오던 리영희가 갑자기 말했다.

"여기 있는 신영복 선생이나 저 같은 사람은 세상에 있을 때, 잡기나 여기를 즐길 줄도 몰랐고, 그놈의 질기고 질긴 '이념'이나 '사상'을 가지고 한 평생을 보냈습니다. 그놈의 사상과 이념이 무엇인지, 여기 와서 생각하니다 덧없어 보이는데 말입니다…. 김대중 대통령님, 문익환 목사님, 곽말약

(郭沫若, 1892~1978)이라는 중국 작가를 아시죠? 중국어로 궈모뭐라고 하는 사람 말입니다."

DJ가 돌아보며 말했다.

"뭐 자세히는 모릅니다만, 본명이 개정(開貞), 중국어로 카이전이고 자가 말약이죠, 아마? 춘원 이광수하고 1892년, 출생년도가 똑같아서 기억하고 있습니다. 극작가이기도 하고, 중국 공산당원으로 노신과 함께 중국 근대 문학을 일으킨 사람으로 알고 있습니다."

문익환 목사도 보탰다.

"중국 공산당의 초기 문학가 아닙니까?"

리영희가 계속했다.

"그분이 1920년대에 쓴 글 중에 이런 짤막한 글이 그의 전집에 들어 있더군요. 제목이 아주 재미있습니다. 〈마르크스 공자 문묘(文廟)에 가다〉라는 글입니다."

문 목사가 끼어들었다.

"아니, 마르크스가 어떻게 공자를 찾아갑니까? 2천 년도 넘는 시간을 거슬러서?"

리영희가 대답했다.

"그러니까 희곡 작가지요. 아무튼 내용은 불경스럽습니다. 공자에게 불경스럽다는 것이 아니라, 마르크스에게 불경스럽다는 얘기입니다. 초기 중국 공산당원들은 기개가 대단했습니다. 마르크스까지도 우습게 봤으니까요. 내용은 이렇습니다.

어느 날 마르크스가 사인교를 타고 공자의 가장 가까운 제자 안회, 자로, 자공 같은 분들이 상해에 있는 공자의 문묘에서 제사를 지내고 있을 때 찾아옵니다. 사자 같은 머리칼을 휘날리며 찾아온 양이(서양 오랑캐), 마르크스를 보고 제자들이 쫓아내려고 하자 공자님은 조용히 타이릅니다.

'저 사람이 필시 일이 있어 찾아왔을 테니 얘기를 들어보자.'

마르크스가 콧대 높게 이야기를 시작합니다.

'당신들은 '이데올로기'라는 것을 아십니까?'

공자는 어리둥절하여 대답합니다.

'우리 시대에는 과학도 없고, 서양식 논리체계가 없기 때문에 이데올로 기라든지 로직(logic, 논리)이라는 것은 잘 모릅니다.'

그러자 기고만장해진 마르크스가 말했습니다.

'만인이 하나같이 각자 자기의 재능을 자유롭고 평등하게 발전시켜나가고, 사람마다 힘을 다해 일하면서 보수를 바라지 않으며, 모든 사람들은 각각의 생활이 보장되고, 춥고 배고픈 걱정이 없는 사회, 즉 '능력에 따라 일하고, 필요에 따라 취한다'라는 사회가 있는데요. 그런 사회를 우리는 '공산사회'라고 부릅니다. 이런 사회야말로 지상천국이 아니겠습니까?'

그러자 공자와 제자들은 고개를 갸우뚱하더니 말했습니다.

'우리 공자문중에서는 그런 사회를 '대동사회(大同社會)'라고 부릅니다. 〈예기(禮記)〉에 구체적으로 나와 있습니다. 늙은이로 하여금 안락하게 그 수명을 마칠 수 있게 하고, 장년들은 충분히 그 힘과 능력을 발휘할 수 있게 하고, 어린이들은 건전하게 자라날 수 있게 하고, 홀아비와 과부, 고아, 늙어서 자식이 없는 사람이나 병든 사람들도 모두 충분히 그 몸을 봉양할 수 있게 하는 사회를 우리는 대동사회라고 합니다. 그대가 있기 전, 2천 년 전에 우리는 이미 그런 생각을 했습니다.'

그러자 마르크스는 열을 올리면서 또 말했습니다.

'자본이 증식되면 그 자본은 소수인에게 집중되고, 자본이 소수인에게 집중되면 많은 사람들이 빈곤에서 허덕이게 됩니다. 우리는 이것을 부익부빈익빈 현상이라고 말합니다. 그리고 산업이 증진하려면 모두가 공동으로 누릴 수 있는 가능성이 있어야 뜻이 모아지고, 평등무사한 자기의 본성과 개성을 발전시킬 수 있습니다. 무산자들은 국제적으로 연대하여 공산주의를 키워나가야 합니다.'

그러자 공자는 말했습니다.

'백성의 인구가 많아지면 생활을 풍부하게 해야 하고, 식량이 풍부하고 군비가 충족되면 백성은 정부를 믿게 됩니다. 아무튼 그대의 이야기를 듣고 보니 그대의 사상이나 내 사상이나 거기에서 거기군요. 나는 그 이데올로기라는 것을 모르지만 사람과 사람이 서로 돕고 살아가야 한다는 도리만은 알고 있소이다.'

이렇게 소박한 공자와 제자들의 설명을 듣고 난 마르크스는 부끄러움을 느껴 슬그머니 사인교를 타고 황황히 도망가고 만다는 이야기입니다. 중국 공산당의 골수 이론가라고 할 수 있는 곽말약이 칼 마르크스의 이론과 공자의 사상이 결국 같다라는 것을 얘기하는 것을 보면 이념이라는 것도 거기서 거기라는 것을 알 수 있을 것 같습니다." [31]

문익환 목사가 법정에게 말했다.

"스님, 기독교의 복음서와 불교의 경전도 알고 보면 비슷한 부분이 많지요?"

법정이 빙긋 웃으며 말했다.

"복음서에 나오는 탕자의 비유나 가난한 여인의 엽전 두 푼 이야기는 아주 판에 박은 듯이 비슷합니다. 가난한 여인이 어렵게 마련한 등불이 비바람 속에서도 끝까지 꺼지지 않는다는 디테일이 조금 다를 뿐, 아주 복음서와 비슷한 데가 많습니다. 탕자의 비유도 유산을 미리 타서 멀리 떠나 그 재산을 다 탕진하고, 돼지 먹이를 주워 먹다가 아버지 집이 그리워 절룩이며 찾아오면 문 앞에서 기다리고 있던 아버지가 반갑게 맞이하고, 온 동네 사람들을 불러 잔치를 한다는 대목까지 거의 찍은 듯이 비슷합니다. 그래서 많은 사람들은 예수님이 아버지를 모시고 목수 생활을 하던 소년 시절 이후에는 그 행적이 묘연하기 때문에 5세기 전에 이미 인도에 오셨던 부처님의 행적을 따라 인도에까지 왔었다는 가설을 내세우고 있습니다. 뭐 그런 가설이 맞다 틀리다를 떠나서 가난한 사람은 천국에

---

31) 〈곽말약 전집〉 제6권, 인민문학출판사, '마르크스 공자 문묘에 가다' 편을 참고하였음.

들어가기가 쉽고, 탐욕스러운 부자는 천국에 들어가기가 어렵다. 심지어 낙타가 바늘구멍으로 들어가는 것만큼이나 어렵다 하는 뉘앙스까지도 기독교와 불교가 비슷합니다. 따라서 이렇게 천국에 오면 스님이나 목사님이나 함께 강을 건너가는데 지상에서는 그렇게 기독교가 옳으니, 불교가 오묘하니 하며 비교들을 합니다. 이곳에 와서 보니 얼마나 성실하게 살았느냐 베풀면서 살았느냐 하는 것이 중요하지, 누구의 이론이 맞느냐 누구의 이데올로기가 옳았느냐 하는 것은 별로 의미가 없는 것 같습니다.”

일행이 강을 다 건너자, 강 언덕에 여인 하나가 서 있었다.

원피스 차림인데 그 원피스와 잘 어울리는 파라솔을 받쳐 들고 있었다. 참으로 아름답고 매혹적인 여인이었다. 앞서가던 DJ가 갑자기 큰 소리로 외쳤다.

“차 여사! 차 여사 아니오?!”

언덕에 서 있던 여인은 양산을 비키면서 얼굴을 보여주었다. DJ는 울부짖었다.

“아이고, 맞고만! 차용애 여사! 우리 홍일이 어머니! 당신은 늙지도 않았구려. 우리가 목포에서 만났던 1944년 초여름 처녀 때 모습 그대로구려. 나가노 현의 이나(伊那) 여학교에 다니다가 본토 폭격을 피해 귀국했던 그 아름다웠던 처녀, 내 목포상고 동창 차원식의 누이동생 차용애! 그 빛나던 모습 그대로구려.”

여인은 환하게 웃으며 말했다.

“당신이 오신다기에 처녀 때 모습으로 나와봤어요. 호호!”

그러면서 그 젊은 여인은 김홍일 쪽으로 다가갔다.

“아이고, 애야! 홍일아, 내가 네 어미다. 아이고, 우리 홍일이가 이렇게 늙었다니.”

DJ가 홍일에게 말했다.

"네 어머니시다. 네 어머니가 처녀 때는 이렇게 예뻤단다."

홍일이 어색하게 다가가며 말했다.

"어머니, 어머니가 저와 홍업이를 두고 떠나셨을 때는 30대 초반이셨잖아요. 전 어머니를 똑똑히 기억하고 있어요."

그제서야 차용애 여사는 차분하게 말했다.

"네 말이 맞다. 그때 나는 가슴앓이가 있어서 시름시름 앓다가 아버지가 의사를 부르러 간 사이에 그만 숨이 멎었다. 그래, 홍업이도 이제는 노신사가 됐겠구나. 아이고, 60년의 세월이 흘렀구나."

DJ와 차용애 여사, 김홍일이 끌어안았다. 셋은 한없이 흐느꼈다. 세 사람이 원 없이 울고 있을 때, 이희호 여사도 곁에서 함께 손수건을 적셨다. 이윽고 차용애 여사가 이희호 여사를 향해 말했다.

"여사님, 우리 홍일이, 홍업이를 잘 키워주셔서 감사합니다."

이희호 여사가 차용애 여사의 손을 잡고 말했다.

"제가 김대중 선생을 독차지해서 대단히 죄송합니다."

차용애 여사가 말했다.

"저도 여기에서 다 들어 알고 있습니다. 우리 저이를 가장 어려웠을 때 만나셨고, 우리 홍일이와 홍업이를 잘 키워주시고, 저이가 6년 이상의 감옥 생활을 할 때 그 긴긴 옥바라지를 다 해주셨잖습니까? 그리고 마침내는 대통령을 만들어주셨고요. 참으로 감사합니다."

그렇게 김대중 대통령의 가족들이 강변에서 만나고 기쁨의 해후를 할 때 같이 따라갔던 사람들도 모두 감격했고 그 기쁨을 함께 나누었다.

천국 음악회

그동안 김대중 전 대통령과 노무현 전 대통령이 말은 하지 않았지만 두 사람이 똑같이 궁금해 하던 일이 있었다. 그건 바로 두 사람들보다 몇 달

앞서 세상을 떠났던 김수환 추기경의 행방에 관한 것이었다. 성질 급한 노무현이 수녀들에게 몇 번인가를 물어봤지만 그녀들은 그냥 생글거리면서 그에 관한 내용에는 함구해왔다. 그런데 일행이 강을 건너오고 DJ가 가장 그리워하던 첫 부인 차용애 여사를 만나고 나자 수녀님은 슬쩍 말문을 열었다.

"오늘 정말 궁금하셨던 그분을 만나시게 될 거예요. 조금만 기다려보세요."

얼마 후, 빛나는 구름을 타고 일행이 다가왔다. 스필버그 감독의 〈클로스 인카운터〉 같은 분위기였다. UFO 같은 비행물체가 다가오고 슬그머니 문이 열리더니 흰옷 입은 세 사람이 내렸다. 제일 앞에 뚜벅뚜벅 걸어오는 사람이 시야에 들어왔다. 그가 입은 흰옷이 눈부셨다. 그가 말했다.

"어서들 오세요. 저 바보 김수환입니다."

두 사람은 주눅이 들었다. 하지만 추기경은 아주 편한 말투로 두 사람을 환영해주었다.

"진작 찾아뵙고 싶었어요. 하지만 제가 두 분을 위해서 한 가지 행사를 준비하느라 좀 늦었습니다. 아무튼 천국 가는 길에서 두 분을 만나게 되어 참으로 기쁩니다. 하느님의 나라에 오신 것을 진심으로 환영합니다."

두 사람은 추기경에게 다가가 포옹하였다. 먼저 DJ가 다가가 끌어안았고, 그 다음에 노무현이 다가가 손을 잡았다. 추기경은 함께 온 두 분 수녀를 소개했다.

"이 두 분은 6·25 때 납북되어 북한 땅에서 순교하신 마리 메히틸드 수녀님과 데레사 수녀님이십니다. 그동안 두 분 대통령님을 안내하시느라 수고하신 마들렌, 앙리에트 수녀님들과 함께 죽음의 행진을 하시다가 압록강 근처에서 순교하셨죠. 마리 메히틸드 수녀님이 가르멜 수녀원의 초대 원장님이셨고, 데레사 수녀님이 2대 원장님이셨습니다. 자, 두 분 수녀님으로부터 강복을 받으십시오."

김대중 전 대통령이 경건하게 무릎을 꿇었다. 마리 메히틸드 수녀가 머리에 손을 얹고 축복해주었다. 노무현 전 대통령도 겸손히 무릎을 꿇었다. 데레사 수녀가 기쁜 마음으로 강복의식을 해주었다. 김수환 추기경이 활짝 웃으며 말했다.

"오늘 저녁, 이 강변에서 천국 음악회를 열겠습니다. 함께 오신 여러분을 환영합니다."

이희호 여사와 차용애 여사, 김홍일 의원, 노회찬 의원, 리영희, 신영복 선생이 다가가 추기경에게 인사하였다. 추기경은 기쁜 마음으로 맞아주었다. 수녀님들도 일일이 손을 잡아 축복해주었다. 법정스님이 추기경에게 다가가 허리를 굽히며 합장하자, 추기경은 법정의 손을 잡고 함께 허리를 구부렸다. 그리고 말했다.

"스님, 천국에 오신 것을 환영합니다. 스님께서도 여기에 오셔서 아셨죠? 우리 기독교인들이 말하는 천국이나 불교에서 말하는 극락이 하나였다는 것을. 허긴 우리는 지상에 있을 때부터 그것을 알고 있지 않았습니까? 스님께서 대원각에 길상사를 여실 때 제가 가서 참석하였고, 함께 예불을 올렸습니다. 그리고 스님께서는 우리 명동성당에 오셔서 자주 강론을 해주셨습니다. 길상사의 관음보살상도 우리 천주교 신자인 조각가 최종태 선생의 작품이지요. 우린 세상에 있을 때부터 참 호흡이 잘 맞았습니다. 저는 스님이 쓰신 수많은 명상록을 빠지지 않고 읽었습니다."

법정이 합장하며 뇌었다.

"나무관세음보살!"

그날 밤, 그 강가에서 천국 음악회가 열렸다.

객석은 만원이었다. 요란하게 구분은 하지 않았지만 누구나 알 수 있도록 객석은 나누어져 있었다. 제일 앞자리에 제주 4·3 희생자들이 자리를 잡았고, 그 뒤로 여수·순천 사건의 희생자들이 앉아 있었는데 특이하게도 여수여자중학교 교복을 입은 학생들이 눈에 띄었다. 그 여중생들의 한가운데에는 그때 희생됐던 송욱 교장선생도 묵묵히 앉아 있었다. 그는 일제시대 조선어학회 사건으로 옥고를 치뤘던 민족운동가였으며, 그 혼돈의 기간 동안 학생들을 보호하려 애썼지만 난이 끝나고 나서는 부역했다는 혐의로 희생되었던 교육자였다. 그 옆에는 대구 10·1 사건의 희생자들이 앉아 있었고, 그 뒤에는 6·25 초기에 대전형무소에 구속되어 있다가 전쟁 발발 직후, 대전 산내 골령골에 끌려가 희생된 수많은 사람들이 푸른 죄수복을 입은 채 앉아 있었다. 이 사람들은 2005년 노무현 정부 때에 만들어진 진실화해위원회에 의해 어둠 속에 묻혀 있다가 발굴된 역사 속의 인물들이었다. 그 뒤쪽에는 6·25가 한창이던 1951년 2월 경상남도 거창군 신원면에서 공비로 몰려 국군에게 희생된 거창 사건의 피해자들이 앉아 있었다. 그 피해자들 한가운데에는 그때 당시 거창군 출신 국회의원으로 이 문제를 언론과 정계에 폭로했던 신중목 의원이 묵묵히 앉아 있었다. 또 그 옆에는 6·25 때 국민방위군으로 끌려갔다가 집에 돌아오지도 못하고 길에서 동사했거나 배급을 받지 못해 아사했던 젊은이 수백 명이 앉아 있었다. 그 젊은이들이 앉아 있는 좌석에 느닷없이 리영희 선생이 가서 앉았다. 그 젊은이들이 이상한 눈빛으로 쳐다보자 리영희 선생은 말했다.

"저는 6·25 때 통역장교로 근무했습니다. 그때, 저는 여러분들이 후방 지역으로 끌려와 학교와 면사무소 건물에서 먹지도 못하고 치료받지도 못하다가 희생되는 과정을 지켜봤던 사람입니다."[32]

그리고 맨 뒷좌석에는 4·19 혁명의 희생자들과 1960년대 이후 민주화 운동에서 희생되었던 열사들, 그리고 5·18 희생자들이 자리를 잡고 있었다.

연단의 왼쪽에는 놀랍게도 여운형 선생, 조봉암 선생, 그리고 김구 선생이 자리를 잡고 있었다. 연단 오른쪽에 김대중과 노무현 두 전직 대통령

---

32) 리영희 선생의 회고록 〈역정〉 참조.

이 자리를 잡았다. 사회자가 나섰다. 굵은 안경을 낀 점잖은 신사였다. 그가 나서자 객석에서 요란한 박수가 터졌다. 장준하(1918~1975)였다. 객석에서 함성이 울려 터졌다. 처음에는 '사상계, 사상계'를 외치더니 일부 젊은이들은 '돌베개, 돌베개'를 외쳤다. 모두 그가 1950년대부터 〈사상계〉를 발간하며 한국 지성계를 각성시키고, 학병으로 끌려갔다 김준엽과 함께 탈출하여 6천 리 길을 걸어 중경의 광복군을 찾아갔던 이야기 〈돌베개〉를 썼다는 것쯤은 알고 있다는 표시였다. 그가 말했다.

"천국은 좋은 곳입니다. 저도 아직 천국의 종점에는 가보지 못했습니다. 그러나 천국을 향해 이렇게 가는 길도 좋지 않습니까? 존경하는 김구 선생님을 모실 수도 있고, 대한민국 근대사의 최고 멋쟁이 여운형 선생도 뵙게 됐으니 말입니다. 그리고 한국 진보운동의 용감한 개척자 조봉암 선생까지 모실 수 있으니 얼마나 기쁜 일입니까?"

객석에서 뜨거운 박수가 터졌다.

"저는 진보의 길을 다 가지 못하고 박정희 정권 당시 울분을 달래기 위해 산행을 하다가 의문사를 당했습니다. 저의 사인은 천국의 종점쯤 가면 밝혀질 것이겠습니다만 오늘은 우선 기쁜 마음으로 우리가 존경하던 김구 주석님, 여운형 선생, 조봉암 선생을 모시고 이제 막 도착하신 김대중 대통령, 노무현 대통령을 환영하겠습니다."

그때, 앞좌석에 앉아 있던 문익환 목사가 벌떡 일어나 다짜고짜 장준하에게 다가가 목을 끌어안았다.

"장 형, 나야! 문익환 목사야!"

장준하도 문익환을 끌어안으며 울먹였다.

"우리가 이제야 만나다니! 참으로 반가우이, 친구!"

문익환이 울부짖었다.

"이 사람아, 자네가 약사봉에서 의문사한 후, 나는 완전히 재야운동가가 되어 박정희와 맞서게 되었네. 자네가 세상을 떠난 후 나의 인생도 완전히 바뀌었네. 참, 천국은 좋은 곳일세. 그리운 친구를 만나니까 말이야."

모든 사람들이 일어나 두 사람을 축하해주었다.

그때 김수환 추기경이 나섰다.

"저는 감히 낄 만한 사람이 못 됩니다만 오늘 이 행사를 준비했던 준비위원장 자격으로 김구 선생님, 여운형 선생님, 조봉암 선생님을 모시고 새로운 천국 손님으로 오신 두 대통령님을 환영합니다. 오늘은 모든 시름을 잊고, 한반도 근현대사 100년이 낳은 가수들과 예술가들의 잔치를 즐깁시다. 그 전에 세 분 어른의 인사말부터 듣기로 하겠습니다."

제일 먼저 여운형 선생이 나섰다. 더블 재킷에 행커치프까지 꽂은 멋쟁이 여운형 선생이 나섰다. 그는 센스가 있는 분이었다.

"여운형이올시다. 저는 입을 떼었다 하면 한 시간이기 때문에 오늘은 아주 짧은 인사만 하겠습니다. 오늘은 좌익도 우익도 아닌 중도파, 즉 진보주의자들의 천국 잔치가 열리는 날입니다. 세상에서의 슬픔은 잊고 천국의 기쁨만을 느껴봅시다."

여운형의 최고로 짧은 축사가 끝나자 박수도 그만큼 뜨거웠다. 그 뒤를 이은 사람은 조봉암이었다.

"저는 해방과 동시에 총독부로부터 정권을 인수받은 여운형 선생만큼 유명인사도 아니고 김구 선생님처럼 임시정부를 대표하는 인물도 아닙니다. 더 솔직히 말씀드리면 해방 전에는 공산주의 운동을 했고, 해방 후에는 전향하여 초대 농림부 장관을 한 전향자입니다. 그러나 이번에 천국에 오신 김대중 전 대통령과는 야당을 함께한 경력이 있습니다. 옛 동지 김대중 대통령을 진심으로 환영합니다."

김구 선생이 등단하였다. 헛기침을 두어 번 했다.

"나도 연설이라면 며칠이라도 하는 사람이지만, 오늘은 짧게 말할수록 환영받는 자리라는 것쯤은 알고 있습니다. 이 사람은 김대중과 노무현 대통령을 생전에 만나본 일이 없습니다. 그러나 그 두 분이 한 일만은 천국의 데이터로 충분히 숙지하고 있습니다. 두 분은 민주화운동을 위해 평생을 몸 바쳐오신 분들입니다. 그리고 오늘 이 객석에 오신 여러분들, 즉 대한민국 건국 과정에서 여러 가지 사정으로 핍박받고 끌려가고 감옥과 지하실에서 희생당한 여러분들을 위해 애쓰신 분들입니다. 이 두 대통령은 여러분을 위해 특별법을 만들어 여러분의 죄를 풀어주시고, 해원해주신 분들입니다. 여러분, 이 두 대통령을 위해 뜨거운 박수를 보내주십시오."

객석 자체가 떠나갈 만큼 뜨겁고 요란한 박수와 환호성이 울렸다. 자리가 들썩들썩했다. 천국 음악회를 총체적으로 기획한 사람은 윤부길(1912~1957)이었다. 장준하 선생이 사회석에서 내려와 친구 문익환 목사 내외와 나란히 앉고, 윤부길이 나섰다.

"충청도 보령 태생의 윤부길입니다. 한때, 제 이름을 따서 '부길부길쇼'라는 딴따라패를 만들어 전국을 누비기도 했습니다. 제 아들 윤항기와 딸 윤복희는 아직도 서울에서 가수로 활동을 하고 있습니다. 제가 최근에 아들 윤항기의 노래를 들어보니 젊었을 적보다 훨씬 듣기도 좋고 품격도 있더군요. 대신 복희는 건강이 안 좋은지 무대에 자주 오르지 못해 은근히 걱정이 됩니다. 자, 그럼 천국 음악회를 시작하겠습니다."

그날 무대는 김대중 대통령을 위해 목포 출신 이난영이 '목포의 눈물'을 부르는 것으로 시작이 되었고, 백년설의 '나그네의 설움'과 '고향설'로 이어받아, 이애리수의 '황성옛터'로 갔다가, 고복수의 '타향살이', 황금심의 '외로운 가로등'과 '알뜰한 당신'으로 절정을 이루었다.

분위기를 바꾸기 위해 감독 윤부길이 사인을 하자 무대가 바뀌고 피아노가 등장하였다. 일제시대에 2천만을 울렸다는 유학파 가수 김천애(1919~1995)가 흰 한복을 입고 등장하였다. 그녀가 등장하자 무대 옆으로 바이올린을 든 홍난파(1897~1941)가 등장하였다. 김천애는 풍부한 성량으로 '봉선화'를 불렀다. 그녀가 '봉선화'를 부르자 객석에서 눈물을 훔치는 사람들이 늘어났다. 앵콜 소리에 맞춰 김천애는 홍난파의 곡 '고향의 봄', '성불사의 밤', '봄처녀' 등을 연속으로 불렀고, 홍난파는 바이올린 독주로 '애수의 조선'을 연주해주었다. 그때 단 아래에 앉아 있던 노무현이 갑자기 손을 들고 나갔다.

"저는 전문으로 노래를 부르는 사람은 아니지만, 좌우간 노래 부르기를 좋아합니다. 저 한 곡 불러도 되겠습니까?"

객석에서 요란한 소리가 들렸다.

"노무현! 노무현! 노래해! 노래해!"

앙리에트 수녀가 얼른 기타를 건네주었다. 노무현은 기타를 안고 서서히 노래를 부르기 시작했다.

저 들의 푸르른 솔잎을 보라
돌보는 사람도 하나 없는데
비바람 맞고 눈보라쳐도
온누리 끝까지 맘껏 푸르다

서럽고 쓰리던 지난날들도
다시는 다시는 오지 말라고
땀 흘리리라 깨우치리라
거칠은 들판에 솔잎되리라

우리들 가진 것 비록 적어도
손에 손 맞잡고 눈물 흘리니
우리 나갈 길 멀고 험해도
깨치고 나아가 끝내 이기리라

우리들 가진 것 비록 적어도

손에 손 맞잡고 눈물 흘리니
우리 나갈 길 멀고 험해도
깨치고 나아가 끝내 이기리라
깨치고 나아가 끝내 이기리라

노무현이 거칠거칠한 목소리로 친근한 노래를 전하자 1970년대 운동권 열사들이 따라 부르기 시작했다. 그리고 분위기는 삽시간에 1970, 80년대 그 시절로 돌아가고 말았다.

뒷좌석에 점잖게 앉아 있던 김수환 추기경이 성큼성큼 무대 위로 올라갔다.

"이 사람, 세상에서 체면 차리느라 별로 노래 못 불러봤습니다. 오늘은 세상 체면 다 던져버리고 내가 좋아하는 노래 하나 하겠습니다."

앞자리에 앉아 있던 이희호 여사도 박용길 장로도 환호하고, 차용애 여사도 처녀 목소리로 외쳤다. 수녀님들도 일제히 소리쳤다.

"노래 불러주세요, 추기경님!"

김수환 추기경은 음정박자는 불안했지만 최선을 다해 노래를 부르기 시작했다.

그대 가슴에 얼굴을 묻고 오늘은 울고 싶어라
세월의 강 넘어 우리 사랑은 눈물 속에 흔들리는데
얼만큼 나 더 살아야 그대를 잊을 수 있나
한마디 말이 모자라서 다가설 수 없는 사람아
그대 앞에만 서면 나는 왜 작아지는가
그대 등 뒤에 서면 내 눈은 젖어드는데
사랑 때문에 침묵해야 할 나는 당신의 여자
그리고 추억이 있는 한 당신은 나의 남자여

그대 앞에만 서면 나는 왜 작아지는가
그대 등 뒤에 서면 내 눈은 젖어드는데
사랑 때문에 침묵해야 할 나는 당신의 여자
그리고 추억이 있는 한 당신은 나의 남자요
당신은 나의 남자요

그날 천국 음악회는 엉뚱하게 김수환 추기경의 유행가 '애모'로 끝이 났고, 천국의 객석에 앉아 있던 손님들도 모두 대형 자막에 뜬 그 곡의 가사를 보면서 따라 합창을 하였다.

불청객 현앨리스

음악회가 끝나고 관객들이 떠나고 주위가 정리되자, DJ가 앞으로 나섰다.

"법정스님, 저와 노무현 대통령은 자리에 남아 어른들을 모시고 잠시 담론을 나누겠습니다."

법정이 공손하게 말했다.

"그럼요. 나라 걱정을 하시던 어른들끼리 모이셨으니 긴한 말씀 나누십시오. 소승은 갈 길을 가겠습니다."

그러자 DJ가 이희호 여사와 차용애 여사를 바라보며 말했다.

"두 분도 스님을 따라 떠나시오. 홍일아, 두 분 어머님 모시고 먼저 떠나거라."

뒤에 서 있던 리영희와 신영복도 떠날 채비를 하였다. 노회찬이 우물쭈물하고 서 있자 노무현이 말했다.

"노 의원은 남아서 제 동무 좀 해주세요."

노회찬은 기다렸다는 듯이 말했다.

"그렇지 않아도 저는 남고 싶습니다. 교과서와 근대사에서만 뵐 수 있었던 어른들을 좀 더 가까이에서 뵙고 싶었습니다. 저는 그냥 옆에서 듣기만 할 테니까 남게 해주십시오."

제일 상석에 백범 김구(1876~1949)와 몽양 여운형(1886~1947)이 앉았다. 그 다음에 죽산 조봉암과 DJ가 앉고, 그 옆으로 노무현과 노회찬이 자리를 잡았다. 그리고 김수환 추기경은 김구와 여운형의 맞은편에 앉았다. 강바람이 시원하게 불어오고, 수녀님들이 갖다주시는 가벼운 음식과 음료수도 좋았다.

백범이 먼저 나이 서열을 따졌다.

"자, 여기 있는 사람 중에서 19세기 사람은 쓸데없이 나이만 먹은 이 사람과 몽양…. 참 실례오만, 죽산은 몇 년생이오?"

조봉암이 머리를 긁적이며 말했다.

"저는 1899년, 가까스로 19세기 사람입니다. 백범, 몽양, 두 어른보다야 막내가 아니겠습니까? 백범 선생은 황해도시고, 몽양 선생은 경기도 양근(현 양평군) 쪽이라고 들었습니다. 제 고향은 경기도 강화입니다. 섬놈입지요."

DJ가 슬그머니 나섰다.

"저도 전라도 섬놈입니다. 신안군 하의도라는 섬에서 1924년에 태어났습니다."

그러자 갑자기 몽양 여운형이 말했다.

"1924년생이라고? 그럼 김 대통령은 내 사건이 터진 후 한참 만에 세상에 나왔구만? 그리고 하의도 태생이라니까 생각이 나는데, 그 전라도 하의도는 옛날에 중죄인들이 끌려가던 아득한 유배지였지. 내가 김 대통령에게 역사지식을 테스트해보겠소. 이 여운형이가 왜 일제시대에 그렇게 센세이션을 일으키고, 요란법석을 떨게 되었는지 연유를 아시오?"

DJ가 자신 있게 받았다.

"네, 1919년 3·1 운동이 터지자 일본인들은 조선반도의 식민통치가 너무 가혹했다는 것을 깨닫게 되었고, 전 세계적으로 알려진 3·1 운동의 여파를 조속히 수습하기 위해 문화정책을 쓰기로 했습니다. 그 첫 번째 조치로 상해임시정부에서 가장 논리가 정연한 조선 논객 하나를 초청해서 조선인들의 정치적 의사와 향후의 방향을 일본 지도층이 알아보기로 했습니다. 그래서 당시 상해임시정부에서 가장 정치적 식견이 높다고 평가된 몽양 여운형 선생이 대표로 선발되어 일본 동경에서 기자회견도 하고 일본 정치 지도자들과 토론을 했던 사건이었습니다. 그 사건이야말로 일제강점기에 가장 센세이셔널했던 사건 중의 사건이 아니겠습니까?"

몽양은 빙긋 웃었다.

"1924년 출생의 대통령치고는 제대로 역사지식을 가지고 계시군. 사실이 몽양 여운형은 보는 사람마다 평가를 달리하는 팔색조 같은 인물이었지. 어떤 이는 나를 팔방미인이라고 평가하는가 하면, 낮에는 명사, 밤에는 지사라고 말하기도 합디다. 낮에는 정치 지도자로 연설을 하고, 밤에는 숨어서 조직을 한다는 뜻이지요. 다 맞는 말일 것입니다. 여하튼 일본인들은 나를 동경으로 초청을 했고, 나는 1919년 11월에 상하이에서 일본 들어가는 기선, 카스가이루를 타고 동경으로 갔습니다."

"일제의 여운형 도쿄 초청 공작은 조선총독부, 일본정부 그리고 일본회중기독교회의 합작품이었다. 당초 이 공작의 제안자는 조선에서 활동한 일본회중기독교회 목사 무라카미 유기찌였다.

회중기독교회는 16~17세기 영국과 스코틀랜드에서 성공교회로부터 파생된 종파로서 당시 일본에서 영향력을 행사하고 있었다. 무라카미는 사이토 마코토 조선총독을 설득하고 일본으로 건너가 집권당 정우회의 실세인 육군대신 타나까 기이찌 대장을 설득하고, 상하이에서 후지타 목사와 상의했다. 교파는 다르지만 후지타는 기독교 전도사인 여운형과 친분이 있는 사이여서 쉽게 그와 접촉할 수 있었다. 무라카미는 공작을 진행하면서 일본정부와 조선군사령관 우쯔노미야 등의 동의도 얻어냈다. 여운형이 일본행을 결심하면서 임시정부의 의견은 찬반으로 크게 갈렸다. 이동휘를 비롯한 노장층에서는 이를 반대했다. 이에 대해 안창호, 이광수 등의 청장년층에서는 여운형의 일본행을 찬성했다. 뿐만 아니라 그들은 동경행 여비까지를 보조해주는 것이었다." [33]

여운형이 말했다.

"나는 그때 일본 측에 4가지 조건을 내걸었지. 첫째, 신변을 철저히 보호해달라. 둘째, 일본 내에서 언론과 자유롭게 접촉하고 내 소신을 말할 수 있게 해달라. 셋째, 통역은 장덕수로 해달라. 마지막으로 돌아올 때는 조선을 들를 수 있게 해달라. 결국 그 조건을 일본 측이 수락했어요. 나는 그때 전라도 하의도에 정치범으로 유배 가 있던 내 아우 같은 친구 장덕수를 구해내고 싶었지. 그래서 장덕수를 내 통역으로 지명했던 거요. 그 덕에 장덕수는 전라도 멀고 먼 신안의 하의도에서 빠져나와 나하고 동경으로 갈 수 있었소."

DJ가 넋이 나간 표정으로 말했다.

"장덕수 선생이 제가 태어나기 5년 전에 제 고향 하의도에 유배당해 계셨군요. 참 기가 막힌 역사적 인연입니다."

백범이 말했다.

"역사는 그렇게 돌고 돌고, 또 이어지는 겁니다. 몽양이 하의도로 가 있는 장덕수를 구해냈듯이 또 다른 역사의 신은 하의도에서 그 5년 후에 태어난 김대중이라는 인물을 대한민국 최초의 진보대통령으로 선발하지 않았소!"

얘기가 여기까지 진행되고 있을 때, 멀리서 흰 두루마기를 입은 노인이 웬 중년 여인을 데리고 일행 쪽으로 왔다. 두 수녀가 그 노인을 안내해서

---

33) 〈몽양 여운형 평전〉, 김삼웅, 채륜, 2015, 139~140쪽.

회의장으로 데리고 들어왔다. DJ와 김수환 추기경, 노무현이 모두 자리에서 일어나 그 백발과 허연 수염을 휘날리는 노인을 맞았다.

"아니, 함석헌(1901~1989) 선생님 아니십니까? 선생님께서는 왜 어제 음악회에 오시지 않으셨습니까?"

함석헌은 밖에 서 있는 여인을 불러들였다.

"전 어제 이 부인을 만나 상담하느라 음악회에 못 왔습니다. 이 양반 얘기가 하도 곡진하고 기가 막히고 슬퍼 어젯밤 내내 잠을 못 이루다가 오늘 이분을 모시고 어른들이 계신 이곳을 찾아왔습니다. 자, 인사를 드리세요."

여인은 다소곳이 허리를 숙여 인사하였다.

"저는 현앨리스(1903~1956)라고 합니다. 태어나기는 하와이에서 태어났는데 제 뿌리는 서울에 있습니다. 제 아버님은 현순(玄楯, 1880~1968)이라는 목사님입니다. 서울 정동교회 목사님이셨습니다."

백범과 몽양이 동시에 서로 얼굴을 쳐다보며 말했다.

"아니, 현순이라면 우리와 함께 상해에서 임시정부를 만들었던 그 현순 목사 말이오?"

"그렇습니다. 제 아버님 현순 목사님과 정동감리교회에서 함께 목회를 하셨던 손정도(孫貞道, 1872~1931) 목사님께서도 그 시절에 상해에 계셨습니다."

백범이 말했다.

"그래, 나도 그때 상해에 도착해서 임시정부 경무국장을 했었지. 경무국장이 별거는 아니었고, 문지기 겸 임시정부 경찰 겸 수위 겸 이것저것을 도맡아서 했던 일꾼이었어. 그때 현순 목사와 손정도 목사는 임시정부의 간부였어요. 손정도 목사님은 의정원 의장까지 지내셨지. 참 그러고 보니 부인이 혹시 그때 이승만 대통령을 영접하지 않으셨던가?"

여인은 허리를 굽히며 떨리는 목소리로 말했다.

"주석님, 기억하고 계셨군요. 저는 날짜도 잊지 않고 있습니다. 1921년 1

월 14일, 상해에 있던 한국인민단 회의실에서 이승만 대통령 환영식을 했는데요. 저와 손정도 목사님의 딸, 손진실이 이승만 대통령께 화환을 목에 걸어드렸습니다. 그때 제 나이가 19살이었고요. 손정도 목사님의 딸 손진실은 21살이었습니다." [34]

김구가 자리에서 벌떡 일어났다. 그리고 다가가 그 여인의 손을 잡았다.

"그래, 자네가 그 19살짜리 소녀였단 말이지. 손진실 처녀와 함께 이승만 대통령님께 화환을 걸어드리던 그 처녀들이었단 말이지. 아 참 세상에 이런 일이!"

그런데 그 여인은 지쳐 보였다. 천국에 있는 사람치고는 이상하게 안색도 좋지 않고 많이 피곤해 보였다. 백범이 여인의 손을 잡고 자리에 앉혔다. 여운형도 거들었다.

"백범 형님, 저도 그 당시 외무위원으로 그 자리에 참석하지 않았습니까? 손정도 목사의 따님 진실 양과 그 당시 미국에 들어가 있던 현순 목사의 따님 현앨리스 양을 똑똑히 기억하고 있습니다."

백범이 큰 소리로 물었다.

"현앨리스 양, 그 후 어떤 삶을 사셨소? 여기 모여 있는 모든 사람들이 조국의 해방과 함께 일단은 조선반도에 있긴 있었는데, 모두 다 총 맞아 죽지 않았으면 감옥살이를 했고, 감옥살이를 안 했으면 온갖 풍상을 겪었던 그런 사람들뿐이오. 그래, 현 양은 어떤 삶을 살았소이까?"

여인은 손수건을 꺼내 눈물을 닦았다. 그리고 어깨를 들썩이며 자신의 삶을 말하기 시작했다.

"1920년을 넘기면서 저는 그때 상해에 와 있던 박헌영(朴憲永, 1900~1956) 오라버니를 만났습니다."

"박헌영이라니? 그 공산주의자 말인가?"

"그렇습니다. 그때 그분은 스물을 갓 넘긴 패기만만한 청년이었습니다.

34) 〈현앨리스와 그의 시대〉, 정병준, 돌베개, 2015, 48쪽.

그분은 그때도 이미 공산주의자였습니다. 저는 하와이에서 자랐고, 일본에서 공부를 했던 목사의 딸이었던지라 공산주의는 알지도 못했었죠. 그러나 가난한 사람을 돕고, 어려운 사람들과 형제처럼 지낸다는 그 공산주의 사상이 기독교 사상과 크게 다르지 않다고 봤습니다. 저는 박헌영 오라버니와 함께 청년운동을 하다가 공산주의에 매료되었습니다. 그러나 결혼은 일본에서 만난 남자하고 했고, 박헌영 씨도 미인 주세죽(朱世竹, 1898~1953) 씨와 결혼을 했죠. 그리고 오랜 세월이 흘렀습니다. 저는 블라디보스토크로도 갔었고, 여기저기를 다니다가 미국에 들어갔는데 결국 공산주의자로 몰려 추방이 되었습니다. 이 넓은 지구상에서 제가 돌아갈 곳이 없었습니다. 할 수 없이 1948년에 체코로 들어갔고 거기서 평양으로 들어갔습니다."

"평양은 왜?"

현앨리스는 대답했다.

"그때 박헌영 오라버니가 북조선의 부수상 겸 외무상을 겸하고 있었습니다. 저는 평양으로 들어가 그분을 만났습니다. 그이는 저를 외무성의 통역 겸 타이피스트로 써줬습니다. 저는 비로소 있을 자리를 찾은 것 같았고, 보람 있게 하루하루를 보냈습니다. 그러다가 한국전쟁이 터졌습니다. 서울에 가보고 싶었지만 전황이 급박해서 평양에만 줄곧 있다가 평양이 점령당하자 만포진 쪽으로 피신을 했고, 전쟁이 끝난 뒤에는 다시 평양으로 돌아왔습니다. 그런데 저는 전쟁이 끝난 후 잡혀 끌려갔습니다. 제가 미국의 스파이였고, 제가 박헌영을 도왔다는 죄목이었습니다. 결국 재판을 받고 박헌영 오라버니와 함께 1956년, 53세의 나이로 세상을 떴습니다. 박헌영 부수상의 처형은 보지 못했습니다만 아마도 저와 비슷한 시기에 세상을 떴을 것입니다."

그때까지 묵묵히 듣고만 있던 죽산 조봉암이 말했다.

"아, 그 유명한 박헌영의 간첩단 사건 단초가 바로 현앨리스 씨였군요. 그때 체포된 사람들이 이승엽(당 검열위원장, 정치국원), 이강국(무역사

사장), 배철(대남연락부장), 조일명(당 선전부 부부장), 임화(시인, 해주 인쇄소 사장), 윤순달, 이원조(연락부 부부장), 백형복, 설정식(연락부) 등이었죠?"

현앨리스가 대답했다.

"그렇습니다. 그런데 저는 지금까지도 박헌영 부수상과 그분들이 정말 미국의 간첩이었는지 알 수가 없습니다. 저 자신도 간첩이라고 하는데, 어떻게 해서 제가 간첩인지 알지 못하고 있어요. 제가 좋아했던 젊은 시절의 오라버니를 찾아간 것이 죄였는지, 가난한 사람끼리 신념이 같은 조선 민족끼리 살고 싶어서 평양을 찾아간 일이 죄가 되는 것인지 알 수가 없습니다."

여운형이 말했다.

"내가 세상을 뜬 때가 1947년 7월 19일이었는데, 박헌영은 한 해 전에 이미 38선을 넘어갔었죠. 아무튼 그때까지 내가 겪은 박헌영은 철저한 공산주의자였어요. 광복 후 내가 좌우합작을 하기 위해 건국준비위원회(건준)를 거쳐 박헌영과 손잡고 인민공화국(인공)을 조직했는데 인공 지도부 55명 중에 42명이 박헌영계 공산주의자였지요. 아무튼 그 사람들은 조직의 명수들이었고, 사람을 꼼짝 못하게 만드는 기술을 가진 사람들이었어요. 그런데 왜 북에 올라가서 그렇게 되었는지 난 모르겠어요. 하긴 뭐, 난 일찍 죽었으니까, 참 해방공간은 무서운 시기였어요."

백범이 말했다.

"사실 그때는 모두가 서로를 믿지 못했지. 나도 중경에서 돌아올 때쯤 이미 서울에서 여운형이 건준이다, 인공이다를 세웠다 하는 소리를 듣고, 임시정부 젊은 지도자들에게 명령을 내렸지. '여운형부터 처치하라.' 당신이 그때 죽지 않았으면 아마도 내 손에 죽었을지도 몰라. 허허."

몽양이 다시 말했다.

"아무튼 그때는 죽음을 달고 살 때였습니다. 제가 죽은 지 몇 달 되지 않아 그해 말에 장덕수도 피살됐고 그 2년 후, 1949년에 형님도 육군 현역 장교 안두희에게 피살당했고요."

조용히 있던 죽산 조봉암이 입을 열었다.

"선배님들처럼 얼결에 총 맞고 피살당하면 고통도 적었을 것이고, 멋도 있을 것입니다. 그러나 저는 간첩 누명을 쓰고 지하실에서 온갖 고문을 받은 후에 처참하게 희생되었습니다. 북에서 희생된 박헌영과 똑같은 신세가 되었지요. 일제 때 함께 공산당 활동을 했던 박헌영은 북에 가서 부수상까지 하다가 간첩 누명을 쓰고 희생당했고, 나는 공산당 활동을 하다가 전향한 후 남쪽에서 농림부 장관까지 한 후, 간첩 누명을 쓰고 죽었으니 비슷비슷한 신세가 된 거죠."

그때 여운형이 노무현을 향해 큰 소리로 말했다.

"노무현 대통령이라고 하셨죠? 노 대통령은 나를 어떻게 아셨습니까?"

노무현이 대답했다.

"제가 선생님을 감히 어떻게 알겠습니까? 저는 선생님께서 괴한의 총탄을 맞고 세상을 뜨시기 한 해 전, 46년에 태어났습니다. 〈해방 전후사의 재인식〉이라는 책 시리즈를 읽으며 그 속에서 몽양 선생님을 뵈었습니다."

몽양이 우렁우렁한 소리로 말했다.

"그런데 일면식도 없는 이 몽양을 어떻게 해서 노무현 대통령은 2005년 3·1절에 '건국훈장 대통령장'을 주었다가 다시 퇴임을 앞둔 2008년 2월 21일 '건국훈장 대한민국장'을 추서하셨습니까?"

노무현이 뒷머리를 긁으며 싱겁게 말했다.

"선생님처럼 우리 건국공간에서 가장 혼란했던 시절에 가장 큰일을 하셨던 어른에게 겨우 '대통령장'이라는 훈장을 드린 것이 마음에 걸려 퇴임을 앞두고 '건국훈장 대한민국장'으로 훈격을 올려드렸습니다. 이렇게 천국에서 몽양 선생님을 뵐 줄 알았던 모양입니다. 허허."

몽양이 일어나 정중하게 허리를 굽히며 말했다.

"고맙습니다. 노무현 대통령님!"

노무현은 벌떡 일어나 맞절을 올리며 말했다.

"제가 영광입니다. 기뻐해주셔서 감사합니다."

김수환 추기경이 지금까지 잠자코 앉아 있던 함석헌 선생님께 물었다.

"함 선생님, 현앨리스 선생 같은 저런 사건은 어떻게 해석하고 처리해야 하는 겁니까?"

함석헌 선생이 조용히 말했다.

"나는 신의주에 있다가 해방이 된 후, 북에 들어온 소련군인들의 모습과 김일성이 하는 모습을 보며 참지 못하고 남으로 내려온 사람입니다. 북쪽에서 일어난 일을 제가 어찌 알겠습니까? 김일성과 박헌영, 그리고 북으로 올라간 남로당 사람들의 분쟁은 이 천사의 나라에서도 아직까지 진상을 다투는 중이라고 합니다. 우리가 향하는 천국과는 방향이 조금 다른 쪽에서 아직도 그분들은 다투고 있다고 합니다. 그 먼 곳에서 저 현앨리스 선생이 달려왔습니다. 내가 1901년생이고, 박헌영은 1900년생입니다. 여기에 오신 현앨리스 여사도 1903년생이니 다 우리 또래입니다. 나는 북쪽에서 38선을 넘어 남쪽으로 내려왔고, 박헌영은 남로당원들을 몽땅 이끌고 나와는 정반대로 38선을 넘어 북으로 올라갔고, 여기 서 계신 현앨리스 여사는 지구의 절반을 돌아 체코로 해서 평양으로 들어갔습니다. 그런데 그렇게 이상향이라고 생각하고 찾아갔던 평양 땅에서 1956년 박헌영과 현앨리스, 그리고 남로당원들이 형장의 이슬로 사라진 것은 참으로 괴이한 역사의 반전입니다. 마지막 심판 날에 다 밝혀지겠지요. 일단 우리가 하느님의 나라에 왔으니 하느님께서 다 심판해주실 일이 아니겠습니까. 현 목사님의 따님이었던 현앨리스 씨와 박헌영이 정말 간첩이었는지, 일제강점기에 제국대학을 나오고 독일 유학까지 한 이강국이 잠시 미국을 들러 귀국했는데 그때 미국 정보요원들에게 정말로 포섭이 되었는지, 그 혹독한 일본 고등계 형사들의 고문을 받아가며 미친 사람 행세까지 했던 박헌영이 정말 선교사 언더우드의 지령을 받고 미 정보원의 조정을 받아 남로당의 모든 비밀을 남측에 흘려주었는지 이 천국의 법정에서 가려질 것입니다.”

천 년 국사

강가의 아름다운 전망대에서 대한민국 건국 이래 중도와 진보의 길을 걸었던 큰 어른들이 모여 쌓인 정을 나누며 한담을 하고 있을 때에 구름한 점을 타고 사뿐히 내려서는 도인 한 분이 있었다. 백발은 어깨까지 내려오고, 하얀 눈썹은 눈을 거의 덮고, 흰 수염이 허리까지 내려오는 신선이었다. 모두는 밖으로 나가 그 어른을 모셨다. 외형상 도인과 분위기가 비슷한 함석헌 선생이 나섰다.

“어르신은 어떤 분이신지요?”

도인은 들고 온 신령 지팡이로 탕탕 땅을 두어 번 치더니 헛기침을 하고 말했다.

“나로 말하면 그대들과 시대가 한창 다른 아득한 세월 저편의 인물이오. 비슷비슷한 시대 사람들끼리 긴한 얘기들을 하고 있는데 분위기를 깨뜨려 사뭇 미안하오. 그러나 문전박대는 하지 마시오. 나도 그대들이 하는 말을 충분히 알아들을 수 있는 귀를 가지고 있소. 이 천상의 나라에는 시차와 문화의 괴리를 극복해주는 천상 A.I. 장치가 잘 마련돼 있소. 다시 한 번 노인이 나타나 분위기를 상하게 한 점을 양해 구하며 나를 소개하겠소. 나는 영암 사람 도선이요. 왕건 대왕이 고려를 세울 때, 일익을 담당했던 중 도선이요.”

DJ가 빠른 걸음으로 나섰다.

“아이고, 도선 국사님! 태조 왕건께서 국사로 모셨던 그 어른이 아니십니까? 왕림해주셔서 감사합니다. 저는 영암에서 가까운 신안에서 태어난 김대중이라는 인물입니다. 역사책에서 배운 후, 이렇게 존안을 뵈오니 영광이옵니다. 천 년 후의 후손 김대중의 절을 받아주십시오."

김대중이 큰절을 올리자 도선 선사는 신선 지팡이로 다시 한 번 땅을 치며 허허 웃었다.

"그대가 김대중 대통령인가? 우리 때 같으면 왕상이나 주상으로 불러야 옳겠지만 대통령이라 부른다니 그럼 나도 대통령이라 부르겠소. 아무튼 그대 김대중 대통령은 내가 천 년도 넘는 그 시절, 송악에서 왕건 대왕을 모실 때 만난 백제 출신 견훤 이래 최초로 만나는 백제 출신 왕, 아니 대통령입니다 그려."

김대중 대통령이 웃으며 말했다.

"국사님, 제가 천 년 만에 만나는 백제 출신 대통령이라고 하셨습니까?"

"아, 그렇다니까!"

"과찬이십니다. 제가 천 년의 세월을 뛰어넘어 백제의 맥을 잇는 대통령이라니? 과찬이 아니신지요?"

국사는 시원시원하게 대답했다.

"아, 말이야 바른말이지요, 태조 왕건은 후백제의 견훤을 받아들이고 신라의 경순왕을 받아들여 통일을 이룩했는데, 통일을 이루고도 왕건은 신라 쪽보다 백제 쪽을 영 못 미더워 했지. 백제 쪽에는 견훤을 따르는 후손들이 많아 화가 미칠 수 있다고 본 것이지요."

노무현이 말했다.

"아, 그래서 태조의 훈요십조가 생기게 됐나요?"

"아, 그렇지. 그대는 신라 쪽에서 대통령을 이은 노무현인가? 내가 좀 사전조사를 하고 왔어."

노무현도 큰절을 올렸다.

"그렇습니다. 국사님. 굳이 그런 식으로 따지자면 저는 신라의 후손인 셈입니다."

DJ가 말했다.

"아, 그래서 훈요십조 제8조에 차현(차령산맥) 이남, 공주강 이남은 산형과 지세가 배역할 상이다, 그 아래 쪽 사람을 쓰지 말라, 이렇게 말한 것이군요?"

도선 국사가 눈을 껌벅이며 말했다.

"그렇지, 그때 신라에서 마지막 왕으로 있던 경순왕은 문무백관을 다 거느리고 신라 왕실에 남아 있던 재산까지 가지고 와서 태조 왕건에게 바쳤지. 그러자 아주 기분이 좋아진 왕건도 자신의 딸 하나와 왕씨 성을 가진 부인 하나를 경순왕에게 내줬잖아. 그리고 경순왕에게 신라 땅을 소유할 수 있도록 식읍(食邑, 먹고 살 수 있는 땅)을 내려주었고, 훈봉(勳封, 벼슬)은 정승봉으로 정해주었지. 나라는 빼앗겼지만 경순왕은 노후를 완전히 보장받아 딴맘을 먹을 수 없게 되었는데, 견훤은 신생왕국 고려에 기여한 바가 없어 태조 왕건은 마음속으로 견훤을 죽을 때까지 경계할 수밖에 없었지. 아무튼 이렇게 해서 왕씨 왕조 500년, 이씨 왕조 600년, 무려 1,100년 동안 차령산맥 이남과 공주강 이남 사람을 등용하지 않은 것인데, 공주강에서도 수백 리나 떨어진 남쪽 섬 마을에서 백제 후손 대통령이 나왔으니 이것이야말로 1,100년 이래 경사가 아니겠는가."

김대중은 손사래를 치며 도선 선사의 손을 잡고 전망대 안으로 모셨다. 모두 자리에서 일어나 도선 국사를 환영하였다.

몽양이 제일 먼저 호기심 많은 학생처럼 여쭈었다.

"국사님, 왜 국사님께서는 고려를 창건하며 그렇게 많은 절과 원찰을 세우셨는지요? 저는 국사책에서 신라 사람들은 탑을 많이 세웠고, 고려 사람들은 절을 많이 세웠다는 내용을 배웠습니다."

국사는 눈을 떴다 감으며 조용히 말했다.

"신라 사람들은 대형 토목공사를 많이 했지. 특히 돌을 사용해서 탑을 많이 세웠기 때문에 석가탑, 다보탑 같은 예술품을 많이 남겼고, 석굴암 같은 천년의 보물을 남겼지. 그러나 그런 과중한 공사 때문에 국고가 쇠진되고, 백성들이 세금을 많이 내야 되는 고통을 안게 되었지. 그래서 나는 태조 대왕께 실용주의를 건의했어요. 마을에 홍수가 자주 나는 개울이 있으면 개울에 다리를 세우고 거기에 부처님 얼굴을 새겨라, 공주나 대신들이 소원을 빌고 싶으면 큰 절에 가지 말고 자기 마을 가까이에 아담한 원찰(소원을 비는 절)을 세워라, 그리고 지형이 너무 험하고 푹 꺼져 있는 곳은 땅을 메우고 평평하게 해서 살기 좋게 만들고, 그곳에 절을 세워라 하는 주장을 했어요. 그것이 내가 강조한 지리소왕설이고, 산천순역설이지. 뿐만 아니라 지형이 험악하고 악처로 보이면 그곳에 기운을 순화시키는 건물이나 기념물을 세워 악한 기운을 제거시키라는 운동을 폈지. 바로 그게 국토를 바로 잡고 순화시키는 비보(裨補)운동이었어요."

노무현이 물었다.

"국사님, 국사님께서는 현재 대한민국 지형을 보시면서 비보적인 측면에서 구체적으로 해주실 말씀이 있겠습니까?"

국사께서는 DJ가 따라주는 술을 마시며 기분 좋은 표정으로 말했다.

"젊은 대통령께서 아주 좋은 질문을 해주셨어요. 사실은 내가 바로 그점을 얘기하고 싶어서 일부러 찾아온 겁니다. 자, 지금부터 이 천년의 나이 먹은 중이 여러분들이 살다 왔고, 여러분들의 자손이 지금도 살고 있는 대한민국 국운에 도움이 될 내용을 전하겠어요."

노회찬 의원이 눈치 빠르게 노무현 대통령에게 노트북을 전해주었다. 도선 국사는 작심한 듯 비보할 내용을 전해주기 시작하였다.

"첫째, 청와대를 손보세요. 청와대는 터가 나쁩니다. 북한산과 인왕산으로 연결된 기세가 너무 강하고, 앞뒤를 따지는 풍수 이론 '좌향론(坐向論)'으로 보더라도 특히 뒤쪽 좌가 좋지 않습니다. 너무 음하고 살기가 강합니다. 그래서 그곳에 거하는 역대 대통령이 흉한 일을 당하였고, 가까스로 견딘다 하더라도 뒤끝이 좋지 않습니다. 그곳에서 살아보신 김대중 대통령과 노무현 대통령이 느끼시지 않았습니까?"

노무현이 물었다.

"그럼 어떻게 해야겠습니까?"

국사는 말했다.

"청와대를 한강 이남으로 옮겨야 합니다. 옮기되 너무 멀리 가지 말고 가장 화기가 강한 관악산 뒤쪽으로 옮기면 됩니다. 관악산의 화기를 의지하여 좌를 보하고, 과천 벌판을 바라보며 향을 즐기면 됩니다. 청와대가 과천에 자리를 잡으면 통일사업에도 도움이 됩니다. 관악산에 수도방위사령부와 연결되는 지휘부를 만들고, 옛 정부청사를 헐고 새 청사를 만들어 비보를 완성하면 통일도 앞당겨질 것입니다."

노무현은 부지런히 노트북을 쳤다.

"그리고 현재 청와대 자리는 역대 대통령 종합기념관으로 재조성하면 훌륭한 비보가 될 것입니다. 공이 있는 대통령은 공이 있는 대로 후손들이 칭송할 것이고, 공이 없는 대통령은 그런 대로 역사의 교훈으로 남게 될 것입니다. 초대 대통령으로부터 시작하여 한 분도 빠짐없이 공평하게 모시는 것이 좋습니다. 시간이 갈수록 국민 화합의 장이 될 것이고, 미래세대의 교육장이 될 것입니다. 그 기념관의 밖에는 청와대에 얽힌 비극의 인물들도 예술적 조형으로 남길 필요가 있습니다. 예를 들면, 청와대에 들어가고자 노력하다가 일가족이 자결한 이기붕·박마리아 일가의 비통한 최후도 사실대로 형상화하여 숲속에 전시하면 큰 교훈이 될 것이고, 대통령이 되기 위해 경합하다 공산당으로 몰려 숨진 여기 계신 조봉암 선생 같은 분도 그 뜰에 예술적으로 전시를 해놓으면 큰 의미가 있을 것입니다."

죽산 조봉암이 쑥스럽게 말했다.

"예술가가 이왕이면 저를 비참하지 않게 표현해주었으면 좋겠습니다. 그렇다면 대통령 선거에 나왔던 신익희 선생이나 조병옥 박사도 전시가 될 수 있겠네요?"

국사가 말했다.

"물론이죠. 그런 것은 예술가들이 다 알아서 잘 조성해줄 겁니다."

"그 다음은요?"

이번에는 노회찬 의원이 슬쩍 끼어들었다. 국사는 말을 이었다.

"둘째, 광화문을 정비하세요. 광화문은 대한민국의 얼굴입니다. 허구한 날 그곳에서 시위를 하고 자기 집단의 의사를 표현하기 위해 천막을 치는 일을 금해야 합니다. 현재의 이순신 장군상과 세종대왕상을 제외한 그 어떠한 설치물도 있어서는 안 됩니다. 그 대신 광화문에 무엇을 세워야 하느냐? 대한민국의 랜드마크를 세워야 합니다. 파리의 에펠탑보다 훨씬 높고 멋진 탑을 세우십시오. 그 탑에 올라가면 인왕산과 북한산의 암벽이 보이고, 조선왕조 600년의 정전이 보일 것입니다. 물론 대통령 기념관이 된 청와대도 보이고, 총리 공관도 보이고, 아름다운 북촌도 보이고, 종로와 청계천, 그리고 서울 4대문과 남산이 대칭으로 보일 것입니다."

노회찬 의원이 신이 나서 물었다.

"탑의 이름이나 컨셉을 어떻게 잡아야 하겠습니까?"

국사님은 거침없이 대답했다.

"탑의 이름은 '대한민국광복100주년탑'입니다. 오는 2045년이 되면 광복 100주년이 되지요. 그때까지 탑을 천천히 지으면서 국력을 탑의 높이에 맞춰 쌓아가고, 국민들이 화합해간다면 그 탑이 완성되는 2045년에는 대한민국이 G6 안에 들 수 있을 것이오. 미국, 중국, 러시아, 일본, 영국, 독일, 프랑스와 순위를 다투다 보면 대한민국이 들어갈 자리는 자연히 생기게 될 것입니다. 탑이 올라가는 만큼 반드시 국민들의 애국심과 자신감이 커질 것입니다. 물론 대한민국의 미래 기술력도 높아질 것이고요. 이 늙은 중이 현재 국제 규모의 인공지능 빅데이터 플랫폼의 형편을 알아봤더니 미국이 1,862개, 중국이 79개, 일본이 44개이고, 대한민국에는 17개가 있는 걸로 돼 있더군요. 정치인들끼리 쓸데없는 이념을 가지고 싸우지 말고, 국민들끼리 편 가르지 말고, 대한민국의 미래만을 생각해나간다면 대한민국광복100주년탑은 더 빨리 더 높이 올라갈 수 있을 것입니다."

김구, 여운형, 조봉암, 함석헌, 김수환 추기경 모두가 손뼉을 쳤다. DJ 와 노무현도 노회찬과 함께 하이파이브를 신나게 했다.

"셋째로 지금 막 개방이 시작되는 DMZ를 한반도의 보물로 가꿔야 합니다. 이것은 북쪽과 함께 할 일이기 때문에 빨리 진행시킬 수는 없겠습니다만, 한반도 분단을 상징해온 이 휴전선을 한반도의 보물로 가꿔야 합니다. 그곳에 제일 먼저 K-POP 예술센터를 만들어야 합니다. 천 년 전 이 노인이 생각해도 현란하게 가로 뛰고 세로 뛰며 세계의 젊은이들을 단숨에 매료시키는 이 K-POP은 내가 있던 고려시대의 젊은이들이 탑돌이를 하면서 춤추고 쌍화점 노래를 부르면서 즐겼던 그 끼가 살아난 것입니다. 아니, K-POP의 DNA는 일찍이 서라벌 달밤을 누비던 처용의 춤과 회회아비(고대 몽고인이나 아라비아인들이라고 추정되는 외국인들)의 댄스가 녹아 있는 것일 겁니다. 우리 민족은 삼국시대 이전부터 활 잘 쏘고 춤 잘 추고 노래 잘 부르던 민족이었습니다. 사실 이 한민족의 예술적 DNA는 중국 50개의 소수민족 중에서도 연변 가무단이 가장 뛰어나다는 사실로도 입증이 되고, 중앙아시아에 강제로 버려졌던 고려인들이 카자흐스탄에 고려 극장을 세워 막을 올렸던 그 저력으로도 입증이 되고 있습니다. 철조망이 쳐졌던 155마일 그 휴전선 한가운데에 인프라를 받고 가장 화려한 무대를 만든 뒤, 전 세계 젊은이들을 불러 축제를 연다면 분단의 역사가 보상을 받을 수 있을 것입니다. 또 DMZ에는 남북에서 이름 없이 희생된 억울한 이들의 원혼을 달래는 묘지를 조성해야 합니다. 남쪽에 현충원이 있고, 평양 신미리에 애국열사능이 있지만 그곳에 묻히지 못한 억울한 영혼들이 너무나 많습니다. 현재 평양 신미리 애국열사능에는 홍명희, 김규식, 조소앙, 조완구, 윤기섭, 유동열, 오동진, 양세봉 같은 분들은 잘 모셔져 있습니다. 심지어는 친일파로 알려진 춘원 이광수까지도 모셔져 있습니다. 그러나 의열단을 조직하고 가장 치열하게 싸웠던 약산 김원봉 같은 이는 해방공간에서 이승만의 편에 서지 않았다 하여 친일경찰 노덕술에게 끌려갔습니다. 일제 때에도 그에게 죽을 만큼의 악행을 당한 그가 해방된 후에도 좌익의 혐의를 받으며 끌려가 능욕을 당했습니다. 그 일로 약산 김원봉은 친구를 찾아가 사흘 밤낮을 울고 또 울다가 38선을 넘어갔습니다. 그리고 그는 그곳에서 한때는 장관직에도 올랐지만, 그의 최후는 알려지지 않고 있고, 그의 묘비 하나도 찾을 길이 없습니다. 앞으로 DMZ에는 반드시 남북을 헤매다가 행방불명이 된 그런 분들의 원혼을 모셔야 합니다. 설령 한때 좌익운동을 했다 하더라도 북에서 다시 간첩으로 몰려 처형이 된 이승엽, 이강국, 배철, 조일명, 임화, 윤순달, 이원조, 백형복, 설정식… 이런 분들의 시신도 찾고, 시신이 찾아지지 않는다면 가묘라도 그곳에 세워야 할 것입니다.”

이때 자리 끝에 소리 없이 앉아 있던 현앨리스가 일어나며 큰 소리로 외쳤다.

“저도 그곳에 묻히고 싶어요! 그곳에 묘역이 세워지면 저도 좀 묻어주세요.”

도선 국사가 흰 머리를 끄덕였다.

“암암, 자네같이 억울한 사람도 묻히고, 근래에 압록강, 두만강을 넘다 급류에 휘말려 소리 없이 떠내려가고 있는 시신 등도 건져 그곳에 묻어야지. 뿐만 아니라 6·25 때 북으로 끌려가 생사를 모르는 정인보 선생 같은 학자의 묘도 그곳에 모셔야 하고, 점잖고 글 잘 쓰시던 수필가 근원 김용준(1904~1967) 선생도 그곳에 모셔야지. 암, 모셔야 하고말고.”

DJ가 말했다.

“DMZ에 묘역이 조성되면 그 묘역에 아름다운 시비와 근원 수필을 현대말로 쓴 글비도 세우는 게 좋겠습니다. 특히 카프 시인 중에 임화 같은 사람은 시가 참 좋은데, 그분의 〈네 거리의 순이〉, 〈너 어느 곳에 있느냐 –사랑하는 딸 혜란에게〉 같은 시는 그곳에 시비로 세우는 것이 좋겠습니다.”

함석헌 선생이 말했다.

"그 시들은 나도 좋아합니다. 암 세워야지요."

도선 국사는 계속했다.

"자, 이왕에 말을 꺼냈으니 한일 간의 문제를 생각해서 한 가지를 더 말하겠습니다. 현재의 기술로도 한국과 일본은 해저터널을 충분히 뚫을 수 있습니다. 한국과 북한이 연결되고, 중국 철도와 시베리아 횡단열차가 연결된다는 것을 전제로 해서 한일 간의 해저에는 반드시 해저 터널을 뚫고 유로스타가 달리고 있는 도버해협의 유로터널처럼 다닐 수 있게 해야 합니다. 그 터널이 생기면 한국과 일본의 미래 세대들이 화합과 번영을 이루어 낼 것입니다. 마지막으로 한 가지만 더 얘기하면 새만금 지역에 조성된 땅은 미래산업단지로 이용돼야 합니다. 중국 대륙과 가장 가까운 거리에 있는 그곳을 한중 간 젊은이들의 땅으로 개발하여 5G 통신기술과 미래기술이 연결된 미래형 디즈니랜드로 조성할 필요가 있습니다. 이상으로 천 년 전 비보사상을 전파했던 영암 사람 도선의 제안을 마칩니다."

모두 일어나 환호하며 그날의 행사는 끝났다. 백범, 몽양, 죽산이 일어섰고, 멀리서 온 현앨리스도 떠날 채비를 했다. 모두 배웅을 해드리고 돌아섰다. 함석헌 선생은 남고 싶어 하셨다.

도둑과 하늘

김수환 추기경을 중심으로 함석헌 선생, 김대중 전 대통령, 노무현 전 대통령, 노회찬 의원이 자리를 잡고 앉자, 김 추기경이 환하게 웃으며 말했다.

"이렇게 앉고 보니 70년대 시국선언 하고, 명동성당에서 시국토론을 하던 생각이 납니다. 자, 오랜만에 와인을 하십시다."

추기경은 세상에서 보던 와인 병을 들고 감회 깊게 말했다.

"제가 가난했던 신학생 시절, 어느 신도님께서 아끼시던 와인 한 병을 주신 일이 있었습니다. 저는 그때까지 제대로 된 와인을 다뤄본 일이 없었습니다. 모처럼 만에 받은 그 와인 병을 들고 친구들과 상의를 했습니다. 자, 내가 좋은 와인을 얻어오긴 했는데 이걸 따 먹는 방법을 아는 사람이 있는가?"

주방에서 와인 잔은 찾아왔는데 그 다음 순서를 몰랐다. 친구들도 가난했던 터라 와인 병을 여는 방법을 알 턱이 없었다. 모두들 와인 병을 들고 쩔쩔매기만 했다. 추기경은 이런 옛날얘기를 하면서 와인 오프너를 꺼냈다. 그는 의미심장하게 말을 꺼냈다.

"아시다시피 이 와인 병에 들어 있는 와인은 코르크를 따는 순간 향기를 발하며 더 이상은 와인 병에 숨어 있지 못하고, 손님들에게 자신을 내주게 됩니다. 두 대통령님, 그리고 우리 선지자 함석헌 선생님, 노회찬 의원님. 제가 왜 이런 서두를 꺼냈겠습니까?"

추기경은 와인을 고루 따라주며 말했다.

"북한이 가지고 있는 핵의 성질은 이 와인 병의 입구를 틀어막고 있는 코르크 마개와 똑같습니다. 오프너를 가지고 있지 않은 남쪽 사람이 아무리 따보려고 해도 와인은 움직이지 않습니다. 흔들어보기도 하고 코르크 마개를 두드려도 와인 병은 열리지 않습니다. 단단히 잠긴 코르크를 열 수 있는 사람은 오프너를 가지고 있는 미국이겠죠. 핵이라는 와인을 익숙히 마셔본 미국 사람들은 그 와인 꼭지를 어떻게 해야 깔끔하게 떼어낼 수 있는가를 알고 있을 겁니다. 그래서 미국 대통령은 북측과 만나 몇 번 말했을 것입니다. 병을 우리에게 맡겨라, 우리가 조심스럽게 따서 잘 마시겠다. 그러나 북한 사람이 생각하기에는 한 번 병을 맡기고 나면 와인 병은 금방 열리고 그 다음에 할 일은 와인을 나눠 먹는 일밖에는 없게 됩니다."

DJ가 말했다.

"아이고, 우리 추기경님께서 비유를 멋지게 하셨습니다. 저 역시 오프너도 없이 북에 가서 와인을 마시자고 조르다가 그냥 쫓겨온 사람입니다."

추기경은 계속 했다.

"사실 그 와인 병을 틀어막고 있는 코르크 마개의 힘은 한두 가지가 아닙니다. 현재 북이 가지고 있는 핵이라는 코르크 마개가 빠지고 나면 어떤 현상이 일어나겠습니까? 그동안 북이 숨겨온 인권이라는 어마어마한 문제가 표면에 드러나게 될 것입니다. 제대로 된 재판 절차도 없이 수용소로 끌려간 사람들이 얼마나 되며, 끌려간 그 사람들이 어떤 가혹행위를 당했으며 어떻게 굶주리고 학대당하다가 죽어갔는가 하는 문제가 제기될 것입니다. 북의 사회구조 속에서 어떻게 계급이 분화되고 계급 간에는 어떤 먹이사슬로 연결되었으며, 어떤 부패행위가 있었는가 하는 점도 폭로될 것입니다. 북한의 여성들이 어떻게 성적으로 착취되어왔는가 하는 근본적인 문제도 드러날 것입니다. 부모를 잃은 꽃제비라는 아이들이 어떤 극한 상황을 맞고 있는가도 드러날 것입니다. 그뿐입니까? 북한 정권이 유지되기 위해, 백두혈통을 이어오기 위해 얼마나 많은 사람들이 정치적으로 희생되었으며 그 가족들이 고통 받고 살아가는지도 드러날 것입니다. 북한 정권 창립 이래 종교의 자유가 어떻게 박탈됐으며, 종교인들이 어떻게 알지 못하는 곳으로 끌려갔는지도 밝혀질 것입니다. 도대체 얼마나 많은 사람들이 압록강과 두만강을 건너다가 총 맞아 죽고 얼어 죽고 빠져 죽었는가 하는 것도 차차 드러날 것입니다. 목숨을 걸고 국경을 넘은 여성들이 어떻게 중국인들에게 팔려가고 성적 노예가 되었는지도 차츰 밝혀질 것입니다. 자, 두 대통령님과 함석헌 선생님, 노회찬 의원님, 북한이 핵을 움켜쥐고 놓지 않는 이유가 반드시 핵 그 자체 하나뿐이겠습니까? 핵 하나를 제거하고 나면 북한 사회에 잠재되었던 이 수많은 문제들이 삽시간에 솟아오를 것입니다."

함석헌이 나섰다.

"핵문제가 아니라도 앞으로 북한과 왕래를 하면서 남측과 사이가 좋아졌다 해도 말입니다. 남측에서 넌지시 우선 북한 내부에서 통행증 없이 국내여행을 다닐 수 있는 자유만이라도 주라고 했을 때 그들이 대답을 할 수 있을까요? 제일 처음 단계로 과연 북한 주민들이 자유롭게 북한 지역 내에서 통행증 없이 다니게 된다면, 어떤 문제가 생길까요? 반드시 다음에는 해외여행의 자유를 달라고 외칠 것입니다. 현재 북한에는 상당수의 휴대폰이 지급되어 있다고 하는데 이것이 더 확대되었을 때 어떤 현상이 생기겠습니까?"

DJ가 말했다.

"나도 북에 가서 6·15 공동선언을 맺고 느슨한 연방제가 시작되면, 남북한 간에 서신 왕래라도 하고 이산가족이 더 자유롭게 만날 수 있고, 옛날 동서독처럼 방송만이라도 허용할 수 있을까 하는 점을 생각해봤습니다. 그러나 참으로 시간이 오래 걸릴 것 같습니다."

거기쯤에서 추기경이 말했다.

"노무현 대통령님, 현재의 정부에서는 왜 처음부터 남북문제에 그렇게 열정적으로 매달렸을까요? 노무현 대통령께서는 문재인 대통령을 잘 아시지 않습니까?"

노무현이 곤혹스럽게 말했다.

"그 점은 아마도 제 책임이 클 것 같습니다. 제가 2007년 10월에 평양을 방문했습니다. 제 임기의 말기에 해당됩니다. 임기가 다 된 대통령을 북측에서는 대단찮게 대했습니다. 제가 그런 일을 당했기 때문에 비서실장이었던 문재인 씨가 나는 집권한다면 집권 초기부터 남북문제를 밀어붙일 것이다라고 생각했을 것입니다. 또 하나, 나는 재임 중에도 비서실장이었던 그분에게 이런 말을 한 기억이 납니다. '다른 것은 다 깽판을 쳐도 남북문제만을 제대로 하면 성공할 수 있다.'고 말입니다."

추기경이 말했다.

"그런데 지금 일본 측에서 또 문제를 일으키고 있는 것 같습니다. 그동안 위안부 문제, 징용자 배상문제를 두고 꽁하는 마음을 가지고 있다가 한국의 발목을 잡는 것 같습니다."

DJ가 말했다.

"한일 문제는 울면서 겨자 먹는 식으로 풀 수밖에 없습니다. 일의대수(一衣帶水)로 숙명적으로 묶여 있는 두 나라에서 어떻게 문제를 풀겠어요? 미래를 위해 참고 또 참는 식으로 해결해나갈 수밖에 없다고 봐요. 그래서 전 대통령이 되자마자 일본부터 방문했습니다. 황궁에도 들어갔죠. '천황 폐하'라고 부르면서 극진하게 예를 갖췄습니다. 그랬더니 아키히토 천황은 뜻밖에도 이런 말까지 했습니다.

'교토에 도읍한 칸무(桓武) 천황의 생모가 백제에서 온 귀화인이라고 합니다.'

저는 그 말을 듣고 정말 깜짝 놀랐습니다. 일본 황실의 혈관 속에 백제인의 선조가 섞여 있다는 얘기를 천황 자신이 고백할 줄은 몰랐죠. 천황이 이렇게 우호적으로 나오니까 당시 오부치 총리대신도 '금세기의 한일 양국 관계를 돌아보고, 일본이 과거 한때 식민지 지배로 인하여 한국 국민에게 다대한 손해와 고통을 안겨주었다는 역사적 사실을 겸허히 받아들이면서, 이에 대하여 통절(痛切)한 반성과 마음으로부터의 사죄를 한다.'고 했습니다. 한일관계의 요점은 진실을 주고받는 것이라고 생각합니다." [35]

노무현도 묵묵히 듣고 있다 조용히 말했다.

"저도 일본과 과거사를 놓고 다시 이러쿵저러쿵 따지는 것이 싫어 징용자 배상문제는 특별법을 만들고, 우리 재정이 허락하는 대로 처리해나가는 방법을 썼습니다. 뭐, 미래를 보고 나가야지 어쩌겠습니까?"

추기경이 말했다.

"성서에서 왜 '원수를 사랑하라'는 말씀을 하셨겠습니까? 원수를 사랑한다는 것이 얼마나 어려운 일입니까? 그런데 예수님은 실천해 보이셨습니다. 로마 군인들은 예수를 골고다 언덕까지 끌고 올라가 그 무서운 십자가에 매달고, 손과 발에 못을 박고, 머리에 가시로 만든 관을 씌우고,

---

35) 〈김대중 자서전〉 2권, 삼인, 2011, 110~111쪽.

쉽게 운명을 하지 않자 옆구리를 창으로 찌르기까지 했습니다. 예수가 혼수상태에 빠지자 형을 집행하던 자들은 예수가 입었던 비단 옷을 벗겨내어 그 옷을 누가 차지할 것이냐 하는 것을 놓고 제비뽑기를 했습니다. 그런 모습을 십자가 위에서 지켜보며 '아버지, 저들을 용서하여 주세요. 저들은 지금 저 자신들이 무엇을 하고 있는지도 모르고 있습니다.'라고 하지 않았습니까? 위대한 기독교의 시발점은 바로 그런 역사적인 패러독스(역설) 속에서 태어나는 것입니다. 자기를 죽이는 원수를 용서하는 그 역설의 시점과 장소에서 새로운 역사가 탄생하는 것입니다. 저는 지상에서 마지막 투병생활을 할 때, 책 한권을 읽은 일이 있습니다. 〈아사카와 다쿠미 평전〉이라는 책이었습니다. 저는 가보지 못했습니다만, 서울 망우리 묘지공원에 가면 묘지번호 203363에 일본인 한 분이 묻혀 있다고 합니다. 그 묘지에는 조선자기를 형상화한 커다란 묘석이 있고, 그 묘석 옆에는 한국임업연구원 직원들이 세운 그 일본인을 추모하는 추모비도 세워져 있다고 합니다. 멀리는 한강이 내려다보이는 아주 전망이 좋은 곳이라고 합니다. 거기에 묻혀 있는 분이 바로 아사카와 다쿠미라는 분입니다. 이분의 고향은 일본 야마나시현(山梨縣)인데 형제가 1913년과 14년에 조선으로 건너왔습니다."

DJ가 조용히 말했다.

"추기경님, 그분들은 조선백자를 연구했던 유명한 아사카와 노리타카, 다쿠미 형제가 아닙니까? 형 노리타카는 소학교 교사를 했고, 동생 다쿠미는 산림청 직원을 하며 조선백자를 연구했죠. 그 형제가 〈세종실록〉, 〈경국대전〉, 〈동국여지승람〉 등을 뒤져 조선의 도자기 산지, 즉 도요지 300여 곳을 찾아낸 분들입니다."

추기경이 감탄하며 말했다.

"역시 김 대통령님께서는 박식하십니다. 언제 아사카와 형제 얘기를 알게 되셨습니까?"

"감옥에서 차입해준 책을 읽고 알게 된 사실입니다. 그 아사카와 형제들 때문에 조선시대 최고의 민예연구가 야나기 무네요시(柳宗悅, 1889~1961)가 탄생하게 된 거죠. 도쿄제국대학 철학과를 나오고, 유럽 유학을 했던 야나기 무네요시는 유럽에서도 자신이 일생을 투자할 만한 학문적 대상을 찾지 못하다가 조선반도에 들어와 아사카와 형제를 만난 후, 조선백자와 조선의 민예품을 만나면서 일생이 바뀐 사람입니다. 이 유식한 야나기 무네요시가 자기보다 학문적 수준은 낮지만 조선의 도자기와 민예품을 먼저 발견한 아사카와 형제를 아예 스승으로 모셨습니다. 조선에 나오면 청량리에 있는 임업사무소 사택에 사는 아사카와 다쿠미의 집에서 기식하며 형제와 함께 연구답사를 했습니다. 전라도 강진요를 찾아내고, 충청도 계룡산요를 찾아내고 관악산 삼막사가 서울 근교의 가마터라는 것도 알아내고, 경기도 이천과 광주 일대가 조선시대의 관요라는 것도 정확히 찾아냈죠."

그동안 잠자코 있던 노무현이 입을 열었다.

"저도 신영복 선배의 가르침으로 아사카와 다쿠미에 대한 민중의식을 배웠습니다. 다쿠미는 얼마 되지 않는 산림청 직원의 봉급으로 조선인 고아들과 과부들의 생활을 돕고, 심지어는 자기 집에 걸인들이 찾아왔을 때 도와줄 돈이 없으면 자기 봉급날이 며칠이라는 것을 알려주면서 그날 찾아온 걸인들에게 자신의 봉급이 바닥이 날 때까지 도와줬다고 합니다. 아무튼 그분은 1931년 40세를 일기로 안타깝게 세상을 떠났는데, 그분이 세상을 떠나자 청량리 일대의 모든 조선인들이 찾아와 서로 자신이 상여를 매고 가겠다고 다투기까지 했다고 합니다. 다쿠미는 한복을 입은 채로 입관했고, 당시 공동묘지가 있던 이문동에 묘를 썼다가 후에 망우리 묘지로 옮겨졌다고 들었습니다. 그분이 세상을 떠나자, 동아일보에서는 특별 취재를 했고, 일본 아사히신문도 특파원을 보냈고, 조선과 일본의 지식인들이 함께 추모했다고 합니다."

DJ가 말했다.

"일제시대에는 경복궁 안에 있는 집경당에 조선자기와 목물들을 전시하는 '조선민족미술관'이 있었는데 이 조선민족미술관을 세운 사람들이 바로 세 사람의 일본 사람입니다. 아사카와 형제와 야나기 무네요시였죠. 성악가인 무네요시 부인은 이 조선민족미술관을 세우기 위해 조선에 들어와 독창회를 열기까지 했습니다. 이런 일본의 선각자들, 우리 문화를 우리보다 더 사랑했던 국경 없는 예술가들 때문에 조선의 백자와 조선의 다기, 그리고 강진의 도요지 같은 국보급 예술의 터가 발굴될 수 있었던 것입니다."

그동안 잠자코 있던 함석헌이 말했다.

"제가 동경에서 고등사범학교를 다닐 때, 야나기 무네요시가 긴자의 거리에서 싸구려로 팔리는 조선의 자기들을 사들이는 모습도 보았고, YMCA 강당에서 '조선의 아름다운 백자'에 대한 강연회를 여는 것을 봤습니다. 물론 저도 참석해서 그 강의를 듣기도 했구요."

추기경이 또 말했다.

"저는 개인적으로 임진왜란 때 일본으로 끌려간 성녀 오타 주리아 님에 대한 성지 조성이 제대로 되기를 바라고 있습니다. 구전에 의하면 오타 주리아 성녀는 조선 양반의 따님으로 평양성 근처의 전투에서 산화한 어느 문관의 후손인 듯합니다. 진중에 종군신부단까지 끌고 왔던 독실한 천주교 신자 고니시 유키나가가 양녀로 삼아 보호했는데, 고니시 부인이 주리아를 크리스천으로 교육시켰다고 합니다. 임진왜란 후 고니시가 세키가하라전투에서 패하고 전사하자 승자였던 도쿠카와 이에야스가 성녀 주리아를 자신의 첩실로 삼기 위해 겁박하였습니다. 그러나 그녀가 죽음을 각오하고 신앙을 지키자 그도 어쩌지 못해 섬으로 귀양을 보냈다는 전설이 있습니다. 1950년대에는 고즈 섬의 향토사학자가 주리아 성녀가 자기들 섬에 와서 순교하였다는 설을 내세웠는데, 그 후 예수회 선교사들의 편지 내용에 의해 주리아는 오사카로 나와 나가사키에서 선종했다는 학설이 나오고 있습니다. 일본 측 가톨릭 지도자들과 보다 긴밀히 협조하여 우리 조선 출신의 오타 주리아 성녀의 성지를 제대로 조성해봤으면

하는 생각을 제 생전에 해왔습니다. 앞으로 우리나라 종교인이나 정치 지도자들이 일본에 가서 주리아 성녀의 성지를 일본 측 지도자들과 함께 새롭게 조성하고, 참배하는 일도 새로운 한일 간의 선린관계를 쌓는 데 좋은 기반이 되지 않을까 생각해봅니다.”

추기경은 와인으로 목을 축인 후, 함석헌 선생에게 물었다.

“선생님께서는 우리 해방이 ‘도둑같이 왔다’고 표현하셨습니다. 선생님의 저서에 있는 말씀이지요?”

“네, 저의 졸저 〈뜻으로 본 한국역사〉에서 그렇게 표현했습니다.”

“그렇다면 우리의 통일은 언제 오겠습니까?”

“저는 똑같이 대답하겠습니다. ‘우리 통일도 도둑같이 올 것이다.’ 예상하지 않던 시간에 도둑같이 올 것입니다.”

추기경이 또 물었다.

“그럼 우리 통일은 누가 시켜줄 것 같습니까?”

“제 졸저에 밝힌 바와 같다고 생각합니다. ‘해방은 하늘에서 온 것이다. 해방은 하늘이 준 떡이다.’ 우리의 통일은 하늘에서 올 것입니다. 또 우리의 통일도 ‘하늘의 떡’으로 내려오게 될 것입니다.”

노무현이 물었다.

“선생님, 그러면 우리 한반도는 왜 이렇게 지상에서 가장 늦게까지 분단이 돼 있습니까? 지상에서 유일하게 국토의 허리를 남북으로 잘린 채 1세기에 가까운 고통을 받고 있지 않습니까? 그 까닭은 어디에 있는 겁니까?”

함석헌은 대답했다.

“그 해답도 제가 한 듯싶습니다. ‘가장 큰 고통을 당한 민족이 가장 큰 영광을 얻을 것이다.’ 분단의 고통을 가장 오래 겪었던 우리 민족이 세계에서 가장 큰 축복을 받게 될 것입니다. 기다려보십시다.”

보고 싶은 얼굴

천상의 나라에 올라온 후, 노무현은 그의 정신적 지주였던 김대중 대통령, 그리고 존경하는 김수환 추기경님과 함께 뜻있는 토론을 끝내고 났을 때, 마치 허기증 같은 것을 느끼기 시작했다.

천상의 나라에서는 모든 것이 충족되었다. 마음속에 생각나는 것이 곧바로 실현되는 나라였다. 마음의 심상이 데이터베이스에 들어가 곧장 실현되는 이상의 나라였다. 그런데 이상하게도 그날은 허전함을 느끼게 되었다. 그는 옆에 있는 노회찬 의원에게 말했다.

"노 의원, 천상의 나라에 와서 처음 느끼는 증상인데, 이상하게도 혼자 있고 싶군요. 왜 이렇게 가슴이 가을바람처럼 서늘한지….."

눈치 빠른 노회찬이 말했다.

"천상의 나라에도 고독, 그리고 그리움은 있는 것 같습니다. 바로 그 증세입니다."

노무현이 받았다.

"고독과 그리움이라."

노무현의 심상에 떠오른 첫 번째의 장면은 1968년 초여름 풍경이었다. 후방 예비대에서 예비교육을 받고 트럭 뒤에 실려 낯선 국도 위를 달리고 있었다. 반짝이는 신록이 끝도 없이 펼쳐진 강원도 산길이었다. 원주에서 홍천으로 향하는 국도였다. 마주치는 차들은 한결같이 원주로 보급품을 실으러 가는 군용차량뿐이었다. 삼마치 고개를 넘어 홍천삼거리로 들어서자 거기서부터는 비포장 자갈길이었다. 길에 깔린 자갈들이 길을 달릴 때마다 차체를 딱딱 때리는 돌멩이 소리가 건조하게 들렸다. 홍천에서 점심을 먹고 인제 원통으로 달려갔다. 밤늦게 인제 12사단 보충대에서 저녁을 얻어먹고 곯아떨어졌다. 며칠 후 보직을 받은 곳이 동부전선 최전방 해발 911미터의 건봉산 OP(전방관측소)였다. 선임병 양봉춘 일병이 트랜

지스터를 틀었다. 멀리 동해와 설악산이 보였다. 그 손바닥만 한 트랜지스터에서 노래가 흘러나왔다. 그의 나이 만 22세, 여드름 몇 개가 볼 가에 남아 있었다.

눈을 감고 걸어도 눈을 뜨고 걸어도
보이는 것은 초라한 모습 보고 싶은 얼굴

거리마다 물결이 거리마다 발길이
휩쓸고 지나간 허황한 거리엔

눈을 감고 걸어도 눈을 뜨고 걸어도
보이는 것은 초라한 모습 보고 싶은 얼굴

선임병 양봉춘이 물었다.
"너, 보고 싶은 얼굴 있냐? 여기서는 보고 싶은 얼굴이 없으면 곤란해. 설악산을 아무리 쳐다봐도 대답이 없고, 동해바다 아무리 바라봐도 물결만 출렁이거든. 보고 싶은 얼굴이 없다면 정말 곤란해."
그제야 노무현은 아차 싶었다. 그놈의 동네 뱀산에서 고시책만 안고 뒹굴다가 이곳에 왔다. 이 막막한 곳에서 도대체 어떻게 2년 이상을 견딘단 말인가. 양봉춘이 또 말했다.
"없으면 만들기라도 해야 돼."
그 건봉산 OP의 첫날밤에 그녀가 나타났다. 늘 수수한 투피스에 무엇인가를 들고 고개를 숙인 채 걷는 여인이었다. 언젠가 화포천 둑길에서 그녀와 만난 일이 있었다. 머리카락 내음이었던가? 화장품 냄새였던가? 그 후각의 뒤끝 때문에 아찔한 현기증을 느꼈다.
"어디 갔다 오는데?"
"진영 읍내지 뭐."

"뭐하러?"

"이것저것 사러."

나이는 한 살이 아래였다. 학년은 2년이 아래였다. 동생처럼 쉽게 대해왔지만 그녀가 부산에서 직장생활을 하다가 온 후부터는 괜히 서먹서먹해졌다. 말도 함부로 놓을 수가 없었다. 입대 전에 딱 한 번 그 뚝길에 앉아서 말했다.

"나, 군대 간다."

"그럼 고시공부는 어찌하고?"

"갔다 와서 해야지 뭐."

"어디로 가는데?"

"모르지. 배치를 받아봐야 하니까."

이래서 노무현은 건봉산에 와서야 그녀에게 편지를 쓰기 시작했다. 그녀가 답장을 보내주었다. 답장 끝에 교과서에서 베낀 듯 시 한 편을 보내왔다.

이것은 소리 없는 아우성

저 푸른 해원(海原)을 향하여 흔드는

영원한 노스탤지어의 손수건.

순정은 물결같이 바람에 나부끼고

오로지 맑고 곧은 이념의 푯대 끝에

애수(哀愁)는 백로처럼 날개를 펴다.

아! 누구인가?

이렇게 슬프고도 애달픈 마음을

맨 처음 공중에 달 줄을 안 그는

노무현은 그 시, 유치환의 〈깃발〉을 OP 벽에 써서 붙여놓고 2년 반을 견뎠다. 그리고 예비군복을 입은 채 고향 봉하마을로 달려갔다. 화포천 둑길에서 마주 앉았을 때 그녀가 물었다.

"나 보고 싶지 않더나?"

노무현은 그녀의 손을 잡고 힘주어 말했다.

"네가 나의 유일한 '보고 싶은 얼굴'이었다."

그녀는 살며시 손을 빼갔다. 화포천 둑길은 커피 값이 들지 않아서 좋았다. 그러나 모기와 깔따구가 달려들어 성가셨다. 뱀산 근처로 갔다. 움막 마옥당에서 꺼내온 이불을 깔고 나란히 앉았다. 하늘에 별이 빛나기 시작했다. 노무현이 물었다.

"양숙 씨, 난 이제껏 양숙 씨 노래를 들어본 일이 없는데."

노무현은 양숙이 갑자기 성숙해진 것 같아 말을 높였다. 그녀도 말을 높였다.

"난 정말 노래는 못해요. 대신 듣는 건 너무 좋아해요. 비밀 한 가지 얘기할까요?"

"뭔데요?"

"제일 큰형님, 영현 오빠의 노래 솜씨가 정말 좋던데, 무현 씨 군대 가 있을 때 형님께서 마을 끝에서 밤이면 노래를 불렀어요. 전 그 노래가 그렇게 좋았어요."

"무슨 노랜데요?"

"최희준의 '하숙생'이었어요."

노무현은 서둘러 가지고 온 기타를 꺼냈다. 줄을 고르고 '하숙생' 부를 준비를 마쳤다. 키를 맞추고 있을 때 그녀가 말했다.

"설마 '하숙생' 부르시려고 그러는 건 아니겠죠? '하숙생'만은 그 어른 노래로 듣고 싶어요. 그분의 점잖고 착 가라앉은 중저음의 목소리로 그 노래로 듣고 싶어요. 오늘은 무현 씨의 노래를 불러주세요."

노무현은 그녀에게 한 방을 얻어맞고 전방에서 익혔던 '보고 싶은 얼굴'을 불렀다. 현미의 '보고 싶은 얼굴'이 끝났을 때, 그녀는 따뜻한 손길과 함께 입술을 허락해주었다.

얼마 후, 그녀는 옷매무새를 단정히 하며 단호한 어투로 말했다.

"꼭 고시에 합격해주세요. 그래서 저를 이곳에서 구원해주세요!"

노무현은 그녀를 다시 한 번 힘차게 끌어안고 맹세했다.

"그럼요. 우리 함께 구원받읍시다!"

그녀는 구도의 길에 들어서는 비구니나 수녀 같은 모습으로 변해가기 시작했다. 노무현이 뱀산의 그 누추한 움막에서 책에 몰두해 있을 때, 발소리를 죽여가며 공양을 시작했다. 사실 그녀는 어렸을 때부터 어머니 손을 잡고 가깝고 먼 절을 찾으며 불공을 드려온 경력이 있었다. 부처님께 공양을 드리듯이 노무현을 보살폈다. 야산이지만 날씨 변동이 심한 산이라는 점을 생각해서 탈이 나지 않도록 보살피고, 없는 살림이라는 것이 부담이 되지 않도록 먹거리에도 각별히 신경을 썼다. 그녀가 보자기를 풀어놓으면 노무현은 먹으라는 소리도 없이 혼자서 뚝딱 해치웠다. 상을 물리면서 바로 담배를 찾았다. 담배연기를 멀리멀리 보내며 트림도 했다.

"어, 잘 먹었다. 음식솜씨가 참말로 좋소. 내가 시험에 떨어지면 함께 음식점이나 차립시다."

그녀는 눈을 곱게 흘기며 손윗사람처럼 말했다.

"말이 씨가 됩니다. 다시는 그런 말 하지 마세요."

노무현은 머리를 긁었다. 철이 바뀔 때면 이불부터 바꿔야 했다. 그녀는 이불 보따리까지 챙겨 들고 들판을 가로질렀다. 동네 사람들은 수군거렸다.

"저 처자가 미친 거야? 무현이가 미친 거야?"

"둘 다 미친 거지 뭐. 저 나이에 불이 붙었으니 뭐가 보이겠어?"

"이런 경황 속에서 책이 눈에 들어오겠나? 서울 법대생들도 고시는 보통 재수, 삼수를 한다카던데?"

"하모, 고시공부 한다카는 것은 구실에 불과하고, 저러다가 애부터 먼저 나오겠는데?"

이런 수군거림 속에서 노무현은 정신집중이 잘 되지 않아 사실상 안절부절못했다. 고시생들은 흔히 절 타령, 암자 타령을 많이 한다. 어느 절, 어느 암자에서 공부를 해야 붙는다 하는 소문과 터부가 심했다. 그녀 쪽에서 먼저 권했다.

"장유암 쪽으로 옮겨보십시더. 어머님이 절터가 좋다는 얘기를 합디다."

"그럴 비용이 어디 있소?"

머뭇거리던 그녀가 말했다.

"결혼비용, 신접살림, 신혼여행 같은 것을 다 걸겠어요. 제 팔자에는 그런 것이 없다 치고 제가 부산에서 직장 다니며 저축했던 거, 어머님이 숨겨놓으신 혼수비용을 다 투자하겠어요. 배수진을 치세요."

"하, 이거 참!"

노무현은 짐을 싸서 장유암으로 옮겼다. 그녀는 시골버스를 타고 사하촌에서 내려 고개를 넘어야 하는 수고를 마다하지 않고 음식을 챙겨 들고 암자를 찾아왔다. 그런 경황 속에서 결혼식이 치러졌다. 친정어머니의 채근과 불러오는 배 때문에 서둘러 간소한 결혼식을 올리고, 얼마 있자 첫아들 건호의 울음소리가 동네를 흔들었다. 두 사람은 얼결에 어른이 되었고, 부모도 되었다. 노래 잘 부르는 큰형님 영현 씨가 어느 날 저녁 마루에 걸터앉아 노래를 불러주었다.

낙엽이 우수수 떨어질 때 겨울의 기나긴 밤
어머님하고 둘이 앉아 옛이야기 들어라
나는 어쩌면 생겨나와 이 이야기 듣는가
묻지도 말아라 내일 날에
내가 부모 되어서 알아보리라

큰형님은 그 노래를 불러준 지 얼마 되지 않아 부산에 나갔다 오다가 교통사고를 당하고, 이내 세상을 떴다. 노무현은 어렸을 적부터 아버지처럼 여겨오던 열두 살 위인 형님의 죽음을 슬퍼했다. 큰 시숙의 노래를 누구보다도 아꼈던 권양숙도 소리 죽여 울었다.

  큰형님이 세상을 떠난 지 2년 후, 아내의 배가 다시 불러오는 것을 보며 노무현이 시름에 싸여 있을 때 자상한 작은형님 건평 씨가 다독여주었다.

"너무 초조해하지 말그래이. 공부하는 데도 페이스라는 게 있지 않겠나. 쫓기면 머릿속으로 공부가 안 들어오는기라. 바쁠수록 돌아가라는 말도 있지 않나. 공부에만 집중하그래이. 집안 걱정은 하지 말고. 제수씨가 좀 당차나?"

  그렇게 막막하고 앞뒤가 꽉 막힌 듯했을 때, 이장을 보는 불알친구 이재우가 마을에 한 부밖에 들어오지 않는 서울신문을 끼고 달려왔다. 그때쯤 아버지는 노환에 시달리고 있었다. 이재우가 펄펄 뛰면서 무슨 소린가를 외쳤지만 그게 무슨 소리인지를 가늠하지 못하고 있었다. 그날 아침따라 게으름을 피우며 책도 펴지 않고 있는 그를 바라보며 건호 엄마는 짜증을 부렸다.

"이 판에 당신이 게으름을 피울 수 있어요? 요즘 왜 그렇게 늘어져 있는 거예요? 시험이 끝났다고 아침부터 술타령을 하면서 긴장의 끈을 풀어서 되겠어요?"

"아참, 아들 하나 낳더니 호랑이로 변하고 있구만? 나 숨 좀 쉬자!"

  벌러덩 누워 담배를 피우던 그는 서울신문을 손에 들고 뛰어드는 이재우를 멀거니 바라만 보고 있었다.

  그날 아내 권양숙이 시어머니나 시숙의 시선을 아랑곳하지 않고 노무현의 무릎 위에 엎드려 대성통곡하는 것을 바라보며, 시어머니와 시숙은 고개를 돌리고 함께 울 수밖에 없었다. 마당에서 놀던 건호만 뒤뚱거리며 천하태평이었다.

  노무현이 사법연수원을 마치고 대전지방법원 판사로 부임하여 첫 출근을 하는 날, 넥타이가 목에 자꾸 걸린다며 투정하는 그를 붙잡고 권양숙은 두 번째 눈물을 흘렸다. 그리고 말했다.

"이제 저는 더 이상 울지 않을 거예요. 저 이래 봬도 뼈대를 따지는 권씨 집안의 딸이에요. 앞으로는 저도 처녀 때 입던 옷 다 버리고 새 옷 좀 사 입겠어요. 저 아직까지 외출복이 없다는 것을 노 판사님께서는 알고 계시는지요?"

노무현은 쑥스럽게 웃으며 말했다.

"좋소. 첫 봉급을 타는 날, 당신 외출복을 사러 갑시다. 점잖은 투피스가 좋겠지요?"

노무현이 유성 쪽에 새로 문을 연 백화점에서 아내의 첫 번째 외출복을 사준 지 얼마 되지도 않아 노무현은 판사직을 그만두었다. 도무지 자신과 어울리지 않는다면서 사표를 던진 것이다. 결국 고향 부산으로 내려갔고 법원 후문에 있는 건물에 사무실을 열었다.

아무튼 그쪽은 터가 좋은 듯했다. 부산상고 선후배들이 찾아오고, 형 건평 씨도 신이 나서 찾아오고, 노무현의 팔자는 만개하기 시작했다. 열심히 일하고 일거리도 많았다. 권양숙은 사모님이 되었고, 여상 다닐 때의 친구들이 귀신처럼 알고 찾아왔다. 동남향의 아파트 거실에는 아침햇살이 한아름 들어왔고, 두 번 다시 외출복을 걱정하거나 곗돈 걱정을 할 필요도 없었다. 친구들이 가자는 노래방에도 선선히 따라갔다. 대신 노래는 부르지 않고 친구들이 끝도 없이 불러대는 그 노래를 감상하였다. 함께 온 아파트 부인들과 여상 친구들이 부러워하며 말했다.

"변호사 사모님, 앞으로 서면이 크게 개발된대요. 부산상고 자리에 백화점이 들어선대요."

"아이고 뭘, 그렇게 빨리 개발될라고?"

세련된 그녀들과 횟집에 가서 마음껏 먹고 맥주 한잔을 마실 때, 문득 연애 시절 노무현이 독백처럼 전해주던 말이 생각났다.

"그때가 65년이었던가? 고3때였던가 싶은데? 가정교사 하던 집에서 나오고, 자취방도 구할 길이 없어 그 추운 겨울에 서면 골목을 헤매다가 날이 저물고 만기라. 저녁도 굶었고 도무지 잘 자리를 구할 수 없어서 할 수 없이 교실로 들어갔지. 3학년 내 교실로 들어가서 걸상을 4개 모아놓고 누워본기라. 춥고 배고파서 잠이 와야지. 그래도 거리를 헤맨 탓에 눈꺼풀이 내려와 스르륵 잠이 오드만. 얼만큼 자고 났을까? 교실 창문들이 바람에 흔들리고, 황소 같은 겨울바람이 사정없이 들어오는기라. 온몸이 사시나무 떨리듯 하더군. 사시나무 떨리듯 한다는 말을 그때 처음 실감했어. 나중에는 딱딱딱 하는 소리가 들리더군. 바로 내 이빨이 추워 딱딱거리는 소리였지. 그 소리를 들으며 새벽을 맞았는데 아침도 못 먹었지. 그날 점심 때 친구들이 싸온 도시락을 얻어먹는데 이빨이 영 닫히지를 않는기라. 잇몸이 너무 부어 밥을 씹을 수가 없더군. 난 세상에 나와 그런 추위와 배고픔을 겪은 것은 그때가 처음이었어."

그 말을 들을 때는 그저 그런가 보다 했었다. 그렇게 추웠다고? 그렇게 배고팠다고? 그러나 그 말은 가끔씩 그녀를 송곳처럼 찔렀다. 세상에 고3짜리 소년이 갈 곳이 없어서 자기 교실에 들어가 잠을 자고, 얼마나 위아랫니가 부딪혔으면 밥을 못 씹을 정도였을까… 그 한창 먹을 나이에!

권양숙은 자신의 남편, 노무현의 성장기 속에 숨겨진 그 아픔을 비상약처럼 챙겨 가지고 있기로 하였다. 사실상 자기 자신도 아버지 얼굴도 모르고 자랐다. 그 아버지는 심봉사처럼 앞을 못 보는 사람이었다고 한다. 그렇다면 자신도 심봉사의 딸 심청이와 크게 다를 바 없는 처지였던 것이다. 그러나 엄밀히 비교해보자면, 노무현만큼은 고생을 하지 않은 편이었다. 그래서 그녀는 남편을 소중히 모시기로 작정하였다. 남편이 벌어온 돈을 함부로 쓰지 않기로 했다. 친정어머니로부터 돈을 소중하게 다루는 법도 배운 터였다.

그래서 권양숙은 돈을 존절히 모아 빌딩 몇 채쯤은 사 모으고, 자식들을 제대로 교육시켜 사모님의 격에 맞는 삶을 사는 소망을 품었다. 그러나 사람의 팔자는 사람의 뜻대로 전개되지 않는 것 같다. 돈 잘 벌던 노무현 변호사가 어느 날 인권변호사가 되고, 그 인권변호사는 1980년대의 격랑기에 부산 거리를 헤매는 아스팔트 변호사가 되고, 다시 그 변호사는 국회의원이 되고, 5공 청문회의 스타가 되어 부산 사람들이 모두 자랑스럽게 여기는 정치인이 되었다. 그런데 그는 스타덤에 한창 올라섰을 때, 뜬금없이 의원직을 내던지고 국회의사당을 뛰쳐나왔다. 그때 권양숙은 남편을 준열하게 나무랐다.

"이왕 정치인이 되었으면 국회의사당 안에서 결판을 내야지 왜 느닷없이 사퇴서를 내고 투정하는 아이처럼 떼를 쓰는 거예요? 당신이 겨우 그런 사람이었어요? 배운 것 없는 제 눈에도 이건 도리가 아니에요. 국회로 돌아가세요."

노무현은 그때 어려서 등짝을 후려지던 어머니보다도 더 무서운 여인상을 보았다. 그래서 그는 다시 국회로 돌아왔다. 그때부터 권양숙 여사를 바르게 평가하기 시작했다. 그녀는 사리가 밝았다. 앞뒤를 따지는 법이 정연했다. 자신에게는 엄격하면서도 언제나 남편과 자식들에게는 관대했다. 그러나 길이 아닌 길로 가려고 하는 남편과 자식은 용납하지 않았다.

그녀는 감(感)이 빨랐다. 그가 무난히 당선되었던 서울 종로구를 버리고 김대중 당을 업고 부산에 도전할 때 그녀는 주저 없이 '안 된다'고 단언했다. 노무현이 백 가지 이유를 대면서 될 거라고 얘기해도 고개를 흔들었다. 부산시장에 도전할 때도 그랬다. 그때마다 그렇게 바들바들 떨며 모았던 돈을 주저하지 않고 내주면서 "당신이 벌어서 준 돈이니까 당신 마음대로 쓰세요."라고 대범하게 말했다. 그래서 그녀는 빈털터리였다. 그래도 내색하지 않았다.

노무현이 대통령 경선에 나선다고 할 때, 권양숙은 주섬주섬 옷을 챙겨 입고 집을 나갔다. 한화갑 대표가 부산의 민주당 멤버들과 잘 간다는 절을 찾아간다고 했다. 그 절은 경북 봉화군에 있는 현불사였다. 태백산 끝자락에 있는 절인데 정치하는 사람들은 한 번씩 다녀간다는 소문이 있었다. 영국에 있던 DJ가 한화갑 대표에게 그곳을 찾아가보라고 했단다. 기인으로 소문 난 설송(雪松) 스님은 한나절이나 눈을 감고 있다 뜨면서 말을 했다고 한다.

"돌아오시라고 하십시오. 마지막 명운을 거세요. 이번에는 되실 겁니다."

"국민들 앞에서 다시는 정치를 하지 않겠다고 맹세를 하고 떠나셨는데요?"

노승은 말했다.

"국민들? 국민들이 한둘인가? 아, 예루살렘에 들어서는 예수를 메시아라고 하며 환영하고, 옷까지 깔아주던 그 사람들이 얼마 후에는 예수를 잡아 십자가에 걸었잖아. 그게 국민이라는 것이야."

얼마 후 DJ는 돌아와 대통령이 되었고, 현불사에는 기념탑이 섰다는 소문이 파다했다.

현불사에 들어선 권양숙이 대웅전에 참배하고 요사체로 향할 때, 동자승이 따라와 소매를 끌었다.

"큰스님께서 모시고 오라시는데요?"

"나를?"

동자승은 대웅전 옆길로 한참 올라가야 하는 암자로 안내했다. 암자 안에서 노스님이 정중히 맞았다.

"먼 곳에 있는 보잘것없는 절을 찾아주셔서 고맙습니다. 다른 사람 모르게 이것을 간직하십시오. 큰일이 끝난 후, 궁궐에 들어가시면 이것을 펴보십시오. 뜻을 잘 모르시겠거든 점잖은 학승을 불러 해석해달라고 하세요."

노승은 바람처럼 일어나 휘적휘적 산을 내려갔다. 권양숙은 그 스님이 준 것을 집에 와서 꺼내보았다. 한지 위에 쓰인 한시였다. 알 길이 없었다. 그후 노무현이 제16대 대통령이 되어 청와대에 들어갔을 때, 반년쯤 지나 불교계 사람의 소개로 예산 수덕사에 있다는 나이 든 스님을 모셨다. 그 스님은 그 한지를 펴들더니 손을 부들부들 떨며 뜻풀이를 해주었다.

"이 시는 특이한 시입니다. 우리 수덕사의 조실로 계시던 만공 스님께서 일제시대 혜암(惠庵) 스님에게 법통을 잘 이으라고 축시로 써주신 것입니다. 그 시 중에서 딱 두 자만 바꾸셨군요. 혜암 스님 이름 대신 영부인을 옛날식으로 왕비라고 부르셨군요."

영부인이 된 권양숙이 말했다.

"시 내용을 풀어주십시오."

스님은 천천히 내용을 전해주기 시작했다.

"구름과 산은 같지도 않고 다르지도 않네 / 또한 그대에게는 큰 인물이라는 모양새도 없네 / 그런데도 나는 그대 왕비에게 / 아무것도 새겨지지 않은 도장을 건네주겠네(雲山無同別 亦無大家風 如是無文印 分付王妃汝)"

권양숙 영부인은 그후 사람을 보냈는데 그 스님은 몸이 좋지 않다고 하며 만나기를 사양하였다. 또 영부인이 이 내용을 노무현 대통령에게 전했을 때 노 대통령은 그때 불거진 DJ 전임 대통령의 대북송금 사건을 다루느라 정신이 없어 고개만 끄덕였다고 한다.

봉하마을로 돌아왔다.

2009년 4월, 새 정부의 검찰이 노무현 전 대통령을 오라 가라 할 때 노무현은 끓어오르는 분노를 참지 못해 외출을 끊고, 식음을 전폐하고 있을 때 서재 쪽에서 권양숙 여사의 소리가 들렸다. 여간해서 서재에는 들어가지 않는 권 여사가 혼자 서성이며 무엇인가를 읊고 있었다. 마치 모노드라마의 주인공이 긴 대사를 외듯 무엇인가를 외치고 있었다. 서재 마룻바닥을 당당히 밟으며 외치고 있었다. 노무현이 다가가 들어보았다. 그녀는 격정적인 톤으로 외우고 있었다.

산산이 부서진 이름이여!

허공 중에 헤어진 이름이여!

불러도 주인 없는 이름이여!

부르다가 내가 죽을 이름이여!

심중에 남아 있는 말 한 마디는
끝끝내 마저 하지 못하였구나.
사랑하던 그 사람이여!
사랑하던 그 사람이여!

붉은 해는 서산마루에 걸리었다.
사슴의 무리도 슬피 운다.
떨어져 나가 앉은 산위에서
나는 그대의 이름을 부르노라.

설움에 겹도록 부르노라.
설움에 겹도록 부르노라.
부르는 소리는 비껴가지만
하늘과 땅 사이가 너무 넓구나.

선 채로 이 자리에 돌이 되어도
부르다가 내가 죽을 이름이여!
사랑하던 그 사람이여!
사랑하던 그 사람이여!

그날, 천상의 노무현은 곁에 있는 노회찬을 바라보며 말했다.

"내가 지상에서 맨 마지막에 실수하고 올라온 게 딱 하나 있소."

"?"

"왜, 나는 그날 아침 사랑하는 내 처, 권양숙이 깬 것을 알면서도 그냥 무심히 나왔을까요. 딱 한잔, 모닝커피라도 함께 나누어 마시고 헤어졌더라면!"

내가 개인적으로 정치인 노무현을 만난 일은 딱 한 번이 있었다.

당내 경선이 끝나고 대통령 후보가 되었을 때, 당대표로 돌아왔던 한화갑 대표의 소개로 여의도 민주당사에서 잠깐 만났다. 경황 중에도 큰 손을 벌려 악수하면서 말했다.

"작가 선생님, 많이 도와주세요. 저 지금 바닥을 기고 있습니다."

아주 솔직한 표현이었다. 꾸밈없고 허세를 부리지 않는 인간 그 자체였다.

나는 이 글을 마치면서, 노무현을 꿰뚫을 수 있는 단어 하나를 생각해냈다. '불굴의 낙천성'. 그는 운명 저편에 있는 부정적 그늘에 대해서는 생각하지 않는 사람인 듯하다. 지방 상고를 나와 모두 다 불가능할 것이라는 의표를 찌르며 그는 전국적으로 단 60명만을 뽑는 사법고시에 당당히 합격하였다. 개천에서 용이 날 수 있다는 사실을 입증해 보였다.

국회의원을 두 번 해보고 해양부장관을 잠시 해본 경력을 가지고 대통령에 도전했을 때도 사람들은 믿을 수 없었다. 한 나라의 운명을 좌우할 수 있는 대통령직만은 하늘이 낸다는 것은 상식에 속하는 일이다. 그 '하늘이 내는 대통령직'에 그는 내기를 걸었다. 노무현은 하늘에 대해서도 자신의 낙천성을 시험해보고 싶었던 모양이었다.

2002년 대선에서 그는 대한민국 16대 대통령으로 당당히 당선되었다. 보이지 않는 민심과 하늘의 뜻과 천지조화를 이루어야 할 그 엄청난 드라마 속에서 그는 당당히 주인공으로 발탁된 것이다.

그 후 그는 고향에 돌아왔다. 머리에 밀짚모자를 쓰고 자전거 뒷자리에 손녀를 태우고 농로를 가르며 콧노래를 불렀다. 그 시골마을에 한국 진보정치를 연구하는 싱크탱크를 세우고자 했다. 그러나 불운이 닥쳤다. 주변 사람들의 이러저러한 혐의들이 그를 부끄럽고 면구스럽게 만들었다. 그는 그 복잡한 일에 대해서도 고르디우스의 매듭을 푸는 방식을 차용하였다.

'다 내 탓이다. 나를 원망해라.'

그는 모든 책임을 자신이 안고 뛰어내렸다. 김대중 전 대통령이 추도사에서 말했듯이 그는 '보기 드문 쾌남아'였다.

금년, 2019년은 그분이 가신 지 10년이 되는 해이다.

나는 부산에 내려가 몇 분을 뵈었다. 영도의 김정각 스님과 노무현 전 대통령의 오랜 친구 원창희 회장, 부산상고 후배이며 오랜 조력자였던 최도술 님, 부산상고 역사관장 노상만 님 등을 만나 진솔한 얘기들을 들을 수 있었다. 연만하신 봉화산 정토원의 선진규 법사님은 최근 펴내신 시집까지 건네시며 자상한 말씀을 해주셨다.

특히, 노무현 전 대통령이 당내 경선을 앞두고 여의도에 첫 캠프를 열 때, 그 캠프의 좌장이 되어 당내 경선의 승리를 이끌었던 염동연 전 의원은 내가 오래전부터 친교를 맺어온 분이다. 그분은 다 지나간 일인데 밝힐 필요가 있겠느냐고 사양을 하다가 내가 노무현 대통령을 소설로 그려보고 싶다고 하자 비로소 자신이 오랫동안 간직해 왔던 노 대통령과의 첫 인연, 그리고 경선 승리와 대통령 당선에 얽힌 뒷얘기를 소상하게 전해주었다. 노무현 대통령과 정치적 운명을 함께하고 싶었지만 자신과 안희정 씨가 나라종금 사건에 얽혀 청와대 행을 단념해야 했던 내막까지도 솔직하게 말해주었다. 그분은 결론 삼아 말했다. "정치도 다 운이고, 인력으로 안 되는 부분도 있는 것 같더군요."

내가 재야인사들의 민주주의를 향한 처연한 노력과 그 애환, 그리고 인간적인 삶의 내밀한 부분을 이 책에 담고자 할 때, 전 청와대 교문수석이었으며 우리나라 재야운동의 대부라고 할 수 있는 김정남 선생께서 도움을 주셨다. 10여 년 이상 만나며 교분을 쌓은 정리를 생각하셨던지 자신의 저서와 체험을 전해주시며 격려해주셨다. 또 부산상고의 선배이며 높은 경지의 정신세계를 가지고 계셨던 신영복 선생과 노무현 전 대통령의 정신적 교유를 탐구하며 두 분의 관계를 부럽게 생각하였다. 저자 자신도 리영희 선생의 말년에는 선생이 사시던 산본 수리산 근처에서 가끔 만나 뵙고 배움을 받았지만, 노무현 대통령과의 관계는 여쭙지 못했다. 하지만 노무현 대통령의 저서 곳곳에서 묻어나는 리영희 선생의 흔적을 보면서 사람의 인연은 넓고도 깊다는 생각을 하였다.

끝으로, 김대중 전 대통령께서 남기신 노무현 추도사의 한 부분을 소개하고 싶다.

"노무현 대통령 당신, 죽어서도 죽지 마십시오. 우리는 당신이 필요합니다. 노무현 당신이 우리 마음속에 살아서 민주주의 위기, 경제 위기, 남북관계 위기, 이 3대 위기를 헤쳐 나가는 데 힘이 되어주십시오." [36]

---

36) 〈노무현, 마지막 인터뷰〉, 오연호, 오마이북, 2009, 6쪽.

노고단老姑壇

4

노고단 老姑壇 ❹

발행일	2021년 9월 3일

지은이	권혁태		
펴낸이	손형국		
펴낸곳	(주)북랩		
편집인	선일영	편집	정두철, 배진용, 김현아, 박준, 장하영
디자인	이현수, 한수희, 김윤주, 허지혜	제작	박기성, 황동현, 구성우, 권태련
마케팅	김회란, 박진관		
출판등록	2004. 12. 1(제2012-000051호)		
주소	서울특별시 금천구 가산디지털 1로 168, 우림라이온스밸리 B동 B113~114호, C동 B101호		
홈페이지	www.book.co.kr		
전화번호	(02)2026-5777	팩스	(02)2026-5747

ISBN	979-11-6539-931-3 04810 (종이책)	979-11-6539-932-0 05810 (전자책)
	979-11-6539-924-5 04810 (세트)	

(주)북랩 성공출판의 파트너

북랩 홈페이지와 패밀리 사이트에서 다양한 출판 솔루션을 만나 보세요!

홈페이지 book.co.kr • **블로그** blog.naver.com/essaybook • **출판문의** book@book.co.kr

작가 연락처 문의 ▸ ask.book.co.kr

작가 연락처는 개인정보이므로 북랩에서 알려드릴 수 없습니다.

권혁태
대하소설

4

노고단
老姑壇

차
/
례

26

진
압
작
전

우정섭 연대장에게 구례로 진격하라는 명령이 하달된다. 정보에 의하면, 여수와 순천을 거쳐 세력이 커진 반란군들이 백운산과 지리산 쪽으로 이동하고 있다. 구례경찰서와 각 면의 지서는 이미 반란군들의 세력이 진을 치고 있다고 했다. 경찰들은 죽거나 도망쳤고, 경찰서는 이미 반란군의 수중에 들어가 연락이 두절된 상황이다. 반란군 세력이 어느 정도 규모인지 알 수가 없다. 무력으로 반란군들의 세력을 몰아내야 한다. 여수에서는 도시 전체에 인정사정 없이 무차별 폭탄 세례를 퍼부었다. 반란군들의 세력을 잡는다는 핑계로 민간인들의 주택은 물론이고, 도시 전체를 쑥대밭으로 만들어 폐허가 되었다. 구례가 반란군들의 수중에 들어 있다고는 하지만, 대부분 산간 마을로 흩어져 있어서 여수처럼 무차별 폭격을 할 수는 없다. 그러나 반란군들이 진압군을 향해 공격해 온다면, 무차별 폭격도 고려해 봐야 한다. 반란군들이 숨어들었다는 구례로 무조건 진격해야 한다. 우정섭 부대는 작전 회의를 한다. 지도를 펴 놓고, 어느 방향으로 진격할지 숙의한다. 밤재를 넘어 구례 산동면으로 진격하는 길은 이미 반란군들이 산속에 매복해 있을 수도 있어 산속으로의 행군은 위험하다. 시야가 확보된 섬진강을 따라 구례구역전 다리를 건너야 한다. 우정섭이 진격 명령을 내린다. 부대가 한꺼번에 움직이지 않고 각개전투로 주위를 살피면서 먼저 선발대를 보내고, 차차 후발로 부대를 출발시킨다. 곡성에서 섬진강을 따라 서서히 진격해 나간다. 보성강과 섬진강 물이 합수하는 지역인 압록을 지난다. 구례구역이 멀찌감치 보인다. 구례구역 동태를 살핀다. 구례구역 앞에 있는 다리 건너편까지 반란군들이 경계를 서고 있지는 않은지 망원경으로 수색한다. 반란군들이 열차로 구례구역에 도착하여 장악하고 있는지를 살핀다. 반란군들이 순천역을 장악하였으니, 구례구역도 장악하였으리라 예상한다. 수색대를 먼저 투입시킨다. 수색대원들이 총부리를 겨누고 잔뜩 긴장하며 구례구역에 이른다. 적의 총탄이 어디서 날아올지 모르는 긴장된 순간이다. 여수, 순천에서 반란 사건이 발생한 후로는 기차가 운행되지 않는다. 망원경으로 구례구역 안을 천천히 살핀다. 역사에는 역무원만 구례구역을 지키고 있다. 우정섭이 부하들에게 진격하라는 신호를 보낸다. 부하들이 먼저 구례구역을 장악한다. 이어 진압군들이 구례구역에 도착한다. 반란군들과의 충돌은 없다. 이제는 섬진강을 건너 반란군들이 장악하고 있다는 구례에 본격적으로 진격을 해야 한다. 우정섭이 구례의 관문인 제비재를 망원경으로 바라본다. 제비재를 넘나드는 고갯길에 인적이 없다. 심경호 부관도 망원경으로 제비재를 살핀다.

"제비재에 움직임이 발견되지 않습니다."

심경호가 우정섭에게 보고한다. 우정섭이 제비재를 다시 확인하고 진격하라는 손짓을 한다. 수색대가 우정섭의 신호에 따라 움직인다. 강을 건너는 수색대를 향해 나머지 병사들이 엄호사격 자세를 취한다. 수색대원들이 섬진강 다리를 건너자마자 언덕에 납작 엎드린다. 나머지 대원들도 본격적으로 다리를 건너간다. 수색대원들은 이제 제비재를 향하여 서서히 진격한다. 우정섭이 제비재로 향하는 수색대를 망원경으로 초조하게 바라본다. 제비재에 반군이 없다는 보고가 들어온다. 경계를 강화하며 부대원들이 다리를 건넌다. 주력부대는 제비재로 향하고 나머지 부대원들은 기다린다. 부대를 분산시킨다. 강을 따라 멀리 돌아서 은폐를 하며 읍내를 향하여 서서히 진격한다. 시야가 확보된 섬진강을 따라 구례 진입 작전이 시작된다. 섬진강을 건넌 수백 명의 병사들이 천천히 이동한다. 제비재 정상을 부대원들이 장악한다. 강 건너 우정섭 연대장에게 제비재 정상을 장악했다는 신호가 전달된다. 우정섭이 섬진강 다리를 건너 제비재 정상에 도착한다. 제비재에서 구례의 동정을 살핀다. 먼저 노고단이 시야에 들어온다.

"저곳이 노고단인가?"

"예. 우측 봉우리가 노고단이고, 좌측 봉우리가 차일봉입니다."

심경호 부관이 대답한다. 우정섭이 고개를 끄덕이며 망원경을 건네받아 노고단을 살핀다. 거대한 노고단이 한눈에 들어온다. 구례 들판과 노고단이 한 몸이 되다시피 우뚝 솟아 있다. 노고단 중간에 다른 능선이 솟아올라 있지도 않고, 비스듬한 언덕처럼 연결되어 있다. 뒷동산처럼 한 몸의 지형을 이루고 있다. 노고단 꼭대기에 예배당과 호텔과 건물 육십여 채가 있는 서양인 마을이 흐릿하게 들어온다. 엄청난 규모의 마을이다. 산꼭대기에 서양마을이 들어서 있다니? 어떻게 저 높은 산악 지형에 건물을 지었는지 궁금하다. 참으로 특이한 지역이다. 노고단 능선을 따라 연결된 봉우리를 망원경으로 살피며 반란군들이 입성해 있으리라 판단한다. 저 건물 안에 반군들이 얼마나 숨어들었을지 상상해 본다.

우정섭이 구례를 향한 진격 신호를 보낸다. 어디에서 갑자기 반란군이 나타날지도 모를 일이다. 구례 들판에는 철모에 흰 띠를 두른 군인들로 가득하다. 반란군과 구별하기 위하여 철모에 흰 띠를 둘렀다. 진압군들의 끝없는 행렬이 계속된다. 수를 헤아릴 수 없을 정도로 많다.

장기만은 여수, 순천을 점령한 진압군들이 구례로 진격해 온다는 정보를 미리 입수했다. 제비재에서 매복하여 진압군들에게 피해를 줄 계획은 이미 포기한 상태. 진압군의 규모가 어느 정도인지 파악한 후에 기회를 봐서 기습 공격을 한다는 작전으로 변경했다. 진압군을 파악하지도 않은 상태에서, 무턱대고 진압군과 대치하여 동지들에게 피해를 줄 수는 없는 일이다. 부대원들을 지리산 속으로 철수시킨 상태다. 지리산 곳곳에 분산 배치했다. 산속에서 필요한 물품과 금융조합 창고에서 확보한 쌀도 이미 산으로 옮겨 놓은 상태다. 장기만이 서시천 계곡에까지 내려와 진두지휘를 한다. 망원경으로 구례 들판을 내려다본다. 철모에 흰 띠를 두른 수백 명의 군인들이 읍내를 향해 진격해 오는 모습이 눈에 들어온다. 서둘러 화엄사 계곡으로 몸을 숨긴다.

제비재를 넘은 진압군들이 들판을 지나 읍내 가까이에 다다른다. 우정섭이 잠시 부대원들을 멈춰 세운다. 신호를 받은 군인들이 잠시 진격을 멈춘다. 읍내로 진입하기 전에 숨을 고른다. 혹시 반란군들이 저항을 할 수 있기 때문이다. 선발대를 먼저 투입시키기 전에 우정섭이 신호를 내린다.

따다다다다….

탕 탕 탕 탕 탕…!

총소리가 요란하게 울린다. 읍내로 진격하기 전에 공포탄을 쏜 것이다. 구례에 남아 있을 반란군들을 향해 엄포 사격을 한 것이다. 진압군들이 구례에 입성했음을 알리는 신호이기도 하다. 아직 남아 있는 반란군들에 대한, 대적하지 말고 빨리 구례를 떠나라는 압박이기도 하다. 피차간에 서로 전투를 하지 말자는 경고다. 반응이 없자 읍내에 반란군들이 더는 없다고 단정한다. 우정섭이 다시 진격 신호를 보낸다. 진압군들이 읍내 전역에 침투된다. 진압군들이 구례경찰서를 서서히 에워싼다. 경찰서에는 인공기가 펄럭이고 있다. 경찰서까지 진격해 오는 동안 큰 충돌이 없었지만, 혹시 모를 반란군들의 잔당이 경찰서 안에서 숨어 있다가 반격해 올지 모르기 때문에 대비하기 위해서다. 경찰서는 적막감만 흐르고 고요하다. 우정섭이 신호를 보낸다. 공포탄을 쏘아 댄다.

탕 탕 탕 탕 탕!

따다다다다다.

공포탄과 함께 따발총을 쏜다. 총소리는 순식간에 공포 분위기를 자아낸다. 총소리가 요란하게 구례 전체를 뒤흔든다. 공포탄 총소리에도 경찰서 안에서는 아무 인기척이 없다. 우정섭이 다시 신호를 보낸다.

탕 탕 탕 탕 탕!

다시 총소리가 요란해진다. 우정섭이 경찰서 안으로 진격 신호를 보낸다. 총소리가 나자마자 진압군들이 빠르게 경찰서 안으로 진입한다. 경찰서 안을 뒤져 본다. 사람 인기척이라곤 없다. 순식간에 경찰서를 장악한다. 진압군이 경찰서에 도착하자마자 걸려 있는 인공기를 내린다. 구례경찰서에 태극기가 펄럭인다. 진압군들이 읍내 전역으로 수색을 확대한다. 곳곳에 숨어 있을지도 모르는 반란군들을 수색하기 위해서다. 군인들이 주둔할 야영지의 안전을 위해서도 수색 작전이 벌어진다. 우정섭이 부관과 조종기 대대장과 함께 봉성산을 오른다. 이미 봉성산에도 진압군들이 도착하여 진지를 구축했다. 봉성산 정상에 도착하니 읍내 전체가 한눈에 들어온다. 사방팔방으로 구례 전체를 바라본다. 망원경을 들어 올려 노고단을 바라본다. 제비재에서 노고단을 보았을 때보다 훨씬 가까이 다가온다. 노고단 꼭대기의 건물들이 더욱더 선명하게 나타난다. 노고단을 중심으로 구례를 병풍처럼 둘러싸고 있는 여러 봉우리를 망원경으로 둘러본다. 노고단과 인근 차일봉까지 들여다본다. 노고단 아래 화엄사계곡을 유심히 들여다본다. 정상을 비롯하여 계곡 곳곳에 반란군들이 숨어 있으리라 생각한다.

탕 탕 탕 탕 탕 탕 탕!

갑자기 총소리가 길게 울린다. 깜짝 놀란 우정섭이 망원경을 내리고 어디서 나는 총소리인지 귀를 기울인다. 가까이서 나는 소리는 아니다.

"어디서 나는 총소리지?"

우정섭이 부관과 조종기 대대장을 번갈아 쳐다본다. 부관과 조종기 대대장도 총소리를 듣고 긴장한다. 멀리 화엄사 쪽에서 나는 총소리임을 확인한다. 화엄사 쪽이라면 반란군들의 소행임을 직감한다. 실수로 반란군들이 총을 쐈는지, 일부러 총소리를 냈는지 알 수 없는 일이다. 우정섭이 재차 총소리의 진원지를 묻는다.

"어디서 난 총소리지?"

"저 멀리 화엄사계곡 쪽에서 나는 소리인 것 같습니다."

"그렇지! 가까이서 나는 소리가 아니야."

"그렇습니다. 화엄사계곡 쪽에서 나는 소리인 것이 분명합니다."

우정섭이 고개를 끄덕인다. 반란군들이 진압군을 향해 쏘는 공포탄 총소리임을 직감한다. 그렇다면 서둘러 부대가 주둔한 학교로 복귀하여 작전을 짜야 한다. 일행과 함께 부리나케 봉성산을 내려온다. 학교에 들어서자 진지를 구축하느라 분주하게 돌아다니며 점검한다. 진지를 서둘러 구축하고, 반란군들의 동태를 파악해야 한다. 막사 안으로 들어선다. 우정섭이 조종기 대대장에게 수색을 지시한다.

"대대장은 먼저 수색대를 보내서 반란군들의 동태를 파악하고 상황을 보고 하도록. 반란군들과 선불리 싸움이 붙으면 안 된다는 걸 명심하도록. 알겠나?"

"예. 알겠습니다."

우정섭은 반란군들이 무장했다는 것을 알기 때문에 선불리 공격하지 않도록 명령을 내린다.

"수색을 나갈 때 부대원들을 잘 점검하도록. 문제가 생기면 즉시 연락을 하라고. 지원 요청을 하는 대로 즉각 지원 병력이 나갈 수 있도록. 알겠나?"

"예. 알겠습니다."

반란군들의 세력을 아직 모르니 수색 정찰 정도만 하라는 지시다.

조종기가 부대원을 이끌고 총소리가 났던 화엄사 쪽으로 향한다. 아직 남아 있을지 모를 반군들을 일단 몰아내야 한다. 화엄사 쪽으로 진격해 나간다. 마산면 지서를 먼저 탈환해야 한다. 마산면 지서를 탈환하려면 일대 격전을 각오해야 한다. 반란군들의 수중에 들어 있을지? 아니면 구례경찰서처럼 반란군들이 철수하고 텅 비어 있을지 모를 일이다. 조종기가 부대원들을 이끌고 서시천을 건넌다. 진압군들의 움직임으로 마산면 들판은 온통 철모에 흰 띠를 두른 군인들로 가득하다. 마산 지서 가까이까지 조종기 부대가 진격한다. 마산 지서 안은 아무 인기척이 없다. 마산 지서 역시 반란군들이 이미 철수하고 텅 비어 있다.

장기만이 산에서 망원경으로 진압군들이 진격하는 모습을 바라보며 신호를 내린다.

탕 탕 탕 탕 탕.

진압군이 마산 지서에 입성하자마자 총소리가 들린다. 아주 가까운 곳에서 나는 총소리다. 부대원들이 빠르게 대응 자세를 갖춘다. 조종기는 가슴이 두근거린다. 봉성산에서 들었던 총소리와는 다르다. 여기서부터 일대 격전이 벌어질지도 모른다. 총소리의 진원지를 파악해 보니 화엄사 쪽이다. 마산 지서에 진압군들이 입성했다는 정보를 입수한 반란군들이 화엄사계곡 쪽에서 마산 지서를 향해 공포탄을 쏜 것이다. 진압군에게 까불지 말라는 신호를 보낸 것이다. 반란군들이 화엄사계곡에 있으니 더 이상은 들어오지 말라는 알림이다. 조종기가 부대원들에게 진격 명령을 내린다. 화엄사 쪽으로 진격한다. 며칠 전에 청내마을에 수백 명의 반란군들이 집결했다는 정보를 입수한다. 청내마을에 아직 반란군 세력이 머무르고 있을 거라는 정보다. 총구를 겨눈 채 청내마을로 수색대를 투입시킨다. 수색대원들이 청내마을 입구에 진입하자 고요하기만 하다. 진압군들이 오기를 기다렸다가 기습 공격을 할지도 모른다. 반란군들이 매복해 있으리라 예상하고 경계를 늦추지 않는다. 팽팽한 긴장감이 흐른다.

탕 탕 탕 탕 탕.

이번에도 화엄사계곡 쪽에서 총소리가 울린다. 조종기의 부대원들도 즉각 응수한다.

탕 탕 탕 탕 탕 탕 탕.

허공을 향해 쏘는 총소리가 더 요란하다. 팽팽했던 긴장감이 총소리와 함께 전투태세로 전환된다. 조종기가 사격을 중지시킨다. 사격을 중지하자 조용한 침묵이 흐른다. 반란군들이 있는 쪽에서는 더 이상 총소리가 나지 않는다. 총소리는 화엄사계곡 쪽에서 나는 소리가 분명하다. 화엄사 쪽은 청내마을과 가까운 거리다. 적들이 더 가까이 있음을 알리는 총소리였기 때문에 바짝 긴장한다. 적들은 보이지 않지만, 총소리는 더 이상 진격해 오지 말라는 경고 사격인 셈이다. 마산 지서에 입성하자마자 총성이 울렸고, 청내마을 과 수원까지 진격하자 또 총소리가 울렸다. 진압군들을 한눈에 감시하듯이 계속 경고 사격을 울리고 있다.

침묵이 흐른다. 화엄사 쪽에서 더 이상 총소리가 울리지 않는다. 조종기가 순간적으로 판단을 내린다. 연대장의 명령이 떠오른다.

"먼저 수색대를 보내서 동태를 파악해 보고하도록! 반란군들과 섣불리 싸움이 붙으면 안 된다는 걸 명심하도록. 알겠나?"

현재 병력으로 화엄사계곡까지는 진격할 수 없다는 판단이다. 적이 보이지도 않는 상황이다. 적들은 진압군들의 동태를 한눈에 파악하고 있다는 느낌이다. 적의 숫자가 얼마인지 파악되지도 않은 상황에서 섣불리 공격을 했다가 일대 격전이라도 벌어지면 상황을 예측할 수가 없다. 조종기가 사격을 중지하고 바짝 엎드려 있다. 아무 인기척이 없이 정적에 휩싸인다. 더 이상의 진격은 큰 격전으로 갈 수도 있다. 조종기가 재빨리 판단하고 후퇴 명령 신호를 보낸다. 조종기 부대가 화엄사계곡을 경계하면서 서서히 후퇴한다. 빠르게 읍내로 향한다.

구례 읍내 모든 입구에 경계병을 주둔시킨다. 읍내로 들어오는 모든 사람들의 검문검색이 강화된다. 구례경찰서와 중앙국민학교에 진지를 구축한다. 몸을 피했던 경찰들도 진압군 입성과 함께 트럭을 타고 도착한다. 경찰 인원도 예전보다 많아졌다. 새로 임명된 주상철 경찰서장이 구례 지역 계엄사령관을 찾아간다. 군인 막사에 주상철이 들어서자마자 계엄사령관 우정섭에게 거수경례를 한다. 우정섭이 거수경례로 답한다. 우정섭이 먼저 손을 내밀어 악수를 청한다.

"우정섭입니다. 반갑습니다."

"주상철 경찰서장입니다. 사령관님, 앞으로 잘 부탁드립니다."

우정섭과 악수를 나누는 자리이지만, 주상철은 사령관에게 허리를 굽힌다. 계엄령이 내려진 상황에서 경찰서장은 계엄사령관의 명령에 무조건 복종해야만 한다. 경찰 병력은 진압군 부대 병력에 비하면 중대 병력 정도로 보잘것없다. 초라하기만 하다. 무기도 보잘것없다. 더군다나 반란군들이 구례로 처들어 왔을 때, 경찰 병력이 죽거나 목숨을 건지기 위해서 도망을 칠 수밖에 없는 상황이어서 계엄사령관을 볼 낯이 없다. 구례 지역 계엄사령관을 처음 만나는 것인 만큼 잘 보여야 한다는 판단을 한 주상철에게는 여간 조심스러운 자리가 아니다.

"그나저나 사령관님, 수고 많으셨습니다. 반란군들이 구례에 쫙 깔려 있었다는데, 구례로 진격하는 데 별일은 없었나요?"

"예. 다행히 반란군들이 산속으로 철수해 있는 바람에 큰 전투는 없었습니다. 저 반란군들도 진압군들이 들어온다고 하니까, 겁을 먹고 산으로 피한 것 같습니다."

"천만다행입니다. 고생 많으셨습니다."

"원, 별말씀을…. 군인으로서 당연히 해야 할 임무입니다."

"저희 경찰들이야 군인들이 아니면 엄두도 못 냈을 겁니다. 저도 구례에 와서 동향을 파악해 보니 몇 명 되지 않는 경찰 인력으로는 반란군들을 어찌해 볼 도리가 없었습니다. 전에 근무하던 경찰서장을 포함하여 경찰 동료들과 가족들까지 많은 피해를 입었습니다."

"경찰들은 전원 복귀했나요?"

"예! 경찰들도 계속해서 인원이 지원되고 있습니다만… 군인들에 비하면 백 명도 안 되는 소수 인원이라서…."

"아직은 저도 구례를 속속들이 다 파악하지 못했습니다. 반란군들이 얼마나 지리산 속으로 숨어들었는지 파악이 안 된 상태입니다. 차차 경찰서장님과 서로 협조해 가면서 사태를 수습해 나가야 하겠습니다.”

“저희도 마찬가지입니다. 아직 반란군들이나 좌익들의 상황을 파악하지 못했습니다. 전에 근무하였던 동지들이 죽거나 도망을 간 상태라서 현지 상황을 파악하려면 시일이 걸릴 것 같습니다. 명령만 내려 주십시오. 신속하게 조치하겠습니다. 무슨 일이 생기면 사령관님께 도움을 요청하겠습니다.”

“예, 여부가 있겠습니까? 군인과 경찰이 합심해야죠.”

“저희도 병력이 많지는 않지만, 치안을 담당하는 경찰로서 잘해 보겠습니다.”

“잘 알겠습니다. 경찰들이 내부 치안을 맡아 주면, 우리 부대는 저 반란군들을 추격하겠습니다. 당장에라도 저 산속으로 추격을 하여 저놈들을 단숨에 일망타진하고 싶지만 아직은….”

우정섭은 진압군의 위력을 보여 주고 싶은 것이다. 구례 지역이 처음이라서 아직은 많은 정보가 필요한 상황이다.

진압군과 경찰이 구례를 장악하자마자 반란군들에게 협조를 하였거나 남로당으로 의심되는 주민들을 잡아들인다. 구례경찰서 뒷마당에는 각 마을에서 잡혀 온 주민들이 손이 묶인 채 차량에서 내린다. 잡혀 온 주민들은 고개를 푹 숙이고 힘이 없어 보인다. 터덜터덜 경찰들에 이끌려 취조실로 향한다. 계속해서 차량이 경찰서에 도착한다. 잡혀 온 사람들이 한두 명도 아니고 수십 명에 달한다.

윙―!

노고단 상공을 경비행기가 순회한다. 반란군들을 찾으려고 혈안이 돼 있는 듯하다. 노고단 건물에서 몸을 피한 장기만이 계곡에 몸을 숨기고 비행기를 쳐다본다. 낮에는 부대원들이 노고단에서 움직이지 못하도록 지시를 해 놓은 상태다. 적에게 위치를 노출해서는 안 된다. 낮에는 몸을 숨겼다가 비행기가 뜨지 않는 밤에만 노고단으로 올라간다.

밤이 되자 먼저 노고단에 봉홧불을 올린다. 낮에 연기를 피워 올리는 봉화가 아니라 밤에 불빛을 내며 피워 올리는 봉홧불이 적에게 더 위협적이다. 봉홧불만으로도 진압군들에게 엄포를 놓자는 심산이다. 피아골, 문수골, 달궁계곡에 숨어 있던 대원들이 노고단으로 속속 모여든다. 한쪽에서는 봉홧불을 올리고, 한쪽에서는 작전회의가 열린다. 작전 회의가 끝나자 장기만이 집결하여 있는 사람들 앞으로 나간다. 군인들을 비롯하여 좌익들도 무장을 갖추고 있다.

"동지들! 여수, 순천의 혁명 동지들이 진압군들에게 무자비한 공격을 당하여 많이 죽어 나가고 있습니다. 오늘 구례에도 흰 띠를 두른 진압군들과 경찰들이 진격해 왔다는 보고가 들어왔습니다. 우리도 이대로 물러설 수는 없습니다! 계속해서 민족통일을 외면한 이승만 앞잡이 놈들에게 일격을 가해야 합니다!"

"옳소!"

"인민공화국 만세!"

"와!"

함성이 지리산을 온통 삼킬 듯이 메아리친다. 구례에 진입한 진압군과 경찰의 동태를 파악한 상황이 보고된다. 저들이 아직 전열을 가다듬기 전에 일격을 가하기로 한다. 주도면밀하게 진압군들의 전략을 도청해야 한다. 장기만이 전신주를 통해서 상호 연락하는 내용을 도청하도록 지시한다. 부대원들이 재빠르게 전신주 선을 연결하여 진압군들의 전화 통화 내역을 도청한다. 낮에는 계곡 속으로 흩어지고, 밤에 다시 집결하기로 한다.

밤이 되자 노고단을 선봉으로 봉홧불이 다시 오른다. 한곳이 아니고 여러 군데에서 봉홧불이 오른다. 노고단과 만복대, 서산 간미봉에서도, 광양 백운산에서도 봉홧불이 솟아오른다. 군인과 경찰들도 긴장하고, 주민들도 무슨 영문인지 모른 채 긴장한다. 봉홧불은 산에 있는 산사람들에게 용기를 주면서, 진압군들과 주민들에게는 산에 있는 세력들이 건재하게 살아 있음을 과시하는 불빛이다.

우정섭이 산봉우리 정상 곳곳에서 피어오르는 봉홧불을 쳐다본다. 봉홧불을 보면서 기분이 착잡해진다. 낮에는 연기를 피워 올리더니, 밤에는 봉홧불을 올리니 예사롭지 않다. 산에서 자기네들끼리 서로 주고받는 신호일까? 단순히 진압군들에게 압박을 가하기 위한 봉화일까? 아직 반란군들의 기세가 등등함을 보여 줌으로써, 산에 오르지 않은 주민과 좌익들에게 용기를 주려는 것일까? 우정섭은 봉홧불을 바라보면서 어떻게 공격해야 할지 곰곰이 생각해 본다. 우정섭의 눈빛이 이글거린다. 부관을 부른다.

"부관!"

심경호 대위가 우정섭의 호출에 급하게 다가온다.

"예, 사령관님"

"부관, 봉화가 언제, 어디서, 몇 번씩 올라오는지 체크하고 있나?

봉홧불이 올라오는 장소와 시간을 잘 기록해 두도록! 알겠나?"

"예, 알겠습니다."

지시를 내리는 말투에 짜증이 섞여 있다. 낮에 올라오는 봉화도 봉화지만, 밤만 되면 일제히 산봉우리에 봉홧불을 올리는 걸 보니 기분이 나쁘다. 진압군들을 조롱하듯이 산속에 숨어서 행동하는 반란군들에 대한 분노가 점점 고조된다. 여수, 순천, 광양을 거쳐 지리산과 백운산으로 숨어든 반란군들의 세력이 얼마나 되는지 궁금할 따름이다.

진압군들은 중앙국민학교에 진지를 구축했다. 계속해서 진압군들이 구례에 증파된다. 연대 병력이 점점 구례로 진입한다. 1대대와 2대대 병력이 진입을 완료한다. 작전 회의가 소집된다.

"병력은 모두 도착했나?"

"예, 모두 도착했습니다."

부관이 보고한다. 우정섭이 지도를 펴 놓고 구례 전역을 바라본다.

"여수, 순천에서 올라온 반란군들이 광양 백운산을 통하여 지리산으로 계속 숨어들고 있다는 정보다. 추가로 하사관 교육 중대가 구례로 배치된다는 보고를 받았다. 하사관 중대는 우선적으로 백운산이 가까운 간전학교에 병력을 분산 배치한다. 그쪽으로 우선 병력을 배치하여 반란군들이 지리산으로 더 숨어들지 못하도록 차단시켜야 한다. 알겠나?"

"예."

하사관 교육 중대가 구례에 도착한다. 백여 명이 넘는 중대 병력의 하사관들이 진압군으로 구례에 배치된 것이다. 중앙학교 운동장에는 군용 텐트와 군용 차량으로 넘쳐난다. 백운산 방향에 반란군들이 많이 숨어 있다는 정보다. 하사관 교육대는 백운산 쪽에 있는 간문국민학교에 배치시킨다. 간문학교에 하사관 교육 중대와 함께할 소대 병력도 동시에 도착한다. 진압군이 도착하는 학교 입구에 마을 사람들이 나와서 박수로 환영한다. 학교는 백운산 자락 산 쪽으로 간전 지서 옆에 위치해 있다. 길 건너에는 면사무소와 마을이 어우러져 있다. 하사관 교육 중대는 제식 훈련을 마치고, 이제 겨우 총이나 들 줄 아는 신병 군인들이다. 대원 중에는 앳된 얼굴도 눈에 띈다. 하사관 교육 중대가 간문국민학교에 자리를 잡는다. 학교 운동장에 여느 부대처럼 군용 텐트가 설치되고 진지를 구축한다. 운동장 한쪽에는 박격포도 설치된다. 송기성 중대장의 지휘 아래 부대원들이 진지를 구축하느라 땀을 흘린다. 간전면 쪽에 반란군들이 얼마나 가까이 있는지, 백운산 인근이라는 것은 아는데, 반란군들이 진압군들을 공격해 오리라는 생각은 전혀 예상하지 못한 채 진지를 구축하는 데만 땀을 흘린다. 반란군들은 진압군들을 피해 산속으로 꼭꼭 숨어 있는 상황이다. 진압군들과 반란군들 간에 총을 쏘면서 교전이 벌어지지도 않았다. 하사관 교육 중대에도 작전 계획이 아직까지는 전혀 없는 상태다.

간전 면장과 지서장, 마을 이장과 함께 하사관 교육 중대의 간전 입성을 환영한다. 반란군들에 의하여 가뜩이나 시달려 온 터라 진압군들의 간전 입성으로 한시름을 놓게 됐다. 진압군이 주둔하면, 면민들은 우선 군인들에게 협조하라는 공문이 전달된 상황이다. 저녁이 되자 면장을 비롯한 유지들은 지휘관들에게나마 음식을 대접하기 위해 별도의 자리를 마련했다. 송기성 중대장을 비롯한 지휘관 몇 사람이 초대되었다. 학교 인근 면 소재지 음식점에 거나하게 음식이 차려졌다. 식사 자리에서 술도 함께 주거니받거니 한다. 간전 면 유지들은 학교에 주둔한 군인들의 사기를 북돋우기 위해 진심을 다해 대접한다. 식사 자리는 웃음꽃이 활짝 핀다. 술자리는 밤이 늦도록 진행된다. 지휘관들은 점점 더 술에 취한다. 술에 취하여 부대 안으로 들어간다. 군부대의 자체 경계도 느슨해진다.

장기만에게 하사관 교육대가 간문국민학교에 주둔하려고 오늘 낮에 도착했다는 보고가 올라온다. 병력은 하사관 교육 중대 병력 백오십여 명 정도로 파악

이 됐다. 날이 어두워져 추가로 더 이상의 병력이 들어오지도 않을 상황이다. 간문국민학교는 읍내와 먼 거리다. 읍내에 주둔해 있는 연대 병력이 추가로 간전까지 오려면 많은 시간이 소요되는 거리다. 섬진강을 건너야 하는 위치다. 백운산에 주둔해 있는 정만호가 부대를 이끌고 야밤을 틈타 하사관 교육대원들이 잠들어 있는 부대를 급습하기로 작전을 지시한다. 중대 병력의 하사관 교육대가 자리를 잡기 전에 기습해야 한다. 이제 막 도착하여 어수선한 틈을 타 공격해야 한다. 백운산 쪽에 주둔한 정만호 부대원들에게 작전 명령이 하달된다. 행동을 개시하는 시각은 오늘 밤이다. 지체할 시간이 없다. 당장 하사관 교육대의 동태를 파악해야 한다. 정만호가 수색대를 보낸다. 소수의 병력만으로 우선 간문국민학교와 주변 면 소재지 마을 전체를 미리 파악한다. 산속에서 간문국민학교 교정을 내려다본다. 학교 운동장에는 군인 막사를 설치하느라 진압군들이

일사불란하게 움직이는 모습이 포착된다. 하사관 교육대와 중대 본부 병력을 합해 봐야 부대 병력이 백오십여 명 정도 밖에 안 되는 인원으로 파악된다. 대대 병력도 아닌 1개 중대 병력 규모다. 어떠한 사태가 발생해도 그 정도의 부대 인원이면 정만호 부대와 맞붙어도 충분히 승산이 있는 규모다. 백운산에 많은 병력이 포진해 있고, 지원부대도 만반의 준비를 갖춘 상태다. 간전면은 구례 섬진강 건너편 쪽이고, 광양과 경계를 이루는 백운산 바로 밑에 위치하고 있다. 구례 읍내로 가려면 배를 타고 섬진강을 건너야 하는 지역이다. 그만큼 읍내와 왕래가 쉬운 지역이 아니다. 읍내에 주둔한 진압군들이 연락을 받고 들어오기엔 너무 먼 거리다. 밤이 되기를 기다린다.

밤이 되자 정만호가 부대원들을 이끌고 서서히 학교로 접근한다. 학교 안은 아무 인기척이 없다. 학교는 면 소재지 동네 마을 외곽에 위치해 있다. 학교와 지서를 겹겹이 에워싸고 면 소재지 마을도 겹겹이 에워싼다. 인근 지서에는 경찰관 두 명만 지서를 지키고 있다. 학교 정문에는 하사관 신병들이 보초를 서고 있다. 부대 막사는 그야말로 고요한 잠에 빠져 있다. 아무 인기척도 없고 불빛도 꺼진 채 고요하다. 정만호 부대원들은 지서와 학교 전체를 서서히 포위해 간다. 지서에서 비상근무를 하고 있는 순경들을 우선 처치해야 한다. 정만호의 지시에 따라 농부 차림의 복장으로 지서 밖에서 안을 기웃거린다. 경찰이 농부 차림의 사람이 지서 안을 계속 기웃거리는 걸 발견한다. 경찰이 지서 밖으로 걸어 나오자마자 뒤에서 일격을 가하여 쓰러트린다.

퍽!

순경이 공격을 받고 쓰러진다. 경찰이 쓰러지자 잽싸게 몸을 끌어당겨 흔적을 없앤다. 지서 안에 남아 있는 경찰을 다시 유인하여 나오자마자 일격을 가한다.

간문국민학교 쪽으로 정만호 부대원들이 서서히 다가간다. 보초병이 학교 앞에서 어슬렁거리며 보초를 서고 있다. 보초를 서고 있는 군인들을 먼저 공격한다.

퍽! 퍽! 퍽!

학교 정문의 보초병을 단숨에 처단한다. 보초병을 처단하고 신호를 보내자 일시에 많은 병력이 학교를 포위한다. 학교 안으로 살금살금 들어선다. 하사관들이 잠들어 있는 막사를 포위한다. 막사 안에는 불침번들이 한쪽에 앉아 졸고 있다. 병사들은 모두 깊은 잠에 곯아떨어져 있다. 정만호의 신호에 따라 군인들이 일시에 급습한다.

탕 탕 탕!

잠들어 있는 군인들이 총소리에 놀라 잠이 깬다.

"손 들어! 움직이면 쏜다!"

"손 들어! 손 들어!"

고함을 계속 지른다. 잠결에 기습을 당한 하사관들이 손을 든 채 막사 밖으로 끌려 나온다. 큰 저항 없이 일시에 군인들을 진압한다. 무장 해제를 당하고 끌려 나온 군인 중에 지휘관이 반항을 하려고 움직인다.

탕!

즉시 사살한다. 송기성 중대장이 총에 맞아 피를 흘리며 쓰러진다. 총소리에 놀란 군인들이 일사불란하게 움직인다.

"손 들고 밖으로 나가!"

컴컴한 밤중이라 더듬더듬거린다.

"허튼수작하면 총살이다. 빨리빨리 움직여라!"

탕!

움직임이 둔한 병사에게 가차 없이 총알이 날아간다. 총을 맞은 군인이 쓰러진다.

"빨리빨리 움직이지 않으면 쏜다!"

손을 들고 겁에 질린 군인들이 밖으로 끌려 나간다. 포로가 된 하사관들의 손을 뒤로 하여 묶는다. 무장 해제된 군인들을 운동장에 꿇어앉힌다. 군인들이 나간 막사의 물품들은 다른 부대원들이 달려들어 모두 챙긴다. 하사관 부대원들보다 훨씬 많은 장기만 부대원들이 일사불란하게 짐을 챙겨서 움직인다. 하사관 부대는 저항 한번 해 보지 못하고 순식간에 포박되어 줄줄이 끈에 묶인 채 산속으로 끌려간다. 간전 마을 사람들이 동원된다. 진압군들에게서 획득한 물품을 지게에 지고 산속으로 향한다.

날이 밝자마자 간문국민학교 쪽에서 난 총소리에 대한 보고가 올라온다. 부관 심경호가 급하게 우정섭에게 보고를 한다.

"간문학교에 주둔한 하사관 중대가 반란군들에게 공격을 당했다고 합니다."

"뭐라고?"

청천병력 같은 소식이다. 전혀 상상하지도 못했던 일이 벌어진 것이다.

"부대 전원이 죽거나 포로가 되었습니다."

반란군들의 기습 공격으로 하사관 교육대 전원이 포로가 되어 산으로 끌려가거나 죽었다는 것이다. 부대 전체가 밤사이에 사라져 버렸다. 무기도 반란군들의 수중에 들어갔다는 보고다.

"뭐야?"

"…"

"빨갱이 새끼들!"

보고를 받은 우정섭이 의자를 박차고 일어선다. 온몸을 부르르 떤다. 화가 머리끝까지 올라와 얼굴이 벌게진다. 막사 안을 두리번거리며 왔다갔다 반복한다. 초조한 기세가 역력하다. 부대원을 잃었으니… 신병 하사관들을 모두 끌고 산으로 가 버렸다니… 참으로 어이가 없는 일이다. 어안이 벙벙할 따름이다. 어찌 이런 일이 벌어질 수 있단 말인가? 이건 연대장으로서 군법으로 징계감이다. 부하들을 잃어버렸으니 징계 수위가 높은 단계다. 어떤 징계를 받을지 가늠하기도 어렵다. 아무리 비상계엄 상황이지만 이건 전쟁터나 다름없다. 밤사이에 반란군들이 저렇게 공격을 해 오다 보니… 제대로 싸워 보지도 못하고 당한 것이다. 참으로 답답한 노릇이다.

우정섭이 부대를 이끌고 긴급히 출동한다. 일행이 서둘러 학교 현장에 도착했을 땐, 학교 운동장에 설치된 천막은 일그러져 버렸다. 죽은 군인들의 시체가 운동장 한쪽에 거적으로 덮여 있다. 무기와 갖가지 물품이며 모든 병력들이 밤사이에 통째로 사라졌다. 그 모습을 보는 순간 분노를 참을 수가 없다. 참으로 통탄할 일이다. 이 상황에서도 우정섭은 반란군의 규모와 반란군들이 무슨 일들을 꾸미고 있는지 전혀 감을 잡지 못하고 있다. 답답한 노릇이다. 우정섭의 인상이 일그러진다. 학교 인근 마을의 좌익들과 연관된 사람들이 밀고했기 때문이라는 의심이 든다. 좌익들과 연계되지 않고서는 이렇게 밤사이에 중대원 전체가 사라져 버리는 일은 있을 수 없는 일이다. 마을 유지들이 부대 지휘관들에게 술과 음식을 대접했다고 하니, 그놈들을 잡아들여 취조를 하여야 한다. 반란군들과 내통하는 좌익들의 뿌리를 뽑아 버려야 한다. 부관에게 긴급 지시를 내린다.

"반란군에게 협조하였거나 좌익 활동을 한 사람들은 철저히 색출하도록!"

"예!"

심경호 부관의 움직임이 빨라진다. 마을로 군인들이 들이닥친다. 밤사이에 학교에서 총소리가 들리긴 했는데, 무슨 영문인지도 모르는 주민들이다. 마을로 갑자기 들이닥친 군인들이 총부리를 들이댄다. 간문학교에서 하사관 교육 중대 전원이 반란군에게 공격을 당한 사건은 엉뚱하게도 간전면 주민들에게로 불똥이 튀어 버린다.

탕 탕 탕!

군인들이 마을을 향해 공포탄을 발사한다. 마을 주민들을 면사무소 앞으로 집합하라는 명령을 내린다. 마른하늘에 날벼락이다. 갑작스런 군인들의 총소리에 놀란 주민들은 겁에 질린 채 면사무소 앞으로 모여든다.

탕 탕 탕!

마을 사람들이 꾸물거리자 다시 공포탄을 쏜다. 그 공포탄 소리에 마을 사람들은 귀를 막고 움찔거린다. 그 총소리에 마을 사람들의 발걸음이 빨라진다. 서둘러 학교 운동장으로 모여든다. 밤사이에 반란군들이 학교로 쳐들어와서 진압군들을 죽이거나 포로로 잡아갔다는 소문이 삽시간에 퍼진다. 무슨 영문인지도 모른 채 면사무소에 불려 와 밤사이에 학교에서 일어난 일을 듣고서, 마을 사람들은 진압군들이 무슨 연유로 마을 사람들을 집합시키는지 알아차린다. 어린아이나 노인들까지 모두 집합시킨다.

탕 탕 탕!

총소리에 놀란 주민들이 벌벌 떨면서 군인들의 눈치를 살핀다. 어젯밤에 진압군들에게 술과 음식을 함께했던 마을 유지들이 고개를 숙인 채 끌려 나온다. 주민들 중에는 무서워서 끌려 나오지 않으려고 머뭇거리는 이들도 있다.

탕!

총에 맞은 사람이 그 자리에서 피를 흘리며 쓰러진다.

"악!"

총소리에 놀란 주민들이 기겁을 한다. 주민들이 보는 앞에서 총살하자, 주민들은 겁에 질린 채 군인들이 시키는 대로 허둥댄다. 군인들을 대접하느라 참석했던 지역 유지들을 결박한 채 읍내로 연행해간다. 좌익 활동이 의심되는 사람들을 가려낸다. 아무 정황이나 증거도 없다. 주민들을 취조하기 위하여 끌고 간다. 주민들은 벌벌 떨면서 군인들의 지시에 따른다.

우정섭이 간문학교에서 피해 상황을 파악하고 읍내 부대 진지로 신속히 복귀한다. 상부에 빨리 보고해야 한다. 우선 전화로 남원에 주둔해 있는 호남지구전투사령부 사령관에게 즉각 보고한다.

"뭐야?"

"하사관 교육대 전원이 죽거나 포로로 잡혀가 버렸습니다."

사령관으로부터 호된 질책을 받는다. 사령관의 불호령에 귀가 얼얼하다. 전화로 보고를 하는 동안 우정섭은 부동자세를 취한다. 즉각 사령관으로부터 명령을 하달받는다.

"오늘 중으로 당장 사령부로 들어와서 다시 상세하게 보고하도록! 알겠나?"

불호령이 떨어진다.

"예, 알겠습니다."

"…."

"예! 예!"

우정섭이 힘없이 전화기를 내려놓는다. 온몸에 기운이 빠져 버린다. 그 자리에 서서 한동안 움직임이 없다. 호남지구사령관으로부터 당장 남원 사령부로 들어오라는 호출 명령이 떨어진 것이다. 전화를 끊은 우정섭이 고개를 숙인 채 괴로워한다. 사령관으로부터 하도 심한 욕설을 들었기 때문이기도 하지만, 본인에게 닥칠 불행을 걱정하는 것이다. 고개를 숙인 채 막사 안을 두리번거린다. 초조하기만 할 따름이다. 하사관 중대 병력 전체가 한꺼번에 희생되어 버렸다. 반란군들에 의하여 몽땅 포로가 되어 산으로 끌려가 버렸다. 병력 손실도 손실이지만, 진압군들의 정보가 포로들에 의하여 반란군들에게 알려지는 일이 더 큰 일이기 때문이다. 이런 상황은 상부로부터 절대로 용서받지 못할 일이다. 연대장 계급의 강등은 물론이고, 최악의 경우에는 군복을 벗어야 할 상황이다. 반란군들이 저렇게 악랄하게 나오는 데 치를 떤다. 상관으로부터 호된 질책을 받아 마땅할 일이고, 부대원들을 지휘하는 지휘관으로서도 용서받기 힘든 상황이 되어 버린 것이다.

장기만 부대원들이 구례 전역을 장악하여 곳곳에서 전화 도청을 한다. 무슨 명령이 오고가는지 하나도 빠지지 않고 도청한다. 우정섭 연대장이 사령관으로부터 호되게 혼나고 호출당한다. 장기만 부대원들은 이 호출 명령을 놓치지 않는다. 도청을 들은 부대원들이 서로의 얼굴을 쳐다보며 고개를 끄덕인다. 도청된 내용이 장기만에게 긴급하게 보고된다.

"부관!"
"예."
심경호 부관이 우정섭 연대장의 호출에 부리나케 막사 안으로 들어온다.
"당장, 오후에 남원사령부로 출발한다."
"예."
"차량과 병력을 대기시켜!"
부관에게 퉁명스럽게 명령한다.
"예."
부관이 재빠르게 대답한다. 심기가 불편한 연대장의 비위를 건드릴까, 신속히 대답하면서도 연대장의 눈치를 살핀다. 연대장은 아직도 화가 가라앉지 않은 목소리다. 연대장의 명령에 따라 부관이 밖으로 달려 나가 부대원들에게 출동 준비를 독촉한다. 부대원들이 신속하게 움직인다. 해가 지기 전에 서둘러 남원사령부에 도착해야 한다. 오후가 되자 연대장이 탈 지프차와 트럭 두 대가 준비된다. 병력들이 무장을 갖추고 트럭에 서둘러 올라탄다. 연대장과 부관을 비롯한 오십여 명의 병력이 함께 출발하기 위한 준비를 완료한다. 지프차에 부관이 이미 탑승하여 대기하고 있다. 연대장이 지프차에 오른다. 연대장이 남원사령부로 가는 길에 지휘관들이 도열해 있다. 지휘관들이 조종기 대대장의 구령과 함께 연대장에게 거수경례를 한다.

"경례!"

연대장이 손을 올려 거수경례로 답한다. 지프차가 움직인다. 지프차를 따라 트럭도 서서히 움직인다. 트럭이 지프차를 뒤따른다. 전투를 하러 가는 길이 아니고, 사령부로부터의 호출 명령이다.

장기만을 필두로 작전 회의가 열린다. 언제인지는 확실히 모르지만, 연대장이 남원사령부로 호출되는 것만은 분명하다. 산동 지역을 잘 알고 있는 김정욱과 송진혁이 작전 회의에 참석한다. 김정욱이 책상 위에 지도를 그리기 시작한다. 구례 지역을 크게 그려 나간다. 용방과 산동 지역, 밤재와 남원까지 지형을 그려 낸다. 김정욱과 송진혁이 서로를 쳐다보며 고개를 끄덕인다. 장기만은 김정욱이 그리는 지도에 집중을 한다. 작전지역은 산동 지역이다. 연대장이 남원사령부로 향한다는데, 어디에서 기습 공격을 할지 적당한 장소를 협의한다. 남원을 가려면 차로 이동할 테고 남원 가는 길 중에서 용방 신작로를 지나 산동을 지나간다. 산동 지역 중에서 작전을 실행할 곳을 물색한다. 김정욱이 손가락으로 쑈악재를 가리킨다. 김정욱이 이곳 지리를 잘 알고 있기 때문에 쑈악재의 지리적 상황에 대하여 설명한다. 설명을 듣고 있던 장기만이 고개를 흔든다. 쑈악재가 매복하기는 좋지만, 진압군들이 주둔해 있는 읍내와 거리가 너무 가깝다. 작전 중에도 진압군들이 총소리를 듣고 충분히 도착할 수 있는 거리다. 진압군은 2개 대대 병력이 주둔하고 있다. 장기만이 고개를 다시 흔든다. 쑤악재는 아니라는 표정이다. 적군들을 산동 깊숙한 곳으로 더 끌어들여야 작전하기가 수월하다. 진압군이 주둔해 있는 읍내로부터 최대한 멀어야 한다. 적군이 의심을 하지 않을 장소에서 기습 공격을 감행해야 한다. 밤재를 넘어가기 전에 공격해야 한다. 작전 중에 산속으로 도망치지 못할 곳에서 공격해야 한다. 시야가 확보되는 지역을 선택해야 한다. 밤재를 넘어가기 전의 장소를 지목한다. 김정욱이 원촌 지역을 손가락으로 가리킨다. 장기만이 고개를 끄덕인다. 작전지역이 정해지자 일사불란하게 움직인다. 소문나지 않게 많은 병력들을 요소요소에 은밀하게 매복시킨다. 이평 지역에도 병력을 배치시킨다. 이평 지역을 지나간 후에 작전이 시작되면 뒤따라오면서 연대장 일행을 협공하는 작전이다. 병력을 쥐도 새도 모르게 은폐시켜야 한다. 원촌마을에 다다르기 전 수백 미터 앞에 진지를 구축한다. 원촌마을 주민들이나 산동 지서 경찰들의 눈에 띄지 않게 원촌마을 입구 곳곳에 많은 병력들을 집중 배치한다. 몇 명 안 되는 산동 지서의 경찰들이 총소리를 듣고 작전지역으로 오더라도 격퇴할 수 있게 병력들을 겹겹이 배치시킨다. 산동 지서를 먼저 공격하여 작전을 노출해서는 안 될 일이다. 대부분의 병력은 연대장 일행을 일시에 공격하면서, 일부 병력은 산동 지서에서 총소리를 듣고 달려오는 몇 명 안 되는 경찰 병력을 막아 내면 된다. 산동 지서 안에는 순경 다섯 명이 근무하고 있다. 작전을 시작하면, 연대장 일행은 산동 들판에 노출된다. 연대장 일행을 기습 공격할 수 있는 절호의 기회다. 연대장이란 대어를 낚아야 한다. 저놈들이 대부대를 끌고 갈지, 아니면 소수의 병력만 끌고 남원으로 향할지 모르는 일이다. 산속에 있는 병력을 산동으로 집결시킨다. 시시각각 산동으로 향하는 부대와 차량의 이동을 체크한다. 계엄령이 내려진 상황이어서 군인 차량이 아니면, 신작로에 차량 이동은 거의 없다.

장기만 일행이 남원사령부로의 호출을 이미 도청하였는데도 불구하고, 진압군 쪽에서는 전혀 알지 못한다. 남원으로 가는 산속에 반란군들이 매복해 있으리라고는 전혀 의심도 없다. 그저 급하게 호출을 당했으니 빨리 사령부로 들어가 봐야 한다. 불호령이 떨어졌는데 늦기라도 하면 안 되는 일이다. 출발한 차량은 신속하게 읍내를 벗어난다. 구례 뒤뜰을 지나고 용방을 지나서 신작로를 달린다. 들판은 농부들이 가을 추수를 하느라 여기저기서 나락을 베고 묶느라 바쁘다. 신작로 길은 차량이 뜸하다. 관리가 제법 잘된 도로다. 먼지를 뽀얗게 일으키며 거침없이 달린다.

장기만이 망원경을 목에 걸고 연대장 일행이 언제쯤 이 길을 지나갈지 수시로 확인한다. 김정욱이 곁에서 장기만에게 작전지역에 대해 설명을 한다. 장기만이 고개를 끄덕인다. 기습 공격이 성공하기 위해선, 지역 위치를 먼저 잘 파악해야만 한다. 쑥악재와 산동 지역에 대한 김정욱과 송진혁의 상세한 설명이 작전을 짜는 데 절대적으로 필요하다. 장기만은 김정욱과 송진혁을 전적으로 믿고, 긴밀하게 작전을 수행해 나간다. 장기만과 김정욱이 작전지역으로 다시 이동하여 매복에 들어간다.

쑥악재를 한달음에 달려온 연대장 일행이 쑥악재를 넘어선다. 구불구불 쑥악재를 내려온다. 연대장 일행은 거칠 것이 없다. 쑥악재를 넘어 산동 지역에 들어선다. 이평 지역을 지나 다시 신작로가 일직선으로 뻗어 있다. 신작로에 들어서자 차량이 속도를 낸다. 밤재가 바로 눈앞에 다가온다. 밤재만 넘어서면 남원에 금방 도착할 수 있다. 연대장은 차량에 탑승한 채 입을 꽉 다물고 있다. 긴장한 모습이다. 정면만 응시하고 있다. 조금이라도 더 빨리 밤재를 넘어 남원사령부에 도착하기만을 바란다. 조금만 더 가면 산동 지서에 다다른다. 반란군들이 산동 지역에 매복해 있으리라고는 전혀 의심도 하지 않고 있다. 우정섭 연대장이 밤재를 넘어 남원으로 가는 길도 초행길이다.

　장기만이 망원경으로 쑤악재를 넘어 산동으로 진입하는 차량을 확인한다. 추수철이라 차량 이동이 거의 없는 한적한 신작로다. 들판에서는 농부들이 추수하느라 바쁘게 움직이고 있다. 이평마을 앞 신작로에 연대장 일행의 군용 지프와 트럭이 먼지를 일으키며 달려온다. 장기만이 망원경으로 다시 한번 연대장 일행임을 확인하고 고개를 끄덕인다. 연대장을 태운 지프 한 대와 병력을 태운 트럭 두 대의 차량 행렬이 보인다. 고개를 끄덕인다. 소수 병력임을 확인한다. 김정욱에게 망원경을 건넨다. 김정욱이 망원경으로 연대장 일행을 확인하고 장기만과 전투 준비에 들어간다.

　이평 지역에 매복해 있던 병력들이 연대장 일행이 지나간 걸 확인하자마자 신속하게 움직이기 시작한다. 연대장 일행 뒤를 신속하게 따라간다. 점점 더 빠른 속도로 연대장이 탄 지프가 먼지를 일으키며 이평마을을 지나 원촌마을을 향해 달려온다. 차량 행렬이 시상리마을 입구를 지난다. 장기만이 신호를 내린다. 먼저 사격을 하면 일시에 사격 개시 명령으로 간주한다.

　탕!

매복해 있던 부대원들의 총구에서 일시에 불을 뿜는다.

탕 탕 탕 탕 탕 탕 탕….

따다다다….

소총과 기관단총으로 집중 사격을 한다.

끼이이익.

지프 차량이 갑작스런 총소리에 멈춘다. 뒤따라오던 트럭도 먼지를 일으키며 급정거를 한다.

총알이 차량을 향해 빗발치듯 날아온다. 우정섭이 반란군들의 소행임을 직감한다. 순간적으로 차에서 뛰어내려 언덕으로 굴러떨어진다. 차량에 타고 있던 병사들도 뛰어 내린다.

탕 탕 탕 탕 탕….

따다다다….

장기만은 동지들과 멈춘 차량 주위를 향해 집중 사격을 하면서 차량을 향해 접근해 간다.

"아! 악!"

차량에서 뛰어 내린 군인들이 총을 맞고 그 자리에서 피를 흘리며 고꾸라진다.

탕 탕 탕 탕 탕….

차량을 향하여 집중포화가 쏟아진다. 진압군들이 땅에 엎드린다. 차량을 방패 삼아 사격을 한다. 총알이 어디서 날아오는지 가늠할 수 없다. 순간적으로 차량에서 뛰어내려 몸을 피한 우정섭 연대장이 공격 개시 명령을 한다.

"공격하라!"

길을 사이에 두고 양쪽에서 총알이 날아든다.

"저쪽이다!"

우정섭과 심경호가 다시 소리쳐 적의 방향을 알린다.

탕 탕 탕 탕 탕….

진압군들이 총알이 날아온 쪽을 향하여 총격을 퍼붓는다. 방향만 잡고 사람은 보이지 않지만, 언덕 쪽을 향하여 방아쇠를 당긴다. 적중은 못 시키고 방어용으로 엄포 사격을 가한다. 죽기 아니면 살기 위한 반격이다.

탕 탕 탕 탕 탕….

연대장 일행을 향한 집중포화는 계속된다. 소대 병력으로 수백 명의 반란군들의 집중 사격을 당해 낼 재간이 없다.

탕 탕 탕.

진압군들이 총에 맞고 그 자리에서 쓰러진다.

"악!"

우정섭이 소리친다. 총알이 팔을 관통한 것이다. 총 맞은 팔을 움켜쥔다. 심경호가 우정섭에게 다가간다.

"연대장님! 괜찮으십니까?"

우정섭은 팔을 감싸고 인상을 쓰며 고통을 참는다. 우정섭이 일어나 팔을 움켜잡으며 차량 인근에서 점점 멀리 달아난다. 심경호가 우정섭을 호위하며 뒤따른다. 차량에서 뛰어내린 부대원들도 엄호 사격을 하면서 살아남기 위하여 차량 주위를 피해 도망친다. 차량을 버리고 도망가는 적들을 발견하자 장기만은 대원들과 차량을 향하여 계속 공격을 가한다. 진압군들은 차량을 버리고 원촌마을 쪽으로 달리지만, 앞으로 전진할 수 없다.

우정섭은 원촌 지역 반대 방향으로 움직인다. 지나왔던 길을 뒤

돌아서 도망을 간다. 이평 지역을 바라보자 그쪽에서도 반란군들이 다가오고 있다. 몸을 숨길 곳은 시상리 마을 쪽이다. 시상리마을을 향하여 달아나기 바쁘다. 연대장이 도망가는 곳을 뒤따라 부관을 비롯하여 부하들이 엄호를 한다. 적이 따라오지 못하도록 뒤돌아서서 엄포 사격을 하면서 연대장을 엄호한다.

장기만은 부대를 지휘하며 연대장을 눈에서 놓치지 않는다. 연대장을 사로잡아야 한다.

"연대장을 생포하라!"

장기만이 부대원들에게 소리를 지른다. 엄호를 받으며 달아나는 연대장을 발견한다. 장기만은 계속해서 연대장의 뒤를 쫓는다. 매복하였던 수많은 대원들이 차량을 향하여 움직인다. 차량에서 뛰어내린 군인들이 몸을 숨기기 위해 필사적으로 길옆 개울이나 인근 논으로 몸을 숨기지만, 수백 명의 반란군들의 공격에는 속수무책이다. 진압군은 완전히 길 한가운데 노출되었다. 피해 봤자 신작로 길이고 언덕이 있는 곳이긴 하지만 숨을 곳이 별로 없다. 반란군들에게 기습을 당한 연대장 일행들이 반란군들이 쏜 총에 맞고 하나둘 계속 쓰러져 간다. 몸을 피한 연대장 일행들이 반격하여 사격을 해보지만 허공에 총을 쏘는 격이다.

탕!

반란군들은 수백 명이 총을 쏘면서 공격을 멈추지 않고 계속 다가온다.

탕 탕 탕 탕 탕….

적들이 어디에 숨어서 총격을 해 오는지 감을 잡을 수가 없다. 계속되는 공격에 반격도 무용지물이고 도망가기에 급급하다. 장기만이 이 상황을 그대로 놔두지 않는다. 달아나고 있는 연대장 일행을 장기만이 계속 따라가며 공격한다. 반란군들이 차량 주위를 완전히 포위한다. 손을 들고 항복한 진압군들을 향해 총구를 겨눈다. 차량 주위에 쓰러진 진압군들을 한 명씩 들춰 보며 확인 사살한다.

탕.

연대장이 없음을 수신호로 표시한다. 손을 들어 흔든다. 연대장이 차량 옆에 죽지 않았음을 알리는 것이다. 차량은 불이 붙어 검은 연기를 내 뿜으며 활활 타오르고 있다.

"연대장을 생포해라!"

장기만이 다시 한번 부대원들에게 소리를 친다.

우정섭이 부관 심경호와 함께 도로에서 가까운 마을 쪽으로 용케 달아난다. 연대장을 생포하기 위하여 장기만이 부대원들과 함께 총을 쏘며 쫓아간다.

탕 탕 탕.

"악!"

연대장을 엄호하며 뒤따르던 심경호 부관도 총탄을 맞고 쓰러진다. 이제 우정섭만 남았다. 연대장을 호위할 부하들은 아무도 없다. 우정섭이 시상리마을 쪽으로 달아난다. 장기만 일행은 연대장을 생포하기 위하여 그 뒤를 계속 쫓는다. 시상리마을은 언덕을 올라가야 하는 곳이다. 언덕에 오르면 마을 입구에는 민가가 보이지 않고 대나무밭이 먼저 눈에 들어온다. 마을은 한참을 더 산 쪽으로 올라가야 한다. 뒤쫓아 오는 적의 시야에서 벗어나기 위해 빨리 몸을 숨겨야 한다. 대나무밭으로 들어가면 총알이 날아와도 피할 수 있다는 판단이 선다. 대밭에 몸을 숨기면 날아오는 총탄도 피해 간다는 것을 안다. 피가 흐르는 팔을 움켜잡고 대밭으로 들어간다. 민가까지 올라가 몸을 숨길 시간이 없다. 반란군들이 뒤쫓아 와도 민가부터 수색을 하리라 예상한다. 대밭 깊숙한 곳으로 걸어 들어간다. 대밭은 고요하다. 대나무가 바람에 흔들리는 소리만 들린다.

산동 지서에서는 순경들이 갑자기 들려오는 총소리를 듣고 총을 들고서 총소리가 나는 곳을 향하여 달려 나간다. 주변에 있던 순경들까지 격전이 벌어지고 있는 곳을 향하여 달려간다. 매복하고 있던 반란군들이 달려오는 순경들을 발견한다. 순경들을 향해 총을 쏜다.

탕 탕 탕….

집중 사격으로 순경들이 총을 맞고 하나둘 쓰러진다. 순경들이 모두 쓰러지자 산동 지서를 향해 공격을 한다. 순식간에 산동 지서를 장악한다.

탕 탕 탕 탕 탕….

총소리에 놀란 주민들이 귀를 막고 서로를 감싸 안으며 벌벌 떤다. 총소리가 멀리서 들리더니 시상리 마을 가까이까지 다가온다. 총소리가 커질수록 사람들은 공포에 휩싸인다.

탕 탕 탕….

총소리가 울릴 때마다 몸을 낮춘다. 시상리 마을 주민들은 담벼락에 기대어 총소리가 나는 쪽에 귀를 기울인다. 갑자기 무슨 일이 벌어졌는지 궁금할 뿐이다. 반란군들이 우르르 마을에 들이닥친다.

반란군들과 얼굴을 마주치자 주민들은 벌벌 떨면서 담벼락에 고개를 숙인다. 반란군들이 마을을 수색한다. 마을로 군인들이 들어왔는지 확인한다. 마을 주민들은 고개를 흔든다. 마을 안으로는 군인이 한 명도 안 들어왔음을 확인하고 뒤돌아서 마을 입구로 우르르 몰려간다. 장기만이 마을 입구 대밭을 손으로 가리킨다. 장기만의 지시가 떨어지자 대밭 주위를 겹겹이 포위한다. 연대장이 숨어 있는 대밭을 수색해 들어가면서 총을 쏜다.

탕 탕 탕.

혹시 모를 공격에 대비하기 위하여, 먼저 총을 발사한다. 총알은 대밭을 향하여 날아간다.

피웅 피웅 피웅.

대나무를 맞은 총알은 대나무 사이를 지나가며 또 다른 소리를 낸다.

탕 탕 탕!

피웅 피웅 피웅.

우정섭 머리 위로 총알 지나가는 소리가 들린다. 대나무가 방패막이가 된 셈이다. 총알은 우정섭이 숨어 있는 곳에 다다르지 못하고 비켜 나간다. 대나무밭에 몸을 숨긴 우정섭은 즉시 쫓아온 반란군들에 의하여 발각된다. 대나무밭에 연대장이 숨어 있다는 걸 확인한다.

"사격 중지! 생포하라!"

장기만이 부하들에게 생포하라고 고함을 지른다. 생포해야만 진압군의 현 정세를 상세하게 알 수 있다. 연대장은 독 안에 든 쥐다. 연대장을 맨손으로 잡을 수 있는 절호의 기회다. 대나무밭에 숨어 있는 연대장을 향해 고함을 지른다.

"항복하라! 항복하면 목숨은 살려 준다!"

"…"

대밭에서는 아무 인기척이 없다.

"무기를 버리고 손을 들고 항복하라!"

우정섭 연대장은 항복하라는 고함 소리에 눈을 감는다. 본인은 대밭 속에서 완전히 포위됐음을 느낀다. 계속되는 항복 권유에 우정섭은 결단을 해야 하는 형국이다. 여기서 나가면 반란군들에게 포로로 잡혀가든지, 아니면 그 자리에서 총살을 당한다는 걸 잘 알고 있다. 포로로 잡혀가는 것은 군인으로서 수치다. 나는 이 나라 국군이다. 이 나라 국군으로서 살신성인하여 반란군들을 격퇴하기 위해 구례로 들어왔다. 이 무슨 날벼락이란 말인가? 하사관 중대를 모두 잃었다. 오늘도 수많은 부하들을 잃었다. 앞날이 깜깜하다. 나는 용서받을 수 없는 지휘관이다. 눈을 감는다. 깊게 심호흡을 한다. 잠시 고민을 하던 우정섭은 그 자리에서 권총으로 자신 머리를 향하여 방아쇠를 당긴다.

탕.

총소리와 함께 우정섭의 머리에서 피가 솟구친다.

대밭에서 나는 총소리를 들은 장기만과 대원들이 깜짝 놀라 그 자리에서 엎드린다. 한 발의 총소리가 난 후 연속해서 총소리는 들리지 않는다. 대밭 주위는 조용하다. 대나무가 바람에 흔들리는 소리만이 정적을 일깨운다. 귀를 기울여도 아무 인기척이 들리지 않는다. 장기만의 신호에 따라 부대원들이 천천히 대밭 속으로 접근한다. 장기만의 신호에 따라 잠시 멈춘다.

"손 들고 항복하라! 당신은 이미 포위됐다!"

장기만이 대밭을 향해 소리친다.

"항복하면 목숨은 살려 준다!"

대밭에선 아무 인기척이 없다. 잠시 침묵이 흐른다. 장기만이 대원에게 접근하라는 신호를 보낸다. 대원들이 총을 겨누며 조심스럽게 대밭 안으로 발걸음을 옮긴다. 긴장되는 순간이다. 천천히 대밭 깊숙한 곳으로 접근한다. 대밭 안으로 들어가자 고꾸라져 있는 군인을 발견한다. 천천히 발걸음을 옮기던 대원들이 순간적으로 발길을 멈춘다. 고꾸라져 있는 군인이 움직임이 없자 조심스럽게 가까이 다가간다. 머리에는 붉은 피가 홍건히 고여 있다. 머리에 총을 쐈는지 얼굴은 온통 피투성이다. 사람을 흔들어 본다. 아무 움직임이 없다. 죽었다는 걸 확인한다. 고꾸라진 시체를 뒤적인다. 권총으로 쏜 총탄 자국을 확인한다. 장기만이 다가와 연대장 계급을 확인한다.

탕!

죽은 시체 위에 장기만이 확인 사살을 한다. 장기만은 그야말로 큰 전과를 올린 셈이다. 연대장을 생포하지는 못하였지만, 처단했으니 큰 성과를 올린 것이다. 대원들이 죽은 연대장의 옷을 벗긴다. 산속에서는 옷이 귀한 물건이다. 벗긴 옷을 들고 그 자리에서 사라진다.

차량 주위에는 항복한 진압군들이 무기를 버리고 손을 들고 있다. 항복한 진압군들을 무장 해제시킨다. 포로가 된 진압군들을 산속으로 데리고 간다.

산동 쪽에서 나는 총소리에 조종기 대대장이 막사에서 학교 운동장으로 뛰어 나온다. 분명히 총소리가 요란하게 나는 게 분명하다. 어느 쪽에서 나는지 방향을 알아야 한다. 소리 나는 쪽을 정확히 알아내기 위하여 귀를 기울인다. 연대장이 읍내 학교에서 남원사령부로 출발한 지 한 시간도 채 안 된 시간이다. 총소리는 산동 쪽에서 나는 게 분명하다. 불안한 예감이 든다. 산동 쪽이라면, 연대장 일행에게 무슨 일이 일어난 것이 아닌가?

"산동 지서에 연락해 봐!"

"예."

부관이 전화기를 들고 산동 지서에 연락을 한다.

"따르르릉 따르르릉… ."

산동 지서에 전화가 울려도 아무 반응이 없다.

"전혀 반응이 없습니다."

반란군들에게 공격을 받은 산동 지서와의 전화도 불통이다. 곧 해가 질 시간이다. 해가 지면 날이 어두워진다. 연대장 일행에게 무슨 일이 벌어졌는지 궁금하고 초조하기만 하다. 총소리의 원인도 모른 채 병력을 출동시킬 수는 없는 일이다. 하사관 부대를 공격한 반란군들이다. 연대장 일행이 반란군들의 공격을 받았으리라는 예감이 든다. 해도 서산으로 넘어가고 있다. 곧 날이 어두워질 시간이다. 어두운 밤에 연대장 일행을 구하려고 작전을 수행할 수는 없다. 어떻게 해야 할지 안절부절못한다.

따르르릉.

"예! 사령관님!"

조종기 대대장이 부동자세로 전화를 받는다.

"연대장과 연락이 되었나?"

"아직 연락이 없습니다."

"뭣들 하고 있는 거야? 빨리빨리 상황을 파악해서 보고 하라. 알 겠나?"

"예, 알겠습니다."

남원사령부로 출동한 연대장 일행에게서 아무런 연락이 없다. 밤이 되어도 연대장 일행의 행방은 전혀 알 수가 없다. 조종기 대대장이 막사에서 초조하게 밤을 새운다.

다음 날 연대장을 비롯한 소대 병력이 몰살을 당하고, 차량까지 전소된 상황은 남원사령부를 발칵 뒤집어 놓는다. 사령부로부터 확인 전화가 계속 울려 댄다.

따르르릉.

"연대장과 연락은 되었나?"

"예, 아직까지 연락이 없습니다."

"어떻게 된거야? 연대장이 피살됐나?"

"포로로 잡혀갔는지, 피살됐는지 아직 파악이 안 되고 있습니다."

"어제, 언제 출발했나?"

"어제 오후에 사령부를 향하여 구례를 출발하였는데, 산동 지역에서 반란군들에게 전원 피격당한 것 같습니다."

"어제 즉각 출동하지 않고 뭐 했나?"

"날이 어두워져 출동하지 못했습니다."

"이런, 이런, 머저리 같은 놈들… 아직까지 확인하지 않고 뭐하고 있는 거야? 당장 출동하여 산동 지역 상황을 확인하는 대로 보고하도록, 알겠나?"

"예! 알겠습니다."

날이 밝아 오자 시상리마을 입구에 마을 사람들이 모여 수군거린다. 어제 오후에 마을 입구에서 난 총소리에 아직도 겁먹은 얼굴이다. 마을 안으로 군인들이 더이상 들어오지 않아서 다행이었다. 날이 밝자 마을 입구로 주민들이 삼삼오오 몰려든다. 혹시 밤사이에 무슨 일은 없었는지 궁금해서 가만히 있을 수가 없었다. 어제 총소리가 들렸는데 마을 사람들 중에 총에 맞은 사람은 없는지, 김정섭 마을 이장이 앞장서서 마을 입구를 향하여 걷는다. 걸음걸이가 조심스럽기만 하다. 어디선가 갑자기 총알이 날아올 것만 같은 공포의 분위기다. 어제 오후 늦은 시간에 총소리가 요란하였던 걸 생각하면, 아직도 겁이 나서 가슴이 벌렁벌렁거려 진정이 되지 않는다. 군인들의 모습도 보이지 않는다. 대나무밭이 눈에 들어온다. 대밭을 향해 들어가 보자고 눈짓을 한다. 김정섭 이장이 먼저 대밭 쪽으로 발길을 옮긴다. 뒤따라 마을 남자들 몇 명이 격전이 벌어졌던 대나무밭으로 다가간다. 대밭 근처에 인기척이라고는 없다. 스산한 바람 소리만이 들린다. 대밭 안의 시체를 보고 깜짝 놀란다. 옷을 입지 않은 채 벌거벗은 몸이다. 시체를 봤으니 확인해 봐야 한다. 김정섭이 조심스럽게 한 발 한 발 다가간다. 가까이 다가갈수록 죽은 사람의 시체임이 분명하다. 시체 앞으로 사람들이 모여든다. 총탄에 맞아 피범벅이 된 군인의 시체다. 피비린내가 코를 찌른다. 머리에도 온통 피범벅이다. 총알이 머리를 관통한 모양이다. 군인은 군인인데 누굴까? 진압군일까? 반란군일까? 진압군의 시체로 추정한다. 진압군이라서 산속에서 옷가지가 부족한 반란군들이 옷을 벗겨 가 버린 것으로 추정한다. 그렇지 않고서야 죽은 시체가 옷을 벗은 채로 누워 있을 리 없다. 시체를 땅에 묻어야 한다. 죽은 시체를 알몸인 상태로 그대로 놔둘 수는 없다. 김정섭이 마을 사람들에게 무명베를 가져오라고 한다. 마을로 갔던 사람들이 무명베를 가지고 돌아온다. 김정섭이 무명베를 받아 시체를 감싼다. 시체를 대나무밭에서 냇가로 옮겨 땅을 파고 묻는다. 흙으로 봉긋한 무덤을 만들어 준다.

연대장이 어떻게 반란군들에게 공격을 당했는지, 반란군들의 세력은 얼마인지 조종기 대대장은 아직 파악하지 못한 상태다. 즉각 산동 쪽으로 출동시킬 계획만 짜고 있다. 이른 새벽부터 조종기가 부대 전원을 운동장에 소집한다. 부대원들이 일사불란하게 움직인다. 연대장이 피살됐다는 소식에 부대원들의 사기는 복수심으로 가득 차 있다. 현장으로 출동해야 한다. 연대장과 부대원들의 행방을 찾아내야 한다. 연락이 되지 않고 있는 연대장의 행방이 궁금하다. 뒤늦게 산동면사무소를 통하여 연대장 일행과 산동 지서가 반란군들에게 피격당했다는 소식이 전해진다. 작전을 수행하는 데 있어서 지휘관이 없는 상황이다. 만약에 연대장이 죽었다면, 죽은 시신이라도 거두어야 한다. 부대원들의 준비가 빨라진다. 트럭이 학교 운동장에 줄지어 대기하고 있다. 차량에는 박격포도 준비한다. 병력들이 조종기 대대장의 지휘로 차량에 빠르게 탑승한다. 병력들의 탑승이 완료되자 출동한다.
“출동!”

출동 명령과 함께 트럭이 움직인다.

　장기만이 산속에서 작전 회의를 한다. 김정욱과 송진혁도 참석한
다. 어제 작전은 대성공이었다. 연대장을 생포하는 데는 실패했지
만, 큰 성과를 거두었다. 날이 밝으면 진압군들이 산동으로 진격해
오리라 확신한다. 어디에서 작전을 펼지 숙의한다. 적들이 보이지 않
는 곳에 은폐하여 선제공격을 해야 한다. 기습 공격이야말로 작전의
절반은 성공을 거둘 수 있다. 적들이 이곳은 아니겠지 하며, 방심하
는 곳에서 허를 찌르는 기습 공격을 해야 한다. 중대 병력이 아닌 대
대 병력으로 진격해 오리라는 예상을 해야 한다. 진압군들은 화력
과 병력이 훨씬 앞서고 있다. 대규모의 대대 병력이 들이닥칠 수도
있으므로 철저히 대비해야 한다. 장기만의 소수의 병력으로 대규모
병력을 대적할 수는 없다. 오히려 잘못 건드렸다가는 대원들의 희생
만 가중될 수 있다. 기습 공격만이 승리할 수 있다.
　"김정욱 동지! 이번 작전지역도 산동 쪽입니다. 어디가 좋겠습니
까?"
　장기만이 김정욱에게 작전지역을 물어본다.
　"글쎄요. 어디가 좋을지…."
　김정욱도 쉽게 결정하지 못한다. 김정욱이 송진혁과 작전지역을
의논한다. 전번 작전에는 쑤악재를 피해 산동 깊숙이 적들을 유인
하여 원촌 지역에서 작전을 감행했다. 읍내에 주둔해 있는 연대 병
력을 최대한 멀리하기 위해서다. 펴 놓은 지도를 바라보더니, 쑤악
재를 벗어난 이평 지역을 가리킨다. 쑤악재에서는 진압군들이 철저
하게 수색을 한 후에 다가오리라 본다. 어제 연대장 일행을 습격한

터라 진압군들이 호락호락하지 않으리라 판단한다.

"쑤악재는 이미 적들이 경계를 할 지역입니다. 적들이 철저하게 수색조를 보낼 게 분명합니다. 쑤악재는 우리 병력을 개미 새끼 한 마리 얼씬거리지 않게 하는 겁니다. 어제 작전을 했던 시상리 인근이 아닌 지역을 택해야 할 것 같습니다. 적들이 예상하지 못한 지역을 선택하여 기습 공격을 해야 합니다. 쑤악재를 벗어나는 이평 지역이 어떨까 합니다. 쑤악재 수색을 마치고 나서, 쑤악재는 아니라고 긴장의 끈을 놓는 그 순간을 노리자는 겁니다. 그곳이 바로 이평 지역입니다. 쑤악재를 지나서 이평마을을 지나는 지역에서 기습 공격하는 것입니다.

이평학교 앞에 솔밭과 묘와 비각이 서 있는 장소입니다. 그곳은 쑤악재를 완전히 내려오고, 이평계곡에서 흘러 나오는 계곡 다리도 지나는 곳입니다. 진압군들이 쑤악재를 완전히 내려왔다는 경계심을 늦추고, 시야가 훤하게 확보되어 원촌 지역을 향해서 막 달려가는 곳에 우리 부대원들을 집중 매복시키는 것입니다. 박격포는 마을 뒤쪽에 배치하는 것입니다. 솔밭과 묘와 비각이 서 있는 곳에 매복을 시키는 것입니다. 마을 앞 신작로를 지날 때 기습 공격을 감행하는 것입니다."

장기만이 김정욱의 작전에 귀를 기울인다. 장기만이 나선다.

"좋습니다. 내 생각에도 적들은 쑤악재를 먼저 철저히 수색할 것입니다. 쑤악재 수색을 마치고 산동 방향으로 진격하려는 채비를 하는 순간, 기습 공격을 감행하면 적들은 준비가 안 된 상태일 겁니다. 그 틈에 우리 부대가 총공격을 퍼붓는 겁니다. 쑤악재를 벗어나는 이평 지역으로 작전지역을 정하겠습니다."

장기만은 날이 밝자마자 이른 새벽부터 쑤악재가 끝나는 이평 지역에 부대를 집결시킨다. 어제보다 더 많은 병력을 은폐시켜야 한다. 쑤악재를 진압군들이 진격해 온다면 중대 단위나 대대 단위 병력일 것이라 예상하기 때문이다. 장기만은 산중에 남아 있는 많은 병력을 산동 이평 뒷산에 총동원시켜 매복에 들어간다. 박격포도 이평마을 뒷산에 설치한다.

장기만이 쑤악재 정상에서 망원경으로 바라본다. 신작로에 트럭이 쑤악재를 향하여 오고 있다. 김정욱이 망원경을 건네받아 진격해 오는 병력을 추측해 본다. 이번에는 병력이 대규모다. 차량이 먼지를 일으키며 신작로를 달린다. 대원들에게 적의 병력이 쑤악재 가까이 접근했음을 알린다. 장기만은 부하들을 이끌고 쑤악재에서 철수한다. 김정욱도 장기만을 따라 쑤악재에서 재빠르게 철수하여 이평 뒷산으로 향한다. 쑤악재에는 흔적을 남기면 안 된다. 쑤악재를 넘어 이평 쪽으로 오기만을 기다려야 한다. 이평 지역 솔밭 인근 신작로가 작전지역이다. 이평 계곡을 따라 산 쪽으로 무덤이나 계곡에 부하들을 매복시킨다. 주력부대는 마을 뒷산에 많은 병력을 매복시킨다. 이평계곡을 따라서 산 중간까지 이중 삼중으로 공격 대열을 배치한다. 이평 뒷산 중턱에는 박격포를 준비한다. 이평 들에서 추수하고 있는 농부들을 모두 철수시킨다. 이평 인근 마을에는 장기만의 대원들을 투입한다. 이평 인근 마을을 철저하게 통제한다.

병력을 태운 트럭이 쑤악재 입구에 다다른다. 언덕을 오르기 전에 차량이 멈춘다. 차량에서 일제히 내려 인근 논두렁으로 몸을 납작 엎드린다. 쑤악재를 향하여 총구를 겨눈다. 조종기가 차량 대열 앞에 선다. 쑤악재를 향한 구불구불한 길이 보인다. 쑤악재를 망원경으로 한참 동안 바라본다. 쑤악재 정상부터 전체를 꼼꼼히 살핀다. 무슨 수상한 움직임은 없는지 살핀다. 혹시나 적군들이 매복하고 있을지 동태를 파악하는 것이다. 모두가 긴장된 채 조종기의 명령을 기다린다. 잠시 침묵이 흐른다. 쑤악재는 정적에 싸여 있다. 더더욱 긴장을 늦출 수 없다. 진압군의 병력이 이곳을 수색하고 통과해야 한다. 쑤악재에 적군들이 미리 도착하여, 우리가 도착한 것을 한눈에 내려다 볼 수도 있다. 조종기가 쑤악재를 향하여 먼저 수색대원들을 침투시킨다. 수색대원들이 쑤악재를 향하여 서서히 진격한다. 그 뒤를 부대원들이 시간을 두고 뒤따르도록 한다. 쑤악재에 병력의 절반을 풀어 놓은 셈이다. 조종기가 뒤에서 그 모습을 확인한 후에 수색대의 결과를 기다린다.

수색대원들이 주위를 살피며 쑤악재 정상까지 진격한다. 쑤악재 정상에 오를 때까지 개미 새끼 한 마리 얼씬거리지 않는다. 인기척도 없이 조용하다. 반란군들의 흔적조차 찾을 수 없다. 쑤악재에는 반란군들의 병력이 없음을 확신한다. 뒤따라온 부대원들이 속속 쑤악재 정상에 도착한다. 수십 명 단위로 쑤악재 전체를 살피고 올라온 병력이다. 수색대원들이 쑤악재 정상에 도착했고, 쑤악재 너머 아래까지 수색하고 있다는 보고가 들어온다. 쑤악재에서는 산동면이 한눈에 들어오는 지역이다. 멀리 산동 면 소재지인 원촌마을과 학교가 시야에 들어온다. 학교 인근에 있는 면사무소와 산동 지서가 있는 곳으로 일단 부대를 이동시켜야 한다. 쑤악재를 지나기만 하면, 쑤악재 같은 야산은 없고 시야가 어느 정도 멀리까지 트여 있다. 우측으로는 서시천이 흐르고 있다. 마을은 보이지 않는다. 좌측으로 도로를 따라 산 쪽으로 마을이 군데군데 보인다. 이평마을만 지나면 단숨에 산동 지서에 다다를 수 있는 거리다. 학교에 도착하여 부대를 주둔시키고 연대장의 피살에 대하여 다시 작전을 개시할 계획이다.

수색대원들은 정상에서 머무르지 않고 구불구불한 길을 따라 내려간다. 쑤악재 아래까지 적들의 매복이 없음을 확인한 선발대의 신호에 따라 부대원들과 차량이 천천히 쑤악재를 내려온다. 이평 들판에는 추수하는 농민들도 보이지 않는다. 장기만 부대원들이 인근 마을 사람들을 들판으로 나가지 못하도록 미리 손을 써 놓은 상태다. 쑤악재를 내려온 진압군들이 차량과 함께 걸어서 출발을 서두른다. 시야가 확보되자 경계가 느슨해진다. 차량에 군인들이 일부만 탑승을 한다. 천천히 차량이 움직이기 시작한다. 차량을 쑤악재 쪽으로 되돌릴 수도 없는 지역이다. 빨리 차량으로 이동하여 산동 지서가 있는 원촌까지 가야 한다. 진압군들의 모든 행동을 장기만 일행이 이평 뒷산에서 망원경으로 바라보고 있다. 진압군들이 이평다리를 건너서 마을 앞을 지나기만을 솔밭 인근에 매복하여 기다리고 있다.

쑤악재를 넘어온 진압군들이 원촌마을을 향하여 진격한다. 차량은 신작로를 걸어서 진격하는 진압군들과 보조를 맞추며 이동한다. 신작로를 따라 이평마을을 지난다. 움직이는 차량과 함께 이평마을 앞 솔밭 인근에 다다른다. 장기만이 총을 발사한다. 공격 개시의 신호탄이다.

탕.

탕탕탕… 따따따따따따따….

수백 개의 총구가 일시에 불을 뿜는다. 매복해 있던 장기만 부대원들이 사격을 가한다. 인정사정없다. 총소리와 함께 솔밭 인근에 몸을 숨기고 있던 장기만 부대원들이 벌떼처럼 진압군을 향해 진격해 온다. 산속에 몸을 숨기고 있던 장기만 부대원들이 순식간에 수백 명으로 늘어났다. 수백 명이 차량과 진압군을 향하여 집중 사격을 퍼붓는다.

"악!"

총탄에 맞아 비명을 지르며 쓰러진다. 추풍에 낙엽 떨어지듯 진압군들이 쓰러져 간다. 신작로를 걷던 진압군들도 논두렁에 납작 엎드린다. 엎드리자마자 반격을 한다.

차량에서 뛰어내린 조종기가 소리를 지른다.

"적군은 산 쪽이다! 왼쪽을 향해서 반격하라!"

"왼쪽이다!"

정신을 차린 진압군이 함께 소리를 지른다.

'탕탕탕… 따따따따따따따….'

소리를 질러도 고막을 찢을 듯한 시끄러운 총소리에 소리가 전달되지 못한다. 차량을 방패 삼아 총알이 날아오는 지역을 향해 자동적으로 반격을 개시한다.

탕 탕 탕….

따따따따따따따….

차량에서 뛰어내린 부대원들이 논바닥으로 뒹군다. 몸을 추스르고 논두렁을 방패 삼아 총알이 날아오는 방향을 향해 사격한다.

"아! 악!"

수십 명의 진압군들이 기관총 사격 앞에 쓰러져 간다. 총을 맞고 그 자리에서 피를 흘리며 고꾸라진다. 반란군들은 틈을 주지 않고 기습 공격으로 적들을 일시에 혼란에 빠트린다.

"아! 살려 줘!"

"의무병! 의무병!"

여기저기에서 진압군들이 총을 맞고 쓰러진다. 총에 맞은 부상으로 고통을 참지 못하고 쓰러져 악을 쓴다. 의무병 찾는 소리가 다급하다. 차량에서 몸을 피한 진압군들이 멀리 있는 반란군들을 향해 수류탄을 던진다.

팡.

수류탄 파편이 튀어 오른다. 그 파편들로 시야가 잠시 가려진다. 그렇게 해서라도 반란군들의 공격을 막아 낸다.

쾅.

박격포탄이 차량 근처에 떨어진다. 진압군들이 박격포탄에 맞고 피를 흘리며 공중으로 몸이 솟구친다.

쾅 쾅 쾅!

연이어 터지는 박격포탄이 차량을 명중시킨다. 차량에 불이 붙는다. 진압군들이 혼비백산하여 차량에서 멀어진다.

산동 지역에서 들려오는 총소리를 듣고 읍내에 주둔한 연대 본부에서는 지원 병력을 출동시킨다. 비상출동을 준비한 군인들이 신속하게 차량에 탑승한다. 병력을 태운 차량이 급하게 출동한다.

전열을 가다듬은 진압군들이 반란군들을 향해서 서서히 진격하여 간다.

탕 탕 탕 탕 탕….

펑!

수류탄이 총소리를 잠재울 만큼 큰 소리를 내며 터진다. 수류탄 사정거리는 너무 멀어서 반란군들에게 피해를 주지는 못하지만, 수류탄 폭음으로 반란군들을 놀라게 하는 효과가 있다. 수류탄을 연속해서 던진다.

펑 펑 펑!

후미에 따라오던 차량에서 뛰어내린 진압군들이 신속하게 움직인다. 앞 차량들과 격전을 벌이는 동안 차량에서 내리자마자 박격포를 거치한다. 반란군을 향해 포를 쏘아 올린다.

쾅!

박격포탄이 큰 소리를 내며 터진다. 반란군들이 수류탄과 박격포탄 소리에 공격이 주춤해진다. 반란군들의 방향을 알아차린 진압군들의 반격이 시작된 것이다.

탕 탕 탕.

따따따따따따따따….

쾅.

수류탄 공격과 박격포탄의 폭발과 함께 반란군들의 공격이 멈칫한다. 차량을 향해 돌진하며 사격을 하던 장기만 부대원들이 더이상 차량 쪽으로 진격하지 못한다. 그 사이에 진압군들이 전열을 가다듬고 차량을 두고 점점 뒤로 물러난 상태가 된다. 계속해서 박격포 공격을 퍼붓는다.

쾅.

박격포탄이 반란군들에게 명중한다. 포탄을 맞은 반란군들이 쓰러진다.

"악!"

조종기가 부대원들에게 명령한다.

"돌격하라!"

진압군들이 반란군들을 향하여 진격을 시작한다. 수류탄을 던진다.

평.

장기만이 진압군들이 공격해 오자 철수 신호를 보낸다.

"철수하라!"

장기만의 철수 명령에 따라 장기만 부대는 엄호를 하면서 마을 뒤쪽의 산으로 몸을 피하기 시작한다. 시간이 갈수록 불리해짐을 느낀다. 장기만 부대원들은 기습 공격을 감행했기 때문에 사망자는 몇 안 된다. 사망자들의 시신은 포기하고, 부상자들을 부축하여 산속으로 몸을 숨긴다.

탕 탕 탕 탕 탕….

몸을 피하면서 부대원들을 위한 엄호사격은 계속된다. 수류탄을 던진다.

평!

탕 탕 탕 탕 탕….

반란군들이 산으로 물러가는 모습이 보인다. 조종기는 부대원들에게 계속 돌격하라는 명령으로 적을 따라 쫓아간다. 진압군은 적들과 거리를 두면서 계속 사격을 한다.

탕 탕 탕….

쾅!

이평 뒷산을 향한 박격포 공격은 계속된다. 반란군들의 공격이 잦아든다. 진압군 일부 병력들은 차량 주위로 몰려든다. 차량 주위에 군인들의 시체가 겹겹이 쌓여 있다. 그 시체 사이에서 부상병들이 신음하고 있다. 부상당한 동료들을 부축한다. 상처 부위를 응급 처치한다.

"아! 악!"

부상당한 진압군들의 신음 소리와 고통을 못 이기고 악을 쓰는 소리로 아수라장이다. 검은 연기와 함께 차량이 활활 타오르고 있다. 부상병들을 불타는 차량에서 멀리 떨어지게 하느라 분주하게 움직인다. 차량 모두가 전소되고 사망자와 부상자가 발생한 참혹한 현장이다. 진압군들은 산속으로 도망가는 반란군들을 뒤쫓는다. 박격포는 이평 뒷산을 향해 계속 쏜다.

쾅!

굉음 소리가 이평 뒷산에서 간간이 들려온다. 읍내에서 출발한 지원 병력이 도착한다.

산속에 포로로 잡혀 온 하사관 부대원들이 포박된 채 줄지어 서 있다. 하사관들은 겁에 잔뜩 질린 얼굴이다. 앳된 얼굴도 눈에 띈다. 적에게 잡혀 온 마당에 언제 죽을지 모르는 공포가 엄습해 온다. 명령 하나에 죽기도 하고, 살기도 하는 신세다. 적에게 포로로 잡혀 왔으니 죽은 목숨이나 다름없다. 반란군들이 언제 총으로 몰살시킬지 불안에 떨고 있다. 산속으로 끌고 온 것도 그렇고, 자신들을 끌고 와서 줄을 세워 대기시키는 것에도 긴장할 수밖에 없다. 구성만이 하사관 군인들을 진두지휘한다. 일대일 면담을 통해 며칠 동안 잡혀 온 하사관들을 분류했다. 고향이 어디이고, 몇 살이고… 그동안의 행적에 대하여 소상하게 취조를 한 상태다. 혁명 대열에 참가하겠다고 맹세한 하사관들은 포박을 풀어 주고 다른 장소로 이동하여 환영을 해 주었다. 장소를 옮겨 별도의 교육과 훈련을 시켰다. 긴장하고 있는 하사관들 앞에 정만호가 나선다. 산속에 남아 혁명의 대열에 참가하지 않은 하사관들이다.

"너희들은 이승만 정권에게 속아서 군대에 온 거다. 우리 민족이 하나의 통일 조국을 세우기 위한 노력을 해도 시원찮을 판국에 두 개의 나라로 갈라져 버렸다. 이건 우리 민족사에 부끄러운 일이다. 우리는 하나의 민족통일을 위해 나선 것이다. 이렇게 젊은 나이에 포로로 잡혀왔으니 참으로 안타까운 일이다. 여러분들이 민족통일을 위한 우리의 혁명 사업에 동조하고, 다시는 군대에 입대하지 않겠다는 확약만 해라. 이 자리에서 맹세한다면, 여러분들을 부모님이 계시는 고향으로 돌려보내 주겠다. 여러분들이 고향으로 돌아가서, 부모님 밑에서 우리의 통일 조국 혁명 사업을 전파하는 데 돕겠다는 약조만 하라. 약조만 하면 아무런 조건 없이 고향으로 돌려보내 주겠다. 여러분 그렇게 할 수 있겠나?"

"…"

잠시 침묵이 흐른다. 뜻밖의 제의에 서로 눈치를 살핀다. 눈치를 보던 병사들은 야밤에 손이 묶인 채 산속으로 잡혀 와 죽은 목숨인 듯 자포자기한 상태였다. 끌려오면서도 죽음의 공포에 떨고 있던 참이다. 죽이지도 않고 풀어 줘서 고향으로 보내 주겠다고 하니, 믿어야 할지 말아야 할지 결정을 못 한다. 서로 눈치만 보고 머뭇거린다.

"자! 맹세만 하면 살려 준다! 할 수 있겠나!"

정만호가 목소리를 높인다. 그래도 하사관들은 선뜻 대답을 하지 않는다. 옆에서 그 광경을 본 구성만과 정만호가 눈빛을 교환한다. 민간 복장을 한 구성만이 다시 나선다.

"자! 우리 대장님이 여러분들에게 그야말로 큰 호의를 베풀고 있다. 전쟁터에서 포로를 이토록 너그럽게 살려 주는 법은 어디에도 없다. 특별히 여러분들이 생각을 바꾸면 목숨은 구할 수 있다. 고향에 돌아가서 조국 통일의 혁명 사업에 동참하겠다는 약조만 하면 된다. 그러면 여러분들은 산에서 내려갈 수 있다. 산에서 내려가면 군에 다시 입대하지 말고 고향으로 가야 한다. 그렇게 할 수 있겠나?"

구성만의 말이 끝나자 하사관들이 서로 얼굴을 쳐다보며 눈치를 살핀다. 군인이 아닌 민간복장을 한 구성만이 나서자 조금은 긴장이 풀린다. 죽음의 공포에서 조금은 누그러진다. 서로 눈치를 보던 하사관들이 고개를 끄덕인다. 구성만이 기회를 놓치지 않고 재차 확인한다.

"할 수 있겠나?"

"…예."

여기저기서 눈치를 보며 대답한다. 자신이 없는 기어들어 가는 목소리다. 나중에 어찌될 망정, 죽이지 않고 살려 준다니 얼마나 기쁜 일인가? 총살당할 죽음의 공포가 사라진 것이다. 반대할 이유가 없는 상황이다. 얼굴을 돌려 서로의 눈치를 살핀다.

"자, 맹세만 하면 살려 준다! 할 수 있겠나!"

정만호가 재차 큰 소리로 외친다.

처음엔 몇 명이서만 속으로 기어들어 가는 소리로 대답을 했었지만, 정만호가 재차 확인하는 명령에는 대답 소리가 커진다.

"예!"

대답 소리가 여기저기서 터져 나온다. 점점 우렁찬 목소리다.

"할 수 있겠나?"

"예!"

이번에는 하사관 부대원 전원이 한목소리로 대답한다. 하사관들의 우렁찬 목소리에 정만호의 얼굴에 미소가 번진다. 정만호가 구성만에게 묶인 손을 풀어 주라는 신호를 보낸다. 구성만과 주위의 동료들이 하사관들에게 일시에 달려들어 묶여 있는 손을 풀어 준다. 손을 풀고 대열을 다시 정비한다.

"고향으로 돌아가 해방 사업에 몰두해라. 만약에 약속을 어기고 고향으로 돌아가지 않거나, 다시 진압군의 활동을 한다든지, 고향으로 돌아가서도 혁명 대열에 참가하지 않으면 철저히 보복할 것이다. 우리 혁명대원들이 끝까지 감시할 것이다. 단단히 각오해야 한다. 알겠나?"

"예!"

하사관들의 목소리가 우렁차다. 산속에서 며칠간 추위를 견디어 온 상태라 산에서 내려간다는 것만으로도 목소리가 밝아진 것이다. 정만호가 하사관 한 사람 한 사람과 악수하며 작별 인사를 한다. 고향으로 돌아가는 여비까지 손에 쥐어 준다. 손에 쥐어 준 것이 돈임을 확인한 하사관들이 놀란 얼굴이다. 목숨만 살려 준 것도 고마운 일인데, 여비로 돈까지 쥐어 줬으니 놀라지 않을 수 없다. 전쟁터에서 포로들에게 여비까지 손에 쥐어 주면서 살려 준다는 것은 상상할 수 없는 일이다. 정만호가 일일이 한 명씩 악수를 나눈다.

"고향으로 돌아가 혁명 대열에 참가해라."

"예, 고맙습니다."

"고향으로 돌아가 해방 사업에 몰두해라."

"예, 알겠습니다."

"고맙습니다."

한 사람씩 연신 허리를 굽혀 인사를 한다. 구성만도 일일이 악수를 나누자 하사관들이 넙죽 인사를 한다. 하사관들이 대열을 맞추어 인솔자의 지시를 따라 산을 내려간다.

산속으로 끌려갔던 하사관 신병 몇 명이 구례에 주둔하고 있는 부대로 복귀하였다. 하사관 중에는 부대로 복귀하지 않고 고향으로 돌아간 자도 있다. 반란군 대장이 고향으로 돌아가라고 여비까지 줘서 살려 보냈다는 소문이 들리는 판국이다. 진압군들은 하사관들의 말을 믿을 수 없는 일이라고 여긴다. 반란군들에게 포로로 잡혀갔던 하사관 부대원들이 전원 복귀한 것은 아니다. 살아서 돌아온 하사관 부대원들은 복귀하자마자 전원 남원사령부로 연행한다. 반란군에게 잡혀갔던 곳이 백운산 어디였는지 추궁한다. 소문대로 여비를 받았는지도 조사를 한다. 하사관들에게 여비로 준 돈의 출처를 조사해 보니 반란군들이 여수와 순천 은행에서 몽땅 강탈해 간 돈으로 추정을 한다. 그렇지 않고서야 현금을 하사관 포로들에게 여비로 줄 리가 없다고 판단한다. 조사를 해 보니 하사관 교육대원 동기 중에는 반란군의 일원으로 산속에 남아 있는 사람도 있다는 것이다. 하사관 중에서 스파이가 되어 돌아왔는지, 순진하게 진압군의 일원이 되고자 돌아왔는지 심문을 더 해 봐야 할 일이다.

남원사령부에 긴급 작전 회의가 소집된다. 광주사령부에 있던 미군 임시군사고문단도 남원으로 급파되었다. 여수, 순천의 탈환을 조종하였던 미군 고문단도 구례 지역의 연이은 반란군들에 의한 공격으로 심각성에 직면한다. 여수, 순천의 문제는 소강상태에 접어들고 있다. 반란군들이 이미 지리산과 백운산으로 숨어 버렸기 때문이다. 특히 노고단을 중심으로 구례 지역에 반란군들의 세력이 집결해 있다는 정보다. 구례 지역에서 반란군들의 기습 공격으로 진압군들이 계속 죽어 나가고 있다. 빨리 대책을 세워 진압해야 한다. 그렇지 않으면 진압군들이 계속 피해를 볼 게 뻔하다. 구례 쪽으로 전투력을 증강시켜야 하는 문제로 작전 회의가 진행된다. 하사관 교육대가 피격당하여 통째로 사라졌지만, 진상조차 파악하지 못하고 있다. 산동 지역에서 연대장의 피살에 이어, 많은 사상자를 냈고, 차량까지 전소되는 상황은 남원사령부를 발칵 뒤집어 놓는다. 반란군들의 규모가 얼마나 되는지, 피해 상황은 어떻게 되는지, 앞으로 어떻게 작전을 펴야 할지 심각하게 작전 회의가 진행된다. 반란군들의 기습 공격에 속수무책 당하기만 한 것이다. 대책을 세워야 하지만 반란군들에 대한 정보가 부족하여 답답할 뿐이다. 후임 연대장을 선임하여야 한다. 후임 연대장에 박기철 연대장을 임명한다.

박기철 연대장이 구례에 도착한다. 망원경으로 노고단을 살핀다. 계곡을 훑어 가며 지목을 익힌다.
"저기가 노고단이란 말이지?"

"예. 그렇습니다."

최정수 부관이 옆에서 확인해 준다.

"노고단 계곡 아래에 화엄사가 있고, 저쪽이 차일봉입니다. 차일봉 계곡에는 천은사가 있습니다. 노고단 우측 너머는 피아골이고, 그 계곡에는 연곡사가 있습니다."

박기철이 고개를 끄덕인다. 구례 노고단을 중심으로 광양 백운산과 화개 지역까지 산속에 숨어 있는 반란군들을 파악해야 한다. 반란군들이 어디에 어느 정도의 인원이 숨어 있는지를 먼저 파악해야 한다. 박기철이 구례에 도착하자마자 반란군들의 규모를 파악하라는 명령이 하달되었다. 진압군들이 구례에 들어오자마자 반란군들에게 기습 공격을 당했다는 보고를 상세하게 받았다. 진압군들의 사기도 땅에 떨어졌다. 하루빨리 반란군들을 섬멸해야 한다. 산속에 숨어 지내는 반란군들의 규모를 파악하고, 적군들이 공격해 오기 전에 선제공격을 해야 한다.

박기철이 구례에 도착하자마자 사령부에 보고를 한다.

"박기철 연대장입니다."

"구례 쪽 반란군들의 상황은 어떤가?"

"반란군들의 규모가 얼마나 되는지는 아직 파악이 덜 된 상황입니다."

"최대한 빨리 파악해서 보고하도록, 알겠나?"

"예, 사령관님!"

"작전에 필요한 것이 있으면, 뭐든지 지원 요청을 하라고. 알겠나?"

"예, 사령관님!"

간전학교에 군인들이 우르르 몰려든다. 박기철이 텅 비어 있는 학교를 둘러본다. 마을 외곽에 학교와 지서만 있는 지역이다. 군인들이 주둔했던 학교 운동장은 말끔히 치워져 있다. 반란군들에 의하여 하사관 부대 전체가 없어져 버렸다. 하사관 부대가 포로가 되어 산으로 끌려갔다는 사실이다. 박기철이 지휘관들을 불러 모은다.

"남자들은 몽땅 잡아들이고, 산간 마을은 무조건 불을 질러 버리라고! 알겠나?"

"예!"

박기철은 화가 단단히 난 목소리로 명령한다. 박기철은 악에 받친 상태다. 백운산을 끼고 있는 간전면 사람들을 몽땅 잡아들일 기세다. 군인들이 신속하게 박기철의 지시에 따라 움직이기 시작한다. 수백 명의 군인들이 마을로 우르르 몰려간다. 학교 근처의 마을뿐만 아니라 간전면 마을 대부분을 포위한다.

탕 탕 탕 탕 탕…:

마을에 들어서자마자 총을 쏜다. 총소리에 놀란 사람들이 벌벌 떨며 집 밖으로 몰려나온다. 마을 사람들 모두를 마을 앞 논바닥에 모이게 한다. 겁에 질린 사람들이 고개를 숙이고 있다.

"너! 이리 나와!"

지명을 받은 사람들이 겁에 질린 채 걸어 나온다. 군인들이 총구를 들이대고 마을 사람들을 연행해 간다. 남자들이 손이 묶인 채 줄줄이 학교로 끌려온다. 학교 마당에는 끌려온 남자들의 수가 점점 늘어난다. 무슨 기준으로 끌려왔는지 알 수 없다. 젊은 남자라는 이유만으로 끌려온 사람들이 대부분이다. 하사관 교육대가 하룻밤 사이에 전멸했다는 것은 간전면 사람들이 반란군들과 내통한 것이란 전제하에 잡아들인 것이다. 무슨 영문인지도 모른 채 학교에는 손이 묶인 채 끌려 들어가는 사람, 끌려 나오는 사람들로 북새통을 이룬다. 수백 명의 간전면 사람들이 끌려왔다. 젊은 사람 외에도 좌익으로 의심이 가는 사람들은 모두 끌려온 셈이다. 군인들이 끌려온 사람들을 하나씩 불러다 놓고 취조를 하면서 분리한다. 순식간에 빨갱이로 낙인찍혀 버린 것이다. 심지어는 간전학교에서 하사관 부대가 습격당한 것을 모르는 주민들도 섞여 있다. 반란군들에게 협조를 했냐고 취조한다. 겁에 질린 마을 사람들은 진압군들의 공포 분위기 속에서 조사를 받는다.

"이 마을에도 반란군들이 지나갔나?"

"예."

"자! 반란군들에게 밥을 해 준 사람은, 조사하기 전에 먼저 자수하면 살려 준다."

마을 사람들은 군인들의 조사에 잔뜩 주눅이 들어 있다. 마을 사람들끼리도 서로 얼굴을 마주치지 않으려고 외면한다. 군인들이 마을 사람을 한 명씩 불러들인다.

"밥을 해 줬어?"

"예. 반란군들이 총을 들이대고 밥을 해달라고 했습니다. 너무 무서워서 벌벌 떨면서 밥을 해 줬그만이라이."

마을 사람은 잔뜩 겁먹은 얼굴로 정직하게 말해 버린다.

"저쪽으로 가!"

마을 사람은 군인이 시키는 대로 움직인다.

"반란군들에게 짐을 지어다 준 사람들도 이쪽으로 나온다."

군인이 마을 사람들을 향해 큰소리로 말하자, 서로 눈치를 보면서

슬금슬금 움직인다. 움직이지 않고 서 있는 사람을 향해 군인이 소리를 지른다.

"당신은 아무것도 안 했어?"

군인이 버럭 소리를 지르자 고개를 끄덕이며 군인의 눈치를 살핀다.

"사실대로만 말하면 살려 준다. 알겠나? 거짓말을 하면 조사하는 즉시 바로 총살이다. 알겠나?"

군인이 지르는 소리에 마을 사람들은 무서워서 벌벌 떤다. 마을 사람들이 차례로 군인 앞에 불려 간다. 겁에 질려 주눅이 들어 있다. 묻는 질문에 대답을 확실히 하지 못해도 반란군들과 내통한 사람으로 낙인이 찍혀 버린다. 억울해도 변명할 기회가 없다. 분리된 사람들은 뒤로 손이 포박된 채 끌려간다. 군인들이 총칼을 겨누며 뒤따른다. 섬진강 변으로 끌려가는 사람들이 점점 늘어난다. 섬진강 변은 군인들과 끌려온 간전면 사람들로 긴 행렬이 이어진다. 끌려온 사람들은 손이 묶여 있고, 눈이 가려진 채 일렬종대로 서 있다. 멀찌감치 군인들이 서 있는 사람들을 향해 총구를 겨눈다.

탕 탕 탕 탕 탕….

요란한 총소리와 함께 서 있던 사람들이 쓰러진다.

탕 탕 탕 탕 탕….

섬진강 변 곳곳에서 총소리가 요란하게 울린다. 간전학교에서 하사관 부대가 전멸당했다는 이유 하나만으로 간전면 사람들이 죽어 나간다.

백운산과 근접한 산간 마을은 반란군들과 내통하지 못하도록 아예 마을을 통째로 없애 버리라는 명령이 하달된다. 군인들이 산간 마을 사람들을 몽땅 연행해 간다. 마을은 인기척을 찾아볼 수 없이 고요하기만 하다. 군인들이 텅 빈 마을을 돌아다니며 불을 지른다. 논곡, 선창, 효죽, 금장, 매재, 용지 마을이 활활 타오른다. 간전면 곳곳에서 연기가 하늘로 솟구친다. 하루아침에 터전을 잃어버린 간전면 사람들의 통곡 소리가 사무친다.

"아이고! 아이고! 아이고…"

주민들이 통곡을 하며 불타 버린 마을로 접근한다. 군인들이 총을 들고 막아선다. 터전을 잃고, 갈 곳이 없는 주민들이 면 소재지 인근으로 몰려든다. 움막을 짓거나 남의 집 헛간에서 겨우 목숨을 연명한다.

금성재 산속에서 숨어 지냈던 정만식이 집으로 돌아왔다. 집 안은 엉망진창이다. 사립문은 열려 있고, 돼지를 키우던 마구간도 문이 열려 있다. 돼지도 보이지 않는다. 집안에 사람 인기척이 전혀 없다. 남원댁과 아이가 보이지 않는다. 집 밖으로 나온다. 집안 식구들이 어디에 있는지 수소문한다. 누구도 식구들을 보지 못했다고 고개를 흔든다. 반란군들이 청년단 간부 집은 모조리 박살을 내 버렸다는 소문이다. 지서 앞 광장에서 인민재판이 열렸다는 것이다. 거기서 남원댁을 봤다고 한다. 반란군들이 들어와서는 좌익들과 함께 인민공화국 만세를 부르고, 지주들, 공무원 가족, 한청단 임원 가족들, 국민회 간부들, 동네 이장들, 부인회 간부들 등… 많은 사람들을 포박하여 산으로 잡아갔다고 한다. 이승만 일당에게 충성하였다는 죄목이었다. 광장에서는 '죽이라!'는 함성이 메아리쳤고, 인민재판을 받은 후로는 어디로 갔는지 모두 행방불명되었다는 것이다. 마을 사람들도 사람을 찾고 있지만, 아무도 소식을 모른다는 것이다. 참으로 갑갑한 일이다. 반란군들이 산으로 끌고 갔나? 어디 살아 있다면 연락이 왔을 텐데… 도대체 어디에 있단 말인가? 만식은 텅 빈 집 마루에 멍하니 앉아 있다. 제발 살아 있기만을 간절히 바랄 뿐이다.

송기섭 이장도 반란군들이 들이닥치는 날 도망을 쳤다가 집에 돌아왔다. 집 안은 엉망진창이다. 돼지 마구간도 열려 있고 돼지는 없어졌다. 송기섭이 두동댁을 찾으러 밖으로 나간다. 마주치는 사람들에게 두동댁의 안부를 묻는다. 반란군들이 송기섭을 잡으러 왔다가, 부인회 임원인 두동댁이 잡혀갔다는 것이다. 두동댁은 다음 날 아침, 겨우 목숨만 살아서 돌아왔다는 것이다. 공동묘지에서 칼로 난자당한 후 엉금엉금 기어서 탈출했다. 온몸은 피투성이가 되었고, 숨이 깔딱거릴 즈음 다행히 길 가던 사람들 눈에 띄었다는 것이다. 급하게 광주 큰 병원에서 대수술을 받아 목숨만 겨우 살려 놨다는 소식이다. 위급하니 빨리 광주 병원으로 가 보라는 말을 듣는다. 송기섭은 서둘러 광주로 향한다.

며칠이 지났는데도 남원댁 소식이 없다. 만식이 사방팔방 돌아다녀도 남원댁의 행방을 알 수가 없다. 산속으로 반란군들이 포박하여 아이까지 끌고 갔다는 소식도 들린다. 그렇다면, 남원댁을 찾기 위하여 반란군들이 있는 산속으로 들어가야 하나? 처자식을 찾으려면 무슨 일인들 못 하겠는가? 기운도 없고 불안을 떨쳐 버릴 수가 없지만, 가족 찾는 일을 포기할 수는 없다. 서시천 둑방에 우두커니 앉아 하늘을 쳐다본다. 요즘 들어 까마귀들이 부쩍 많아졌다.

"까악, 까악, 까악…"

까마귀들이 울면서 하늘을 날아다닌다. 예전엔 보지 못했던 까마귀가 떼를 지어 다닌다. 만식이 하늘을 나는 까마귀들을 쳐다본다. 불길한 예감이 든다. 이 난리통에 남원댁과 아이는 어디에 있을까? 읍내에는 진압군들이 들어왔다. 도망쳤던 경찰들도 지서로 복귀하여 마을은 예전처럼 평온해졌다. 군인과 경찰들은 반란군들에게 협조했던 사람들을 잡아들인다. 남원댁은 어디로 잡혀 갔을까?

농부가 지게를 지고 공동묘지를 향해 오른다. 지게에는 보퉁이를 하나 매달았다. 부모님 기일에 맞춰 술 한 잔 올려 드리고, 묘지를 살피러 올라가는 길이다.

"까악 깍 까악…"

까마귀 울음소리가 요란하다. 온통 까마귀들이 하늘을 뒤덮었다. 두려운 마음으로 발걸음을 재촉한다. 공동묘지에 들어서자마자 피비린내가 진동한다. 까마귀들이 몰려 앉아 있다. 농부가 천천히 다가간다. 죽은 사람의 시체가 보인다. 깜짝 놀라 걸음을 멈춘다.

"아!"

사람 시체를 보자 소리를 지른다. 손을 입으로 가져간다. 너무 놀란 나머지 소리를 지를 뻔했다. 다리가 후들후들 떨린다. 시체가 피투성이가 되어 있다. 한두 명도 아니고 여러 구의 시체가 무더기로 널려 있다. 얼굴이 짓뭉개져 알아볼 수 없을 만큼 참혹하다. 총이 다리를 관통하였는지 잘려 나갔다. 어린아이가 엄마 옆에서 피투성이가 되어 함께 누워 있다. 깜짝 놀란 농부가 지게를 벗어 던지고 달리기 시작한다. 공동묘지를 벗어나 지서를 향해 달린다. 농부가 거친 숨을 몰아쉬며, 자초지종을 설명한다. 뒷등 공동묘지에 사람 시체가 무더기로 있다는 것이다. 십여 명의 시체가 피투성이가 되어 참혹하게 엉켜 있다는 것이다. 소문은 삽시간에 퍼졌다.

호로로 호로로…

경찰들이 호루라기를 요란하게 불며 공동묘지로 달려간다. 사람들도 그 뒤를 따라 달린다. 소문을 들은 만식도 함께 달려간다. 군인들도 군용 차량과 함께 공동묘지에 도착한다. 공동묘지 주위에 경계를 선다. 하늘에 까마귀 떼가 몰려 공동묘지 위를 빙빙 선회한다. 사람 시체가 공동묘지에 뒤엉켜 있다. 피비린내가 진동을 한다. 죽은 지 며칠은 된 듯하다. 사람들이 웅성거리며 모여든다. 그동안 가족들의 생사가 궁금했던 사람들이 공동묘지를 향해 달려온다. 차마 눈을 뜨고 볼 수 없는 광경이다. 사람들은 인상을 찌푸리면서 시체를 확인한다. 사람 시체는 온몸이 피투성이로 얼룩져 있다. 총알이 몸을 관통하였다.

"아이고, 아이고, 아이고…"

다른 가족들도 달려와 시체를 붙들고 통곡한다.

"아이고, 아이고, 아이고…"

"이 빨갱이 새끼들…"

공동묘지에 도착한 만식이 시체를 향해 달려든다. 남원댁과 어린 아이가 함께 누워 있다. 남원댁은 임신까지 한 몸이다. 배가 불룩한 임신부의 시체가 누워 있다. 죽은 시체는 돌로 쳐 죽였는지, 망치로 때려죽였는지, 총으로 쏴 죽였는지 참혹하게 널브러져 있다. 죽창에 찔려 난자를 당한 자국이 그대로 남아 있다. 어린아이까지 이토록 죽일 수 있단 말인가? 만식은 한꺼번에 배 속에 있는 아이까지

세 명의 처자식이 반란군들에게 죽임을 당한 것이다. 만식이 시체를 붙들고 울부짖는다.

"아아아…."

"흑흑흑…."

당촌댁이 뒤늦게 소식을 듣고 공동묘지로 달려온다. 사람들 사이를 헤치고 시체 앞에 선다. 아들 민기가 총에 맞아 피투성이가 되어 누워 있다. 당촌댁의 눈이 뒤집힌다. 그토록 찾았던 아들 민기가 죽은 시체로 누워 있다.

"아이고! 민기야! 아이고… 내 아들 민기야…."

당촌댁은 아들 민기를 붙잡고 오열을 참지 못하고 바닥에 뒹군다. 하늘도 무심하시지 아들이 죽은 시체로 나타나다니, 이 에미는 어쩌란 말인가?

"내 아들 살려 내라 이놈들아! 이 죽일 놈들아…."

당촌댁의 서러운 울음에 모여 있던 사람들도 눈물을 함께 훔친다.

"아이고! 내 아들 민기야… 흑 흑 흑…."

주위에 몰려든 가족들도 눈에 핏발이 선다. 각 마을의 국민회 임원들이 참혹하게 살해를 당했다. 소문을 듣고 수많은 사람들이 몰려들었다. 슬픔과 분노가 한꺼번에 몰려든다. 경찰과 군인들이 호루라기를 불어 가며 시체를 모두 수습한다. 슬프게 오열하는 가족들을 데리고 공동묘지를 내려온다. 시체를 수습하여 학교 운동장에 안치한다. 한꺼번에 주민들을 죽여 버린 반란군들의 잔인함에 치를 떤다. 합동 장례를 치러야 한다는 의견이 나온다.

합동 장례식이 열리는 학교 운동장에는 유가족들이 상복을 입고 모였다. 읍내에서 군수와 경찰서장, 광의 면장과 지서장, 박기철 계엄사령관까지 참석하였다. 사람이 죽어 나간 각 마을에서는 마을 주민 대부분이 장례식에 참석하였다. 구례에서 반란군들에게 한꺼번에 희생된 주민들을 이렇게 한곳에서 합동 장례를 치르는 일은 처음이다. 학교 운동장은 발 디딜 틈이 없다. 군인들이 학교 주위에서 총을 들고 경계를 서고 있다. 연파리, 공북, 대전리 상대, 하대, 구만리, 방광리, 용전리, 온당리 각 마을 이장과 국민회 간부들, 학교 선생, 부인회 임원과 한청단 임원들 열 명이 죽임을 당하였다. 이승만 일당들에게 충성을 했다는 이유로 잔인하게 살해를 당했다. 모두가 광장에서 반란군들에게 끌려와 인민재판을 받았던 사람들이다. 연파리 송기섭 이장의 두동댁이 공동묘지에서 구사일생으로 도망을 쳤지만, 심한 부상으로 아직 의식이 돌아오지 않은 상태다. 다행히 면사무소 창고에 갇혔던 각 마을 지주를 비롯하여 친일 활동자로 몰렸던 사람들은 몰살당하지 않았다. 이들에게는 총을 쏘지 않고 폭력만 휘둘러 큰 부상만 입었다. 정기훈과 몇몇 사람들이 도망을 쳐서 구상일생으로 살아남았다. 면민 전체가 슬픔과 분노에 휩싸인다. 합동 위령제가 열린다. 제상이 차려졌다. 제상 뒤에는 꽃상여가 줄줄이 놓여 있다. 상복을 입을 상주들이 모여 울음을 터트린다. 수십 명의 상주들이 한꺼번에 곡을 한다.

"아이고, 아이고, 아이고, 아이고, 아이고…."

상주들이 예를 갖추어 제상 앞에 선다. 술을 올리고 절을 올린다. 종교 의식이 차례로 치러진다. 천은사 스님들이 목탁을 두드리면서 불공을 드린다. 교회 목사 주도로 기독교식 장례가 치러진다. 정만식과 남원댁이 다녔던 대전교회 교인들이 소복을 입고 나와 찬송가를 부른다. 한 목사가 위로의 기도를 드린다. 합동 위령제가 끝나자 십여 개의 꽃상여가 줄줄이 학교 운동장을 빠져나간다.

"아이고, 아이고, 아이고, 아이고, 아이고…."

상여가 움직이자 상주들의 울음소리가 점점 더 커진다.

땡그랑 땡그랑 땡그랑 땡그랑.

"허농— 어허농— 어리가리— 어허농—."

"가네— 가네— 나는— 가네— 이제— 가면— 언제— 오노—."

"허농— 어허농— 어이가리— 어허농—."

망자들이 저승으로 떠나는 길이다. 상여꾼들의 만가 소리가 처량하게 울려 퍼진다.

"아이고, 아이고, 아이고, 아이고, 아이고…."

유족들의 통곡 소리가 극에 달한다. 울면서 상여 뒤를 따라간다. 망자를 보내는 슬픔을 토해 낸다. 운동장에 모인 사람들도 함께 눈물을 닦아 낸다.

"허농— 어허농— 어리가리— 어허농—."

"가세 가세— 어서 가세— 극락세계— 어서 가세—."

"허농— 어허농— 어리가리— 어허농—."

"아이고, 어쩔거나! 우리 아들 불쌍해서 어쩔거나! 아이고, 아이고, 아이고…."

상복을 입은 당촌댁이 서럽게 오열한다. 아들 민기가 반란군들에게 죽다니, 슬픔을 참을 수가 없다. 당촌댁이 서럽게 오열하는 것을 보고 운동장에 모인 사람들도 손으로 눈물을 닦아 댄다. 정만식이 떠나가는 상여를 보며, 몸을 가누지 못할 정도로 오열을 한다.

"아…"

"흑 흑 흑…."

반란군들에게 처자식을 모두 잃은 만식은 큰 슬픔에서 헤어 나올 수가 없다. 떠나가는 상여를 멀리한 채 울음을 터트리고 있다. 울고 있는 만식에게 인철이 다가온다. 오열하는 만식을 부축한다. 인철도 만식을 따라 하염없이 눈물을 흘린다. 유가족들은 점점 멀어져 가는 상여를 향해 삼배를 올린다. 다른 유가족들과 면민들도 상여를 향해 잘 가라고 삼배를 올린다. 운동장에 모인 면민 모두가 눈시울을 붉히며 함께 울어 준다. 상여 행렬 뒤를 사람들이 천천히 따라간다. 모두의 흐느낌이 장송곡이 되어 울려 퍼진다.

반란군들이 산으로 올라간 뒤에 송정댁은 깜깜한 밤에만 새뜸샘에 살살 다가간다. 샘을 가다가 마을 사람들과 마주치지는 않을까 심장이 조마조마하다. 남편이 반란군이란 소문이 쫙 퍼졌으리라 본다. 샘에서 누굴 만날까 봐, 급하게 물을 길어 종종걸음으로 집에 돌아온다. 남편이 반란군들을 따라 산으로 올라가 버린 일로 인해 죄인 신세가 되어 버렸다. 반란군들에게 잡혀간 큰집 식구들이 반란군들에게 죽임을 당하지 않은 것만으로도 천만다행이다. 만일에 큰집 식구들이 죽기라도 했다면? 어쩔 뻔했는가? 방으로 들어와 이불에 머리를 처박고 한숨을 몰아쉰다. 남편은 어쩌자고 강진태 사장을 따라 다니며 좌익이 되어 산으로 올라가 버렸는지? 알다가도 모를 일이다. 이 일을 어쩐단 말인가? 큰집 어른들을 어떻게 볼 것인가? 군인들이 반란군들을 잡으려고 새로 들어왔다는데⋯. 반란군들에게 죽은 사람들의 합동 장례식이 학교에서 열린다는 소문을 들었다. 남편이 좌익이라는 것만으로 중죄인이 돼 버렸다. 마을 사람들 얼굴을 어떻게 본단 말인가? 큰집 덕분에 전답을 소작하면서 별 탈 없이 살아가고 있는데, 이게 무슨 날벼락이란 말인가? 송정댁은 눈물을 주체할 수가 없다. 벽에 기대 앉아 하염없이 눈물만 쏟아낸다. 아무래도 이대로 있다가는 무슨 변을 당할지 겁이 난다. 마을 사람들이 몰려와 남편을 찾아내라고 해코지를 하지는 않을지? 남편은 반란군들과 산으로 올라갔을 텐데, 언제 돌아올지? 벌떡 일어나 주섬주섬 짐을 챙긴다. 잠을 자고 있던 아이를 깨워 두툼한 옷을 입힌다. 송정댁도 옷을 두껍게 챙겨 입는다. 짐을 챙겨 집을 살금살금 빠져 나온다. 골목을 빠져 나간다. 아직 아침이 밝아 오지 않은 새벽녘이다. 골목에는 인적이 없다. 친정이 있는 용방면 송정으로 도망을 친다.

도갯집의 유산댁이 밤이 되자 짐을 챙긴다. 아이들 손을 잡고 서시천 둑방으로 종종 걸음을 친다. 사람들 눈을 피해 급하게 몸을 피한다.

26

봉화

밤이 되자 산꼭대기에서 봉홧불이 솟아오른다. 노고단에서, 백운산에서, 만복대에서, 서산에서 일시에 봉홧불이 솟아오른다. 박기철이 산꼭대기에서 올라온 봉홧불을 쳐다본다. 매일 밤 산꼭대기에서 올라오는 봉홧불을 보면 볼수록 기분이 나쁘다. 전임 연대장이 반란군들에 의하여 죽었는데, 아직 시체도 못 찾고 있는 실정이다. 당장에라도 산속에 숨어 있는 반란군들을 공격하여 죽은 연대장의 원한을 갚아야 할 판에, 반란군들이 피워 올리는 봉홧불을 쳐다보고 있자니 속에서 천불이 난다. 밤에 피우는 봉홧불은 진압군들에게 엄포를 놓으려는 속셈이다. 반란군들이 건재하게 살아 있음을 과시하려는 것이다. 박기철이 봉홧불을 보면서 작전을 떠올린다. 하루라도 빨리 진압군들을 산속으로 진격시켜야 한다. 산속에 있는 반란군들과 육박전을 벌여서라도 섬멸해야 한다. 봉홧불을 못 올리게 하는 방법을 찾아야 한다. 반란군들에게 감시당하는 느낌이다.

"부관!"

부관을 부르는 소리에 짜증이 섞여 있다.

"예!"

부관이 달려온다.

"오늘도 봉홧불을 체크했나?"

"예!"

"하, 저 봉화를 올리는 놈들을 박살 내야 하는디…."

박기철은 혼자 중얼거리며 운동장으로 향한다. 부관이 그 뒤를 따른다. 2개 대대 병력이 주둔하였는데도 계속 공격을 당하고 있으니 화가 단단히 나 있다. 당장에라도 병력을 산속으로 올려 보내서, 봉화 올리는 놈들을 잡아들여야 한다. 학교 곳곳을 돌아다니면서 주둔해 있는 병력들을 점검한다.

남원사령부에 긴급 작전 회의가 소집된다. 구례 지역에 병력을 추가로 보충하여야 한다. 여수와 순천에 투입됐던 부대를 지리산 지역으로 이동시켜야 한다. 촌각을 다투는 일이다. 12연대 소속 대대 병력 중, 아직 다른 지역에서 작전을 수행하고 있는 3대대 병력을 당장 구례로 이동하라는 긴급명령이 하달된다. 2개 대대 병력만으로는 구례 지역에서 반란군들을 진압하기 어려운 상황이다. 연이은 반란군들의 공격으로 대원들이 죽어 나감으로써 부대병력이 많이 줄어든 상황이다. 지금 당장 밤낮을 구분하지 말고 신속하게 병력을 보강하라는 지시다. 12연대의 3대대 병력까지 당장 구례로 출동하라는 명령이다. 밤사이에 12연대의 3대대 병력이 추가로 구례에 들어온다. 읍내 학교 운동장 진지에는 12연대의 병력 손실을 입은 1, 2대대와 추가로 파병된 3대대 병력이 주둔하게 된 셈이다. 전력이 한층 더 보강된 것이다.

　산동 지역에서 진압군에게 큰 피해를 입은 후, 장기만이 다시 작
전 회의를 한다. 진압군들이 구례 곳곳에서 남로당원들을 잡아다가
총으로 쏴 죽이고 있다는 보고가 올라온다. 간전 지역에서는 주민
수십 명을 잡아갔고, 섬진강 변에 주민들을 세워 놓고 무차별 총살
을 시켰다는 것이다. 아무 죄도 없는 주민들까지 총살당한 인원을
파악할 수 없을 정도다. 진압군들이 남로당원들을 수도 없이 잡아가
고, 산으로 올라온 동지들의 가족까지 협박하여 구례경찰서에 가뒀
다는 것이다. 칠십여 명의 남로당원들이 잡혀 있다는 정보다. 이번
에는 경찰서에 잡혀 있는 당원들을 구출하는 작전을 동시에 진행해
야 한다. 진압군들이 주둔하고 있는 학교를 기습 공격하는 동시에,
경찰서를 습격한다는 계획이다. 연대장도 죽은 마당이다. 중앙국민
학교에 주둔하고 있는 진압군들을 기습 공격하여 큰 피해를 주어야
한다. 하사관 교육대도 없어졌다. 산동 지역 원촌 지역과 이평 전투
에서도 많은 사상자를 낸 진압군들이 큰 타격을 입었으리라는 판단
이다. 특히 연대장이 공백 상태인 지금이 절호의 기회인 셈이다. 아
직 진압군의 세력이 보강되지 않은 것으로 파악된다. 포로로 잡혀
온 진압군들을 취조해 보니, 진압군들의 사기도 땅에 떨어진 상태
다. 백운산에 있는 세력과 지리산에 있는 세력을 모두 규합하여 구
례에 주둔한 진압군의 주력부대를 일시에 공격하는 작전이 긴박하
게 진행된다. 박격포까지 동원하여 중앙국민학교를 기습 공격하는
작전이다. 진압군에게 불시에 공격하여 큰 타격을 주려는 작전이다.
　장기만과 대원들은 연이은 진압군과의 격전에서 승승장구하여 기

세가 등등하다. 백운산에 집결한 정만호에게도 작전이 전달된다. 작전은 오늘 밤에 당장 시행한다. 작전 시간은 동이 트기 직전이다. 밤에 모든 준비를 마쳐야 한다. 동이 트기 직전, 보초들의 긴장이 풀어진 시간을 노리는 것이다. 함동일 동지가 구례읍 지도를 가리키며 지형을 설명한다. 읍내 지형은 함동일이 잘 아는 지역이다.

"진압군의 병력은 얼마나 되는가?"

"읍내에 있는 우리 동지들이 파악한 정보에 의하면, 현재 진압군이 2개 대대 병력 정도가 들어온 걸로 추정하는데, 간문학교의 하사관 교육대를 기습 공격한 전투와 산동 지역에서 두 번 씩 공격을 당하여 전력 손실이 많았을 것으로 추정됩니다."

함동일이 말하자 장기만이 고개를 끄덕인다. 진압군들에게 선제공격을 가하면서 경찰서에 잡혀 있는 동지들을 구출하려면 지금이 절호의 기회라고 여긴다. 장기만이 함동일에게 작전 설명을 하라는 눈길을 준다. 함동일이 앞으로 나선다.

"먼저 봉성산을 점령해서 읍내 전역의 시야를 확보해야 합니다."

장기만이 함동일의 설명을 듣고 고개를 끄덕인다.

"봉성산 점령은 백운산에 진지를 구축하고 있는 정만호 부대에게 맡기는 것이 좋을 듯합니다. 지리산 쪽에 있는 우리 부대는 2개 부대를 조직하여, 한쪽은 섬진강 변으로 접근하여 중앙국민학교에 주둔하고 있는 주력부대를 공격합니다. 한쪽은 서시천 다리를 건너 읍내 중앙에 있는 경찰서를 기습 공격하여 경찰서에 잡혀 있는 우리 동지들을 구출해 내야 합니다. 공격 주목적은 학교에 주둔하고 있는 진압군에게 큰 타격을 입히는 것입니다. 작전도 학교에 집중해야 합니다. 학교를 집중 공격하는 어수선한 틈을 이용하여 경찰서 안에 잡혀 있는 동지들을 구해 내는 것입니다."

함동일이 지형을 이용한 작전을 자세히 설명한다. 장기만이 고개를 끄덕이며 즉시 명령을 하달한다. 기습 공격을 하기 위하여 구례 봉성산 고지를 먼저 점령해야 한다. 봉성산 고지의 점령 여부에 따라, 부대가 주둔해 있는 학교를 공격할 수 있다. 봉성산은 군청, 경찰서와 학교, 읍내 전체를 한눈에 내려다볼 수 있는 야산이다. 진압군이 주둔해 있는 학교까지는 제법 먼 거리다. 시야는 확보할 수 있지만 산 정상까지 오르려면 이십여 분간 걸어 올라야 다다를 수 있는 거리다. 연락을 받은 정만호는 대원들을 이끌고 백운산에서 섬진강을 건넌다. 봉성산에 경계를 서고 있는 진압군들을 먼저 진압하는 임무가 주어졌다.

칠흑 같은 어둠이다. 봉성산을 향하여 검은 그림자가 접근한다. 어둠을 헤치고 봉성산으로 서서히 진격한다. 진압군은 몇 명밖에 안 되는 소수의 인원이 깜깜한 참호 속에서 경계를 서고 있다. 형식적인 경계다. 정만호가 어둠을 뚫고 민첩하게 행동한다. 구례의 밤은 평온하다. 침묵 속에 잠겨 있다. 소리 없이 부대원들이 봉성산을 향하여 다가가면 다가갈수록 눈에 불을 켠다. 진압군들은 그들이 다가오는지도 모른 채 느슨하게 보초를 서고 있다. 한쪽 보초병은 졸기까지 한다. 보초병에게 가까이 다가간 정만호가 손짓으로 일행의 발걸음을 멈추게 한다. 일행이 잠시 숨 고르기를 한다. 보초병에게 달려들어 일격을 가한다.

퍽!

순식간에 보초병을 대검으로 찌른다. 보초병은 반항도 해 보지 못하고 쓰러진다. 소리 안 나게 단숨에 처치한다. 차례차례 보초들을 제압하고 봉성산을 접수한다. 봉성산을 접수한 후 불빛으로 뒤따라오던 대원들에게 수신호를 한다. 수신호를 감지한 부대원들이 봉성산을 향하여 오른다. 고지를 점령한 셈이다. 박격포를 설치한다. 포진지를 구축한 부대원들은 발포 명령만 기다린다. 봉성산에서 섬진강 쪽과 서시천 쪽으로 빛을 깜박거리며 비춘다. 정만호가 봉성산을 접수했음을 알리는 신호다. 대기하고 있던 장기만 일행이 섬진강과 서시천 쪽에서도 봉성산을 향하여 불빛을 깜박거린다. 서로 신호가 수신된 것이다. 양쪽에서 깜박이는 불빛 신호를 기준으로 장기만이 서서히 진격을 시작한다. 소리 없는 진격이다.

반란군이 소리 없이 진격해 오는 줄도 모르고, 학교에 주둔한 진압군 부대는 평온하기만 하다. 어제 밤사이에 소리 소문 없이 대대 병력이 추가로 들어왔다. 학교는 운동장, 교실 할 것 없이 진압군들로 꽉 들어찼다. 종전에 주둔하고 있던 병력에 비해 훨씬 많다. 보초병들이 학교 정문과 학교 외곽까지 늘어서 있다. 운동장과 교실 곳곳에도 불침번들이 교대로 경계를 서고 있다. 대대 병력이 추가 파병되어 학교에 주둔한 것이다. 대대 병력이 신속하게 충원됐지만, 반란군들이 야밤을 틈타 부대 주둔지를 공격해 오리라고는 예상치 못한다.

장기만이 대원들과 서시천을 건넌다. 장기만은 밤사이에 진압군 대대 병력이 충원된 사실을 전혀 모르고 있다. 외곽에서 보초를 서고 있는 보초병을 단숨에 제거한다. 박격포 부대는 이동을 멈추게 한다. 박격포 진지를 구축한다. 연대 병력과의 싸움은 신중을 기해야 한다. 일부 병력은 섬진강 쪽으로 분산을 시킨다. 읍내 전체를 폭넓게 포위하는 것이다. 수색부대가 서시천을 건너고, 학교 근처에 다다랐음을 알리는 불빛이 계속 들어온다. 불빛 신호를 받은 정만호가 봉성산 정상에서 전열을 가다듬는다. 수색대를 먼저 침투시킨다. 수색대가 학교 근처까지 접근하기를 기다린다. 진압군들이 주둔해 있는 학교 가까이까지 수색대가 접근한다. 진압군들은 학교 외곽까지 보초를 서고 있다. 학교 안은 조용한 정적만 흐른다. 아무런 움직임이 없다. 수색대는 봉성산을 향하여 계속 불빛을 깜박거린다. 서로의 위치를 확인해 주는 것이다. 봉성산에서도 불빛을 계속 깜박거리며 신호를 받았음을 확인한다. 어두운 밤이라 박격포 사격의 위치를 알려 주는 역할을 해 주는 것이다. 봉성산에 진지를 구축한 부대가 박격포로 먼저 공격할 태세를 갖춘다. 박격포 공격과 함께 학교에 주둔한 군인들에게 혼란을 주는 작전이다. 어둠이 점점 사라진다. 시야에 학교가 희미하게 나타난다. 다행히 학교 남쪽에는 민가가 보이지 않는다. 학교를 공격하기 위한 작전을 수행하기에 거칠 것이 없다. 진압군이 주둔해 있는 학교는 침묵 속에 잠겨 있다.

함동일에게는 경찰서 진격 임무가 주어졌다. 대원들을 지휘하여 읍내 한복판으로 진격한다. 어둠이 서서히 걷히고 있다. 읍내는 한적하다. 공격 지점은 경찰서다. 경찰서 인근에 서서히 접근을 시도한다. 학교에서 본격적인 전투가 벌어지는 틈을 이용하여 경찰서를 공격해야 한다. 경찰서를 습격하여 경찰서 유치장에 갇혀 있는 칠십여 명의 남로당원 동지들을 구출하여야 한다. 후문은 굳게 잠겨 있다. 정문 쪽도 바리케이드를 설치해 놨다. 모래주머니로 담을 높게 만들어 놨다. 경계병들이 보초를 서고 있다. 경찰서 가까이 접근하여 숨죽이고 대기하고 있다. 공격 신호만을 기다린다.

수색대원들이 학교를 향해 점점 다가간다. 이들의 임무는 학교 근처까지 접근하여 수류탄을 던지는 것이다. 수색대원들을 따라 정만호 부대원들이 학교 가까이에 접근한다. 인근 논두렁 밑에 바짝 엎드려 총구를 학교로 향한다. 학교 근처까지 다가간 수색대원이 학교를 향하여 수류탄을 투척한다.

펑!

수류탄이 학교 인근에 떨어져 폭발한다.

탕 탕 탕 탕 탕….

수류탄이 폭발하자 보초병들이 반사적으로 총을 쏜다. 수류탄이 어느 방향에서 날아왔는지 가늠할 수 없을 만큼 날이 밝아 오지 않았다. 수색대원들이 수류탄을 계속해서 던진다.

펑!

수류탄이 폭발하면서 파편이 사방으로 퍼진다.

펑!

학교 인근에서 연속해서 떨어지는 수류탄 폭발과 보초병들이 쏘는 총구에서 뿜어져 나오는 불빛을 확인한다. 불빛이 확인되자마자 정만호가 부대원에게 신호를 내린다.

"발사!"

발사 명령과 함께 박격포가 불을 뿜는다. 봉성산에서 발사한 박격포탄이 학교 인근에 떨어진다. 아직 날이 밝지 않은 시각이라 방향과 거리 가늠이 어렵다.

쾅!

폭발음과 함께 포탄은 학교 근처에 떨어진다. 포탄을 맞은 자리는 엄청난 파편과 함께 폭발한다. 봉성산 쪽에서 공격하는 정만호 부대와 섬진강 쪽에서 진격해 오는 장기만 부대는 박격포의 공격을 시작으로 신호를 알린다.

학교에 주둔한 진압군들이 요란한 폭격 소리에 잠을 깬다. 순간적으로 적의 공격임을 감지한다. 박격포는 운동장에 있는 막사를 명중시키지는 못했다. 수류탄 폭발음과 박격포 소리와 함께 진압군 병력은 비상이 걸린다.

"비상! 비상! 비상! 비상이다!"

비상이라는 고함 소리에 부대원들이 막사를 박차고 달려 나온다. 박격포의 포탄은 계속 학교 운동장을 명중시키지 못하고 학교를 벗어나 인근 논두렁에서 터진다.

쾅!

박기철 연대장이 갑작스러운 박격포 소리에 놀란다. 허겁지겁 밖으로 나와 상황을 살핀다. 박격포탄이 날아온 곳을 찾는다. 포탄은 봉성산 쪽에서 날아오고 있다.

장기만 일행도 봉성산에서 쏘아 올린 포탄이 터진 것을 신호로 서시천 부근에서 학교 인근까지 다가와 박격포를 쏜다. 학교 가까이에 포탄이 터진다.

쾅!

박기철은 박격포탄이 섬진강 쪽에서도 날아온 것을 확인한다. 반란군들이 양쪽에서 협공하고 있음을 알아차린다.

"쾅!

박격포탄이 학교 운동장에 명중했다.

"악! 아!"

운동장에 있던 군인들이 포탄을 맞고 하늘로 솟구친다. 박격포탄 파편에 수십 명이 그 자리에서 고꾸라지고 파편에 부상을 당한다. 한꺼번에 그 자리에서 피를 흘리며 쓰러진다.

"아!"

"악!"

포탄을 맞은 군인들이 고통스러운 소리를 지른다.

"의무병! 의무병!"

의무병 부르는 소리와 포탄을 맞아 지르는 고통스러운 소리가 학교를 대혼란에 빠트린다.

쾅 쾅.

연이어 박격포탄이 학교 운동장을 명중시킨다. 학교에 있던 진압군들은 박격포탄에 맞아 몸이 공중으로 솟구친다. 일시에 수십 명이 피를 흘리며 쓰러진다.

"악!"

진압군 병력은 일대 혼란에 빠진다.

"학교 밖으로 피하라!"

학교 밖으로 피하라는 명령이 떨어진다. 병력을 산개시켜야 한다. 학교 안에 있다가는 적의 표적이 되어 박격포 공격에 크게 당할 수 있다.

"학교 밖으로 몸을 피하라!"

계속되는 고함 소리에 병력들이 총을 들고 학교 밖을 향하여 달려 나간다. 학교를 일단 피해야만 적들의 공격을 피할 수가 있다. 반란군 수색대원들이 총으로 학교를 조준하고 있다. 학교 밖으로 군인들이 몰려나오는 쪽을 향하여 총을 쏜다.

따다다다다….

탕탕탕탕탕….

쾅.

기관총과 소총의 공격에 진압군들이 총을 맞고 그 자리에서 쓰러진다.

따다다다다….

탕탕탕탕탕….

계속해서 총을 쏜다. 학교에서 나오는 진압군들이 셀 수 없을 정도로 계속해서 쏟아져 나온다. 총을 맞고 쓰러지는 진압군들의 숫자가 점점 더 늘어난다.

따다다다다….

탕탕탕탕탕….

기관총과 소총으로 사격을 해도 숫자는 당해 낼 수가 없다. 총에 맞아 쓰러지는 진압군들보다 훨씬 더 많은 병력이 한꺼번에 쏟아져 나온다. 진압군들은 우르르 학교를 벗어나 논두렁에 납작 엎드린다. 엎드리자마자 총알이 날아오는 곳을 향하여 총을 쏜다.

탕 탕 탕 탕 탕….

반란군들이 더 이상 학교 가까이 접근하지 못하도록 한다. 진압군들은 계속 학교 밖으로 쏟아져 나간다. 학교를 우선 벗어나 반란군들을 향해 반격해야 한다. 학교 밖으로 나온 진압군들이 논두렁에 엎드려 반격 사격을 개시한다.

"봉성산이다!"

학교에서 빠져나온 진압군들이 방향을 알리는 고함 소리에 두 갈래로 나누어진다. 진압군은 봉성산을 향하여 우르르 몰려간다.

"저쪽에도 적군이 있다!"

진압군은 정문을 빠져나와 남쪽으로 우르르 몰려간다. 섬진강과 서시천이 있는 방향이다. 정만호가 몰려나오는 진압군들의 병력 수를 보고 놀란다. 정만호 부대에 비하면 수십 배에 달하는 병력이다. 그 병력과 싸운다는 것은 무리다. 장기만 주력부대가 학교 인근까지 도착하기도 전에 봉성산에 도착한 소수의 병력으로는 진압군을 감당할 수가 없다. 박격포 공격으로 임무를 완수했으니 빨리 몸을 숨겨야 한다. 당장 부대원들에게 철수 명령을 내린다.

"후퇴하라!"

봉성산에서는 박격포 공격을 몇 번 더 쏘게 포병을 남겨 둔다. 보병들에게 신속하게 정만호가 고함을 지른다.

"작전상 후퇴하라!"

쾅.

학교 쪽에서 박격포 터지는 소리와 함께 함동일이 경찰서로 접근을 시도한다. 박격포 소리에 경찰들도 놀라서 총을 들고 방어 자세를 취한다. 경찰들이 우르르 몰려나와 경계를 선다. 꽤 많은 숫자다. 모래주머니 담장을 방어막으로 삼아 사격 자세를 취한다. 경찰서에도 유사시를 대비하여 많은 병력으로 반란군들의 공격에 대비하여 왔다. 경찰서는 학교처럼 별도 외곽에 있지 않고, 읍내 한가운

데 있어 무자비한 공격은 할 수가 없는 상황이다. 소수의 병력으로
게릴라식으로 접근하여 경찰서 내로 진입을 시도하는 작전이다. 경
찰서 담벼락도 높게 쌓아 오로지 정문 출입구를 통해서만 진입을
시도해야 한다. 경찰서로 진입하기가 어렵다. 경내에 수류탄을 던
져 경찰서를 불태울 수도 없다. 경찰서에 불이 나면 잡혀 있는 동지
들에게 피해가 갈 수 있기 때문이다. 공격을 먼저 하는 쪽도 사상자
가 많아질 테고, 방어하는 경찰 병력들이 얼마인지 파악이 안 된 상
태다. 함동일은 경찰서 진입을 포기한다. 주 임무는 경찰서 안에 갇
힌 동지들을 구출해 내는 일인데, 철창 속에 갇힌 동지들을 구하기
에는 정보가 너무 없는 상태다. 함동일이 후퇴 신호를 보낸다. 경찰
서를 공격하려다 말고 읍내 골목으로 사라진다. 경찰서 안에 있는
남로당원들의 구출 작전은 다음 기회로 미룬다. 서시천 방향으로 되
돌아간다.

"이쪽이다!"
진압군은 반란군들이 박격포로 사격하고 있는 서시천 쪽을 향하
여 진격한다. 총알이 비가 오듯이 쏟아진다. 땅에 바짝 엎드려 서서
히 진격해 나간다.
"공격하라!"
"와!"
대대장의 공격 명령에 따라 함성을 지르며 달려가 논두렁에 바짝
엎드린다. 반란군들의 위치를 파악한 진압군들의 총구가 일시에 불
을 뿜는다.
탕 탕 탕 탕 탕….

진압군들의 엄청난 화력에 장기만이 놀란다. 따발총 소리가 아닌 소총 공격인데도 따발총 소리보다 더한 소리를 내며 반격해 오고 있다. 장기만 대원들이 쏜 총탄 소리와는 비교가 안 된다. 진압군들의 숫자를 헤아릴 수가 없다. 계속 쏟아져 나오는 병력과 화력은 기관총보다 더 큰 위력으로 다가온다. 기관총으로도 수백 명이 쏘는 소총의 위력을 넘을 수가 없다. 그 화력에 놀라 후퇴 명령을 내린다. 학교에 주둔한 진압군들의 숫자가 얼마 안 되는 것으로 파악을 했던 장기만이 놀란다. 진압군을 향하여 수류탄을 던진다.

평!

수류탄이 진압군 앞에서 폭발한다. 수류탄 파편에 진압군들이 쓰러진다.

"후퇴하라!"

장기만이 후퇴하라는 명령에 엄호를 하면서 빠르게 퇴각을 한다. 아직은 진압군과의 거리가 꽤 멀지만 금방이라도 진격해 올 상황이다. 진압군들이 가까이 진격해 오기 전에 서둘러 후퇴 명령을 내린다.

"후퇴하라!"

평!

수류탄이 터지는 틈을 이용하여 장기만 부대가 퇴각한다. 반란군들의 총격이 잦아들자 진압군들의 공격이 불을 뿜는다.

"공격하라!"

대대장의 공격 명령에 따라 일시에 총구가 불을 뿜는다.

탕탕탕탕탕탕탕탕탕….

평!

진압군들도 수류탄을 던지며 장기만 부대를 추격한다.

박기철이 부대원들을 향하여 소리친다.

"박격포를 계속 쏴라."

부대원들이 신속하게 박격포를 설치하여 포격을 가하기 시작한다.

쾅.

봉성산을 향하여 포탄이 날아간다.

쾅.

봉성산 정상에 포탄 터지는 소리가 울린다. 진압군들의 박격포 성능은 반란군들의 박격포보다 훨씬 좋다. 박격포탄이 훨씬 더 멀리 날아간다. 굉음이 훨씬 더 크게 울린다.

"섬진강 쪽이다!"

박기철의 고함 소리와 함께 박격포탄이 섬진강 쪽을 향하여 쏜다.

쾅.

반란군들이 있는 곳에서 박격포탄이 터진다.

쾅.

박격포탄이 엄청난 소리를 내며 터진다. 반란군들이 움찔하며 놀란다.

쾅.

반란군이 있는 곳에 포탄이 떨어진다.

"악!"

비명 소리를 내며 포탄을 맞은 대원들의 몸이 하늘로 솟구친다. 박격포탄의 위력이 훨씬 더 강하다. 한꺼번에 많은 사상자가 발생한다.

"후퇴하라!"

장기만이 박격포탄을 피해 후퇴 명령을 계속 내린다.

쾅.

박격포가 반란군들이 후퇴하는 곳을 계속 명중시킨다. 반란군들이 도망가다 말고 포탄 세례를 받는다. 반란군들의 몸이 하늘로 솟구친다. 후퇴하다 말고 멈칫한다. 앞에서도 뒤에서도 연속해서 박격포탄이 폭발하여 정신을 차릴 수가 없다.

"악!"

곳곳에서 포탄에 맞아 죽거나 부상을 입고 쓰러진다.

쾅.

봉성산으로 발사한 박격포탄이 봉성산 정상에 명중한다.

"악!"

박격포탄에 맞은 정만호 일행이 고꾸라진다.

쾅.

계속해서 박격포탄이 봉성산 정상을 명중시켜 반란군들을 쓰러트린다. 봉성산으로 퇴각한 정만호 부대가 숨을 고른다. 봉성산으로 공격해 올라오는 진압군들을 발견한다. 진압군들의 수가 엄청나다. 수백 명의 군인들이 봉성산을 향하여 진격해 오고 있다. 정만호 부대원의 숫자로는 감당해 낼 수 없는 병력이다. 진압군들의 수에 놀란 정만호가 부상병을 수습하지도 못한 채 퇴각 명령을 내린다.

"퇴각하라!"

쾅.

퇴각하는 반란군들이 박격포탄을 맞고 쓰러진다. 총탄을 맞고 피를 흘린 부상병을 부축하면서 퇴각한다.

장기만이 진압군들의 병력을 보고 놀란다. 저렇게 많은 병력이 학교에 주둔해 있다는 정보가 없었다. 연속해서 반란군에게 공격을 당한 진압군들은 기껏해야 2개 대대 병력도 안 될 거라는 정보였다. 그런데 수백 명의 엄청난 병력이다.

쾅.

반란군들이 있는 곳에서 박격포탄이 계속 터진다. 포탄을 맞은 시체가 하늘로 솟구친다. 곳곳에서 포탄을 맞은 병사들이 피를 흘리며 쓰러진다. 죽은 시체가 나뒹군다.

"악!"

"박격포를 계속 쏴라!"

당황한 장기만이 박격포 공격 명령을 내린다.

쾅 쾅.

박격포를 쏘던 반란군들이 박격포탄의 공격을 맞고 그 자리에서 피를 흘리며 쓰러진다. 피를 흘리며 쓰러지는 대원들을 바라보며 전투가 심상치 않음을 깨닫는다.

"퇴각하라!"

반란군들이 서둘러 퇴각하기 시작한다. 화엄사계곡 쪽으로 서둘러 퇴각한다.

쾅.

퇴각하는 반란군들을 향해 박격포탄이 계속 떨어진다. 수많은 대원들이 죽거나 부상을 입는다. 피를 흘리는 대원들을 부축하며 퇴각을 한다.

탕 탕 탕 탕 탕….

수백 명의 진압군들이 장기만 부대 뒤를 따라가면서 사격을 멈추지 않는다.

쾅 쾅 쾅….

"포격 중지! 포격 중지!"

진압군들 앞에서 박격포 터지는 소리가 계속해서 울린다. 포격을 중지시켜야 진압군들이 계속 전진을 할 수 있다. 학교에서 쏘는 박격포에 진압군들이 맞을 수도 있기 때문이다. 박격포 사정거리까지 진압군들이 진격하자 박격포 공격은 멈춰진다. 봉성산 정상도 진압군들이 정복했지만, 이미 반란군들은 빠져나가고 죽은 시체만 곳곳에 널브러져 있다. 서시천과 섬진강 쪽에도 반란군들의 시체가 이곳저곳에서 발견된다. 구례 들판은 반란군들의 시체로 널려 있다.

장기만 일행은 많은 사상자를 내고 산속으로 물러났다. 학교에 진압군의 병력이 그토록 많을 줄은 몰랐던 것이다. 진압군들은 내친김에 화엄사계곡 입구와 문수사 계곡 입구까지 진격해 나간다.

탕 탕 탕 탕 탕.

반란군들의 대응은 점점 사라진다. 진압군들은 공격의 고삐를 늦추지 않는다. 쌍방 간의 박격포 공격은 멈췄다. 박기철은 사령부에 비행기를 통한 공중폭격 지원을 요청한다.

반란군들이 물러갔다. 날이 점점 밝아 온다. 학교 쪽에서도 총소리는 잠잠해졌다. 진압군들이 서시천을 건넌다. 마산면 인근 들판을 꽉 채운다. 화엄사계곡과 문수골을 향하여 진압군들이 포를 쏘면서 진격한다. 반란군들의 퇴로 예상 지역을 따라 진격해 나간다. 포병들도 따라오면서 전진하는 진압군들의 연락을 받고 계속해서 박격포를 쏘아 댄다.

쾅 쾅 쾅!

계곡 쪽에서 포탄이 폭발한다. 화엄사계곡과 문수골 쪽에서 들려 온다. 진압군들이 반란군들을 공격하기 위하여 산 속으로 진격 중 이다. 섬진강 쪽에서도 간간히 총소리가 들려온다. 반란군들을 추 격하는 진압군들이 쏜 총소리만 멀리서 들려온다.

총소리에 놀란 경찰들이 모두 경찰서로 달려왔다. 경찰서 창고와 유치장에 있던 좌익들을 손을 뒤로 묶은 채 뒷마당으로 끌고 간다.

탕 탕 탕 탕 탕….

좌익들을 한꺼번에 사살하는 총소리다.

학교 마당은 아직도 불씨가 남아 연기가 계속 피어오르고 있다. 반란군들의 포격으로 많은 사상자를 냈다. 죽은 진압군 시체를 계 속해서 실어 나르고 있다. 부상당한 병사들을 응급치료 하느라 바 쁘게 움직인다. 여기저기서 총탄에 맞은 부상병들의 신음 소리가 들 린다.

윙— 윙— 윙….

구례 상공에 비행기가 나타난다. 반란군들이 숨어 있는 화엄사계 곡을 향해 폭탄을 투하한다. 노고단 정상에도 폭탄이 투하된다.

쾅 쾅 쾅.

윙— 윙— 윙….

쾅 쾅 쾅 쾅 쾅.

쉴 새 없이 노고단에 폭탄이 투하된다. 노고단 건물이 산산조각난다. 폭탄이 건물에 명중될 때마다 불길이 번진다. 모든 건물이 화마에 휩싸인다. 노고단은 온통 불바다가 되어 활활 타오르면서 연기에 휩싸인다. 반란군들이 건물에 숨어 있으리란 예상으로 비행기를 통한 폭탄 투하는 인정사정이 없다. 반란군들을 몰살시킬 작정이다. 노고단 전체를 초토화해야 한다. 불길에 휩싸인 노고단을 향하여 비행기는 끊임없이 공중에서 폭탄을 투하한다.

쾅 쾅 쾅.

문수사 계곡과 산동 만복대 정상에도 폭탄을 투하한다. 봉화가 올라왔던 계곡 정상을 집중하여 폭탄을 투하한다.

쾅.

윙— 윙….

비행기 숫자가 점점 늘어난다.

쾅.

노고단과 화엄사계곡은 비행기 폭탄 투하로 불길에 휩싸인다. 노고단 정상에 집중하여 폭탄을 떨어뜨린다. 노고단 정상이 활활 타오른다. 노고단 서양인마을이 불길에 휩싸인다. 노고단에서 연기가 치솟아 오른다. 폭탄 투하가 계속될수록 불길은 점점 거세지고 연기도 점점 거세진다. 화엄사계곡 아래에서 솟아오르는 연기와 함께 노고단 계곡 전체가 연기로 가득 찬다.

박기철이 망원경으로 노고단 정상이 불길에 휩싸인 것을 확인한다. 이 기회에 노고단 계곡 전체를 불태우려 한다. 계곡에 숨은 반란군들의 세력을 불길과 함께 모두 불태워 버렸으면 하는 바람이다. 계속되는 반란군들의 공격에 제대로 한번 싸워 보지도 못하고 피격만 당했으니, 이번 기회에 속 시원히 반란군들의 세력을 몰아내야만 한다. 밤마다 봉화를 올리는 노고단을 불태워 버려야 한다. 노고단에서 올라오는 봉화를 보고 얼마나 화를 삭였는지….

윙— 윙….

비행기가 쉴 새 없이 노고단 계곡 상공을 선회한다. 지리산과 백운산 계곡까지 반란군들의 근거지가 될 만한 계곡을 중심으로 폭탄이 투하된다.

쾅! 쾅! 쾅!

반란군들 뒤를 쫓고 있는 진압군들이 계곡을 향해 박격포를 계속 발사한다. 사방팔방 계곡에서 포탄 터지는 소리가 이어진다. 구례를 둘러싼 계곡 전체가 화약 냄새와 연기로 뒤덮인다. 구례 사람들은 공포 속에서 피어오르는 연기를 바라본다. 모두가 마음 졸이며 불안에 휩싸인다. 주민들은 또 무슨 일이 벌어질지 근심 어린 얼굴이다. 반란군들이 처음 들어왔을 땐, 가끔 총소리가 요란했어도 크게 겁을 먹지는 않았다. 진압군들이 들어오고부터는 구례 전역이 갑자기 전쟁터로 변해 버렸다. 총소리와 박격포 터지는 소리, 비행기에서 떨어뜨리는 폭탄 터지는 굉음으로 정신을 차릴 수가 없다. 구례 주민들은 불안하여 견딜 수가 없다.

반란군들을 향한 추격은 계속된다. 박기철이 마산면 전체 마을을 수색하라는 명령을 내린다. 산에서 내려온 반란군들이 마산면을 지나 읍내로 진격하면서 마을 곳곳에 잔당들이 숨어 있을지도 모르는 상황이다. 반란군들이 진격해 왔던 마산면 전역에 진압군들이 들이닥친다. 냉천리, 마산리, 황전리, 광평리, 사도리, 갑산리… 각 마을을 진압군들이 동시에 점령한다. 읍내까지 공격해 왔던 반란군들은 이미 산으로 피해 버렸다.

　탕 탕 탕….

　철모에 흰 띠를 두른 진압군들이 총을 쏘며 마을 곳곳을 수색한
다. 총소리에 놀란 주민들이 손을 들고 걸어 나온다. 새벽부터 읍내
쪽에서 난 총소리에 놀란 마을 주민들은 무슨 영문인지 모른다. 읍
내 쪽에서 무슨 일이 일어났는지도 모른다. 사람들을 마을 앞 들판
으로 몰아세운다. 마을 안에 있던 남녀노소를 불문하고 모두 모였
다. 총소리에 놀란 아이들이 어른들을 붙잡고 울면서 따라나온다.
마을 사람들이 모이자 군인들이 총을 들이댄다. 주민들을 바라보는
눈길이 매섭다. 당장에라도 총을 쏠 기세다. 겁에 질린 주민들은 군
인들의 지시에 따른다. 젊은 남자들을 손가락으로 지명한다.

　"너! 이리 나와!"

　"너! 너! 너! 너…."

　이십여 명이 군인들로부터 지명을 받는다. 지명을 받은 남자들이
겁먹은 채로 앞으로 끌려 나온다. 남자들을 논바닥에 꿇어앉힌다.
반란군들에게 협조했는지를 캐묻는다. 밤사이에 반란군들이 지나
간 마을이라는 이유만으로 마을 남자들을 반란군들과 같은 부류로
몰아세운다. 군인들이 끌려 나온 남자들을 연행해 간다.

　비행기 지원 폭격으로 진압군들은 사기가 고무되었다. 마산면 전
지역을 진압군들이 점령한 후에 화엄사계곡과 문수사 계곡까지 진
격한다. 연대 병력 전원이 반란군들의 뒤를 계속 쫓는다. 이 기회에
산속으로 숨은 반란군들의 근거지를 없애야 한다. 반란군들이 숨
을 만한 지역 인근까지 공격을 멈추지 않는다. 눈앞에 보이지도 않

는 반란군들을 쫓아간다는 것은 매우 위험한 작전이다. 언제 어디서 기습 공격을 해 올지 모르는 상황이기 때문이다. 반란군들이 산속으로 숨어 버린 이상 반란군들을 찾기는 쉬운 일이 아니다.

박기철 연대장은 경과를 사령부에 보고한다. 적들의 기습으로 진압군들도 많은 사상자가 났고, 반란군들이 산속으로 퇴각했지만, 적들도 많은 사상자를 냈다. 산속으로 숨은 적들에게 계속 공격을 퍼부어야만 한다. 반란군들이 눈앞에 보이지는 않지만 언제 또 진압군을 향해서 공격해 올지 모르는 일이다. 비행기로 산속에 숨어 있는 적들을 공격해 주기를 지원 요청한다. 이 기회에 산속에 숨어 있는 반란군들의 씨를 말려야 한다.

반란군들을 격퇴한 진압군들이 학교로 모두 돌아왔다. 박기철은 도저히 마음을 가라앉힐 수가 없다. 하마터면 부대 전체가 몰살을 당할 뻔하지 않았는가? 보초병들을 연대가 주둔한 학교에만 세우지 않는다. 학교를 벗어나 구례읍 외곽 전역으로 확대한다. 읍내에 들어오는 모든 입구마다 진압군들이 보초를 선다. 서시천 다리, 봉서리 입구와 문척 방향, 북문 백연리, 산성리, 봉성산까지 외각에서 읍내로 들어오는 모든 초입에서 경계를 강화한다. 부대가 주둔해 있는 학교는 이중, 삼중으로 경계를 강화한다. 학교 주위에는 개미 새끼한 마리 얼씬거리지 못하도록 총을 들고 보초병들이 움직인다. 각 마을의 한청단원들을 불러 모은다. 경찰서 뒷마당에는 한청단원들로 북새통이다. 마을별로 줄지어 서 있다. 읍내 외각에 경계병으로 내세운다. 읍내 전체를 물샐틈없이 방어한다.

박기철이 지휘관들을 불러 모은다.

"전쟁터에서는 적을 죽이지 않으면 내가 죽는 법이다. 적은 언제 어디에서 우리 부대를 공격해 올지 모르는 일이다. 정신 똑바로 차리도록. 알겠나?

"예!"

지휘관들의 목소리가 우렁차다. 지휘관들 역시 잠시라도 방심했다가는 바로 죽음이라는 것을 잘 알고 있다.

"반란군들의 사상자는 파악되었나?"

"아직 정확히 파악되지는 않았지만, 시체가 수백 구는 되어 보입니다."

"죽거나, 부상당한 인원이 얼마나 되는지 신속하게 파악하도록!"

"예."

"…"

"반란군들의 시체는 어떻게 처리하고 있나?"

"죽은 시체가 워낙 많고, 시체에서 피비린내가 납니다. 냄새 나는 시체를 그대로 방치해 둘 수는 없는 일이라서, 섬진강 변에 땅을 파서 묻으려고 합니다."

"그래? 시체를 먼저 학교 운동장으로 가져와라! 시체 중에서 팔다리가 잘려 나갔거나 총알이 관통한 시체로 골라서 가져오기 바란다. 알겠나?"

박기철 연대장의 얼굴은 살기가 등등하다.

"…"

부관과 지휘관들이 연대장의 갑작스러운 명령에 서로 얼굴을 쳐다본다. 시체를 땅에 묻지 말고, 학교 운동장으로 가져오라니, 무슨 말인지 궁금해한다. 팔다리가 잘려 나갔거나 총알이 몸을 관통한 시체를 가져오라니 의문이 간다.

"연대장님, 시체를 땅에 묻지 말고 학교로 가져오라고요?"

부관이 의아해서 박기철에게 조심스럽게 묻는다.

"그렇다. 신속하게 시체를 가져오란 말이야! 시체를 현장에 있는 모습 그대로 가져오란 말이다! 대가리가 없어졌으면 없어진 대로, 팔다리가 떨어져 나갔으면 없는 그대로 시체를 가져오란 말이다. 시체를 가져와서도 거적때기로 덮지 말고, 있는 그대로 운동장에 쫙 깔아 놓도록 하란 말이다. 알겠나?"

부관의 물음에 박기철이 신경질적으로 목소리를 높인다. 박기철은 빠르게 명령을 하면서도 핏대가 올라가고 얼굴이 붉어진다. 박기철 연대장의 눈은 충혈된다. 분노에 찬 얼굴이다.

"지금 당장 가져오란 말이다. 알겠나?"

"예! 알겠습니다!"

신경질적으로 반응하는 박기철에게 부관도 큰 목소리로 대답한다. 박기철의 충혈된 얼굴을 살피면서 예사로운 명령이 아님을 감지한다. 부관이 밖으로 뛰어나간다. 연대장 명령을 신속하게 지시한다. 부대원들이 서두른다. 박기철은 피비린내 나는 반란군들의 시체를 쳐다보기도 싫다. 사람 시체를 보면 3년간 재수가 없다는데, 누가 사람 시체를 보고 싶겠는가? 부하들에게 명령을 내리면서도 짜증이 난다. 사실, 시체는 연대장이 직접 확인하지 않기 때문에, 부하들을 시켜 숫자만 상부에 보고해도 되는 일이다.

연대장의 명령에 의하여 부관과 지휘관들이 신속하게 움직인다.

피비린내가 나는 반란군들의 시체를 땅에 묻지 말고, 학교 운동장으로 가져오라니? 연대장의 명령이긴 하지만, 왜 그렇게 하려는지, 궁금하기만 하다. 피비린내 섞인 악취를 섬진강 변에 그대로 둘 수는 없는 일이다. 장갑을 끼고 마스크로 단단히 중무장한 병사들이 신속하게 시체를 수습하여 차에 싣는다. 수십 구의 시체를 포개어 차에 싣는다. 피 묻은 시체에서 악취가 난다. 시체를 가까이하는 일만으로도 고통스럽다. 시체를 차에 실어 와 학교 운동장에 일렬로 눕힌다. 머리가 없는 시체, 팔이 잘려 나간 시체, 다리가 잘려 나간 시체, 창자가 삐죽 튀어나온 시체, 얼굴이 뭉개진 시체…, 반란군들의 시체가 학교 운동장에 놓였다. 몰골이 심하게 상한 시체를 덮지도 않고, 피비린내가 나는 상태로 눕힌다.

박기철이 부관을 부른다. 최정수 부관이 부리나케 다가온다. 읍내 주민들을 학교로 불러 모으라는 명령이다. 부관의 움직임이 빨라진다.

탕 탕 탕!

읍내를 돌아다니며 군인들이 공포탄을 쏜다. 읍내를 돌아다니며 주민들을 학교로 집합시키라는 명령이 하달된다. 군인들이 쏜 공포탄 소리에 주민들은 벌벌 떨면서 군인들이 시키는 대로 학교로 우르르 몰려온다.

탕 탕 탕.

주민들은 군인들이 계속 쏘아 대는 공포탄 소리에 벌벌 떨면서 학교로 발걸음을 재촉한다.

수백 명의 읍내 주민들에게 반란군들의 시체를 보여 줘야만 박기철 연대장의 화가 누그러질 것 같다. 이 기회에 반란군들이 어떻게 죽어 있는지, 죽음이 얼마나 처절한 것인지, 또한 반란군들에게 협조를 하면 주민들도 이렇게 죽음을 면치 못하리라는 것을 똑똑히 보여 주고 싶은 것이다. 주민들에게 엄포를 주려는 속셈이다. 반란군들 편에 서면 곧 죽음이라는 메시지다. 영문도 모르고 학교로 몰려온 주민들이 학교 운동장에 눕혀져 있는 수십 구의 시체를 보고 경악을 금치 못한다. 시체를 천이나 가마니로 덮어 두면 좋으련만, 아무것도 덮어 두지 않은 채 그대로 방치했다. 목이 잘려 나간 시체, 고개가 삐뚤어진 시체, 다리가 잘려 나간 시체, 팔이 잘려 나간 시체, 총구가 몸통을 관통한 시체…. 주민들에게 시체가 있는 운동장을 한 바퀴 돌아보게 한다. 참혹한 광경이다. 군인들에 의하여 강제로 줄지어 주민들을 끌고다닌다. 반란군들의 참혹한 시체를 보며 눈물을 흘린다.

"흑흑흑."

주민들이 울먹이며 얼굴을 감싼다.

"웩 웩."

비위가 뒤틀려 곳곳에서 구역질을 한다. 무서워 벌벌 떤다. 고개를 돌려 버리는 사람도 있다. 차마 눈을 뜨고 볼 수 없는 광경이다. 시체 앞을 천천히 지나간다. 지옥에 와 있는 기분이 이런 것인가 보다. 시체를 보고 난 주민들이 모여 웅성거린다.

"뭔 난리다냐? 저렇게 군인들이 많이 죽었어?"

"그러게 말이야. 저게 모두 반란군들의 시체라며?"

"그런가 봐. 아이고, 무서버라!"

"아니, 가마니때기라도 덮어 놓지 않고, 죽은 송장을 고대로 놔뒀는지 모르겠네…. 아이고 징그러워!"

주민들이 서로 얼굴을 쳐다보고 고개를 끄덕거린다. 두려움에 말을 건네기도 쉽지가 않다. 정상적인 시체를 봐도 무섭고 두려울 텐데… 팔과 다리가 잘려 나가고, 얼굴이 뭉개져 형체를 알아볼 수가 없을 정도로 망가진 시체를 보는 순간 두려움이 몰려온다. 벌벌 떨면서 그 자리에 주저앉고 싶을 정도로 다리가 후들거린다. 겨우 발걸음을 옮겨 운동장을 빠져나온다. 주민들이 서로의 얼굴을 마주치며 고개를 설레설레 흔든다.

탕 탕 탕.

총소리가 학교 운동장의 정적을 깬다. 총소리가 나는 쪽으로 사람들의 시선이 쏠린다. 시체가 운동장에 널브러져 있는 것만으로도 공포심을 자아내고 있는데, 총소리는 사람들을 더 무서움에 떨게 한다. 박기철이 좌익 활동으로 의심되는 사람들을 잡아 오자, 그 자리에서 권총으로 총살시킨 것이다. 박기철은 사람 세 명을 총으로 쏴 죽이는 것만으로도 화가 풀리지 않는다. 반란군들에게 협조하면 가차 없이 총살한다는 것을 본보기로 보여 주고 싶은 것이다. 총소리에 사람들이 웅성거린다. 극심한 공포에 휩싸인다.

경찰서와 군부대가 주둔한 학교로 마산면 각 마을에서 잡아 온 남자들이 포박된 채 잡혀 들어온다. 반란군들이 읍내까지 공격해 온 것은 마산면 각 마을에 있는 좌익들과 주민들의 협조 없이는 불가능하다고 본 것이다. 이게 무슨 날벼락이란 말인가? 밤사이에 읍내 쪽에서 갑자기 나는 총소리에 놀랐고, 마산면 전 지역에 쫙 깔려 진격해 오고 있는 진압군들의 모습을 보면서 또 놀랐던 주민들이다. 군인들이 다짜고짜 남자들을 취조한다. 수십 명의 진압군들이 반란군들의 기습 공격으로 죽어 나간 상황이다. 취조를 한 군인들은 각 마을에서 연행해 온 마산면 남자들을 반란군들로 간주해 버린다. 진압군들이 작정하고 간단하게 취조를 끝내 버린다. 취조를 끝낸 남자들을 포박한 채 서시천 변으로 끌고 간다. 섬진강과 합수하는 허허벌판의 서시천 변에 일렬로 세운다. 눈을 가린 채 두 손이 뒤로 묶였다. 군인들이 남자들을 향해 총을 겨눈다.

탕 탕 탕 탕 탕….

총소리가 서시천 변에 메아리친다. 총을 맞은 남자들이 피를 흘리며 고꾸라진다.

연락을 받은 마산면 각 마을의 주민들이 서시천 변으로 부리나케 몰려든다. 반란군들과 진압군들의 싸움으로 갑자기 잡혀간 마을 남자들이 어떻게 됐는지 궁금하던 차다. 서시천 변에 잡혀간 마을 남자들이 한꺼번에 죽었다는 연락을 받은 마을 주민들이다. 수십 구의 죽은 시체를 발견하자 통곡을 한다.

"아이고! 아이고! 아이고…."

죽은 시체 앞에서 통곡을 한다. 이게 하루아침에 무슨 날벼락이란 말인가? 진압군과 반란군의 싸움에 마산면 주민들이 한꺼번에 몰살을 당한 것이다. 시체를 수습하기 위하여 덕석으로 감싸서 지게에 짊어지고 옮긴다.

"아이고! 아이고! 아이고…."

소문을 듣고 뒤늦게 달려온 주민들의 통곡 소리가 서시천 변에 메아리친다.

27

송평다리

노고단 정상에서 며칠째 연기가 올라오고 있다. 반란군들이 숨어 지내지 못하도록 비행기로 폭탄을 투하하여 모든 건물을 불태워 버렸다. 육십여 채의 건물에 불을 질렀으니, 그 불씨가 사그라들지 않는다. 노고단에는 아무도 얼씬거리지 못하도록 민둥산을 만들어 버렸다.

장기만 부대원들도 많은 피해를 입었다. 병력 수백 명이 죽고, 다치고, 포로로 잡혀갔다. 읍내 학교에 진압군 병력이 계속해서 보충된 사실에 대하여 정보가 어두웠다. 구례에서 기습 공격으로 진압군들에게 많은 피해를 입히고 승승장구해 왔지만, 읍내 전투에서는 진압군의 박격포 공격에 큰 피해를 입었다. 학교에 주둔한 진압군 세력을 너무 과소평가한 것이 작전 실패의 원인이었다. 연대장이 산동에서 죽고, 기습 공격으로 진압군들을 죽이고, 포로를 잡아 오고, 무기까지 탈취를 했으니 전력이 열악해진 것으로만 알았다. 산동 이평 전투 이후, 진압군들의 대대 병력이 증파되었다는 정보를 파악하지 못한 것이 아쉬울 따름이다. 병력이 밤사이에 증강되었다는 정보를 알았더라면, 진압군들이 주둔해 있는 학교를 공격하지는 않았을 것이다. 장기만의 작전 실패로 많은 동지들이 피해를 입었지만, 여기서 물러나서는 안 된다. 피해 상황이 계속 보고된다. 장기만이 고개를 끄덕이며 병력을 점검하느라 바쁘게 움직인다.

학교에 주둔한 진압군들도 많은 손실을 입었다. 반란군들이 박격포까지 동원하여 진압군 주둔지까지 공격해 오리라는 상상은 하지도 못했다. 많은 병사들이 죽거나 부상을 당했다. 워낙 많은 연대 병력이었기 때문에 수십 명의 사상자는 전투력에 큰 타격을 주지는 않는다. 반란군들을 추격하느라 탄약도 바닥이 났다. 박기철 연대장은 남원사령부에 밤사이 교전 결과를 긴급 보고한다. 보고를 하면서 탄약과 물자의 긴급 지원을 요청한다.

비행기로 폭탄 공격을 쏟아부었으니, 반란군들에게 많은 피해를 주었으리라 본다. 특히 노고단에 있는 건물을 모두 폭격해 속이 다 후련하다. 박기철 연대장은 밤마다 반란군들의 근거지에서 밤낮으로 봉화가 올라올 때마다 속에 천불이 났다. 당장에라도 노고단에 있는 건물에 불을 지르고, 반란군들이 은신하지 못하도록 하고 싶었다. 다행히 밤사이에 진압군들의 병력이 보강됐고, 화력과 긴급 지원된 비행기를 통해 지리산 깊숙한 곳까지 공중폭격을 함으로써 반란군들의 세력이 약화됐으리라 추측한다. 당분간은 반란군들이 함부로 공격을 하지 못하리라 예상한다. 대대 병력이 추가로 구례로 입성하였으니 많은 보급품이 필요한 상황이다. 탄약과 식량을 비롯하여 물품 조달이 시급하다.

따르르릉.

"탄약과 보급품이 부족합니다. 긴급 지원 바랍니다."

남원사령부에 긴급 지원을 요청한다.

장기만 부하들이 남원사령부에 요청한 진압군의 전화 내용을 도청한다. 연대 병력 주둔에 필요한 탄약과 보급품이 조달될 것으로 본다. 그 보급 차량을 기습 공격해야 한다. 장기만이 작전 회의를 소집한다. 지휘관들이 모여든다. 산동 지역의 상황을 잘 아는 김정욱과 송진혁이 산동 지역 지도를 그린다. 장기만과 일행들이 김정욱이 그리는 지도에 집중한다. 지도를 펴고 작전 회의에 들어간다. 물품 보급에 최소한 중대 병력 이상의 규모가 움직이리라 판단한다. 대규모 병력을 기습 공격하기 위한 만반의 준비에 들어간다. 탁자 위에는 지도가 놓여 있다. 남원과 곡성 지역을 통하여 우회하면, 구례 구역 다리를 이용하리라 본다. 그 방법은 거리상으로 너무 멀다. 만약에 진압군들이 그쪽 길을 선택한다면 구례 지역에서는 기습 공격할 곳이 마땅하지 않다. 남원과 구례 간 거리가 가장 가까운 밤재를 이용하리라 예상한다. 작전은 밤재를 주목하여 작전을 짠다. 밤재는 워낙 산세가 험하다. 구불구불 정상으로 올라오는 길목을 손으로 짚어 간다. 남원 쪽은 진압군 사령부와 가까운 지역이다. 구례 쪽은 진압군들이 주둔해 있는 읍내까지 꽤 멀다. 밤재를 넘어와 산동 지역을 지날 때 기습 공격지로 삼아야 한다. 진압군들도 철저히 수색하면서 밤재를 통과하리라 본다. 어디서 공격을 해야 할지, 공격지로서 지형지물을 가장 잘 이용할 수 있는 지역을 선정해야 한다. 김정욱과 송진혁이 송평다리를 가리키며 고개를 끄덕인다. 장기만이 고개를 끄덕인다. 송평다리는 지형상으로 밤재가 끝나는 지점이다. 밤재를 통과해 구불구불 계곡을 내려오는 길목이다. 송평마을 뒤편 효자 모퉁이에 통나무 다리가 놓여 있다. 계곡 쪽에서는 구불구불 산길이라서 다리가 보이질 않다가, 다리 인근에 다다라서야 모퉁이 다리가 보이는 곳이다. 송평다리를 지나면 신작로가 시작된다. 다리를 파괴하여 차량을 정지시키면 된다. 그사이를 노려 공격을 개시한다. 차량을 후진시킬 수도 없는 곳이다. 대원들을 산속에 매복시켜 집중 포격을 할 수 있는 곳이다. 작전지역은 밤재 남원 방향 쪽이 아닌 구례 쪽이다. 장기만이 고개를 끄덕이며, 송평다리를 다시 한번 손가락으로 지목한다. 부하들에게 묵언의 지시를 내린다. 부하 지휘관들이 고개를 끄덕인다. 모두가 송평다리 길목을 주시하면서 행동 개시를 위해 흩어진다. 진압군들도 비상 상황이라 철저한 경계를 하면서 이동할 테고, 송평다리는 밤재를 다 내려왔음을 알리는 곳이어서 경계를 느슨하게 할 수 있는 지역이다. 역으로 그 약점을 노리자는 속셈이다. 밤재 인근에 있는 마을 주민들을 철저히 통제해야 한다. 각 부대별로 계척, 원동, 연관, 현천, 송평마을 주민들에 대한 통제를 지시한다. 모두가 산간 마을이라 통제하기가 용이하다. 긴밀하게 움직인다. 시간이 촉박하다. 대원들은 연일 진압군들과의 격전에 힘은 들어도, 사기는 하늘을 찌를 듯하다.

내일은 음력 시월 보름이라 시제를 모시는 날이다. 가을 추수가 끝나는 시월에 매년 시제를 지내 왔다. 대대로 조상을 잘 섬기고, 웃어른들을 잘 모신다 하여 왕으로부터 효열비를 하사받은 현천마을이다. 마을에 효열비를 세워 놓을 정도로 조상에 대한 제사를 중히 여기는 마을이다. 시제를 모시러 타관에서도 일가친척들이 모였다. 최씨네 일가친척들은 종갓집에 모여 시제 지낼 음식을 장만하느라 분주하다. 전을 부치고 떡메를 치며 음식을 장만하느라 모두 바쁘게 움직인다. 산나물 위주로 정성을 들여 음식을 준비한다. 뭐든지 아끼지 않고 풍족하게 시제 음식을 준비해 왔다. 그런데 하필이면, 시제 즈음에 반란군들이 산동에 들어와 산동골 전체가 어수선하다. 반란군들과 진압군들의 싸움에 산동골에는 총소리가 자주 울려 댄다. 산동골의 총소리가 남의 일 같지 않다. 반란군들이 뭔지, 진압군들이 뭔지도 모르는 상황이다. 아직까지 현천마을은 반란군도, 진압군도 들어오지 않았다. 반란이 일어났는지도 모를 만큼 조용하고 평화로운 마을이다. 내일 시제를 지내기만 하면 된다. 종갓집에 모여 시제를 모신 후, 마을 인근에 흩어져 있는 묘까지 일일이 찾아다니려면 간단한 일이 아니다. 간소하게 빨리 시제를 지내야 할 판이다. 밤이 되자 문중 식구들이 모였다.

"아따, 요즘, 거시기 반란군인가 뭔가 하는 소리가 들려싸든디 시제는 지내야 것지라."

"아, 그러제. 현천마을이야 여태까징 아무 일도 없었응깨로 뭔 일이 나것어요?"

"그렁깨 말이시. 아무 일도 없었으면 좋것구만."

"그나저나, 내일 아침에 일찌감치 시양을 모시고, 묘제를 빨리 끝내는 수 밖에 없그망."

"산속에 묘제를 지내러 갈 때, 거시기 뭐냐? 반란군인가 뭔가 마주치면 얼룽 피해서 내려와야지다. 뭔 일이 있을라고라?"

"그러제. 그 사람들도 사람들인디, 우리 겉은 사람들에게 해꼬지 안 하것지라?"

"그럼, 그럼. 별일이야 있겠어요?"

내일 아침나절에 마을 뒷산 문중 묘에 시제를 지낸 후, 산속에 흩어져 있는 산소에 올라가더라도 반란군들과 마주칠지 모르니, 조심해야 한다고 입을 모은다.

문중들이 종갓집에 함께 모여 잠을 잤다. 날이 밝아 오자 현천마을에 사는 일가친척들도 일찌감치 종갓집으로 모여든다. 서로 아침 문안 인사를 한다. 이른 아침부터 시제 준비를 서두른다.

갑자기 수백 명의 군인들과 민간인 복장으로 총을 든 사람들이 현천마을에 우르르 들이닥친다. 마을이 어수선해진다. 각 골목마다 서너 명씩 조를 이루어 총을 들이대며 집 안으로 들이닥친다. 집 안에 있는 사람들에게 다짜고짜 총을 들이댄다. 당장에라도 총을 쏠 것만 같다. 군인들이 총을 들이대는 바람에 무서워서 벌벌 떤다. 총을 든 사람들이 집집마다 돌아다니며 마을 사람들을 집 밖으로 내몬다. 사람들을 모두 마을 입구 당산나무 앞으로 집합시킨다. 최씨 종갓집에도 군인들이 들이닥친다. 타관에서 온 친척들도 총부리가 무서워 벌벌 떨며 시키는 대로 한다. 남자들에게는 지게와 삽, 괭이, 쇠스랑을 챙겨 지게에 짊어지게 한다. 남녀노소 모든 마을 주민들이 마을 입구 당산나무 쪽을 향한다. 총을 든 사람들은 서로 눈빛을 교환하며 사람들을 집 밖으로 내몬다. 마을 안에 한 명이라도 남기게 해서는 안 되는 일이다. 당산나무 앞에는 군인만 있는 게 아니라, 평상복 차림의 사람들이 총을 겨누고 서 있다. 총을 든 군인들을 보자 마을 사람들이 기겁한다. 진압군인지, 반란군인지 눈치를 살핀다. 군복을 입지 않고 총을 든 사람들이 섞여 있는 걸 보니 반란군들임을 직감한다. 마을 사람들이 수군거린다.

"반란군들인가 봐."

"그렇께로. 군복 입은 사람들은 군인이 맞는디… 저거 사복 입은 사람들은 좌익들 아닌가?"

"맞당께로, 맞어. 총을 든 거 봉께로 좌익들 맞어. 반란군들인가 봐."

서로 수군거리며 고개를 끄덕인다.

"그나저나 무슨 일이 있간디, 우리 마을로 쳐들어왔는지 모르겠네 잉."

"참 별일이시. 현천마을에 뭐 볼 게 있다고 요, 지리산 꼴짝까정 왔는지 모르겠구마 잉."

"남자들은 왜 지게까지 지게 하는지 통, 모르겠구만."

"그렇께로. 삽이랑, 괭이, 쇠스랑까지 챙기게 한 걸 봉께로 뭔 일을 시킬랑갑끄만."

주민들은 영문도 모른 채 반란군들의 눈치를 살피며 수군거린다. 지휘관 군인이 주민들 앞으로 나선다. 주민들 시선이 모두 지휘관으로 향한다.

"자, 남자들은 요짝으로 모이시오!"

남자들만 한쪽으로 나오라는 명령에 서로 눈치를 보면서 한두 명씩 움직인다.

"자, 시간이 없다. 빨리빨리 움직여라!"

재촉을 해도 마을 사람들은 서로 눈치를 보며 느릿느릿 움직인다. 가족들끼리 서로 얼굴을 마주 보고 앞으로 나가지 말라고 눈짓을 하면서, 고개를 숙이고 버티는 사람도 있다. 뒤편에서 바라만 보고 있던 장기만이 앞으로 나선다.

"빨리빨리 움직이란 말이야!"

장기만의 지시에 따라 군인들이 마을 사람들 앞으로 총부리를 가까이 들이댄다.

"빨리빨리 움직인다! 빨리!"

장기만이 앞으로 나서서 소리를 질러도 고개를 푹 숙이고 움직이지 않는 사람을 손가락으로 가리키며 지목한다.

"너!"

고개를 푹 숙이고 있던 사람을 지명하자 못 들은 척하고 계속 고개를 숙이고 있다.

"너! 고개 숙이고 있는 사람!"

사람들이 일제히 그 사람을 쳐다본다. 주위에 있던 가족들이 옆에서 쿡 건드리며 확인시켜 준다. 고개를 숙였던 젊은 사람이 장기만의 눈과 마주친다. 눈이 마주치자 장기만이 손가락으로 지명하면서, 큰소리로 명령한다.

"너! 이리 나와!"

지명을 받은 사람이 주위를 두리번거리며 겁에 질린 얼굴로 걸어 나온다. 장기만이 부하들에게 눈짓하면서 고개를 돌린다. 부하들이 우르르 달려들어 그 사람 팔짱을 끼고 몇 발자국 더 움직인다. 군인들에 의하여 질질 끌려간다. 총부리를 겨눈다. 총을 팡, 쏠 것만 같다. 총부리를 겨누자 겁에 질린 채 뒷걸음질을 친다. 군인들이 달려

들어 폭력을 가한다.

퍽 퍽 퍽….

"살려 주십시오!"

퍽 퍽 퍽….

"윽."

군인들의 폭력에 신음 소리를 낸다. 피를 흘리며 고꾸라져 땅바닥에 쓰러진다. 땅바닥에 피를 흘리고 쓰러진 사람을 향해 군인들이 달려와 총구를 들이댄다. 곧바로 총을 쏠 기세다. 마을 사람들은 총으로 사람을 쏴 죽이는 모습을 차마 보지 못해 눈을 질끈 감는다. 마을 사람들 앞에서 폭력을 가하자 사람들이 겁을 먹고 조용해진다. 명령에 신속하게 따르지 않고, 꾸물거렸다가는 폭력이 가해진다는 걸 보여 준다. 총으로 한 방 쏘면, 쉽게 통솔할 수 있는데, 총소리를 내서는 안 된다. 총부리로 사람들에게 겁만 주어야 한다. 여기서 총소리가 나면 작전이 실패할 수도 있다. 대원들에게도 이미 지시를 내려놓은 상황이다.

"팡! 총으로 쏴 죽여야만 말을 듣겠어?"

군인이 소리를 지르자 사람들이 겁에 질려, 눈치를 보며 재빠르게 움직인다.

"빨리빨리 움직인다. 알겠나?"

군인이 다가와 젊은 남자들을 선별하여 지게를 짊어지게 한다. 지게에 삽, 곡괭이, 쇠스랑 등 농기구를 싣는다. 군인들이 앞장서서 젊은 남자들을 데리고 마을을 내려간다. 이탈자가 없도록 총부리를 겨눈다. 사람들이 끌려가면서 뒤를 돌아다본다. 그러자 군인들이 뒤에서 총을 겨누며 걸음을 재촉한다. 남아 있는 사람들은 끌려가는 남자들을 바라보기만 한다. 무엇을 하러 가는지 궁금해하는 채 쳐다만 보고 있다. 젊은 남자들이 마을에서 멀어진다. 남아 있는 노인들과 여자들, 아이들은 산으로 몰고 간다. 한 사람이라도 마을을 빠져나가지 못하도록 하는 것이다. 어느 누구도 이 마을을 빠져나갈 수 없다. 마을 사람들은 무슨 일인지 영문도 모른 채, 벌벌 떨면서 산으로 끌려간다. 그저 아무 일이 없기만을 바랄 뿐이다.

끌려온 남자들은 송평다리에서 가까운 산속으로 몸을 숨긴다. 무슨 일을 시키려고 하는지 도무지 알 수가 없다. 서로 눈치만 볼 뿐 누구 하나 반항할 수가 없다. 조금이라도 반항을 하면 바로 그 자리에서 총살을 당할까 무서워 시키는 대로 해야만 한다. 다행히도 현천마을 남자들을 산속으로 끌고 오는데 총소리 하나 내지 않고 성공적으로 통제를 했다.

원동, 영관, 계척, 송평마을에도 군인들이 들이닥친다. 마을 사람들을 한곳에 모아 통제시킨다. 송평다리 인근에는 인적이 없어졌다. 작전이 끝날 때까지 왕래가 금지되었다. 신작로에도 사람이 다닐 수 없다. 송평다리를 중심으로 인적이 끊어진 텅 빈 계곡이 된다.

장기만의 지시로 부하들이 매복을 서두른다. 밤재를 오르는 남원 지역에서 밤재 정상까지 군데군데 매복에 들어간다. 언제 진압군의 지원부대가 밤재를 통과하는지 알아야 한다. 작전지역은 남원 쪽이 아닌, 구례 쪽 송평다리다. 차량이 밤재에 들어선 직후에는 신속하게 움직여야 한다. 차량이 밤재 정상에 도착하기 전에 시간에 맞춰 송평다리를 해체시켜야 한다. 송평다리를 하루 종일 끊어 놓을 수는 없다. 진압군들 모르게 순식간에 끊어야 한다. 진압군들이나 민간인들에게 미리 발각되면 보급품을 쟁취할 수 없다. 기습 공격이 아니면 피차간에 전투가 벌어질 테고, 많은 사상자가 발생하면 성과를 올릴 수가 없다. 진압군들의 보급 차량이 남원 쪽에서 밤재를 올라타자마자 그 순간에 만반의 준비를 끝내야 한다. 진압군들이 밤재 정상으로 올라올 때는 구불구불 산길을 올라와야 해서 시간이 많이 걸리지만, 내리막길을 타기 시작하면, 차량은 순식간에 송평다리에 다다를 수 있다.

윙— 윙….

노고단 상공에 비행기가 난다. 산속에 숨어 있는 반란군들에게 위압을 주는 비행이다. 진압군은 노고단 정상을 불바다로 만들었듯이 여차하면 포탄을 떨어트릴 수 있다는 경고 신호이기도 하다. 비행기에서 내려다보는 노고단 계곡과 밤재 계곡에는 아무 인기척이 없다. 평온하다. 비행기로 정찰을 해도 반란군들의 움직이는 모습은 쉽게 포착되지 않는다. 반란군들도 산속에서 몸을 꼭꼭 숨기고 적들에게 위치를 쉽게 내비치지 않는다. 특히 비행기가 상공에 높이 떠서 돌아다니는 시간대에는 산속에서 모습을 드러내지 않는다.

비행기가 상공에 나타나자 장기만이 하늘을 올려다본다. 진압군들의 이동이 시작됐음을 알리는 엄호 비행이다. 장기만의 입장에서 비행기가 하늘을 날아다니는 것은 껄끄럽다. 며칠 전에 노고단 계곡과 지리산 계곡 곳곳에 포탄 공격을 퍼붓는 걸 봐 왔던 터라 더욱 그렇다. 적들에게 아군을 노출시켜서는 안 된다. 실제로 전투가 벌어지면 비행기에서 폭탄을 떨어뜨리지는 못하리라 본다. 하늘 높이 날고 있는 비행기에서 누가 아군이고, 누가 적군인지 식별이 불가능하기 때문이다. 진압군들이 있는 곳을 반란군들만 잡겠다고 폭탄을 떨어트려 아군까지 모두 몰살시키지는 않을 거라는 판단이다. 이번 기습 작전으로 진압군들을 공격하여 몰살시키는 것도 중요하지만, 차량에 있는 보급품을 빼앗는 일이 더 중대하다.

윙— 윙….

오후가 되자 비행기가 노고단 상공에 다시 나타나 남원과 구례 상공을 배회하고 지나간다. 밤재가 있는 지역도 비행기가 지나가며 산속에서 무슨 움직임이 있는지 다시 살피는 것이다. 반란군들은 몸을 숨기고 쉽게 움직이지 못하고 있을 거라는 판단이다. 구례 읍내 전투로 반란군들의 시체가 수백 구에 달했으니 반란군들의 세력도 많이 약화됐으리라 본다. 함부로 진압군들에게 공격해 오지는 못할 것으로 판단한다. 진압군들의 차량이 움직이는 시간에 맞춰 계속 비행을 한다. 노고단 지역과 밤재 상공을 서너 차례 배회한다. 특히 밤재 쪽과 산동 지역 전역을 배회한다. 산동 지역에 반란군들의 움직임이 없는지 철저히 비행기로 수색을 한다. 비행기에서 내려다보는 산동 지역도 반란군들의 움직임이 전혀 나타나지 않고 평온하기만 하다.

군인들이 차량에 탑승한다. 출발 신호와 함께 차량 열 대가 남원 사령부에서 출발한다. 각 차량에는 군인들과 함께 보급품과 탄약을 가득 실었다. 선두 차량에는 군인들만 탔고 마지막 후미 차량에도 군인들만 타서 사방을 경계하고 있다. 오전에 출발하기로 했던 수

송 작전이 변경되어 급하게 오후로 바뀌었다. 남원을 출발한 진압군들의 차량이 밤재를 향해 서서히 산을 오른다. 밤재를 통해 구례로 가는 길은 단시간 내에 도착할 수 있는 거리다. 도로 사정을 감안하더라도 남원사령부에서 구례 읍내까지, 밤재를 통과하면 두 시간 이내로 충분히 도착하리라 예상한다.

진압군들의 차량이 밤재를 완전히 통과하기도 전에 무슨 연유에서인지 모르지만 상공에서 비행기가 사라졌다. 서산으로 해가 떨어지려면 서너 시간 이상 남아 있다.

차량 행렬은 밤재를 향하여 구불구불 산길을 오르기 시작한다. 차량이 남원 쪽에서 밤재에 들어서자 산속에 매복을 한 장기만 부대원들이 신호를 보낸다. 그 신호가 밤재 정상까지 전달된 후, 송평다리에 매복해 있는 장기만에게까지 전달된다. 매복하고 있던 대원들에게 손을 들어 행동 개시를 알린다.

산속에 붙잡혀 있던 현천마을 남자들은 송평다리가 있는 계곡으로 끌려간다. 삽과 괭이, 쇠스랑을 어깨에 메었다. 반란군들이 뒤에서 이동을 재촉한다. 행여라도 대열을 이탈하면 곧바로 총살감이다. 일행들의 걸음이 점점 빨라진다. 뛰다시피 빠르게 움직인다. 겁에 질린 채 마을 사람들은 송평다리에 다다른다. 송평다리를 파헤치라는 명령이 떨어진다. 군인들이 뒤에서 총을 겨누고 작업을 재촉한다. 군인들이 먼저 다리 해체 작업에 뛰어든다. 마을 사람들은 주춤하다 반란군들이 시키는 대로 다리를 해체하기 시작한다. 진압군들의 차량이 밤재 정상에 도착하기 전에 다리 해체 작업을 끝내야 한다. 촌각을 다투는 작전이다.

"자! 빨리빨리 서둘러라! 시간이 없다!"

총부리를 들이대며 다리 해체 작업을 서두른다. 일사불란하게 곡괭이와 쇠스랑으로 다리를 파헤치기 시작한다. 통나무로 만들어진 다리는 순식간에 해체된다. 다리가 없어져 버린다. 다리 양쪽을 지탱했던 통나무를 십여 명이 달려들어 어깨에 둘러멘다. 신속하게 산속으로 감춰 버린다. 계곡에는 냇물이 흐른다. 냇물 양은 많지 않다. 일단 다리를 끊어 놓으면 사람이고, 차량이고 나다닐 수 없게 된다. 다리를 끊어 놓기는 쉽지만, 복구하기는 여간 어려운 게 아니다. 다리를 해체시킨 주민들을 다시 산속으로 끌고 간다. 송평다리에서 가급적 멀리 이동시킨다. 곧 총격전이 벌어질 것이기 때문이다. 현천마을은 아무 일도 없었던 것처럼 쥐 죽은 듯이 고요하다. 군인들의 철저한 통제 속에 모두가 숨죽이고 있다. 송평다리 인근에는 개미 새끼 한 마리 얼씬거리지 않는다. 고요한 정적이 맴돌 뿐이다. 산동에서 밤재로 올라오는 길목에도 장기만 부대원이 매복해 있다. 밤재로 향하는 차량이나 사람들을 통제시킨다.

밤재 능선에 진압군의 차량이 도착하여 멈춰 선다. 중대장이 차에서 내려 밤재의 동향을 살핀다. 사방을 둘러보며 혹시라도 수상한 기미는 없는지 귀를 기울인다. 하늘을 쳐다본다. 남원에서 출발하여 밤재를 오르는 동안 상공에는 비행기가 날아다녔다. 밤재에 도착해 보니 상공에 비행기가 보이지 않는다. 비행기가 밤재 상공을 날아다니며 진압군들의 차량이 움직이는 데 엄호를 해 왔기 때문에 별일은 없으리라 본다. 손목 시계를 들여다본다. 오후 3시를 넘긴 시간이다. 빨리 서두르면 해가 떨어지기 전에 진압군이 주둔해 있는 구례 읍내까지 도달할 수 있는 시간이다. 밤재를 오를 때까지 아무런 일이 없었기에 밤재에서 구불구불한 길을 내려가야 한다. 밤재 꼭대기에서는 시야가 멀리 확보되지 않는 상황이다. 차량에 다시 탑승하여 출발한다. 차량들이 밤재 아래 첫 마을인 계척마을 입구를 지나고, 계척마을을 지나 원동마을 입구를 지난다. 구불구불 올라왔던 만큼 구불구불 돌아서 내려가는 길이라 차량이 속도를 내지 못한다. 현천마을 입구 송평다리를 지나서면 내리막길이 끝난다. 송평다리를 건너 효자 모퉁이를 지나면 신작로가 시작된다. 산동 원촌까지 시야가 확보되는 지역이다. 진압군 차량들은 이제 밤재를 다 내려왔다는 안도감에 서서히 움직인다. 송평마을 뒤편 효자 모퉁이를 막 돌아서 송평다리에 다다른다. 다리가 끊어진 것을 발견한다.

끼이이익!

선두를 달리던 차가 급브레이크를 밟는다. 뒤따라오던 차량 행렬이 일제히 급브레이크를 밟고 멈춰 선다.

요란한 브레이크 소리와 함께 뒤따라오던 차량들도 모두 멈춰 선다. 차량이 멈추자마자 군인들이 우르르 차에서 뛰어내린다. 선두 차량의 군인들이 직감적으로 반란군들의 소행임을 알아차린다. 중대장이 경계하라고 지시한다. 차량을 중심으로 무릎을 꿇어 자세를 취한다. 산을 향하여 경계 태세를 갖춘다. 따라오던 차량들도 일시에 정지하여 차량에서 진압군들이 뛰어 내린다. 내리막길이어서 차량을 되돌릴 수도 없다. 차량이 멈추고 군인들이 다리 앞으로 모여든다. 때는 이미 늦었음을 알아차린다. 다리를 복구하여 차량을 통과시켜야 한다. 다리를 복구시키려면 큰 통나무가 있어야 한다. 통나무가 없으면, 개울을 임시로 막아 보를 만들고, 그 위로 차량이 통과할 수 있도록 조치를 취하면 된다. 경계 태세를 한 병력을 제외하고, 다리 근처로 모이게 한다. 군인들이 끊어진 다리 주위로 몰려든다.

"돌을 주워서 보를 만들어라!"

"예!"

"빨리빨리 서둘러라!"

중대장이 큰 소리로 명령을 내린다. 냇물을 막아 보 만드는 일을 서두른다. 다리를 복구하려면 긴 통나무를 구해야 한다. 주위를 둘러보아도 통나무는 보이지 않는다. 통나무를 구할 수가 없다면, 돌이나 흙으로 개울을 막아 차량이 통과해야 한다. 물이 흐르는 계곡이다. 물살이 거세지는 않다. 반란군들이 들이닥치기 전에 이곳을 통과해야 한다. 군인들이 달려들어 급한 대로 주위에 있는 돌을 주워 나른다. 작업에 열중하느라 정신이 없다.

장기만은 계곡에 숨어서 송평다리에서 벌어지는 상황을 예의 주시한다. 진압군들이 차량에서 멀어지기를 기다린다. 진압군들이 다리를 복원하려고 송평다리로 모여들기를 기다린다. 진압군들의 일부는 총을 놔두고 작업에 뛰어든다. 일부는 총을 들고 주위를 살핀다.

"자, 빨리빨리 서둘러라!"

중대장이 다리 복원 작업을 서두르라고 소리를 지른다. 반란군들이 공격해 올지 모르기 때문에, 빨리 다리를 복원하여 차량이 통과해야 한다. 진압군들의 움직임이 빨라진다. 주위에 있는 돌과 흙을 구해 계곡을 막아 차량이 지나갈 수 있는 통로를 만들어 간다. 장기만은 진압군들이 한 곳에 모여 계곡을 메우느라 정신이 없을 때까지 기다린다. 그래야만 공격이 쉬워진다. 집중 공격하여 몰살시키고, 차량에 실려 있는 보급품을 뺏어야 한다. 공격을 하더라도 차량 쪽으로는 총구를 향하지 않도록 한다. 진압군들은 계곡을 메우는데 집중하느라 정신이 없다.

장기만이 방아쇠를 당긴다.

탕.

공격 명령의 총소리다. 공격 신호에 의해 일제히 총이 불을 뿜는다.

따다다다다다….

탕 탕 탕 탕 탕 탕 탕….

기관총 소리가 산동 밤재 계곡의 고요를 일시에 무너뜨린다. 작업에 열중하고 있는 진압군에게 인정사정없는 기관총과 소총 공격이다. 송평다리를 향하여 총탄을 퍼붓는다. 수백 발의 총탄이 한꺼번에 날아간다. 집중 포격을 한다.

따다다다다다….

탕 탕 탕 탕 탕 탕 탕….

송평다리에 집중 포화가 쏟아진다. 작업하던 진압군들이 총탄을 맞고 쓰러진다.

"악!"

다리 복구 작업을 하던 진압군들이 속수무책으로 총을 맞고 쓰러진다. 공격할 때 차량 쪽은 최대한 피한다. 총구는 진압군들을 향해서만 조준한다. 계속해서 공격을 가한다. 차량은 피해서 공격하라는 명령이 이미 시달되었다. 차량에 실려 있을 무기와 보급품을 확보하기 위해서다. 진압군들이 순간적으로 바닥에 엎드린다. 총알이 비 오듯 쏟아진다. 갑작스런 총격에 진압군들이 자세를 가다듬고 산 쪽을 향해 반격을 시작한다. 당황한 진압군들은 반군의 위치를 발견하지 못한 채 허공에 총을 쏜다.

탕 탕 탕 탕 탕….

진압군들이 반격을 해 보지만, 반란군들이 쏘는 수백 발의 총탄 앞에서는 속수무책이다.

따다다다다다….

진압군들이 도로 주변으로 뛰쳐나가고, 개울 속으로 뛰어들어 가 몸을 숨긴다. 몸을 피하면서 총알이 날아오는 산 쪽을 향하여 총을 쏜다. 진압군들은 이제 독 안에 든 쥐다. 시야를 확보한 장기만 부대원들은 산속에서 마음 놓고 총질을 해 댄다. 차량에서 멀리 떨어진 진압군들만 향해서 조준 사격을 한다.

탕!

순식간에 진압군들이 절반 이상 총을 맞고 피를 흘리며 쓰러져 있다. 부상을 당한 진압군들은 다리 주위를 벗어나려고 안간힘을 쓴다. 장기만 부대원들이 천천히 송평다리 쪽으로 총질을 해 대면서 포위해 온다. 순식간에 차량 전체가 포위됐다.

"차량에는 쏘지 마라. 차에 불이 붙으면 안 된다."

장기만이 고함을 지른다. 이미 대원들에게 차량에는 총질을 하지 말라는 지시가 내려졌는데도, 실수할까 봐 소리를 지른다. 차량 안에는 보급 물품과 탄약이며 폭탄이 실려 있다. 차량에 불이 붙으면 허사이기 때문이다. 계속되는 공격으로 군인들이 여기저기 쓰러지고 총 맞은 몸을 이끌고 도망가기 바쁘다. 신작로 쪽으로 도망친 군인들도 얼마 못 가 집중 포격을 받고 고꾸라진다. 진압군들이 손을 들고 항복을 한다. 진압군들은 갑작스런 반란군의 공격에 총알이 다 소진되었다. 장기만 부대원들이 차량 쪽으로 모여든다. 길바닥에 군인들의 시체가 참혹하게 널브러져 있다. 총을 맞고 부상에 신음하는 군인들이 피를 흘리며 누워 있다. 장기만과 대원들이 총을 겨누며 송평다리 가까이 접근한다. 다리를 복구하던 진압군은 총을 들고 있지도 않다. 손을 들고 항복한다. 대원들이 항복한 진압군들을 무장 해제시키고 한쪽으로 몰아세운다. 포로로 잡은 진압군들을 산으로 끌고 간다. 죽은 군인들을 발로 걸어차면서 총을 수거한다. 밤재에 매복해 있던 장기만 부대원들이 모두 송평다리로 속속 모여든다. 진압군 차량에 실려 있는 탄약과 보급품을 가져가기 위해서다. 장기만의 지휘 아래 수백 명의 부대원들이 차량 안에 있는 보급품을 차량 밖으로 꺼낸다. 현천마을에서 동원된 남자들을 급하게 이동시킨다. 마을 주민들이 모두 지게를 짊어졌다. 뒤에서 총부리를 겨누며 송평다리로 빠르게 다시 걸어온다. 총격전 소리를 들은 마을 사람들은 잔뜩 겁을 먹었다. 지시에 따라 일사불란하게 움직인다. 지게에 탄약이며 보급품 상자를 짊어지게 한다. 짐을 짊어진 사람들은 지시에 따라 산속으로 움직인다.

"빨리빨리 움직여라! 시간이 없다!"

장기만이 큰소리로 재촉한다. 진압군들 간에 연락이 닿았다면 비행기가 밤재 상공에 다시 나타날 수도 있다. 탄약과 보급품을 신속하게 산속으로 옮겨야 한다. 비행기가 출동하더라도, 비행기에서 내려다보는 시야에서 일단 피해야 한다. 장기만이 일사불란하게 움직이는 부대원들을 보면서 초조해한다. 엄청난 물량이다. 신속히 차량에 있는 물품을 옮기는 일이 더디기만 하다. 해가 넘어가기 전에 차량에 실린 탄약과 보급품을 산속으로 옮겨야 한다. 장기만이 하늘을 쳐다본다. 하늘에는 밤재 상공을 선회하던 비행기가 나타나지 않는다. 그 사이에 해는 서산으로 넘어가고 있다. 어두워지기 전에 빠져나가야 한다. 진압군 지원 병력이 도착하기 전에, 짐을 신속하게 옮겨야 한다. 지게가 없는 부대원들은 어깨에 짐을 메었다. 지승호와 송진혁이 어깨에 총을 잔뜩 짊어지고 신속하게 움직인다.

장기만이 마지막으로 점검을 하고 나자 신호를 보낸다.

탕탕탕탕탕.

따따따따따….

차량을 향하여 총을 발사한다. 줄지어 정차해 있던 차량에 불이 붙는다. 시간이 지날수록 불은 활활 타오른다.

펑!

폭발과 함께 불길이 하늘로 치솟는다. 차량을 태우면서 나오는 매캐한 연기가 밤재 계곡을 뒤덮는다.

"국군 열일곱 명의 시체를 수습했습니다. 부상자는 치료 중입니다. 포로로 잡혀간 인원은 아직 파악되지 않고 있습니다."

부관의 보고에 박기철은 점점 얼굴이 일그러진다.

"빨갱이 새끼들!"

박기철이 소리를 버럭 지른다. 그 소리에 부관이 보고하다 말고 멈춘다. 박기철은 상황 보고를 받으며 화를 참지 못하고 얼굴이 벌젛게 달아올랐다. 반란군들의 연이은 습격에 경악을 금치 못한다. 비행기가 밤재와 노고단 상공을 오전, 오후에 날아다니며 반란군들의 동태를 파악했지만 소용없는 일이었다. 박기철은 혼자 막사 안에서 깊은 고민에 빠진다.

"쥐새끼 같은 놈들!"

생각하면 생각할수록 반란군들의 정체가 묘연하다. 진압군들은 반란군들을 상대로 아직까지 작전다운 작전 한 번 펼치지도 못한 상황이다. 도대체 얼마나 많은 반란군들이 산속에 숨어 있단 말인가? 연대 병력이 보유할 탄약과 무기와 보급품을 몽땅 빼앗겨 버리지 않았는가? 차량까지 불태워졌으니 환장할 노릇이다. 반란군들을 잡아야 하는데 오히려 기습 공격을 당하고 있다. 연대 주둔지까지 공격을 해 오는 반란군들의 세력이 놀랍기만 하다. 많은 반란군들이 죽거나 부상을 당해서 전력이 많이 약화되었으리라는 기대는 물거품이 되었다. 반란군들은 무기와 탄약, 보급품까지 확보했으니 더 막강한 세력을 갖춘 셈이다.

박기철은 고개를 숙이고 막사 안을 두리번거린다. 의자에 털썩 주저앉아 눈을 감는다. 아무리 생각해도 화가 가라앉지 않는다. 자리에서 벌떡 일어선다. 남원사령부의 보급부대가 출동하여 공격을 당한 일이지만, 문제는 앞으로 어떻게 대처를 해야 할지 모를 일이다. 반란군들의 기습 공격이 계속되리라는 불안이 엄습해 온다. 중대 결단을 내려야 한다.

"부관! 전화 연결해!"

"예!"

박기철이 부동자세로 사령부에 보고한다.

"예! 사령관님!"

　남원사령부는 또다시 발칵 뒤집혔다. 사태는 걷잡을 수 없는 상황으로 변했다. 보급품 수송 작전은 실패다. 보급품 전달 임무를 맡은 중대원들 전원이 피살되거나 포로가 되었다. 열 대나 되는 차량까지 불타 버렸다. 제일 큰 문제는 엄청난 양의 총과 탄약, 각종 보급품이 몽땅 반란군의 수중에 들어가 버렸다는 사실이다. 남원사령부의 작전 회의는 심각하다. 이건 보통 문제가 아니다. 전쟁이나 다름없다. 대대 병력을 추가로 투입했는데도 불구하고 사태가 점점 심각하게 일어나고 있다. 여수, 순천에서 일어난 반란과는 또 다른 새로운 국면이다. 여수에서는 반란군들의 잔당들을 전멸시키기 위하여 도시에 포탄 세례를 퍼부었다. 도시 전체가 불이 붙어 활활 타올랐다. 도시에 불을 질러 반란군들이나 민간인들이 도시를 피하게 하는 작전을 폈다. 반란군들의 잔당도 일반 시민들과 함께 도시를 떠나 도망가기 바빴다. 그 뒤를 진압군들이 따라가면서 반란군 잔당들을 섬멸하고 도시를 탈환하였다. 그러나 지리산이나 백운산으로 숨어든 반란군 세력은 수십, 수백 명이 아니라 수천 명이라는 보고가 올라온다. 여수, 순천의 세력보다 훨씬 더 많다. 광주 4연대에서 파견된 진압군 병력 일부가 반란군과 손을 잡아 버렸다. 하동에서 광양으로 진격하던 진압군의 일부 세력도 반란군에 합류했다. 여수, 순천에서 합류한 좌익들 외에도 광양, 하동, 구례, 곡성, 남원… 좌익 세력들도 일시에 궐기하여, 반란군들과 함께 산속으로 숨어 버렸다. 반란군들은 도망가기 급급한 게 아니다. 진압군들을 향해 계속 공격을 해 오고 있다. 박격포까지 동원하여 진압군들이 주둔해 있는 학교 진지까지 공격해 오고 있다. 언제 기습 공격을 해 올지 모르는 상황이다. 반란군들을 전멸시키기 전에 또 무슨 엄청난 일들이 벌어질지 모를 일이다. 박기철은 점점 불안해진다. 반란군들에게 선제공격을 해야 한다. 그렇지 않으면 공격을 당할 수밖에 없다. 박기철의 눈빛이 점점 빛난다.

남원에서 호남지구사령부 작전 회의가 연일 소집된다. 작전 회의 결과 구례 지역에 현재 주둔하고 있는 연대 병력 외에 추가로 다른 연대소속 대대 병력을 주둔시킨다는 결정이다. 구례에 연대 병력이 주둔하고 있지만, 현재의 병력으로는 지리산에 숨어 있는 반란군들을 대적하기가 만만치 않다. 무기를 확보한 반란군들이 언제 또 공격을 해 올지 모른다. 병력을 읍내뿐만 아니라 읍내에서 멀리 떨어진 토지면이나 산동면에도 주둔시켜 반란군들을 토벌해야 한다. 토지국민학교에도 대대 병력을 추가로 주둔시키기로 한다. 구례군 전체에 1개 연대 병력만으로는 부족하다. 후임 연대장으로 임명된 박기철이 구례계엄사령관으로 구례를 총괄하고 있지만, 현재 읍내에 주둔해 있는 연대 병력과 토지국민학교에도 1개 대대 병력을 분산하여 주둔하도록 지휘토록 한다. 산동 지역은 별도의 연대 소속 대대 병력을 추가로 주둔시켜 산동 지역을 철저하게 수색한다. 반란군들은 물론이고, 반란 세력에 가담하고 있는 산동 주민들도 함께 섬멸시키기로 한다. 산동 지역은 진압군들이 세 번씩이나 반란군들의 공격을 받았던 곳이다. 위치상으로도 구례와 남원의 경계로 취약 지역이다. 산동 지역은 구례 읍내와도 먼 거리에 있다. 남원사령부에서 유사시 즉각 지원할 수 있는 거리도 아니다. 남원사령부와 구례 읍내에 주둔한 연대 병력의 중간에서 연결고리 역할도 수행해야 한다. 산동 지역에 추가 대대 병력 파견으로 반란군들의 근거지를 뿌리째 뽑아야 한다. 구례 지역에는 총 4개 대대 병력이 주둔하라는 명령이 하달된다.

중동학교에 많은 물품과 무기가 속속 도착한다. 물품이 운동장 가득 쌓여 있다. 진압군들과의 송평다리 전투에서 획득한 보급품이다. 장기만이 중동학교 주변 경계를 더욱 강화시킨다. 상관마을에 반란군들이 다시 들이닥친다. 총을 들이대며 남자들을 집합시킨다. 박민수와 박민국도 중동학교에 잡혀 왔다. 지게에 짐을 가득 짊어지고 산속으로 향한다. 산속으로 향하는 지게 부대의 행렬이 길게 이어진다. 중동 지역의 모든 남자들이 동원된 듯하다. 중동학교 운동장은 남로당원들의 훈련장이 되었다. 총검술을 가르치느라 분주하다. 군복이 아닌 홑바지를 입은 남로당원들이 중동학교 운동장을 꽉 메울 만큼이다. 엄청난 양의 무기 확보로 새로 입당한 당원들에게도 충분하게 무기가 지급되었다. 총을 가지고 엎드려 사격하는 연습이 진행된다. 총을 들고 교관의 호루라기에 맞춰 제식 훈련을 한다.
"하나, 둘, 셋, 넷, 하나둘셋넷!"
중동학교 운동장에는 구령 소리와 호루라기 소리가 요란하다. 교실 안에서는 많은 당원들이 정신교육을 받느라 집중하고 있다. 중동학교는 장기만 부대의 아지트가 되었다. 많은 사람들이 학교 안에서 움직이고 있다. 학교 주변에는 총을 들고 물샐틈없는 경계를 서고 있다.

토지국민학교에도 대대 병력과 물자가 속속 도착한다. 산동 원촌

국민학교에도 진압군들이 속속 도착한다. 행렬이 끝이 없다. 성기중 대대장이 탑승한 지프 차량이 원촌국민학교에 도착한다. 선글라스를 낀 성기중 대대장이 차에서 내린다. 산동골 주위를 살핀다.

따다다다다다….

탕탕탕탕탕.

공포의 총소리가 산동골을 향해 연달아 울려 퍼진다. 산을 향하여 공포탄을 쏘아 올린다. 산속에 있는 반란군들에게 쏘는 경고성 총성이다. 군수품을 실은 트럭이 계속해서 도착한다. 대대 본부가 원촌학교에 진지를 구축한다. 원촌 지역에 철모에 흰 띠를 두른 진압군들이 경계 지역을 넓힌다. 산동으로 들어오고 나가는 길목에 경계병들의 검문검색이 강화된다. 중동 지역으로 올라가는 길목도 철저히 차단된다. 학교 안과 밖까지 사방팔방 산 쪽을 향하여 박격포 진지가 구축된다. 유사시에는 신속하게 박격포로 공격할 태세를 갖춘다.

"원촌학교에 진압군들이 도착했다고 합니다."

"그래."

"철모에 흰 띠를 두른 군인들이 계속해서 들어오고 있다는 보고입니다. 군인들의 숫자가 엄청납니다."

장기만은 대원의 보고를 받고 고개를 끄덕인다. 산동 지역에서 진압군들에게 공격을 할 때마다 모두 승리하였기 때문에, 진압군을 아예 산동 지역에 주둔시킬 것이라는 예측을 한다. 아직까지는 진압군들이 읍내 학교에만 주둔해 있었고, 산동 지역에는 작전 시에만 출동하였다. 여수, 순천을 장악한 진압군들도 백운산과 지리산 쪽, 특히 구례 지역으로 부대를 이동시키리라는 예측을 한다. 장기만은 중동학교에서 철수 명령을 내린다. 중동학교를 혁명군의 해방구로 유지시킬 수 없다는 판단이다. 신속하게 산속으로 몸을 감춰야 한다. 적들에게 위치가 발각되어서는 안 된다. 철저하게 숨어서 작전 시에만 기습 공격을 해야 한다. 학교에 있는 모든 병력과 물자를 산속으로 신속하게 이동시킨다. 진압군들이 산동 원촌에 주둔하였어도, 산속으로는 쉽게 진격해 오지 못하리라 본다. 만약 산속으로 진격해 온다면, 이중 삼중 또는 수십 겹의 매복 작전으로 적들을 물리칠 수 있다는 계산이다. 어떠한 공격을 해 오더라도, 산악 지역에서의 기습 공격은 승리할 수 있는 싸움이다. 원촌에서 중동 입구로 들어오는 길목의 경계병들도 신속하게 자취를 감춘다.

성기중이 지휘관들을 막사로 불러 모은다. 지휘관들이 일사불란하게 움직인다. 부동자세를 취한다.

"부대 진지를 구축하는 데 지휘관들의 노고가 많았다. 우리 부대는 이제 전쟁터 중앙에 있다. 여러분들도 잘 알다시피 산동 지역은 구례 지역 중에서도 진압군들의 무덤이나 다름없었다. 연대장이 피살당한 지역이다. 이평 지역에서도 진압군들이 기습 공격을 당했다. 밤재 송평다리에서도 기습 공격을 당해 엄청난 피해를 입었다. 송평다리에서의 피해는 진압군으로서는 상상할 수 없는 피해였다. 차량이 몽땅 불탔고, 탄약과 무기까지 빼앗긴 악랄한 지역이다. 국군 전사자가 17명이나 나왔고, 수십 명이 부상을 당하고 포로로 잡혀 갔다. 반란군들은 엄청난 양의 무기까지 확보했으니 전력이 막강해 졌으리라 본다. 정신 바짝 차리지 않고 허술하게 작전에 임했다가는 우리 부대도 언제 어느 순간에 저 반란군들의 수중에 잡아먹힐지 모르는 곳이다. 반란군들은 읍내에 주둔하고 있는 연대 본부까지 박격포로 공격을 해 오는 놈들이다. 잠시라도 빈틈을 보여서는 안 된다. 악은 악으로 갚아 줘야 한다. 정보에 의하면 중동 지역은 반란군들의 해방구가 되어 있다니, 전 부대원들이 목숨을 걸고서라도 반란군들을 격퇴해야 한다. 반란군들이 중동학교에서 철수를 하였다는 첩보가 들어오고 있지만, 아직 안심할 상황은 아니다. 우리 부대가 살아남을 수 있는 최선의 방법은, 반란군의 소굴을 선제공격하는 일이다. 알겠나?”

“예!”

지휘관들의 목소리가 우렁차다. 성기중 대대장의 각오가 남다른 만큼 부관들의 각오도 남다르다. 산동에 진지를 구축한 이상 반란군들과 죽기 아니면 살기 위한 전투를 해야 한다. 여차하면 진압군들이 몰살당할 수도 있는 지역이다.

“이제 우리 부대는 죽기 아니면 살기로 임해야 한다. 산동 지역 주민들을 철저히 조사하여 반란군들과 내통하는 자들을 잡아들여 족쳐야 한다. 그래야 우리가 살아남을 수 있다. 반란군들과 내통하는 주민을 발견하는 즉시 사살한다. 알겠나?”

“예!”

“반란군들과 내통하는 기미가 조금이라도 있는 산간 마을은 몽땅 불태워도 좋다. 반란군들과 주민들이 계속 내통하는 것을 막는 방법은 마을을 불태워 없애 버리는 것이다. 수단과 방법을 가리지 말고 시행토록 하라. 알겠나?”

“예!”

성기중 대대장은 사령부로부터 명령을 이미 하달받은 후에 산동에 도착했다. 성기중 대대의 임무가 막중하다. 반란군을 섬멸하려면 수단과 방법을 가리지 말아야 한다. 부하들에게 철저하게 교육시키고 명령을 하달해야 한다. 인정사정 볼 것 없다. 반란군들이 산동 지역에 발을 들이지 못하도록 마을 주민들을 철저하게 고립시켜야 한다. 반란군들과 주민들이 연락할 수 없도록 철저하게 차단해야 한다. 현재 산동 주민들 중 누가 좌익으로 반란군들과 내통하고 있는지 일단 모든 주민들을 의심의 대상으로 봐야 한다.

"지금은 계엄 상황이다. 수상한 자들이 있으면, 인정사정없이 그 자리에서 즉각 사살해도 좋다. 알겠나?"

"예."

모든 지휘관들이 성기중 앞에서 흐트러짐이 없다. 지휘관이 흐트러지면 부대원 전체도 흐트러진다. 지휘관들에게 먼저 강해져야 한다. 그래야 부대원 전원을 강하게 할 수 있다. 적을 죽이지 않으면 내가 죽는다는 각오가 없으면 전투는 백전백패한다. 산동 지역은 진압군들이 수없이 죽어 나간 무덤이나 다름없다.

막사 안에 있는 성기중에게 산동 지역에 대한 정보가 전달된다. 반란군들의 세력이 어느 곳에 숨어 있는지를 먼저 파악해야 한다. 중동학교에 아직도 인공기가 펄럭이고 있다는 것이다. 반란군들의 주력부대는 철수했다는 보고이지만, 아직도 반란군들이 진지를 구축하고 있다는 정보다. 송평다리에서 진압군들과의 전투에서 획득한 탄약과 물품들이 중동학교로 옮겨졌다는 것이다. 중동학교에서 남로당원들의 제식 훈련과 총검술 훈련을 했다는 보고가 속속 전달된다. 남로당원들을 교육시켜 모두 산으로 올라갔다는 정보도 입수된다. 원촌에서 중동학교까지 반란군들이 삼엄한 경비를 서고 있다고 한다. 중동학교를 일단 점령해야 한다. 중동학교에 있는 반란군들과 일대 격전을 치러야 한다. 그동안의 공격 행태를 봐서는 쉽게 물러설 놈들이 아니다. 반란군들의 세력을 가늠할 수는 없지만, 먼저 중동 지역을 공격해서 반란군의 잔당들을 없애야 한다. 원촌학교에 부대를 주둔시키는 게 급선무가 아니다. 중동 지역에 있는 반란 세력들과 전면전을 치러야 한다. 즉각 성기중 대대장이 작전을 진두지휘한다. 대대 병력을 중동 지역으로 진격시킨다.

"중동 지역은 반란군들이 전역에 흩어져 있다고 가정하고 공격을 시작한다. 각 마을의 주민들을 절대로 믿어선 안 된다. 주민들 중에는 반란군으로 가장하여 숨어 있는 놈들도 있다는 것을 명심해야 한다. 중동 지역을 공격하기 전에 철저히 방어하면서 공격을 개시한다. 알겠나?"

"예!"

지휘관들이 성기중의 지시에 우렁찬 소리로 대답을 한다.

"신속하게 움직여라."

성기중 대대장의 명령과 함께 중동을 향하여 진압군들이 진격한다. 탑동마을 쪽으로 부대가 진격해 올라간다. 마을 입구까지 진격해도 경계병들이 보이지 않는다. 중동 지역에 도달하려면 검문검색이 철저했던 때와는 다르다. 진압군들의 진격이 계속된다. 중동 지역 여러 개의 마을을 지나는 동안에도 반란 세력들과의 충돌은 없다. 이상하리 만큼 중동 지역은 조용하다. 중동학교가 시야에 들어온다. 인공기가 아직도 펄럭이고 있다. 성기중 대대장이 쌍안경으로 학교 주위를 살핀다. 반란군들이 숨어서 반격해 올지 모를 일이다. 보고에 의하면 반란 세력들이 운동장에 가득 찰 정도로 주둔하고 있었다는 보고를 받았다. 그 정도의 반란군 세력이라면 일대 격전을 각오해야 한다. 저들은 진압군만큼이나 무기를 확보하고 있다는 보고를 받았다. 성기중 대대장이 박격포 사격을 준비하라고 지시를 내린다. 곧 박격포 공격 신호가 떨어진다.

쾅 쾅 쾅….

박격포가 학교를 명중시킨다. 학교가 불길에 휩싸인다. 연기를 내뿜으며 활활 타오른다.

쾅 쾅 쾅….

박격포 공격은 계속된다. 성기중이 진격 신호를 보낸다. 진압군들이 학교 주위로 진격한다. 학교 가까이로 포위망을 좁혀 학교 안으로 진격 신호를 내린다. 그 순간 총소리가 들린다.

탕 탕 탕.

골목길에서 무명천 옷자락이 보인다. 다시 총을 쏘려고 고개를 내민다.

탕.

다시 진압군을 향해 총을 쏘자마자, 진압군들이 즉각 응수한다.

탕 탕 탕 탕 탕….

진압군들의 집중 사격으로 총 쏜 자들을 즉각 제압한다. 2명이 총에 맞고 피를 흘리며 쓰러져 있다. 아직 철수를 못 한 어린 소년들이 무모하게 진압군들을 공격한 것이다. 진압군들이 공격해 오면 무조건 반격해야 한다는 교육을 받은 소년들이다. 불이 활활 타고 있는 학교를 진압군들이 순식간에 장악한다. 학교에 걸린 인공기가 내려지고 태극기가 게양된다.

따다다다다다….

탕탕탕탕탕….

중동학교 운동장을 장악한 진압군들이 성삼재와 만복대를 향해 공포의 총격을 가한다. 반란군들을 향한 엄포 사격이다.

마을 사람들이 총소리에 놀라 마을 입구로 모여든다. 중동학교 쪽에서 나는 총소리임을 확인한다. 중동학교에서 시커먼 연기가 하늘로 치솟는다.

"워메! 쩌그 중동학교 아니라고?"

"그렁깨로 중동학교 쪽인디?"

"학교에 불을 질러 부렀는갑구만."

"그렁가 보네. 군인들이 새로 들어왔는갑구망."

"군인이라면 뭔 군인 말인가?"

"아, 쩌그 군인이 군인이제 뭐여?"

"쩌번에 들어온 군인과 새로 들어온 군인은 뭐가 달룽가?"

"나도 잘 모르겠구만… 거시기 헌깨로 더 알아봐야 쓰겄그만."

사람들이 마을 입구에 모여 검은 연기가 솟아오르는 중동학교를 바라보며 수군거린다.

중동학교를 불태운 진압군들이 중동 인근의 마을을 향해 진격한다. 대양, 대음, 월계마을 쪽으로 진격하여 원좌, 당골마을을 향한다. 중동학교에 진지를 구축하는 부대를 제외하고는 반곡, 하위, 상위마을을 향해 나아간다. 중동 지역은 철모에 흰 띠를 두른 군인들이 들판에 쫙 깔려 있다.

탕 탕 탕 탕 탕….

각 마을을 정복할 때마다 군인들이 내는 총소리에 중동 지역은 총소리가 쉬지 않고 울린다. 위안리 마을로 들어서며 총을 겨누고 논과 밭고랑을 은폐물로 이용한다. 선두 정찰대원들이 신호를 보낼 때마다 서서히 진격한다. 마을 입구에 도착한다.

탕 탕 탕 탕 탕….

정보에 의하면 위안리 마을은 요봉재를 넘어가는 길목이다. 지리산과 가장 근접해 있는 마을이다. 반란 세력들이 산간 마을에 아직 숨어 있을지 모른다. 마을 곳곳을 수색하며 주민들을 마을 입구로 몰아세운다. 숨어 있던 마을 사람들이 총소리에 집 밖으로 내몰린다.

탕!

헛간에 숨어 있는 마을 사람을 향해 총을 쏜다. 총소리에 몸을 부르르 떨며 마당으로 나와 무릎을 꿇는다. 손을 들고 군인에게 살려달라는 몸짓을 한다. 사람들을 모두 마을 입구에 집합시킨다. 중동 지역 산간 마을과 반란군들과의 접선을 차단해야 한다. 마을에 숨어 있을 반란군들의 세력을 무력화시켜야 한다. 진압군들이 중동 전역에 들어왔음을 알려야 한다. 반란군들과 내통하는 세력들도 잡아내야 한다. 각 마을에서 남로당원들과 반란군들에게 짐을 날라다 준 사람들을 잡아내야 한다. 각 마을마다 몇 명씩 원촌학교로 연행해 온다. 원촌학교에서는 각 마을에서 끌고 온 사람들을 가둘 공간이 부족하다. 면사무소 앞 창고에 주민들을 가둔다. 창고 안에는 사람들이 어깨를 서로 기댄 채 쪼그리고 앉아 있다. 창고에 가두지 못한 주민들은 부대가 주둔한 원촌학교 운동장에 방치한다. 원촌마을은 군인들이 이중 삼중으로 포위를 한다. 외부에서 사람이 얼씬거리기만 해도 총살감이다.

성기중이 산동 지역에 주둔한 후로, 제일 먼저 할 일은 우정섭 전임 연대장 시신을 찾는 일이다. 산동 지역 어디에서 전투가 벌어졌는지, 그렇다면 어디쯤에서 우정섭 연대장이 피살됐는지, 반란군들에게 포로로 잡혀갔는지 우정섭 연대장의 행방을 찾아야 한다.

시상리 마을에 진압군들이 들이닥친다.

탕 탕 탕….

총을 쏘며 마을 주민들을 집합시킨다. 사람들은 총소리에 놀라 겁을 먹은 채 마을 입구로 걸어 나온다. 며칠 동안 뭔 놈의 총소리가 수시로 났는지, 무슨 일이 일어났는지 알다가도 모를 일이다. 진압군들이 산동에 들어왔다는데, 오늘은 군인들이 마을 안까지 들어와서 총까지 쏘며 사람들을 집합시키니 긴장하지 않을 수 없다. 마을 주민들을 앞뒤에서 포위한다. 모두 겁먹은 얼굴이다. 무서워서 고개도 제대로 들지 못한다. 군인들이 시키는 대로 따른다. 군인들의 몸짓 하나에도 몸을 벌벌 떤다.

"손 들어!"

군인이 총을 들이대며 마을 사람들을 공포 분위기로 몰고 간다. 마을 사람들은 겁에 질린 채 일제히 손을 들어올린다. 정기석 중대장이 사람들 앞으로 걸어 나온다.

"다 집합시켰나?"

인상을 쓰며 묻는다.

"예! 모두 집합시켰습니다!"

옆에 있던 부하가 정기석에게 큰소리로 대답한다. 부하의 우렁찬 대답 소리만 들어도 긴장감이 감돈다.

"남로당에 가입한 사람들은 앞으로 나온다."

다짜고짜 남로당에 가입한 사람은 앞으로 나오라고 하자 서로 얼굴을 쳐다본다. 서로 눈치만 볼뿐 아무도 앞으로 나서질 않는다. 대부분은 남로당이 뭔지도 잘 모르는 주민들이다. 남로당으로 가입한 열성분자들은 쥐도 새도 모르게 반란군들과 합세하여 이미 산속으로 가 버린 뒤다. 아무도 앞으로 나서질 않자 정기석의 인상이 험악해진다.

"이 마을에는 남로당이 아무도 없단 말인가?"

"…"

정기석이 버럭 소리를 지른다. 마을 사람들은 쥐 죽은 듯이 조용하기만 하다. 아무도 대답하지 않고 군인들 눈치만 볼 뿐이다.

탕!

마을 사람들이 몸서리를 치며 벌벌 떤다.

"남로당원이 아무도 없단 말이야?"

"…"

"이 동네 이장이 누구야?"

정기석이 인상을 쓰며 마을 이장을 찾자 김정섭은 가슴이 콩닥거려 진정되지 않는다. 김정섭이 군인들의 눈치를 보며 머뭇거린다. 선뜻 앞으로 나가기가 꺼림칙하다. 앞으로 나서기만 해도 군인들이 총으로 쏴 버릴 것만 같다. 벌벌 떨면서 그 자리에서 손을 든다.

"당신이 이장이야?"

정기석이 짜증섞인 목소리를 내며 김정섭을 쳐다본다.

"제가 이장입니다."

김정섭이 목소리를 떨면서 겨우 대답을 한다.

"이리 앞으로 나와!"

"…"

김정섭이 벌벌 떨면서 앞으로 걸어 나온다.

"며칠 전에 시상리 입구에서 반란군들과 국군의 전투가 벌어졌는데… 그때 군인들이 이 마을로 들어왔다는데, 무슨 일 없었나?"

김정섭이 가슴을 진정시킨다. 숨을 한번 크게 들이쉬고는 그날의 자초지종을 설명한다.

"그날… 마을 입구에서만 총소리가 났습니다. 마을 안까지는 군인들이 들어오지 않았습니다. 무슨 일이 일어났는지 무서워서 집 안에 숨어 있었습니다. 총소리가 마을 입구에서 몇 번 나더니, 총소리가 멎은 후로는 날이 어두워져 버렸습니다. 다음 날 아침나절에 마을 사람들과 마을 입구 대나무밭에 가봉깨로, 군인이 한 명 죽어 있었습니다. 옷을 할딱 벗고 죽어 있었습니다. 죽은 군인이 누군지도 모르지만, 불쌍해서 마을 사람들이 항꾸네 무명베를 가져다가 곱게 싸서 무덤을 맹글어 줬습니다."

"무덤을 만들었다고? 그곳이 어디야?"

김정섭의 말이 끝나자마자 정기석의 얼굴색이 변한다. 무덤이 어디에 있는지 김정섭을 다그친다. 그 시체가 그토록 찾고 있던 연대장 시체임을 직감적으로 알아챈다. 연대장 시체를 찾아내는 일이 급하다. 산동에 진압군들이 주둔했지만, 아직까지 우정섭 연대장의 시체를 찾지 못한 상태다. 남원사령부로 연대장과 함께 출동했던 진압군들의 시체는 수습이 됐지만, 연대장 시체는 아직 수습이 안 된 상태다. 그 시체를 찾으러 진압군이 출동했다가 반란군들의 공격을 받아, 더 많은 사상자가 발생했다. 성기중 대대장에게 우정섭 연대장의 시체를 빨리 찾아 상부에 보고해야 하는 임무가 주어졌다.

"쩌그… 대나무밭 옆 냇가에 무덤을 맹글어 놨습니다."

김정섭이 손가락으로 무덤 있는 곳을 가리킨다. 정기석이 김정섭에게 앞장서게 한다. 군인들이 김정섭과 마을 사람들을 앞세우고 농기구를 들고 무덤이 있는 곳으로 이동한다. 무덤이 만들어진 지 며칠이 지나지 않은, 잔디가 없는 흙무덤이다. 무덤 앞에 모두 발걸음을 멈춘다. 시체가 연대장 시체인지 확인해야 한다. 정기석 중대장은 무덤을 파헤치라고 지시를 내린다. 마을 사람들이 달려들어 무덤을 파헤치기 시작한다. 무덤을 파헤치자 관도 없이 무명천으로 곱게 싸 둔 시체가 보인다. 정기석이 시체를 확인하자 안도의 숨을 내쉰다. 무덤에서 시체를 꺼내 눕힌다. 하얀 무명천으로 곱게 동여매져 있다. 무명천을 조심스럽게 벗기자 연대장의 알몸이 드러난다. 정기석이 알몸을 보자마자 고개를 끄덕인다. 머리에 관통상을 입은 연대장 시체가 분명해 보인다. 급하게 연대장의 시체를 찾았다는 보고를 전달한다. 연대장 시체를 찾는 일은 진압군들에게 중대한 일이다. 산동 지역에 진압군 대대 병력이 주둔하자마자 해결해야 할 작전 임무 하나를 완수한 셈이다. 시상리 마을 앞 대밭에 마을 주민들이 시체를 수습하여 무덤까지 만들어 놨으니 고무적인 일이 아닐 수 없다.

연락을 받은 성기중 대대장이 급하게 무덤 앞으로 다가온다. 정기석 중대장을 비롯하여 진압군들이 거수경례를 올린다. 중대장이 대대장에게 다가가 자초지종을 설명한다. 성기중이 고개를 끄덕인다. 연대장 시신을 확인한 후, 성기종 대대장이 김정섭 이장과 마을 사람들에게 악수를 청한다. 마을 사람들이 허리를 굽혀 성기중과 차례로 악수를 나눈다. 연대장 시신을 찾게 한 공로를 인정받은 것이다. 이유야 어찌 됐든, 시상리 이장과 함께 시신을 수습했던 마을 사람들에게 포상이라도 내려야 할 판이다. 연대장 시신을 곱게 묻어 주었던 시상리 마을은 진압군들이 호의적으로 대한다. 마을 사람들을 군부대로 연행하지도 않는다.

"밤재 계곡 다섯 개의 모든 마을을 철저히 수색하라! 먼저 송평다리를 어느 놈들이 끊었는지 조사해서 잡아들이도록 하라! 어느 마을에서 주민들을 동원했는지 파악해라. 누가 산속으로 짐을 옮겨줬는지도 철저히 수색한다. 수색 도중이라도 반란군들과 내통하는 자들을 발견하면 즉시 사살한다. 알겠나?"

"예!"

성기중이 강력한 지시를 내린다.

"반란군들과 내통하는 자들은 모두를 빨갱이로 보면 된다. 반란군들과 내통하는 근거지를 없애 버리란 말이다. 마을을 몽땅 불태워 버리란 말이다. 내 말 알아들었어?"

"예!"

성기중의 명령은 인정사정없다. 마을 전체를 불태워 버리라는 무시무시한 명령이 하달된다.

"현천마을에는 몇 중대가 가기로 되어 있나?"

"저희 3중대가 가겠습니다."

정기석 중대장이 성기중 대대장 앞으로 나선다.

"그래, 중대장! 먼저, 현천마을을 철저히 수색하라. 반란군 잔당들이 또 공격해 올 수도 있다. 철저히 수색하고 반란군에게 협조한 사람들을 모두 연행해 온다. 마을을 몽땅 소각시키는 일을 빈틈없이 처리하기 바란다. 알겠나?"

"예."

명령에 대답하는 중대장의 목소리도 결의에 차 있다.

"분명히 반란군들과 긴밀하게 연관이 있는 마을일 거야. 부역에 가담한 사람들은 일단 부대 안으로 연행해서 철저히 조사하도록. 마을 안을 빈틈 없이 수색하기 바란다. 마을 안에 사람이 남아 있으면 안 된다. 마을 사람들을 모두 끌어낸 다음에, 불을 지르도록. 알겠나?"

"예! 알겠습니다."

다행스럽게도 마을 사람들까지 불태우라는 명령은 아니다.

"현천마을에 도착해서 수색 중에 문제가 생기면, 바로 연락하기 바란다. 알겠나?"

"예."

중대장에게 철저하게 임무 수행을 하라는 대대장의 지시가 떨어진다. 마을 사람들을 연행하고, 마을을 소각하는 일이다. 중대장도 임무 수행을 위해 신속하게 서두른다. 군인들이 즉각 출동을 준비한다. 부대원들이 현천마을 향해 출발한다. 학교에서 부대를 출발한 병력들이 현천마을 입구에 다다른다. 신작로에서 한참 떨어진 마을로 진격해야 한다. 반란군들의 잔당이 언제 기습해 올지 모르는 상황이다. 현천마을을 향해 총을 겨누며 서서히 진격한다. 중대장의 수신호에 따라 현천마을로 진격한다.

현천마을에 군인들이 들이닥친다. 철모에 흰 띠를 두른 군인들이다.

탕 탕 탕.

군인들이 마을에 들이닥치자마자 하늘을 향해 총을 쏜다. 마을 사람들은 놀라서 기겁을 한다. 송평다리 인근 계곡에서 총을 쏘며 싸울 때, 멀리서 들려오는 총소리와는 다른 총소리다. 마을 안으로 직접 들어와서 쏘는 총소리는 크고 요란하기만 하다.

"아이코!"

"엄마야! 크아앙앙…"

사람들이 총소리에 놀란다. 벌벌 떨면서 귀를 막고, 그 자리에 털썩 주저앉아 버린다. 총소리에 놀란 아이들이 자지러지면서 울음을 터트린다. 군인들이 다가와 아이들까지 마을 입구로 내몬다. 아이들이 울면서 겁먹은 얼굴로 부모를 붙잡고 따라나선다. 사람들이 서둘러 당산나무가 있는 마을 입구로 향한다. 며칠 전에 아침 일찍 반란군들이 들이닥칠 때와는 완전히 딴판이다. 다르다면 철모에 하얀 띠를 둘렀다는 것이다. 반란군들은 총을 쏘지는 않았다. 총을 들이대며 겁만 주었다. 주민들의 눈에는 철모에 하얀 띠를 둘렀는지 어쨌는지도 보이지 않는다. 그저 똑같은 군인들로만 보인다. 철모에 흰 띠를 두른 진압군들이 총부리를 들이댄다. 총까지 쏘며 마을을 휘젓고 돌아다닌다. 인정사정이 없다. 집집마다 돌아다니면서 어린 아이들이며 늙은이들까지 한 명도 빠짐없이 마을 입구로 집합하라는 명령을 내린다. 골목마다, 집집마다 돌아다니면서 군인들이 계속 총을 쏜다.

탕.

총소리에 놀란 주민들이 허겁지겁 아이들을 챙기면서, 바쁜 걸음으로 움직인다. 마을 입구 당산나무에 다다르자 군인들이 일렬로 서서 사람들을 향해 총구를 겨누고 있다. 군인들의 눈치를 보며 마을 사람들이 웅성거린다. 마을 입구 당산나무 아래 광장에 주민들이 모두 모였다. 마을 주민 전체를 군인들이 포위하고 있다. 앞을 보아도 총구를 겨눈 군인들이요, 뒤를 돌아보아도 총구를 겨눈 군인들이다. 부하 군인이 정기석 중대장 옆으로 다가온다. 마을 주민 모두를 집합시켰다는 보고를 한다. 정기석이 눈 하나 깜박거리지 않고, 주민들에게서 시선을 고정한다. 살기등등한 눈빛이다.

"자, 남자들은 앞쪽으로 나온다."

마을 남자들을 향해 정기석 중대장이 명령한다. 마을 남자들은 또 무슨 영문인지도 모른 채, 험악해진 정기석의 눈치를 보면서 머뭇거린다. 인정사정없는 차가운 눈빛이다. 마을 사람들이 정기석의 눈빛에 기가 팍 죽어 고개를 숙인다. 가족들과 가까이 붙어 있던 남자들이 가족들 얼굴을 쳐다본다. 앞으로 나가야 할지, 말아야 할지? 여자들이 남자들을 못 나가게 붙잡기도 한다. 마지못해 앞으로 나가는 발길이 천근만근이다. 주위를 두리번거리며 서로 눈치를 본다. 한두 명이 천천히 앞으로 나선다. 앞으로 나가면서도 가족들을 향해 뒤를 돌아다본다. 느릿느릿 움직이고 있는 남자들을 보자 중대장의 인상이 일그러진다.

탕!

"빨리빨리 나오란 말이야!"

총소리에 놀라 기겁을 한다. 정기석 중대장의 목소리가 높아지며, 짜증이 섞여 있다. 군인들이 바로 앞에서 겨누고 있는 총구가 무섭다. 반란군들이 총부리를 들이대는 바람에 끌려가 송평다리를 해체했다. 그저 시키는 대로 했을 뿐이다. 송평다리에서 반란군들에 의하여 진압군들이 몰살을 당하고, 차량이 불타 버린 일을 떠올린다. 그때 일을 기억하면 진압군들이 그냥 넘어갈 일이 아님을 알기 때문에 더욱 불안할 따름이다. 진압군들이 피를 흘리며 죽어 나가는 엄청난 살상이 일어났었는데… 잘 모르긴 해도, 진압군들이 그때 그 일로 조사를 하려고 들이닥친 것 같은 예감이 들어 후환이 두려운 것이다.

탕 탕 탕!

"엄마야, 앙 앙 앙!"

"에구머니나!"

하늘을 향해 연속해서 총을 쏜다. 바로 코앞에서 나는 총소리는 심장을 꿰뚫을 것만 같다. 여자들이 총소리에 놀라 그 자리에서 비명을 지르며 털썩 주저앉아 버린다. 전번에 들이닥쳤던 반란군들과는 다른 분위기다. 총구를 들이대기만 하는 게 아니라, 총을 쏘면서 공포 분위기로 몰고 간다. 당장에라도 총구가 사람을 향해 날아올 것만 같다. 총소리에 놀란 마을 남자들이 앞으로 나와 사람들과 분리되자 마을 입구 논바닥으로 연행해 간다. 군인들이 총을 겨누며 뒤를 따른다. 당산나무에서 한참 떨어진 곳에서 정지시킨다.

"송평다리에서 부역을 한 사람은 이쪽으로 나온다."

"…"

남자들이 정기석의 명령에 겁을 먹는다. 정기석이 남자들을 날카로운 눈빛으로 째려본다. 송평다리에 부역을 나간 사람들을 분리하기 위한 명령을 다시 내린다. 젊은 남자들이 서로 눈치만 볼 뿐이다.

"이중에서 송평다리에 간 사람이 없어?"

서로 눈치만 보며 선뜻 나서는 사람이 없자, 정기석이 인상을 쓰며 소리를 버럭 지른다. 남자들이 얼굴을 숙인 채 움직임이 없자 중대장의 얼굴이 험악해진다.

"너! 너! 이리 나와!"

남자들 중에서 젊은 사람 두 명을 지명하여 불러낸다. 지명을 당한 남자 두 명이 겁먹은 표정으로 고개를 숙인 채, 머뭇머뭇 앞으로 끌려 나오자 군인들이 달려들어 한 사람씩 논 가운데로 끌고간다.

"너, 다리에서 부역을 했지?"

젊다는 이유만으로 다짜고짜 대답을 요구한다. 벌벌 떨면서 마지못해 고개를 끄덕인다.

"너도 다리에서 부역을 했지?"

고개를 숙이며 마지못해 끄덕인다.

"저리로 데려가!"

중대장의 명령이 떨어지기가 무섭게 진압군들이 달려들어 손을 뒤로 묶는다. 총을 발사한다.

탕 탕.

피를 흘리며 앞으로 고꾸라진다. 총소리가 현천마을을 뒤흔든다. 남자들이 귀를 막으며 무서움에 벌벌 떤다. 바로 눈앞에서 총으로 사람을 쏴 죽이는 모습을 봤다. 죽음의 공포가 일시에 몰려든다. 중대장이 눈 하나 깜빡하지 않고 남자들을 향해 다시 명령한다.

"자 다시 한번 기회를 주겠다. 다리에서 부역을 한 사람은 신속하게 앞으로 나온다."

중대장의 명령이 떨어지자마자 남자들이 벌벌 떨면서 앞으로 걸어 나온다.

"산속으로 짐을 가져다준 사람도 함께 앞으로 나온다."

중대장의 명령에 몇 명이 더 앞으로 걸어 나온다. 앞으로 나오지 않은 사람은 노인들 몇 명뿐이다. 노인들 역시 죽음의 공포에 휩싸여 벌벌 떨고 있다.

"모두 연행해!"

중대장의 연행하라는 지시가 떨어지자마자 진압군들이 총을 겨누며 마을 남자들을 모두 마을 아래로 연행해 간다. 끌려가면서 가족들과 마을 사람들이 있는 곳을 향해 돌아본다.

마을 남자들이 끌려간 후, 당산나무 아래 광장에 모여 있던 사람들을 마을 아래로 내려가게 한다. 사람들 뒤에서는 군인들이 총구를 겨누며 걸음을 재촉한다. 신작로가 나 있는 송평다리 인근까지 연행해 간다. 며칠 전에 반란군들이 마을 사람들을 뒷산으로 끌고 올라갔을 때처럼 아무 일이 없기만을 바랄 뿐이다. 이번에는 마을 뒷산이 아니라, 마을 입구로 끌려간다. 일이 끝나면 남자들도 다시 돌아오고, 마을 사람들도 풀어 주리라 기대를 한다.

진압군들이 동네 곳곳을 돌아다니며 다시 한번 수색한다. 수색을 끝낸 진압군들이 마을 입구에 모인다. 마을에 사람이 아무도 없음을 확인한다. 진압군들이 중대장의 지시에 따라 마을에 불을 지르기 시작한다. 뛰어다니는 몸놀림이 빠르다. 집집마다 돌아다니며 불을 지른다. 마을은 점점 불길에 휩싸인다. 초가지붕의 불길이 점점 거세진다. 마을은 온통 불바다가 된다. 거센 연기와 함께 활활 불길에 휩싸인다.

군인들이 뒤에서 총구를 들이대는 바람에 송평다리 인근까지 끌려왔다. 신작로에 막 들어선 주민들이 마을 쪽을 바라본다. 연기가 피어오른다. 마을 여자들이 수군거리기 시작한다.

"저 연기, 우리 마을에서 나는 연기 아니여?"

"그렇깨. 우리 현천마을에서 나는 연기 같은데? 누구 집에서 불이 났나?"

"아이고, 우리 마을에서 불이 난 게 맞당깨."

"불이야!"

"얼릉 가서 불을 꺼야지."

불이 난 것을 확인한 사람들이 마을을 향해 달린다. 군인들이 뒤에서 총을 겨누고 있어도 상관하지 않는다. 마을을 향해 달리는 주민들을 막아서지 못한다.

"불이야!"

사람들이 마을을 향해 달린다. 마을 가까이 달려갈수록 불길은 하늘로 치솟는다. 엄청난 불길이다. 동네 전체가 활활 타오르고 있다.

"불이야! 불!"

여자들과 아이들, 노인들이 마을로 돌아왔을 때는 이미 마을 전체가 불길에 휩싸여 버렸다. 불길을 잡을 수도 없게 되어 버렸다. 마을 전체가 연기에 휩싸였다. 마을 사람들은 허겁지겁 마을 가까이 당도한다. 마을 입구에는 군인들이 총을 겨누고 있다.

탕 탕 탕.

허공에 총을 쏜다. 마을 주민들의 접근을 막고 있다. 마을 입구에 도착한 사람들이 땅바닥에 털썩 주저앉아 땅을 치며 통곡한다.

"아이고! 어쩔끄나?"

"아이고!"

"엉 엉 엉 엉 엉…."

"세상에 이런 법이 어디 있다요?"

"이놈들아 차라리 나를 죽여라. 이놈들아!"

"불이야! 불, 불…."

목이 터져라 울면서, 불길에 휩싸인 마을로 들어가려고 몸부림을 친다.

탕 탕 탕.

군인들이 총을 쏘며 마을 사람들을 막아 낸다.

"아이고! 아이고! 아이고!"

하염없는 눈물을 주체할 수가 없다. 마을 주민들이 울어도 이미 늦어 버렸다. 불길은 점점 거세진다.

"아이고, 세상에 이런 법이 어디 있다요?"

"엉엉엉…."

"흑흑흑…."

서로 부둥켜안고 발을 동동 구른다. 울다가 실신을 한다. 불타버린 동네를 바라보는 심정은 억장이 무너진다. 이부자리, 옷가지, 호미, 괭이, 삽자루 하나 챙기지 못하고 세간살이를 몽땅 잃어버렸다. 집안에서 키우고 있던 가축들까지 몽땅 불길 속에서 죽어 나간다.

"우리 모두 같이 죽읍시다. 한날한시에 모두 같이 죽읍시다."

"이 빌어먹을 세상살이! 우리는 어떻게 살라고? 아이고…."

우리는 누구 말을 듣고 살아야 하는 건가? 세상이 밉다. 한없이 세상이 밉다. 조상 대대로 살아온 터전이 하루아침에 잿더미가 되다니… 아무리 목청이 터져라 통곡해도 소용없다.

학교로 연행되어 온 마을 사람들이 한 명씩 불려 나간다. 손이 뒤로 묶여 있다. 마을 사람들은 죄인 취급을 당한다. 군인들이 취조를 한다.

"최한들 맞나?"

"예."

"남로당에 언제 가입했어?"

"예?"

"남로당에 언제 가입했냐고?"

"지는 남로당이 뭔지도 모릅니다."

"남로당이 뭔지도 모른다고? 여기 명단에 올라와 있는데도 모른다고 거짓말을 해!"

"저는 진짜로 모르는 일입니다."

"하! 이 새끼 봐라. 거짓말까지 하고 있네."

"진짜로, 지는 농사만 짓는 농사꾼입니다."

"그럼, 왜 송평다리에는 가서 다리를 끊었냔 말이야?"

"반란군들이 총을 들이대는 바람에 무서워서 시키는 대로 했을 뿐입니다."

벌벌 떨면서 겨우 말을 마친다.

"뭐라고? 끝까지 거짓말을 할 거야? 거짓말하면 바로 총살해 버리겠어. 바른대로만 말하면, 정상 참작해 줄 수가 있다. 알겠나?"

"…."

"반란군들과 언제부터 연락을 주고받았어?"

"지는 모르는 일입니다. 현천마을에는 반란군들이 그때 처음으로 들어왔습니다."

"반란군들과 언제부터 내통했는지를 물어봤지, 누가 반란군들이 언제 들어왔냐고 물어봤어?"

"지는 반란군들을 그때 처음으로 봤습니다."

"어거 안 되겠구먼, 악질 분자구만, 정상 참작이 안 되는 놈이야."

취조를 하던 군인이 화가 잔뜩 났다. 부하 직원을 부른다.

"김 일병!"

"예."

김 일병이 급하게 들어온다.

"이 새끼 데리고 나가! 송평다리 가담자야! 오늘 중으로 총살해 버려."

"예."

김 일병이 최한들을 일으켜 세워 나간다. 최한들이 고개를 푹 숙이며 끌려 나간다. 교대로 군인들 앞에 마을 사람들이 불려 나간다. 취조를 당한다. 취조를 마친 마을 사람들은 군인들에 의하여 끌려 나간다.

"왜 반란군들에게 협조를 했지?"

"지는, 아무것도 모르는 일입니다. 반란군들이 총을 들이대는 바람에 무서워서 시키는 대로만 했습니다."

"뭐라고? 바른대로 말 안 할 거야?"

"반란군들과 현천 사람들이 뭘 했는지 바른대로만 말하면 살려 주겠다."

"지는 아무것도 모릅니다. 지게를 지라고 총을 들이대는 바람에 산속으로 짐을 지어 준 것밖에 모릅니다."

"뭐라고? 끝까지 바른대로 말 안 한다, 이거지!"

"김 일병!"

"예."

명령을 하자마자 군인들이 막사 안으로 들어온다.

"이놈도 데리고 나가! 짐을 가져다준 놈이야, 처치해 버려!"

"예."

군인들이 막사 밖으로 끌고 나간다. 운동장에는 차량이 대기하고 있다. 손을 뒤로 묶인 채다. 차량에 현천마을 사람들을 태운다. 차량이 학교를 빠져나간다. 산속으로 끌려간다. 산속에는 땅을 파 놓았다. 땅을 파 놓은 자리에 현천마을 사람들을 일렬로 세운다. 사람들은 손이 뒤로 묶이고 눈은 천으로 가렸다. 군인들이 사격 자세를 취한다.

탕 탕 탕 탕 탕….

총구가 불을 뿜는다. 총에 맞은 사람들이 구덩이 앞으로 고꾸라진다.

마을은 잿빛으로 변해 버렸다. 세간살이 하나 건지지 못하고 순식간에 통째로 없어져 버렸다. 해가 넘어가고 날이 점점 어둑해진다.

"엉 엉 엉 엉 엉…."

마을은 아직도 연기가 피어오르고 있다. 절망의 울음소리는 그치지 않는다. 평생 살아왔던 집을 몽땅 잃어버렸다. 이게 무슨 날벼락이란 말인가? 기가 찰 노릇이다. 뭔 잘못을 했는지도 모른다. 이토록 허망한 일이 또 어디 있단 말인가? 하루아침에 알거지가 된 신세가 원망스럽다. 아무리 죽을죄를 지었다고 해도 이럴 수는 없는 일이다. 이렇게까지 불을 질러 버리는 일은 동서고금에도 없는 일이다. 땅바닥에 주저앉아 하염없이 눈물만 흘리고 있다.

"흑 흑 흑 흑…."

아무리 울어도 눈물이 그치지 않는다.

"조상님들을 어떻게 뵌다요?"

"천벌을 받을 놈들!"

"흑 흑 흑…."

"나는 차라리 산속으로 갈란다. 이럴 바에는 차라리 빨갱이가 될란다."

"이제 날씨도 추운데, 이 집터에서 움막을 짓고 산들, 우리 목숨은 산목숨이 아닌기라."

악에 받친 소리가 마을 사람들 입에서 저절로 나온다. 불탄 집 마당에 움막을 짓고 겨울을 보내야 할 처지다. 그것도 안 되는 사람들은 눈물을 훔치며 마을을 떠난다. 이 동네, 저 동네 친척 집으로 뿔뿔이 흩어진다. 원동, 영관, 계척, 송평 이웃 마을에서 십시일반으로 먹을 것들을 챙겨오고, 나무도 가져오고 움막을 지을 통나무도 가져온다. 불타 없어진 현천마을에 첫눈이 내린다. 추위를 피해 목숨이라도 연명해야 한다. 마을 사람들이 토굴을 판다. 토굴이 움막이 된다.

28

한서린학교 운동장

밤이 되자 산 정상에서 봉홧불이 올라온다. 노고단에서 시작한 불빛은 반대편 서산 봉우리에서도, 만복대에서도, 섬진강 건너 백운산에서도 올라온다. 산으로 피한 반란군들이 매일 밤에 봉홧불을 올리는 것이다. 아직도 든든하게 산속에 살아 있음을 과시하듯 봉홧불을 올린다. 봉홧불이 올라오자 읍내 주민들은 집 밖으로 나와 삼삼오오 모여 수군댄다.

"저 불빛 좀 봐! 반란군들이 올리는 봉홧불 아닝가?"

"그러게 말이시, 하루도 안 거르고, 오늘 밤에도 봉홧불이 올라왔그마 잉!"

"반란군들이 봉홧불을 올리는 걸 보니, 또 뭔 일을 벌릴랑갑그만."

"지금 봉홧불이 몇 군데서 올라온 거야?"

"세어 봐. 저기는 노고단이고, 저기는 만복대일테고, 저기는 백운산이고, 저기는 서산이고. 사방 천지에 봉홧불을 올렸잖아. 그러면 얼마나 많은 사람들이 산에 올라가 있는 건가?"

"엄청난가 봐. 산꼭대기마다 삥 둘러서 밤마다 봉홧불을 올리며 진압군들과 경찰들에게 겁을 주려는 거겠지."

"그럴 거야. 저 사람들이 아직은 위세가 당당하당깨. 그렇깨로 봉화를 올려서 작전을 짜고 그러겠지. 그렇지 않으면 쥐 죽은 듯이 있을 텐데, 저 사람들이 위세를 부리려고 저런당깨로. 소문에 듣기로는 아, 반란군들이 산속으로 피했지만 진압군들과 한판 붙어 보자 이거지. 저번에 구례장에서 들은 소문인디… 간전에서도 학교에 막 주둔한 신삥 하사관 부대를 공격하여 부대원들을 몰살시켜 버렸대. 그것도 모자라서 하사관 군인들을 모조리 산으로 데리고 가 뿌렸다잖어. 그라고 산동에서는 밤재를 넘어오는 군 트럭을 송평다리를 끊어 버리고 공격하여 군인들도 몰살시키고, 총과 탄약이며 보급품을 모조리 뺏어 가 버렸대. 군용 트럭도 열 대나 불을 질러 버렸다잖아. 아직도 저 사람들 위세가 대단하다니까."

"아 저 반란군들이 어쩌자고 계속 저러는지 모르겠네 잉!"

"반란군들도 이제는 죽기 아니면 살기로 덤벼드는 거겠지. 앙 그래!"

"어쩌긴 어째. 저 사람들이야말로 좋은 세상을 만들어 보려고 힘을 합쳤다고 안 그래? 즈그들 말로는 뭐라더라? 뭐, 혁명인가 뭔가? 라고 했싸든디… 말이야 바른 말이지, 아, 저, 반란군들이 나서서 일제의 앞잡이나 고리대금업자나 부자들을 골라서 혼내 줬잖아. 그렁 거 보니까 내 속이 다 시원하드라고. 이참에 일제 앞잡이 노릇을 했던 면서기와 순경들을 싹 갈아 치웠으면 하는 맘도 생기더라니까. 우리같이 별 볼 일 없는 사람들이야 언제 이런 세상이 오리라고 생각이나 해 봤냐고? 그라고 이북에서는 농지개혁을 해 가지고 지주들의 땅을 몽땅 뺏어서 땅 한 뙈기 없는 가난한 사람에게 골고루 나 눠 줬다고 하잖아. 그런 세상이 어디 있냐고. 그 사람들이 그런 얘 기를 하더라고, 나는 그 얘기를 듣고 얼마나 기쁘고 가슴이 뛰던 지…. 그 사람들이 하자는 대로 모두 했으면, 하드라니까."

"맞당깨로. 바른 말이고말고…. 해방이 됐어도 기득권 세력들은 변한 게 없잖아. 일제 앞잡이였던 경찰들도 고대로고, 일제에 아부 했던 부자들도 고대로잖아. 해방이 됐어도 변한 게 하나도 없다니 까. 우리같이 아무것도 모르는 사람들이야 이런 세상이 올 줄 알았 간디."

"그나저나 이번에 새로 들어온 군인들은 들어오자마자 사람들을 닥치는 대로 죽인다는 거야. 새로 들어온 군인들이 산으로 도망간 반란군들과 싸움이 붙었는디, 군인들을 많이 죽여 버렸다네. 군인 들이 몰살을 당하고 있다잖아. 그렁깨로 군인들도 열이 뻗치겠지. 죽기 아니면 살기로 전쟁이 벌어진 거나 마찬가지래. 번번이 반란군 들에게 몰살을 당하고만 있으니, 괜히 힘없는 주민들에게 보복을 대 신 하는 거랑 깨. 안 그렇겠어? 나라도 복수심에 불타서 다 잡아 죽 이려 들 거야. 소문에 의하면 묵을 거라도 쬐끔 줬다거나 조금이라 도 반란군들을 도와줬던 사람들을 색출해서 잡아다가 트럭에 태우 고 계곡으로 가서 쥐도 새도 모르게 탕탕 쏴 죽인다는 거야. 간전에 서는 학교에 주둔한 군부대가 몰살을 당했으니 말할 것도 없지. 마 을 사람들을 섬진강 백사장에다 백 명도 넘게 총으로 막 쏴 죽였다 네."

"그러게 말이시. 주민들이 뭔 죄가 있다고 잡아 죽이는 거여. 씨 발! 산동네에 사는 사람들이 반란군들에게 식량을 주고 싶어서 줬간디? 총을 들이대고 식량을 달라고 하면 안 줄 사람이 어디 있냐고? 그라고 총을 들이대고 짐을 짊어지고 산으로 가자는디, 무서워서 시키는 대로 안 할 사람이 어디 있냐고?"

"좆겉은 세상, 이거 억울해서 살겠냐고."

"뭔 놈의 세상이 이런 세상이 있당가?"

"구례 사람 모두가 가만히 있다가 날벼락 맞은 꼴이 아니고 뭐여?"

"그렇당께. 환장할 일이랑께."

"그나저나 구례 사람들은 뭔 죄가 있단 말이요. 아닌 밤중에 홍두깨라고 저 반란군 놈들이 구례에 들이닥치는 바람에 얼마나 많은 사람들이 곤욕을 치르고 있소. 어쨌든 저 산으로 도망간 놈들도 사람을 많이 죽였으니까, 저쪽 편을 들 수도 없는 노릇이야. 산으로 올라간 반란군들과 좌익들은 그렇다 치드라도, 반란군들이 죽인다고 총부리를 들이대는 바람에 산에 짐을 지고 올라간 사람들도 아직 많이 못 내려 왔능가 보던데? 지놈들도 사람이면 빨리 내려보내야지, 왜 안 내려보내는지 모르겠당께. 애맨 사람들이나 피해당하지 않아야 할 텐데…."

"그나저나, 군인들이 와서 뭘 물어보면 입을 꽉 다물고 있어야 한당께. 그러지 않고, 말 한번 잘못하는 날에는 잡혀 가던지, 바로 총살해 버린대."

"그러게 말이시. 반란군들이 수시로 밤에 나타나서 총을 팡팡 쏴가면서 총부리를 들이대고 짐을 지라고 하는데, 그놈들 말을 안 들을 수가 없는 일이야. 그것도 죄가 댄당께로 산에 갔다 왔어도, 통 모르는 일이라고 입을 서로 닫고 있어야겠네."

"그럼. 그래야 댄당께. 누가 산에 짐을 지고 갔다왔다는 소리도 통하지 말고, 입을 닫고 있어야만 살 수 있당깨"

"쩌그. 저 노고단 좀 봐. 그쪽 봉홧불이 제일 큰 거 같애."

"그렇겠지. 노고단 꼭대기에 있는 서양놈 별장을 그놈들이 차지했을 테니까. 그쪽에 제일 많은 세력들이 몰려 있을 거야. 산꼭대기 수십 채의 집을 진지로 사용하기 딱 좋을 거야. 비행기로 폭격을 하여 모두 불에 탔지만, 봉화도 그쪽에서 올리는 게 제일 크당깨로?"

"여기 아래는 아직 겨울이 아니지만, 노고단은 지금 겨울일 거야. 얼음이 얼었을 거야. 겁나게 추울 텐데…"

"햐! 반란군들이 산 동네에 사는 사람들을 괴롭히려고 산에 내려올 텐데, 앞으로 어째야 쓸지 모르겠구먼."

"묵을 것이 떨어지면, 언제라도 내려와서 쌀이고 뭐고 계속 내놓으라고 닦달할 텐데…"

"빨리 이 상황이 마무리되어야 할 텐데. 걱정일세."

"뭔 일이 없었으면 좋겠네그려."

박기철 사령관이 산봉우리마다 피어오르는 봉홧불을 쳐다본다. 기분이 착잡하다. 박기철이 구례에 도착한 후로 하루도 거르지 않고 밤만 되면 봉화가 올라온다. 속에서 천불이 나지만, 꾹꾹 참아낸다. 반란군들을 어떻게 격퇴해야 할지 고민스럽다. 당장 눈앞에서 적들이 약올리듯이 기세가 등등하니… 산속에 숨어 있는 반란군 세력들과 전면전을 치르고 싶어도 답답할 노릇이다. 구례 주민들을 먼저 교육해야만 한다. 군인들은 새로운 정부의 국군으로서 주민들을 위해, 구례를 지키기 위해 주둔해 있음을 명백하게 알려야 한다. 반란군들에게 협조하는 자는 처형될 수 있다는 것을 현장에서 똑똑히 보여 주어야 한다. 반란군들에게 협조하면 잔인하게 처형된다는 것을 알려야 한다. 군민들을 믿을 수가 없다. 아직도 반란군들과 내통하는 주민들이 많기 때문이다. 그러지 않고서야 반란군들이 어떻게 공격해 올 수 있단 말인가? 어떻게 주민들을 계도할까? 구례 주민들 중에는 좌익사상이 많이 배어 있으리라는 의심을 가진다. 반란군들과 주민들이 내통하고 있을 거라 의심하지 않을 수 없다. 반란군들과 전면전을 치르지도 못하고, 매번 기습 공격만 당하는 진압군들이 작전을 어떻게 짜야 할지, 박기철의 머릿속에는 별별 생각이 다 든다. 읍내 주민들에게는 반란군들의 죽은 시체를 학교 운동장에 놔두고 보여 줘서 반란군에게 협조하면 참혹하게 죽어 나간다는 광경을 보여 줬는데, 이번에는 광의면으로 출동할 계획을 한다.

"부관!"

"예!"

박기철이 다급하게 부관을 부른다. 신경이 곤두서 있다. 부관이 부리나케 들어와 거수경례하고 부동자세를 취한다.

"매일 밤 봉화가 올라오는 지역과 횟수를 확인하고 있나?"

"예. 매일 밤낮으로 확인하고 있습니다."

"반란군들과 내통한 사람들을 잡아들였다는데, 지금 어디에 있나?"

"경찰서 유치장에 있는 걸로 알고 있습니다."

"그래. 현재 몇 명이나 되는지 확인해 보고, 보고하도록! 알겠나?"

"제가 알기로는 이십여 명이 경찰서 유치장에 구속시켜 놓은 걸로 알고 있습니다."

박기철이 고개를 끄덕인다.

"1대대장 들어오라고 해."

"예."

부관이 빠르게 움막에서 나간다. 문주석 대대장과 부관이 신속하게 움막 안으로 들어온다. 거수경례를 하고 부동자세를 취한다.

"문 대대장, 지금 당장 군청으로 가서, 군수에게 군 조합 창고에 쌀이 얼마나 남아 있는지 보고하라고 해. 당장 쓸 수 있는 쌀이 얼마나 있는지. 없으면 어떤 수를 써서라도, 상부에 보고해서 조치해 달라고 하라고. 알겠나?"

"예."

"쌀이 없어도, 이 지역 계엄사령관의 명령이라고, 당장 조달해서 준비하라고 해! 알겠나?"

박기철이 급하게 쌀을 준비하라는 명령을 내린다. 아무리 계엄령 치하라고 하지만, 군수에게 사전 통보도 없이 당장 쌀을 준비하라는 명령을 시달한다. 무조건 쌀을 준비하라는 것이다. 계엄령이 내린 구례 군내에서는 박기철 계엄사령관의 명령이 곧 법이다. 명령을 받은 문주석이 재빠르게 막사를 나간다.

탕 탕 탕 탕 탕.

철모에 흰 띠를 두른 군인들이 총을 쏘며 광의 지서 앞 광장에 들어선다. 군인들이 학교로 향하여 진지를 구축한다.

탕 탕 탕!

골목을 돌아다니며 총소리는 계속된다. 혹시 숨어 있는 반군이나 좌익들에게 겁을 주기 위해서다. 주민들이 갑작스런 총소리에 놀란다. 마을을 공포 속으로 몰고 간다. 선발대가 마을을 지나간 후, 군인들의 대열이 끝이 안 보일 정도로 길게 이어진다. 마을을 지나 학교에 도착하여 진지를 구축한다. 군대가 주둔한 학교 주위를 경계병들이 늘어선다. 학교 주위는 물샐틈없는 진지를 구축한다. 읍내에만 군부대가 주둔했고, 광의면에는 군부대가 주둔하지 않았는데, 수백 명의 군인들이 학교에 진지를 만들며 들이닥친 것이다. 삽시간에 소문이 마을에 퍼졌다.

"뭔 난리댜? 뭔 난리가 난 거여?"

"군인들이 뒷등 학교로 겁나게 많이 들어왔는갑그만! 아조, 대부대가 왔능가 봐!"

"그렁가?"

"그래! 군인들이 수백 명이라면, 뭔 일이 생긴 거 아니여?"

"그러게나 말이야! 우린 뭔 일이 일어났는지, 통, 뭘 알아야 말이지!"

"군인들이 읍내 국민학교에 많이 들어왔다는 얘기는 들었는데, 인젠 광의면에 학교까지 부대가 주둔하여 진을 치고 있을랑갑끄만."

"이번엔 또 뭔 일이 일어날란지 모르겄당깨!"

"아! 뭘 몰라! 보나마나 군인들이 저 노고단으로 올라간 반란군과 빨갱이 놈들을 다 잡아 죽이려고 왔겄지!"

"물론 그러겄지만, 또 누가 알어? 뭔 일이 일어날란지?"

학교에 군부대가 자리를 잡는다. 군용 텐트가 설치되고 주변 경계가 삼엄해진다. 구례는 수차례 반란군들과 진압군들의 싸움으로 공포 분위기다. 긴장감만 감돌 뿐이다. 경계를 게을리하고, 조금이라도 허점을 보이면 군부대 전체가 몰살당한다는 위기감에 진압군들은 살벌해져 가고 있다. 밤낮이 따로 없이 주민들을 옥죄기에 혈안이 되었다. 진압군이나 경찰들은 주민들까지 의심한다. 주민들 중에 조금이라도 의심이 가면 잡아다가 조사하고, 조사하는 과정에서 반항을 한다거나 협조를 안 하면 빨갱이로 몰아가는 형국이다. 그 자리에서 즉결 처분하라는 명령이 하달된 상태다. 무기를 가진 반란군들이 곳곳에 숨어 있고, 바로 눈앞에서 총질을 해 대는 바람에 경찰이나 진압군들이 계속 죽어 나가고 있다. 진압군들이 반사적으로 선수를 취한다. 구례 곳곳을 돌아다니며 주민들을 총으로 쏴 죽이는 게 다반사다. 주민들을 잡아들여 수많은 사람들이 취조당하고 경찰서 유치장에 가두기도 하고, 군용 트럭에 실어 구례경찰서로 이송하기도 한다. 다른 면에서 잡아 온 주민들을 엉뚱한 지역 산골짜기로 끌고가서 총질을 하고 생매장해 버리기도 한다. 일단 군인이나 경찰에 잡혀가면 어디로 갔는지조차 모른다. 집안 식구가 잡혀간 집에서는 생사가 궁금하여 지서를 기웃거리기도 하고, 읍내 경찰서를 기웃거리기도 한다. 혹시나 잡혀간 가족이 경찰서에 있는지, 사람들이 수도 없이 죽어 나간다는데…. 살았는지, 죽었는지 생사라도 알았으면 하는 마음뿐이다.

학교 인근 마을 사람들을 집합시키라는 명령이 하달된다. 각 부락에는 징을 든 사람들이 골목을 돌아다니며 징을 쳐댄다.

징— 징— 징—.

"모든 주민들은 한 사람도 빠짐없이 학교로 모이시오, 한 사람도 빠지면 안 됩니다."

마을별로 이장이 골목을 돌아다니며 사람들에게 소리친다. 징 소리를 듣고 골목길에서 만난 사람에게 소리를 지른다.

"빨랑빨랑 핵교로 가랑깨요!"

징을 치는 사람의 목소리가 다급해진다.

징— 징— 징—.

징 소리는 마을 곳곳을 돌아다니며 계속 울린다. 징 소리를 듣고 사람들이 몰려나온다. 삼삼오오 모여서 수군거린다.

"뭔 일이당가?"

"한 사람도 빠짐없이 뒷등 핵교로 모이랍니다."

"뭔 일이 있당가요?"

"잘 모르겠그만요. 얼릉 서둘러 학교로 갑시다."

일손이 바쁜 농번기라 마을 사람들에게 지시를 해도 집합시키는 일은 쉽지 않다. 집합 명령을 전달해도 움직임이 별로 없다. 군인들이 학교 인근 마을로 들이닥친다. 연파리, 공북, 상대, 하대, 신지리, 선월리 각 마을에 수백 명의 진압군들이 한꺼번에 들이닥친다.

탕 탕 탕!

공포탄 몇 방에 사람들이 놀라 골목으로 나온다. 군인들이 강제로 주민들을 학교로 몰아세운다. 총소리에 겁에 질린 마을 주민들이 학교로 서둘러 향한다. 군인들이 명령해도 추수가 급하기 때문에 들로 나가는 농민들도 있다. 추위가 닥치기 전에 수확한 자리에 보리와 밀을 파종하여 싹을 키워 겨울을 나야 하기 때문이다. 난리가 나도 일이 우선인 농민들이다. 주민들 몇 명은 총소리를 듣고도 지게를 지고 들로 나간다.

탕.

군인들이 따라와 총을 쏜다. 주민이 총소리에 놀라 군인 쪽을 바라본다. 지게를 지고 들로 나가던 농민들이 군인의 손짓에 마을로 다시 돌아온다. 가까이 다가온 주민들을 향해 학교로 가라고 지시한다. 무서워서 벌벌 떨면서 지게를 진 채로 빠른 걸음으로 학교로 향한다.

탕 탕 탕.

군인들이 들판으로 나와 총을 쏜다. 들판에서 일하던 사람들도 총소리에 놀란다. 군인들이 손짓을 하자 하던 일을 팽개친다. 서둘러 학교로 향한다.

학교 운동장에는 따발총과 박격포까지 설치되어 있다. 순식간에 운동장에 수백 명이 모였다. 넓은 운동장을 가득 메웠다. 그 와중에 아이들은 영문도 모른 채 어른들을 따라왔다. 아이들을 통제한다. 아이들은 집으로 되돌려 보낸다. 부모를 따라온 몇몇 아이들은 어수선한 틈을 타 재빠르게 학교로 다시 들어간다. 호기심이 많은 아이들은 학교 곳곳의 울타리 틈새를 뚫고 학교로 들어간다. 갑자기 학교로 소집된 주민들은 군인들이 총을 들고 무슨 일을 벌일지 잔뜩 긴장하고 있다. 워낙 반란군들이 날뛰고 있기 때문에 어디서 무슨 일이 벌어질지 군인들도 잔뜩 긴장한 얼굴이다. 주민들 중, 반란군들과 내통하고 있는 첩자들이 있으리라 의심한다. 운동장에 들어서는 주민들을 군인들이 통제한다. 운동장에 도착하는 대로 주민들을 구령대 앞에 정돈시켜 바닥에 앉힌다. 운동장 구령대 앞에는 나무 기둥을 세워 놓고 사람 세 명을 묶어 놨다. 옷은 너덜너덜하고 땟국물에 절어 있다. 얼굴은 대나무 발로 만든 원추형 모자가 씌워져 얼굴을 가리고 있다. 옆에는 수십 자루의 죽창이 하늘을 찌를 듯 세워져 있다. 그 옆에는 기관총까지 대기시켜 여차하면 발사할 태세다. 기관총 뒤에는 박격포가 천안골을 향하고 있다. 박격포도 여차하면 발사할 태세다. 군인들이 그 주위를 물 샐 틈 없이 보초를 서서 사람들의 접근을 막고 있다. 주민들은 멀리서 바라볼 뿐이다.

탕 탕 탕 탕 탕.

"엄마야! 아이고 무서워!"

갑자기 주민들 바로 앞에서 하늘로 향해 공포탄을 쏜다. 학교에 몰려 있던 주민들이 소리를 지르며 놀란다. 특히 여자들과 아이들이 겁에 질린 채 얼굴을 감싼다. 군인들이 자세를 잡고 천안골을 향해 조준 사격을 한다. 산속에 있는 반란군들을 향해 들으라고 총질을 해대는 모양새 같기도 하다. 총소리에 학교 운동장은 쥐 죽은 듯이 고요해진다. 총소리는 주민들을 공포 속으로 몰고 가기에 충분하다. 개미 새끼 한 마리 부스럭거리지도 못할 공포감이다. 모여 있는 주민들이 숨도 크게 쉬지 못하며 긴장을 한다.

총소리가 그치자 천안골을 살피던 군인이 쌍안경을 내려놓는다. 박기철 연대장이다. 박기철이 구령대를 향하여 오른다. 사람들 시선이 구령대로 쏠린다. 목에는 쌍안경을 걸치고 있고, 허리에는 권총을 찼다. 박기철 연대장은 요즘 긴장의 연속이다. 자신도 모르게 악랄해지고 있다. 반란군과 함께 산으로 올라간 빨갱이 놈들을 우습게 봤다간, 언제 공격을 당할지 모를 판국이다. 한두 번도 아니고, 진압군들이 주둔하고 있는 군부대까지 공격을 당하여 부하들이 죽어 나갔다. 시도 때도 없이 반란군들이 공격해 오니 긴장하지 않을 수 없다. 밤에는 산꼭대기에서 사방팔방으로 봉홧불이 올라오고 있다. 특히나 전임 연대장이 반란군들의 공격에 의해 죽었으니, 이젠 자신이 표적이 되어 버린 게 아닌가? 닥치는 대로 놈들을 죽여야만 한다. 적을 죽이지 않으면 자신이 죽는다. 앞뒤 잴 것도 없다. 주민들 중에 누가 빨갱이들과 내통하고 있는지 모르기 때문에, 말을 안 들으면 죽을 수 있다는 것을 보여 줘야 한다. 읍내 주민들에게는 팔다리가 떨어져 나간 반란군들의 시체를 보여 줌으로써 처절하리 만큼 공포감을 심어 줬다. 광의 주민들에게도 놈들의 악랄함을 보여 줘야 한다. 박기철이 악마 역할을 자처하고 나선다. 그 길만이 진압군과 주민들이 살길이라고 각인시켜 주고 싶다.

"주민 여러분 안녕하십니까? 낮에는 농사일로 힘드실 텐데, 밤에 편히 쉬지도 못하고, 시도 때도 없는 총소리에, 봉홧불에 얼마나 고생이 많으십니까? 빨갱이 색출에 주민 여러분들과 군인, 경찰이 매일 밤낮으로 고생하고 있습니다. 밤에는 한청단원들이 진압군과 경찰들을 도와 각 마을을 지키느라 또 고생이 많습니다. 저희 진압군은 여러분들의 형제요, 아들입니다. 반란군들이 갑작스레 들이닥쳐 못 할 짓을 하고 산으로 도망갔습니다. 새로운 세상이 올 거라는 선동을 했다는데, 모두 거짓말입니다. 진압군이 들어오면, 주민들을 다 죽일 거라는 유언비어가 난무하고 있는 것 같은데, 진압군은 절대로 그런 일은 하지 않습니다. 저 반군들이 이 고장에 들이닥치기 전에는 평화로운 고장이었습니다. 진압군은 예전처럼 평화롭고, 자유스러운 고장이 되도록 하기 위해 이곳에 왔습니다. 저 반군들을 없애고, 여러분들의 생명과 재산을 보호하기 위해서입니다. 저 반군들의 유언비어에 속지 마십시오. 여러분들은 맡은 일에 충실하기만 하면 됩니다. 우리를 괴롭히는 빨갱이들이 산에서 내려오면 즉시 한청단원들이나 지서, 학교에 주둔해 있는 군인들에게 신속히 신고해 주서야 합니다. 진압군은 사랑스런 여러분의 형제요 아들입니다. 절대로 두려워하지 마십시오. 여러분의 생명과 재산은 진압군들이 보호해 줄 것입니다. 저 산으로 도망친 반란군들이나 그들을 따라간 빨갱이들과는 다릅니다. 근거 없는 유언비어는 반란군들에 의해 조작된 것이니 거기에 현혹되시면 안 됩니다. 진압군은 이 나라를 지키고 보호하는 국군입니다. 평화와 자유스런 고장이 되도록 우리 모두가 마음 놓고, 맡은 일에 충실하시면 됩니다. 진압군은 여러분들 편입니다."

학교에 모인 주민들은 박기철의 훈시에 온통 집중해 있다.

"지금부터 제가 하는 말에 귀를 잘 기울였다가 실천해 주서야, 마음놓고 살 수 있는 고장이 될 것입니다.

첫째로, 밤이면 높은 산에 올라가서 놈들이 봉홧불을 피우는 데 협조하거나 삐라를 붙이는 사람은 자수하거나 신고해 주십시오.

둘째로, 놈들은 자칭 항쟁군이니 혁명군이니 하는 헛소리를 하는데, 저들은 반란을 일으킨 반란군들입니다. 그들을 따라 산으로 올라간 빨갱이들이 식량이나 밥을 달라고 해서 놈들에게 그런 것을 주면 바로 엄단하겠습니다.

셋째로, 진압군들이나 경찰들의 동향, 이동 상황을 놈들에게 제공한 사람들도 엄단하겠습니다.

넷째로, 마을로 들어오는 지역에 마을 청년들이 마을을 지킬 수 있도록 각 마을마다 초소를 만들고, 울타리를 쳐서 여러분들을 지키고 보호할 작정이니 협조해 주시기 바랍니다.

마지막으로 산사람들이 밤에 나타나 식량을 내놓으라고 하면, 진압군이나 경찰, 한청단 본부로 즉시 연락하여 주십시오. 총을 가지지 않고 산에서 내려온 사람들은 여러분들이 힘을 모아서 붙잡아 주십시오. 여러분들이 솔선하여 잘 실천해 주시리라 믿습니다. 그렇게 서로 힘을 합하여 물 맑고, 공기 좋은 아름다운 고장을 만들어 나가야 할 것입니다."

"와…."

짝짝짝짝….

함성과 박수 소리가 요란하게 울린다.

박기철이 지시 사항을 전달한 후, 구령대 옆에 묶어 놓은 세 사람에게 시선을 돌린다.

"자, 여기 주목하십시오."

단상에 올라온 박기철이 목소리를 높이면서 눈짓을 하자, 군인들이 달려와 포박된 채 서 있는 사람들에게로 다가간다. 머리에 씌웠던 원추형 모자를 벗겨 낸다. 모자를 벗겨 내자 그동안 답답했던지 고개를 든다. 얼굴은 땀범벅이 되어 있고, 머리는 헝클어진 채다. 반란군들과 내통한 죄로 구례경찰서 유치장에 잡아났던 놈들이다. 사람들이 웅성거리기 시작한다. 누구인지 궁금하기도 하다. 아는 사람인지 서로 얼굴을 쳐다본다. 아는 사람의 얼굴이면 아는 체를 할텐데, 아는 체하는 사람이 아무도 없다. 주민들이 서로 고개를 내젓는다. 서로 모르는 사람이다. 사람들이 웅성거린다. 주민들은 서로 아는 사람이냐, 모르는 사람이냐를 확인하느라 운동장이 점점 시끄러워진다.

"아니! 누구당가?"

"누구긴 누구여 빨갱이겠지."

"이 동네 사람은 아닌 것 같은데, 타관 사람인가 봐!"

"그러게, 타관 사람잉가 보네. 처음 보는 사람이랑께!"

사람들이 웅성거리자 단상에 있던 박기철이 꽥 소리를 지른다.

"자, 조용! 조용!"

박기철이 소리를 질러도 웅성거림이 계속되자 인상이 험악해진다.

탕 탕 탕!

공중을 향해 총을 쏜다. 일순간 찬물을 끼얹은 듯 조용해진다.

"자, 여길 보십시오! 이놈들은 우리 진압군에게 난동을 부리고, 반란군에게 협조하고 내통한 자들입니다. 계엄령하에서 정신을 못 차리고 난동을 부리면, 그 어느 때보다 더 무자비하게 처단된다는 걸 보여 줄 것입니다. 자, 가족 중에서 반란군들이나 빨갱이 놈들에게 죽었거나 피해를 본 사람들은 앞으로 나오시오!"

서로 얼굴만 쳐다볼 뿐 선뜻 나서는 이가 없다. 박기철이 부하들에게 눈짓한다. 그러자 재빠르게 달려와 벗겼던 모자를 다시 머리에 둘러씌운다.

"자, 없습니까? 빨리 앞으로 나오시오!"

침묵이 흐른다. 왜 나오라고 하는지 이유도 없이 나오라는 것이다. 주민들은 서로 눈치만 보고 있다.

"앞으로도 빨갱이와 내통하는 자들은 대한민국 국가의 명령으로 처단할 것입니다. 여러분들은 저놈들이 누구인지 궁금하겠지만, 누구인지 알 필요도 없습니다. 저놈들은 국가를 배신하고 반란군, 빨갱이들과 내통한 자들입니다. 여러분들의 형제, 부모, 처자식을 죽인 빨갱이들과 똑같은, 아니 반란군들보다도 더 나쁜 놈들입니다. 저놈들이 첩자 노릇을 하는 바람에 진압군들이 떼죽음을 당했습니다."

말하자면 산과 마을을 밤낮으로 오가며 상황을 알려 주는 첩자 노릇을 하다 붙잡힌 연락병들이다. 산으로 간 사람들과 한통속이 되어 모든 정보를 빼내고, 심부름하고, 소위 말하는 산 사람들의 후방 사업을 하는 사람들이다. 진압군 입장에서는 이 사람들을 본보기로 공개 처형하기로 했다. 이걸 본 주민들이 빨갱이들과 내통하면 곧 죽음이라는 것을 보여 주려는 것이다. 군중들 앞에서 사람을 죽이는 일, 그것이야말로 가장 잔인한 일이다. 좌니 우니 갈피를 못 잡고 우왕좌왕하는 군중을 다스리기에 가장 효과적인 방법이기도 하다. 연대장 박기철은 그걸 노리고 있는 것이다. 계엄령하에서는 구례 지역 계엄사령관 역할을 하고 있는 연대장의 명령이 곧 법이다.

"여러분들이 안 죽이면, 군인들이 총으로 쏴 죽일 것입니다. 누구든 원수 같은 저놈들을 죽창으로 찔러 죽이고 싶은 사람은 앞으로 나오시오!"

"…"

박기철의 말투가 살기등등하다. 박기철의 강한 명령에도 주민들은 잠잠하기만 하다. 잠시 침묵이 흐른다.

"자! 앞으로 나오시오!"

박기철이 악에 받친 목소리를 낸다. 박기철이 반복하여 죽창으로 사람을 찔러 죽이길 부추기지만, 어느 누구도 선뜻 나서지 못한다. 죽창으로 사람을 죽여야 한다니, 누가 나설 사람이 있겠는가?

"자! 여러분 저놈들을 죽여도 됩니까?"

박기철이 주민들을 선동한다.

"옳소! 옳소!"

"죽여라! 죽여라! 죽여라…."

군중들은 박기철의 선동과 군중심리에 휩싸여 "죽여라!"를 외친다.

"죽여라! 죽여라! 죽여라…."

"자! 그동안 원한이 맺혀 원수를 갚고 싶은 사람들은 앞으로 나오시오!"

"죽여라! 죽여라! 죽여라…."

고함 소리는 점점 커지면서 성난 군중으로 변해 간다. 별 상관이 없던 사람들도 군중의 무리 속으로 빠져든다. 군중심리는 부끄러움과 망설임을 없애는 묘약이다. 본인의 의사와는 상관없이 순식간에 변해 버린다. 사건의 잘잘못을 따질 겨를도 없다. 이성을 잃고 악마로 변해 가도 멈출 수 없다. 판단력을 회복하려 해도 군중 속에서는 돌이킬 수가 없다. 머뭇머뭇하던 사람들 중에 군중들의 고함 소리를 듣고 점점 앞으로 나오는 사람들이 생긴다.

군인들이 죽창을 쥐어 준다. 군중들의 함성에 불같은 용기를 얻어 아무 거리낌없이 죽창을 집어 든다. 죽창을 든 사람들이 늘어난다. 공동묘지에서 반란군들에게 칼과 총으로 난도질당해, 죽임을 당한 가족들이 죽창을 들고 앞으로 걸어 나온다. 반란군들과 철천지원수가 되어 버린 가족들이다. 가족을 죽인 원수들에게 복수를 하여야 한다. 눈을 부릅뜨고 죽창을 들고 있다. 눈빛이 이글거리고 있다. 당촌댁도 다가와 죽창을 집어 든다. 손에 힘을 준다. 저놈들은 내 아들을 죽인 원수들이다. 당촌댁의 눈빛이 이글거린다. 우리 아들을 죽인 원수를 죽여야 후회가 없다. 죽창을 잡은 손목이 부들부들 떨린다.

"죽여라! 죽여라! 죽여라!"

군중들의 함성은 하늘을 찌른다. 원한이 맺힌 가슴에 불을 댕긴다.

만식도 군중 속에서 이 광경을 바라만 보다가 함께 "죽여라!"를 외친다. 그동안 아내와 아이들을 죽인 원수 놈들의 잔당이 아닌가? 처자식을 함께 잃은 슬픔과 분노가 숫구쳐 오른다. 속이 부글부글 끓어오른다. 보복심이 일어난다. 저놈들을 죽여도 시원찮다. 만식이 발걸음을 옮긴다. 잔당들이 묶여 있는 곳을 향한다. 손으로 죽창을 집어든다. 죽창을 잡은 손이 부르르 떨린다. 죽창으로 사람을 찌르는 일이다. 사람을 죽이는 일이다. 실성하지 않고서야, 어떻게 인간이 인간을 죽인단 말인가? 죽창을 든 사람들의 눈이 이글거린다. 온몸에 열이 난다.

"죽여라! 죽여라! 죽여라!"

"죽여라!" 하는 함성과 함께 죽창을 하늘로 높이 치켜든다.

"하나, 둘, 셋 하면 여러분들 손에 들고 있는 죽창으로 저놈들을 찌르는 겁니다."

죽창을 든 사람들은 박기철의 명령만 기다린다. 만식의 눈에는 복수심만 활활 타오를 뿐이다. 만식의 눈에 핏발이 선다.

"자, 하나! 둘! 셋!"

"와! 와! 와! 와! 와! 와…"

군중들의 함성이 점점 커진다. 말이 떨어지기 무섭게 사람들이 죽창을 들고 달려간다. 당촌댁의 눈빛이 이글거린다. 아들을 죽인 원수 놈들을 죽여도 직성이 풀리지 않을 기세다. 명령이 떨어지기만을 기다려 왔다. 당촌댁이 있는 힘을 다해 소리를 지르며 달려나간다. 만식도 죽창을 들고 달려간다.

"와! 와! 와! 와! 와! 와! 와…"

"죽여라! 죽여라! 죽여라…"

사람을 죽창으로 찌르려고 달려간다.

푹 푹 푹.

죽창으로 사람을 찌른다. 당촌댁도 죽창으로 사람을 찌른다. 피가 솟구친다. 죽창에 검붉은 피가 묻어난다.

"악!"

외마디 비명을 지르며 묶여 있던 사람들이 움찔한다. 계속 죽창 세례를 받는다.

"아!"

죽창에 찔린 사람들이 고통에 몸부림을 친다. 군중의 함성이 이들의 비명을 삼켜 버린다. 몸을 한참 비틀거리다가 이내 잠잠해진다. 아무런 저항도 하지 못하고 힘없이 몸이 축 처진다. 고개를 푹 떨어뜨린다. 잔인한 살육이다.

"와! 와! 와! 와! 와! 와! 와…"

"죽여라! 죽여라! 죽여라…"

운동장에서 지르는 성난 군중들의 함성 소리는 하늘을 찌를 듯이 거세다.

"우리 아들 살려 내라 이놈들아! 우리 아들 살려 내란 말이다! 이, 철천지웬수 놈들아!"

당촌댁이 죽창을 찌르다 말고 땅에 엎드려 통곡한다. 이럴 수는 없는 일이다. 산 사람을 죽창으로 찔러 죽이는 일은 참혹하기만 하다.

"이놈들아! 내 아들을 살려 내라! 이놈들아!"

운동장에 피가 홍건해진다.

"이놈들아 찢어 죽여도 분이 안 풀린다. 이놈들아!"

"와! 와! 와! 와! 와! 와! 와…."

"죽여라! 죽여라! 죽여라…."

운동장에 선혈이 낭자하다. 피비린내가 풍긴다. 주민들은 눈 뜨고 못 볼 광경에 흐느낀다. 눈을 가리고 군중들도 움찔한다. 못 볼 광경이 군중들의 함성 속에 파묻힌다. 누구를 위한 피비린내인가? 모두가 한없이 울고 또 운다. 서러워서 울고, 가족을 잃은 사람들은 한이 맺혀서 운다. 눈앞에서 벌어지는 살인 광경이 무서워서 눈물 짓는다. 아이들과 여자들은 차마 볼 수 없어 고개를 숙인다. 군중들의 웅성거림과 울음소리에도 군인들이 우르르 몰려든다. 울부짖는 사람들을 떼어 낸다.

만식이 달리다 말고 멈춘다. 무릎을 꿇어앉는다. 울분이 머리 꼭대기까지 차오르지만, 차마 죽창으로 사람을 죽일 수는 없다. 죽창을 땅에 세우고 통곡하기 시작한다.

"흑 흑 흑…."

어깨가 심하게 요동친다. 아, 이 얼마나 잔인한 살상인가? 꼭 이렇게 복수를 해야만 하는 일인가? 분노가 슬픔으로 변하는 순간이다. 울음을 멈출 수가 없다. 솟구치는 피를 보자 분노는 울분이 된다. 핏발 선 눈에는 눈물이 솟구쳐 얼굴을 타고 내린다. 눈물, 콧물, 땀으로 뒤범벅이 된 채 하늘을 향해 울부짖는다.

"아아…!"

만식이 눈을 뜬다. 죽창에 찔린 사람이 만식의 눈에 들어온다. 사람이 죽창으로 난도질을 당한 채 피를 철철 흘리고 있다. 몸부림을 치다가 죽었는지 살았는지 움직이지 않는다.

저벅저벅, 저벅저벅….

군인들의 군홧발이 성큼성큼 움직인다. 세 명의 군인들이 발걸음을 멈춘다. 사람들이 무서워 뒤로 물러선다. 군인들이 놈들 가까이 다가가 허리에 차고 있던 긴 칼을 빼 든다. 무시무시한 일본도다. 칼을 허공에 곧게 세운다. 칼날이 햇빛에 반짝거려 빛을 발한다. 무시무시한 칼날이 목을 향한다. 칼로 힘껏 내리친다.

"얍!"

기합 소리와 함께 목이 댕강 잘려 나간다. 피가 공중으로 솟구친다.

"얍!"

"얍!"

군인들이 차례차례로 칼을 휘두른다. 연속해서 피가 공중으로 솟구친다.

"아…."

"워메, 워메…."

"아이고, 어쩔끄나."

운동장에 모인 주민들이 신음 소리를 내며 잠잠해진다. 얼굴을 찡그리며 눈을 감는다. 차마 눈 뜨고는 볼 수 없는 광경이다. 함성도 순식간에 멎어 버렸다. 울음을 삼킨다. 몸을 부들부들 떤다. 징그럽고 무서워서 견딜 수가 없다. 운동장에 모였던 군중들이 슬금슬금 소리 없이 흩어진다. 슬픔과 두려움에 치를 떤다. 한 서린 운동장에 먹구름이 몰려온다.

29
—
곡哭
소
리

산동 주민들이 각 마을에서 출발하여 원촌에 있는 산동오일장으로 향한다. 짐을 이고 지고 걸음걸이가 빨라진다. 반란군들이 들이 닥친 이후, 매일같이 총소리가 울려도 장으로 향하는 발걸음은 멈추게 할 수 없다. 산동오일장에 산수유장이 열린다. 일 년 중에 명절 대목장 다음으로 가장 큰 장이 서는 시기다. 각 가정에서 정성 들여 말린 산수유를 때맞춰 팔아야 한다. 산동장터 입구마다 군인들이 총을 들고 삼엄한 경비를 서고 있다. 군인들이 장에 가져온 물건을 풀어 헤치고 확인한다. 확인 절차를 마친 사람들만 장터로 들어갈 수 있다. 장바닥에는 산수유를 가지고 나온 산동 주민들로 좌판이 열렸다. 사람들이 너무 많아 시장 바닥은 꽉 차 버렸고, 시장으로 들어오는 길목까지 산수유 좌판이 늘어졌다. 사람들이 많아 걸어 다닐 수 없을 정도다. 산동마을 전체 주민들이 몰려나온 것 같다. 붉게 익은 산수유를 수확하여 씨앗을 분리한 과육만 잘 말린 것이다. 잘 말린 산수유는 귀한 한약재로 비싼 값에 팔리기 때문이다. 산수유야말로 산동 지역에서는 다른 어떤 농산물보다 비싸고 귀하다. 말린 산수유 한 자루를 팔면, 쌀 다섯 자루를 살 수 있는 돈이 손에 쥐어진다. 산수유야말로 금싸라기만큼이나 소중하다. 산동 지역은 해발 고도가 높고 일교차가 많은 곳이다. 밤낮의 기온 차가 큰 지리산의 정기를 흠뻑 머금기만 해도 산수유 과육이 통통하게 여문다. 다른 지역 산수유보다 씨알이 굵고, 성분도 진하고, 때깔도 불그스름하다. 산수유 때깔이 루비 보석처럼 투명하게 빛난다. 투명하게 때깔이 좋은 산수유는 일등 상품으로 쳐 준다. 때깔이 거무튀튀한 산수유는 말리는 과정에서 습기를 먹었거나 갈무리를 잘못한 것이다. 과육을 말린 산수유 때깔로 등급을 매긴다. 산동 산수유야말로 전국에서 으뜸으로 알아준다. 산수유 생산량도 전국에서 절반 이상이나 되는 물량이 쏟아져 나온다. 이 시기에 전국 각지에서 질 좋은 산수유를 사고팔기 위해 전국의 한약재 상인들이 몰려든다. 산동 각 가정마다 산수유 없는 집이 없을 정도로 산수유가 자생하고 있어서 산동장은 산수유 천지다. 산수유장이 열리는 산동 오일장은 사람들로 북새통을 이루고 있다. 상인들이 산수유를 만지작거린다. 산수유를 손바닥에 펴 놓고 햇빛에 비추어 본다. 반질반질 때깔이 좋은 산수유를 흥정하느라 정신이 없다.

"산수유 사셔요!"

"아따 뻘그스름하니 때깔 좋그만."

"뻘그스름하니 때깔 좋지라… 내가 얼마나 정성을 들인 건디요?"

"올해도 산수유 많이 했당가요?"

"그럼요. 값이나 잘 쳐주시오. 그라면 다음 장에 또 잘 말려 가지고 나올 텡깨로."

상인들은 돌아다니면서 때깔 좋은 산수유를 골라내느라 분주하다. 시장 곳곳에서 산수유를 흥정하느라 시장은 와자지껄하다.

"아이고! 아이고! 아이고…"
"불쌍해서 어쩔끄나."
갑자기 시장에서 대성통곡하는 소리가 들려온다. 현천 사람들이 산동장에서 만난 친척들을 붙잡고 우는 소리가 곳곳에서 들린다. 울음소리가 나는 곳으로 사람들이 몰려든다.
"아이고! 아이고! 아이고…"
통곡하는 사람들 곁에서 장꾼들이 수군거린다.
"뭔 일이대야?"
"현천마을에 군인들이 들어와서 남자들을 싹 잡아가 버렸다마. 군인들이 사람들을 총으로 쏴 죽여 뿔고, 마을까징 싹 다 불을 질러 뿌럿다마."
"그게 참말이여?"
"쯧쯧쯧…"
"세상에 뭔 그런 일이 있당가?"
"그렇깨로 말이시."
"아, 반란군들이 송평다리에서 군인들을 싹 다 죽여 뿔고, 차에 실린 것을 몽땅 가져가 뿔고, 열 대나 되는 자동차에 불을 질러 뿌렀다마. 그래서 보복한답시고, 현천마을 사람들을 몽땅 잡아다가 죽여 뿔고, 동네까징 싹 다 불을 질러 버렸다그망."
"그렇깨로 말이시, 나도 소문을 듣긴 했는디, 마을까지 불을 질러 버렸다니, 이거 무서워서 살것다고?"

"아이고! 아이고!"

서럽게 통곡을 한다. 장꾼들도 눈물을 훔쳐 낸다. 산동장터에서 친척들을 만나자마자 죽음을 알리는 것이다. 너무 급작스럽게 당한 일이라 경황이 없었다. 마을이 통째로 불에 타 버린 마당에 주변에 알릴 수도 없었다. 제대로 된 초상을 치르지도 못했다. 집안 친척들이 갑자기 죽었다는 소식이 알려지자마자, 장바닥에 앉아 울음을 터트리는 것이다. 마른하늘에 날벼락이라더니, 하루아침에 일어난 일 치고는 너무도 어이가 없는 일이다. 친척들이 죽은 소식도 놀라운 일이지만, 군인들이 마을 전체에 불까지 질러서 태워 버렸다고 한다. 얼마나 원통하고 억울한 일인가? 산동 사람들에겐 남의 일 같지가 않다. 언제 진압군들이 각 마을로 들이닥칠지 걱정이다. 산동 지역은 반란군들이 며칠간 진을 치고 있으면서, 마을 사람들에게 부역을 시켜 산으로 짐을 나르게 했으니, 걱정이 이만저만이 아니다. 특히 중동 지역 사람들은 더더욱 불안하기만 하다. 반란군들이 총을 들이대는 바람에, 산으로 짐을 지고 올라가서 곧바로 내려온 사람들이 대부분이지만, 아직도 집으로 돌아오지 않은 사람들이 있기 때문이다.

김성출은 장꾼들 틈에 끼어 울음소리가 나는 곳으로 다가간다. 산동장에 발을 들여놓은 후부터는 사람들이 자기를 알아볼까 봐 고개를 숙이고 다가간다. 좌익 아들을 둔 애비로서 몸들 바를 모른다. 사람들이 웅성거리는 소리를 듣는다. 큰아들 정욱이 반란군들을 따라 산으로 가 버렸으니 남의 일 같지 않다. 그냥 좌익이 아니라, 좌익의 우두머리격인 아들 정욱의 정체가 점점 알려지자, 김성출은 산동 사람들에게 원망을 듣게 될까 봐 전전긍긍이다. 좌익 가족들까지 진압군들이 잡아들인다는 소문을 듣고 난 후부터는 죄인 신세가 돼 버렸다. 장터 국밥집에는 김이 모락모락 난다. 산수유장에 나온 사람이 탁자에 앉아 막걸리 잔을 주고받는다.

"현천 사람들 같이 순한 사람들이 뭘 잘못했다고…."

"그렁깨로 말이시…. 마른하늘에 날벼락도 유분수지…. 하루아침에 동네가 몽땅 없어져 뿔고, 그것도 모자래서, 사람들까정 죽여뿔렀다니…. 하늘도 무심하시지…."

"아, 반란군들 때문이지. 그놈들만 안 들어왔어도, 그런 일은 없었을 거 아니여?"

"애시당초 반란군 놈들이 문제랑깨로… 아, 무담시 가만히 있는 현천 사람들을 데려다가 일을 시킨 것이 잘못이긴 하지…."

"그래도 그렇지. 반란군 놈들 때문에 벌어진 일이긴 하지만, 새로 들어온 군인 놈들이 더 나쁜 놈들이지, 앙 그래? 그 새로 들어온 군인 놈들이 인간들이여? 인간도 아니랑깨로…."

"아무리 그래도 그렇지. 짐승을 잡아 죽이듯 사람들이 살고 있는 동네 전체를 불지른 놈들이 세상 팔도에 들어 본 적이 있능가? 천하에 피도 눈물도 없는 놈들이랑깨로. 현천마을에 불을 지른 놈들도 천벌을 받을 것이여…."

얼마나 어이없는 일이 벌어졌는지 성토하면서 분노를 한다. 너무 어이없는 일이라서 눈물이 저절로 흘러내린다. 흐르는 눈물을 훔쳐낸다.

"좆겉은 세상이시. 이거 억울해서 살겄다고? 사람들은 왜 죽이고, 동네까정 불을 질러 뿔면, 산으로 올라가서 빨갱이되란 소리 아니여?"

"씨부럴놈의 세상이랑깨. 이러다가는 산동 사람들 모두 불에 태워서 죽여 뿔랑갑구만, 산동 전체를 불질러 보라고 해 보지…"

"니기미, 한번 해 보라고 해… 산동 사람들이 그리 호락호락하지 않을 탱깨로…"

술이 거나해진 장꾼들은 불만 섞인 소리와 함께 점점 언성이 높아진다. 억울하고 분통이 터지는 일이다.

김성출이 집 안으로 발을 들이려다 말고, 골목길을 한참 바라본다. 혹시나 큰아들 정욱이 돌아오지 않을지… 골목길을 바라보다 집 안으로 들어선다. 작은아들 정규를 통해 큰아들 정욱이 반란군들과 함께 산으로 올라갔다는 사실을 알고부터는 걱정이 이만저만이 아니다. 김성출과 이평댁은 큰아들 정욱이 좌익 활동을 하는지도 몰랐다. 총선거 때 좌익들과 음모해서 투표장을 아수라장으로 만들고, 산속으로 도망친 후에야 큰아들 정욱이 좌익 활동에 가담한 줄 알게 되었다. 그동안 지리산 속에 숨어 지낸다는 소문만 들었지, 어디서 무얼 하며 지내는지도 몰랐다. 한참 후에 갑자기 집에 나타났다. 어디를 갔다 왔는지, 어디에서 어떻게 지내 왔는지 살갑게 말을 하지도 않았다. 김성출은 큰아들이 별 탈 없이 집으로 돌아온 것만으로도 고마운 일이라고 여겼다. 집에 돌아온 정욱이 바쁘게 돌아다니더니 별 얘기도 없이 반란군들과 함께 산속으로 또 가 버린 일이 원망스럽기만 하다. 그놈의 속을 알다가도 모를 일이다. 공산당이 뭐가 좋은지? 소문에 의하면 좋은 세상이 곧 온다고, 산동 사람들에게 남로당에 가입하라고 선전을 해 왔다는데, 김성출은 아들 속을 통 알 수 없었다. 반란군들이 원촌에 들이닥쳤을 때도, 지주나 공무원 가족들을 대상으로 인민재판을 한다는 소문만 들었지, 아들과는 아무 상관이 없는 줄로만 알고 있었다. 부모까지 속여 가면서 좌익 활동을 하는 줄 몰랐다. 왜 산으로 올라갔는지, 아직도 이해가 되지 않는다. 자식이 야속하다는 마음을 버릴 수가 없다. 지금이라도 마음을 바꾸어 먹고 집으로 돌아오기만을 간절히 바라는 게 아비의 마음이다. 빨리 정신을 차리고 장가들기만 바랄 뿐이다. 혹시나 지난밤에 집에 들어오지 않았을까? 방 안에 누워 인기척이라도 나는지 온통 밖으로 신경이 곤두서 있다. 김성출은 매일매일이 바늘방석 위에 앉아 있는 기분이다. 반란군들이 산동 원촌에 들어와 총소리가 몇 번 나더니 며칠 동안 잠잠했었다. 며칠 전에는 시상리 쪽에서 요란한 총소리가 들려와 군인들이 많이 죽었다는 소문만 들었다. 그 총소리가 나던 다음 날, 이평마을 쪽에서 나는 총소리에 벌벌 떨기만 했다. 진압군들과 반란군들이 큰 싸움을 했다는 소식이다. 며칠이 지나자 이번에는 송평다리 쪽에서 요란한 총소리가 들리더니 군인들이 몰고 온 차량이 불타 버렸고, 수십 명의 군인들이 죽었다는 소식이 들려왔다. 총소리가 들릴 때마다 김성출은 가슴이 두근두근 떨린다. 산으로 올라간 아들이 관여는 안 했는지, 무사한지 애간장이 타서 밤을 뜬눈으로 지새울 때가 한두 번이 아니다. 그놈이 어쩔 심산으로 산으로 갔을까?

"이, 죽일 놈이 부모에게 애를 먹여도 유분수지…."

화를 삭이지 못하고 혼잣말을 내뱉는다. 학교 선생질이나 잘하지, 뭐 하려고 좌익이 됐는지 큰아들을 원망한다. 이제라도 산에서 내려와 자수했으면 한다. 혹여나 오늘 밤에는 이놈이 모든 걸 포기하고 집에 들어올는지? 들어오기만 하면, 사생결단을 해서라도 다시는 산에 올라가지 못하도록 말릴 생각이다. 다리몽뎅이를 분질러서라도 집 안에 들어앉히려는 마음뿐이다. 단단히 벼르고 있지만, 아들은 나타나질 않는다.

"휴―."

이평댁 입에서 큰 한숨이 나온다. 누워서 잠을 못 이루고 이리 뒹굴고 저리 뒹굴다가 뜬눈으로 밤을 꼬박 새운다. 어젯밤에도 큰아들 정욱을 생각하면서 눈물을 흘리다가 언제 잠이 들었는지 기억이 안 난다. 집안의 대를 이으려면 장가를 보냈어야 했는데, 장가를 빨리 못 보낸 것이 한스럽기만 하다.

"꼬끼오!"

새벽에 닭 우는 소리와 함께 이평댁이 일어나 우두커니 앉아 있다.

"휴."

긴 한숨을 내뿜는다. 옷을 두껍게 입고 밖으로 나온다. 날씨가 제법 춥다. 장독대에 정화수를 떠 놓고 간절히 손을 모은다.

"비나이다, 비나이다, 비나이다…."

제발 장손인 정욱이 산속에서 무사하기만을 빌고 또 빈다.

수시로 구례 곳곳에서 전쟁터와 같은 폭음이 울려온다.

쾅 쾅 쾅….

탕 탕 탕 탕 탕….

따따따따따….

멀리서 총소리만 들려와도 오금이 저려 온다. 불안해서 견딜 수가 없다. 총소리가 날 때마다 안방에 있던 이대길과 절골댁이 방문을 열고 나온다. 총소리가 들려오는 산동 쪽으로 고개를 돌린다. 수시로 들려오는 총소리는 전쟁이라도 난 것처럼 요란하다. 경자도 부엌에서 일을 하다 말고 마당으로 나온다. 총소리가 나는 산동 쪽으로 고개를 돌린다.

"아야, 산동에서 무슨 전쟁이 벌어졌능가 보다."

"그러게 말입니다. 어머니."

"느그 친정 쪽에 무슨 일이 난 게 아니여?"

"그랑깨요. 어머니."

경자가 머리에 쓰고 있던 수건을 벗어 손을 닦으며 말한다.

"별일이 없어야 할 텐데…"

경자도 친정집이 걱정된다. 근심이 가득 서려 있다. 두 동생이 걱정이다. 이 난리통에 좌익에 뛰어들지 말아야 하는데, 친정에 아무 탈이 없기만을 바란다. 며칠 전에 반란군들이 들이닥쳤던 일을 생각하면 몸서리가 쳐진다. 광장에 끌려가 반동분자로 몰려 군중들에게 "죽여라!" 하는 함성 소리에 그야말로 죽는 줄로만 알았다. 다행히 풀려나와 밤에는 광문을 총으로 쏴 부수고 쌀을 몽땅 가져가 버린 반란군들이다. 제발 친정에 피해가 없어야 할 텐데. 산동 쪽에서 요란한 총소리가 들릴 때마다 친정 식구들이 걱정이다. 가슴이 콩닥거리고 잠을 이룰 수가 없다. 두 동생 정욱과 정규는 별일 없는지? 산으로 올라가지는 않았는지? 무사해야 할 텐데. 부엌에 들어온 경자의 얼굴은 수심이 가득하다.

이대길은 불안하다. 다시 방 안으로 들어간다. 진압군들이 들어온 후로 구례 곳곳에서 시도 때도 없이 총소리가 들려온다. 총소리가 들려올 때마다 악몽이 자꾸 떠오른다. 언제 또 반란군이나 진압군들이 들이닥칠지 알 수가 없다. 밤이 되어도 깊은 잠을 잘 수가 없다. 이리저리 뒤척거린다. 반란군들에게 잡혀갔을 때 반란군들에게 대들고 고집을 피웠다면, 그랬다면 악질 반동이라고, 바로 그 자리에서 총살을 당했을까? 음식을 해 놓으라고 했을 때, 그때 반대를 할 걸…. 아니야, 아니야, 그랬다면, 그놈들의 총부리에 살아남았을 리 없었을 거야. 그때 그 상황을 떠올리며 자기도 모르게 순간순간 고개를 젓는다. 쌀을 가져가지 못하게 드러누워서라도 막았어야 하는다…. 진압군들이 반란군들에게 협조한 사람들을 모두 잡아들인다는 소문이 나돌고 있다는데, 쌀까지 빼앗겼는데, 진압군들이 조사를 하면 뭐라고 말을 해야 할지…. 후회해도 소용없는 일이다. 별별 생각이 다 들어 잠을 이룰 수가 없다. 누웠다가도 벌떡 일어나 우두커니 앉아 있다. 뜬눈으로 밤을 보낸다. 날씨가 추워졌다. 해가 중천에 뜨자 마루에 나온다. 중방들을 바라본다. 추수하느라 중방들 전체가 사람들도 꽉 차 있다시피 했는데, 추수철도 끝나 가고 인적이 드물다. 보리를 파종하는 농부들의 모습만 간간히 눈에 뜬다.

　입동立冬이 지나고 서리가 내린 지도 한참 되었다. 어느새 알록달록했던 감나무 잎이 자취를 감췄다. 잎이 모두 떨어졌다. 빨갛게 익은 감이 행랑채 지붕 위에 주렁주렁 달려 있다. 더 추워지기 전에 서둘러 감을 딴다. 김 서방과 인석이 장대로 감을 따느라 분주하다. 집안의 일꾼들도 모두 나서서 손을 거든다. 일꾼들 중에 심탁은 감나무를 타고 올라 앉았다. 높은 곳에 대롱대롱 달린 감을 능숙하게 따서 꼴망태에 담는다.
　"자! 감 내려갑니다."
　꼴망태에 담긴 감이 천천히 땅으로 내려온다. 감을 받아 들고 멍석 위에 쏟아 놓는다. 땅에서는 경자와 화개댁, 점말, 난동댁까지 멍석에 둘러앉아 감을 깎는다. 곶감을 만드는 작업이다. 홍시가 되기 전에 생감을 깎아서 처마에 매달아 놓으면 곶감으로 변해 간다. 곶감으로 갈무리를 해 둬야 한다. 그래야 제사상에 요긴하게 쓸 수 있다.

대문을 박차고 군인들이 우르르 들이닥친다. 곶감을 만들다 말고 일손을 멈춘다. 모두가 군인들을 쳐다보며 겁에 질린 채 숨죽이고 있다.

"집 안에 있는 모든 사람들을 마당으로 집합시켜!"

군인이 명령을 내린다. 목소리는 강하다.

"이 집안 남자들은 모두 마당으로 모이시오!"

군인이 총을 들이댄다. 감을 따다 말고 집안의 남자들이 마당으로 모여든다. 혁명군들에게 음식을 대접하느라 난리법석을 친 지가 엊그제다. 오늘은 철모에 흰 띠를 두른 군인들이 집 안 구석구석을 뒤진다. 수상한 반란군들이 집 안에 숨어 있는지 확인하는 것이다.

"집 안에 수상한 자들은 없나?"

지휘관이 날카로운 눈빛으로 부하 군인들을 향해 확인한다.

"예."

"다 집합시켰나?"

군인의 표정이 굳어 있다.

"예."

이대길이 안방에서 나와 마당으로 내려선다. 허리를 굽혀 군인들에게 정중히 인사를 한다. 진압군들에게 호출당할 걱정에 잠을 이루지 못했던 일이 현실로 닥친 것이다. 이대길은 각오했던 일이라 침착해지려고 다짐을 한다. 이대길이 마당에 내려선다.

"당신이 이대길인가?"

"예, 제가 이대길입니다."

군인이 이대길을 쏘아 본다. 이대길이 고개를 숙이고 눈을 맞추지 못한다.

"이인철은 누구야?"

군인이 인철을 들먹거리자, 마당 한쪽에 있던 인철이 지휘관 앞으로 다가온다.

"제가 이인철입니다."

군인이 고개를 돌려 이인철을 바라본다.

"당신이 이인철이야?"

"예."

군인이 이대길과 이인철을 확인한다.

"모두 연행해!"

"예."

군인들이 총부리를 겨누며 연행해 간다.

"영감, 왜 반란군들을 도왔소?"

"…"

"당신도 남로당원이야?"

"아, 아닙니다. 이 나이에 제가 무슨 남로당입니까?"

"당신이 얼마나 큰 죄를 지었는지 알기나 하는 거요?"

"…"

군인의 질문에 이대길은 아무 말이 없다. 무슨 말을 한들 이유가 되겠는가?

"지금은 계엄령이 선포된 전시 상황이란 말이요! 불순분자는 즉시 총살할 수 있단 말이요!"

군인이 소리를 버럭 지른다. 이대길이 총살이라는 말에 와락 겁이 난다. 무슨 말이라도 해명을 해야 할 것 같다.

"아, 아닙니다. 반란군들이 총부리를 들이대는데, 저도 목숨을 부지하려면 어쩔 수가 없었그만요! 내가 뭐가 아쉬워서 그놈들을 도왔겠습니까? 그리고 그놈들이 협조를 안 하면 죽인다고, 총으로 협박을 하는 바람에…"

"거짓말하지 마시오! 영감과 당신 큰아들이 강진태와 친하다는 소문이 있던데, 그 소문은 헛소문이란 말이야? 당신이 자발적으로 강진태를 도운 게 아니야?"

"아닙니다요. 내가 강진태와 친하다니요? 왜정 때 나라를 되찾아 보려고 강진태가 하는 독립운동에 함께 일을 했을 뿐입니다. 독립자금도 모아서 만주로 보내기도 했습니다만, 그때는… 같이 일을 할 수밖에 없었습니다. 해방 후로는 강진태와 왕래가 거의 없었습니다. 강진태가 건준위원회에 들어와라, 인민위원회에 들어와 같이 일하자 해도 저는 모두 사양했습니다. 나이도 많거니와 젊은 사람들이나 하는 일이려니 했습니다. 강진태가 남로당이니 조선공산당이니 어쩌구저쩌구 해도 나는 통 남의 일이라 하고 외면했습니다."

"영감! 그 말을 이제 와서 믿으라고 하는 말이오?"

취조하는 군인이 화를 버럭 낸다.

"쌀은 왜 준 거야?"

"아이고 말도 마십시오. 지서 앞에서 인민재판을 해서 총으로 쏴 죽인다고 협박을 해서, 겁이 나서, 어쩔 수 없어서 음식을 해 줬지만, 쌀은 생각지도 못했습니다. 음식을 먹고 다 돌아간 줄 알았는데, 밤중에 반란군들이 다시 들이닥쳐서 총을 쏴서 창고 문을 박살 내 버리고, 쌀을 몽땅 가져가 버렸습니다. 정말입니다. 제 손으로 광문을 열어 주지도 않았습니다."

"그게, 사실이야?"

"그렇다니까요!"

"당신은 그렇다치더라도 큰아들은 남로당 아니야?"

"아닙니다. 아닙니다. 우리 큰아들은 내가 나서지 말라고 잡도리를 해 놔서 남로당에는 가입을 안 했습니다. 우리 아들들이 뭐가 아쉬워서 남로당에 가입했겠습니까? 남로당원이었다면 이번 참에 산으로 같이 올라갔을 겁니다. 그라고 우리 인영이는 한청단원으로 열심히 활동한 앱니다. 그래서 화가 미칠까 봐 새벽에 도피를 시켜서 화를 면하긴 했습니다만…."

"어쨌든 당신 집에서 반란군들에게 음식을 해 줬고, 쌀까지 가져가게 했으니 죄를 피할 수는 없는 일이란 걸 명심하라고!"

취조하던 군인이 억지를 쓰지는 않는 눈치다. 이대길은 안도의 한숨을 쉰다. 소문에 의하면 진압군들이 아주 엄하게 조사를 한다는 것이다. 여차하면, 조사하는 그 자리에서 총살한다는 소문을 들었다. 벌벌 떨면서 조사에 임했지만, 어쩐 일인지 심하게 닦달을 하지는 않는다.

"강진태와 어떤 사이야?"

"강진태 씨와는 아무 사이도 아닙니다."

"뭐라고? 아무 사이도 아니라고?"

군인이 인철에게 퉁명스럽게 말한다.

"그럼 왜 반란군들이 들어왔을 때 집 안에서 음식을 해 주고 쌀을 줬지?"

"반란군들이 새벽에 들이닥치자마자 저와 아버님을 다짜고짜 연행해 갔습니다."

"당신! 내가 조사한 바로는 강진태와 같이 제재소 화재 사건을 주도했던 경력도 있고, 제재소 화재 사건 때 행동대원이었던 이명일이가 남로당 골수분자로 산으로 올라갔는데, 당신도 골수분자 아니야?"

"아 아닙니다."

"뭐가? 남로당원이 아니야?"

군인이 재차 남로당원이라고 억지를 부린다. 인철이 고개를 들면서 아니라고 항변한다.

"그 제재소 화재 사건은 일본 경찰들 앞에서 목숨을 내놓고 벌인 일이었습니다."

"그때 일본놈들을 향해 목숨까지 내놓고 한 일은 잘한 일이야. 그런데 해방이 된 후에도 강진태와 계속 일을 한 건가?"

"…"

"왜 말을 못 하지?"

"조사한 바로는 당신은 선거 때도 청년단에서 일한 경력이 없어. 강진태와 선거방해 운동을 했다는 소문이 있던데… 강진태와는 무슨 관계야?"

"…"

인철이 선거방해 운동을 했던 행적까지 들먹이자 대꾸를 할 수가 없다. 이 계엄 상황에서 그 당시 남한만의 총선거에 대한 반대 의견을 우겼다가는 총살감이라는 것을 아는 이상, 아무 말을 해서는 안 된다. 모른 체하고 시치미를 떼는 길만이 살길이다.

"반란군들에게 음식까지 대접한 사람이 왜 산에는 안 올라갔지?"

"반란군들에게 잡혀 총부리를 들이대는데 어쩔 수가 없었습니다. 영문도 모르고 반란군들에게 아버님과 저와 식구들 모두가 잡혀갔습니다. 저와 아버지는 인민재판을 받기 전에, 반란군 쪽에서 제의가 들어왔습니다. 음식을 제공하는 조건이었습니다. 인민재판을 받으면, 그 자리에서 즉시 총살한다는 두려움이 앞섰습니다. 그래서 아버지와 함께 반란군들의 조건을 들어준 것뿐입니다. 그렇지 않았으면 인민재판을 받은 대부분의 사람들처럼 산으로 끌려가서 총살당했을 겁니다."

강진태가 살려 주기 위해 인민재판을 면제해 주고 반란군들에게 음식을 해 줬다는 얘기는 차마 꺼내지 못한다. 강진태와는 아무 관련이 없음을 강하게 우겨야 한다.

"당신 계속 거짓말할 거야? 지금은 계엄 상황이야! 당신을 당장 총살할 수 있단 말이야!"

군인이 큰 소리를 낸다. 인철에게 엄포를 주는 소리다.

"이명일과는 어떤 사이야?"

"명일이와는 그냥 사촌지간입니다."

"그래? 이명일은 전적을 보니, 이거 용서할 수 없는 자야. 당신도 똑같은 사람이라고!"

"…"

"이명일과 함께 해방 후에도 행동대원으로 활동했는데 남로당이 아니라고 우길 건가?"

인철은 군인의 취조에 고개를 떨어뜨린다. 선거반대 운동을 강진 태와 이명일과 함께 했던 전적으로 인해, 변명이 통할 리 없다. 군인 들은 이인철이 남로당원은 아니지만, 남로당원으로 분류해 버린다.

이대길과 인철은 당장 총살을 면했다. 악질 남로당원이 아니고, 반란군들에게 잡혀갔다가 어쩔 수 없이 음식을 해 줬다는 것으로 판명됐다. 이유를 불문하고 반란군들에게 음식을 해 주고, 식량을 빼앗겼다는 죄목은 계엄 상황에서 용서할 수 없는 죄목이다. 과거에 좋은 일을 많이 했어도 정상 참작이 될 수 없다. 일단은 경찰서 유 치장에 수감됐다. 다행히도 즉시 총살당하지 않고 목숨은 건진 것 이다. 군법 재판에 회부되어 결과가 나오면 감옥으로 가야 하는 신 세가 되어 버렸다.

이대길 집안의 남자들이 군인들에게 연행되어 갔다는 소문이 퍼 졌다. 한청단원으로 활동하고 있는 만식이 먼저 나선다. 빨리 손을 써야 총살을 면할 수가 있다. 반란군들에게 협조했다는 것이 드러 나면, 가차 없이 그 자리에서 총살감이 될 수도 있다. 진압군들은 반란군들과의 연관성을 캐기 위해 가족들까지 처형하는 일을 저지 르고 있다. 아무리 반란군들을 잡아내고, 주민들과의 연결고리를 끊겠다는 구실을 내세우지만 억울하게 죽어 가는 주민들이 속출하 고 있다. 송기섭 이장을 먼저 만나 상의한다. 연파리 동네 주민이 반란군들의 총칼 앞에 살기 위해 어쩔 수 없이 했던 일이었음을 알려야 한다.

"이장님, 이대길 씨와 이인철을 구하는 데 힘 좀 써 주십시오."

"알았네. 나도 우리 마을 사람을 하나라도 살리기 위해 면장님과 지서장님을 만나서 잘 얘기는 했네만…."

"이장님도 알다시피 그 집안도 피해자입니다. 반란군들에게 쌀을 뺏기고 싶어서 뺏겼겠습니까? 쌀을 안 주려고 하니까 총으로 광 문을 부수고 쌀을 가져갔다고 합니다. 이대길 씨와 이인철은 목숨을 내놓고 독립운동을 한 집안입니다. 인철이는 이장님도 잘 아시다시피 국민회관 야학선생을 하고 있는 중에 벌어진 일입니다. 이장님이 적극적으로 나서야만 합니다. 저랑 같이 면장님과 지서장님께 면담을 해야 할 것 같습니다."

"그러세. 나도 나름대로 부탁을 했지만, 자네가 다시 한번 부탁해 보게."

한청단원 부단장으로 활동하고 있는 정만식이 이인철 구제운동을 하러 바쁘게 지서와 면사무소를 들락거린다.

"목사님, 인철이가 잡혀갔습니다."

"저런, 이 선생에게 무슨 일이 있었나요?"

한 목사도 안철의 소식에 놀라며 고개를 끄덕인다.

"목사님께서 면장님과 지서장님을 한번 만나 봐 주시고, 군수님을 잘 아신다고 하셨죠? 이참에 군수님을 만나서 부탁을 드려야 할 것 같습니다. 인철이가 교회 야학선생을 했던 사람이라고… 감옥에서 나올 수 있도록 애를 좀 써 주셔야 할 것 같습니다."

"그래야지요. 함께 가 봅시다."

"목사님, 감사합니다."

만식과 한 목사가 교회를 걸어 나온다.

만식이 인철의 석방을 위해 백방으로 도움을 청하러 다닌다. 만식과 송기섭 이장과 한 목사가 면장실에 들어선다. 이대길과 이인철의 석방을 부탁한다. 지서장을 찾아가 정중히 인사하고, 인철의 석방을 부탁한다. 한 목사와 정만식이 군청의 군수를 함께 찾아간다. 이인철이 대전교회와 국민회관에서 최근까지 야학선생으로 헌신적으로 봉사했던 일을 전한다. 반란군들에게 오히려 피해를 당한 집안이라고 강조한다.

군인들이 김성출의 집으로 우르르 들이닥친다.

"이 집이 김정욱이 집이요?"

"예, 제가 김정욱이 애비 되는 사람입니다."

"김정욱이 들어왔나?"

"쩌그, 거시기…."

김성출은 군인들이 아들 김정욱을 찾자 말을 더듬거린다.

"집에 있어? 없어?"

김성출임을 확인한 군인은 반말로 짜증을 낸다.

"우리 정욱이가 며칠 전부터 집에 들어오질 않고 있습니다."

"김정욱이 남로당 골수분자인데, 빨갱이가 된 걸 아직 모르고 있단 말이야?"

"우리 정욱이가 빨갱이라니요? 우리 정욱이는 곧 집으로 들어올 것입니다. 반란군들한테 절대로 안 갔을 겁니다."

김성출은 아직도 큰아들 정욱이 빨갱이가 됐다는 말에 수긍할 수가 없다. 순진했던 아들이 남로당은 뭐고, 빨갱이는 뭐란 말인가? 무조건 모른다고 시치미를 떼야만 한다.

"뭐야? 이 영감쟁이가 뭘 몰라도 한참을 모르는구면. 당신 아들은 빨갱이가 됐단 말이야!"

"아닙니다. 뭔가 잘못 들으셨을 겁니다. 우리 아들은 핵교 선생입니다. 곧 장가갈 일만 준비하였던 아들입니다."

학교 선생으로 부러울 게 없는 아들이었다. 어려운 살림에 전주까지 학교를 보내 학교 선생으로 발령을 받아 남들로부터 부러움을 받는 처지였다. 정욱이 이 난리에 관여하리라고는 꿈에도 생각하지 않은 일이었다. 정욱이 빨갱이가 됐다니 믿을 수가 없는 일이다.

"김정욱이는 언제 집에 왔었나?"

"반란 사건이 나기 전에는, 꼬박꼬박 집에 들어왔었습니다."

김성출은 정욱이 산으로 피신했을 때는 가끔 한 번씩 집에 오는 정도였고, 반란군들이 산동에 들어 온 후 집에 아예 들어오지 않았다며, 위기를 모면하기 위해 거짓말로 둘러댄다.

"영감, 거짓말하면, 이 집안 모두 바로 총살감이야! 똑바로 말하라고!"

김성출의 순진함에 군인이 오히려 의심의 눈으로 바라본다.

"이 집에 또 아들이 있다던데 집에 있습니까?"

"예, 우리 정규는 집에 있습니다."

"이리 나오라고 해!"

아버지가 군인들과 얘기가 오고가자 정규가 마당으로 걸어 나온다. 이평댁과 복자도 부엌에서 몸을 움츠리고 있다가 마당으로 나온다. 정규가 마당 한구석에서 머뭇거린다.

"당신이 김정규야?"

"예, 제가 김정규입니다."

"당신도 산에 갔다 왔나?"

"아 아닙니다. 저는 계속 집에 있었습니다."

"그럼 집에 있으면서 계속 형과 연락병 노릇을 했구먼."

"아 아닙니다. 우리 정규는 아직 어려서 잘 모르고, 전주에서 온지도 며칠 안 됐습니다. 우리 정규는 집에만 쭉 있었습니다."

이평댁이 나서서 말한다.

"저렇게 큰 청년이 가만히 집에만 있었다는 게 말이나 돼? 형이 남로당 골수분자인데…. 야! 긴말할 것 없다. 이 자들을 연행해!"

김성출과 아들 김정규가 군인들에 연행된다. 이평댁과 복자가 군인들에게 연행되어 가는 모습을 바라만 볼 뿐이다. 면사무소 창고 건물 안에는 산동 전역에서 잡혀 온 사람들이 다닥다닥 붙어 앉아 있다. 계속해서 사람들이 붙잡혀 온다. 중동국민학교에 인공기가 걸려 있다는 죄목으로 구종현 교장을 비롯하여 선생들 모두가 잡혀 왔다. 중동 지역 수많은 사람들은 갑자기 들이닥친 군인들이 총을 들이대는 바람에 산으로 짐을 실어 날랐다. 영문도 모른 채 산으로 짐을 지고 날랐던 주민 중에는 다시 집으로 내려온 사람도 있지만, 아직 산에서 내려오지 않은 사람들도 있다. 송평다리 총격전으로 많은 무기를 탈취한 반란군들이 주민들에게 총을 들이대면서 짐을 지게 하여 산으로 데리고 갔다. 진압군들은 무조건 산에 갔다 온 사람들을 색출하느라 혈안이 되어 있다. 가족 중에 산으로 반란군들을 따라 올라간 사람이 있는 집안 식구들까지 반란군으로 몰아세운다. 이유도 묻지 않는다. 인정사정없이 가혹한 수사가 진행된다.

"당신 아들, 김정욱은 언제 산으로 갔어? 당신 식구 모두 남로당이지!"

"아, 아닙니다. 갸가 공산당 활동을 하리라는 건 꿈에도 몰랐습니다."

"뭐야! 당신 아들 일을 아버지가 모른다는 게 말이나 되는 소리야?"

"지는 통 모르는 일입니다."

"당신은 뭘 협조한 거야? 바른대로 대면, 정상 참작은 해 줄 테니, 바른대로 말해!"

"그랑깨로… 지는 아들이 하는 일은 잘 모르는 일이 그만요. 지는 아무 일도 안 했습니다."

김성출의 대답에 군인의 인상이 일그러진다.

"이 영감 이거 재미없구먼! 당신 아들이 어디 갔는지, 무슨 일을 저질렀는지 모른다는 게 말이나 되는 소리야! 당신 아들 같은 공산당 골수분자 때문에 얼마나 많은 사람들이 좌익에 물들었고, 국군이 얼마나 많이 죽었는지 알아! 당신 아들은 잡히기만 하면 바로 총살감이야!"

군인이 총살감이라는 말에 김성출은 겁을 먹는다.

"지는 우리 아들이 중동핵교에서 선생질한 것밖에 모릅니다."

김성출은 아들 정욱이 좌익 활동을 하는 것도 잘 몰랐다. 총선 때 좌익들이 선거장을 난장판으로 만들고 산속으로 숨어 지내다가 돌아온 것도 모르고, 그 후로 학교 선생을 그만둔 것도 나중에서야

들었다. 정욱이 부모에게 철저히 함구하고 있었다. 반란군들이 산동으로 쳐들어오고 산으로 올라가 버린 뒤에 아들 정욱이 좌익의 우두머리였다는 것을 알았다. 아직도 남로당이 뭔지 모르기 때문에 그저 순진하게 모른다고만 한다. 취조를 하던 군인은 김성출이 하는 말이 거짓말로만 들린다. 반란군들에게 진압군들이 공격을 당하여 죽어 나간 걸 생각하면, 김정욱을 대신해서 김성출에게 대신 복수라도 해 주고 싶은 심정뿐이다.

"당신 아들은 빨갱이 주동자라고!"

취조하는 군인이 버럭 소리를 지른다. 김성출은 군인이 갑자기 지르는 소리에 주눅이 들어 기어들어 가는 소리를 낸다.

"지는 참말로 아무껏도 모르는 일입니더."

취조를 하던 군인은 김성출이 아무것도 모른다는 말에 화가 솟구친다. 그냥 밖으로 끌고 나가 총살이라도 해 버렸으면 하는 충동이 솟구친다.

"뭐야! 이 새끼야! 끝까지 말 안 한다 이거지. 내가 말 할 때까지 본때를 보여 주지."

퍽 퍽 퍽 퍽 퍽.

의자에서 일어서자마자 김성출에게 발길질을 해 댄다.

"아이고! 아이고! 아이고! 사람 살려! 아이고!"

갑작스러운 군화 발길질에 김성출은 아픔을 참지 못한다. 성에 차지 않는지 몽둥이로 인정사정없이 내려치기 시작한다. 한참 동안 몽둥이를 휘두른 후 다른 동료에게 소리를 지른다.

"아! 악!"

김성출이 비명을 지르며 바닥으로 쓰러진다.

"야! 이 새끼 데리고 나가! 이 빨갱이 새끼가 제대로 불 때까지 본 때를 보여 주라고!"

군인 두 명이 김성출에게 달려든다.

"너, 이리 나와!"

더 억세고 화난 소리로 김성출에게 접근한다. 군인들의 목소리만 들어도 위압감이 더해온다.

"옷 벗어!"

김성출이 갑작스러운 명령에 주눅이 들어 꾸물거린다. 추운 날씨라 머뭇거린다.

"빨리 벗으란 말이야, 새끼야!"

군홧발로 김성출을 걷어찬다. 김성출이 멀리 나가떨어진다. 발에 걷어차인 김성출이 다시 일어나서 눈치를 보면서 서둘러 옷을 벗는다. 온몸에 피멍이 들었다. 입술에서는 피가 흘러내린다. 김성출이 겉옷을 벗고 서 있자 옷을 더 벗으라고 재촉한다.

"팬티만 남기고 다 벗어!"

군인이 소리를 지른다. 영하의 날씨인데 팬티만 남기고 다 벗으라니, 또 군홧발이 날아올까 봐 서둘러 옷을 벗는다. 김성출이 팬티만 걸친 알몸이 되었다. 손이 뒤로 묶였다. 온몸에 한기가 들이닥친다.

"따라 나와!"

팬티만 걸친 김성출을 밖으로 끌고 간다. 밖으로 나오자 얼음장 같은 차가운 한기가 온몸을 엄습한다. 창고 밖에 세워둔 기둥에 몸을 묶는다. 이미 서너 명이 기둥에 묶여 추위에 벌벌 떨고 있다. 눈발이 날리는 엄동설한이다. 군인들이 물을 떠 온다. 기둥에 묶여 있는 사람들을 향해 찬물을 끼얹는다.

쫙.

"아이쿠, 차가워!"

찬물을 끼얹자 움찔하고 놀란다. 군인들이 인정사정없이 알몸에 찬물을 계속 끼얹는다. 몸의 열기로 수증기가 피어난다. 연속해서 찬물을 끼얹는다. 가슴을 찌를 듯한 혹독한 한기가 밀려온다. 찬물이 금방 얼어 버린다. 찬물에 젖은 머리카락은 금세 얼어 버려 딱딱한 고드름이 되어 버린다. 추위가 뼛속까지 파고든다. 살이 찢어지는 아픔이다. 추위 때문인지 정신을 차릴 수가 없다. 온몸이 오들오들 떨리기 시작한다.

"아…!"

혹독한 추위에 견딜 수가 없다. 저절로 신음 소리가 흘러나온다.

"아악—! 살려 주서요!"

기둥에 묶여 있는 사람들이 추위를 견디지 못하고 살려달라는 비명을 내지른다.

"아—악!"

"아…!"

군인이 찬물을 들고 다시 나타난다. 온몸에 찬물을 또 끼얹는다.

쫙, 쫙.

"악!"

이미 얼어 버린 몸에 찬물을 끼얹자 몸 위의 얼음이 두꺼워진다. 견딜 수 없는 추위로 머리가 빙빙 돈다. 온 몸을 오돌오돌 떨면서, 모든 판단을 멈춰 버리게 한다. 정신이 몽롱해진다. 극도의 추위에 금수만도 못한 미물이 되어 버린다. 추위를 견디다 못 해 숨도 쉴 수가 없다. 추위에 몸이 꽁꽁 얼어 버린다. 순간적으로 숨이 멎는다.

"이름이 뭐야!"

"예, 김정규입니다.

"그래? 네가 김정욱 동생 김정규다 이거지?"

거물급 김정욱 동생도 마찬가지로 빨갱이일 거라는 예감에 군인은 비아냥거리는 투로 정규를 쩨려본다.

"예."

"김정욱이가 언제 집에 왔다 갔지?"

"저는 잘 모르는 일입니다."

"뭐야?"

"남로당에는 언제 가입했어?"

"저는 남로당에 가입하지 않았습니다."

"뭐야? 형이 남로당인데 동생은 남로당이 아니란 말이다 이거지?"

"저는 형이 산으로 가는 줄도 몰랐습니다."

정규는 형 정욱이 집에 왔다 갔지만, 지금 상황에선 모른다고 하는 것이 좋을 듯싶다. 끝까지 모른다고 한다.

"당신, 산에 언제 갔다 왔지?"

"지는 산에 갔다 온 적이 없습니다."

"뭐라고? 산에 갔다 온 적이 없다고? 끝까지 발뺌한다 이거지. 형이 산으로 갔는데 동생은 아무 상관이 없다 이거지. 이봐! 이실직고하면 내가 봐줄 테니 순순히 불어."

"저는 전주에서 온 지 며칠 되지 않습니다."

"전주에서 왔다고? 전주에서 남로당 활동을 하다가 내려왔나?"

"아닙니다. 저는 남로당은 전혀 모르는 일입니다."

"형이 빨갱이 골수분자인데, 동생은 아니라고 하면 누가 믿겠어?

전주에서는 뭘 했어?"

"전주에서 공무원 시험 준비를 하다가 잠깐 집에 댕기러 왔습니다."

취조하던 군인의 인상이 일그러진다. 김정욱이 남로당 산동 지역 주동자인데, 어떻게 해서라도 동생 정규에게 죄를 뒤집어씌우려고 한다. 김정욱을 잡아들이는 일은 반드시 해야만 하는 일이다. 김정욱을 잡아들이지 못한다면, 대신 아버지 김성출이나 동생 김정규라도 빨갱이로 몰아붙이려는 속셈이다.

"누구 없나?"

급한 호출에 군인 두 명이 들어온다.

"김정욱 동생인데, 혼 좀 내 줘서 김정욱에 대해서 더 알아내 봐! 알겠나?"

"예."

"김정욱은 산동 지역에서 남로당 주동자다. 거물급이니까 식구들은 당장 총살하지 말고, 더 조사해서 연결고리를 캐야 할 것 같다. 알겠나?"

"예."

군인들이 김정규를 끌고 나간다.

"김정욱과는 언제 헤어졌나?"

"최근에 형을 본 적이 없습니다."

"뭐라고? 순순히 안 불겠다 이거지."

군인의 인상이 일그러진다.

퍽 퍽 퍽 퍽 퍽.

다짜고짜 김정규를 향해 몽둥이세례를 퍼붓는다. 정규가 신음 소리를 낸다.

"아이고! 욱! 욱! 욱!"

"야, 이 새끼도 데리고 나가 본때를 보여 주라고!"

"예."

"김정규도 찬물을 끼얹어서, 자백을 받아 내라고, 알겠나!"

"예."

"몸이 꽁꽁 얼면 지가 버티지 못할 거야."

"예."

정규도 밖으로 끌려 나와 옷을 벗기고 팬티만 입은 채 기둥에 묶은 후 찬물 세례를 받는다.

쫙.

"어이쿠!"

찬물 세례를 받은 정규도 몸을 움츠린다. 몸에서 수증기가 피어난다. 찬바람이 몰아닥친다. 몸이 얼음덩이로 변한다. 온몸이 떨리기 시작한다. 점점 굳어진다. 몸을 움츠린다. 도저히 견딜 수가 없다. 살이 찢어지는 고통이다.

"아."

밖에는 여러 사람이 나무 기둥에 묶인 채로 발가벗겨져 있다. 오들오들 떨고 있고 겁을 잔뜩 먹은 얼굴이다. 죽음의 공포 앞에서 체념한 얼굴이다.

쫙 쫙 쫙.

큰 양동이에 물을 가득 담아서 바가지로 사람 몸에 찬물을 수시로 끼얹는다.

"아… 아."

신음 소리가 점점 더 고통스러운 소리로 변해 간다. 찬물이 얼음으로 변해 몸에 달라붙었다.

"악."

고통을 견디면서 내는 최후의 발악이다. 온몸이 점점 굳어져 간다.

창고에 사람들이 계속 잡혀 들어온다. 원촌학교에도 수백 명의 주민들이 잡혀 들어오고 있다. 이미 잡혀 온 사람들은 군인이나 경찰들에 의하여 취조를 당한 후 트럭에 실려 시상리 꽃쟁이 쪽으로 사라진다. 실려 온 사람들을 나무 기둥에 묶는다. 기둥에 몸이 묶이고 눈이 가려진다. 약간 떨어진 곳에서 군인들이 일렬로 늘어서 총을 겨눈다.

탕 탕 탕 탕 탕 탕….

수십 발의 총소리가 산동골에 메아리친다. 총소리와 함께 기둥에 묶여 있던 사람들이 총을 맞고 고꾸라진다. 시체를 구덩이 속으로 밀어 넣는다.

또 다른 트럭에 사람들을 태워 참새미 가장골 쪽으로 사라진다. 미리 구덩이를 파 놓은 곳에 얼굴을 가리고 사람들을 한 명씩 꿇어앉힌다. 군인들이 일렬로 서서 총을 겨눈다.

탕 탕 탕 탕 탕 탕 탕….

연이어 수십 발의 총소리가 뒷산을 흔든다. 그 소리가 산동골에 메아리쳐 원혼의 소리가 된다. 총에 맞은 사람들이 그 자리에서 고꾸라진다. 시체가 구덩이 속으로 굴러떨어진다.

학교에서는 산동 주민들이 계속 차량에 실려 나간다. 군인과 경찰이 취조한 산동 사람들을 트럭에 태워 이평 횟골로, 신학리 오향 왕재로, 계천 밤골로 실어 나르고 총을 쏴서 죽인다. 죽은 시체는 내팽개쳐진 채 나뒹군다. 수십 구의 시체가 산동 곳곳에 쌓여 간다.

탕 탕 탕 탕 탕….

총소리는 매일 산동 곳곳에서 계속된다.

김성출과 김정규가 얼굴을 가린 채 나무 기둥에 묶여 있다. 명령만 내려지면 순식간에 총살을 당할 순간이다. 군인 하나가 달려와 총살을 멈추게 한다. 군인들이 갑자기 수군거린다. 산동면 반란군 대장 김정욱을 잡으려면 김성출과 김정규를 풀어 주어 미끼로 이용해야 한다는 명령이 긴급하게 하달된 것이다. 군인들이 고개를 끄덕이더니 김성출과 김정규에게 다가와 몸을 풀어 준다. 김성출과 김정규는 풀어 주자 자유의 몸이 되었다. 집으로 돌아가야 하는데 몸이 말을 듣지 않는다. 겨우 몸을 움직여 본다. 집으로 돌아가야 한다. 얼어 버린 몸이 천근만근이다. 산속을 헤어 나와 길 옆에 쓰러진다.

까마귀들이 하늘을 빙빙 돈다. 어디서 몰려왔는지 산동골은 온통 까마귀 천지가 되었다.

"까악! 꺅! 까악…."

까마귀 울음소리가 요란하다. 파란 하늘이 까마귀로 뒤덮였다. 집에서 끌려간 가족들은 어떻게 됐는지 소문만 흉흉한 채 소식이 감감하다. 많은 사람들이 가족들의 생사를 알기 위하여 원촌학교로 모여든다. 진압군들이 있는 원촌학교나 누에고치 창고 근처에 얼씬

못 하도록 통제를 하지만, 먼발치에서 가족들의 생사를 확인하느라 기웃거린다. 이평택과 복자도 잡혀간 식구들이 어디에 있는지 기웃거린다. 식구들이 어디 있는지 애가 탄다. 목숨만이라도 붙어 있으면 다행인데 어디에도 안 보인다. 누에고치 창고 근처 기둥에 사람들이 매여 있는 모습을 먼발치에서 바라볼 뿐이다.

부릉.

가끔 군용 트럭이 사람들을 태운 채 지나간다. 트럭에 실린 사람들을 죽이려고 싣고 나가는 줄도 모르고 산동 사람들은 먼발치에서 바라만 보고 있다.

탕 탕 탕.

계곡에서 총소리가 들려온다. 사람들이 움찔한다. 뭔 총소리일까? 궁금하기만 할 뿐이다. 학교 근처에서 기웃거리는 사람들에게 소문이 전달된다. 사람들이 하나둘씩 참새미골로 걸음을 재촉한다. 혹시나 그곳에 식구들이 붙잡혀 갔는지 궁금해서다. 참새미에 다다르자 대성통곡하는 울음소리가 들려온다.

"아이고! 아이고! 아이고…."

시체가 줄지어 누워 있다. 죽은 가족을 붙잡고 통곡한다. 땅을 치며 오열한다. 가족을 찾으러 나선 사람들도 입에 손을 대고 울음을 삼킨다. 수십 구의 시체가 널브러져 있다. 시체를 찾은 가족들이 여기저기 눈에 띈다. 가족의 시체를 발견한 사람들이 땅바닥에 주저앉아 통곡한다.

"아이고 아부지…."

가족을 찾지 못한 사람들은 눈물을 삼키며 가족을 찾느라 두리번거린다. 주위에서 나는 통곡 소리에 가슴이 미어진다. 내 가족이 죽임을 당한 것만 같다. 이평댁과 복자가 눈물을 훔치며 시체를 둘러본다. 시체가 곳곳에 널려 있다. 차마 눈 뜨고 볼 수 없다. 이토록 처참하게 떼로 죽임을 당하는 모습이 무섭기만 하다. 아무리 둘러보아도 김성출과 김정규의 얼굴은 보이지 않는다. 울면서 계곡을 내려온다. 곳곳에서 시체를 운반하는 사람들을 물끄러미 쳐다보기만 한다. 발길이 차마 떨어지지 않는다. 이평댁과 복자가 이평 횟골로, 신학리 오향 왕재로, 송평 뒷산으로 미친 듯이 헤매고 다닌다. 어디 가서 죽었다면 시체라도 찾아야 할 텐데 얼굴을 볼 수가 없다. 산으로 들로 헤매고 다니다 보니 옷은 누더기가 되었고, 머리는 헝클어진 채 정신까지 혼미해졌다. 지칠 대로 지친 몸을 이끌고 걸음을 옮긴다. 터벅터벅 걸음걸이가 느릿느릿해졌다. 산동골은 곳곳에서 사람들이 우는 곡소리만 들릴 뿐이다.

"아이고! 아이고! 아이고!"

김성출과 김정규가 방 안에 누워 있다. 죽은 시체처럼 꽁꽁 얼어버린 상태에서 수레에 실려 왔다. 겨우 목숨만 부지한 채 반송장 상태로 집으로 왔다. 처음에는 둘 다 죽은 사람처럼 몸이 뻣뻣하게 굳어 있었다. 온돌방 아랫목에 눕혀 몸은 녹았지만, 온몸이 불덩이가 되어 신열이 펄펄 나고 있다. 이평댁과 복자가 지극정성으로 돌본다. 살아날 운명인지 당장 초상은 안 치르게 생겼다. 정규는 기운이 점점 돌아온다. 김성출은 이대로 송장이 될지, 살아날지 더 두고 볼 일이다. 물 한 모금도 목구멍으로 넘기기가 힘들다. 복자는 부엌에서 연기를 마셔가며 아궁이에 불을 지피고 있다. 수시로 뜨거운 물을 대야에 담아 안방으로 가져간다. 이평댁이 김성출의 몸을 주무른다. 꽁꽁 언 몸을 빨리 녹여야 한다.

"야들 아부지!"

"아부지! 아부지!"

이평댁이 소리를 지르며 김성출을 뒤흔든다. 복자도 아버지를 흔들면서 눈물을 흘린다. 김성출은 움직일 기미가 전혀 보이지 않는다. 몸이 점점 굳어만 간다. 이평댁이 쓰다듬어 보고, 흔들어 깨워도 움직임이 없다. 이평댁이 남편 옆에 누워 있는 정규를 향한다.

"정규야! 정규야!"

정규를 힘차게 흔든다. 복자도 정규 옆으로 다가와 몸을 주무르며 흔들어 댄다.

"정규야! 정규야!"

정규도 꼼짝하지 않는다. 이평댁은 더럭 겁이 난다. 두 사람이 송장처럼 뻣뻣하게 움직이지를 않는다. 이평댁이 땀을 뻘뻘 흘리면서 있는 힘을 다해서 두 사람을 흔들어댄다.

"이놈아 정신 차려야지! 너까지 이렇게 누워 있으면 이 에미는 어쩌라고 그러느냐? 어여 정신을 차려야지! 흑흑흑."

이평댁의 눈에서 눈물을 뚝뚝 흐른다. 지칠 대로 지친 몸을 이끌고 멍하니 앉아 있다.

아들 정규가 몸을 움직인다. 아직 살아 있다는 표시다. 이평댁의 눈이 번쩍 뜨인다. 아들이 움직인 것이 분명하다. 아들 정규 앞으로 급하게 몸을 움직인다. 정규 몸을 붙잡고, 다시 흔든다. 실성한 듯 몸을 심하게 흔들어 댄다. 몸을 흔들어서라도 정규를 깨어나게 할 심산이다. 복자도 정규 옆으로 바짝 다가와 정규를 흔들어 댄다.

"정규야! 정규야!"

이평댁이 정규를 부르며 몸을 흔들자, 정규가 다시 더 크게 움직인다.

"정규야! 정신 차려! 에미다!"

정규가 눈을 떴다. 이평댁과 복자가 기뻐하며 정규 몸을 계속 흔들어댄다. 정규는 깨어나자 고문당한 몸이 더 고통스럽다. 고통을 참아 내며 인상을 쓴다.

이평댁은 살아도 사는 게 아니다. 눈만 뜨면 사람이 죽어 나가는 생지옥이나 다름없는 세상이다. 모든 식구가 살아만 있을 뿐 반송장이나 다름없다. 모두가 지쳐 있다. 복자가 기운을 차리고 수발을 하느라 바쁘게 움직인다. 이놈의 세상이 어떻게 될는지…. 큰아들놈은 산으로 올라가 버렸지. 날씨는 점점 추워지고, 모든 것들이 꽁꽁 얼어붙는 추위 속에서 살았는지, 죽었는지. 빨갱이 가족이라고 잡혀가 모진 고문을 당하고, 겨우 목숨만 붙어 돌아왔으니 굿이라도 한바탕 해야 할 판이다. 이평댁은 머리가 어지럽다. 머리가 지끈거리고 몸살 기운이 있지만 이대로 쓰러지면 안 된다. 정신을 차리고 있어야 한다. 밤새 정규를 간호했더니 정규가 일어나 앉았다. 앉아서 음식을 받아먹는다. 이평댁은 남편과 정규가 훌훌 털고 일어나기만을 바라고 있었는데, 다행히 아들이 먼저 회복되어 일어났다. 남편은 아직도 일어나지 못하고 누워 있다. 정규는 누워 있는 내내 고민을 해왔다. 이유도 없이 형이 산으로 갔다는 것, 그때는 형을 이해할 수 없었는데 본인이 잡혀가 매를 맞고 고문을 당하고 보니 오기만 생긴다. 아무런 증거도 없이 사람을 죽이는 진압군들과 경찰을 이해할 수가 없다. 다행히 목숨은 부지하여 살아났지만, 도저히 받아들이기 힘들다. 아버지가 저렇게 누워서 일어나지도 못하고 있으니 화가 치민다. 군인들끼리 싸워 사람들이 죽어 가고 있는 건 관심이 없었다. 누구를 위해서, 또 누가 이겨야 하는지에 관심이 없었다. 그러나 본인이 군인들 앞에서 심한 고문을 당하고, 아버지까지 끌려가 빨갱이 가족으로 낙인이 찍힌 신세가 되어 버렸다. 이제 사람들 앞에 나설 수 없는 상황이다. 산동 땅을 빨리 벗어나야 한다. 산으로 가든지, 전주로 피하든지 빨리 결정하여야 한다. 그 길만이 살길이다.

복자가 집 밖을 나서자 미행하는 사람이 따라붙는다. 복자가 어디를 가는지 철저하게 감시하는 것이다. 이평댁이 집 밖을 나서기만 해도 미행을 시작한다. 집 안을 들락거리는 사람들 모두 감시의 대상이 되었다. 김정욱을 잡기 위한 미행이다.

"아이고! 아이고! 아이고…"

이평댁과 정규와 복자의 울음소리다. 김성출이 이틀 만에 싸늘한 시체가 되었다. 집에 돌아온 김성출을 살려 보려고 백방으로 노력을 했지만 허사였다. 추위에 얼어 버린 몸이 회복되질 못한 것이다. 동네에 초상이 났는데도 썰렁하기만 하다. 예전 같으면 온 동네 사람들이 십시일반으로 도움을 주는 게 초상집의 풍습이다. 초상집이 미어터지도록 사람들로 붐빌 텐데, 마당이 텅 비어 있다. 김성출이 죽었다는 소문이 동네에 알려졌어도, 사람들이 눈치를 보면서 발걸음을 하지 못한다. 큰아들 김정욱이 산동에서 남로당 주동자임을 알 만한 사람들은 모두 안다. 빨갱이 가족이라고 낙인이 찍혀 버렸다. 빨갱이 집안에 들락거렸다가는 빨갱이로 몰릴까봐 외면하는 것이다. 마을 사람들이 삼삼오오 모여서 수군거린다.

"아, 저 김센 집에 초상이 났다는데, 가 봐야 되는 거 아니여?"

"아니 뭔소리여? 뭔 벼락 맞을 소리를 하는가 모르겠네! 당신 정신이 있는 거여 없는 거여? 빨갱이 집구석을 갔다가 뭔 벼락을 맞을라고?"

"긍깨로. 아, 저놈의 집구석 때문에 피해 봉 걸 생각하면, 똥물이라도 퍼다가 찌끄러뿔면 시원 하것그만…"

마을 사람들이 대놓고 초상집을 향해 쌍욕을 해 댄다. 초상집 앞을 슬슬 피해 다니기만 한다. 반란군들에게 당한 한풀이를 해 대는 것이다. 좋은 세상이 온다니까 혹시나 하고, 너도나도 남로당에 호의적이었던 사람들이다. 이제 와서 후회한들 소용없는 일이 되어 버렸다. 마을 사람들이 진압군들에게 잡혀가 고문을 당하고 난 후부터는, 초상집에 고개를 돌려 버렸다. 남로당이란 말도 사라졌다. 남로당 사람들을 빨갱이라는 말로 바꾸어 버렸다. 동네에 무슨 일이라도 생기면, 너 나 할 것 없이 발 벗고 나섰던 동네 인심이었다. 한 달 사이에 동네 인심이 험악해져 버린 것이다. 누굴 탓할 수도 없는 일이다. 진압군들에게 빨갱이로 찍히지 않으려면 어쩔 수 없는 일이다. 이유를 불문하고, 이웃끼리 서로가 서로를 감시하고, 원망하는 사이가 되었다. 빨갱이로 찍힌 집과는 적대시하는 것만이 살아남을 수 있다는 걸 알았다. 다행히 연락을 받은 상관에 살고 있는 원촌댁이 한걸음에 달려왔다. 정규가 상복을 입긴 했지만, 제대로 갖추지도 못했다. 제상이 간소하게 차려졌다. 음식은 장만하지 않고 젯밥만 올렸다. 향을 피우는 것으로 모든 절차가 생략된다. 상관 고모 식구들이 초상집에서 일을 거든다. 민수, 민국, 정숙이 초상집에 들어선다. 피붙이끼리만이라도 초상을 치르기 위해 준비한다. 동네 사람들은 외면하지만, 죽은 송장을 집 안에 둘 수는 없는 일이다. 삼일장을 치르는 관례도 무시할 판이다. 광의면으로 시집간 경자만 도착하면 초상을 치를 계획이다. 상여가 나가려면 마을 주민들의 도움이 필요한데, 사람들이 선뜻 나서려 하지 않아 상여도 나갈 수 없는 형편이다. 송장을 덕석으로 감싸 수레에 싣든지, 지게에 지고 가는 수밖에 없다. 이평댁이 정숙과 귓속말을 나눈다. 밤이 되자 정숙이 얼굴을 가리고 변장을 하였다. 주위를 살피며 은밀하게 밤길을 나선다. 아무도 모르게 광의면에 살고 있는 경자에게 김성출의 죽음을 알리기 위해서다.

밤중에 상관에 살고 있는 정숙이 갑자기 경자 앞에 나타났다.
"정숙아!"
"경자 언니!"
정숙의 갑작스러운 방문에 반갑게 경자가 정숙의 손을 잡는다.
"네가 이 밤중에 웬일이니?"
뜻밖의 정숙의 방문에 경자는 불길한 생각이 스친다.
"언니…."
정숙이 고개를 숙이며 흐느낀다.
"언니… 외삼촌이 어젯밤에 돌아가셨어…."
"뭐라고? 아부지가 돌아가셨다고?"
청천벽력 같은 소식에 하늘이 무너지는 것만 같다.
"아부지가 돌아가셨다고?"
경자는 믿을 수가 없다는 듯이 재차 정숙에게 되묻는다.
"응."
정숙은 고개를 끄덕이며 울먹거린다. 경자가 정숙의 손을 붙잡고 흐느낀다. 밀려오는 슬픔을 이기지 못하고 정숙을 끌어안으며 울음소리가 커진다.

"아부지…"

친정 소식을 들은 경자가 슬픔에 잠긴다. 부엌 뒷간으로 가서 울음을 삼킨다. 소리가 새어 나가지 않도록 입을 막고 눈물을 하염없이 쏟아 낸다. 무슨 놈의 팔자가 이렇단 말인가? 시아버지와 서방님이 반란 사건 때문에 감옥에 가 있는 때에, 하필이면 친정집에 초상이 났단 말인가? 동생 정욱이 반란군과 함께 산으로 올라가 버렸고, 친정아버지와 동생 정규까지 고문을 당하여 아버지가 죽었다는 것이다. 얼마나 기가 막힐 일인가? 하루아침에 날벼락도 유분수지… 한꺼번에 양쪽 집안에 악재가 몰아치다니…. 경자가 울어서 눈이 퉁퉁 부은 얼굴로 절골댁에게 자초지종을 얘기한다. 절골댁이 경자에게 친정집에 다녀오라고 한다. 경자는 감옥에 있는 시아버지와 남편 면회를 가야 할지, 친정 초상집에 다녀와야 할지 난감하다. 경찰들은 이대길 식구들이 반란군들과 내통하는지 미행을 붙여 놓은 상황이다. 친정집에도 마찬가지리라 본다. 동생 김정욱을 잡기 위하여 혈안이 되었을 텐데, 산동 친정집에 다녀온다는 게 선뜻 내키지 않는다. 친정집에 가게 되면, 시아버지나 남편에게 지장을 줄 것만 같다. 동생 정욱이 좌익 주동자로 산으로 올라가 버렸으니, 김정욱이 남편 인철과 처남 매형 사이라는 것이 알려지는 것은 불을 보듯 뻔한 일이다. 반란군이 된 동생 정욱과 미리 내통은 하지 않았는지, 처남 매형 사이에 남로당 가입을 미리 약조하지는 않았는지 의심을 받을 수 있다. 남편이 감옥에 잡혀가지만 않았어도 그런 걱정은 안 해도 되는 일이다. 남편과 모든 일을 상의하면 좋을 텐데…. 경자 혼자 결정을 내리기가 난감할 따름이다. 친정아버지가 돌아가셨다는 데 딸자식으로서 장례조차 치르지 못한다는 것이 서글프기만 하다. 인륜을 저 버릴 수는 없는 일이다. 경자가 뜬눈으로 밤을 새운다. 이러지도 저러지도 못하는 신세가 처량할 뿐이다. 자고 있는 아이들을 다독거린다. 어린아이들을 데리고 나설 수도 없는 먼 길이다. 만약 친정집을 다녀와야 한다면, 밤이나 이른 새벽에 길을 나서서 마을 사람들 눈에 띄지 않아야 한다. 경자가 죄지은 게 아닌데도, 여간 신경이 쓰이는 게 아니다. 만일 진압군들이나 경찰에게 알려지기라도 한다면, 시댁이나 친정 모두에게 도움이 될 리 없다. 밤을 꼬박 새운 경자가 후다닥 일어선다.

새벽이다. 길을 나선다. 몸과 얼굴을 칭칭 동여매 위장한다. 새벽에 출발하면, 두 시간 내로 친정집에 도착하리라 예상한다. 경자 걸음이 빨라진다. 들판은 겨울이라 인적이 없다. 겨울바람만 쌩쌩 들판을 가로지른다. 다행히 친정집에 도착하는 동안 아무하고도 마주치지 않았다. 친정집에 다다르기 전에 골목에서 멈춰 선다. 친정아버지가 돌아가셨는데 그대로 들어갈 수가 없다. 변장을 위해서 몸에 칭칭 감았던 것들을 풀고 쪽 찐 머리까지 풀었다. 머리를 늘어뜨린 채 친정집에 들어선다. 출가한 딸은 죄인다. 부모를 공양하지 못한 죄인인 셈이다.

"아이고! 아이고! 아이고!"

머리를 풀고 곡소리를 내면서 친정집에 들어선다. 경자의 울음소리에 가족과 친척들이 나와서 맞이한다. 경자가 아버지 시신 앞에서 곡을 한다.

"아이고! 아이고!"

정규가 상복을 입고 곡哭을 한다. 경자의 통곡 소리가 극에 달한다.

"아이고! 아부지!"

경자의 통곡 소리에 초상집에 모인 식구들이 시신 앞에서 함께 눈물을 흘린다. 얼마나 억울하고 원통한 일인가? 자식 때문에 아버지까지 목숨을 잃었다. 목숨까지 앗아간 무지막지한 군인들이 원망스럽다. 경자의 슬픔에 상관 고모와 정숙, 민국까지 손을 맞잡고 눈물을 쏟아 낸다.

죽은 송장을 덕석에 대충 감쌌다. 송장을 실은 수레가 마을 밖으로 쓸쓸히 나간다. 민국이 수레를 끈다. 수레 주위에는 가족들만 그 뒤를 따른다. 사람이 죽어 나가는데도 쉬쉬하면서 초상을 치러야 한다. 한청단원이 멀찌감치에서 초상치르는 모습을 감시한다. 김정욱이 혹시 초상집에 찾아들지 않을까 해서다. 식구들 모두가 감시의 대상이다. 경자가 초상을 치르자마자 변장을 서두른다. 사람들 눈에 띄기 전에 친정집을 벗어나야 한다. 변장을 마치고 골목길을 두리번거리며 잽싸게 빠져나간다. 감시하고 있던 한청단원이 멀찌감치 떨어진 곳에서 경자가 친정집에 다녀가는 걸 바라본다.

정규가 초상을 치르면서도 감시의 대상이 되고 있다는 것을 알았다. 식구 모두가 미행당하고 있다. 밤이 되자, 모든 식구가 잠이 들었다. 정규가 일어나 문구멍을 통해 밖을 살핀다. 칠흑 같은 어둠이다. 집 밖에 미행하던 사람들도 눈에 띄지 않는다. 방문을 조심스럽게 열고 나온다. 주위를 다시 한번 살핀 후, 살금살금 담벼락을 훌쩍 넘어선다. 골목길을 택하지 않는다. 골목길은 사람들의 눈에 띌까 봐 계속 담을 넘어 마을을 벗어난다. 마을을 벗어나자 산으로 향한다. 고문 후유증으로 부상당한 몸이지만 안간힘을 쓰면서 탈출에 성공한다. 이대로 집 안에 있다가는 다시 군인들에게 연행되어 고문을 당하든지, 총살을 당할 것만 같다. 정규가 갈 곳은 산이다. 산속 어디엔가 있을 정욱 형을 만나야 한다. 일단 정욱 형을 만나서 상의해도 늦지 않을 듯하다. 산을 향하여 무작정 기어오른다. 캄캄한 밤중이다. 길도 없는 산길을 오르는 일은 쉬운 일이 아니다. 빠르게 걷다가 수시로 넘어진다.

날이 밝아 온다. 이평댁이 누워서 꼼짝을 하지 못한다. 남편이 죽은 슬픔이 가시지 않는다. 몸까지 무겁게 짓누른다. 이평댁이 앓아 누웠다. 끙끙거리는 소리에 복자가 잠을 깬다. 복자가 방문을 열고 밖으로 나온다. 부엌에서 군불을 지핀다. 뜨거운 물로 이평댁을 돌보기 위해서다. 뜨거운 물을 대야에 담아 방 안으로 들어온다. 뜨거운 물에 수건을 적셔 이평댁의 얼굴과 목을 닦아 준다. 다시 뜨거운 물에 수건을 빨아 꼭 짜 이평댁 이마에 얹어 놓는다. 복자가 다시 부엌으로 들어가 아침밥을 서둘러 한다. 아버지의 죽음으로 집안이 어수선하지만, 빨리 아침밥을 해서 어머니와 동생 정규도 살려 내야 한다. 정규도 고문의 후유증으로 몸이 망가질 대로 망가졌다. 아픈 몸으로 아버지의 초상을 치르고 누워 있을 정규를 생각하며 아침밥을 서둘러 챙긴다. 복자가 아랫방 방문 앞에서 정규를 부른다.
"정규야!"
"…"
아무 인기척이 없다.

"정규야! 일어났어?"

"…."

인기척이 없자, 방문 고리를 잡고 정규를 더 크게 부른다.

"정규야! 아침밥 먹어야지!"

불러도 인기척이 없자 방문을 연다. 방 안에 정규가 보이지 않는다. 이부자리도 그대로 놓여 있다. 아침 일찍 어디를 갔나? 아직 몸이 성치 않을 텐데… 어디를 갔지? 금방 돌아오리라 기대하면서 방문을 닫는다. 집 안을 둘러보아도 정규는 보이지 않는다. 다시 부엌으로 들어간다. 아침 밥상을 들고 안방으로 들어선다. 누워 있는 이평댁을 일으켜 앉힌다.

"정규는 괜찮나?"

"예, 아침 일찍 어디를 갔는지 안 보이네요."

"어디를 갔다고?"

"예, 정규도 몸이 성치 않을 텐데. 아침을 먹으라고 불렀더니 방 안에 없네요."

"어디를 갔을까?"

"금방 들어오겠죠. 너무 걱정하지 마시고 미음이나 좀 드셔요."

복자는 정규가 곧 들어오리라 여기고 이평댁에게 미음을 떠먹인다. 이평댁을 안심시키려고 대수롭지 않게 얘기한다.

"몸도 성치 않은데 어딜 갔을까?"

이평댁은 아들 정규가 더 걱정이다. 미음을 받아먹으면서도 정규 생각만 한다.

"그러게 말이여요. 온다간다 말도 없이 어디를 갔는지…. 몸이 성치 않아서 어디 멀리 안 갔을 거여요. 금방 돌아올 거여요. 너무 걱정하지 마서요."

　정규가 금방 돌아오리라는 기대를 한다.

　미행하던 한청단원들이 집 주위를 어슬렁거린다. 아침부터 정규가 보이지 않는다. 복자와 이평댁은 집 안에 있는데 정규만 보이지 않는다. 아침나절이 다 지나가도 정규는 보이지 않는다. 미행하던 사람이 정규를 찾기 위하여 집 안으로 급하게 들어선다. 후다닥 방문을 열고 방 안을 살핀다. 방 안이 텅 비어 있다. 정규가 없어진 것을 확인한 후, 후다닥 집을 나간다. 서둘러 보고하기 위해서다.

　군인들과 한청단원들이 우르르 복자네 집으로 들이닥친다. 복자가 놀라서 물러선다.

　"김정규 어디 있나?"

　총을 들이대며 김정규를 찾는다. 복자가 벌벌 떨면서 방문 앞으로 다가간다. 방문을 급하게 열어젖히자 방 안이 텅 비어 있다. 아직도 정규가 돌아오지 않은 것이다. 한청단원들이 우르르 방 안으로 들어선다. 방 안에 김정규가 없자 마당으로 우르르 몰려나온다. 복자와 이평댁도 정규가 없어진 걸 알고 서로의 얼굴을 쳐다보며 놀란다. 정규가 어디로 갔는지 걱정이다.

　"김정규 어디 갔나?"

　"아침에 일어나 봉께로 우리 정규가 없그만요. 어디 잠깐 마실 간 줄 알고 기다리고 있던 참입니다."

　"뭐야? 아침부터 없었다고? 이 새끼 도망쳤구먼!"

　"아닙니다. 정규는 아픈 몸이라서 도망가지 않았을 겁니다."

이평댁이 정신을 차려 대답한다.

"뭐라고? 어디로 빼돌린 거야!"

"빼돌리다니요. 우리 정규는 곧 돌아올 것입니다."

김성출이 죽었다는 정보가 알려졌고, 김정욱이 어젯밤에 김정규를 빼돌렸을 거라는 판단이다. 거물급 김정욱을 잡기 위해 김정규에게 미행을 붙였지만, 오히려 김정규마저 도망친 것으로 판단한다.

"어젯밤에 김정욱이 오지 않았어?"

군인이 김정욱을 들먹거리자 이평댁과 복자는 놀라는 표정을 짓는다. 정규가 없어진 것을 정욱이와 연관 지을지는 생각도 못 했다.

"어젯밤에 우리 정욱이는 오지 않았습니다."

기어들어 가는 소리로 이평댁이 대답한다.

"어젯밤에 김정욱이 김정규를 데리고 가지 않았어?"

"아닙니다. 어젯밤에 우리 집에는 아무도 안 왔습니다."

김정욱이 왔다 갔다면 큰일이 아닐 수 없다. 김정욱이 남로당의 주동자로 찍혀서 마을 사람들에게까지 원망을 듣고 있는 판국인데, 만약에 그랬다면 복자와 이평댁도 무사하지 못하리라는 것은 당연한 일이다.

"안 되겠어. 이자들을 연행해!"

"예."

군인의 명령에 복자와 이평댁을 연행해 간다.

군인이 부하에게 신호를 보낸다. 신호를 받은 부하들이 집 안에 불을 붙인다. 집 안에 불이 붙자 활활 타오른다. 마을 사람들이 불을 끄려고 하지 않는다. 멀리서 불구경만 하고 있다. 골목 입구에서 군인들이 불이 붙은 집 안으로 접근하지 못하도록 총을 들고 지키고 있다.

이평댁과 복자가 연행되어 손발이 묶여 있다. 김정욱과 김정규의 행방을 추궁한다.

"김정규를 어디로 빼돌렸나?"

"빼돌리기는요! 모른당깨요!"

"뭐야? 바른대로 말 안 할 거야?"

"…."

이평댁은 고개를 숙이고 말을 더이상 하지 못한다.

퍽 퍽 퍽!

군인이 몽둥이로 이평댁을 때린다. 인정사정없이 매질한다.

"아! 악!"

몽둥이로 맞을 때마다 이평댁이 소리를 지른다. 이평댁이 축 늘어져 버린다.

"제대로 말할 때까지 계속해!"

"예."

퍽 퍽 퍽.

몽둥이로 때리며 고문을 하면서 김정규의 행방을 추궁해도 행방을 알아낼 수가 없다. 이평댁은 심한 고문에 실신하여 쓰러져 버린다.

복자도 군인에게 고문을 받는다.

"아!"

극심한 고문에 몸이 헝클어질 대로 헝클어져 버렸다. 계속되는 고문으로 복자도 실신하여 쓰러져 버린다.

30
흉한의 불바다

"**산**동 지역 마을을 이 잡듯이 철저히 수색하라."

성기중 대대장의 지시는 점점 더 압박의 강도를 높여 간다. 최대한 빠른 시일 내에 산동 지역 마을을 초토화해야 한다. 반란군들이 산속에 숨어 버렸으니, 곳곳을 철저하게 수색하는 일이 긴급하다. 반란군들은 물론이고, 그들과 내통하는 주민들을 철저하게 수색하여 총살해야만 한다. 그동안 산동 지역에서 진압군들이 더이상 죽어 나가는 일이 일어나서는 안 되는 일이다. 가혹하게 밀어붙이지 않으면 반란군들이 언제 어디서 기습 공격을 해 올지 모르는 일이다. 성기중을 비롯한 지휘관들이 지도를 펴 놓고 집중한다. 산동 지역 전체를 파악하기 위해서다. 산간 마을 한 곳이라도 틈을 보여서는 안 된다.

지휘봉으로 먼저 이평 지역에 있는 마을을 가리킨다. 쑤악재를 지나자마자 이평 지역이다. 쑤악재를 지목한다. 이평 전투가 벌어졌던 곳을 지휘봉으로 가리킨다. 이평마을 뒤로 마을이 산골짜기까지 연결되어 있다. 이평 지역 마을 주민들을 아직 잡아들이지 못했다.

"이평 지역을 철저하게 수색하여 반란군들과 내통하고 있는 세력들을 찾아내어 몰살해야 한다. 알겠나?"

"예."

송평다리를 지목한다. 밤재계곡을 따라 산꼭대기까지 마을이 들어서 있다. 밤재 지역의 마을을 현천마을부터 차례로 짚어 간다.

수락폭포 주변을 가리킨다. 수락폭포까지 마을이 군데군데 들어서 있다.

중동 지역이 문제다. 산간지역의 마을 모두가 반란군들에게 노출되었을 뿐만 아니라 그들에게 부역을 했다는 중동 지역 마을이다. 중동 지역을 여러 번 지휘봉으로 짚어 댄다. 성기중 대대장이 산동 지역을 파악하려고 지도를 짚어 가면서 확인한다. 산동 사십여 개 마을을 철저하게 체크해야만 한다. 성기중이 지도를 보면서 부관을 호출한다.

"부관."

"예."

"산동 지역을 일단 권역별로 나눠서 표시해 보라고! 마을이 워낙 많아 권역별로 나누지 않으면 아차, 하고 빼 먹는 마을이 나타날 수 있어… 한 곳이라도 절대로 빼먹지 말고, 철저히 수색하라고. 알겠나?"

"예."

"수색한 마을과 수색하지 않은 마을을 철저하게 구분하라고. 산동 전 지역을 한곳이라도 빠트리면 반란군 세력들과의 내통을 차단시킬 수가 없다. 무슨 얘기인지 알아듣겠나?"

"예."

성기중이 산동 지역 지도를 들여다보고 있다. 사십여 개에 달하는 마을이 모두 지리산 계곡 밑에 위치해 있다. 산속에 숨어든 반란 세력들과의 연락이 용이한 산간 마을이다. 반란 세력들과 마을을 어떻게 해서라도 단절을 시켜야만 작전을 성공시킬 수가 있다. 좀 더 강력하게 작전을 펼칠 수밖에 없다. 남로당 주동자들과 부역을 도운 사람들 몇 명 정도를 잡아들인다고 해결될 문제가 아니다. 몇 개 마을만 소각을 시킨다고 해서 될 일이 아니다. 반란군들은 수시로 마을에 나타날 게 뻔하다. 날이 추워질수록 식량을 조달하기 위해서도 산간 마을로 파고들 게 뻔하다. 산동 지역 전체 마을을 없애 버릴 수는 없다. 각 마을마다 울타리를 쳐서 반란군들이 마을에 접근하지 못하도록 해야 한다. 산동 전 지역을 특별 구역으로 지정하여 민간인들의 왕래까지 철저하게 막아야 한다. 산동 주민들 전체를 반란군들의 방패막이로 이용해야 한다. 진압군들에게 협조하지 않으면 즉각 사살해야 한다. 계엄령으로 오후 7시부터 다음 날 오전 7시까지 통제를 해도 별 효과를 발휘하지 못한다. 산속에 숨어 있던 반란군들은 통행금지 시간에 주로 활동을 한다.

"이 시간 이후로 산동 전역은 주민들의 이동을 24시간 모두 통제한다. 군인이나 경찰들의 허락 없이는 개미 새끼 한 마리 얼씬거리지 못하도록 한다. 알겠나?"

"예."

"각 마을에 벽보를 붙이고 산간 마을 사람들을 최대한 빠른 시일 내로 중동학교나 원촌 지역으로 철수시킨다. 알겠나?"

"예, 알겠습니다."

군인들이 마을로 우르르 진입하여 마을에 벽보를 붙인다.

일반 지방민에게 고함.
1. 산간 부락민은 속히 지서 부근으로 모이라. 생활 보장은 안심하라.
2. 군 행동 지역은 태극기를 세우라. 세우지 않으면 반란군으로 취급한다.
3. 반란군에게 식사, 피복, 금품을 주는 자는 반란군과 같이 취급하고 사형에 처한다.
4. 특별 정보를 국군이나 경찰에게 제보하는 사람에게는 특별 상금을 주겠다.
5. 반란군 좌익분자의 선전 거짓말에 절대 속지 말라.

호남지구 군사령관

마을 사람들이 벽보 앞으로 몰려든다. 벽보를 보고 나서 웅성거린다.
"저 벽보는 시방 우리더러 마을을 떠나라는 얘기 아니여?"
"그런 것 같은디…."
"아따, 이제 우리 동네 사람들은 인자 어디 가서 살라고 한당가?"
"그러게 말이시…."
산간 마을 사람들은 마을을 떠나라는 벽보를 보고 근심에 쌓인다. 평생 살아왔던 생활 터전을 버리고 어디로 가서 살아야 한단 말인가? 날이 새면 진압군들의 등쌀에 고민이고, 밤이 되면 반란군들이 수시로 들이닥치니 고통스런 나날의 연속이다.

반란군들을 산속에 고립시키는 작전이 시행된다. 각 마을에 외부 사람들의 왕래를 차단하기 위해 마을 입구에 검문소를 설치하라는 명령이 하달되었다. 마을별로 한청단을 재정비하여 반란군들이 들어오지 못하도록 막아야 한다. 산동 전 지역은 군인들에 의하여 모든 길이 차단되었다. 마을에서 마을로 이동하려면 군인들의 허락 없이는 한 발자국도 움직일 수가 없게 되었다. 각 마을에는 외곽으로 울타리를 쳐야 한다. 특히 밤에는 반란군들이 산에서 내려오는 것을 철저하게 통제해야 한다. 밤에 반란군들이 마을에 나타났을 때는 군부대나 지서에 연락하거나 마을 주민들이 싸워서라도 반란군들이 마을에 들어서는 것을 막아야 한다. 산동 지역 전역에서 일어난 일을 통해 반란군들의 동태를 파악하는 일이 급선무다. 반란군들이 산속으로 숨었다 해도 저들이 추위를 이겨 내고 식량을 조달하기 위해서는 민가의 도움을 받아야만 한다. 사십여 개의 마을에서 일어난 일에 촉각을 곤두세우고 있다. 매일 밤, 각 마을에서 무슨 일이 일어났는지를 알리는 보고 체계가 갖추어졌다.

밤이 되자 위안리 마을에 반란군들이 나타난다. 마을을 조심스럽게 접근한다. 마을 초소에는 한청단원들이 죽창을 들고 보초를 서고 있다. 낮에 노동으로 지친 몸을 이끌고 보초를 서느라 한쪽에서는 머리를 기댄 채 졸고 있다. 반란군들이 마을 사람들과 마주친다. 반란군들이 총을 들이대자 그 자리에서 손을 들고 항복한다. 총을 들이댄 반란군들에게 반항할 수가 없다. 반란군들을 막기 위하여 보초를 서는 바람에 오히려 포로로 잡히게 생겼다. 우선 살고 볼 일이다. 동네 사람들에게 연락할 겨를도 없다. 더군다나 산동 지역을 잘 아는 좌익들도 뒤에서 줄줄이 따라 들어오고 있다. 누구인지 모르게 얼굴을 싸맸다. 진압군들의 지시대로 반란군들에게 반항했다가는 당장 총에 맞아 죽게 생겼다. 보초를 제압한 반란군들이 마을 안으로 들어선다. 제법 많은 인원들이다. 산동 지역을 진압군들이 점령했다는 소문을 들어서인지, 마을 사람 전체를 모이게 하는 일은 하지 않는다. 몇 군데 집만 공략한다. 총을 들이대며 잠자고 있는 주민들을 깨운다. 잠을 자다가 반란군들이 총을 들이대며 깨우는 바람에 깜짝 놀라 손을 들어올린다. 제발 목숨만이라도 살려 달라는 간절함이다. 힘이 없는 주민들은 반란군들이 시키는 대로 식량과 물건들을 내어 준다. 방 안에 덮고 있던 이불까지 반란군들이 챙긴다. 할머니가 이불을 꽉 붙잡는다.

"이놈들! 이불은 안 된다. 이불이 없으면 얼어 죽는단 말이다."

"뭐야? 이 할망구가!"

인정사정없이 반란군이 이불을 확 낚아챈다. 할머니가 달려들어 보지만 힘으로 당할 수가 없다. 반란군들의 명령을 거역할 수 없다. 총을 겨누고 있는 반란군들에게 반항했다가는 바로 총살감이다. 산동 전역을 진압군들이 점령한 후라 반란군들의 행동도 민첩하고 조심스럽다. 물건을 챙긴 반란군들은 신속하게 마을을 벗어나 산속으로 향한다.

날이 밝아 온다. 산간 마을 곳곳에 반란군들이 밤사이에 출몰해서 식량과 갖가지 물품들을 훔쳐 갔다는 보고가 속속 보고된다. 인명피해 보고는 없다. 단지 반란군들이 식량과 물품만 가지고 산으로 사라졌다는 것이다. 반란군들이 밤사이에 다녀갔어도 후환이 두려워서 보고하지 않은 마을까지 합하면 더 많으리라 예상된다.

"어젯밤에 위안리 상, 하위 마을에 반란군들이 들어왔다고 합니다. 식량과 물품을 챙겨 갔다고 합니다. 총을 들이대는 바람에 대항할 수가 없었다고 합니다."

"다른 지역은 없나?"

"사포마을에도 반란군들이 밤중에 나타났었다고 합니다."

성기중 대대장에게 반란군들이 다녀갔다는 보고가 속속 올라온다. 월계마을, 원좌마을, 대양마을, 반곡마을, 평촌마을, 당골마을, 사포마을, 중기마을, 계척마을…. 매일매일 산동 전역에서 각 마을을 번갈아 가며 반란군들이 득세하는 상황이다. 밤에 나타나서 식량과 물품들을 조달해 가는 데는 속수무책이다. 각 마을을 경계로 울타리를 치고, 보초를 서게 하여도 총을 들이대는 반란군들에게 마을 사람들은 반항할 수가 없다. 산동 지역 어느 한 곳도 안심할 수가 없다, 모두가 산간 마을이어서 반란군들이 접근하기 쉽다. 그렇다고 산동 전역에 울타리를 치고 반란군들을 막을 수는 없는 노릇이다. 성기종 대대장의 고민은 깊어만 간다. 반란군들이 마을에 나타나는 것을 막을 방법을 찾아내야 한다.

밤이 깊었다. 산 쪽에서 검은 그림자들이 하위마을을 향해 움직인다. 마을 주위를 한참 동안 살핀다. 인기척이 없다. 마을 입구에 보초를 서고 있는 한청단원들이 졸고 있다. 검은 그림자들이 점점 늘었다. 반란군들이 졸고 있는 보초를 깨워 제압한다. 보초들이 손을 들고 항복한다. 마을로 들어선 반란군들이 식량을 챙긴다. 닭장에 있는 닭을 잡아 나온다. "꼬꼬댁 꼭꼭!" 닭들이 몸부림치며 소리를 지른다. 마구간에 있는 돼지를 몰아 다리를 묶는다. 이 광경을 쳐다보고 있던 마을 사람이 반란군들에게 달려든다. 돼지는 값이 제법 나가는 동물이다. 일 년 동안 키워 왔던 돼지는 며칠 지나면 부모님 첫 번째 기일인 마당 제사 때 써야 한다. 그 돼지가 없어지면 빚을 내서 또 사 와야 한다. 마을 사람이 돼지를 붙들고 손을 놓지 않자 반란군이 총을 높이 들어 개머리판으로 내리친다. 개머리판에 머리를 맞은 사람이 피를 흘리며 나가떨어진다. 마당에서 피를 흘리는 사람을 가족들이 울면서 달려들어 부축한다. 반란군들은 돼지 다리를 묶어 어깨에 메고 마을을 빠져나간다.

"하위마을에 어젯밤에도 반란군들이 나타나 가축들을 잡아가려고 해서, 마을 사람이 반항하는 바람에 총 개머리판에 맞고 상해를 입었다고 합니다. 가축들도 몽땅 잡아갔다고 합니다."

"다른 마을에는 반란군들이 침입하지 않았나?"

"이평 지역 하무, 이사, 둔기마을에도 반란군들이 침입했다는 보고가 들어왔습니다."

성기중 대대장이 부관의 보고를 듣고 학교 운동장으로 시선을 돌린다. 운동장에는 수십 개의 군인용 천막이 열을 맞추어 설치되어 있다. 운동장 곳곳에는 박격포도 설치되어 있다. 군인들이 총을 들고 곳곳에서 보초를 서고 있다. 천막을 내려다보며 생각에 잠긴다. 더 강력하게 반란군들을 제압하는 방법을 써야 한다. 낮에는 산동 전역에 개미 새끼 한 마리 얼씬거리지 못하도록 주민들을 통제해 보지만, 밤만 되면 반란군들이 산동 전역에 나타나서 식량을 조달해

가고 가축들까지 잡아가 버린다. 이에 반항하는 주민들에게 상해를 입히고 달아나 버린다. 그렇다고 산동 전역에 보초를 세울 수는 없는 노릇이다. 반란군들이 근거지가 되는 산간 마을을 없애 버려야 한다. 마을 주민들을 이평학교, 중동학교, 원촌학교 운동장으로 몰아넣어야 한다. 마을을 텅텅 비우는 작전이다. 마을에 인기척이 없게 만들어야 한다.

탕탕탕.

따다다다다.

위안리 하위마을에 진압군들이 우르르 닥친다. 기관총으로 산을 향해 쏘아 댄다. 산속에 숨어 있을 반란군들에게 엄포를 놓는 것이다. 위안리는 중동 지역에서도 요봉재와 제일 가까운 산간 마을이다. 중동학교에서도 한참을 더 올라와야 하는 곳이다. 진압군들이 곳곳에 돌아다니며 사람들을 마을 입구로 몰아낸다. 총소리에 겁먹은 아이들이 울면서 부모 손을 잡고 마을 입구로 향한다.

탕탕탕.

계속 총을 쏘아 대며 마을 곳곳을 헤집고 다닌다. 마을에 남아 있던 사람들도 총소리에 놀라 마을을 빠져나온다. 한 사람도 빠짐없이 마을 입구로 집합시킨다. 마을 사람들을 향해 총구를 겨누고 이동시킨다. 사람들이 마을을 향해 힐끔힐끔 돌아다본다. 뒤에서는 군인들이 총부리를 들이대며 걸음을 재촉한다. 마을 사람들을 중동학교로 전원 연행한다. 진압군들이 진격하면서 이미 태워 버린 중동학교 마당에 사람들이 들어선다. 운동장 곳곳에 모여서 군인들의 눈치만 보고 있다. 군인들이 총을 들고 학교 전체를 포위하고 있다. 사람들이 학교 밖으로 한 사람이라도 돌아다니지 못하도록 막아서고 있다.

마을 사람들이 모두 떠났음을 확인한 군인들이 마을에 불을 지른다. 순식간에 마을 전체가 불길에 휩싸인다. 마을이 활활 타기 시작한다. 연기가 하늘로 치솟는다.

중동학교에 연행되어 온 사람들이 하위마을에서 연기가 나는 것을 확인한다. 분명히 위안리 하위마을에서 나는 연기다. 연기도 보통 연기가 아니다. 마을 전체를 태운 엄청난 연기 기둥이다. 사람들이 연기 기둥을 보면서 웅성거리기 시작한다.

"우리 동네 아니여?"

"우리 동네에서 나는 연기가 맞구멍!"

사람들이 뒤돌아서 마을로 향해 달려가려고 한다. 군인들은 한 명도 빠져나가지 못하도록 총을 들이댄다.

"아이고!"

"아이고, 어쩔까?"

울부짖으며 대열에서 이탈하여 마을로 향해 달려 나가려고 안간힘을 쓴다. 내 집이 지금 불타고 있다. 당장 달려가서 불을 꺼야 한다. 누가 먼저랄 것도 없이 순간적으로 마을 사람들이 우르르 달려 나간다.

탕탕탕탕탕.

군인들이 하늘로 총을 쏜다. 총소리에 놀라 그 자리에서 털썩 주저앉아 버린다.

"아이고! 아이고!"

땅을 치며 통곡한다. 눈앞에서 마을이 불타고 있는 것을 바라만 봐야 하는 마을 사람들의 심정은 서글프다. 마을 남자들을 연행해 가더니 마을까지 몰살시켜 버렸다. 이제 사는 집까지 몽땅 불을 질러 버렸다.

"천벌을 받을 놈들! 우리가 무슨 죄를 지었다고…."

"세상에 이런 법이 어디 있다요, 우리는 어떻게 살라고…."

땅바닥에 주저앉아 통곡하던 사람들도 슬픔과 분노를 참지 못하고 지친다. 마을 사람들의 통곡 소리가 학교 운동장을 슬프게 한다. 소리 없이 눈물을 흘리는 남자들도 있다. 눈에 흐르는 눈물은 피눈물이다. 피눈물을 흘리며 연기가 나는 마을을 바라보며 입술을 깨문다. 마을은 잿더미로 변해 흔적만 남았다. 마을로 돌아가려고 해도 돌아갈 수가 없다.

"지미럴! 해도 해도 너무하네!"

밤이 되자 몇몇 주민들은 학교 울타리를 넘어 산속으로 올라가 버린다. 마을 사람들은 학교 운동장에 움막을 짓거나 산동 지역으로 뿔뿔이 흩어졌다. 원촌에 있는 산동시장터에 움막을 짓는다. 산동교회 주변에도 움막이 점점 늘어난다. 반란군들과 마을 주민들이 내통하지 못하도록 철저하게 차단하는 작전이다. 그렇지 않으면 밤에 반란군들이 마을로 내려와 식량과 각종 물품들을 뺏어 가기 때문이다.

원좌마을, 당골마을에도 군인들이 들이닥친다. 군인들이 총부리를 겨누고 사람들을 중동학교로 연행한다. 원좌마을과 당골마을에도 군인들이 불을 지른다. 마을을 태우면서 나는 연기 기둥이 하늘로 솟아오른다. 하무, 이사, 둔기마을에도 진압군들이 들이닥친다.

마을 사람들을 모두 학교 운동장으로 연행해 간다. 군인들이 마을에 불을 지른다. 마을이 불길에 휩싸인다. 연기 기둥이 하늘로 치솟는다. 산동 전역 산간 마을이 매일매일 서너 군데씩 불길에 휩싸인다. 학교 운동장에는 오갈 곳이 없는 마을 주민들이 옹기종기 움막에서 추위에 떨고 있다.

탕탕탕!

요란한 총소리를 내면서 상관마을에 진압군들이 들이닥친다. 총을 든 군인들이 마을 전체를 포위하였다. 군인들이 마을 주민들을 동각 앞으로 모이게 한다. 말을 듣지 않으면 그 자리에서 총살감이다. 겁을 먹은 주민들이 허겁지겁 동각으로 모여든다. 남녀노소 구분이 없다. 마을에 있는 모든 사람들에게 총을 겨누며 집 밖으로 쫓아낸다. 살벌하게 총을 들고 군인들이 마을 사람들을 몰아세운다.

"남자들은 이쪽으로 모인다."

군인의 명령에 따라 마을 사람들이 서로 눈치를 봐 가며 움직인다.

"남로당에 가입한 사람들은 앞으로 나온다."

아무도 앞으로 나오는 사람이 없다. 마을 사람들 중에는 본인이 남로당원인지 아닌지도 모르는 사람들이 대부분이다. 남들이 좋다고 하니까 뭔지도 모르고 동조를 했는데. 남로당으로 가입했던 사람을 앞으로 나오라고 하니 선뜻 앞으로 나갈 수가 없다. 본인이 남로당에 가입되어 있는지조차 모르는 것이다. 구두로 가입을 했더라도, 그것이 남로당 가입과 관련된 일인지 기억조차 없는 사람들이다.

"아무도 없단 말이야?"

앞으로 나오는 사람이 아무도 없자, 군인의 언성이 높아진다. 마을 사람들 중에 남로당원으로 활동한 사람들은 이미 산속으로 반란군들과 함께 들어간 후다. 남아 있는 사람들 중에는 정식으로 남로당원으로 활동한 사람들이 없는 셈이다.

"반란군들이 들어왔을 때 산으로 짐을 날라다 준 사람은 앞으로 나온다."

마을의 젊은 남자들은 모두 며칠 동안 산으로 짐을 지고 날라 준 사실이 있다. 마을 사람들이 서로 눈치를 봐 가면서 앞으로 걸어 나온다. 걸어 나오면서도 산에 함께 올라갔던 마을 사람들에게 눈빛을 보낸다. 눈빛이 마주친 마을 사람들은 그 눈빛을 피해 고개를 돌려 버린다.

탕탕탕!

군인이 갑자기 하늘로 총을 쏘면서 공포 분위기를 조성한다. 마을 사람들은 총소리에 소리를 지르며 놀란다.

"어이쿠!"

"엄마야!"

중동 지역 마을 전체가 반란군들에게 동원되어 부역을 했다는 정보를 이미 파악한 상황이다. 반란군들에게 부역한 일은 거의 모든 사람들에게 해당되기 때문이다.

"자! 빨리빨리 앞으로 나온다. 나중에 거짓말하는 걸로 밝혀지면 바로 총살감이다. 명심해라! 이미 정보를 다 파악해 놓았다. 다시 한번 기회를 주겠다. 빨리 앞으로 나온다."

총을 쏜 군인이 더 큰 소리로 독촉한다. 마을 사람들이 총소리에 놀란 나머지 그 자리에서 벌떡 일어서서 앞으로 걸어 나간다. 박민수와 박민국이 망설인다. 두 사람이 서로 마주 보고 눈길을 교환할 수도 없는 노릇이다. 군인이 앞에서 마을 사람들의 눈빛까지 살피고 있기 때문이다. 박민국은 덜컥 겁이 난다. 민수와 산으로 짐을 짊어다 줬던 일이 생각난다. 민국이 앞으로 나가려고 하자 민수가 손으로 쿡 찌른다. 민국이 민수를 곁눈질로 쳐다본다. 민국에게 나가지 말라는 신호다. 대신 민수가 나가겠다는 표시다. 민국이 눈치를 채고 그 자리에 꼿꼿하게 서 있다. 민수가 일어나려 하자, 원촌댁이 옆에서 민수를 붙잡는다. 민수에게 나가지 말라는 뜻으로 보내는 신호다. 정숙도 겁에 질린 채 눈을 크게 뜨며 민수를 바라본다. 민수는 가족들의 눈빛이 무슨 눈빛인지 알 수 있지만, 안 나갈 수가 없는 상황이다. 민수나 민국 중에서 하나만 나가야 한다. 민수가 여기서 안 나가면 민국에게까지 화가 미칠 것 같다. 민수 혼자 감당하는 게 나을 성싶다. 반란군들을 따라서 산속으로 짐을 지어다 준 일은, 마을 사람들 모두가 아는 사실이다. 감출 수도 없는 일이다. 민국이라도 살리려면 민수가 나가야 한다. 박민수가 천천히 앞으로 나간다. 마을 사람들끼리도 고개를 돌려 버린다. 서로 눈빛도 마주치려 하지 않는다. 나중에 강제로 끌려갈지라도 시치미를 뚝 떼고 버티고 있다.

"자, 다시 한번 기회를 주겠다. 빨리 앞으로 나온다!"

앞에 선 군인이 부역한 사람은 나오라고 큰소리를 친다. 앞으로 걸어 나가는 것을 망설이고 있던 사람들이 할 수 없다는 듯이 몇 사람 더 앞으로 걸어 나온다.

"연행해."

명령이 떨어지자마자 군인들이 우르르 달려든다. 남자들을 연행해 간 뒤에도 군인들이 계속해서 마을 사람들을 다그친다.

"반란군들에게 음식을 준 사람도 앞으로 나온다."

명령이 떨어지자 사람들이 서로 눈치를 본다. 선뜻 앞으로 나서는 사람이 없다.

"반란군들에게 식량을 빼앗긴 집도 앞으로 나온다."

명령이 떨어지자마자 마을 사람들이 웅성거린다.

"우리 집은 콩 자루를 뒷간 모퉁이에 놔뒀는데 없어져 뿌렸구만, 반란군들이 가져갔는지, 어쩐지 모르겠구망."

"우리 집은 고추장 단지가 없어져 뿌렀는디, 반란군들이 가져갔을랑가?"

마을에서 없어진 물건들을 들먹거리며 웅성거린다.

"이리 나와!"

주민들의 대화에 군인이 듣고 소리를 지른다.

"너! 이리 나오라니까!"

주민은 군인의 고함 소리에 눈치를 살살 보면서 자리에서 일어선다.

"고추장 단지가 없어졌다고?"

군인이 총을 겨누며 묻는다. 주민이 무서워서 벌벌 떨면서 고개를 끄덕인다.

"고추장 단지를 반란군들에게 준 거지?"

"아니랑깨요. 반란군들이 가져가 버렸당깨요."

"이 자들을 연행해!"

군인의 지시에 따라 주민들에게 총을 겨누며 연행해 간다.

"아니랑깨요. 지가 고추장 단지를 준 것이 아니라 반란군들에게 빼앗긴 거라니까요."

주민이 울면서 하소연을 해도 소용없는 일이다. 주민들이 웅성거리며 끌려가는 주민을 바라본다.

"자! 자! 조용히 하시오!"

마을 사람들의 웅성거림이 잦아든다.

"반란군들이 집에 들어왔을 때 없어진 물건들이 있을 때에는, 상세하게 보고하기 바란다. 그렇지만 거짓말을 한다거나. 사실을 감춘다든지, 속이는 것이 나중에 발각되는 날에는 반란군들과 내통하는 자로 간주한다. 바로 군법에 의해 그 자리에서 총살이다. 알겠나?"

군인의 명령을 알아들었다는 듯이 마을 사람들은 겁먹은 얼굴로 고개를 끄덕인다.

"산사람들에게 음식을 줘서도 안 되지만, 식량이나 이불과 옷을 빼앗겨도 죄를 묻겠다. 알겠나?"

군인이 더 큰 소리로 주민들에게 엄포를 놓는다.

"낮에도 문단속을 잘하고, 식량을 철저하게 감춰 두기 바란다."

마을 사람들은 군인의 지시를 귀담아 듣는다.

"모두 연행해."

군인의 명령이 떨어지자 마을 남자들에게 총을 겨누며 연행해 간다. 음식을 잃어버린 주민들도 연행해 간다. 박민수도 함께 끌려간다. 그 뒤를 군인들이 총을 겨누며 따라간다. 원촌댁과 정숙, 민국이 군인들에게 끌려가는 민수를 걱정스러운 눈빛으로 바라본다. 민수가 가족들이 있는 곳을 향해 뒤를 힐끔힐끔 돌아다보며 군인들에게 끌려간다.

"박민수, 맞나?"

"예."

박민수의 손이 뒤로 포박된 채 서 있다. 고개를 푹 숙이고 있다.

"산에서 부역은 언제 했어?"

"지는 반란군들이 총을 들이대고, 산으로 짐을 짊어지고 가야 한다고 해서 마을 사람들과 항꾸네 짐을 지고 산을 댕겨왔습니다."

"뭘 짊어지고 갔나?"

"지는 쌀자루를 지고 산 중턱까지 갔다가 왔습니다."

"산 중턱이 어디인지 알고 있나?"

"지금 혼자 찾아가라면 잘 모릅니다. 어디가 어딘지 잘 모릅니다. 산속에서 앞사람만 보고 따라갔습니다. 나중에 산에서 내려올 때도 어디가 어딘지도 모르고 따라 내려왔습니다. 산속에서는 혼자 행동을 못 하게 했습니다."

"몇 번 산에 짐을 지고 갔나?"

"지는 두 번 산을 댕겨왔습니다."

"계속 산에는 쌀자루만 지고 올라갔나?"

"아닙니다. 두 번째는 아주 무거운 상자를 지고 갔습니다. 상자 안에는 뭔지 몰라도 무거운 쇳덩어리가 들어 있는 것 같았습니다. 상자 한 개만 졌는데도 무거워서 혼났습니다."

"혹시 탄약상자 아니었나?"

"지는, 상자 안에 뭐가 들었는지 잘 모르겠습니다."

"남로당에는 가입한 적이 있나?"

"예? 남로당이라고요?"

"그래 남로당에 가입했지?"

"지는 남로당이 뭔지도 잘 모릅니다."

"남로당에 가입하지도 않았는데, 반란군들이 시키는 대로 했단 말이야?"

"지는 무서워서 시키는 대로 했습니다."

"반란군들에게 부역을 한 것도 문제가 되지만, 나중에라도 남로당에 가입한 것이 밝혀지면 바로 총살감이다. 알겠나?"

"예. 지는 남로당에 대해 전혀 모르는 일입니다."

군인이 남로당 명단이 든 서류를 들고 온다. 군인이 남로당 명단을 훑어본다. 서류 명단에서 박민수와 박민국의 이름을 찾아낸다. 군인의 얼굴이 일그러진다.

"남로당에 부역까지…."

군인이 중얼거리며 서류를 옆에 서 있는 부하 군인에게 넘겨준다. 서류를 넘겨주면서 고개를 옆으로 획 돌린다.

"박민수가 남로당 명단에 버젓이 나와 있는데, 남로당이 뭔지도 모른다고?"

박민수가 놀라는 표정을 짓는다.

"박민수! 남로당은 언제 가입했어?"

"지는 모르는 일입니다."

박민수야말로 귀신이 곡할 노릇이다. 남로당이 뭔지도 모르거니와 남로당원 명단에 본인 이름이 올라가 있다는 것에 대하여 전혀 모르는 일이기 때문이다.

"지는 아무것도 모른당께라."

박민수가 울먹이며 말한다. 박민수야말로 억울한 일이다. 남로당 원이라니? 김정욱이 남로당원을 한 명이라도 더 늘리려고 명단에 올린 일을 전혀 알 리가 없다. 남로당과 전혀 관련이 없는데도 명단에 올라와 있다고 우기니 참으로 답답할 일이다.

"바른대로 말하면 정상 참작은 해 준다. 남로당에 언제 가입했나?"

"지는 모르는 일입니다."

"뭐라고?"

취조하던 군인이 박민수에게로 달려든다.

퍽 퍽 퍽…

곤봉으로 인정사정없이 박민수를 향해 내리친다.

"아… 악…."

아픔을 이기지 못하고 웅크리며 소리를 지른다. 화가 풀리지 않은 군인은 몸을 일으키며 군인을 부른다.

"이봐!"

"예."

"이놈은 악질 당원이야. 당장 총살해 버려!"

"예."

군인들이 우르르 달려와 박민수를 데리고 나간다.

진압군들이 박민수를 트럭에 태운다. 트럭 안에는 손이 묶인 사람들로 가득 채워진다. 트럭이 출발한다. 트럭은 송평계곡을 향해 달리다 멈춘다. 트럭에서 사람들이 내린다. 내린 사람들을 한 줄로 세워서 산으로 끌고 간다. 사람들을 수시로 끌고 와서 총살하는 장소다. 사람들이 나무기둥에 매어진다. 얼굴은 검은 천으로 가려졌다. 군인들이 일렬로 나무 기둥에 묶인 사람들을 향해 총을 겨눈다. 사격 개시 명령이 떨어진다.

탕 탕 탕 탕 탕….

총소리가 산동계곡에 요란하게 울린다. 총에 맞은 사람들이 나무기둥에 묶인 채 고꾸라진다. 박민수도 힘없이 고꾸라진다.

원촌댁과 정숙이 박민수를 찾기 위해 마을 사람들과 함께 총소리가 났던 계곡을 향해 올라간다. 반란군들에게 부역했다고 학교에서 조사를 마친 사람들을 산으로 데리고 가서 모두 총살했다는 소문만 무성하다. 민수가 죽었는지, 살았는지 불안해서 견딜 수가 없다. 제발 살아 있기만을 간절히 바라고 또 바란다. 민수를 찾아야 한다. 소문을 듣고 찾아간 계곡에는 죽은 사람 수십 구의 시체가 땅바닥에 방치되어 있다. 총에 맞아 참혹한 모습이다. 시체를 찾으러 달려온 가족들은 죽은 가족을 발견하자마자 붙들고 통곡한다.

"아이고! 아이고! 아이고…."

시체를 붙들고 산천이 떠나가도록 울음을 쏟아 낸다. 원촌댁과 정숙은 울음을 삼키고 또 삼킨다. 남의 일 같지 않다. 진압군들에게 총살을 당한 남의 자식도 내 자식과 똑같아 저절로 눈물이 쏟아진다. 손으로 입을 가리고 울음을 참아 내며 민수를 찾아 헤맨다. 민수도 어느 계곡에서 진압군들에 의해 총살을 당했는지 알 수가 없다. 민수가 총살을 당했다면 똑같은 상황이 벌어질 일이다. 하늘이 무너지는 슬픔이다. 시체 더미를 살피고 또 살펴도 민수는 보이지 않는다. 원촌댁과 정숙이 또 다른 송평계곡을 향하여 무겁게 발길을 옮긴다. 원촌댁 몰골은 흐트러질 대로 흐트러져 버렸다. 옷은 누더기가 되어 버렸다. 민수를 찾아야만 한다. 죽었다면 죽은 시체라도 찾아야만 한다. 정숙이 원촌댁을 부추기며 걸음을 옮긴다. 산동계곡 곳곳에는 무고한 산동 주민들을 총살한 총살장이 되어 버렸다. 반란군들이 총을 들이대며 짐을 옮기라는 명령을 따랐을 뿐이다. 단지 지게에 짐을 지고, 반란군들이 있는 산속을 다녀왔다는 죄밖에는 없다. 그런 일로 빨갱이들과 똑같은 취급을 해 버린다. 아무리 변명을 해도 소용이 없다. 재판 과정도 없이 계곡 곳곳에서 즉시 총살해 버리는 일이 매일 벌어지고 있다. 진압군들이 죽어 나갔다고, 산동 주민들에게 분풀이를 하고 있는 것이다. 또 다른 송평계곡 입구에 들어서자 사람들이 통곡하는 소리가 들려온다. 원촌댁이 기운을 내서 발걸음을 재촉한다. 송평계곡으로 들어선다. 입구에 들어서자마자 울음소리가 들린다.

"아이고, 아이고 아이고…"

시체 더미에서 가족을 발견한 주민들의 울음소리다. 원촌댁과 정숙이 입을 가린 채 송평계곡에 들어선다. 수십 구의 시체가 땅바닥에 줄지어 누워 있다. 빨리 민수를 찾아야 한다. 시체를 한 명씩 확인해 나간다. 원촌댁의 눈에서는 금방이라도 울음이 터질 것만 같다. 시체 더미를 확인해 가다가 총에 맞아 죽은 민수를 발견한다. 민수는 군인들에게 잡혀갈 때 입은 무명옷 그대로다. 아들 민수가 맞다. 원촌댁이 민수를 확인하고 땅바닥에 털썩 주저앉아 버린다. 죽은 민수의 얼굴을 쓰다듬는다. 눈에 넣어도 아까운 새끼가 주검으로 발견된 것이다. 원촌댁이 슬픔을 이기지 못하고 호흡이 멎을 지경이다. 죽은 자식을 보는 어미의 슬픔은 가늠할 수가 없는 일이다.

"민수야! 아이고 내 새끼!"

원촌댁이 민수 시체를 붙들고 울음을 쏟아 낸다. 하늘이 무너지는 슬픔이다. 슬픔을 참을 수가 없다. 죽은 민수를 끌어안고 오열을 한다.

"아이고! 아이고! 아이고…."

"오빠! 오빠! 오빠…."

정숙도 땅바닥에 앉아서 오빠를 목 놓아 부르며 울음이 끝날 줄 모른다. 이 원통하고 원통한 죽음을 누구에게 하소연한단 말인가?

"오빠…."

계곡 곳곳에서 한 맺힌 울음소리로 혼란스럽다.

"아이고! 아이고! 아이고…."

산동계곡은 온통 울음소리로 가득하다. 진압군들이 총살한 산동 주민들의 시체 더미가 나뒹군다. 가족들이 시체 더미를 수습하느라 분주하게 움직인다. 들것에다가 시체를 올려 옮기느라 분주하게 움직인다.

진압군들이 학교에 주둔하고부터는, 낮에도 군인들이 지서와 면사무소 곳곳에 총을 들고 서 있다. 광의장이 열리는 장터에도 군인들이 장터 입구에서 경계를 서고 있다. 수상한 사람을 찾아내기 위한 검문 검색이 강화된다. 매일 같이 작전 회의가 열린다. 각 마을 이장들이 면사무소에 소집되었다. 면장과 지서장, 군부대 지휘관들이 함께 모인다. 군사령관의 주도하에 작전 회의가 시작된다.

작전 회의를 거쳐 각종 지시 사항들이 수시로 하달된다. 낮에 들이나 산으로 일을 하러 갈 때는 대문을 꼭꼭 걸어 잠가야 한다. 일을 나가고 집 안이 한적한 틈을 타서 농부로 변장한 반란군 세력들이 집 안의 물건들을 훔쳐간다는 보고가 올라왔기 때문이다.

장터 국민회관에 각 마을 한청단원 임원들이 소집되었다. 각 마을의 한청단원 임원들만 모아놔도, 삼십여 명이 넘는 인원이다. 군인과 면장, 지서장도 함께 회의에 참석하였다. 군인의 주도하에 열린다. 작전 회의라기보다 작전 명령이나 다름없다.

각 마을에 젊은 사람들로 스무 명 이상의 한청단원을 구성해야한다. 반란군들과 면민 전체가 싸워야 하는 명령이 상세하게 하달된다. 남녀노소 구분이 없다. 면민 전체가 반란군들과의 싸움에 동원된 것이다.

"반란군들에게 식량을 빼앗기면 안 됩니다. 각 가정에 있는 된장과 간장, 소금, 옷, 이불까지도 반란군들에게 빼앗기면 안 됩니다. 집에서 기르는 가축들도 빼앗기면 안 됩니다. 특히 농촌에서는 농사를 짓자면 없어서는 안 될 소는 반란군들에게 절대로 뺏겨서는 안됩니다."

반란군들이 소를 산속으로 몰고 가는 일이 자주 발생해 왔기 때문에 소를 절대로 뺏겨서는 안 된다는 명령이 하달되었다. 매일매일각 마을에 있는 소를 파악해서 보고해야 한다. 각 마을에 있는 소는, 날이 어두워지기 전에 지서 앞 광장으로 몰고 와야 한다. 밤에는 지서 앞 광장에 매어 두었다가 다음 날 아침에 몰고 가야 한다. 지서와 군부대가 있는 연파 마을에는 이중 삼중으로 밤에도 군인과경찰, 한청단원들이 교대로 불침번을 서기 때문에 제일 안전한 곳으로 소를 몰고 와야 한다.

각 마을 입구 모든 길에는 검문소를 만들어야 한다. 농로 길도 예외가 없다. 검문소에는 밤에 보초를 세워 둬야 한다. 주민들 교대로 밤을 새우며 불침번을 서야 한다. 특히 젊은 한청단원들이 교대로 보초를 서야 한다. 민간인들을 반란군들과의 싸움에서 방패막이로 사용하겠다는 심산이다. 각 마을에는 울타리를 치라는 명령이 떨어졌다. 모든 마을에 별도의 울타리를 만들어 밤에 반란군들이 민가에 내려오는 것을 감시해야 한다. 울타리는 각 마을 검문소까지 연결해야 한다. 반란군들이 밤에 마을을 들어오다가 울타리를 건드리기만 해도 검문소에서 알아차리도록 철삿줄을 중간에 설치해야 한다. 각 검문소에는 철삿줄에 방울이나 빈 깡통을 달아놔야 한다. 밤중에도 울타리가 움직이면 매달아 놓은 깡통이 흔들리면서 반란군들이 침입했음을 알아차리는 신호로 본다. 인근 검문소에서 신속하게 알아차리는 것은 물론이고, 철삿줄을 잡아당겨서 인근 검문소까지도 신속하게 알려야 한다. 철삿줄 하나로 마을 전체 울타리와 함께 연결해 놔야 한다. 신호를 감지한 보초병은 마을 연락병을 시켜서 학교에 주둔하고 있는 군부대나 지서에 신속하게 연락을 해야 하는 임무가 떨어졌다. 검문소에서 경계를 서는 한청단원들에게까지 총과 탄환을 지급하기로 한다. 유사시에는 총을 발사해도 좋다는 명령이 떨어졌다. 밤에 지서에서 총과 탄약을 지급받고, 다음 날 아침에 반납해야 한다. 밤중에 경계를 서는 중에, 반란군들과 갑자기 마주쳤을 때에는 육박전을 벌여서라도 반란군들이 마을 안으로 들어오는 것을 막아야 한다. 각 마을의 한청단원들에게도 철저하게 교육한다.

구만리마을에 울타리를 치는 작업이 진행된다. 울타리를 치느라 마을 주민들이 모두 동원된다. 마을 입구에 돌을 쌓아 초소도 만든다. 해가 떨어지기 전에 각 마을에 있는 사람들이 소를 몰고 지서 앞 광장에 매어 놓는다. 소를 매어 놓은 후, 지서 무기고에 줄을 서서 마을별로 무기를 수령해 다시 마을로 돌아온다.

오후 7시부터는 계엄령에 의해 통행금지가 시작되는 시간이다. 밤이 되자 구만리마을 입구 초소 안에서 두 명씩 보초를 서고 있다. 마을 입구로 들어오는 길목 세 곳에 각각 두 명씩 보초를 서는 것이다. 초소는 둥그렇게 돌탑을 쌓아 어른 두 명이 겨우 앉을 수 있는 공간이다. 밤이 점점 깊어 간다. 마을에서는 불빛이 새어 나가지 못하도록 해야 한다. 마을은 어둠 속에 깊이 잠들어 간다. 밤이 깊어 갈수록 근무자가 총을 어깨에 세우고, 돌탑에 기댄 채 꾸벅꾸벅 졸고 있다. 낮에 고된 노동을 하느라 지친 몸을 이끌고 교대로 밤에 근무하는 것이다. 반란군들이 마을로 침입하지 못하도록 한청단을 동원하여 근무를 시키지만, 한청단원들에게는 실감이 나지 않는다. 말로만 듣던 반란군들이 매일 밤 마을로 침입하지도 않는다. 매일 반복되는 보초 근무라 긴장이 되지 않은 채 졸기 일쑤다. 산간 마을에 반란군들의 침입을 막기 위하여 군과 경찰이 한청단을 동원하여 근무를 시키고 있지만, 한청단원들은 야밤의 경계 근무자는 숙련이 덜 된 상태다. 그런 상황을 알고 있는 군인과 경찰들이 교대로 산간 마을을 돌아다니면서 경계 근무 시찰을 한다. 반란군으로 위장을 하여 마을 입구의 초소로 침투시킨다. 그 뒤에는 경찰과 한청단장이 뒤를 따른다. 살금살금 초소 앞까지 가짜 반란군이 접근해도 보초를 서는 한청단원들은 세상모르고 졸고 있다. 초소 안으로 들어선다.

"흠. 흠."

가상의 반란군들에 의해 초소는 습격을 당한 것이다. 졸면서 근무를 하다가 사람 인기척에 깜짝 놀라 후다닥 정신을 차린다. 정신을 차리고 보니 경찰과 한청단원들이다. 누더기 옷을 입은 사람은 반란군들이 아닌 한청단원들인 것이 천만다행이다.

"수고 많으십니다."

한청단장이 근무자들에게 인사를 먼저 건넨다.

"이런 자세로 근무해 가지고 반란군들을 잡겠어요?"

경찰은 격려를 하기보단, 초소 안으로 들어서면서 근무자들에게 지적을 한다. 졸고 있던 한청단원들이 미안하여, 시선을 어디에 둬야 할지 우두커니 서 있다.

"이렇게 보초를 서다가 반란군들이 쳐들어오기라도 한다면, 반란군들에게 당합니다. 이렇게 해서 제대로 마을을 지키겠습니까?"

경찰은 근무를 소홀히 한 한청단원들을 무뚝뚝하게 몰아세운다.

"근무할 때는 졸지 말고, 두 눈 똑바로 뜨고 있다가 반란군들을 발견하는 즉시, 비상 연락망으로 설치해 놓은 철삿줄을 잡아당겨야 합니다. 인근 초소에 있는 보초들에게 연락을 신속히 해서 도움을 요청해야 합니다. 그 소리를 들은 근무자들은 신속하게 반란군들이 나타난 초소로 달려와 합세하여 반란군들을 격퇴해야 합니다. 반란군들의 숫자가 많으면 마을 사람들을 깨워서 도움을 요청하거나 지서로 연락을 해야 합니다. 알겠습니까?"

경찰은 답답하기만 할 뿐이다. 한청단원들에게 근무 자세와 방법을 알려 주느라 설명이 길어진다.

"알것그만이라."

근무자들이 주눅이 든 목소리로 대답을 한다.

"반란군들이 들어오면 총을 쏘든지, 반란군들을 붙잡고 늘어져서 육박전을 벌이든지 반란군들을 격퇴하란 말입니다. 알겠습니까?"

"야."

한청단원들은 아직 실감이 나지 않는다. 한청단장은 근무자들에게 다가와 등을 쓰다듬어 준다. 아직은 젊은 한청단원들이다. 경찰은 당장 반란군들이 들어오면 격퇴하라고 방법까지 알려 주지만, 한청단장은 각 마을의 단원들에게 격려해 줘야 함을 알고 있다. 제대로 교육과 훈련도 받지 못한 한청단원들에게 격려를 해 줘야만 계속 근무를 시킬 수가 있기 때문이다. 경찰이 요구하는 근무 자세를 철저히 준수하는 것도 중요한 일이다. 그래야만 밤을 설쳐가면서 고생한 보람이 있는 것이다. 반란군들을 격퇴하기 위해 모두가 힘을 합하여야 할 일인 것은 분명하기 때문이다.

"졸면 안 됩니다. 다음 근무자와 임무를 교대할 때까지 경계 근무에 철저히 임해야 합니다."

"알것그만이라."

"자, 수고하십시오."

"자, 자, 힘내시고…."

한청단장은 경찰과는 달리 한청단원들을 다독거린다. 나이가 젊은 한청단원들에게는 격려가 최고의 칭찬이다.

"살펴 가셔요."

아직 경계가 뭔지도 잘 모르고, 마을 초소에 보초를 서라니까 마지못해 나온 청년들이다. 마을 주민들이 낮에는 농사일을 하느라 지친 몸이다. 아무리 졸지 말라고 해도 졸음을 이겨 내기가 힘들다. 경찰과 한청단장 일행은 인근 마을 초소의 근무 상황을 점검하기 위해 떠난다.

방광마을은 천안골과 인접한 마을이다. 산간지역 마을이나 다름 없다. 광의 지서와 군부대가 있는 학교에서 꽤 멀리 떨어져 있다. 마을 전체를 울타리로 막는다. 싸리나무를 베어오거나, 볏짚으로 마을 외곽에 울타리를 친다. 울타리에는 철삿줄로 각 초소까지 연결시킨다. 밤중에 반란군들이 마을을 침입하여 울타리를 건들기라도 하면, 철삿줄도 함께 움직여서 인근 초소까지 전달된다. 초소 안에 매달아 놓은 방울이나 빈 깡통이 딸랑딸랑, 울린다. 그 소리를 듣고 인근 초소에도 반란군들이 침입하였음을 긴급하게 알린다. 아주 철저하게 울타리를 쳐서 초소에 빈 깡통이 딸랑거리는지 시험 가동을 해 본다. 천은사 방향 마을 입구에 초소를 설치했다. 특별히 방광마을에서는 짐승들을 잡는 '돼지굴'을 만들기로 한다. 마을 입구 길목에 땅을 깊게 파서 굴을 만든다. 일명 '돼지굴'이라 하여, 굴을 파고 위를 감쪽같이 위장하여 놓는다. 짐승들이 자주 다니는 길목에 파 놓아 지나가는 짐승들이 그 굴속으로 빠지게 유인하는 돼지굴인 셈이다. 굴속으로 한번 빠지면 빠져나올 수가 없다. 대낮에 한청단원들이 어른 키 높이보다 더 깊게 큰 굴을 판다. 굴 깊이가 3미터는 족히 넘는다. 굴을 깊게 파 밤중에 반란군들이 굴속으로 풍덩 빠지게 해야 한다. 굴 바닥에는 죽창을 날카롭게 만들어 촘촘하게 세워 놓는다. 그 구덩이 속으로 빠지면, 날카로운 죽창 끝에 쳐박혀 피를 흘리게 하는 것이다. 아무리 발버둥 쳐도 상처 입은 몸으로 구덩이 속에서 빠져나올 수 없다. 돼지굴 속으로 빠지면 죽을 수도 있다. 반란군들을 확실하게 잡겠다는 심산이다. 반란군들이 마을 안으로 접근하는 것을 절대로 용납하지 않겠다는 굳은 결의로 가득 찼다.

　오늘 밤 식량과 보급품을 조달하기 위한 부대원들이 편성되었다. 지역은 광의면 천은사에서 가까운 방광마을이다. 광의 지역에 지리가 밝은 이명일이 지휘관으로 임명되었다. 부대원들이 수십여 명으로 구성되었다. 방광마을에서 식량과 보급품을 챙겨오는 임무다. 날씨가 추워져서 방한복과 이불을 확보해야 한다. 그래서 마을 규모가 큰 방광마을을 급습하는 것이다. 마을로 보급품을 구하러 갈 때는 만일을 대비하여 정찰대, 선발대, 후발대까지 이중 삼중으로 부대를 구성하여야 한다. 문제가 생기면, 즉각 후발대까지 합세하여 싸워야 한다. 특히 전투에서 부상자가 발생하면 후송까지 책임져야 한다. 동지들이 한 명이라도 낙오되는 일이 없어야 한다. 보급품이 확보되면, 중간에서 보급품을 받아 산속으로 신속하게 옮겨야 한다. 정찰대와 선발대의 노고를 덜어 주는 임무를 수행하기 위하여 대기하고 있어야 한다. 보급품 조달을 위해서는 철저한 준비와 지휘관의 신속한 판단으로 빠른 시간 내에 임무를 완수해야 한다. 요즘 들어 광의면 학교에도 진압군들이 주둔했다는 첩보가 들어와 있다. 밤에는 각 마을 한청단원들에게까지 총이 지급되어 마을을 지키고 있다는 소식이다. 이명일이 광의면에 대하여 지리를 잘 알고 있지만, 방심해서는 안 될 일이다. 여차하면 한청단원들이나 진압군들과의 전투도 각오해야 한다. 부대원들을 모은다. 1차 접선지는 천은사에서 한참 내려와야 한다. 층층이 이어진 다랭이논이 시작되는 천은

사 입구에 있는 객줏집이다. 객줏집은 방광마을의 시야가 확보되는 곳이다. 방광마을과는 천여 미터의 거리다. 이명일이 객줏집 입구에서부터 작전 지시를 내린다. 정찰대 두 명이 출발한다. 최현종과 남형석이 용감하게 선봉에 섰다. 뒤따라서 선발대가 천천히 그 뒤를 따른다. 선발대가 출발하자 후발대도 멀찌감치 뒤따라 붙는다.

밤이 되었다. 마을 외곽 세 군데 초소에는 한청단원들이 보초를 서고 있다. 마을 입구에서 검은 그림자들이 살금살금 움직인다. 검은 그림자들은 마을 쪽으로 다가간다. 보초를 서고 있던 한청단원이 다가오는 사람을 발견한다. 철삿줄을 흔들어 댄다. 경계를 서고 있는 반대편 검문소에 딸랑딸랑, 빈 깡통 소리가 난다. 보초를 서던 보초병이 졸다가 깡통 울리는 소리에 잠을 깬다. 반대편 울타리에 근무하던 경계병도 철삿줄을 흔들어 댄다. 인근 초소에도 빈 깡통이 흔들리면서 딸랑거린다. 반란군들이 마을로 침입했다는 표시다. 빈 깡통이 딸랑거리는 소리를 듣고, 보초병들이 긴장하며 경계에 임한다. 반대편 초소에서 근무하던 한청단원들은 후다닥 뛰어나간다. 반대편 초소를 행해 달린다. 숨을 몰아쉬며 초소에 들어선다. 손으로 초소 앞 방향을 가리킨다. 반란군들이 다가오고 있음을 알린다. 막 도착한 한청단원들이 알았다는 듯이 고개를 끄덕인다. 총구를 꽉 잡고 어둠 속을 뚫어져라 주시한다. 울타리를 넘어선다. 마을 쪽으로 서서히 접근한다. 마을은 깊은 잠에 빠져 있다. 마을 쪽에서는 불빛도 새어 나오지 않는다. 마을 쪽으로 점점 다가간다. 검은 그림자들이 길 위에 파 놓은 돼지굴 근처까지 다가선다. 조심조심 총을 겨누며 가다가 위장해 놓은 돼지굴 위를 걷는다. 어두운 밤이라 앞만 보고 걷는다. 길 위에 돼지굴이 있는 것은 보지 못한다.

"억!"

검은 그림자 한 명이 돼지굴 속으로 풍덩 빠져 버린다. 순식간에 벌어진 일이다. 최현종은 남형석 동지가 순식간에 사라졌어도 어두워서 미처 발견하지 못한다. 함께 걸어오던 남형석도 뒤따라서 돼지굴 속으로 순식간에 빠져 버린다. 돼지굴 속으로 빠진 사람들은 날카로운 죽창에 찔린다. 몸은 피투성이가 된다.

"아!"

"악!"

"사람 살려!"

남형석이 돼지굴 속에서 고통을 참지 못하고 소리를 지른다. 마을에서 반란군들을 잡으려고 만들어 놓은 땅굴임을 알아차린다. 몸을 뒤틀어도 죽창에 찔린 몸을 움직일 수가 없다. 움직이면 움직일수록 죽창에 찔린 몸에서 피가 철철 흐른다.

"사람 살려!"

최현종도 고통을 이기지 못하고, 큰 소리로 외쳐 보지만 산속에서 뒤따라오는 동지들에게까지는 들리지 않는다. 점점 복수심에 화가 치민다.

"누구 없소?"

소리를 질러도 아무런 인기척이 들리지 않는다. 보초병들은 반란군들이 마을 입구로 접근하고 있다는 것은 알고 난 후, 돼지굴에서 나는 소리임을 알아차린다. 검문소에서 보초를 서고 있던 한청단원들이 서로 얼굴을 보면서 고개를 끄덕인다. 돼지굴 속에 반란군들이 빠져 있음을 확인하는 표시다. 반란군들을 잡으려고 돼지굴 속에 날카로운 죽창까지 만들어 놨는데, 잘된 일이다. 보초병 몇 명이서 돼지굴 속에 빠진 반란군들을 처치하기는 엄두가 나지 않는다. 밤사이에 돼지굴에 빠진 사람을 그대로 방치해 놨다가 날이 밝으면 마을 사람들이 함께 확인하기로 한다. 경찰에 연락하여 반란군들을 생포해야 한다. 컴컴한 돼지굴에 빠진 반란군을 굳이 빼 올려 줄 필요가 없다. 반란군들이 돼지굴 속에 빠져 피를 흘리면서 소리를 지른다면 더욱 잘된 일이다. 돼지굴 속에서 반란군들이 죽어 가기만을 바랄 뿐이다.

이명일이 부대원들에게 신호를 보낸다. 정찰대 뒤를 따라서 검은 그림자 수십 명이 마을 쪽으로 총을 겨누며 점점 다가선다. 마을은 밤중이라 고요하다. 정찰대원 두 명을 미리 마을로 보냈는데, 아무런 소식이 없다. 아무런 소식이 없으면, 마을로 진입하는 데 별일이 없다는 것이다. 만약에 정찰대가 마을에 들어서면서 한청단원들과 싸움이라도 벌어졌다면, 벌써 총소리가 났을 텐데, 총소리는 들리지 않았다. 정찰대원들이 마을까지 무사히 도착했으리라고 본다. 정찰대 뒤를 따라 주력부대원들도 마을로 서서히 접근한다. 마을 입구 가까이 다가간다.

"사람 살려!"

마을 입구 근처에서 나는 소리다. 바짝 긴장하고 어둠 속으로 더 전진한다. 돼지굴 가까이 다가갈수록 사람 인기척이 크게 들려온다.

"사람 살려! 아—악."

분노에 찬 다급한 소리다. 조심조심 소리가 나는 쪽으로 가까이

다가간다. 정찰대로 보냈던 동지들의 목소리다. 최현종과 남형석의 목소리다. 마을 입구 땅굴 속에서 나는 소리다. 조급하고 고통스런 소리다.

"동무! 최 동무, 남 동무 맞는가?"

"예 맞습니다. 빨리 구해 주셔요."

"어떻게 된 거야?"

"땅굴 속으로 빠져 버렸습니다."

"잠깐만 기다리게."

서둘러 땅굴 속에 빠진 동지들을 구출해 낸다. 땅굴 속에서 구해 낸 동지들은 온몸이 피투성이다. 죽창에 찔려 피를 철철 흘리고 있다.

"아!"

최현종은 땅굴 밖으로 나와서도 고통에 겨워 신음 소리를 낸다. 최현종과 남형석에게 달려들어 응급처치 한다. 돼지굴에서 동료들이 죽을 뻔한 일에 분노한다. 뒤따라오던 후발대원들이 연락을 받고 신속하게 선발대원들과 합류한다. 산속으로 연락병을 보내 지원 요청을 한다. 연락을 받은 대원들이 속속 도착한다. 화가 단단히 난 이명일이 마을 안으로 대원들을 한꺼번에 잠입시킨다. 초소에 있던 한청단원들 앞에 수십 명의 반란군들이 들이닥친다. 한청단원들은 무서워서 반란군을 향해 총을 쏠 수가 없다.

"손 들엇!"

반란군들이 초소에 있던 사람들에게 총구를 겨눈다.

탕 탕 탕 탕 탕 탕!

초소에 있던 한청단원들이 반란군들이 쏜 총을 맞고 모두 쓰러진다. 마을 안으로 반란군들이 들이닥친다.

탕 탕 탕….

잠을 자고 있던 마을 사람들을 깨워 집합시킨다. 사람들은 잠을 자다 말고, 갑작스런 총소리에 집 밖으로 걸어 나온다. 반항하는 남자들에게 가차 없이 총을 쏜다.

탕 탕 탕….

남자들이 총을 맞고 쓰러진다. 겁에 질린 사람들이 반란군들의 지시에 따른다. 마을 앞 논바닥에 사람들 모두를 이동시킨다. 각 가정을 돌아다니며, 식량과 방한용으로 쓸 이불까지 챙긴다. 일부 대원들은 보급품을 가지고 산 속으로 이동을 시작한다. 집집마다 돌아다니면서 불을 지른다. 순식간에 마을이 불길에 휩싸인다. 마을 울타리로 썼던 싸리나무와 볏짚 울타리는 불쏘시개가 되어 마을 전체는 순식간에 불에 타 버린다. 마을이 어둠속에서 활활 타오른다. 몇 시간 동안 난동을 부리던 반란군들은 산 속으로 사라져 버린다.

방광마을에서 들려오는 총소리에 지서에 비상이 걸렸다. 마을 사람이 달려와 방광마을 소식을 전달한다. 방광마을에 반란군들이 쳐들어와 마을에 불을 지르고 갔다는 것이다. 광의국민학교에 주둔했던 군부대도 철수한 상황이다. 읍내에 주둔한 군부대에 신속하게 지원 요청을 한다. 군인들이 신속히 출동한다. 지서 인근 마을의 한청단원들이 긴급하게 소집된다. 한청단원들에게도 총을 지급한다. 반란군들과 한바탕 전쟁을 치러야 할지도 모르는 일이다. 군인들을 태운 차량이 지서에 도착한다. 군인들이 방광마을을 향해 진격한다. 경찰과 한청단원들이 그 뒤를 따른다. 총을 들고 방광마을로 서서히 접근한다. 날이 점점 밝아 오고 있다. 군인들이 논두렁에 납작 엎드린다. 방광마을을 향해 총구를 겨누며 접근한다. 방광마을이 군인들의 시야에 들어온다. 마을에서는 연기가 솟아오르고 있다. 마을 사람들이 불을 끄느라 아직도 분주하게 움직이고 있다. 반란군들이 아직 마을에 남아 있을지도 모를 일이다. 군인들이 마을 가까이 접근하여도 반란군들의 공격은 없다. 신속하게 마을 안으로 군인들과 경찰, 한청단원들이 총을 들고 우르르 들어선다. 마을 곳곳을 수색한다. 마을 안에는 반란군들이 없음을 확인하고 한청단원들과 군인들이 달려들어 함께 불을 끈다.

"아이고, 아이고…."

죽은 가족을 발견한 가족들의 통곡 소리는 그치질 않는다. 마을 남자들의 시체가 마을 입구 초소와 논바닥에 참혹하게 방치되어 있다. 밤사이에 반란군들이 총으로 마을 사람들을 죽인 것이다. 눈 뜨고는 못 볼 광경이다. 한두 명도 아니고 열한 명의 시체가 총을 맞아 피를 흘린 채로 널브러져 있다. 군인들은 사람들이 접근하지 못하도록 시체 주위에 경계를 선다. 가족들은 불을 끄다 말고 시체가 발견된 곳으로 몰려든다.

"아이고, 아이고…."

통곡의 소리는 점점 커진다. 마을 사람들이 한두 명도 아니고 열한 명이 죽었으니 방광마을은 통곡하는 가족들의 울음소리로 뒤덮인다.

31

산동애가
山洞哀歌

김정규가 산속으로 들어선다. 길도 없이 험하다. 산꼭대기를 향해 무조건 기어오른다. 정신없이 한참을 오르다 경사가 심한 곳에 다다른다. 산을 기어오르다가 미끄러져서 넘어진다. 산 아래로 한참을 미끄러져 내려간다. 옷은 찢어지고 손은 상처투성이가 되어 버렸다. 손에서는 피가 흐른다. 여기가 어디쯤인지도 짐작이 가지 않는다. 산길을 계속 헤맨다.

산속에서 부스럭거리는 소리가 들린다. 그 소리에 총을 든 보초병이 소리 나는 쪽으로 고개를 돌린다. 부스럭거리는 소리가 점점 다가온다. 보초병이 소리 나는 쪽으로 총구를 겨눈다. 정규는 아무것도 모르고 계속 산꼭대기를 오른다. 보초병이 산으로 올라오는 사람을 발견한다. 군인이 아닌 민간인이다. 총을 든 보초병이 김정규에게 소리를 지른다.

"손 들엇! 움직이면 쏜다."

정규는 갑작스러운 보초병의 고함 소리에 깜짝 놀란다. 손을 높이

들고 그 자리에 멈춰 선다. 정규는 놀라면서도 산속에 있는 사람들을 드디어 만났구나 하는 반가움에 안도의 숨을 몰아쉰다. 총을 겨눈 사람이 정규에게 가까이 다가온다. 무장하였는지 우선 살핀다. 아무것도 지니지 않은 빈손이다. 정규의 모습을 보니 옷은 찢어지고, 얼굴과 손은 나무에 찔렸는지 상처투성이다. 정규가 무장하지 않았음을 확인했지만, 보초병은 계속 긴장을 늦추지 않는다.

"누구냐?"

위압적인 소리로 정규에게 소리친다.

"저….."

김정규도 긴장하여 머뭇거린다. 정규가 머뭇거리자, 옆으로 가까이 다가와 무기를 가지고 있는지 다시 한번 위아래로 훑어본다. 혹시 진압군들이 보낸 첩자인지 확인해야 한다.

"우리 성을 찾을라고 왔는디요….."

보초병이 김정규의 겁먹은 소리에 다소 경계를 늦춘다.

"따라오시오!"

김정규가 보초병을 따라간다. 정규는 그동안 있었던 자초지종을 이야기한다. 김정욱 형을 찾아 달라고 부탁한다. 김정규를 김정욱 일행에게 인계한다. 정규가 산에 올라왔다는 소식을 듣고, 정욱이 찾아왔다. 정규의 몰골이 많이 상하였음을 보자마자 정욱이 정규를 끌어안는다. 정규도 형을 보자마자 반가움과 그동안의 서러움에 눈물을 흘리며 형을 꼭 끌어안는다. 한참 동안을 끌어안고 서 있다. 감격에 북받친 얼굴이다. 산속에서 형제가 만나다니, 감격스럽기만 하다.

"집안은 별일 없나?"

정욱이 정규의 손을 잡으며 안부를 묻는다. 정규는 정욱의 물음에 서러움이 다시 솟구친다.

"흑 흑 흑."

서러움에 북받쳐 정규가 계속 눈물을 흘린다. 정규가 계속 눈물을 흘리자, 정욱도 눈물을 글썽이며 정규를 다독인다. 정규는 그동안 진압군들에게 잡혀가 모진 고문을 받았던 일을 생각하면 끔찍하기만 하다. 형이 산으로 올라가고, 진압군들이 산동 지역에 들이닥친 후의 일을 다 얘기하자면 생각하기도 싫다.

"성, 아부지가 돌아가셨어!"

정규가 눈물을 글썽이며 아버지의 죽음을 알린다.

"아부지가?"

정규가 눈물을 흘리며 고개를 끄덕인다. 정욱은 아버지가 죽었다는 말에 서러움이 한꺼번에 몰려온다. 슬픔을 참을 수가 없다. 눈물이 계속 쏟아진다. 정욱이 정규를 다시 끌어안으며 눈물을 흘린다. 부모님께 불효를 저지른 불효자의 설움이 폭발한다. 정규를 끌어안고 눈물을 한참 동안 흘린다. 정욱은 얼굴을 하늘로 돌린다. 눈물을 삼켜야 한다. 마음을 잡아야 한다.

"휴…."

정욱은 긴 한숨을 토해 낸다. 아버지의 죽음에 정욱도 잠시 흔들린다. 아버지가 죽었다는데, 슬프지 않은 자식이 어디 있을까마는, 정욱은 더 이상 슬픈 표정을 짓지 않으려고 애를 쓴다. 정욱은 아버지의 죽음을 더 강한 사람이 되라는 암시로 받아들인다. 여기서 흔들릴 수는 없는 일이다. 혁명을 위해 몸을 받칠 결의가 되어 있는 몸이다. 아버지의 죽음이 슬프지만 참아야 한다. 마음속으로 다독이고 또 다독인다. 그러나 정욱의 마음 한구석에는 정규가 산으로 올라오지 말았으면 하는 바람이 남아 있다. 형제 모두가 혁명에 뛰어드는 것은 아니다 싶은 생각이 든다. 정욱이 혼자만으로도 충분하다는 생각이다. 산속에서 버티는 일은 쉬운 일이 아니다. 산에서는 전쟁과도 같은 전투가 수시로 벌어진다. 생사가 달린 문제다. 여차하면 죽음도 감수해야 하는 혁명 사업이다. 정욱의 눈에는 동생 정규가 항상 어리게만 보일 뿐이다. 정규가 과연 감당해 낼지 걱정이다. 기회를 봐서 마음이 여린 정규를 다시 집으로 돌려보내리라 마음먹는다.

윙….

하늘에서 비행기 소리가 들려온다. 비행기가 반란군들의 공격을 피하기 위하여 높은 고도에서 비행한다. 산속에 숨어 있는 반란군들을 공격하기 위한 비행이 아니라, 산속에 숨어 있는 반란군들을 계몽하기 위해 삐라를 뿌리는 비행기다. 비행기에서는 수만 장의 삐라가 지리산 곳곳에 뿌려진다. 삐라가 지리산 하늘을 뒤덮는다. 삐라 종이는 지리산 넓은 지역에 하늘하늘거리며 바람에 날려간다. 정규와 정욱이 앉아 있는 자리에도 삐라가 내려앉는다. 삐라를 집어 든다.

산속의 형제들이여! 그대들은 왜 아직도 산속에서 망설이고 있는가. 우리는 그대들이 혹한 속에서 굶주리며 떨고 있다는 것을 잘 알고 있다. 왜 그래야만 하는가? 그대들은 왜 고생을 자초하고 있는가? 그대들이 말하고 있는 혁명이 얼마나 무모하고 허황된 것인가를 그대들은 아직도 모르고 있는가? 그대들의 형제 자매와 부모님, 그대들의 사랑하는 아내와 아이들, 그리고 이웃들은 그대들이 집으로 돌아오기만을 손꼽아 기다리고 있다. 우리는 그대들이 과오를 뉘우치고 가족의 품으로 돌아온다면 언제라도 따뜻이 맞이해 줄 것이다. 왜 머뭇거리고 있는가. 우리는 생명에 대한 존엄을 지고의 가치로 생각하고 있다. 그대들을 눈 속에 매장하려는 자들을 우리는 저주하고 있다. 그대들은 자신의 목숨을 지킬 권리가 있다. 그 누구도 그대들에게 죽음을 강요할 수 없는 것이다. 우리의 가련한 형제들이여! 망설이지 말고 조국의 품으로 돌아오라! 이 마지막 기회를 놓치지 말고 자수하라! 우리는 그대들을 열렬히 환영할 것이다!

호남지구 군사령관

삐라를 빠르게 읽고 난 후, 정욱이 정규의 표정을 살핀다. 혹시라도 정규가 삐라의 내용을 읽고 나서, 마음속으로 동요가 일고 있지는 않은지 살피는 것이다. 정욱은 정규가 다시 집으로 내려가서 자수했으면 하는 바람이다. 아버지도 억울하게 돌아가셨지만, 어머니를 생각해서라도 산에서 내려가기만을 바란다. 늘 부모님들이 노래를 부르듯이 했던 말이 떠오른다.

"빨리 장가를 가서, 우리 집안의 대를 이어야 한다."

나 대신 정규가 그 일을 해서, 어머니의 한을 풀어 줬으면 하는 바람이다. 앞으로 날씨가 점점 추워질 텐데, 산속에서 추운 겨울을 견디어 내야 한다. 수시로 진압군들과의 전투에 투입되어 전쟁 아닌, 전쟁 같은 피비린내 나는 싸움을 계속해 나가야 한다. 산속에서 언제, 어디서, 어떤 위급한 상황이 전개될지 모르는 일이다. 수시로 뿌려지는 삐라를 보면, 자수하면 살려 준다는 얘기다. 용서를 받을 수는 없는 일이고, 감옥에 수용되겠지만, 목숨만은 건질 수 있는 일이다. 상황을 봐 가면서 언젠가 정규와 이야기를 나누리라 마음먹는다. 정규가 삐라를 보고 아무 반응이 없다.

정규도 살기 위해서 산으로 도망쳐 온 마당에 삐라가 눈에 들어오지 않는다. 집에 그대로 있다가는 계속되는 고문에 죽기 십상이라는 걸 아는 이상, 집으로 내려갈 생각은 없다. 어차피 빨갱이 집안으로 낙인이 찍혀 버린 상황에서, 집으로 내려간다 해도 용서를 해 줄 수 없다는 걸 정규는 이미 알고 있다. 끔찍했던 고문이 떠 오른다. 고문으로 아버지까지 죽은 마당이다. 나도 산으로 올라오지 않았다면 계속되는 고문에 이미 송장이 되었으리라 본다. 산속에서 죽는한이 있더라도 버티어야 한다.

정욱은 정규가 아무 반응이 없자, 다음 기회에 얘기를 꺼내기로 하고 자리에서 일어선다. 정규도 정욱을 따라 일어선다. 말없이 산속으로 발길을 재촉한다.

진압군들에게 산동 지역 남로당 명단이 발각되었다. 산으로 급하게 피하면서 땅속에 묻어 두었던 남로당 명단이 진압군들 손에 들어간 것이다. 남로당 명단이 입수되자 성기종 대대장은 지휘관들을 소집한다.

"남로당 명단에 있는 사람은 전원 신속하게 연행하라."

성기종의 명령에 따라 군인들이 일사불란하게 움직인다. 산동 전역으로 남로당원들을 연행하기 위하여 군인들이 한청단원들과 함께 각 마을로 들이닥친다. 각 마을에서 남로당원들을 연행해 온다.

군인들과 한청단원들이 박민국 집 안으로 들이닥친다. 원촌댁과 박정숙이 군인들을 보고 놀란다.

"박민국이 나와라!"

집 안에 들어선 군인과 한청단원이 소리를 지른다. 박민국이 겁먹은 얼굴로 헛간에서 마당으로 걸어 나온다. 박민국이 마당으로 나오자 한청단원이 군인에게 박민국임을 확인하고 고개를 끄덕인다. 군인이 곧바로 박민국에게 총을 들이댄다. 한청단원이 달려들어 연행하려고 한다. 원촌댁이 그 광경을 보자마자 얼굴색이 변한다. 원촌댁이 달려들어 앞을 가로막는다.

"아이고! 안 됩니다. 우리 민국이는 아무것도 모르는 앱니다."

원촌댁이 사색이 되어 군인들 앞을 가로막고 나선다.

"저리 비키시오!"

앞을 막아서는 원촌댁을 향해 군인이 소리를 지른다. 세 아들 중에 민수마저 반란군들이 총을 들이대는 바람에 짐을 지어 날라 줬을 뿐인데, 죽임을 당하였다. 이제 막내아들 민국이만 혼자 살아남았다. 민국이까지 진압군들에게 끌려가 총살을 당한다면, 박씨 집안의 대가 끊길 일이다. 목숨을 던져서라도 아들 민국을 살려 내야 한다.

"우리 민국이가 뭘 잘못했다고 이러십니까?"

"조사할 게 있으니까 저리 비키란 말이오."

"뭘 잘못했는지 알고나 가야 할 것 아닙니까?'

"당신 아들들은 남로당 당원들이란 말이오!"

박민국이 남로당 당원이란 말에 무슨 말인지 의아해 한다. 원촌댁은 남로당원이 뭔지도 모른다.

"우리 아들들이 남로당원이라니 그게 뭐다요?"

"그러니까 조사를 해야 하니까 저리 비키란말이오!"

"안 됩니다. 차라리 나를 잡아가시오!"

원촌댁은 목숨이라도 내놓을 각오로 막아선다.

"어허, 저리 비키란 말이오!"

군인들은 원촌댁을 팽개칠 기세다. 총구를 원촌댁에게 들이민다. 원촌댁은 아들 대신 죽는 한이 있어도, 아들 민국이 잡혀가는 것은 막아야 한다.

"우리 민국이는 박씨 집안에 하나밖에 없는 아들이란 말이오. 우리 민국이까지 잡혀가 뿔면, 박씨 집안의 대가 끊긴단 말입니다. 차라리 나를 잡아가시오! 제발!"

원촌댁은 군인들을 붙잡고 눈물을 흘린다. 정숙이 마당 한쪽에서 벌벌 떨며 서 있다. 입을 손으로 막으며 울음을 참아 낸다. 민국 오빠까지 잡혀가면 이 집안의 대가 끊긴다는 원촌댁의 말에, 민국 오빠가 잡혀가는 것을 막아야 한다. 군인들은 민국을 연행하려다 원촌댁의 강한 저항에 서로의 얼굴을 쳐다본다.

"차라리 나를 잡아가란 말이오!"

원촌댁의 간절한 하소연에 군인들이 멈칫한다. 박민국은 남로당원 명단에 올라와 있을뿐더러, 반란군들에게 짐을 산으로 날라 준 부역 혐의도 있다. 원촌 김성출의 상갓집에도 들락거린 인물이다. 군인들은 인정사정이 없다. 민국에게 총을 들이대며 출발을 강요한다.

"어무이!"

겁에 질린 민국은 끌려가지 않으려고 뒤를 돌아다보며 원촌댁을 부른다. 그러자 원촌댁과 정숙이 함께 달려들어 앞을 가로막고 나선다. 민국 오빠가 뒤돌아서면서 어머니를 부르는 모습이 처량하기만 하다. 정숙이 심호흡을 한다. 집안의 대가 끊겨서는 안 되는 일이다. 민국 오빠가 잡혀가면 당장 총살당할 게 뻔한 일이다.

"아이고! 우리 박씨 집안에 대를 이을 사람이 없는디… 어쩔끄 나?"

원촌댁이 하소연을 한다. 민국 오빠까지 죽게 되면 박씨 집안은 어떻게 되는 건가? 불을 보듯 뻔한 일이다. 민국 오빠가 잡혀가면 민수 오빠처럼 군인들에게 총살당할 게 뻔하다. 인정사정없는 군인 들이다. 피도 눈물도 없는 세상이다. 잘잘못을 따지기 전에 이유 불 문하고 짐승 죽이듯이 사람을 마구잡이로 죽이는 판국이다. 정숙이 원촌댁의 한숨 소리에 눈물이 멈춰지지 않는다. 어떻게 민규 오빠 를 살려 낼 방법이 없을까? 정숙이 몸을 희생해서 박씨 집안을 살려 내기만 한다면, 뭐가 두려우랴? 무슨 고민이 필요하단 말인가?

"안 됩니다!"

정숙이 달려와 앞을 가로막는다. 막 떠나려는 군인들을 향해 정숙 이 소리를 지른다. 정숙의 강한 저항에 군인들이 잠시 멈칫거린다.

"잠깐만요!"

막 떠나려는 군인들을 향해 정숙이 다시 소리를 지른다.

"제가 민국이 오빠 대신 가겠습니다. 저를 잡아가서요!"

원촌댁은 정숙의 말에 놀란다. 정숙의 얼굴을 보니 의지가 단호하 다.

"우리 오빠를 살려 준다면 제가 대신 가겠습니다. 제발 우리 민국 오빠를 살려 주세요."

정숙은 간절하게 군인들을 막아 나서며 애원을 한다.

"아이고! 정숙아!"

원촌댁은 정숙의 행동에 가슴이 미어진다. 군인들에게 아들이 잡혀가는 것도 안 될 일이지만, 딸 정숙이가 잡혀가서도 안 될 일이다. 이제 나이 열아홉 살이다. 꽃다운 나이에 국군에게 끌려가면 총살당하는 일만 남는 것이다. 진압군들은 인정사정없이 사람들을 끌고 가서 죽이고 있지 않은가? 정숙이 울면서 강하게 막아서자 군인들이 발길을 멈춘다. 군인들이 서로를 쳐다보며 귓속말로 의견을 나눈다. 그러잖아도 집안의 대가 끊어진다고 사생결단하고 막아서는 노인네의 사정이 딱했던 찰나다. 박민국을 잡으러 갔다가 박민국이 도망가고 없어서, 대신 여동생 박정숙을 잡아 왔다고 보고하면 고만이라는 생각이다. 군인들이 서로 고개를 끄덕이며 박민국 대신 박정숙에게 총을 겨눈다. 정숙이 천천히 집을 나선다. 박씨 집안의 대가 끊겨서는 안 되는 일이다. 정든 집을 두고 진압군들에게 끌려가는 마음이야 오죽할까? 정숙은 뒤를 돌아다보며 눈물을 계속 찍어 댄다.

"어무이!"

"정숙아!"

서로를 부르는 소리는 처절한 울부짖음으로 변한다.

"어무이!"

"정숙아!"

정숙이 끌려가는 발걸음은 마음 깊은 곳에서 슬픔과 원망이 한이 되어 노래가 된다. 정숙의 노랫소리는 한이 되고, 슬픔이 되어 산동 골에 메아리 되어 울린다. 끌려가기 싫어서 부르는 노래는 메아리가 되어 울리고 또 울린다. 정숙은 오빠 대신 총살을 당한다.

잘 있거라 산동아 너를 두고 나는 간다
열아홉 꽃봉오리 열아홉 꽃봉오리
피워 보지 못한 채로
화엄사 종소리에 병든 다리 절며 절며
달비 머리 풀어 얹고 원한의 넋이 되어
노고단 골짜기에 이름 없이 쓰러졌네

살기 좋은 산동마을 인심도 좋아
산수유 꽃잎마다 설운 정을 맺어 놓고
열아홉 꽃봉오리 피기도 전에
까마귀 우는 곳에 나는 간다.
지리산 노고단아 화엄사 종소리야
너만은 너만은 영원토록 울어다오

잘 있거라 산동아 너를 두고 나는 간다
산수유 꽃잎마다 산수유 꽃잎마다
설운 정을 맺어 놓고
회오리 찬바람에 부모 효성 다 못하고
발길마다 눈물지며 꽃처럼 떨어져서
지리산 골짝에 한을 안고 쓰러졌네
회오리 찬바람에 부모 효성 다 못하고
발길마다 눈물지며 꽃처럼 떨어져서
지리산 골짜기에 한을 안고 쓰러졌네

밤이 깊었다. 겨울 날씨가 매섭다. 구만리 마을은 칠흑의 어둠 속에 고요하다. 마을 전체는 울타리로 막혀 있다. 울타리에는 철삿줄로 연결되어 마을에 침입자가 생기면 초소에 매달아 놓은 빈 깡통이 흔들려 딸랑, 소리가 나게 되어 있다. 서너 곳의 마을 입구로 난 길을 통해서만 마을 안으로 들어설 수 있다. 마을 입구에서는 한청단원들이 경계를 서고 있다. 추위를 떨쳐 내기 위해 수시로 몸을 움직인다. 구만리마을 쪽으로 검은 그림자들이 천천히 다가온다. 반란군들의 선발대. 반란군들의 숫자가 많지 않다.

한청단원들이 움직이는 물체를 뚫어져라 쳐다본다. 어둠 속에서 천천히 다가오는 것이 사람임이 분명하다. 달빛에 비친 사람의 행색은 누더기를 걸쳤다. 행색을 보니 분명 반란군들이다. 보초를 서고 있는 한청단원들이 잔뜩 긴장한다. 서로의 얼굴을 쳐다보며 고개를 끄덕인다. 반란군이 드디어 나타난 것이다. 반란군들이 산에서 마을로 내려오는 것이 분명하다. 두근거리는 마음을 진정시킨다. 초소끼리 연결된 줄을 잡아당긴다. 마을 반대편 초소 깡통이 흔들린다. 마을 중간에 있는 초소에서도 깡통이 흔들리며 소리를 낸다.

딸랑, 딸랑, 딸랑….

마을 반대편 입구에서 보초를 서고 있는 한청단원들이 계속 울려대는 깡통 소리에 잔뜩 긴장한다. 반대편 마을 입구에 반란군들이 침입했다는 신호다. 서로의 얼굴을 쳐다보며 고개를 끄덕인다. 반대편에 있는 검문소를 향해 후다닥 달려간다. 신호를 받고 서시천 쪽 반대편 초소에 근무를 서고 있던 한청단원들도 초소에 모두 도착한다. 다른 초소에 있던 단원들도 막 도착하는 한청단원들에게 전방을 가리킨다. 한청단원들은 순식간에 일곱 명이 되었다. 조심스럽게 일곱 명이 모두 전방을 주시한다. 반란군들을 막아야 하는 사명에 불타오른다. 반란군들이 어떤 사람들인지, 어떤 무기를 가지고 있는지도 모른다. 반란군들과 싸워 본 적이 없는 한청단원들이라 씩씩하기만 하다. 한청단원들은 총을 들고 있으니 반란군들쯤이야 물리칠 수 있다는 용기가 살아 있다. 검은 그림자가 마을 초소 쪽으로 점점 가까이 다가온다. 반란군들의 숫자가 많지 않아 보인다. 저 정도의 숫자라면 한청단원 일곱 명이 해치울 수 있는 인원이다. 한청단원들은 며칠 전에 교육받았던 것을 상기한다. 이번만큼은 절대로 실수를 해서는 안 되는 일이다. 육박전을 해서라도 반란군들이 마을 안으로 들어서는 것을 막아야 한다. 반란군들이 점점 초소 가까이 다가온다. 반란군들의 숫자는 점점 많아진다. 한청단원들은 반란군을 향해 먼저 총을 쏘지 못한다. 총을 한 번이라도 쏴 본 적이 없다.

"손 들어! 움직이면 쏜다!"

한청단원들이 반란군들을 향해 소리친다. 반란군들이 고함 소리를 듣고 깜짝 놀라 땅바닥에 납작 엎드린다. 반란군들이 땅바닥에 몸을 엎드리자 검은 물체는 사라져 버렸다. 반란군들이 땅에 엎드려 초소 안을 살핀다. 몇 명이 있는지 사람 수를 세어 본다. 초소 안과 밖에 총 일곱 명이다. 초소에 있는 한청단원들은 오히려 반란군들의 표적이 되어 버렸다. 한청단원들이 초소 밖으로 두 명 더 나간다. 초소 안에는 두 명이 대기하고 있다. 방금 보인 검은 물체가, 분명 사람이었다. 이 밤중에 사람이라면 반란군들임이 확실하다. 육박전을 해서라도 반란군들을 붙잡아야 한다. 그냥 마을 안으로 통과시킬 수는 없는 일이다. 반란군들과 한 번도 싸워 보지 않았지만 젊은 혈기로 대적해 볼 수 있는 일이다. 그만큼 젊은 한청단원들은 의욕으로 가득하다. 반란군들은 초소에 있던 사람들이 초소 밖으로 나온 걸 엎드려서 바라보고 있다. 기습 공격을 하여 쓰러뜨려야 한다. 깜깜한 곳에서 두리번거리는 사람들에게 오히려 총을 들이댄다.

"손 들어!"

반란군들이 불쑥 총을 들이대며 총구를 겨눈다.

"뭐야?"

한청단원 한 사람이 먼저 반란군들에게 달려든다. 나머지 단원들도 깜깜한 밤중에 육박전이라도 할 셈으로 반란군들에게 달려든다. 총을 들이대도 무섭지 않다. 총을 들이대는 반란군을 먼저 쓰러트린다.

"악."

반란군이 쓰러진다. 쓰러진 반란군을 향해 한청단원들이 우르르 달려든다.

탕.

반란군이 먼저 총을 쏜다. 한청단원이 총소리에 놀라 반란군을 제압하다 말고 멈칫한다. 마을 입구 초소에서 웅성거리는 소리에 후발대가 귀를 쫑긋 세운다. 그 소리를 듣고 반란군들이 우르르 초소 입구로 달려온다.

"손 들어! 움직이면 쏜다!"

반란군들이 우르르 달려들어 총을 겨누어도 한청단원들은 겁나는 게 없다. 맨손으로 반란군들을 잡을 기세로 달려든다. 거침없이 달려들어 맨손으로 반란군들을 쓰러트린다. 육박전이 벌어진다.

탕 탕 탕 탕 탕….

총소리가 요란하게 울린다. 총소리에 놀란 한청단원들이 순간 멈칫한다. 반란군들이 총을 쏘자 순간적으로 겁을 먹는다. 반란군들은 거침없이 초소를 향해서도 총을 쏜다.

탕 탕 탕.

초소를 향해 집중 사격을 퍼붓는다. 초소 안에 총을 겨누기만 하던 한청단원들이 총을 맞고 쓰러진다.

"악!"

한청단원들은 총을 쏴 보지도 못한다. 총소리에 놀란 한청단원들은 벌벌 떨면서 몸을 웅크리고 앉아 있다. 반란군들의 공격에 속수무책이다. 반란군들이 초소를 향해 천천히 다가간다. 아직 초소 안에 살아남은 한청단원들을 향해 계속 총을 쏜다.

탕 탕 탕.

한청단원들이 총을 맞고 그 자리에서 피를 흘리며 고꾸라진다. 육박전을 벌였던 아직 살아 있는 한청단원은 벌벌 떨며 손을 들고 서 있다. 어둠 속에서 한청단원을 발견한 반란군들이 한청단원을 향해 인정사정없이 총을 쏜다.

탕 탕 탕.

한청단원 일곱 명 모두가 총에 맞아 피를 흘리며 쓰러진다. 총소리에 놀란 마을 사람들이 마을 중앙에 있는 동각으로 슬금슬금 모여든다.

"손 들엇!"

마을회관으로 걸어 나오고 있는 사람들을 향해 반란군들이 총을 겨눈다. 무서워서 손을 든 마을 사람들을 한곳으로 몰아세운다. 반란군들이 마을 안으로 침입하여 잠을 자고 있던 사람들을 깨워서 집합시킨다. 총을 들이대며 식량과 물품을 빼앗는다. 마을 사람들을 한곳에 집합시켜 두고, 다시는 산사람들을 향해 보초를 서거나 방해를 하면 모두가 죽는다는 엄포를 놓는다. 반란군들이 짐을 챙겨 산속으로 급히 사라진다.

마을 사람들이 급히 마을 입구 초소로 달려간다. 청년단원 일곱 명이 피를 흘리며 쓰러져 있다. 흔들어도 움직이지 않는다. 한 사람이 신음 소리를 내며 꿈틀거리고 있다.
"음…."
신음 소리에 마을 사람들이 청년을 흔들어 깨운다.
"음…."
소리를 내며 꿈틀거리는 걸 보니 아직 살아 있다.
"사람이 아직 살아 있다!"
소리를 지르자 사람들이 달려들어 둘러업는다. 사람들이 부축하며 마을 안으로 우르르 달려간다. 총 맞은 사람을 간호한다. 다리에 총상을 입었다. 붕대를 감고 지혈을 시킨다.
"아."
다리에 총을 맞은 한청단원이 고통을 이기지 못하고 계속 소리를 지른다.
"악!"

마을 입구 초소 옆에는 시체 여섯 구가 반듯하게 누워 있다. 시체 위에는 거적때기를 덮어 놨다. 마을 사람들이 모여 웅성거린다. 마을 사람들이 달려와 거적때기를 들춘다. 신분을 확인하는 순간 울음을 터트린다.

"아이고, 아이고… 내 새끼… 불쌍해서 어쩔끄나."

가족들의 통곡 소리가 슬프게 금성재 계곡에 메아리가 되어 울린다.

"아이고, 아이고…"

마을 청년들이 한꺼번에 반란군들이 쏜 총에 맞아 죽었으니 마을 전체는 혼란에 휩싸인다. 마을을 지키려던 일이, 오히려 화근이 되어 젊은 청년 여섯 명이 하룻밤 사이에 날아가 버렸다. 부상당한 청년단원은 병원으로 급히 후송되어 목숨은 살렸다.

"아이고! 우리 아들 살려 내시오!"

자식을 잃은 부모의 원한 섞인 울음이 끊어질 줄 모른다. 한날한시에 여섯 명이 죽었으니 마을에서는 공동으로 초상을 치르게 생겼다.

산동교회 마당 한쪽에 움막을 지었다. 움막이 점점 늘어난다. 진압군들이 집에 불을 지르는 바람에, 오갈 곳이 없어진 사람들이 원촌 지역으로 점점 모여든다. 원촌 지역은 움막을 지을 야산도 없는 평지 마을이다. 산동시장 입구나 시장 다리 밑에 바람막이 삼아 움막을 치는 사람들도 늘어났다. 산동시장은 구걸하는 사람들이 점점 늘어난다. 행색이 초라하다. 날씨가 점점 추워지고 있다. 추상윤 목사가 구걸하는 사람들을 붙잡고 교회 마당으로 들어선다. 임시로 가설한 움막 안에서 음식을 대접한다. 음식을 받아든 사람들이 추 목사에게 넙죽 인사를 한다. 음식을 게걸스럽게 먹기 시작한다. 추 목사가 교회 마당 움막을 돌아다니며 들여다본다. 움막 안으로 들어서자 몸져 누워 있던 이평댁이 몸을 일으키려고 안간힘을 쓴다.

복자가 빠르게 다가와 이평댁을 일으켜 세운다.

"힘드시면 일어나지 마십시오. 그대로 누워 계셔도 됩니다."

추 목사가 누워 있으라고 해도 이평댁은 몸을 일으켜 숨을 몰아쉰다.

"몸은 좀 어떻습니까?"

추 목사가 이평댁의 손을 잡아 주며 안부를 묻는다.

"목사님 감사합니다."

추 목사의 방문에 이평댁은 눈물이 그렁그렁해진다. 이렇게 고마울 데가 어디 있단 말인가? 살아도 살아 있는 게 아니다. 죽은 목숨이나 다름없다. 남편이 죽고 두 아들도 없어져 버렸다. 정욱과 정규는 죽었는지, 살았는지 소식이 없다. 오갈 데도 없는 이평댁과 복자가 쉴 수 있는 움막을 교회 마당에 허락해 준 것에 감사할 따름이다. 이평댁 가족들은 마을 사람들에게도 미운털이 박히었다. 반란군 주동자 가족이란 낙인이 찍혔다. 소위 말하는 빨갱이 가족으로 마을 사람들도 서로 마주치려 하지 않고 외면하는 눈치다. 불타버린 집 마당에 움막이라도 지어서 지내고 싶지만, 사람들 보기가 무서워 지낼 수가 없게 되어 버렸다. 이제 갈 곳도 없는 복자와 이평댁이다. 친척들도 모두 혼란을 외면하기 일쑤다. 서로 아는 체를 안하는 것만으로도 다행이라고 여길 정도가 돼 버렸다. 인심이 사나울 대로 사나워져 버린 상황이다. 불타버린 마당에서 눈물을 흘리고 있을 때 추 목사가 찾아와 손을 잡아 주었다. 몸까지 아파서 쉴 곳도 없던 차에 추 목사가 교회로 데리고 왔다. 추 목사가 움막 안으로 찾아온다.

"자, 기도합시다."

추 목사가 이평댁과 복자 손을 잡고서 기도를 한다.

"목사님! 감사합니다."

"감사합니다."

이평댁이 인사를 하자 복자도 따라서 추 목사에게 거듭 감사 인사를 한다. 추 목사는 묵례를 하고 움막에서 나온다. 추 목사는 다른 움막을 향하여 들어선다. 교회 마당에 줄줄이 늘어선 움막 안에는 오갈 데 없는 산동 사람들이 하나둘 늘어나고 있다. 각 움막에는 사람들이 겨우 누울 수 있는 공간만 확보한 셈이다. 먹을 것도 없던 차에 추 목사가 교회에서 식사를 제공하고 있는 것이다.

흰 두루마기를 입고 갓을 쓴 문중 사람들이 속속 모여든다. 반란 사건으로 인해 문중 종갓집 사람들이 모두 감옥에 가 있다는 소식이 전해졌다. 이대길과 이인철, 며느리 경자까지 감옥에 잡혀갔다는 일은 보통 일이 아닌 것이다. 십여 명의 문중 어른들이 모여서 머리를 맞댄다. 면사무소 면장실에 우르르 몰려 들어간다. 면장과 면담을 마친 문중 어른들이 지서장을 만나러 지서로 들어선다. 읍내 군수를 만나러 군청으로 들어선다. 읍내 경찰서장을 만나러 경찰서 안으로 들어간다. 유치장에 들어간 사람들을 구명하기 위하여 백방으로 힘을 쓴다. 이대길과 이인철이 읍내 경찰서에서 감옥으로 이송되었다. 그나마 총살당하지 않은 게 천만다행이다. 반란군들 수백 명에게 음식을 해 줬다는 죄목이 씌워졌다. 창고에 있는 쌀까지 몽땅 반란군들에게 빼앗긴 정황도 정상 참작이 될 수 없다. 반란군에게 협조를 했으니, 그냥 넘어갈 일이 아니다. 이대길과 이인철은 즉결 처형을 간신히 면했다. 그나마 문중 사람들과 면장을 비롯하여 군수까지 나서서 구명 운동을 해 주는 바람에 감옥으로 보내졌다. 군인들이 무조건 그 자리에서 총살하는 계엄 치하에서 군인들에게 즉결 처형을 당하지 않은 것만도 천만다행이다. 감옥 철창 속에서 이대길과 인철이 죄수복을 입고 갇혀 있다.

절골댁과 경자도 경찰서에 불려 갔다. 반란군들에게 음식을 해 줬던 것만으로도 피해 갈 수가 없게 되었다. 군인들에 의하여 취조를 당한다. 절골댁은 다행히도 간단한 취조만 마치고 나서 풀려났다. 경자가 군인들에게 고분고분 고개를 숙이며 대답을 한다. 시아버지와 남편까지 감옥에 수감되는 바람에 모든 가족이 불순분자 가족으로 분류되어 버렸다. 경자는 취조를 하다 보니 산동 상갓집에 갔던 일이 들통나 버렸다. 산동 지역 남로당 주동자 김정욱과의 관계가 드러난 것이다. 이대길과 이인철이 워낙 중대한 범죄로 판명났기 때문에 경자도 피해 갈 수가 없지만, 정상 참작이 되었다. 경자도 며칠간 유치장에 갇히는 신세가 되었다. 경자를 며칠 동안 경찰서 유치장에 가두어 두고 취조를 한다. 시아버지와 남편이 시키는 대로 한 일이었고, 남로당 경력이 나오지 않았다. 해방 후 애국부인회 활동을 한 경력이 참작되었다. 아이들도 두 명이나 있는 몸이고, 이대길과 이인철이 감옥에 수감됐기 때문에 경자까지 감옥에 이송하지는 않았다. 절골댁이 바쁘게 읍내 경찰서로 면회를 다니느라 전전긍긍하고 있다.

경자가 며칠 만에 경찰서 유치장에서 풀려나왔다. 집에 들어서자 아이들이 경자에게 달려든다. 며칠 동안 어미를 보지 못했던 아이들이 반가워서 어쩔 줄을 모른다. 경자가 풀려났으니, 감옥에 있는 시아버지와 남편의 면회를 가야 한다. 절골댁과 경자가 면회를 가기 위하여 집을 나선다. 감옥에 있는 시아버지와 남편을 면회하여 만난다. 문중 사람들과 마을 이장과 면장까지 나서서 구명 운동을 하고 있음을 전한다.

집으로 돌아온 경자에게 친정 소식이 들려온다. 우울한 소식만 전해진다. 친정아버지 초상을 치른 뒤에 동생 정규가 연락도 없이 사라져 버렸다는 것이다. 진압군들에게 끌려가 총에 맞아 어디서 죽었는지, 혹시 산으로 올라갔는지 행방을 알 수 없다는 것이다. 친정집은 진압군들이 불을 질러서 흔적도 없이 사라져 버렸다는 것이다. 세간살이 하나 건지지 못한 친정어머니와 동생 복자가 갈 곳이 없어서 교회 마당에 움막을 짓고 지내고 있다는 것이다. 다행히도 산동교회 목사님이 친정어머니와 복자를 보살펴 준다는 것이다. 경자가 절골댁에게 자초지종을 털어놓는다. 경자가 절골댁과 상의하여 쌀을 넉넉하게 보내기로 한다. 경자가 서둘러 산동교회로 쌀가마니를 은밀하게 보낼 계획을 세운다. 친정어머니와 복자가 먹을 양식이지만, 교회 사람들과 나누어 먹든지 알아서 할 일이다. 동네 사람들에게 들키지 않게 해야 한다. 깜깜한 밤에 은밀하게 쌀을 달구지에 가득 실어 보낸다.

박기철 사령관이 고개를 숙이고 막사 안에서 계속 두리번거린다. 사방팔방으로 산속에 숨어 있는 반란군들을 소탕할 묘안을 생각해내느라 머릿속이 복잡하기만 하다. 산속에 있는 반란군들이 내려오는 것만 기다려서는 안 되는 상황이다. 반란군들을 하루라도 빨리 소탕하려면 병력들을 산속으로 진격시켜 선제공격하는 일이 급선무다. 호랑이를 잡으려면 호랑이 굴 속으로 들어가야만 한다. 반란군들이 숨어 있는 지리산 속으로 깊숙이 진격하여 반란군들과 백병전을 벌여서라도 소탕해야만 한다. 노고단 고지를 점령해야 한다. 매일 밤낮으로 올라오는 봉화를 막아야 한다. 노고단 고지를 점령하고 난 후에는, 국군 진지로 탈바꿈시켜 군부대를 상주시켜야 한다. 지리산 깊숙이 숨어 있는 반란군들까지 소탕하기 위한 교두보를 구축해야 한다. 노고단 고지 점령은 가볍게 생각할 일이 아니다. 무턱대고 병력을 진격시켰다가 반란군들에게 또 기습을 당할 수도 있는 일이다. 반란군들을 소탕하려면 무슨 수를 써서라도 군민들의 환심을 사야 한다. 군민들의 협조 없이 반란군들을 소탕하는 일은 어려운 일이다. 강압적으로 군민들을 닦달하는 것으로 반란군들과 내통하는 것을 막는 데는 한계가 있다. 주민들을 어르고 달래서라도 국군에게 협조할 수 있는 여건을 만드는 일이 시급한 문제다. 군민들에게 환심을 사기 위한 방법은 무엇일까? 고민하고 또 고민하는 중이다. 박기철은 구례에 도착하자마자 당일 밤에 반란군들에게 기습 공격을 당하고 말았다. 그 후로도 반란군들은 계속해서 공격해 오고 있는 상황이다. 마음 같아서는 구례군민들 모두를 빨갱이로 몰살을 시켜 버리고 싶은 심정이지만, 그럴 수는 없는 일이다. 진압군과 소수의 경찰력만으로는 반란군들을 소탕하기가 어렵다. 한청단원들의 도움을 받고 있지만, 그것만으로는 부족하다. 군관민이 모두 합심해야만 이 난국을 타개할 수 있다. 이미 호남 일대에 계엄령이 내려졌다. 계엄령만 가지고 반란군들을 소탕하기에는 역부족이다.

"부관!"

부관이 들어온다.

"예, 사령관님!"

"대대장 들어오라고 해!"

"예."

연대장의 호출에 문주석 대대장이 급하게 들어온다.

"전번에 군청에 쌀 얘기는 전달했나?"

"예, 군청에 쌀 얘기는 해 놨습니다."

"알았어."

계엄사령관실에 박기철 사령관, 김영대 군수, 주상식 경찰서장, 구
례읍사무소장, 금융조합장, 우체국장 등 기관장들이 모였다. 구례
지역 계엄사령관인 박기철이 읍내 기관장들만 긴급 소집한 것이다.
회의 시작 전부터 기관장들끼리 평소와는 다르게 아무도 입을 떼는
사람이 없다. 무거운 침묵만이 흐른다. 요즘 진압군들이 구례에 입
성했지만, 번번이 반란군들에게 공격을 당하고 있는 상황이다. 또
무슨 불상사가 일어날지 불안하기만 하다. 구례골에 전쟁이라도 터
진 것처럼 수시로 총격 소리가 들려온다. 주민들은 총격 소리에 불
안해 떨고 있다가 겨우 한숨을 놓는다. 반란군들도 많이 죽었다고
는 하지만, 진압군들이 반란군들에게 몰살당했다는 소문도 수시로
들려온다. 군민들은 그 소식에 불안하기만 하다. 그 소문을 듣고 있
으니, 이번엔 진압군들에게 아무 죄도 없는 군민들이 또 얼마나 죽
어 나갈까 하는 걱정이 앞선다. 날이 밝아지면, 이번에는 진압군들
이 어느 면, 어느 산간 마을에 몽땅 불을 질러 버렸는지 궁금할 정

도로 민심이 흉흉하다. 군민들이 또 진압군들에게 얼마나 더 죽었다는 무시무시한 소문만 들려온다. 반란군들에게 죽임을 당한 일도 억울하지만, 진압군들이 군민들에게 가한 작전은 기가 막힐 일이다. 시시비비도 가리지도 않고, 반란군들에게 협조하였다는 의심만으로 산간 마을 사람들을 총살한다. 잔인무도한 진압군들이 야속하고 무섭기만 하다. 반란군들과 내통하고, 식량을 빼앗겼다는 이유로 반란군들의 근거지를 없애 버리기 위해 사십여 개의 산간 마을에 몽땅 불을 질러 버리는 극악무도한 일이 벌어지고 있다. 구례 군민들을 죽인다는 표현보다도, 구례군민들을 단체로 학살시키고 있는 것이다. 추위가 닥쳐오는데, 갈 곳이 없는 산간 마을 사람들은 잠잘 곳이 없어 산비탈에 움막을 치고 겨우 연명해 나간다는 소문을 들으면 억장이 무너진다. 움막도 준비가 안 된 사람들은 토굴 속에서 살아간다는 것이다. 구례 지역 계엄사령관의 소집 명령만 나오면, 무슨 명령이 떨어질지 두렵기만 하다. 진압군들의 명령 하나에 군민들의 목숨이 달려 있다. 침묵을 깨고 박기철이 먼저 입을 연다.

"안녕하십니까? 여러분들도 잘 아시다시피 반군들이 점점 험악하게 날뛰고 있습니다. 이대로 방심하고 있다가는 산속에 숨어 있는 반란군들 때문에 구례 군민 전체는 물론이요, 구례에 주둔해 있는 국군 전체가 몰살당할 수도 있습니다. 이미 구례골에서 얼마나 많은 국군들이 반란군들에게 희생되었는지 잘 아실 겁니다. 전임 사령관도 반란군들에 의하여 희생되었고, 간전학교에서는 하사관 교육대가 통째로 몰살을 당해 버렸습니다. 산동 지역에서 연이어 국군들이 많은 피해를 입었습니다. 여러분들의 가족인 경찰들과 공무원들과 국민회 간부들이나 한청단원들도 반란군들에게 희생되었습니다. 구례 곳곳에서 반란군들에게 주민들이 계속 죽어 나가고 있습니다. 광의면 방광리, 구만리 두 개 마을에서도 반란군들에 의해 주민들이 희생되고 있다는 보고가 계속 올라오고 있습니다. 반란군들을 즉시 소탕하지 않으면 우리가 죽게 생겼습니다. 한순간이라도 방심은 금물입니다. 국군과 경찰과 군민 모두가 힘을 합쳐야만 저 반란군들을 물리칠 수 있습니다. 좋은 의견이 있으면 허심탄회하게 말씀해 주십시오."

박기철의 단호한 말투에 김영대와 주상식은 주눅이 들어 있다. 계엄 치하에서도 진압군들까지 죽어 나가고 있는 상황이다 보니 서로 힘을 합하지 않고, 까딱 방심하기만 해도 무슨 큰일이라도 벌어질 상황임을 서로가 잘 알고 있다. 주상식이 박기철의 눈치를 보면서 조심스럽게 입을 연다.

"그나저나, 사령관님 고상이 많으십니다. 부임하자마자 쉬지도 못하고, 전쟁터나 다름없이 반란군과 대적하여 죽음을 무릅쓰고 밤낮으로 맨날 싸워야 하니 참으로 고상이 많으십니다. 산으로 올라간 반란군들을 소탕해야만 살아남는다는 걸 똑똑히 보았습니다. 산속으로 올라가 버린 반란군들은 어쩔 수 없다 치더라도, 민간인들 중에는 아직도 반란군들과 내통하는 좌익들이 곳곳에 숨어 있는 게 사실입니다. 민간인 신분 행세를 하며 첩자 놀이를 하는 사람들을 먼저 골라내야 합니다. 반란군들과 내통하는 첩자들을 모조리 색출해 내야만 합니다."

주상식은 진압군들이 구례를 장악한 후에 후임 경찰서장으로 임명되어 구례로 온 지 며칠 되지 않아, 본분을 다하려고 애쓰는 중이다. 경찰 병력이래 봐야 각 면 지서에 있는 경찰과 읍내에 있는 경찰들 전체를 합쳐 백여 명도 되지 않고, 국군의 보조 역할을 수행하는 정도다. 경찰 병력의 부족분을 한청단원으로 보충하여 방어를 하는 정도이고, 계엄사령관의 도움이 없이는 무기를 가진 반란군들에게 대적하기에 역부족인 셈이다.

"나는 저 산으로 올라간 반군들도 문제지만 그들과 계속 내통하고 있는 구례 군민들 모두가 빨갱이라고 보고 있습니다. 그러지 않고서야 어떻게 반란군들이 국군의 정보를 몰래 빼내서, 국군을 향해 오히려 선제공격을 해 온단 말입니까? 아무리 생각해도 군민들 속에 첩자들이 우글거리고 있다고 보고 있습니다. 어느 놈이 첩자이고, 어느 놈이 첩자가 아닌지 구분이 어려운 형국이라서 구례군민 전체를 모두 빨갱이라고 보고 작전을 펼치려고 합니다. 그러지 않고서는 반란군들이 산속에 숨어 쥐새끼마냥 밤에만 살금살금 기어 나와 국군을 공격하고, 양민을 학살하고 도망가는데, 어느 놈을 잡아 족쳐야 할지 좋은 의견이 있으면 말씀하시오."

박기철은 화난 목소리다. 사령관의 강한 말투와 구례 사람들 모두가 빨갱이라고 하는 대목에서 김영대 군수의 얼굴이 저절로 찡그려진다. 듣기가 매우 거북하다. 그러잖아도 진압군들이 빨갱이들에게 당한 보복 조치로 군민들을 사살하고, 마을 전체에 불까지 질러 버리는 극악무도한 일을 하는 데 대해 말은 못 하지만, 군수로서 속이 타들어 가는 마음이야 이루 말할 수가 없다. 군민들을 보호하는 데 계엄사령관에게 앞에 나서지 못하는 것에 대한 죄책감도 마음 한구석에 도사리고 있다.

"사령관님이 고생하시는 거 잘 압니다. 사령관님께서 목숨을 내놓고 저 반란군들과 전쟁터나 다름없는 격전을 치르고 있는데, 저희

군민이 어떻게 해서라도 도와드려야 함은 잘 알고 있습니다. 그렇다고 구례군민 모두를 빨갱이라고 여기고 무조건 죽이려고 달려든다면, 군민들의 피해는 엄청날 것입니다. 그렇게 되면 오히려 주민들에게 반감을 줄 뿐만 아니라, 군민들 중에서 혼란을 틈타 반란군들 쪽으로 합세해 버리면, 일은 점점 더 수습할 수가 없게 될 수도 있습니다. 구례 군민들 모두를 무조건 빨갱이라고 여기시면 곤란합니다. 순진한 군민들은 반란군들이 총을 들이대니까 순간적으로 살기 위해서 어쩔 수 없이 시킨 대로 했을 겁니다. 사령관님께서도 현재 벌어지고 있는 상황이 답답하실 줄 압니다만, 이런 상황에서는 주민들을 어르고 달래서라도 우리 편으로 만들든지, 국군들이 군민들을 안심시키러 왔다고 계속해서 계몽하는 수밖에 없다고 봅니다."

김영대는 지금까지 진압군도 많이 죽고 피해를 입었지만, 최근에 점점 더 구례 전역 마을을 통째로 불태워 버리는 무시무시한 작전을 펴고 있는 진압군들이 못마땅하기만 하다. 정도껏 해야지, 하는 마음이 있었지만, 속으로만 삭여 왔다. 누구에게 하소연도 할 수 없는 일이었다. 구례 군민들을 모두 빨갱이로 여기고 작전을 수행한다고 하니 은근히 부아가 치민다. 얼마나 더 많은 군민들이 희생될까 걱정이 된다. 군수로서 계엄사령관에게 군민들의 희생을 줄여 보기 위한 방법을 찾아보자는 취지이기도 하다.

"나도 고민이 이만저만이 아닙니다. 반란군들에게 우리 국군이 당한 것만 생각하면, 그동안 해 왔던 것보다 더 강하게 구례 군민들까지 싹 쓸어 버리고 싶은 심정입니다."

박기철의 울분에 싸인 목소리가 계속되자 모인 사람들이 서로의 얼굴을 다시 한번 쳐다보며 눈을 크게 뜬다. 박기철은 주민을 달래는 방법을 협의하기 위해 모임을 주선하려고 했지만, 그동안 반란군들과의 전투를 생각하면, 아직 분노가 덜 풀린 탓에 기관장들에게 화풀이하고 싶은 심정뿐이다. 박기철의 속마음은 의심이 조금이라도 있는 군민들을 계속 총살해 가면서 작전을 수행할 수밖에 없는 일이다. 한편으로는 진압군들이 군민들을 구하기 위해 작전을 펼치고 있다는 것을 알려야만 한다. 군민들에게 환심을 얻어야만 한다. 그래서 군민들에게 쌀을 조금씩이라도 나눠 주자고 마음먹고 모임을 주선한 것이다.

"사실은 오늘 기관장님들을 이렇게 모이게 한 것은… 대한민국 국군은 주민들을 달래는 방법으로 쌀을 직접 나눠 주려고 마음을 먹고 있습니다. 여러분들의 생각은 어떻습니까?"

조금 전까지만 해도 박기철이 화를 참지 못하고 무섭게 말을 내뱉더니, 갑작스럽게 호의적인 제안을 내놓자, 모여 있는 사람들끼리 놀라는 표정으로 서로 얼굴을 쳐다본다.

"그동안 벌어진 상황을 봤을 때, 사령관님의 심정을 저희들도 잘 헤아리고 있습니다. 주민들을 무조건 빨갱이로 몰고 간다고 하면, 주민들에게 오히려 반감만 줄 수도 있습니다. 여론은 점점 더 악화되어 반란군들에게 좋은 여건만 형성해 줄 수 있는 꼴이 될 수도 있습니다. 국군들이 주민들에게 직접 쌀을 배급해 주는 것은 찬성합니다."

주상식이 박기철의 제안을 찬성한다. 주상식의 찬성 제안에 모두가 고개를 끄덕거린다. 조금 전까지도 구례 사람들을 모두 빨갱이로 여기고 싹 쓸어 버리겠다고 핏대를 올린 사령관의 화난 목소리와는 완전 딴판이다. 무슨 수를 써서라도 반란군들을 소탕해야만 하는 긴박한 상황이다. 다급하기로 치자면 박기철 사령관이 더 다급하다. 반란군들을 섬멸하기 위해 촌각을 다투는 일이다. 박기철도 그동안 많은 고민을 해 왔다. 그렇지만 쌀이 하늘에서 당장 떨어지는 것도 아니고, 구례 땅에는 반란군들이 먼저 들어왔다가 산속으로 들어가 면서, 금융조합 창고에 쌓아둔 쌀을 강탈해 가 버렸다는 보고를 받 았다. 박기철이 고민을 하면서도, 쌀을 어떻게 확보해야 할지 기관 장들과 협의하려고 자리를 마련한 것이다. 박기철의 표정이 밝아진 다.

"좋습니다! 쌀을 배급하기로 합시다."

박기철의 단호한 목소리에 모여 있던 사람들이 서로 얼굴을 바라 보며 환하게 웃는다.

"구례에 보관된 쌀이 얼마나 있습니까?"

박기철이 군수를 향해 묻는다.

"군 조합 창고에 쌀이 제법 있었는데, 반란군들에게 모두 강탈당 해 버렸습니다. 남아 있는 쌀이 조금밖에 없는 걸로 알고 있습니다."

군수는 며칠 전에 계엄사령관이 보낸 부관과 대대장으로부터 쌀 을 준비하라는 지시를 전달받았지만, 쌀을 구하려고 알아보고 있던 차다.

"쌀이 없으면 도청에 연락해서라도 확보해야 합니다. 쉬운 일이 아 니겠지만 긴급 구호품이라고 잘 설명을 해서라도 최대한 빨리 구해 야 합니다. 구할 수 있겠습니까?"

"예. 상부에 요청해 봐야죠. 구례에는 반란군들이 이미 군 조합 창고에 있었던 쌀을 몽땅 털어 가 버렸고, 각 면 지주들의 집 안에 있던 쌀도 강탈당했을 겁니다. 도청에 긴급 구호품 지원 요청을 해

보는 수밖에 없을 것 같습니다. 인근 군에도 도움을 요청해 볼 참입니다."

"쌀 확보가 여의치 않으면 말씀하십시오. 당장 급한 일이기 때문에 도청에 연락하든지, 인근 군에서 지원을 받든지…. 정 어려우면 내가 군 상부에 보고해서라도 쌀이 빨리 확보될 수 있도록 조치를 해야 합니다."

"예, 힘써 보도록 하겠습니다."

군부대가 주둔하고 있는 학교 운동장에 주민들을 모이게 한다. 주민들이 학교로 모여들기 시작한다. 학교 안은 점점 사람들로 꽉 찬다. 군데군데 군인들이 총을 들고 주민들을 지도한다. 만일의 사태를 대비하기 위한 경계가 철저하다. 반란군들을 도운 사람들을 색출하여 보복하는 일과, 주민들이 국군에 협조하도록 달래는 유화 작전을 동시에 시도해야만 한다. 이 상황을 틈타 반란군들의 첩자는 없는지 경계를 늦추지 않는다. 아무리 주민들을 잡아들인다 해도 주민들의 협조 없이는 쥐새끼마냥 산속에 숨어서 있다가, 밤이 되면 살금살금 내려와 주민들을 협박하는 반란군들을 잡을 수가 없다. 밤이면 반란군들이 산에서 내려와 경찰과 진압군들에게 협조한 반동분자를 색출한답시고, 주민들을 죽이는 피의 보복이 자행되고 있다. 이 악순환을 끝내야 한다. 박기철 연대장이 구령대에 오른다. 주민들 모두 박기철에게 집중한다.

"우리 진압군은 주민 여러분들의 안위를 위하여 적군을 소탕하기 위한 임무를 띠고 온 대한민국 국군입니다. 옛 선조들로부터 대대로 이어온 예의범절의 고장이요, 충절의 고장으로 전국에서 제일가는 구례 땅을 지키기 위해서는, 주민 여러분들과 우리 국군이 합세하여, 저 반군들을 소탕해야 합니다. 부디 군민 여러분들께서 많은 도움 주시기를 당부드립니다."

며칠 전, 피를 질질 흘리고, 팔뚝과 다리가 잘려 나간 반란군들의 시체를 운동장에 진열해 놓고 군민들에게 겁을 줬던 때와는 사뭇 다르다. 인정사정도 없는 무서운 진압군이 아니라는 것을 보여 주고 있다. 박기철 사령관의 목소리도 많이 가라앉은 분위기다. 어쨌든 군민들의 마음에 들게 하려면 억압적인 분위기를 만들면 안 되는 상황이다. 군홧발 소리와 함께 들이닥친 군인들은 성난 사자나 다름 없었다. 반란군들과 벌어지는 전투에서 주민들은 안중에도 없었다. 반란군들에게 패한 화풀이를 군민들에게 쏟아붓는 격이었다. 반란군들에게 먹을 것을 주고 정보를 알렸다고, 애매한 사람들을 잡아다 취조하고 죽이고, 마을에 불을 지르는 것과는 달리, 계엄사령관의 말투부터 조금 부드러워진 기색이 보인다. 박기철은 학교 운동장에 모여 있는 군민들을 향해 깍듯이 예의를 지킨다. 군민들이 서로 얼굴을 쳐다보면서 군인들의 눈치만 살핀다. 학교에 모인 군민들에게 또 무슨 날벼락이 떨어질지 걱정이다. 초조한 눈빛으로 군인들의 지시에 따른다. 군인들이 나서서 아무렇게나 운동장에 서 있는 사람들을 한 줄로 줄을 세운다. 한 줄로 길게 늘어선 주민들이 군인들의 지시에 따른다. 쭈뼛거리며 군인들의 눈치를 보며 불안해하는 기색이 역력하다. 주민들이 군인들의 지시에 맞춰 한 사람 두 사람 길게 줄지어 따라간다. 군인들이 쌀자루에서 쌀을 퍼 담는다. 한 사람씩 주민들에게 쌀을 배급하기 시작한다. 쌀을 받은 주민들의 얼굴에 웃음이 번진다. 쌀을 받은 주민들은 군인들에게 넙죽 감사의 인사를 하고 돌아선다. 쌀을 받아든 주민들이 신이 나서 쌀을 들고 운동장을 빠져나온다. 목을 길게 빼고 그 광경을 바라보던 주민들이 웅성거리기 시작한다.

"아따 시방, 뭔 일이당가?"

"국군들이 쌀을 다 준다네?"

주민들은 들뜬 기분으로 웅성거린다.

"아따 이제 제대로 된 세상이 올랑갑그만이라."

"그렇께 말이어라. 그라먼 우리도 어디 한번 줄을 제대로 서 보드라고 잉!"

쌀을 받아든 주민들도, 그걸 구경하며 순서를 기다리던 주민들도 얼굴에 화색이 돈다.

"자! 쌀을 받은 사람들은 저쪽으로 비키셔요. 두 번 받으면 안 되니까 저리로 나가란 말이오. 자! 자! 이리로 나가셔요."

군인들이 질서를 잡는다. 주민들은 그동안 낮이고 밤이고 집합을 당하면 항상 죽음의 공포에 벌벌 떨어야만 했다. 진압군이 쌀을 준다 하니 반신반의하던 주민들의 얼굴색이 변했다. 당장 배고픈 주민에게 식량을 준다니, 이보다 더 좋을 순 없는 일이다. 학교 운동장에서 군인들이 쌀을 준다는 소문이 삽시간에 퍼졌다. 학교에 오지 못했던 주민들까지 학교로 모여든다. 학교에는 쌀을 배급받으려는 주민들의 긴 행렬이 이어진다. 주민들 속마음이야 알 수 없는 일이고, 군민들 중에는 산쪽 사람들과 왕래하는 첩자도 있을 테지만, 쌀 배급 앞에서는 마음이 바뀔 만한 일이다. 목구멍이 포도청이라고, 일단 받고 보자는 심리에서 쌀 배급을 받는다. '진압군은 주민편이다.'라는 제스처를 주민들에게 보여 주고 협조를 구해야만 반란군들을 색출하고, 잡아들일 수 있다. 반란군들이 멀리도 있지 않고 노고단을 중심으로, 산속 곳곳에서 숨어 있다가 언제, 어느 때 공격을 해 올지 모르는 상황이다. 쌀을 받은 주민들은 학교에 주둔한 진압군들에게 호의적으로 변해 간다. 쌀 배급이 아니었더라도, 주민들이 진압군에게 호의적일지 아닐지를 선택할 여지도 없는 군민들의 상황이지만, 진압군들은 군민들 편이라는 소문이 삽시간에 퍼진다. 쌀을 받은 주민들의 얼굴에는 웃음꽃이 피어난다. 생각지도 못했던 쌀을 공짜로 받는 호사를 누리고 있다. 마주치는 군인들에게 허리를 굽혀 감사 인사를 한다. 인사를 받은 군인들도 함께 고개를 숙여 인사한다.

32

———

총공세

장기만은 진압군들이 산으로 공격해 올 것을 대비해 부대원들을 지리산 깊숙한 곳으로 진지를 구축하게 한다. 만복대, 노고단, 임걸령, 화개재, 토끼봉 곳곳에 봉화를 올리는 담당구역을 지정해 준다. 매일 정해진 시간대에 봉화를 올려서 서로가 건재함을 과시하고, 산 아래에 주둔한 진압군들에게 무언의 압박을 계속 가하는 것이다. 특히 노고단은 상징성이 있는 곳이다. 장기만 부대도 노고단만큼은 양보할 수 없는 고지다. 구례 지역에서 진압군들과의 전투에서 승승장구하였다. 그런 연유로 인하여 진압군들의 주둔 규모가 병력을 계속 증원시켜 왔다. 지리산 주변에 있는 구례군, 남원군, 하동군, 마천군, 함양군, 산청군 중에서도 구례에 가장 많은 병력이 주둔하고 있다는 정보가 올라오고 있다. 더 철저히 경계를 하여 노고단 고지를 진압군에게 빼앗겨서는 안 되는 것이다. 구례에서 맘만 먹으면 진압군 주력부대도 단숨에 노고단으로 밀고 올라올 수 있는 거리다. 진압군들이 언젠가는 노고단 고지를 향해 공격해 오리라 예상한다. 수차례 화엄사계곡과 문수골계곡에 진압군들이 진격을 하여 왔지만 중간에서 돌아갔다. 진압군들이 아직은 산속으로 깊숙이 진격하지 않았지만, 곧 산속으로 본격적으로 진격하리라 예상을 한다. 그때를 대비하여 미리 철저하게 준비해야 한다. 주력부대는 노고단을 피해 일찌감치 깊은 계곡 속에 아지트를 마련하게 한다. 그곳에서 미리 준비해 온 등사기로 유인물을 찍어 낸다. 그 유인물로 지리산 곳곳에서 아지트를 마련한 부대원들에게 연락하여 노고단에 모여 서로 소통하는 역할을 한다. 식량도 비상시를 대비하여 곳곳에 숨겨 두고, 장기전을 치르더라도 식량이 부족하지 않도록 만반의 대비를 시킨다. 지리산 속에서 겨울을 지내야 하는 작전을 지시한다. 진압군들이 산속으로 올라오면 언제라도 격퇴할 만반의 준비를 하게 한다. 진압군들이 산속으로 공격해 오더라도 훨씬 유리한 고지에서 공격을 가할 수 있는 셈이다. 일당백으로 진압군들에게 수시로 기습 공격을 하여 큰 피해를 주어야 한다.

밤이 되자 계곡 속에 몸을 숨겼던 동지들이 노고단에 모여든다. 작전 지시를 듣고, 작전에 참가하기도 한다. 등사기로 찍어 낸 유인물을 전달받기도 한다. 구례 지역에서 진압군을 상대로 여러 번 전투를 치르느라고 숨 돌릴 틈이 없었다. 지승호가 남들보다 몸을 많이 움직인다. 단숨에 빠른 걸음으로 노고단에 도착한다. 봉홧불을 피워 올린다. 전투할 때도 두려움 없이 앞장서서 공격 대열에 가담하여 전투를 승리로 이끄는 데 주역이 되었다. 산에서도 누구보다도 앞장서서 솔선수범하여 일을 해낸다. 지승호와 이명일이 노고단에서 산 아래를 바라보며 앉아 있다. 구례 읍내가 멀리서 불빛으로 가

물가물거린다.

"지승호 동무, 고상 많았어. 전번에 산동 송평다리 전투에서 보니까 역시 힘이 장사야."

"제가 뭘요."

"전투하는 데도 가장 앞장섰던 터라 힘이 들었을 텐데, 획득한 무기까지 남들보다 서너 배 이상을 산으로 짊어지고 오느라고 수고 많았어."

나이가 한참 어린 지승호에게 이명일이 웃으면서 칭찬을 계속해도, 지승호는 겸손하다. 지승호는 요즘 기분이 너무 좋아 사기가 충천되어 있다. 여러 번의 전투에서도 몸을 사리지 않고, 선두에 서서 임무를 제대로 수행했기 때문이다. 그동안 살아오면서 누구에게 칭찬을 받거나 인정을 받은 일이 없었던 지승호는 제대로 사람대접을 받는 기분이다. 지승호는 산 아래에서는 남들 앞에 나서는 일은 엄두도 못 냈다. 부모님이 대대로 해 오던 푸줏간에서 짐승을 때려잡는 백정의 일을 지승호도 당연시하며 해 오던 일이었다. 혹시, 사람들이 본인 얼굴을 알아볼까 봐 머리를 길게 늘어뜨려 얼굴을 가리고, 고개도 제대로 들고 다니지 못한 생활이었다. 습관적으로 남들의 시선을 피하거나, 모습을 감추기 바빴다. 아무리 세상이 변해 가고 있다지만, 무의식 속에는 백정을 향한 사람들의 시선은 무시하기 일쑤라고 여겼다. 본인 스스로도 푸줏간에서 도끼와 칼을 들고, 피를 튕기면서 짐승들이나 때려잡는 백정이라는 일을 자랑스럽게 여기지 못했다. 생각의 틀을 벗어나지 못하고, 항상 남의 시선을 의식하게 하는 한계에 사로잡혀 있었다. 그러면서도 뭔가 세상 밖으로 분출하지 못하는 숨어 있는 혈기가 항상 지승호에게는 꿈틀거리

고 있었다. 혁명군들이 들이닥치면서, 평등한 새로운 세상이 만들어
진다는 말에 귀가 솔깃해졌다. 남로당원에 가입하고, 혁명의 대열에
참여하면, 나 같은 사람도 차별 없이 동등하게 대해 준다기에 무조
건 좋았다. 그래서 두말하지 않고 혁명군들의 뒤를 따라 산으로 올
라왔다. 산에서 동지들끼리 서로를 각별히 챙겨 주고, 남들보다 더
인정받는 것이 신나는 일이다. 차별 없는 세상이 너무 좋은 것이다.
지승호는 주위 사람들에게 칭찬을 받을 때마다 가슴이 벅차오른다.
혁명의 대열에 참여한 일이 기쁘기만 하다. 누가 시키지 않아도 무
슨 일이든지 제일 먼저 솔선수범하여 선봉에 나선다.

"지승호 동무, 힘들지 않아?"

"괜찮습니다."

이명일이 지승호에게 묻는다. 둘은 같은 마을에 살면서도 말도 섞
어 본 적이 없지만, 산에 올라와서는 이명일이 지승호를 챙긴다. 같
은 마을 출신이라고 어딘지 모르게 통하는 게 있다. 그동안 산에 올
라와서 전투를 하느라 바쁘게 지내 왔지만, 서로 한가로이 대화할
기회가 없었다. 차츰 서로 누구인지 잘 아는 사이가 되었어도, 가까
이서 말을 나눌 기회가 없었다.

"지승호 동무, 요즘 기분이 어때?"

"기분이 좋습니다."

지승호는 산에서 모든 사람들이 그동안 무엇을 하고 살아왔는지,
지위고하를 막론하고, 평등하게 서로 동무라고 부르는 호칭 소리만
들어도 기분이 좋다.

"지승호 동무가 기분이 좋다고 하니까, 나까지 기분이 좋아지네."

"나는 산에 올라와 강진태, 남형석, 명일이 아저씨까지 한 동네 분

들과 함께 일하는 것이 좋습니다."

산에서는 모두가 동무라는 호칭을 해야 하지만, 연파리마을의 잘 아는 분들이라서 '아저씨'라는 호칭이 저절로 나와 버린다. 그만큼 친밀감이 서로 통한다는 것이다.

"그래? 나도 그래. 지승호 동무가 우리 마을 출신이라는 것도 무조건 기분이 좋고, 산에 올라와서 지승호 동무가 모든 일에 앞장서서 몸을 아끼지 않고 전투에 참가하고, 궂은일에도 솔선수범하는 모습이 너무 좋아 보여."

"그래요? 나는 산에 올라와 혁명군의 대열에 참가하는 것만으로도 기분이 항상 즐겁습니다."

"산에서 이구동성으로 지 동무를 칭찬할 때마다 나까지 기분이 좋아져."

"저는 아저씨도 알다시피, 가축 도살장에서 피를 묻히며 평생을 살아왔잖아요. 그동안 나 자신이 별 볼 일 없는 놈이라고 여기고 살아왔는데, 혁명군에 가담하여 힘을 보태고 있다는 일이 너무 즐겁습니다. 사람으로 태어나서 처음으로 주변 사람들로부터 칭찬과 격려를 받는 일이 너무나도 즐겁습니다. 내가 태어나서 평등하게 살면서, 사람답게 인정을 받는다고 생각하니 너무너무 기분이 좋습니다. 저는 혁명 사업을 하다가 언제 죽어도 여한이 없습니다."

지승호는 같은 마을 출신 이명일을 만나자 마음속에 있는 말을 쏟아 낸다. 그동안 누구에게도 말하지 못했던 속마음을 말하고 나니 후련하고, 기분이 더 좋아진다. 앞으로 산속에서 어떤 일이 벌어지더라도 두려울 게 없다.

윙 윙 윙 윙 윙….

비행기가 노고단 상공을 높이 날며 선회를 시작한다. 비행기에서는 매일 삐라를 계속 뿌려 댄다. 지리산 곳곳에 수많은 삐라가 흩날린다. 산속에 숨어 있는 반란군들에게 우선 선무공작을 통하여 자수를 권유한다. 지리산 총공세를 시작하기 전에 반란군들을 회유한다. 산속에서 추위에 떨고 있고, 배가 고파 굶주리고 있다가 동요하고 있을 반란군들을 자수시키기 위한 작전이다. 지리산 속에 숨어든 반란군들도 대한민국의 국민이다. 반란군들을 소탕하기 위한 총공세 전에 반란군들이 동요되어 산에서 내려와 자수하기만을 간절히 바라고 있다. 김정규에게 삐라가 살며시 떨어진다. 삐라를 주워서 읽어 본다.

친애하는 제4, 14연대의 사병 제군들. 군들은 조국을 사랑하는 위대한 용기로 동포 살상 무기를 버리고, 제일 가까운 곳에 있는 정의의 사도, 대한 육군에 가담하라. 대한 국군에 대하여 지속하여 저항한다면, 군들의 육체는 허기와 영양부족 그리고 견딜 수 없는 육체적 고통에 파멸하고 말 것이요, 국군의 맹렬한 정의의 총 끝에 군들의 생명은 초개같이 흩어지고 말 것이다. 전선 전우여 조용히 반성하라. 그리하여 모든 거짓말과 그릇된 지도에서 벗어나라. 우리의 장래에는 오직 대한민국이 있을 뿐이요, 우리 국군은 자라나는 대한민국의 간성이며 수호신인 것이다. 전선 전우여, 오라. 빨리 오라. 우리는 그대들이 한 번 더 용감히 우리 국군 진영에 돌아오기를 진정으로 고대한다.

호남지구 군사령관

박기철이 노고단을 바라본다. 노고단 꼭대기에만 하얗게 눈이 덮였다. 산 아래에도 낙엽이 떨어지고 본격적으로 겨울이 시작되는 신호탄인 셈이다. 반란군들은 아직도 기세등등하게 노고단에 매일 봉화를 올리고 있다. 아직도 반란군들의 수중에 있는 노고단 고지를 점령해야 한다. 어떻게 하면 부하들의 피해를 적게 하고, 노고단 고지를 점령해야 할지 고민 중이다. 그동안 구례 지역에서 반란군들에게 희생당했던 부하들을 생각하면 당장에라도 노고단으로 진격하여 반란군들을 박살을 내 줘야 한다. 바로 지척에 보이는 노고단 고지이지만, 반란군들이 판을 치고 있는 노고단을 점령하기는 쉬운 일이 아님을 안다. 산동 송평다리에서 반란군들에게 많은 총과 탄약을 빼앗기는 바람에, 그들의 세력이 막강해졌으리라 본다. 얼마나 많은 반란군들의 세력이, 지리산 어느 계곡에 숨어 지내는지 알 길이 없는 상황이다. 진압군들을 노고단으로 당장 출동시켜야 한다. 어떤 희생을 치러서라도 노고단을 먼저 점령해야 한다. 노고단 고지를 점령하고 난 후에 진압군의 진지를 구축하여야 한다. 진지를 구축하고 지리산 깊숙이 숨어 있는 반란군들의 씨를 말려 버려야 한다. 구례에 주둔한 병력만으로는 안 되는 일이다.

광주 사령부에 지휘관들이 총출동하였다. 미군 장교를 비롯하여 각 부대의 지휘관들이 모였다. 긴장감이 감돈다. 연일 출몰하여 진압군들과 싸움이 벌어지는 지리산과 백운산 일대의 반란군들을 일시에 소탕시키려는 작전을 준비한다. 지리산 지도를 펴 놓고, 지휘봉을 짚어 가며 작전을 지시한다. 지리산 전역에서 일시에 공격을 해야만 반란군들을 소탕할 수가 있는 작전이다. 백운산은 광양과 순천 지역에 주둔한 부대가 반란군 토벌을 맡는다. 그 이외의 모든 부대는 지리산을 집중 공격한다. 특히 노고단 계곡을 집중 공략하여 노고단 고지에 부대 진지를 구축한다는 목표다. 산 밑에서 간헐적으로 공격을 해서는 산속에 숨어 있는 반란군들을 소탕하기가 어려운 일이다. 광주와 남원 사령부와 긴밀한 협조로 연합작전을 개시해야 한다. 남원 사령부에 주둔한 병력을 필두로 구례, 하동, 함양, 산청 지역까지 주둔하고 있는 진압군들은 물론이거니와, 경찰 병력까지 일시에 총출동시키는 작전을 해서 반란군들을 일시에 소탕해야 한다. 워낙 방대한 지역의 지리산이다. 광주에 주둔한 사령부로부터 경비행기와 미군으로부터 공중폭격을 지원받음으로써 총공세를 펼치는 작전이다. 일단 노고단 고지를 점령하여 진지를 구축하라는 작전이 하달된다. 지상에서는 지리산 전체를 그물망처럼 포위해서, 산 아래에서부터 정상을 향하여 지리산 속으로 총공격을 가하라는 작전 명령이 하달되었다. 총공세는 비밀 작전이 우선이다. 반란군들에게 비밀이 누설되기라도 하면, 반란군들이 산속 깊은 곳으로 숨어 버릴 수 있다. 아니면, 반란군들이 먼저 선제공격을 해 올 수도 있기 때문에 대비해야 한다.

동이 트기 전 이른 새벽이다. 연대 본부에 지휘관들이 총출동하였다. 각 부대 지휘관들이 지도 앞으로 모여든다. 지도에 집중한다. 노고단 고지를 점령하기 위한 작전 지시를 내린다. 박기철 연대장이 지휘봉으로 노고단을 가리킨다. 주력부대는 화엄사계곡을 통해서 진군시켜야 한다.

"오늘 중으로 노고단 고지를 점령한다. 우리 부대만 움직이는 게 아니라 남원, 하동, 산청, 함양 지역에서 지리산 전체를 포위하여 한 날한시에 진격하는 작전이다. 비밀이 새어 나가지 않도록 각별히 보안에 신경을 써 주길 바란다. 작전 회의가 끝나는 즉시 각 부대별로 노고단을 향하여 진격한다. 진격할 때는 각 부대와 긴밀한 협조가 필요하다. 1대대가 화엄사계곡을 점령한다. 2대대는 문수골, 3대대는 피아골이다. 천은골과 만복대는 산동에 주둔한 대대가 맡는다. 각 부대는 모두 노고단 고지에서 합류한다. 각 부대가 진격할 때는 분대별로 철저히 분산해서 진격한다. 산속 어느 곳에 반란군들이 매복해 있을지 모른다. 반란군들에게 한꺼번에 노출시켰다가 오히려 화를 당할 수가 있다. 알겠나? 궁금한 사항이 있으면 질문한다."

"작전 시간은 언제입니까?"

"날이 밝아지면 광주와 남원 사령부로부터 항공기 지원 폭격이 있을거다. 항공기로 각 고지를 폭격하고 나면 즉시 움직인다. 1대대가 화엄사계곡에서 박격포 공격을 먼저 개시하면 그때 동시에 움직이면 된다. 1대대가 움직이기 전에는 다른 부대가 움직이면 안 된다. 알겠나?"

"예."

"반란군들은 지금 지리산 각 계곡에 분산해서 숨어 있고, 노고단 고지는 밤에만 이용하는 걸로 파악되고 있다. 항공기 폭격은 엄호 폭격에 불과하다. 드넓은 지리산 전역 어디에 반란군들이 숨어 있는지는 모르는 상황이다. 우리 국군이 노고단 고지를 점령하려면 반란군들의 강력한 저항이 있을 줄로 안다. 반란군들에게 노고단을 향하여 여러 경로에서 진격해 올라오고 있다는 것을 보여 줘야 한다. 그래서 반란군들이 더 이상 길게 저항하지 않고 후퇴하든지, 항복하게 만들어야 한다. 국군의 피해가 최대한 없게 해야 한다. 공포감을 조성할 수 있도록 박격포로 선제공격을 하면서 노고단을 정복하기 바란다."

"예."

지휘관들이 고개를 끄덕인다. 지휘관들의 눈빛이 강렬하다.

"노고단을 점령하는 즉시 진지를 구축해야 한다. 오늘 중으로 진지가 구축될 수 있도록 전 부대원들이 노고단에 집결하기 바란다. 노고단에 진지를 구축하고 나서, 지속적으로 반란군들을 소탕해야 한다. 산 아래에만 있다가는 반란군들을 지리산에서 몰아내는 데는 한계가 분명히 있다. 날씨가 더 추워지기 전에 지리산에 숨어 있는 반란군들을 몰살시키는 작전이다."

지휘관들은 지리산을 향한 총공세에 긴장한 모습이다.

"부관!"

"예!"

"부관은 우리 부대가 출동한 후에, 날이 밝으면 군청과 경찰서에 연락을 하여 각 면별로 오백 명씩 남자들을 동원할 수 있도록 조치를 취한다."

"예!"

"자! 출동하라!"

진압군들이 무장을 갖춘 채 신속하게 움직인다. 군민들의 눈에 띄지 않게 신속하게 이른 새벽에 부대를 이동시킨다. 계곡 입구에 숨죽이며 몸을 감추고 대기한다.

박기철은 미군 장교들과 광주사령부에서 출동한 장교들과 함께 봉성산 꼭대기에 서 있다. 작전을 수행할 노고단 고지를 설명하느라 손가락을 펴서 가리킨다. 지휘관들이 총출동하여 망원경으로 노고단을 유심히 살핀다. 인근 차일봉과 천은골, 화엄사계곡을 유심히 살핀다. 주력부대가 올라갈 계곡이다. 노고단 중간 계곡까지 천천히 살핀다. 오늘 중으로 산속에 있는 반란군 세력들을 몰아내고, 노고단 꼭대기에 진압군 부대를 주둔시켜야 한다. 새벽에 대기시켜 놓은 진압군들을 일시에 출동시켜야 한다.

윙— 윙— 윙— 윙— 윙….
날이 밝아 오자마자 지리산 상공에 비행기가 나타난다.
쾅!
윙—.
쾅!
지리산 곳곳에 폭탄이 투하된다. 여러 대의 비행기가 계곡 곳곳에 폭탄을 투하함으로써 진압군들의 총공격은 반란군들에게 큰 위협과 혼란을 줄 수 있다. 반란군들이 어느 고지를 점령하고 있는지는 아직 파악이 안 된 상황이다. 지리산 각각의 고지에 반란군들이 점령을 하지 못하도록 엄포성으로 선제공격을 먼저 해 두자는 것이다. 그래야만 지리산 전역을 포위하여 공격해 올라가는 데 조금이나마 진압군에게 지원을 하는 것이다.
폭탄이 투하되자마자 계곡 입구에 몸을 숨기고 있던 진압군들이 산을 향하여 움직이기 시작한다. 반란군들을 소탕하기 위하여 일제히 작전을 시작한다.

장기만은 이른 아침에 갑작스런 비행기에서 시작되는 공중폭격에 깜짝 놀란다. 다행히 동이트자마자 노고단 고지에 올라와 있었다. 상황을 파악한다. 지리산 고지 곳곳에 비행기들이 날아와 폭탄을 투하하고 있다.

 쾅.

 장기만이 서 있는 근처에 폭탄이 떨어진다. 폭탄 파편이 사방으로 솟구친다. 깜짝 놀라며 몸을 낮춘다. 다행히 장기만과 부하들은 무사하다. 예전에 볼 수 없었던 모습이다. 지리산 계곡을 향한 폭탄 투하는 예사로운 일이 아니다. 진압군들이 산 정상을 향하여 공격해 온다는 신호탄일 수 있다. 진압군들이 본격적으로 고지를 향해서 공격해 오리라 예상한다. 그동안 마음 졸이며 예견했던 일이다. 지리산 속으로 숨을 것이 아니라 정면으로 대응해야 한다. 몸을 잠깐 숨긴다 해도, 지리산 전역에서 진압군들이 공격해 온다면 숨을 곳이 많지 않다. 수천 명이 지리산 곳곳에 진지를 구축하고 있지만, 최대한 정면으로 방어하며 버텨 내야 한다. 신속히 부하들에게 작전을 지시한다. 계곡에 있던 부대원들을 산등성이로 올라오라는 지시를 내린다. 계곡에 있던 대원들도 서둘러 노고단 고지로 올라온다. 고지로 올라온 부대원들이 매복에 들어간다. 고지에서 매복하여 적들이 공격해 오면 선제공격을 하여 최소 인원으로 적에게 최대 피해를 가하는 것이다. 고지를 이미 점령한 장기만 부대원들이 훨씬 유리한 위치에서 싸울 수가 있는 셈이다. 강하게 진압군들에게 대항하면, 공격을 해 오다가도 포기하고 돌아설 수도 있다고 판단한다. 진압군들을 쉽게 공격할 수 있는 8부 능선에 몸을 숨긴다. 8부 능선에서는 비행기의 폭탄 공격도 피할 수 있다. 진압군들이 능선 고지를 향하여 기어오르다 보면 힘도 부칠 것이다. 그 시점을 이용하여 기습 공격을 감행하는 작전이다. 지리산 고지를 폭격하던 비행기는 하늘에서 보이지 않는다.

쾅.

화엄사계곡에서 박격포 공격이 시작되자마자 계곡 입구에 몸을 숨기고 있던 진압군들이 산을 향하여 움직이기 시작한다. 반란군들을 소탕하기 위하여 일제히 작전을 시작한다.

쾅 쾅 쾅.

화엄사계곡에서 박격포 소리가 나더니 순식간에 지리산 곳곳에서 박격포 쏘는 소리가 연달아 들려온다.

장기만이 박격포탄이 터지는 곳을 관찰한다. 천은골, 화엄사계곡, 문수골, 피아골, 달궁계곡, 뱀사골, 거림골, 하동, 마천, 함양, 산청… 구례 지역뿐만 아니라 지리산 곳곳에 박격포 공격 소리가 들려온다. 일시에 터지는 박격포 공격 또한 예전에 볼 수 없었던 모습이다.

진압군들이 계곡 입구에서 움직이기 시작한다. 문주석 대대장이 박격포 공격 신호를 계속 보낸다.

"계속 공격하라!"

진압군들이 계곡을 향하여 계속해서 박격포를 쏜다. 노고단 계곡을 향하여 박격포가 날아간다.

쾅.

계곡 중간에 매복해 있을 반란군들에게 선제공격을 하는 것이다.

박격포 공격과 함께 진압군들이 노고단 고지를 향하여 서서히 진격한다. 구례에 주둔하고 있던 4개 대대 병력이 일시에 총출동한다. 수백 명씩 한꺼번에 노고단 고지를 향하여 여러 갈래로 움직인다. 남원 뱀사골에서, 달궁계곡에서, 구례 산동면에서는 만복대를 향하여, 광의면에서는 상선암과 차일봉을 향하여, 마산면에서는 화엄사 계곡을 향하여, 문수골에서, 피아골에서, 하동 화개골에서, 함양에서, 산청에서… 각각의 등산로를 따라서 산을 오른다. 토끼 몰이식으로 지리산 전역에서 압박을 가하는 것이다. 무기를 들고 무장하고 있는 반란군들이 어디에서 기습 공격을 해 올지 모르는 상황이다. 조심스럽게 고지를 향하여 산을 오른다.

이제부터는 진압군들과 반란군들이 산속에서 누가 먼저 적을 발견하여 선제공격하느냐에 달려 있다. 사격 거리를 놓치게 되면 육박전이라도 벌여야 하는 상황이다. 선발대가 먼저 고지를 향하여 오르고 나면, 뒤에 따라오는 부대원에게 신호를 보내서 고지를 향해서 연속해서 진압군들을 투입시킨다. 진압군들이 천천히 산 능선을 향하여 일제히 움직인다. 박격포 공격은 계속 된다.

쾅 쾅 쾅.

장기만 부대원들은 8부 능선에 매복하여 진지를 구축했다. 고지를 향해서 올라오는 적들을 먼저 발견하여 선제공격을 해야 한다. 각 계곡에 은신하고 있던 부대원들도 갑작스런 박격포 공격에 놀라 재빠르게 고지를 향하여 올라왔다. 진압군들보다 한발 빠른 행동으로 공격에 대비를 한다. 장기만이 박격포 공격 신호를 보낸다.

쾅.

산을 기어오르고 있는 진압군들을 향해 박격포로 공격한다. 고지를 기어오르던 진압군들이 반란군들이 쏜 박격포 공격에 몸이 하늘로 솟구친다.

"악!"

산을 오르던 진압군들이 잠시 멈칫한다. 대대장은 멈칫하는 부하들을 향해 소리를 지른다.

"돌격 앞으로!"

박격포 공격에도 진압군들은 능선을 향해 계속 기어오른다.

"와!"

"계속 능선을 향해 박격포 공격을 멈추지 마라!"

쾅 쾅 쾅….

노고단 계곡은 반란군들이 쏘는 박격포 소리와 진압군들이 쏘는 박격포 소리로 정신을 못 차릴 정도로 대혼란에 빠진다.

장기만 부대원들은 총구를 산 아래를 향하여 겨누고 진압군들이 올라오기만을 숨죽이며 기다리고 있다. 함동일, 박판기, 이명일, 강진태, 남형석, 김정욱, 김정규, 박금옥, 구성만, 윤기석, 최현종, 지승호 모두 총을 겨눈다. 산 아래를 주시하며 긴장을 늦출 수가 없다. 눈빛은 전투를 위한 열의로 가득 차 있다. 눈앞에 적이 나타나기만 하면, 단숨에 물리칠 기세다.

진압군들이 노고단 능선을 향하여 점점 가까이 다가온다. 험한 산길이다. 등산로로 올라오는 대원들도 있지만, 등산로가 아닌 길을 택하다 보니 경사가 심한 계곡에서는 미끄러져 버린다. 몸이 저절로 데굴데굴 굴러 원래 위치로 미끄러져 내려와 버린다. 다시 일어나서 고지를 향하여 오른다. 조심한다고 해도 나뭇잎이 다 떨어진 나무 사이에서 움직이는 진압군들의 모습은 더 쉽게 발견이 된다. 진압 군들은 반란군들에게 쉽게 노출되어 버린다. 장기만이 진압군들을 발견하고 사격을 중지시킨다. 적들이 더 가까이 올라올 때까지 조금 만 더 기다리게 한다. 사격 사정거리에 진압군들이 도달하고 나서 야 공격 신호를 보낸다.

탕.

장기만이 공격 신호를 보낸다. 공격 신호와 함께 일시에 총구에서 총이 발사된다.

탕 탕 탕 탕 탕….

따다다다다다….

인정사정없이 계곡 아래를 기어오르고 있는 진압군들을 향해 총 구가 불을 뿜기 시작한다.

"악!"

"아!"

곳곳에서 총을 맞은 진압군들이 피를 흘리며 쓰러진다.

"적군이다!"

"두 시 방향이다."

대대장이 총소리가 나는 쪽을 알리며 소리를 지른다. 몸을 바짝 낮춘 진압군들이 총소리가 나는 쪽을 향하여 몰려든다.

탕 탕 탕 탕 탕….

"악!"

진압군 선발대가 반란군들의 총에 맞고 피를 흘리며 쓰러진다. 선발대들이 총을 맞고 쓰러져도 진압군들은 인해전술로 계속 산을 기어오른다.

탕 탕 탕 탕 탕 탕 탕….

적을 발견한 쌍방 간의 총격으로 총소리는 노고단 계곡에 요란하게 울려 퍼진다. 진압군들이 많이 피를 흘리며 쓰러진다. 뒤따라온 진압군들의 공격이 본격적으로 시작된다. 고지를 향하여 총구를 겨누며 사격을 계속해 댄다. 반란군들은 계곡 아래를 향해 계속 총을 쏘지만, 워낙 많은 진압군들의 숫자에 시간이 갈수록 점점 매복해 있던 자리는 적들과 점점 가까워진다. 진압군들에게 위치가 점점 노출되어 간다.

"진격하라!"

대대장이 소리를 지르며 부하들에게 고지를 향하여 진격을 독려한다. 몸을 낮추며 진압군들이 계속해서 고지를 향하여 기어오른다. 총에 맞은 전우들이 피를 흘리며 쓰러져도 전진을 멈출 수가 없다.

구성만이 수류탄을 계곡 아래를 향해 던진다.

펑.

수류탄 터지는 소리가 계곡을 크게 울린다. 진압군들 앞에 수류탄이 폭발한다. 연속해서 산 아래를 향해 수류탄을 계곡 아래로 던진다.

펑.

계속해서 수류탄 터지는 소리가 굉음을 울리며 들려온다.

"악!"

"아!"

수류탄이 진압군들에게 명중한다. 부상당한 진압군들의 아우성이 계곡에 메아리친다. 수류탄을 맞은 진압군들의 시체가 점점 늘어난다.

"위생병! 위생병!"

부상당한 진압군들에게 동료들이 다가가 위생병을 부르는 소리가 요란하다.

탕 탕 탕 탕 탕….

쌍방 간의 공격으로 총소리는 점점 더 요란해진다. 진압군들은 계속해서 능선 고지를 향하여 총을 쏘며 올라오고 있다. 산 위에서도 한 치의 양보도 없다. 함동일, 박판기도 인상을 쓰며 고지를 향해 올라오는 진압군들을 향해 계속 사격을 한다.

탕 탕 탕 탕 탕….

따다다다다다….

쾅.

박격포탄이 함동일과 박판기 앞에 떨어진다.

"악!"

부대원들의 몸이 하늘로 솟구친다. 강진태가 피를 흘리며 쓰러져 움직이지 못한다. 부대원들이 한꺼번에 몰살을 당한다. 진압군들은 점점 가까이 다가오고 있다. 함동일과 박판기도 폭탄 파편에 맞고 쓰러진다.

탕 탕 탕 탕 탕….

"악."

김정욱이 팔에 총을 맞았다. 소리를 지르며 팔을 움켜잡는다. 얼굴을 찡그리며 그 자리에 쪼그려 앉는다. 팔을 움켜 쥔다. 손에는 피가 묻어난다. 총에 맞은 팔에 통증이 몰려온다. 김정욱이 비명을 지르자, 그 모습을 박금옥이 발견한다. 박금옥이 사격을 멈추고 김정욱 옆으로 빠르게 다가온다.

탕 탕 탕….

"악!"

쾅.

박격포탄이 다시 김정욱 주변에 제대로 명중한다. 박격포탄을 맞은 동지들의 몸이 하늘로 향해 숫구친다. 계곡 곳곳에는 죽은 시체가 늘어난다. 총소리는 계속해서 요란하게 울린다. 쌍방 간의 교전이 계속되고 있다.

"김 동무! 괜찮습니까?"

총격이 요란한데도 박금옥이 김정욱 가까이 다가와 앉는다.

"예. 팔에 총을 맞았는데 심한 부상은 아닌 것 같습니다."

"아닙니다. 피가 계속 흐르고 있어요."

박금옥이 김정욱의 상처 난 부위를 바라본다.

"괜찮다니까요."

김정욱은 팔이 얼얼하지만, 대수롭지 않다는 듯이 인상을 쓰며 계속 사격을 한다. 김정욱에 팔 쪽에서 피가 계속 흐르는 걸 보자, 박금옥이 웃옷을 벗어서 쭉 찢는다. 찢은 천으로 김정욱에게 다가온다.

"이쪽으로 팔을 내밀어 보셔요."

박금옥이 독촉하자 김정욱이 팔을 내민다. 박금옥이 천으로 총 맞은 팔을 감아 싼다. 우선 지혈을 시켜야 한다. 김정욱이 고통을 참아 낸다. 김정욱은 사격을 멈춘다. 박금옥을 묵묵히 바라본다.

박금옥이 김정욱의 팔을 천으로 칭칭 감아 돌리자, 우선은 한숨 돌린다. 움직일 수가 있을 것 같다. 박금옥이 김정욱의 손을 잡아당긴다. 우선 이 자리를 피하게 할 심산이다. 총격전이 한창 진행되고 있다. 이대로 있다가는 진압군들이 계속 작정을 하고 올라오는데, 금방이라도 발각이 되면 총탄 세례를 피할 수가 없다. 진압군들은 반란군보다 훨씬 병력 숫자가 많다. 여기서 더 머무르고 있다가는 또 언제, 어디서 총탄이 날아올지 모르는 일이다. 능선을 넘어 반대 계곡으로 빨리 몸을 숨겨야 한다.

김정욱과 박금옥이 둘이서 정신없이 능선 고지에 다다른다. 지체할 시간이 없다. 반대편 계곡 아래를 향하여 움직인다. 정신없이 달려서 계곡 깊숙이 숨어든다. 김정욱과 박금옥이 있는 곳에는 진압군들이 더 이상 따라오지 않는다. 가쁜 숨을 몰아쉬며 휴식을 취한다. 반대편 계곡에서는 총소리가 멀리서 들려오지만, 산속 깊은 곳이라 조용하기만 하다. 인기척도 들리지 않은 곳이다. 은신처를 구해야 한다. 박금옥이 주위를 살피다가 동굴을 발견한다. 동굴은 바위틈 사이로 나 있는 동굴이다. 사람이 안으로 기어들어 가 누울 수도 있는 곳이다. 동굴 입구를 은폐시키기만 하면 감쪽같은 은신처가 될 수 있다. 박금옥이 기운을 내고 김정욱에게 가까이 다가간다. 김정욱 팔을 들여다본다. 총을 맞은 팔의 상처가 어느 정도인지 들여다봐야 한다. 천 조각으로 싸맸던 곳을 천천히 풀어 제친다. 김정욱이 얼굴을 찡그리며 욱신거리는 고통을 참아 낸다. 팔에 총을 맞은 자리는 다행히 총알이 관통해서 총알은 박혀 있지 않은 듯하다. 소독약만 구해서 발라 주고, 시간이 지나면 상처가 아물 듯하다. 오늘 하루는 은신처에서 조용히 기다렸다가 시간이 지난 후에 움직이

려고 휴식을 취한다. 박금옥이 물을 구해서 김정욱에게 마시게 한
다. 박금옥이 구해 온 물을 김정욱이 벌컥벌컥 마신다. 물을 마시고
나니 이제 좀 살 것만 같다. 서둘러 김정욱을 동굴 속으로 들여보낸
다. 동굴 속에 들어오자마자 박금옥이 김정욱을 부축하여 눕게 한
다. 김정욱은 피를 흘린 탓도 있지만, 전투로 인한 긴장감이 풀어진
다. 피로가 몰려온다. 김정욱이 스르르 잠이 들어 버린다. 박금옥이
잠이 든 김정욱을 바라보며 지킨다.

　펑.
　계속해서 수류탄 공격을 감행한다. 수류탄이 진압군들에게 명중
한다.
　"악! 아!"
　수류탄을 맞은 진압군들이 몸이 하늘로 솟구친다. 일시에 터진
수류탄 공격으로 진압군들이 잠시 공격이 멈칫한다.
　탕 탕 탕 탕 탕….
　"계속 진격하라!"
　문주석 대대장이 공격 명령을 계속 내린다. 진압군들의 시체가 곳
곳에서 나뒹굴지만, 계속 공격 명령을 내린다. 진압군들은 박격포와
총을 쏘며 계속 고지를 향하여 진격한다. 곳곳에 반란군들의 시체가
나뒹군다. 죽은 반란군들의 시체를 향해 확인 사살을 하면서 고지
를 향하여 계속 올라간다. 노고단 계곡에 총소리가 점점 잦아든다.
　탕 탕 탕.
　간간이 들리는 총소리만 노고단 계곡에 메아리친다. 계곡 곳곳
에는 피비린내가 진동한다. 계곡 곳곳에서는 연기가 계속 피어오른

다. 몇 시간 동안 쌍방 간의 치열한 전투가 소강상태로 접어든다. 강력하게 저항해 오던 반란군들이 죽거나, 몸을 피해 버렸다. 아군들의 피해도 엄청나다. 적군과 아군들의 시체가 계곡 곳곳에 나뒹굴고 있다. 피비린내가 계곡 전체에 퍼져 있다. 공격 선봉에 섰던 대대장이 계속 공격 신호를 보낸다. 코재를 지나고 무넹기계곡에 올라선다. 노고단 고지가 바로 눈앞에 보인다. 반란군들이 일보 후퇴를 하였는지 전투가 잠시 소강상태에 접어든다. 진압군들이 그 틈을 이용하여 고지를 향하여 많은 병력이 산등성이에 올라선다.

무넹기 고개를 점령한다.

"노고단 고지를 점령하라!"

대대장이 부하들을 향해 계속 공격을 독려한다. 반란군들이 장악했던 노고단 고지를 점령해야 한다.

"와!"

전열을 가다듬은 진압군들이 고지를 향하여 다시 진격한다. 노고단 고지가 바로 눈앞에 보인다. 장기만 부대원들도 고지에서 진압군들이 점점 고지를 향해 공격해 오고 있음을 내려다보고 있다.

"박격포 공격을 계속하라!"

노고단 고지를 향하여 박격포 공격이 계속된다. 노고단 건물에 숨어 있을 반란군들을 격퇴하기 위하여 노고단 고지를 향하여 계속 박격포 공격을 한다.

쾅.

박격포 공격에 명중된 건물에 불이 붙는다. 불길은 점점 거세진다.

장기만이 부대원들과 일보 후퇴하여 노고단 고지로 올라서서 전열을 정비한다. 진압군들이 노고단 고지를 향하여 계속 올라오면 공격할 태세를 갖춘다. 무넹기 고개에 올라선 진압군들의 숫자가 점점 많아진다.

"공격하라!"

장기만의 공격 명령에 따라 박격포 공격이 시작된다.

쾅.

박격포 공격이 고지를 향하여 기어오르는 진압군에게 명중된다.

"악!"

박격포 공격에 진압군 몸이 하늘로 솟구친다. 박격포 공격에도 진압군들은 인해전술로 노고단 고지를 향하여 기어오르고 있다.

"와!"

쾅.

박격포 공격이 노고단 고지에 계속 명중을 한다.

"악!"

장기만 부대원들이 박격포 공격에 쓰러진다.

진압군들이 계속 노고단 고지 가까이 다가온다. 수류탄으로 진압군을 향해 던진다.

펑.

수류탄이 진압군 앞에서 터진다. 수류탄 공격에 진압군들의 공격이 수그러든다. 반란군들이 고지에서 저항이 거세지자 공격이 멈칫한다.

"후퇴하라!"

장기만이 후퇴 명령을 내린다. 수류탄 공격에 진압군들의 공격이

뜸해지자 신속하게 후퇴를 시작한다. 이대로 진압군들과 계속 대치했다가는 모두 몰살당하기 십상이다. 노고단을 적들에게 내어 주고 일단 몸을 피해야 한다. 어느 곳으로 후퇴하라는 명령은 없다. 각자 알아서 능선을 넘든지, 노고단을 경유해 지리산 깊숙이 숨든지 각자 알아서 해야 할 일이다. 부대원들끼리 한곳에 머물러 있다가는 진압군들이 계속해서 공격해 올 텐데, 오히려 불리한 상황에 몰릴 수 있다. 후퇴 명령을 들은 대원들이 일제히 지리산을 향해 오른다. 지리산 각 계곡에서 박격포 공격을 간간이 하면서 고지를 향해 올라오는 진압군을 피해 오히려 계곡 아래로 은신한다. 포탄이 바닥이 난, 무거운 박격포를 놔두고 도망치기 바쁘다.

김정규와 최현종은 둘이서 능선을 넘어 깊은 계곡으로 계속 후퇴를 한다. 정신없이 도망을 쳐 왔지만, 여기가 어디인지도 모른다. 산속에서 계속 움직이자 사람 인기척이 난다. 혁명군들을 만난다. 만난 사람들과 서로 통성명을 하다 보니 남원 쪽에서 올라온 좌익들이 대부분이다. 두 사람 모두 지리산의 지리에 밝지 못한 관계로 산속 깊숙이 숨어든다는 것이 반야봉 계곡까지 와 버렸다. 노고단에서 멀리 떨어져 나온 셈이다. 노고단 근처에 함께 지냈던 구례 지역 사람들과는 전혀 다른 지역의 사람들이 모여 있는 산 사람들과 합류를 하게 된다. 그쪽 사람들과 동지애가 발휘되어 금방 친해진다. 반야봉계곡도 진압군들이 총공세를 해 오기는 마찬가지다. 진압군들의 총공세를 피해 뱀사골에서 반야봉계곡의 동쪽 방향 깊은 산중으로 몸을 피해 온 사람들이다. 진압군들이 반야봉 정상까지는 공격해 오지는 않는다. 노고단과 멀리 떨어져 있어 반야봉계곡에는 진압군들의 공격이 조금 덜하다.

송진혁과 남형석은 임걸령과 토끼봉을 지나서 연하천까지 단숨에
달려왔다. 연하천에서 숨을 고르는데 불안하기는 여전하다. 서로 눈
빛을 교환하며 계속 전진한다. 세석평전을 지난다. 장터목까지 단숨
에 내달린다. 천왕봉을 향하여 산을 계속 기어오른다. 천왕봉에서
숨을 고른다. 천왕봉은 산세가 심하여 아직까지 동지들이나 진압군
들이 보이지 않는 지역이다. 한참 후에 계곡 아래에서 사람 소리가
간간이 들려온다. 산청 중산리 계곡 쪽으로 천왕봉을 향하여 진압
군들이 올라오고 있음을 직감한다. 노고단 고지만큼 많은 병력의
공격은 아닌 듯싶다. 진압군들이 지리산 전체를 포위하며 공격을
해 오고 있음을 직감한다. 산속에서 계속 숨어 있다가는 안 되겠다
는 판단을 내린다. 사방팔방으로 진압군들이 포위를 해 오면, 산 정
상에서 진압군들과 싸워서 물리치는 방법밖에 없다. 부대원들이 뿔
뿔이 흩어져 버린 마당에 수적으로 우세한 진압군들을 만나면 꼼
짝없이 잡히는 신세가 될 수 있다. 총을 들고 있긴 하지만, 총알이
없어 사용할 수도 없는 상황이다. 신속하게 지리산을 빠져나가야 한
다. 산 정상이 안전한 지대가 아니다. 계곡 속으로 몸을 숨겨야 한
다. 재빠르게 산을 내려간다. 일단 은밀한 곳을 찾아야 한다. 길도
없는 험난한 계곡을 타고 내려와 벽송사 인근에 다다른다. 절간에
사람 인기척을 기다린다. 조그만 절간에 사람이 보이지 않는다. 이
곳도 한 차례 소용돌이를 맞이했을 것이라는 예감이 든다. 더 이상
전진하지 못하고 한참을 기다린다. 절간에서 걸어 나오는 스님이 보
인다. 밤이 되자 절간으로 몸을 숨긴다. 스님의 도움을 받은 송진혁

과 남형석은 다시 길을 나선다. 변장을 하여 함양읍으로 들어선다. 함양에서 거창을 지나 대구 팔공산으로 숨어든다.

　박기철이 무넹기에 올라선다. 노고단 고지는 진압군들이 고지를 향하여 진격하면서 쏜 박격포 공격으로 여러 건물들이 아직도 불에 타고 있다. 연기가 계곡 곳곳에서 피어오르고 있다. 콘크리트 기둥과 집터가 곳곳에 흔적만 남기고 모두 불에 탔다. 노고단 고지를 점령하는 과정에서 반란군들과의 격전으로 부하들이 죽거나 부상을 입었지만, 노고단 고지를 드디어 점령한 것이다. 박기철이 불에 타고 있는 건물을 지나서 계속 올라간다. 노고단에 올라와 지리산을 바라다본다. 가물가물 보이는 수많은 봉우리들이 한눈에 들어온다. 우뚝 솟아 있는 반야봉과 천왕봉이 눈앞에 다가온다. 산봉우리들이 아스라이 계속 이어지는 광경을 바라보니 참으로 방대한 산이다. 계곡 곳곳에서 박격포 포격 소리가 간간히 들린다. 계곡 곳곳에서 총소가 들려온다. 아직도 진압군과 반란군간의 교전이 계속되고 있다. 저 계곡 곳곳에 반란군들이 숨어 있다고 생각하니, 당장에라도 밀어붙이고 싶다. 진압군들이 남원, 구례, 하동, 산청, 함양에서 군인과 경찰들이 일시에 곳곳에서 반란군들을 섬멸하기 위한 지리산을 향한 총공세가 시작되었지만, 쉽지 않을 거라는 예감이 앞선다. 그렇다고 지리산의 저 광대한 지역에 폭탄을 퍼부을 수도 없는 일이다. 고지를 점령했으니 반란군들을 쫓다 보면 언젠가는 반란군들을 전멸시키리라는 기대를 걸어 본다. 진압군 병력들이 계속해서 고지를 향해 속속 도착한다. 피아골과 문수골, 뱀사골, 달궁계곡에서 올라온 진압군들과도 노고단에서 합류를 한다. 오늘 총공세 목표는

노고단이다. 고지를 점령하였으니, 고지를 사수해야 한다. 박기철이
노고단 고지를 사수하기 위한 준비를 서두른다. 철모에 흰 띠를 두
른 병력들이 노고단으로 속속 올라온다. 병력을 계속 보충한다. 노
고단 고지를 사수하기 위한 작전이 개시된다. 노고단은 진압군들에
의해 겹겹이 경계에 돌입한다.

박기철은 노고단 고지를 점령한 이상 노고단을 반란군들에게 내
어 줄 수 없는 일이다. 추가 병력을 계속 투입하여 고지를 사수해야
한다. 반란군들을 전멸시키기 위해서는 노고단 고지를 점령하고 있
어야 작전을 지휘하기가 수월하다. 매번 노고단 고지를 점령하기 위
해서 많은 진압군들을 희생시킬 수는 없는 일이다. 지리산에는 수
많은 봉우리가 있다. 다른 고지는 몰라도 노고단만큼은 진압군들
이 상주하게 해야 한다. 노고단은 지리산 곳곳의 고지와는 달리, 구
례 화엄사에서 출발하면 두세 시간이면 노고단까지 다다를 수 있는
위치다. 병력과 물자를 신속하게 공급할 수 있는 거리다. 반란군들
에게 노고단 고지를 내어 주면, 다시 진지를 구축하기 위해서는 몇
배의 희생을 또 치러야 한다. 높은 고지에서 반란군들을 발견하면
공격을 계속할 수 있도록 조치가 쉬워진다. 부하들을 시켜서 노고
단에 진지를 구축하도록 명령을 한다. 병력을 노고단에 최대한 보
강한다. 진압군 병력만으로 진지를 단기간에 구축하기에는 쉬운 일
이 아니다. 노고단 고지에는 잡목만 무성하다. 진지를 구축하기 위
한 통나무를 화엄사계곡에서 조달해야 한다. 노고단에 진지를 구축
하기 위한 각종 물품 조달이 신속하게 필요한 상황이다. 박기철은
구례 군민들의 동원 명령을 미리 내려 놓았다.

구례군청과 각 면사무소를 통해서 구례 전역에 군민 동원 명령이 신속하게 전달된다. 경찰과 한청단원들의 주도로 화엄사 입구에는 수천 명의 젊은 남자들이 동원되었다. 지게를 짊어진 남자들이 각 면별로 질서 정연하게 집합하여 경찰과 군인들의 지시를 받는다. 면별로 교대로 임무가 주어진다. 수백 명의 젊은 남자들이 지게와 농기구를 챙겨서 일제히 노고단을 향하여 오르기 시작한다. 노고단과 가장 가깝고 등산로가 있는 화엄사계곡에서 군민들이 동원되어 나무를 자르게 한다. 수십 명의 장정들이 서로 힘을 합하여 톱질하는 소리가 계곡 속에 울려 퍼진다. 화엄사계곡에 있는 아름드리나무를 베어서 노고단으로 신속하게 운반하여야 한다. 군부대 진지를 구축하려면 통나무가 필요하다. 군인들의 명령과 함께 삼삼오오 조를 만들어 아름드리 통나무를 베어 내는 광경이 장관이다.

윙— 윙— 윙—.

"나무를 자르는 기계 소리도 요란하게 돌아간다.

쿵.

아름드리나무가 쿵, 소리를 내며 쓰러지자 사람들이 달려들어 톱질한다.

"영차! 영차! 영차!"

힘을 합하여 힘껏 구호를 외친다. 추운 날씨이지만 군민들은 노고단에 진지를 구축하기 위하여 땀을 흘리고 있다.

"엇싸! 엇싸! 엇싸!"

톱질을 해서 적당한 크기로 자른 통나무를 노고단까지 옮겨야 한다. 여러명의 남자들이 통나무를 어깨에 메고 천천히 움직이면서 구호를 외친다. 가파른 계곡을 땀을 뻘뻘 흘리며 통나무를 운반하고 있다.

　정만식이 광의면 남자들을 인솔하여 노고단을 오른다. 노고단에
진지를 만들기 위한 각종 물자 운반 임무가 떨어졌다. 인영과 인석
도 지게에 짐을 지고 산을 오른다. 화엄사계곡을 오르기 시작한다.
정만식 일행이 땀을 뻘뻘 흘리며 노고단에 도착한다.
　"아—!"
　노고단 광경을 바라보는 정만식은 놀라서 한참을 움직이지 않고
서 있다. 정만식이 해방 전에 보았던, 노고단에 있던 육십여 채의 건
물이 아직도 불에 타고 있다. 건물이 몽땅 흔적도 없이 사라져 버렸
다. 노고단 주위는 온통 민둥산이 되어 버렸다. 반란군들이 구례에
들어온 후로 계엄군과 반란군들의 쌍방 간에 얼마나 격전이 벌어졌
는지. 얼마나 많은 폭탄이 투하됐는지. 노고단에 자리를 잡았던 어
마어마한 서양인마을의 시설들이 통째로 사라져 버렸다. 육십여 채
의 건물이 자리를 잡고 위엄을 뽐내던 선교사 별장은 흔적도 없다.
예배당과 3층 높이의 호텔도 모두 불에 타 버렸다. 콘크리트 벽만
곳곳에 덩그러니 남아 있다. 참으로 참혹한 광경이다. 정만식은 참
혹한 광경에 잠시 눈을 감는다. 노고단에 인철과 올라와 엄청난 건
물과 시설을 보고 놀랐던 일. 인철과 함께 민족의 영산인 노고단에
호텔과 예배당과 별장이 설치된 것에 대하여 한참 동안 다투었던
일. 마침 그때 선교대회가 열리고 있었고, 도시를 방불케 할 정도로
수백 명의 서양인과 조선 사람들이 모여 있던 일. 한 목사를 통해서
선교사들이 학교, 병원, 예배당을 각 고을에 지어 주었던, 호남선교
에 대한 얘기를 들었고, 중등학교와 각 교회에 야학을 개설하여 일

제 치하에서도 어른과 아이들에게까지 한글을 가르치는 놀라운 일을 해내고 있다는 이야기를 들었던 일. 대전교회에서 매년 여름성경학교가 열렸을 때 아이들에게 선물을 나누어 주고, 호남지역에서 근무하는 선교사 의료진들까지 교대로 와서는 몇 날 며칠 동안 수백 명의 가난한 사람들이 몰려들어도 웃으면서 무료 진료를 해 주었던 감동적인 순간들이 머릿속을 스쳐 지나간다. 노고단 선교사 휴양촌은 어찌 됐든 간에 선교사들을 통해서 일제 치하에서 신음하고 있던 시기에 조선 사람들에게 희망과 용기를 은연중에 심어 주는 큰 대들보 역할을 하였고, 우리나라의 기독교 역사에 있어서도 큰 획을 가져다주는 시설이었다. 선교사들이 조선 사람들을 향해 목숨을 걸고서라도 봉사하고, 희생했던 선한 역할이 후대의 사람들에게 대대로 알려지게 되는 시설로 남아 있기를 바랐는데⋯. 시설이 몽땅 사라져 버린 데 대한 안타까움을 금할 수가 없다. 만식은 가슴이 먹먹해진다. 참으로 애석한 일이다.

진압군들이 총을 들고, 노고단을 겹겹으로 경계를 한다. 일부 군인들은 지리산 곳곳을 수색하여 반란군들을 섬멸하는데 공격의 고삐를 늦추지 않는다.

탕 탕 탕!

노고단을 기준으로 반경 수 킬로미터 위치 능선에서 반란군들의 공격에 대비하여 매복을 하고 있다.

수천 명의 군인들이 움직인다. 수천 명의 군민들도 군인들의 지시에 따라 삽과 곡괭이로 노고단에 진지를 구축한다. 시간이 촉박하다. 단시간 내로 진지를 완성해야 한다. 땅을 고르거나 참호를 만드는 작업이 일사불란하게 진행된다.

호로로…:

작업을 지시하는 군인들이 불어 대는 호루라기 소리에 군민들은 군인들의 지시에 따라서 일사불란하게 움직인다. 화엄사계곡에서 베어 온 통나무를 노고단 진지를 만드는 곳으로 옮기는 작업이 진행된다. 땀을 뻘뻘 흘리면서 군민들이 교대로 투입되어 힘을 쓰고 있다.

"엇싸! 엇싸! 엇싸…"

통나무를 어깨에 메고 구호를 외치며 노고단까지 힘겹게 올라온다. 통나무를 옮기면서 외치는 고함 소리가 노고단에 요란하게 울린다. 통나무로 참호 곳곳을 구축한다. 아름드리 통나무가 곳곳에 세워지고, 임시방편으로 군용텐트가 그 위에 만들어진다. 군인들 임시 숙소를 여러 개 만들고, 숙소를 기준으로 주위에 이중 삼중으로 참호를 파는 작업이 계속된다. 땀을 뻘뻘 흘리며 일사불란하게 작업에 열중한다. 시간이 지날수록 노고단에 진지가 완성되어 간다.

밤이 되었다. 장기만을 중심으로 부대원들이 다시 집결한다. 전투 중에 죽은 동지들을 비롯하여 많은 부상자들이 생겼다. 계곡에 뿔뿔이 흩어져 몸을 숨긴 대원들을 모이게 하기는 쉽지가 않다. 조직적인 연락망을 기대하기가 어려운 상황이다. 부상자들은 치료를 받도록 조치를 한다. 남아 있는 세력을 모아서 날이 밝으면 다시 공격해 올 진압군들에게 대항할 준비를 해야 하지만, 쉽지 않음을 느낀다. 각 능선 고지 곳곳에는 이제 진압군들이 주둔하고 있다. 특히 노고단에는 진압군들이 병력을 계속 보강하고 있다는 정보다. 고지에서 산 아래에서 올라오는 진압군들을 향해 기습 공격을 했던 상황이 역전되어 버렸다. 고지를 향하여 공격해야 하는 신세가 되었다. 고지를 탈환하기 위한 대대적인 공격은 섣불리 할 수 없다. 후퇴하면서 무거운 박격포를 많이 잃었다. 박격포 탄약도 이미 바닥이 나 버렸다. 박격포를 가져 왔어도 쓸모가 없게 되어 버렸다. 그만큼 장기만 부대의 피해가 컸다. 몸을 최대한 감추고 진압군들이 공격해 올 때만, 방어적인 자세로 살아남기 위한 전략으로 나가야 한다. 현위치에서 최대한 적에게 노출되지 않도록 낮에는 최대한 숨어 지내야만 한다. 부대원들은 은신할 곳을 찾아 계곡 깊숙이 몸을 피한다.

박금옥이 은신처에서 나와서 계곡 중간에서 동지들과 접선을 한다. 박금옥이 장기만에게 김정욱 동무가 팔에 부상을 심하게 당했음을 보고한다. 당분간 움직일 수 없다고 말한다. 동굴 속에 은신처를 마련하였다고 한다. 동굴이 좁아 사람 두 명이 겨우 들어갈 수 있는 공간이어서 당분간은 박금옥이 김정욱을 간호하겠다고 한다. 박금옥은 우선 급한 대로 소독약을 구해 동굴로 돌아온다.

"동지들에게 김 동무가 부상을 당하여 동굴 속에 은신처를 마련하였고, 당분간 내가 보살피겠노라고 보고하였습니다."

김정욱이 고개를 끄덕인다. 박금옥이 구해 온 약으로 김정욱의 상처에 약을 발라 준다. 김정욱이 상처 부위에 약을 바를 때마다 찡그리며 아픔을 참아 낸다.

"음."

김정욱이 상처 부위에 소독약 성분이 닿자 움찔하며 본인도 모르게 신음 소리를 낸다. 소독약이 상처 부위에 닿자, 살이 찢겨나가는 고통이 엄습해 온다. 눈을 감고 찡그리며 고통을 견디어 낸다.

"조금만 참으시면 됩니다."

박금옥도 상처 난 부위가 안쓰러워, 얼굴을 찡그리며 김정욱의 상처 난 팔에 소독약을 바른다. 소독약을 바르지 않으면, 총을 맞은 자리가 쉽게 아물지 않을 거라는 걱정 때문이다. 부상당한 김정욱이 쓰라리고, 아파서 견딜 수 없지만, 묵묵히 약을 바른다.

"이제 다 됐습니다."

"휴. 아이고 징한 거!"

박금옥이 약을 바르고 나자 김정욱도 욱신거리는 고통을 겨우 참아 내며 숨을 몰아쉰다.

"무지하게 아플 텐데, 참아 내느라 고상하셨그만이라."

박금옥이 오히려 약을 바르는 동안 잘 참아 준 김정욱에게 고생하였다고 격려한다. 김정욱이 한참을 더 고통을 참아 내며 눈을 감고 있다. 고통이 점점 가라앉는다. 김정욱이 인상을 펴면서 눈을 뜬다.

"아따, 그나저나, 박 동무, 고맙그만이라."

"별말씀을 다 하십니다. 소독약을 발라 놨으니 빨리 상처가 아물어질 거그만요."

김정욱은 박금옥 동지에게 고맙기도 하면서 미안한 감정이 든다. 박금옥 동지가 응급처치를 안 했더라면, 총을 맞은 팔에 피가 계속 흘렀을 것이다. 박금옥이 소독약까지 구해 와서 약을 발라 주지 않았다면, 상처가 쉽게 아물지 않았을 것이다. 김정욱은 박금옥에게 점점 호감이 가고 있음을 느낀다. 박금옥 동지에게 무엇으로 보답을 해야 할지, 미안할 따름이다. 박금옥은 김정욱을 치료한 후에는 다시 동지들과 접선을 하여 음식을 구해다 준다. 박금옥이 구해다

준 음식으로 김정욱이 받아먹는다.

"박 동무, 고맙습니다."

"웬, 별말씀을…. 그나이나, 상처가 빨리 아물었으면 좋겠그만이라."

"그러게요. 박 동지의 보살핌 덕분에 많이 좋아진 것 같습니다. 빨리 상처가 나아지면 박 동무에게 은혜를 갚아야 할 텐데요."

씩씩하기만 한 박금옥은 김정욱의 감사 인사에 부끄러움이 밀려든다. 부상당한 김정욱에게 연민의 정을 느낀다. 김정욱 동지가 진심으로 감사의 인사를 하는 것을 느낀다. 진심으로 김정욱의 상처가 아물 때까지 수발을 들어야겠다는 다짐을 한다. 좁은 동굴 속은 둘만의 공간이 되었다. 몸을 숨길 적당한 동굴이 둘 사이를 가깝게 하는 계기가 된다. 다른 동지들도 각각 흩어져서 숨어 지내다가, 식사 때나 급한 일이 있을 때만, 서로 정보를 주고받고 있다. 둘만의 동굴 생활이 전혀 어색하지도 않다. 박금옥이 먹을 것을 챙겨서 동굴로 돌아온다.

"김 동무, 이것 좀 드시오."

박금옥이 구해 온 음식을 김정욱 앞에 내어놓는다.

"같이 묵읍시다."

김정욱은 박금옥이 가져온 음식을 먹으면서도 미안하다. 박금옥에게 웃음을 지으며 음식을 함께 먹자고 한다.

"지는, 많이 묵고 왔구만요. 김 동무나 많이 드시오."

"아따, 박 동무 덕분에 제가 호강을 합니다. 헤헤헤."

김정욱은 박금옥의 호의에 고맙다는 표시를 멋쩍은 웃음으로 대신한다.

"부상으로 고상하시는 김 동무를 생각허면, 음식을 나수 챙겨 와야 하는디…."

"아따, 박 동지가 고렇게 말하면 내가 아심찮지라. 요렇게 챙겨다 준 것만으로도 감개무량합니다. 아, 나는 요새, 복이 많은 놈이구나 하고 생각을 많이 헌당깨요. 박 동지 겉은 예쁜 천사를 하늘이 보내 줬구나 하그만요… 하루 종일 박 동지만 생각할 때도 많그만이라."

"호 호 호…."

박금옥도 김정욱의 칭찬에 웃는다. 박금옥은 부상당한 김정욱을 간호하는 임무가 즐겁기만 하다. 김정욱은 상처가 가라앉을 때까지 는 당분간 꼼짝없이 지내야 한다. 산속에서 처녀, 총각이 한 동굴에 서 지내는 것도 흠이 되지 않은 일이다. 박금옥이 김정욱에게 치료 를 해 주며, 정성을 기울일 때마다 김정욱도 박금옥에게 호감이 가기 시작한다. 날씨가 점점 추워지고 있다. 박금옥의 김정욱을 향한 보살 핌은 점점 더 자상해진다. 밤이 되면 모닥불을 피운다. 모닥불에 돌 을 올려 뜨겁게 달군다. 뜨겁게 달군 돌을 동굴 속 바닥에 깔고, 그 위에 낙엽을 수북이 깐다. 그 위에서 잠을 청한다. 뜨거운 돌의 기운 으로 날씨가 추워도 동굴 안은 오랫동안 온기가 남아 있다. 김정욱 은 부상당한 몸으로 동굴 속에 혼자 남아 있지만, 박금옥은 작전이 끝나는 대로 먹을 것을 구해 와 김정욱과 단란한 시간을 보낸다.

욱신거리던 김정욱의 아픈 부위가 점점 가라앉았다. 팔을 조금씩 움직일 정도로 상처가 아물고 있다. 김정욱과 박금옥이 동굴 속에 서 함께 눕는다. 동굴 속 공간이 너무 좁은 탓에 김정욱과 박금옥 이 누우면 저절로 몸이 맞닿는다. 박금옥은 오늘도 산속을 돌아다 니며 작전을 하느라 피곤했던지 눕자마자 금방 잠이 든다. 김정욱은 오늘따라 박금옥의 숨소리가 가깝게 느껴진다. 전에는 느끼지 못했던 숨소리다. 숨소리를 들으면 들을수록 본인도 모르게 가슴이 점점 뜨거워진다. 김정욱은 이래서는 안 된다고 참아 보지만… 점점 더 몸이 뜨거워짐을 느낀다. 김정욱은 박금옥에게 향한 마음이 이런 것임을 느끼며 기분 좋게 참아 낸다. 상처 난 몸도 점점 회복되고 있어서인지, 몸이 계속 꿈틀거려 참을 수가 없다. 순간적으로 욕정이 확 몰려온다. 김정욱이 상처 나지 않은 팔을 뻗어 박금옥을 감싸 안아 버린다. 순간적으로 온몸이 꿈틀거려 참을 수가 없어 벌어진 행동이다. 잠에 곯아떨어진 박금옥은 그 상황을 모른 채 깊은 잠에 빠져 있다. 김정욱은 몸이 계속 꿈틀거리자 박금옥 몸에 더욱 밀착하여 계속 비벼 댄다. 한참을 비벼 대면서 욕정을 참아 낸다. 시간이 지나도, 욕정은 점점 참을 수가 없다. 김정욱의 억센 팔과 몸으로 박금옥을 더욱 강하게 밀착하면서 꿈틀대자, 박금옥도 자극을 받아 잠에서 부스스 깨어난다. 잠에서 깨어난 박금옥은 김정욱이 다른 때와는 달리, 김정욱이 자신의 몸에 바짝 몸을 밀착하여 비벼 대고 있는 것을 온몸으로 느낀다. 박금옥도 순간적으로 기분이 좋다. 박금옥은 순간적으로 기분이 좋아지며 가슴이 벌렁벌렁거린다. 그동안 김정욱이 안아 주기만을 바랐던 것처럼, 순간적으로 김정욱의 몸을 두 팔로 감싸 안아 버린다. 박금옥은 벌렁거리는 가슴을 잠재우려고 순간적으로 김정욱의 몸을 강하게 끌어당긴다. 동굴 속에서 함께 지내면서 서로를 위하는 마음이 저절로 사랑으로 맺어진 것일까? 김정욱은 박금옥이 거부감 없이 강하게 껴안아 버리자, 박금옥이 김정욱을 귀찮거나, 미워하지 않은 마음임을 순간적으로 느낀다. 김정욱은 남자의 욕정을 억제 못 하고, 순간적으로 사전 허락

도 없이 벌인 일이다. 잠시 죄의식을 가질 만도 하지만, 김정욱에게
는 그럴 순간이 없다. 박금옥도 거부하지 않은 이상, 김정욱의 몸은
점점 더 불덩이가 되어 버린다. 피가 펄펄 끓는 젊은 처녀, 총각이
그동안 참았던 욕정을 순식간에 해치울 기세다. 두 사람은 거칠 것
이 없다. 누구의 눈치도 볼 필요가 없다. 둘만의 공간에 순간을 피
할 수도 없는 일이다. 그동안 마음속에 묻어 두었던 연민의 정이 있
어서인지, 부끄러운 기색도 전혀 없다.

"음, 음…"

박금옥이 순간적으로 신음 소리를 내며 가쁘게 숨을 몰아쉰다.
박금옥 자신도 모르는 사이에 저절로 나오는 신음 소리다. 박금옥
의 신음 소리가 커지자, 김정욱도 홍분이 고조되어 숨소리가 점점
거칠어진다. 이런 순간을 기다려 왔다는 듯이 두 사람의 몸은 서서
히 불덩이가 되어 간다. 이 순간만큼은 젊은 혈기를 폭발시켜야만
하는 황홀한 순간이다. 동굴 안은 그야말로 두 사람이 뿜어 대는 열
기로 후끈거릴 뿐이다. 박금옥은 김정욱을 자연스럽게 받아들인다.
오랫동안 살아왔던 부부처럼 몸이 저절로 움직인다. 산속에서 각자
얼마나 외로웠으면…. 이 순간만큼은 아무 조건이 필요가 없다. 몸
이 요구하는 대로 사랑을 나누면 그만이다. 둘은 격정적인 순간으
로 점점 치닫는다. 둘은 어느새 한 몸이 되었다. 끈끈한 서로의 땀
냄새가 최고조에 달한다.

노고단에 진지를 갖춘 진압군의 지휘 본부가 만들어진 셈이다. 박
기철이 지도를 펴 놓고 지휘관들에게 계곡을 가리킨다. 당장 공격
하여 반란군들을 찾아 섬멸한 장소를 지정해 준다. 지리산 각 지역

에도 작전을 지시한다. 구례, 남원, 함양, 산청, 하동 지역에 주둔해 있는 군인과 경찰에게도 작전이 전달된다. 지리산 계곡 곳곳을 향한 공격의 고삐를 늦추지 않는다. 계곡 깊숙이 진압군들을 침투시켜야 한다. 산속에 숨어 있는 반란군들을 찾아내어 섬멸해야 한다. 산속으로 부대원들을 투입시킨다. 진압군들에게 개인행동은 금지한다. 삼삼오오 분대 형태를 만들어 지리산 속에 숨어 있는 반란군들을 찾아내느라 혈안이다. 노고단 고지를 점령한 진압군들은 산 정상에서 계곡아래를 향하여 반란군들을 찾아내기 위한 수색에 나선다. 계곡 아래에서 출발하여 산 정상을 향하여 오른 진압군 부대들과 연락을 주고받으며 협공 작전을 펼친다. 반란군들이 발견될 때마다 전투가 벌어진다.

탕 탕 탕 탕 탕….

"악!"

곳곳에서 반란군들이 저항을 해 보지만, 총을 맞고 피를 흘리며 쓰러진다. 반란군들이 발견되는 즉시 연락을 취하여 반란군들의 위치를 알려 준다. 진압군들이 그쪽을 향해 우르르 몰려간다. 반란군들을 발견하는 즉시 총을 쏜다.

박금옥은 날이 새면 동굴을 빠져나온다. 각각의 은신처에서 밤을 새웠던 동지들과 모인다. 진압군들이 산속으로 공격해 오는 횟수가 점점 늘어나고 있다. 진압군들이 계곡 속으로 숨죽이며 천천히 가까이 다가오고 있다. 장기만과 동지들이 숨죽이며 총을 겨누며 진압군들이 가까이 다가오기만을 기다린다. 선두에 서서 오던 진압군이 지승호를 발견한다. 순간적으로 지승호도 진압군과 눈이 마주친다. 순간적으로 지승호가 먼저 몸을 잽싸게 움직여 칼로 진압군을 단숨에 가격한다.

"욱!"

피를 흘리며 쓰러진 진압군을 숲속으로 질질 끌고 들어간다. 다른 진압군들에게 들키지 않아야 한다.

뒤따라오던 진압군이 낌새를 알아챈다. 선두에 섰던 동료가 갑자기 사라져 버렸다. 걸음을 멈춘다. 주위를 조심스럽게 주위를 둘러본다. 동료가 없어졌음을 눈치다른 동료를 손짓으로 부른다. 뒤따라오던 진압군들이 총구를 겨누며 우르르 몰려든다. 장기만이 긴박한 상황에 대처해야 한다. 대원들이 육박전을 벌여서 단숨에 처리할 수 없는 상황이다. 선제공격으로 하면서, 다른 곳으로 몸을 피하는 것이 좋을 듯하다. 장기만에 의하여 공격 신호가 떨어진다.

탕 탕 탕 탕 탕….

먼저 선제공격을 퍼붓는다. 박금옥도 총을 쏜다. 진압군들이 총을 맞고 그 자리에서 피를 흘리며 쓰러진다. 총소리를 들은 주변에 있던 진압군들이 총소리가 난 곳으로 몰려든다. 박금옥과 지승호가 총을 쏘며 반대편 계곡을 향하여 도망을 친다. 동지들 모두가 큰 피해 없이 화를 면했다. 박금옥은 김정욱이 은신하고 있는 동굴이 있던 계곡에서 멀리 벗어나 버렸다. 동굴로 당장 돌아갈 수가 없다.

동굴 안에서는 김정욱이 동굴 인근에서 총소리가 나는 것을 듣는다. 그렇다고 동굴 밖으로 나가서 동태를 살펴볼 수는 없는 일이다. 바짝 긴장을 하고 동굴 밖의 소리에 귀를 기울인다. 총소리가 잦아들자 상황이 종료된 줄 알고 긴장을 늦추며 자리에 눕는다.

김정욱이 있는 동굴 쪽으로 진압군들이 천천히 수색하며 접근하고 있다. 계곡을 지나다가 진압군 한 명이 의심이 가는지 걸음을 멈춘다. 고개를 돌려 의심이 가는 동굴 입구를 찬찬히 살핀다. 의심이 가는 동굴이다. 동굴 입구를 위장하여 놓은 것이 분명하다. 반란군들이 동굴 속에 숨어 있을 가능성이 있는 곳이다. 손짓으로 신호를 보내 진압군들을 불러 모은다. 진압군들이 모여들자 손가락으로 동굴 입구를 가리킨다. 반란군들이 숨어 있을 수가 있어 조심스럽게 접근을 시도한다. 동굴 주위에는 진압군들이 총을 겨누며 숨을 죽이고 있다. 진압군 한 명이 동굴 옆으로 살금살금 다가간다. 동굴 안에서 인기척을 알아차리게 하면 안 된다.

김정욱이 동굴 밖에서 사람이 다가오는 인기척을 순간적으로 알아차린다. 누워 있다가 벌떡 몸을 일으킨다. 바스락거리며 동굴로 사람이 다가오고 있는 미세한 움직임을 듣는다. 반사적으로 동굴 구석으로 몸을 웅크린다. 동굴 밖에서 안을 들여다보면 동굴 안은 잘 보이지 않는다. 안쪽으로 몸을 웅크리며 앉아서 숨죽이며 동굴 입구를 주시한다. 김정욱이 총을 가지고 동굴 입구를 향해 겨누고 싶지만, 동굴로 들어오는 사람에게, 총구가 밖으로 빛이 반짝거려 발각될까 봐 총은 내려놓는다. 동굴 안으로 진압군이 들이닥치면, 최후의 순간에 총을 사용할 심산이다. 손으로 칼을 꽉 움켜잡는다. 급할 시에는 한 손으로라도 칼로 진압군에게 공격을 먼저 할 태세를 갖춘다.

진압군 한 사람이 고개를 숙이고 조심스럽게 천천히 동굴 안을 들여다본다. 동굴 안은 어두컴컴하여 잘 보이지 않는다. 동굴 안이 잘 보이지 않자, 몸을 일으켜 세운다. 손짓으로 동굴 밖에서 총을 겨누고 있는 동료들에게 손짓을 한다. 동굴 안이 보이지 않는다는 표시를 한다. 동굴 밖에서 총을 겨누고 있던 동지들이 손짓을 한다. 동굴 속으로 다시 들어가 보라고 신호를 보낸다. 진압군이 알았다는 듯이 손짓을 하며 동굴 안으로 다시 몸을 천천히 들이민다. 동굴 속을 찬찬히 훑어본다. 어둠컴컴한 동굴 안이 잘 보이지 않는다. 밝은 곳에 있던 사람이 어두운 동굴 안으로 들어가면 순간적으로는 잘 보이지 않는다. 눈을 잠시 감았다가 뜨든지, 눈을 감지 않으면 한참을 지나야만 조금씩 보이기 시작한다. 눈을 계속 깜빡거리며 동굴 안을 살펴도 잘 보이지 않는다. 동굴 안에서 무슨 움직임이 없는지 찬찬히 살핀다. 동굴 안은 인기척도 들리지 않고, 적막감만 흐른다. 동굴 안이 잘 보이지 않자, 진압군은 동굴 안에 남아 있는 냄새를 맡는다. 진압군이 김정욱 코앞으로 바짝 다가온다. 김정욱은 숨을 죽이며 순간을 참아 낸다. 숨이라도 크게 쉬면 진압군에게 발각되기 때문이다. 진압군과 김정욱 간의 숨 막히는 긴장감이 흐른다. 진압군이 먼저 행동을 취하기 전에는 김정욱은 몸을 움직이지 않고 숨죽이며 기다린다. 진압군이 동굴 안으로 더 깊숙이 들어오지 않기만을 바랄 뿐이다. 만약에 발각되어 동굴 안에서 일대일로 육박전이라도 벌이면 김정욱에게 훨씬 유리하리라 본다.

진압군의 눈에는 어두워서 동굴 안이 잘 보이지 않고, 인기척이 들리지도 않지만, 사람 냄새가 동굴 안에 배어 있음을 감지한다. 분명히 동굴 안에서 사람 냄새가 배어나고 있다. 여러 날 동안 씻지도 않은 김정욱의 몸에서 풍기는 퀴퀴한 냄새다. 총에 배어 있는 기계 냄새도 조금씩 배어 나옴을 순간적으로 감지한다. 진압군이 조심스럽게 몸을 동굴 밖으로 빼낸다. 동굴 밖에서 몸을 일으킨 진압군이 손으로 동굴 안을 가리킨다. 동굴 안에 반란군이 있다는 신호다. 동굴을 벗어나 동지들이 있는 곳으로 다가온다. 동굴 안 상황을 귓속말로 나눈다. 동굴 안에 반란군이 있음을 감지하였기 때문에 우선 자수하도록 유도하기로 한다. 진압군들이 동굴을 향하여 총을 겨누며 서서히 다가가 포위한다.

동굴 안의 김정욱은 진압군이 들여다보고 아무 행동도 취하지 않고 동굴 밖으로 빠져나가자 안도의 숨을 천천히 내쉰다. 다행히도 발각되지 않았음을 순간적으로 느낀다. 동굴 안이 컴컴하여 진압군에게 발각되지 않았음을 다행이라고 여긴다. 진압군이 코앞까지 다가왔을 때, 먼저 행동을 취하지 않고 숨죽이며 기다렸던 것을 다행이라고 여긴다.

"자수하면 살려 준다! 총을 버리고, 손을 들고 나와라!"

김정욱이 동굴 안에서 안도의 한숨을 쉬고 있는데, 동굴 밖에서 진압군의 목소리가 들려온다. 깜짝 놀란 김정욱이 동굴 밖으로 귀를 기울인다. 내가 동굴 속에 있는 것이 발각됐단 말인가? 순간적으로 머릿속이 혼란스럽다. 동굴 밖에는 진압군들이 얼마나 있을지? 부상당한 채로 총을 들고 싸울 수도 없지 않은가. 진압군들이 다시 동굴 속으로 한 명씩 고개를 들이밀면, 진압군 한 놈이라도 총으로 쏴 죽이고 나도 죽는 방법을 선택해야 할지? 김정욱은 숨죽이며 잠시 혼란에 빠진다. 그렇다고 손을 들고 항복하기는 싫다. 김정욱은 결정을 내리지 못하고 시간을 끈다.

"자수하면 살려 준다! 총을 버리고, 손을 들고 나와라!"

더 큰 소리로 진압군의 목소리가 동굴 안으로 들려온다. 그 소리를 듣자 김정욱은 순간적으로 화가 솟구친다. 본인이 진압군들에게 발각됐다는 것도 그렇지만, 자수하라는 목소리가 김정욱의 화를 돋운다. 이대로 허망하게 죽을 수는 없는 일이다. 진압군에게 포위가 된 신세가 억울하기만 하다. 손을 들고 항복을 할까? 아니면 저놈들이 동굴 안으로 잡으러 올 때까지 기다리고 있어야 할까? 계속 결정을 내리지 못한다. 부상까지 당하고 있음이 원통하기만 하다. 하필이면 박금옥도 없는 시간에 진압군에게 발각된 걸 보니, 박금옥과는 인연이 길게 이어질 수 없는 팔자인가 보다. 잠시나마 박금옥과 단란했던 순간을 떠올린다.

동굴 속을 향하여 소리를 질러도 동굴 안에서 아무 반응이 없다. 진압군들끼리 서로의 얼굴을 쳐다본다. 동굴 안에 반란군이 없는걸까? 다시 한번 동굴 안을 확인하라는 지시를 내린다. 진압군이 동굴 근처에 가까이 다가간다. 동굴 쪽에서 인기척이 나는지 살핀다. 동굴 주위를 살피다가 다시 돌아온다. 다시 동굴 속으로 몸을 들여 놨다가 반란군의 총격에 변을 당할 수도 있기 때문이다. 진압군들이 모여서 협의를 한다. 동굴 속에 몇 명의 반란군이 숨어 있는 줄도 모르는 상황이다. 반란군들과 싸우다가 진압군의 피해가 생기면 안 된다는 판단이다. 동굴 속에 수류탄을 던져 동굴 전체를 박살내 버리자는 의견이 모아진다. 반란군이 스스로 자수를 하기는 틀렸다고 본다. 진압군이 동굴 가까이 다가간다. 동굴 속으로 수류탄을 던진다. 수류탄을 던진 후 몸을 돌려 재빠르게 반대 방향으로 뛰어서 땅바닥에 엎드린다. 동굴 주위를 엄호하던 진압군들도 고개를 숙이고 몸을 납작 엎드린다.

평.

수류탄이 동굴 안에서 폭발한다. 폭발 소리와 함께 동굴 주위에 있던 파편들이 사방으로 퍼져 나간다. 동굴 안에 있던 김정욱의 몸이 수류탄 파편을 맞고 산산조각이 나 버린다. 팔다리가 사방팔방으로 멀리 떨어져 나간다. 피를 흘리며 죽는다. 동굴 안에서 수류탄이 터진 후에도 동굴 안에서는 아무런 인기척이 없이 고요하다. 수류탄이 폭발한 동굴은 흔적도 없이 사라져 버렸다. 주변의 바위도 수류탄 파편에 직격탄을 맞아 떨어져 나갔다. 계속 동굴 입구를 주시하고 있던 진압군들이 천천히 동굴 가까이 다가간다. 동굴 안을 살핀다. 동굴에서 화약 냄새와 사람 피비린내가 확 풍겨온다. 동굴 안에서 수류탄 공격으로 사람이 죽었다. 수류탄 파편으로 갈기갈기 찢긴 사람의 팔다리가 보인다. 동굴 안에서 죽은 사람이 몇 명이 있었는지 확인이 어렵지만, 사람이 죽어 나간 흔적을 확인한다.

박금옥이 며칠 후에 동굴로 돌아온다. 바위 틈새 동굴은 형체도 없어져 버렸다. 동굴 주변의 바위까지 박살이 난 흔적이 보인다. 박금옥은 짐작한다. 진압군들에게 동굴이 발각됐으리라 예상한다. 동굴 속에 은신하고 있었던 김정욱은 어떻게 되었단 말인가? 총격전이 벌어졌는지? 부상당한 몸으로 포로로 잡혀갔는지? 박금옥은 별별 상상을 하면서 동굴 주위를 다시 살핀다. 동굴 주위에서 사람의 잘린 다리 하나를 발견하다. 다리를 감싸고 있는 바지를 보니 김정욱이 입고 있던 바지다. 진압군에게 발각되어 동굴이 폭파되었으리라 짐작한다. 그럼, 김정욱은 동굴이 박살 나면서 죽었단 말인가? 동굴이 얼마나 심한 폭격을 맞았는지 동굴 속에 숨어 있던 김정욱의 시체가 산산조각이 나서 나뒹굴고 있단 말인가? 박금옥은 처참하게 팔, 다리가 떨어져 나가 버리고, 얼굴은 형체를 알아볼 수 없을 정도로 망가져 버린 김정욱 시신을 붙잡고 울음을 터트린다.

"아! 흑 흑 흑…"

박금옥은 오열하며, 슬픔에 북받쳐서 서러운 울음을 쏟아 낸다. 사랑하는 사람이 하루아침에 목숨을 잃어버렸다는 생각을 하니 슬픔을 참을 수가 없다. 잠시나마 박금옥이 사랑했던 김정욱이 죽어 버렸다. 한동안 박금옥은 슬픔에서 헤어 나오지 못한다. 정신을 차리고 주위를 다시 살핀다. 땅을 파기 시작한다. 김정욱의 시신을 흙 속에 묻는다. 무덤을 낮게 만들고, 돌로 그 위를 눌러 준다. 박금옥은 무덤을 향해 절을 한다. 박금옥이 일어서서 천천히 그 자리를 떠난다. 발길이 떨어지지 않는다. 무덤을 떠나면서도 한 번 더 돌아다본다.

박금옥도 진압군들을 피해서 노고단 계곡과 점점 멀어지는 쪽으로 후퇴를 한다. 은신처를 마련한 곳이 반야봉계곡 동쪽이다. 사람들이 쉽게 접근할 수 없는 곳으로 숨어들었다. 산속에서 김정규를 만난다. 박금옥은 김정규를 보자 김정욱이 생각난다. 김정규에게 김정욱의 죽음을 알려 줘야 한다. 김정규는 아직 김정욱의 죽음을 모르고 있다.

"김 동무. 그동안 어디로 피해 있었나요? 계속 김 동무가 보이지 않아 궁금했습니다."

"노고단 고지에서 도망을 치다 보니, 반야봉계곡까지 오게 되었습니다."

"아, 그랬군요, 다행입니다."

"혹시, 김정욱 동무는 보지 못했나요?"

김정규가 김정욱을 찾는 물음에 박금옥은 그동안 김정욱이 부상당한 일과 동굴 속에서 죽었다는 일을 소상하게 김정규에게 말한다. 김정욱과 사랑하는 사이였고, 혼자서 무덤을 만들어 주었다고 말한다. 김정욱의 소식을 들은 김정규는 그 자리에서 고개를 숙이고 오열을 한다. 박금옥도 그 옆에서 함께 운다. 김정규는 형이 죽었다는 사실에 하늘이 무너지는 슬픔에 잠긴다. 김정규는 자리를 옮겨 혼자서 먼 하늘을 바라다본다. 정욱 형이 죽었다니… 도저히 받아들일 수가 없는 일이다. 순간적으로 멍하니 앉아 있다. 산속에서의 생활은 이제 의욕을 잃어 버렸다. 김정규가 아무리 마음을 잡으려 해도 기운이 나지 않는다. 작전에도 참여하지 않고, 주변 사람들과도 어울리지 못한다. 형이 죽은 상실감에 정신을 차리지 못한다.

반야봉계곡에도 진압군들이 진격해 온다. 한바탕 격전이 벌어진다.

탕 탕 탕….

"악!"

박금옥이 총을 맞고 쓰러진다. 김정규가 고개를 돌려 그 모습을 발견한다. 진압군들이 점점 가까이 다가온다. 박금옥에게 다가가려다 몸을 돌려 도망친다. 이 상황에서 어떻게 손을 쓸 수가 없다. 김정규가 살아남기 위해서는 당장 이 자리를 피해야만 한다. 박금옥이 죽어 가는 모습을 보면서도 김정규는 혼자서 산속으로 내달린다.

윙— 윙— 윙….

김정규가 하늘을 쳐다본다. 비행기에서 삐라를 뿌려 대고 있다. 삐라가 정규가 있는 곳으로 떨어진다. 정규가 삐라를 손으로 집어

들고 읽는다.

반란 제군에 고함.

제군은 다같은 백의민족이다. 혈통이 같고, 풍속이 같고, 언어가 같은 단군성조의 자손이 아니냐? 일시적 그릇된 모략과 선동에 유인되어 자신을 희생하고 부모와 처자를 잃으며 선영을 욕되게 할 이유가 무엇인가? 살인, 방화, 약탈, 강간 등은 어느 사회에서나 용서할 수 없는 죄악인 것이다. 인간은 한때의 허물이 있다 할지라도 고치면 착한 사람이 되는 것이다. 제군이 어떠한 죄를 지었다 할지라도 고치면 착한 사람이 되는 것이다. 제군이 어떠한 죄를 지었다 할지라도 하루빨리 이를 뉘우치고 자수해 돌아오면 제군의 신명을 안보할 수(편히 지킬 수) 있고 부모와 처자로 더불어 평화스러운 가정을 회복할 수 있도록 제군의 장래를 보장할 터이니 이 기회를 잃지 말고 속히 돌아와 대한민국의 참다운 국민이 되라. 만약 차시에 귀순 안 한 자는 철저히 전멸당할 것이다. 그대들의 부모와 처자는 눈물로써 그대들의 귀순을 기다리고 있다. 깊이 반성하라.

1. 1월 말일까지 무기 휴대 귀순자는 죄상 여하를 불문하고 석방함. 무기를 지참치 않은 자도 선처한다. 기타 좌익 단체에 가입한 자도 자수한 자도 이와 같이 선처함.

4282년 1월 15일

전투사령관, 제5지구경찰서장, 구례군수, 대한청년단장

국민회 구례군지부, 구례군 시국대책위원회

정규가 동요하기 시작한다. 삐라 내용에 따르면 군인들이 뿌린 것이 아니라 구례 지역 사람들이 연합하여 만든 것이다. 삐라를 읽어 보니 군민 중에 한 명이라도 살려 내기 위해서 만든 삐라다. 삐라 내용을 믿어도 되는가? 자수하면 또 이유 물분하고, 고문에 시달릴 텐데, 과연 내가 버텨 낼 수 있을까? 고문을 받았던 일만 생각해도 몸이 으스스해진다. 어머니와 복자 누나는 무사할까? 나까지 산으로 도망을 쳐 버렸는데, 분명히 군인들에게 잡혀갔을텐데…. 진압군들이 매일 지리산 속을 이잡듯이 총구를 들이대며 죽이려고 달려들고 있는데, 내가 달아나고 버티는데, 얼마나 견뎌 낼 수 있을까? 반란군들의 지휘부도 와해되어 버린 상황이다. 워낙 많은 동지들이 죽거나, 포로로 잡혀가 버렸다. 이제는 각자 살아남아야 한다. 날씨는 살을 에는 듯한 한파가 몰아치고 있다. 이대로 산속에 있다가는 얼어 죽기 십상이다. 우선 배도 고프고 도저히 견딜 수가 없는 일이다. 산에 있는 동지들과 만나지 않으면, 혼자 행동해도 누가 말릴 사람도 없다. 동지들과 동행하지 않고 이탈하는 행위는 용서받지 못할 행동임을 안다. 발각되면 반동분자로 몰려 당장 총살감이다. 정규는 밤이 되자 결심한 듯 구례 밤재를 향하여 움직인다. 밤골에 도착한다. 살금살금 계척마을로 향한다. 밤이 되자 계척마을에 친척뻘 아주머니 집을 찾아든다.

"거, 뉘시오?"

"아지매, 저, 정규입니다."

정규를 알아본 아주머니가 깜짝 놀란다.

"정규야!"

아주머니는 정규의 손을 잡는다. 서둘러 정규를 헛간으로 안내한다. 혹시 주변 사람들에게 들킬까 봐 주변을 두리번거린다. 정규가 산으로 도망을 쳤다는 소식을 들었던 터다. 정규는 우선 원촌 집 안부를 묻는다. 아주머니로부터 정규는 집안 소식을 듣는다. 집 안으로 들어가자는 아주머니에게 사정 이야기를 하고 먹을 것을 부탁한다. 급하게 먹을 것을 챙긴 정규는 아주머니에게 계척마을 뒷산 밤골에 숨어 있겠다고 한다. 원촌 집에 소식을 전해 주라고 부탁한다. 친척 아주머니는 경찰에 우선 신고해야 하지만, 정규라도 살려 내야 한다. 그 집안의 대가 끊어질 상황임을 알고 있다. 겁이 나지만, 당장 밤길을 나선다. 교회 움막에서 지내고 있는 이평댁과 복자를 만난다. 계척 밤골에 정규가 와 있다고 전한다. 정규의 소식을 들은 복자가 먹을 것을 챙겨서 밤에 은밀하게 움직인다. 정규를 찾아 아주머니와 함께 밤골로 올라온다.

"정규야!"

"복자 누나!"

정규와 복자가 반가워서 서로 부둥켜안고 눈물을 쏟아 낸다. 죽은 줄로만 알았던 정규가 살아 돌아왔다니 믿을 수가 없는 일이다. 정규의 행색이 옷은 너덜너덜해졌고, 머리는 산발이 되어 버렸다. 배가 고팠던 정규가 허겁지겁 음식을 먹어 치운다. 그동안 집안에서 일어났던 일을 정규에게 알린다. 엄마와 함께 군인들에게 끌려가 모진 고문을 받았다고 알려 준다. 집은 군인들이 불을 질러서 흔적도 없이 불에 타버렸다고 한다. 다행히 목사님의 도움으로 교회 마당에서 움막을 짓고, 어머니와 지내고 있다고 말한다. 정규를 쳐다볼수록 복자의 마음속에는 어떻게 해서라도 정규를 자수를 시킬 계획을 다짐한다. 정규가 다시 산으로 올라가 버리기 전에 정규를 설득해야만 한다.

정규를 만난 복자는 산속에서 조심조심 내려온다. 교회에서 추 목사를 은밀히 만난다. 산에 올라간 정규가 밤골 산속에 숨어들었는데, 만나고 왔다고 말한다. 정규를 자수시켰으면 하는 바람을 추 목사에게 전한다. 계엄령이 내려진 상황이어서 추 목사와 복자가 산속으로 들어가 정규를 만나 설득한다는 일은 위험한 일이다. 밤이 되자 어두운 산길을 조심조심 추 목사와 복자가 주위를 살피며 산속을 오른다. 밤골로 정규를 만나러 올라온다. 정규를 보자마자 복자가 정규를 자수시키려고, 교회 목사님과 함께 왔다고 양해를 구한다. 정규와 복자가 만난 자리에 추 목사가 나타난다. 추 목사가 정규에게 인사를 하고 손을 잡는다. 정규도 허리를 굽혀 추 목사에게 인사를 한다.

"이렇게 추운 날씨에 산속에서 숨어 지내다가는 큰일 납니다. 엄동설한에 얼어 죽기 십상입니다. 자수하면 목숨을 건질 수 있습니다. 자수하십시오."

"목사님, 자수하면 군인들이 저 겉은 사람도 목숨을 살려 줄까요?"

정규는 산으로 올라가기 전에도, 진압군들은 피도 눈물도 없을 것 같아, 목숨만이라도 살리기 위해 몸을 피했던 일이 자꾸 떠오른다. 반란군의 가족으로 낙인 찍혀버린 터에, 목숨을 부지 할 수 있을까 걱정이 앞선다.

"그렇습니다. 목숨은 살려야 되지 않겠습니까? 내가 군과 경찰에 주선을 잘해 볼 테니, 형제님은 걱정 마시고 자수하십시오. 요즘 산 사람들이 자수한 사람이 더러 있습니다. 예전처럼 무조건 총살시키지는 않습니다. 반란군들을 자수시키기 위한 선무공작부대도 활동을 하고 있는 걸로 알고 있습니다. 자수하는 길만이 살길입니다. 자수하십시오."

"그래, 정규야. 목사님 말대로 자수해. 그래야만 목숨이라도 건질 수 있어."

복자도 초조하고, 안타까워 견딜 수가 없다. 정규에게 자수하라고 독촉을 한다. 정규는 고민에 빠진다. 산에 있을 때는 두려움도 없어졌고, 혁명군의 대열에서 열심히 전투에도 참여하고 승승장구했지만, 지금 상황은 혁명군들이 산에서 많이 죽어 나갔고, 전투력도 많이 약해졌다는 걸 잘 안다. 진압군들의 집요한 공격에 대항도 못 하고, 점점 쫓기고 있다는 것을 잘 알고 있다. 산속에서 오래 버티지 못할 거라는 생각이 들기도 한다. 누가 시키지도 않았지만, 정규 스스로 발걸음이 밤골재까지 오게 한 것이다. 정욱 형의 죽음으로 잠시 동요가 일고 있지만, 정규는 점점 자신이 없어진다. 목사님과 복자 누나를 만나고 나서 자수하라는 권유에 마음이 금방 무너지려고 한다. 여기서 고집을 부리고, 산속으로 다시 올라가느냐? 아니면 자수를 해야 하는지 잠시 혼란에 빠진다. 추목사와 복자 누나를 따라 산을 내려온다. 교회에 은신하면서 추 목사로부터 주의 사항을 전달받는다.

"어떻게 해서라도 살아남으려면 총을 들고 전투를 했다는 소리는 절대로 해서는 안 됩니다. 총으로 사람을 죽였다는 말은 절대로 해서도 안 됩니다."

정규는 고개를 끄덕거린다.

김정규가 추 목사와 함께 산동 지서로 들어선다. 자수했지만 김정규가 경찰의 취조를 받는다.

"왜, 자수를 하게 되었나?"

"저…"

경찰의 질문에 정규는 주눅이 들어 얼굴도 제대로 들지 못하고, 고개를 숙인 채 기어들어 가는 목소리로 대답을 한다. 여기서 까딱 잘못했다가는 또 군인들에게 끌려가 고문을 받아야 한다는 걸 생각하면 몸서리가 친다. 자수를 하면 살려 준다는 삐라도 보았지만, 진짜로 살려 주는 건지는 모를 일이다. 정규는 자수를 했지만 일반 자수자처럼 쉽게 죄를 감면하여 석방하기는 쉽지 않은 일이다. 경찰은 산동 좌익의 거물급인 김정욱의 동생이기 때문에 김정규를 통해서 산속에 숨어 있을 김정욱을 잡아야 한다. 김정규도 그걸 모를리 없다. 정규를 통해서 김정욱의 근황을 알아내려고 계속 심문이 진행된다. 자수를 했지만 어떻게 될지 불안하다.

"자, 큰 소리로 똑바로 대답을 한다. 거짓말로 둘러대면 군부대로 인계될 것이다. 군부대에 인계되면 너는 곧바로 총살감이다. 알겠나?"

경찰은 정규를 압박하기 위하여 정규를 바라보며 소리를 지른다. 군부대에 인계한다고 하니 정규는 바짝 긴장을 한다.

"예."

경찰의 큰 소리에 정규는 조금 더 큰 소리로 대답을 한다.

"왜 자수를 하게 됐는지 대답을 해라."

"전번 노고단을 향한 진압군들과의 전투에서 정욱이 성이 큰 부상을 당했습니다. 그 당시에 저는 반야봉으로 도망을 쳤습니다. 나중에 알고 보니, 정욱이 성은 부상당한 몸을 움직일 수가 없어서 굴속에 은신해 있었다고 합니다. 국군에게 발각되어 총상을 입고 죽었다는 소식을 들었습니다. 저는 형만 믿고 산에 있었는데, 산속에 계속 뿌려지는 삐라를 보고, 자수를 하면 살려 준다고 해서 자수를 결심하게 되었습니다."

"김정욱이 산에서 죽었다고?"

김정욱을 잡아야 하는 경찰은 놀라는 표정을 짓는다.

"예."

"사실이야?"

"예."

"김정욱이 산에서 죽었다 이거지. 거짓말하면 바로 총살이다. 알겠나?"

경찰은 김정욱이 산동면 좌익들의 총책임자임을 알기에 김정욱의 죽음은 상부에 보고할 중요한 사안이라 재차 확인한다.

"네 눈으로 김정욱의 죽음을 확인했나?"

"제 눈으로 확인은 못했지만, 정욱이 성의 애인 동지로부터 눈물을 흘리며 저에게 알려 주었습니다. 죽은 시체를 땅에 묻고 무덤까지 만들어 줬다는 얘기를 들었습니다. 저도 그 소식을 듣고 함께 끌어안고 눈물을 흘렸습니다. 사실 정욱이 성의 죽음 소식을 듣고, 그후로 저도 마음의 동요가 일기 시작했습니다."

정규의 얘기를 들은 경찰은 고개를 끄덕인다.

"김정규 당신은 왜, 산으로 올라갔나?"

"지는 전주에서 공부를 하다가 집에 내려오자마자 반란군들이 산동에 들어왔습니다. 저는 영문도 모르고 집에 그냥 있었습니다. 집에 있다가 갑자기 아부지와 함께 국군에게 잡혀갔습니다. 정욱이 성이 좌익인지도 몰랐습니다. 정욱이 성이 반란군 대장인지도 몰랐습니다. 정욱이 성 때문에 반란군 가족으로 몰려 잡혀가 심한 고문을 받았습니다. 형이 어디 있는지 알지도 못하는데, 반란군 가족이라는 이유 하나만으로 아부지까지 잡혀가 심한 고문을 받았습니다. 고문 후유증으로 아부지까지 돌아가시자 겁이 났습니다. 언제 다시 국군들에게 잡혀가 또 고문을 당할까 봐, 무서웠습니다. 고문 후유증으로 몸 상태가 죽을 것 같았지만, 그냥 무작정 산으로 도망을 갔습니다. 다른 이유는 없습니다."

정규는 총살을 당하지 않기 위해서 대답을 한다.

"그동안 산에서는 뭘 했는지 솔직하게 말하면 정상 참작을 할 수도 있으니까, 상세하게 대답을 하기 바란다. 알겠나?"

"예."

"산에 올라가서 전투를 했나?"

"아닙니다. 저는 정욱이 성을 만났는데, 성이 다시 내려가라고 계속 종용을 했습니다. 정욱이 성은 제가 산속에 계속 있는 것을 탐탁치 않게 여겼습니다. 우리 집안의 대를 이어야 하는 부모님의 열망을 제가 들어주기를 바랐습니다. 그러나 산에서 다시 내려와 자수를 한다고 해도 저희가족은 용서를 받을 수 없다고 생각했습니다. 정욱이 성과 함께 내려가서 자수하기 전에는 내려올 수가 없었습니다. 또 국군에게 잡혀가면 빨갱이 가족이라고 고문을 당하는게 무서웠습니다. 국군에게 고문을 당하다 죽느니, 어쩔 수 없이 산속에서 지내야만 했습니다."

"그럼 산에 있는 반란군들의 숫자는 얼마나 되는지 알고 있는가?"

"지가 있던 곳은 달궁계곡이었는데 이백여 명이 훨씬 넘었습니다. 제가 알기로는 문수골과 피아골과 뱀사골, 산청, 함양계곡에도 수백 명씩 부대가 모여 있다는 얘기를 들었습니다. 지리산 전체 계곡 곳곳에 일부러 분산해 있다는 얘기를 들었습니다. 정확히 전체적인 숫자는 잘 모릅니다."

"달궁계곡에만 있었나?"

"달궁계곡에 있다가 국군들의 지리산 전역을 향한 총공세 때 모두 노고단으로 집결을 하여 방어를 했지만, 워낙 많은 숫자의 국군들의 공격으로 부대원들이 많이 죽었습니다. 거의 전멸을 하다시피 했습니다. 우선 살아남기 위하여 뿔뿔이 흩어지는 바람에 노고단을 넘어서 반야봉계곡 깊은 바위굴 속에서 숨어 지냈습니다."

"산에서는 주로 무엇을 했나?"

"지는 고문 후유증으로 정욱이 성으로부터 많은 보호를 받아서 요양과 치료를 받느라 많은 임무를 부여받지 못했습니다. 인쇄물을 만들어 배포하는 일을 주로 했습니다. 몸이 차차 좋아진 후에는 짐을 지어 나르는 일을 주로 했습니다. 전투에 참가하지는 못했습니다."

"밤재 송평다리 전투에는 참가를 했었나?"

"송평다리 전투는 지는 잘 모르겠습니다. 전투에는 참가하지 못하고, 중동 지역까지 내려와 대기하고 있다가 전투가 끝난 후에 무기를 짊어지고, 다시 달궁계곡으로 짐을 지고 갔습니다. 그때는 획득한 짐이 워낙 많았습니다. 중동 지역 주민들 모두가 동원된걸로 알고 있습니다. 다른 계곡에 있던 반란군들까지 모두 달궁계곡으로 모여들어 국군으로부터 획득한 무기와 탄약을 배분받아 무장을 한 걸로 알고 있습니다."

추 목사도 정규를 일단 살려 내기 위하여 지서장과 면장을 차례로 만나 사정을 한다. 정규를 자수시키는 일도 추 목사가 주도적으로 설득을 하였기 때문이다. 총살을 당하지 않게 하기 위하여 백방으로 노력을 한다. 자수를 했다는 이유만으로도 정규는 다행히 총살을 당하지 않는다.

경찰서에서 투옥되었다가 석방이 된, 인철과 경자가 정규 소식을 듣고 산동으로 달려온다. 정욱이는 산으로 올라가 버렸지만, 정규라도 살려 내야 한다. 산동 지서와 면사무소를 급하게 들락거린다. 산동면장을 만나 정규를 살려 내기 위한 방도를 찾기 위하여 도움을 요청한다. 정규야 원래부터 전주에서 있었던 사람이고, 정욱이 때문에 진압군에게 잡혀가 고문을 심하게 당하다 보니 무서워서 산으로 도망을 친 거라고 사정 얘기를 한다. 지서장에게도 사정 얘기를 하고 석방을 부탁한다. 때가 때인 만큼 면장과 지서장도 쉽게 정규를 봐 줄 수 없는 상황이다. 반란군의 거물인 김정욱 가족을 쉽게 용서 할수 없는 상황이다. 인철이 돈 봉투를 준비하여 면장과 지서장에게 은밀히 전달한다. 정욱이 때문에 연대책임을 물어 그냥 넘어갈 수 없는 상황임을 잘 알고 있지만, 산동에 주둔해 있는 대대장에게 잘 부탁하여 즉시 사살시키는 일은 막아 낸다. 진압군들은 매일 반란군들을 소탕하기 위해서 별별 묘안을 짜내는 중이라서 무슨 일이든 협조하겠노라고 한다.
면장과 지서장의 건의에 의하여, 대대장으로부터 제안을 받는다.

정규는 거물급 김정욱의 동생이기 때문에 정규를 작전에 이용하려고 한다. 산에서 지냈기 때문에 누구보다도 산속 어느 곳에 반란군들의 진지가 있었는지? 반란군들이 지금쯤은 어디에 은신해 있을지? 조그만 정보라도 이용하여 반란군들을 섬멸하려는 진압군들의 계획에 정규를 이용할 계획이다. 김정규가 반란군들이 있는 소굴을 안내하여 반란군들을 소탕하는데 공을 세우면, 죄를 감면해 주겠다고 한다. 만약에 반란군들에게 유리하도록 거짓으로 정보를 제공하거나, 거짓 정보로 인하여 진압군들이 반란군들을 소탕하는데 방해라도 되면 즉각 총살시킨다는 조건이다.

김정규가 진압군들과 함께 산을 오른다. 빨치산 귀순공작대의 삐라를 보고 김정규도 자수를 한 장본인이다. 즉시 군법회의 판결을 받지 않은 이유도 김정규가 앞으로 어떻게 활동을 잘하여 산속에 숨어지내는 빨치산들을 귀순시키는 것에 달려 있다. 삐라를 들고 산속을 누비는 귀순공작대 부대가 이미 만들어져 활동을 하고 있다. 반란군 중에 자수를 하고 싶어도 진압군들이 총살시킬까봐 자수를 못하는 반란군들에게 선무공작을 하는 일도 중요한 일이다. 정규도 진압군대열에 제일 앞장서서 산을 누빈다. 김정규 어깨에 총이 주어지지 않았다. 맨손에 귀순공작 삐라만 손에 들고 있다. 산을 오르면서 계속 삐라를 뿌려댄다. 정규도 살아남기 위해서는 혼신의 힘을 쏟아야 한다. 정규는 혁명군들이 좋아서 산으로 올라갔던 것이 아니었다. 산속에서 우여곡절을 겪었고, 목숨을 부지하여 산에서 내려와 자수를 했다. 총살을 안 당하고, 목숨이 살아 있는 것만으로도 감사해야 할 일이다. 김정욱이 죽은 마당에 반란군들을 소탕하는 데 앞장을 선다. 반란군들의 아지트가 있던 곳을 국군에게 알려 주는 일과 산속의 반란군들과 대치상태가 되었을 때, 반란군들을 상대로 선무공작을 하는 일이다. 김정욱을 따라 지휘부를 속속들이 잘 알고 있었던 관계로, 산속 곳곳을 누비고 다닌다. 산속을 돌아다니다가 바위 틈새를 발견하고 김정규가 걸음을 멈춘다. 뒤따라오던 진압군들도 걸음을 멈춘다. 손가락으로 바위틈을 가리킨다. 반란군들이 은신할 만한 곳이다. 진압군들이 정규가 가리킨 곳을 향해 총구를 겨눈다.

"너희들은 포위됐다. 총을 버리고 항복하면 목숨은 살려 준다!"

정규가 큰소리로 항복을 하라고 소리친다. 정규의 고함 소리에도 반응이 없다.

"항복하라! 자수하면 목숨은 살려 준다!"

다시 정규가 소리를 지른다.

"셋까지 셀 때까지 자수를 안 하면 폭발시킨다. 알겠나?"

바위틈에서는 아무 기척이 없다.

"하나, 둘, 셋."

정규가 소리를 지르자 3명의 반란군들이 손을 들고 천천히 걸어 나온다. 반란군들의 수가 많았다면 항복하지 않고 치열한 전투가 벌어졌을텐데, 다행히도 항복을 한 것이다. 반란군들을 무장 해제시킨다.

정규는 계속 진압군들의 선두에 서서 지리산 속을 돌아다닌다. 정규가 앞장서서 반란군들을 항복시키거나, 자수를 시킨다. 그 공로를 인정받아 정규의 죄가 감면된다.

12월 초순에 접어들자 대구 6연대에서도 반란이 일어났다. 군 내부적으로 좌익 소탕을 위한 숙군작업으로 백여 명의 6연대 좌익군인들을 6연대 내에 구금시켜 놓은 상황이다. 6연대 군인들에게도 제주도와 여수 14연대에서 반란이 일어났다는 정보가 날아들었다. 6연대 일부 병력은 제주도와 여수,순천 지역에 이미 출동을 한 상태다. 부대가 텅빈 틈을 타서, 6연대 내에서 남아 있던 일부 좌익 세력이 주동하여 장교들을 사살하고, 6연대 내에 구금시켜 놓은 좌익들을 풀어 주어 버렸다. 그 세력들과 합세하여 무기고에서 총과 탄약을 확보하여 반란을 일으킨 것이다. 무장을 갖춘 반란 세력들은 대구시내로 진입을 시도한다. 시가전을 벌일 계획이 무산되자, 인근 칠곡군의 지서를 공격하고 나선 후, 서둘러 팔공산으로 몸을 숨긴다.

여수, 순천 지역에 진압군으로 투입됐던 병력이, 여수, 순천에서 진압작전을 마친 후에 6연대로 복귀한다. 대구 6연대 부대 가까이 도착할 즈음에, 6연대 내에서 반란 사건이 일어난 사실이 알려졌다. 돌아오는 병력 중에 일부 좌익 세력들이 주동하여 장교들을 사살하고, 6연대 내에서 이미 반란을 일으키고 팔공산에 숨어 있는 병력과 합세하였다. 팔공산에 숨어 있던 송진혁과 남형석은 6연대 군인들과 만난다. 반란 세력이 막강해졌다. 6연대 반란군들은 칠곡면에 있는 지서 2곳을 공격한다. 일행 중 일부는 태백산으로 숨어든다. 송진혁과 남형석도 6연대 반란군들과 태백산을 지나서 북으로 향한다.

휘잉—.

차가운 북풍한설이 지리산을 매섭게 휘몰아치고 있다. 지리산은 온통 하얀 눈꽃 세상이다. 언제, 이 장대한 지리산에서 수천 명이 전쟁이 벌어졌는지 모를 정도로 인적이 보이지 않는다. 진압군들의 총공세로 지리산 전역에 숨어 있던 반란군들이 많이 죽었거나 생포되고, 자수를 하였다. 노고단에 진지를 구축했던 진압군들도 지리산 곳곳을 수색하여 반란군들 섬멸하였다. 반란군들과의 치열했던 전투도 줄어들었다. 진압군들도 노고단 진지에서 산 아래로 모두 철수를 했다. 산속 깊숙이 숨어 있는 진압군들이 반란군들을 잡기 위해서 수색을 하러 올라오지도 않는다. 입산 금지령이 내려져 민간인들도 산속에 올라오지도 않는다.

거대한 바위 틈 속에 몸을 숨겼던 장기만이 대원들과 혹독한 겨울을 지내 왔다. 바위틈 속 비밀아지트(비트)야말로 진압군들에게 발각되지 않은 은신처였다. 바위틈 사이를 비집고 들어간 후에, 겨우 몸 하나만 바위틈 사이를 통과한 동굴 속에, 십여 명이 은신할 수 있는 공간이 확보되었다. 진압군들의 무차별 공격을 피해 숨을 곳을 찾다 보니 발견한 곳이다. 진압군들의 공격에도 끄떡없이 버티어 낸 요새와도 같은 곳이다. 진압군들의 공격을 피해 살아남았다. 음식도 대원들이 각자 등에 짊어지고 다니던, 비상식량인 생쌀을 씹어 먹고, 몸을 숨기고 있다. 식수는 눈을 녹인 물로 버티고 있다. 지리산 속에서 누가 살아남았는지? 연락도 끊어진 상태다. 진압군들이 총공세를 피해, 후일을 도모하려면 어쩔 수 없이 선택한 상황이었다. 장기만이 대원들과 비트를 빠져 나온다. 하얀 눈이 소복이 쌓여 있다. 눈길을 헤치고 전진한다. 보급품을 조달하기 위하여 장기만이 대원들과 계곡을 천천히 내려간다. 수천 명이나 됐던 혁명대원들이 모두 죽어 나가고 십여 명만 겨우 살아남았다. 살아남은 동지들과 배고픔을 해결해야 한다.

캄캄한 밤이다. 산간 마을로 서서히 접근한다. 인적이 전혀 없다. 마을에서 홀로 떨어져 있는 주막집이 멀리 보인다. 장기만이 지승호를 미리 침투시켜 주막집의 상황을 파악하게 한다. 지승호가 주막집으로 가까이 다가간다. 멀리서 장기만이 초조하게 바라본다. 지승호가 신호를 보내자 대원들이 주막집 가까이 총을 들이대며 조심스럽게 접근한다. 주막집 안에는 주모가 혼자 깊이 잠들어 있다. 지승호와 대원들이 주막집을 급습하여 총을 들이대며 주모를 깨운다. 주모는 깜짝 놀라서 일어난다. 총을 들이대자 벌벌 떨면서 목숨만 살려 달라고 두 손을 싹싹 빈다. 주모는 한밤중에 총을 들이대는 사람들이 반란군임을 직감한다. 주모는 지승호가 시키는 대로 일어나 부엌으로 향한다. 깜깜한 밤중에 불을 지피고, 음식을 준비한다. 음식을 준비하면서도 산 사람들이 나타났음을 알려야 할 방법을 고민한다. 어떻게 연락을 취할지 반란군들의 움직임을 살핀다. 한동안 반란군들과 진압군들의 총격전이 수시로 일어났던 지역이다. 군인들에 의하여 산간 마을 사람들이 살지 못하도록 철수하였다가 주막으로 다시 돌아온 것이다. 산간 마을이라서 수시로 군인과 경찰, 한청단원들이 주막에 들러서 수상한 산 사람들이 나타나면 신고하라는 교육을 받았던 터다. 주모는 준비한 음식을 산에서 내려온 사람들에게 대접한다. 주막이라서 막걸리까지 주전자에 담아서 대접한다. 배가 고팠던 장기만이 대원들과 음식을 맛있게 먹는다. 이곳은 마을과 떨어진 주막이다. 작전중에 술을 마시는 것은 금기사항이지만, 한밤중이라 긴장을 늦추고 막걸리를 조금씩 나누어 마신다. 오랜만에 음식을 배부르게 먹고 나자 피곤이 몰려온다. 오랜만에 주모가 챙겨 준 막걸리까지 한 모금씩 먹었던 터라 몸이 노곤노곤해진다. 오랜만에 온돌방에서 느껴지는 온기에 밀려오는 잠을 이기지 못한다. 마을과 떨어진 주막이지만, 지승호가 보초를 선다. 지승호가 창문 틈으로 밖을 서너 번 내다 본다. 밖은 아직 깜깜하다. 산간 마을이라 인기척이 없다. 한참 후에는 보초병까지 잠을 못 이긴다. 벽에 기대고 잠이 들어 버린다. 주모는 문틈으로 반란군들이 모두 잠이 든 것을 조심스럽게 확인한다. 살금살금 주막을 빠져나온다. 주모가 주막을 벗어나자 멀리 떨어진 마을을 향해 달린다. 급하게 마을 사람을 깨워 반란군들이 주막에서 음식을 먹고 잠이 들었다고 전해 준다. 주모의 소식을 전해 들은 남자는 뛰기 시작한다. 인근 부대에 소식이 전해지자마자 진압군들이 급하게 움직인다. 군인들이 트럭을 타고 반란군들이 잠들어 있는 주막으로 향한다. 마을 입구에서 차에서 내린 군인들이 주막을 향해 총을 겨누며 점점 다가간다. 주막 주위를 포위한다. 진압군들이 점점 다가온지도 모르는 장기만 일행은 계속 잠들어 있다. 진압군들이 주막을 급습한다.

탕 탕 탕 탕 탕….

깜박 잠이 든 장기만이 기습 공격에 깜짝 놀라 일어난다. 장기만이 밖을 살핀다. 주막 밖에는 진압군들이 주막을 에워싸고 공격을 해 오고 있다. 즉각 반격을 한다. 이 주막을 일단 벗어나야 한다. 장기만이 대원들과 반격을 시작한다.

탕 탕 탕 탕 탕….

쌍방 간의 무차별 공격이 벌어진다.

"악!"

이명일이 총을 맞고 피를 흘리며 쓰러진다.

탕 탕 탕 탕 탕….

주막을 막 빠져나오면서 장기만이 다리에 총을 맞았다.

"아!"

피를 흘리며 동료들과 함께 주막을 빠져나간다. 혼자서 산속으로 계속 도망을 친다.

진압군들은 주막을 향해 계속 총을 쏘며 공격을 계속한다.

"악."

지승호가 총을 맞고 피를 흘리며 쓰러진다. 진압군들의 계속되는 총격에 일부 대원들은 손을 들고 항복한다. 손을 들고 주막에서 걸어 나온다. 진압군들이 손을 들고 걸어 나오는 반란군들을 향해 총구를 들이대며 가까이 다가간다. 주막에 있던 장기만 일행이 모두 죽거나 생포 되었다.

장기만의 허벅지에 총알이 관통했다. 혼자 몸으로 계곡으로 몸을 피했지만, 출혈이 점점더 심해진다. 다리를 묶어 지혈을 한다. 다리를 절며 산속으로 다시 움직인다. 움직일 때 마다 다리에서 피가 계속 흐른다. 장기만이 더 이상 견디지 못하고 그 자리에 푹 쓰러져 버린다. 혼자서 더 이상 움직이지 못하고 몸이 차갑게 식어 간다.

주막에서 생포한 포로들의 조사가 시작된다. 주막에 몇 명이 있었는지? 겨울에 지리산 어느 곳에 숨어 있었는지? 지휘관은 누구였는지 심문이 계속된다. 지휘관은 장기만이라는게 밝혀진다. 장기만이 반란군의 총 지휘관이었음이 드러난다. 주막에서의 전투에서 총상을 입은 장기만이 멀리 도망을 못 갔으리라는 판단을 내린다. 진압군들에게 주막 주변의 수색 지시가 떨어진다. 장기만을 찾을 때까지 수색 범위는 점점 확대된다.

'까악 까악 까악…'

장기만이 죽어 있는 주변에 까마귀들이 하늘을 맴돈다. 연일 많은 진압군들이 동원되어 주막 주변 산속을 계속 수색한다. 장기만을 찾아내야 한다. 진압군들이 하늘을 쳐다본다. 까마귀들이 유독 많이 몰려서 주변을 맴도는 곳을 향한 수색을 이어 간다. 계곡 속에 죽어 있는 장기만의 시체를 발견한다.

5권에서 계속